KB192659

기린과 함께 서쪽으로

기린과 함께 서쪽으로

West with Giraffes

린다 러틀리지 장편소설

김마림 옮김

WEST WITH GIRAFFES
by LYNDA RUTLEDGE

이 세상에 실재했던 허리케인 기린들에게

동물을 사랑해 본 적이 없다면
당신 영혼의 일부는 아직 깨어나지 않은 것과 마찬가지다.
— 아나톨 프랑스(노벨상 수상자), 1921

내가 본 가장 훌륭하고 아름다운 짐승은
모든 짐승의 왕자…… 기린이었다.
— 존 샌더슨(여행가), 1595

뉴욕 월드텔레그램

1938년 9월 22일

바다의 허리케인을 이겨 낸 기적의 기린들

뉴욕 — 9월 22일(특보). 증기선 로빈 굿펠로호는 동부 해안 지방을 휩쓴 〈그레이트 허리케인〉을 뚫고 오늘 아침 방치된 채 죽을 뻔한 기린들과 함께 가까스로 뉴욕항에 입항했다…….

1938년 9월 23일 자 기사들 발췌 요약

(……) 바다 한복판에서 허리케인을 만나 생존한 몇 안 되는 사례 중 하나인 증기 화물선 로빈 굿펠로호는 이번 주 아이티 해안에서 발생한 대격변의 폭풍 속으로 직행했다. 목격자들의 말에 따르면 바다의 너울이 하늘을 온통 뒤덮고, 물고기들이 공중에서 헤엄치고, 갑판에 있던 선원들은 승무원 한 명이 파도에 휩쓸려 허공으로 채여 가는 것을 속수무책으로 지켜볼 수밖에 없었다고 한다. 동료들의 도움으로 갑판 밑의 선창(船倉)으로 기어들어 간 선원들은 막강한 허리케인 때문에 두 마리의 바링고 기린[1]을 포기할 수밖에 없

었다. 배는 순식간에 오른쪽으로 반쯤 기울었고, 그 상태로 퍼붓는 파도와 바람에 맞서며 여섯 시간 동안 버티다가 허리케인이 지나가자 갑작스레 원상태로 돌아왔다. 갑판 위에는 밧줄로 고정시킨 운송 상자 안에 여전히 꼿꼿이 서 있는 기린 한 마리를 제외하고는 아무것도 남은 게 없어 보였다. 또 다른 부서진 운송 상자는 갖가지 잔해 더미 속에서 배의 난간 쪽에 모로 넘어져 처박혀 있었고 죽은 듯한 거대한 짐승의 머리만 나와 있는 상태였다. 하지만 선원들이 기린의 사체를 밖으로 밀어내기 위해 모여들자, 쓰러져 있던 기린이 살짝 뒤척이며 눈을 떴다…….

1 로스차일드 기린이라고도 하는 기린 종. 주요 서식지가 케냐 바링고다. 이하 모든 주는 옮긴이 주이다.

내 평생 몇 안 되는 진정한 친구 중 둘은 기린이었다.

— 우드로 윌슨 니켈

프롤로그

우드로 윌슨 니켈은 2025년에 세상을 떠났다. 평범한 날, 평범한 방식으로, 하지만 아주 평범치 않은 105세의 나이로.

1세기 하고도 니켈[2]만큼을 더 산 셈이었다.

우드로 윌슨 니켈의 유품을 유족에게 전달하는 일을 맡은 — 유품은 그의 군용 트렁크에 담겨 있었고 남은 유족은 아무도 없었다 — 재향 군인회 장기 요양 병원의 젊은 연락 담당자는 우드로 니켈이 떠난 빈방에 서 있었다. 그녀는 먼저 다음 일정에 늦지 않도록 시간을 확인했다. 그녀는 자신의 역할이 마치 죽은 자의 뒤에 남겨진 유품들을 점검하는 문지기 같다는 생각을 하곤 했다. 특히 심장이 멈추기 한참 전부터 이미 세상에서 잊힌 1백 살이 넘은 사망자의 유품을 맡은 때는 더욱 그런 생각이 들었다. 이제 그런 낡은 군용 트렁크를 지닌 사람은 그들뿐이었다. 그리고 그 트렁크를 전할 유족이 없는 경우를 만나면 더욱 가슴이 아팠는데, 주인이

2 미국과 캐나다의 5센트짜리 동전.

사라지면 그 의미 역시 상실되는 유품들이 가득한 트렁크를 들여다볼 때면 모든 과거가 연기처럼 공중으로 사라지는 모습이 보이는 것만 같았다. 그래서 그녀는 깊게 심호흡을 한 뒤 오래된 트렁크를 열었다. 특별할 것 없는 케케묵은 군복과 빛바랜 사진들이 있을 거라 생각하면서.

하지만 그녀의 눈에 들어온 것은 기린이었다.

트렁크는 수십 권의 노트로 가득 차 있었고, 노끈으로 여러 권씩 한데 묶여 있었다. 그 노트들 위에는 누르스름하게 바랜 신문 기사와 샌디에이고 동물원의 작은 기린 모양 도자기 기념품이 있었다. 그녀는 자기도 모르게 애틋한 미소를 지으며 기린 모양의 기념품을 들어 올렸다. 그녀는 어릴 때 이 키가 크고 거대하면서도 유순한 동물들이 여러 마리 무리 지어 있는 모습을 동물원에서 본 적이 있었다. 지금처럼 기린이 아주 희귀해지기 전이었다. 담당자가 기념품을 조심스레 내려놓고 첫 번째 노트 묶음을 집어 들었을 때, 커다랗게 휘갈겨 쓴 노인의 필체가 눈에 들어왔다. 그녀는 침대 끝에 조심스레 걸터앉아 자세히 들여다보았다.

내 평생 몇 안 되는 진정한 친구 중 둘은 기린이었다. 나를 뒈질 만큼 발로 차지 않은 한 친구와, 고아였던 나의 가치 없던 삶과 소중한 너의 삶을 구해 준 또 다른 친구였다.

그 두 친구는 이미 오래전에 떠났다. 그리고 그리 안타까울 일은 아니지만 나 역시 곧 떠나게 될 것이다. 하지만 방금 텔레비전에 나왔던 남자가 머지않아 이 세상에서 기린이 완전히 멸종될 것이라는 얘기를 했다. 호랑이와 코끼리, 그리고 영감이 말한 하늘을 뒤덮는 비둘기와 함께 다 사라져 버릴 것이라고. 나는 텔레비전 속 남자의 입을 다물게 하려고 화면을 내려치면서도 그 말이 사실일지도 모른다고 생각했다.

하지만 왠지는 몰라도 나는 여전히 네가 세상에 존재함을 느낀다. 그리고 내 것일 뿐 아니라 네 것이기도 한 이 이야기도 여전히 존재함을. 만일 이 이야기마저 내 앙상한 늙은 몸과 함께 사라진다면 정말 안타까운 일이 아닐 수 없다. 나에게는 특히 더. 그 이유는 내가 신의 얼굴을 본 적이 있다고 주장할 수 있다면, 바로 기린들의 그 거대한 얼굴들에서 보았기 때문이고, 내가 꼭 남겨야 할 무엇인가가 있다면 그건 기린들과 너를 위한 이 이야기이기 때문이다.

그래서 지금 여기서, 더 늦기 전에 그 모든 이야기를 글로 적어 남기려고 한다. 어떤 선한 영혼의 도움으로 나중에 이 이야기가 너에게 잘 찾아갈 수 있기를 간절히 바라면서.

이 글을 읽은 재향 군인회 연락 담당자는 그날의 일정도 모두 잊은 채 첫 번째 노트 묶음을 풀어 읽어 내려갔다…….

……나는 흙보다 나이가 많다.

흙보다 나이가 많다는 것은 시간의 흐름을 잊어버릴 수 있고, 기억 속을 헤맬 수도 있으며, 심지어 공간감마저 상실할 수 있다는 말이다.

나는 네 개의 벽으로 둘러싸인 아주 작은 방 안에서 내가 이미…… 사라져 버린 기분을 느낀다. 얼마나 오랫동안 여기에 이렇게 앉아 있었는지도 확실하지 않다. 고급 텔레비전 화면만 빤히 쳐다보는 한심한 노인들에게 둘러싸인 채, 나 자신을 찾기 위해 안개처럼 뿌연 머릿속에서 벗어나려고 발버둥 치던 때부터였으니까, 아마 저녁 내내 그렇게 앉아 있었던 것 같다. 텔레비전 화면 속 남자가 지구상의 마지막 기린에 대해 얘기하던 기억과, 그에게 주먹을 날리려고 휠체어를 탄 채로 달려들었던 기억은 있다. 곧바로 사람들은 나를 제자리로 돌려놨고, 피가 흐르는 내 손에 간호사가 반창고를 붙여 줬던 것도 기억이 난다.

그러고는 도우미 중 한 명이 나에게 억지로 안정제를 삼키게 한 일도 기억한다.

하지만 이제 다시 누가 내게 약을 먹이는 일은 없을 것이다. 왜냐하면 지금 나는 바들바들 떨리는 손으로 연필을 쥐고 아주 특별한 기억을 기록하려고 하기 때문이다.

내 힘이 닿는 한 빨리.

나는 이제 내 인생에서 맑은 정신으로 버틸 수 있는 시간이 얼마 남지 않았음을 절절히 깨달았다. 나는 그렇게 남은 시간을 더스트 볼[3]에 대해 이야기하는 데 할애할 수도 있었을 것이다. 아니면 전쟁에 대해서. 혹은 프랑스의 작약에 대해서. 또는 나의 아내들, 아주 많은 아내에 대해서. 혹은 무덤들, 수많은 무덤에 대해서. 그런 것들에 대한 기억은 지금 이렇게 마지막 순간에 이르고 보니 더 이상 떠오르지도 않고, 심지어 떠오른다고 해도 오락가락한다. 하지만 이 기억만은 그렇지 않다. 이 기억은 항상 나와 함께 있고, 늘 생생하게 살아 있으며, 쉽게 다가갈 수 있고, 아무리 나이가 들어도 언제나 맨 처음 순간부터 슬프고도 아름다운 마지막 순간까지 총천연색으로 그려진다. 그리고 빨강 머리, 영감, 사랑스러운 보이와 걸, 아, 다들 얼마나 보고 싶은지…….

나는 단지 늙고 지친 눈을 가만히 감고 아주 사소한 순간을 떠올리기만 하면 된다.

그러면 이야기가 시작된다.

3 Dust Bowl. 1930년대 경작에 의한 토양의 황폐화와 수년간 지속된 가뭄으로 표토가 날려 먼지 폭풍이 일어났던 캔자스주, 콜로라도주 남동부, 오클라호마주와 텍사스주 팬핸들, 뉴멕시코주 북동부 지역을 일컫는 말이다.

1
뉴욕항

배들이 공중을 날아다녔고, 도로 위에 강처럼 물이 흘렀고, 전선들은 사방에서 불꽃놀이처럼 터졌고 집들은 비명을 지르는 사람들과 함께 바다로 휩쓸려 떠내려갔다. 그날은 9월 21일, 1938년 그레이트 허리케인이 상륙한 날이었다. 뉴욕항에서부터 메인주까지 모든 해안 지역을 강타한 허리케인은 전설로 남을 만큼 거셌고, 7백여 명의 목숨이 처참하게 희생되었다.

그 당시에는 경보 같은 것도 없었다. 그저 바다를 보고 폭풍이 다가오는 걸 짐작해야 했고, 심상치 않은 바람과 비가 불어닥치면 구름의 상태를 보며 상황이 얼마나 나쁜지 파악해야 했고, 살아남기 위해 재빨리 대처해야 했다. 내가 비쩍 마른 몸뚱이로 부둥켜안고 있던 부두의 기둥은 공중으로 뽑혀 날아갔다. 정신을 차리고 보니 나는 도랑에 처박혀 있었고 어떤 부랑자가 내 카우보이 부츠를 벗기려 하는 상황이었다. 죽은 줄 알았던 내가 일어나는 것을 본 그는 비명을 내지르며 줄행랑을 쳤다. 어찌 된 일인지는 몰랐지만, 나는 여기저기 검붉은 멍이 들고 피가 나는 것과 바지 멜빵이 튀어 날아간 것 외에는 말짱했다. 그래서 내 주변의 살아남은 세상이 도움의 손길을 찾고 영구차를 소리쳐 부르고 있을 때 나는 얼굴에 말라붙은 핏자국을 닦아 내고 바지춤을 움켜잡고 힘들게 두 발로 일어섰다. 내가 서 있던 보트 창고는 내가 일을 거들어 주던 팔촌 커즈와 함께 멀리 날아가 버린 뒤였다. 그는 부서진 배의 파편들과 함께 작은 범선의 돛대가 몸에 꽂힌 채 웅덩이에 처박혀 있었다. 허리케인을 만나기 전에도 나는 볼품없는 아이였다. 얼굴에는 생긴 지 얼마 안 된 상처가 있고 목에는 농산물 품평회에서 상을 탈 만한 참마 크기의 반점이 있는, 나이보다 웃자란 시골뜨기 소년일 뿐이었으니까. 그래도 커즈보다는 봐줄 만했다. 살아남아서 운이 좋았다고 말하고 싶지만 사실 나는 그 단어를 사용하기에는 평생 행운과는 별 관계가 없는 사람이었다. 또 그날이 내 인생의 최악의 날이라고 말하고 싶어도 이미 나는 그보다 더한 일들을 겪은 상태였다. 하지만 그날을 이렇게 표현할 수는 있다. 그날 평생 허리케인보다 더 놀라운 광경을 보게 될 거라는 생각은 하지 못했다고.

하지만 그 생각이 틀렸었다고.

전복된 배들과 불타는 건물들, 여기저기에 매달린 시체들, 사이렌이 울리는 그 대혼란의 소용돌이 속에서 두 마리의 기린을 보게 될 거라고 누가 생각이나 했겠는가.

나는 그곳에 도착한 지 6주도 채 안 된 상태였다. 어리고 제멋대로였던 나의 폐 속에는 아직도 더스트 볼의 먼지가 가득 차 있었다. 아주 독실한 신자였던 엄마와는 달리, 나는 쇠똥처럼 무지하고 멧돼지처럼 교활한 데다가 이미 카운티 보안관의 관심 대상이었던 작은 농장 출신 소년이었다. 게다가 숨을 쉴 때마다 몸속에 켜켜이 쌓여 가는 먼지 때문에 성령이 스며들 여지가 조금도 없었다. 커즈의 시궁창 같던 보트 창고는, 고향 텍사스주 팬핸들[4]의 한구석에 〈더티 서티스〉[5]가 무자비하게 불어닥쳐 모든 거주자와 소작인을 깨끗이 내몰아 버린 후 내가 찾아간 곳이었다. 우리 엄마와 아빠, 내 여동생을 비롯한 몇몇 사람들은 더 비참하게도, 죽어서 그곳을 떠났다. 어떤 사람들은 오키[6]들을 따라 캘리포니아주로 향했다. 나와 비슷한 나머지 사람들은 받아 줄 만한 친척들이 있는 곳으로 떠났다. 열일곱 살짜리 팬핸들 출신 소년인 나에게 세상에 유일하게 남은 혈육이라고는 마치 달에 사는 남자만큼 멀게 느껴지던, 동부 해안에 사는 커즈라는 이름의 낯선 인물뿐이었다. 그는 차라리 가상의 인물이었다면 좋았을 만큼 형편없는 인간이었다. 하지만 나는 완전히 혼자였고, 텅 빈 불모지에 사랑했던 모든 이의 무덤을 손 하나 빌리지 못하고 혼자 파야만 했던 혈혈단신 고아였다. 보안관에게 도움을 요청할 수도 있었겠지만 고백하지 못할 이유 때문에 그조차 할 수 없었다.

4 Panhandle. 좁고 길게 다른 주에 뻗어 있는 지역을 의미하지만 여기에서는 텍사스주의 한 마을을 가리킨다.

5 Dirty Thirties. 1930년부터 약 10여 년간 미국과 캐나다 지역에 심한 먼지 폭풍이 불어 농업 및 경제에 타격을 입은 시기를 일컫는다.

6 오클라호마주의 거주자들. 1920년대에 들어서면서 오클라호마주와 캘리포니아주 주변에서 캘리포니아주로 이주하려는 가난한 이주자들을 부르는 말이 되었다.

나는 엄마, 아빠, 여동생의 무덤 옆에서 밤이 아침이 될 때까지 앉아 있었다. 우리 모두를 앗아 간 바로 그 죽음의 먼지에 뒤덮인 채로 나는 엄마가 정원에 묻어 두었던 동전이 든 유리병을 파내고는 울지도 않고 고속 도로를 향해 비틀거리며 나아갔다. 지나가던 트럭 기사가 차를 세우고 어디로 가는지 물었고, 그제야 나는 목소리가 나오지 않는다는 사실을 깨달았다.

「너도 오키냐?」

대답하고 싶었으나 목소리가 나오지 않았다.

「혓바닥이 어떻게 됐냐?」 트럭 기사가 물었다.

여전히 아무 말도 나오지 않았다. 그는 나를 가만히 바라보다가 자신의 비어 있는 트럭 짐칸을 엄지로 가리켰고, 뮬슈[7] 기차역에 나를 데려다 놓고 가버렸다. 기차역 바로 건너편에는 보안관 사무실이 있었다. 혹시나 보안관이 나를 보면 물어볼 질문들에 답할 수 없었기 때문에 나는 한쪽 눈으로 보안관의 사무실 문을 계속 주시하며 동쪽으로 떠나는 다음 기차를 기다렸다. 기차가 막 움직이기 시작했을 때 보안관은 자기를 빤히 응시하는 나를 똑바로 마주 보며 사무실에서 성큼성큼 걸어 나왔다.

그 후 기차가 역에 정차할 때마다 붙잡힐지도 모른다는 두려움에 마음을 졸이면서 엄마의 동전으로 채터누가까지 갈 수 있었다. 그곳에서부터는 기차의 화물칸에 몰래 숨어 타고 갔는데, 어느 날 떠돌이 몇 명이 한 부랑자의 신발을 훔친 후 그를 기차 밖으로 내던지는 것을 목격했다. 그 뒤로 나는 오

7 텍사스주의 도시.

토바이 한 대를 훔쳤고 기름이 다 떨어질 때까지 떠돌이 개처럼 음식을 슬쩍하며 계속 달렸다. 그러다가 일자 면도칼을 가진 부랑자에게 그나마 가진 것을 빼앗기고 말았다. 그 일을 당하고 나서 나는 곧장 지나가는 차를 얻어 타고 커즈에게 갔다. 그리고 바로 그곳에서, 물에 굶주렸던 내가 받아들이기에도 벅찰 정도로 엄청난 양의 물을 마주하게 되었다. 커즈가 나에게 대체 누구냐고 물었을 때, 나는 석탄 덩어리를 집어 부두 위에 글씨로 적어 대답을 해야 했다. 그것을 본 커즈는 못마땅하다는 듯이 헛기침을 하며 〈피 좀 섞였다고 바보를 하나 떠안게 됐네〉라고 투덜거리고는 당장 저녁값을 하라며 일을 시켰다. 말을 못 하는 상태로 나는 40일 밤낮을 보트 창고 뒤편에 있던 곰팡이 핀 작은 침대를 집이라고 생각하며 지냈다. 이제는 그것마저 사라져 버렸다. 더 이상 나를 찾을 사람도 남지 않았고, 죽음을 슬퍼할 만한 사람이 또 죽은 것도 아니었다. 커즈는 피도 눈물도 없는 쓰레기 같은 인간이었고 나는 이미 그에게서 현금을 훔쳐 달아날 계획을 세우고 있었다.

허리케인이 휩쓸고 지나간 쓰레기 더미 속에서 나는 바지를 움켜쥐고 내가 미국 대륙의 반을 건너 찾아온 남자의 시체 옆에 비틀거리며 섰다. 그리고 피범벅이 된 돛대 주변을 더듬어 그의 주머니를 뒤졌다. 커즈가 갖고 다니던 행운의 토끼 발[8] 외에는 아무것도 찾지 못하자 분노가 허리케인처럼 밀어닥쳐 그를 발로 마구 차기 시작했고 그러다가 나도 모르게 다시 말문이 트였다. 나는 발길질을 하며 커즈, 회색

8 부적 삼아 가지고 다니는 토끼의 왼쪽 뒷발.

빛 하늘, 검은 바다, 썩은 내가 진동하는 공기, 엄마의 소중한 예수님과 그의 잔인하고 전지전능한 하느님 아버지에 대해 욕을 해댔다. 그러다가 발이 미끄러져 엉덩방아를 찧으며 넘어졌고 비가 부슬부슬 내리는 하늘로 시선이 향했다. 그러자 뭔가 속에 꽉 막혀 있던 것이 완전히 터져 버렸고, 나는 그렇게 누운 채로 길 잃은 아이처럼 흐느꼈다.

결국 나는 다시 일어섰고 보트에서 떨어져 나온 흠뻑 젖은 밧줄로 바지허리를 동여맨 뒤 다시 부두로 향했다.

그곳에서 배가 하나둘씩 항구로 천천히 들어오는 것을 바라보며 참담한 심정으로 앉아 있었다.

그때 기린이 내 눈앞에 나타났다.

폭풍에 호되게 당한 화물선 하나가 부두 위에 짐을 내리는 중이었다. 내가 일어서거나 움직였던 기억은 없다. 단지 어느샌가 파란 작업복을 입은 화물선 잡역부들 사이에 서서 그들을 뚫어지게 응시하던 기억밖에는. 거기에서 크레인이 마치 한 팩의 타이어를 내려놓듯 내 눈 앞에 두 마리의 기린을 내려놓았다. 한 마리는 금이 조금 갔지만 수직으로 잘 세워진 나무 운송 상자 안에 살아남아 몸을 흔들었는데, 그 거대한 짐승의 머리는 나무 높이만큼 우뚝 솟아 있었다. 반면 다른 한 마리는 부두 전체를 차지할 만큼 몸을 완전히 뻗은 채 활기 없이 누워 있었고, 운송 상자는 아코디언처럼 다 찌그러진 상태였다. 당시의 사람들은 기린에 대해 잘 알지 못했다. 하지만 먼지 폭풍이 덮치기 전 잠깐이나마 학교에 다녔던 나는 기린의 사진을 본 적이 있었다. 그래서 나는 이 경이로운 생명체의 이름을 알고 있었다. 누워 있는 한 마리를 바라보면서 나는 죽은 기린의 사체를 실제로 목격했다고 확신했다. 그런데 기린의 사체가 갈색 사과 같은 눈을 뜨고 나를 올려다보았다. 다 죽어 가는 그 눈빛에서 느껴지는 어떤 익숙함이 등골을 오싹하게 했다.

나는 동물에 대해 모든 것을 알았다. 어떤 동물에겐 일을 시켰고, 어떤 동물에게서는 젖을 짰고, 어떤 동물은 먹었고, 또 어떤 동물은 총을 쏴서 죽였다. 하지만 그게 다였다. 일찌감치 돼지와는 친해지지 말라고 배웠고, 그걸 어기면 머지않아 아빠에게서 꿀꿀 소리 빼고는 다 먹을 수 있는 돼지를 내려 주신 예수님의 은총에 감사하라고 강요하는 소리를 들을 터였다. 떠돌이 개에게 먹을 것을 줬다가 가족 입에 들어갈 음식을 빼돌린다는 이유로 회초리를 맞기도 했다. 「대체 넌 뭐가 문제냐? 저것들은 그냥 동물일 뿐이야!」 아빠는 계속 그렇게 말했다. 어린아이라 할지라도 아빠에게 그런 나약함은 통하지 않았다. 특히 지옥 불에 떨어진 것 같은 위험 속에서는 아무리 최악인 두 다리 인간이라 할지라도 영혼 없는 네 다리 동물보다 소중했으니까. 적어도 아빠에게 배운 바로는 그랬다. 하지만 나는 동물과 눈이 마주치면 어떤 인간에게서 느꼈던 것보다 더 영혼이 충만한 느낌을 받았고 바닥에 뻗어 있는 그 기린의 눈에서 본 것은 내 뼛속까지 아리게 했다. 그 기린의 눈은 아빠가 예전에 죽어 가는 동물들을 보면서 먹을지, 묻어 버릴지, 아니면 태워 버릴지 고민할 때 그들의 눈에서 내가 수없이 봤던, 두려움으로 가득 찬 창백함을 띤 채 고정되어 있었다. 나는 기린에게 슬그머니 다가갔다. 그곳에 있던 흠뻑 젖은 뱃사람들이 날 원래 있던 자리로 밀쳐내 버릴 거라고 예상하면서도.

하지만 그들은 오히려 홍해가 갈라지듯 갑자기 양쪽으로 비켜섰다.

그때 우리 앞에 발명가 루브 골드버그도 감탄할 만한, 나무로 만든 복잡한 구조물이 붙어 있는 기다랗고 반짝거리는 새 평상형 트럭이 나타났다. 트럭 뒤쪽에는 땅딸한 T 자처럼 생긴 나무 상자가 얹혀 있었다. 직접 손으로 만든 2층짜리 지붕짐차를 트럭 위에 털썩 올려놓은 듯한 모양새였는데, 위쪽에는 창문들이, 아래쪽에는 쪽문들이 달려 있었으며 위로 올라갈 수 있도록 작은 사다리가 양쪽에 못으로 고정되어 있었다. 귀가 콜리플라워처럼 생기고, 대퍼 댄 포마드를 엔진에 바르고도 남을 정도로 머리에 처바른 얼간이 같은 운전사가 트럭을 끼익하고 세웠을 때 나는 얼른 옆으로 물러났다.

조수석 문이 활짝 열리고 노새같이 생긴 얼굴에 피부가 가죽처럼 두껍고 거친 나이 든 남자가 차에서 내렸다. 내가 지난 수많은 세월 동안 〈영감〉이라고 불러 온 바로 그 사람이었다. 하지만 그보다 훨씬 더 나이를 먹은 지금 이 이야기를 쓰며 생각해 보면 그때 그는 기껏해야 쉰을 갓 넘겼을 것이다. 그는 마구 구겨진 재킷에 누렇게 바랜 하얀 셔츠를 입고 맥없이 축 늘어진 넥타이를 매고 있었다. 그의 한쪽 손은 심하게 뒤틀려 있었고, 발로 마구 밟아 댄 것처럼 찌부러져서 페도라인지 포크파이 해트인지[9] 도저히 구분이 안 가는

9 모자 윗부분이 중간에 한 번 접힌 것을 페도라, 가운데가 올라와 둥근 모양으로 된 것을 포크파이 해트라고 한다.

낡은 모자를 머리에 쓰고 있었다.

그때 양갈비 모양으로 구레나룻을 기른 항만 관리소장이 영감을 향해 전보처럼 보이는 것을 흔들어 대길래, 나는 영감이 차 문을 쾅 닫고 관리소장 쪽으로 곧장 향할 거라고 생각했다. 그러나 영감은 눈앞에 그 두 마리의 거대한 동물 외에는 어떤 생명체도 눈에 보이지 않는다는 듯이 항만 관리소장을 지나쳐 기린을 향해 저벅저벅 걸어갔다.

제일 먼저, 그는 똑바로 서 있는 나무 상자 속에서 몸을 흔드는 수컷 〈보이〉에게로 다가가서 비밀 얘기를 하듯 아주 나직한 목소리로 속삭이기 시작했다. 그러자 보이의 흔들림이 느려졌다. 영감은 상자 안쪽으로 손을 넣어 부드럽게 기린을 쓰다듬었고, 기린은 흔들던 몸을 완전히 멈추었다. 그리고 그는 바닥에 뻗은 암컷 〈걸〉 옆에 쪼그리고 앉아서 조금 전처럼 부드럽게 기린에게 속닥거렸다. 그러자 걸이 몸을 가볍게 떨었다. 영감은 부서진 운송 상자의 널 사이로 암컷을 어루만지기 위해 손을 뻗었다. 그리고 그의 뒤틀린 손으로 아직도 죽은 듯 누워 있는 걸이 눈을 감을 때까지 커다란 머리를 어루만져 주었다. 아주 잠시 동안 세상에서 들려오는 소리라고는 그 기린의 힘겨운 숨소리와, 부두에 닿아 철썩대는 바닷물 소리, 기린을 달래는 영감의 목소리뿐이었다. 그때 항만 관리소장이 쿵쾅거리며 다가와 영감의 코밑으로 전보를 들이밀었다. 영감은 전보를 잠깐 들여다보고는 그대로 바닥에 던져 버렸다. 내겐 너무도 익숙한 분노의 표정이 그의 얼굴에 스쳤다. 그 역시 성깔 있는 사람인 듯했다.

바로 그때 선장이 항만 관리소장의 막사로부터 나왔다.

그의 제복은 찢어진 채였고 얼굴에는 멍이 들어 있었다. 작업복을 입은 잡역부들이 일제히 그쪽을 돌아보았다.

영감이 그를 향해 노려보며 쏘아붙였다. 「지금 내 기린을 죽게 내버려둔 거요?」

「존스 씨,」 항만 관리소장이 끼어들었다. 「이 사람들은 지금 오는 길에 동료들을 잃었습니다. 당신에겐 별 상관 없는지 몰라도, 당신의 저 대단한 동물이 무사하든 말든 배가 이렇게 여기에 도착한 것만으로도 우리에겐 기적입니다.」

영감의 얼굴은 전혀 상관없다는 뜻을 분명히 나타냈다.

그 표정에 잡역부들은 모두 흥분했다. 나는 그들이 영감에게 덤벼들지도 모른다고 여겼다. 그리고 영감의 얼굴에 떠오른 표정을 보니 어쩌면 그는 그것을 바랄지도 모른다는 생각마저 들었다.

「우리가 여기까지 데리고 왔으니까…….」 누군가의 목소리가 울려 퍼졌다. 그리고 차마 꺼내지 않은 나머지 말이 거의 귀에 들려오는 것처럼 공기 중을 떠돌았다. 이제 살리는 건 네가 해, 이 자식아.

영감은 여전히 걸의 커다란 머리에 손을 올려놓은 채로 꼼짝도 하지 않았다.

불평의 목소리들이 점점 거세지는 사이, 한군데가 움푹 팬 소형 밴 한 대가 털털거리며 트럭을 향해 다가왔다. 차의 문에는 뭐라고 적혀 있었는데 글씨가 다 벗겨져서 〈동물원〉이라는 글씨밖에 알아볼 수가 없었다. 하얀 가운을 입은 땅딸막하고 깔끔한, 대학생 같은 인상의 남자가 검은색 의사 가방을 들고 밴에서 내렸다. 그는 휴가라도 나온 듯한 걸음 걸이로 우리 옆을 성큼성큼 지나 영감 쪽으로 다가갔다.

「빨리 자기 발로 서 있게 일으켜 세우지 않으면 얘는 가망이 없어요.」 수의사가 인사말 대신 이렇게 말했다. 영감이 손짓을 해 보이자 항만 관리소장이 휘파람을 불었고 두 명의 항만 노무자가 쇠 지렛대를 가져와 기린 주변에 흐트러져 있는 부서진 운송 상자의 파편들을 들어 올리기 시작했다. 하지만 영감에게는 도무지 성이 차지 않는 속도였다. 그는 뒤틀린 손까지 동원해 주변의 부서진 나무들을 직접 치워 나갔다. 더 이상 옮길 게 남아 있지 않았을 때, 아직도 암컷 기린의 몸과 다리 주변에 늘어져 있던 크레인의 벨트가 다시 팽팽히 당겨졌고, 크레인은 마치 살아 있는 생물처럼 신음 같은 소리를 내며 기린을 바로 세웠다. 기린이 비틀거리자 영감은 기린이 균형을 잡고 잘 서도록 돕기 위해 나섰고, 내 주변에 있던 인부들도 서둘러 다들 손을 보탰다. 조금 더 끌어올리자 걸의 몸이 완전히 바로 세워졌는데, 벨트에 묶인 채 너무나 순식간에 네 다리 중 세 다리로 우뚝 서는 바람에 영감을 제외한 모든 사람이 놀라 화들짝 뒤로 물러났다. 그러자 문제점이 드러났다. 걸의 오른쪽 뒷다리, 무릎에서 구절(球節) 사이의 부분에 마치 누군가가 둥근 망치로 내려친 것 같은 상처가 나 있었다. 걸은 막대기같이 생긴 멀쩡한 나머지 세 다리로 서려고 애를 쓰며 비틀거렸다.

「자 그렇지, 얘야, 그대로 가만히 있어…….」 영감은 동물원 수의사가 암컷을 진찰하는 동안 낮게 중얼거렸다.

「내부 장기엔 별문제가 없는 것 같습니다.」 수의사가 말했다. 「그런데 이 다친 다리가 관건이네요.」

나는 좋은 소식이라고 생각했지만, 곧 사람들이 이보다 덜 다친 말도 쏘아 죽였던 기억이 났다.

수의사는 검은색 가방을 연 다음 걸의 다리를 소독한 뒤 부목을 대고 붕대를 감았고, 항만 노무자들이 그녀에게 알맞게 새 나무판자를 둘러 운송 상자를 정비하기 시작하자 뒤로 물러났다. 작업이 끝나니 여전히 기린을 달래던 영감이 가까이 다가가 크레인의 벨트를 풀었다.

걸은 잠시 넘어질 듯 비틀거렸다. 그러고는 혼자 힘으로 섰다.

이를 보며 영감과 동물원 수의사는 갑자기 빠르고 낮은 목소리로 대화를 하기 시작했다. 나는 조금 더 가까이 다가섰다.

「하지만 내가 이 녀석 몸이 아프다고 퇴짜를 놓아 버리면, 그건 사형 선고나 마찬가지라는 걸 선생도 알잖소!」 영감이 수의사에게 말했다.

동물원 수의사는 얼굴을 찌푸리고 T 자 모양의 지붕짐차를 바라보았다. 「거기까지 가는 데 대략 얼마나 걸릴까요?」

「빨리 간다면 2주 정도.」

동물원 수의사는 고개를 저었다. 「절반으로 줄여야 할 겁니다.」

영감은 두 손을 들어 보이며 말했다. 「그게 어떻게 가능합니까? 안 그래도 천천히 가야 하는데, 이제는 저 다친 다리 때문에 속도를 더 늦춰야 하는데 말이오.」

「아주 길게 봐도 저 다리로는 일주일밖에 못 버텨요. 어떻게 해야 할지 지금부터라도 생각을 좀 해보셔야 합니다.」

「알겠소. 그런 다음에는?」

멀리서 들려오는 사이렌 소리에 흘깃 뒤를 돌아본 수의사가 말했다.「일단 가서 두 마리 다 인수하겠다고 서명을 하세요. 아직은 벤츨리 원장님을 실망시키고 싶지 않으니까. 일단 검역소에 가면 암컷이 제대로 설 수 있는지 살펴볼 시간이 있을 거예요. 물론 검역소까지 갈 수만 있다면요. 하지만 존스 씨, 나라면 벤츨리 원장님에게 먼저 자초지종을 다 털어놓겠어요. 비록 출발하기 전에 암컷이 잘 서 있다고 해도 여행하다가 잘못될 가능성이 많으니까요. 벤츨리 원장님도 당신이 길거리에서 죽은 기린을 어떻게 해야 할지 고민할 때보다는 차라리 지금 소식을 듣기를 바랄 겁니다.」

수의사가 떠나자 영감은 항만 관리소장에게 가서 서류에 서명을 했다. 크레인이 운송 상자들을 끌어올려 두 기린을 항구에서 사용하는 평상형 트레일러 위에 내려놓았고, 항만 노무자들이 트럭에 상자들을 단단히 고정시켰다. 그것을 끝으로 시끌벅적하던 인부들은 모두 흩어졌고 영감은 차에 올라타면서 트럭의 앞부분을 두드려 얼간이 운전사에게 출발하자는 신호를 보냈다. 그리고 나는 미지의 이국땅에서 온, 이야기책에서나 보던 거대한 두 마리의 동물이 평상형 트레일러에 실려 떠나는 모습을 바라보았다. 그 뒤로 복잡한 운송 상자가 달린 트럭이 뒤따랐다.

나는 그 기린들을 생각하지 않는 순간에는 어쩔 수 없이 곧바로 떠돌이 개나 다름없는 신세로 돌아가야 한다는 것을 깨달으며 떠나가는 기린들을 응시했다. 당장 자기 코가 석 자인 사람에게는 다른 생명체들의 기적 따위는 아무 의미가 없으니까 말이다. 트럭이 점점 작아질수록 떠돌고 방황하는 나의 비참한 미래가 점점 더 크게 다가왔다. 나는 숨을 크게 들이마셨다. 갈비뼈가 욱신거렸다. 그리고 트럭이 점점 작아지는 모습을 보니 토할 것 같았다.

그때 부츠 굽 밑에서 뭔가 질척거리며 밟히는 것이 느껴져 아래를 내려다보았다. 젖은 부두 바닥에 영감이 버리고 간 전보용지가 있었다. 나는 그것을 집어 재빨리 읽은 뒤 내용 전체를 머릿속에 담아 두었다.

첫 번째 전보의 내용은 다음과 같았다.

웨스턴 유니언 전보 회사

1938. 9. 22. 오전 6:00

캘리포니아주 샌디에이고
샌디에이고 동물원
벨 벤츨리 원장님께

허리케인으로 선적물이 파손됨. 기린들은 생존.
운송에 관한 자문 요청.

동아프리카 운송 회사

두 번째 전보는 다음과 같았다.

웨스턴 유니언 전보 회사

1938. 9. 22. 오전 7:15

뉴욕주 뉴욕항

항만 관리소

라일리 존스 씨에게

[보관][10]

브롱크스 동물원 수의사를 부두에서 만나 캘리포니아까지
이송이 적합한지 자문을 요청하기 바람.

벨 벤츨리

축축하게 젖은 전보용지는 곤죽이 되어 손가락 사이로 떨어졌다. 하지만 내 눈에는 여전히 그 전보에서 본 빛나는 단어, 더스트 볼 출신 고아에게는 기린보다도 더 이야기책에 어울릴 법한 단어가 아른거렸다.

그것은 〈캘리포니아〉였다.

기린은 젖과 꿀이 흐르는 약속의 땅으로 운송될 예정이었던 것이다. 모세와 선택받은 자들이 약속의 땅을 갈망한 것보다, 어쩌면 그 당시의 궁핍한 농부들이 〈캘리포니〉[11]에 가기를 더 간절히 소망했을지도 모른다. 그들은 도중에 길이

10 수신자가 정해진 주소가 없는 경우 수령할 때까지 전보 사무실에서 보관한다.

11 Californy. 캘리포니아를 다르게 이르는 말.

나 기차에서 죽지 않고 일단 캘리포니까지 갈 수만 있다면, 나무에서 과일을 따 먹고 덩굴에서 포도를 따 먹으며 왕처럼 살 수 있다고 믿었다.

그런데 기린 두 마리를 따라가기만 하면 되는 그 쉬운 방법을 누가 놓치려고 하겠는가?

이런 생각이 점점 자라나는 만큼 내 눈도 점점 커졌다. 나는 비참하게 푹 젖어 있었고, 한쪽 눈은 반쯤 붓고, 이빨이 몇 개 흔들리고, 갈비뼈가 북처럼 쿵쿵거리며, 한쪽 팔은 잘 움직이지 않는 상태였다. 하지만 이런 것들은 하나도 문제가 되지 않았다. 그 밝게 빛나는 단어가 내 눈앞에서 아른대는 한, 나는 더스트 볼의 어떤 고아들도 가질 수 없는 뭔가를 가졌기 때문이었다. 비록 그런 무모한 희망이 한 사람을 구원할 힘이 될 수도, 죽음까지 불러 올 위험이 될 수도 있는 시대를 살았지만 그래도 나에게는 희미하게나마 희망이라는 것이 생긴 것이었다.

기린을 태운 트럭은 모퉁이를 돌아 내 시야에서 사라졌다.

그래서 나는 달리기 시작했다. 물웅덩이를 밟고 더러운 흙탕물을 철벅거리면서, 내 부어오른 뼈들이 용납하는 한 전속력으로.

나는 거의 1~2킬로미터 동안 기린을 쫓아 자갈길을 달렸다. 길을 닦던 인부들이 삽을 떨어뜨리고 넋 나간 표정으로 기린들을 주시했다. 빗물 배수관에서 시체의 팔을 잡고 끌어내던 소방관들도 동작을 멈춘 채 입을 떡 벌리고 쳐다보았다. 달랑거리는 전선을 손보던 전기공들은 전선이 지지직거리는 와중에도 하던 일을 멈추고 바라보았다. 가는 곳마다 허리케인의 충격에 빠져 있던 사람들이 창문에 매달려 시선을 고정하고 급히 옆에 있는 사람들까지 불러 같이 지켜보는 광경을 지나치면서 나는 대체 어디를 가는지, 다음에는 어떻게 해야 할지도 전혀 모르는 상태로 천천히 나아가는 트럭을 쫓아갔다. 통행이 금지된 홀랜드 터널 입구에서 트럭이 멈춰 서자 오토바이를 탄 경찰이 굉음을 내며 쫓아와 트럭 운전사들에게 자기를 따라오라고 소리를 쳤다. 그쪽으로 가면 대형 운송 상자를 실은 트럭이 밑으로 지나가기에 애를 먹을 만한 고가도로가 아주 많았는데도 말이다.

9번가에서 고가를 만났을 때, 한 남자가 장대를 들고 평상형 트럭에서 뛰어내리더니, 지지직거리는 전선을 위로 쓸어올리고는 고가 밑 여유 공간의 높이를 쟀다.

「3밀리미터!」 그는 큰 소리로 말했다. 평상형 트럭은 아주 천천히 고가를 통과했다.

그리고 트럭은 몇 블록 더 가서 다시 고가를 만났다. 또 장대 남자가 뛰어내렸다. 「6밀리미터!」 그가 소리쳤다.

그리고 또다시 몇 블록 더 가서는…….

「1.2센티미터!」

이런저런 길을 따라 점점 도시의 외곽을 따라가다 보니 몇 분이 몇 시간이 되었다. 이스트강은 여전히 주변 도로로 범람한 상태였고, 도중에 있는 공장 하나가 불길에 휩싸여 있었기 때문에 경찰은 우리를 계속 서쪽으로 이끌었다. 센트럴 파크를 지나칠 때는 수심에 차 있던 수십 명의 사람들과 누더기를 걸친 아이들이 흠뻑 젖은 판자 밑이나 보도에서 눈을 휘둥그레 뜨고 입은 떡 벌린 채, 지나가는 기린을 꿈꾸는 듯한 표정으로 바라보았다. 그렇게 계속 전진하자 조지 워싱턴 대교가 바로 앞에 나타났다. 경찰은 우리를 뉴저지 쪽으로 안내했다. 나는 당황하지 않을 수 없었다. 맨다리로 달려서 다리를 건너는 것은 무리였다.

그때 길 건너편 가게 앞에서 한 남자가 오토바이에서 내리더니 기린을 손으로 가리키며 가게 안으로 들어갔고, 오토바이는 하찮은 자전거처럼 물웅덩이가 된 보도 위로 미끄러졌다. 나는 오토바이가 땅에 닿기도 전에 그 위에 올라타고 있었다. 한쪽 눈으로는 경찰을 주시하면서 시동을 건 다음, 나는 날뛰는 야생마처럼 좌우로 미끄러지는 전기 말의 중심을 가까스로 잡고 출발했다.

다리 위에서 기린을 따라잡았을 때쯤 갑자기 기자들이 탄 차량 대여섯 대가 나타나 내 양쪽으로 달리기 시작했고, 카메라를 든 사람들이 차창 밖으로 몸을 내밀어 흐린 하늘에 맞서 플래시를 터뜨렸다.

그 반대편에서는 오토바이를 탄 뉴저지 경찰들이 폭풍에 떠밀려 온 잡동사니들을 피해 가며 트럭들을 호위했다. 그러다 한 버려진 창고 건물 옆길, 다음과 같은 안내문이 있는 커다란 정문 앞에 멈췄다. 미국 검역소. 정문 안쪽에는 양철 지붕에 벽돌로 된 건물이 맨 안쪽까지 길게 늘어서 있었다. 소와 말부터 낙타와 황소, 이제는 기린까지, 국내로 반입된 동물들을 검역하는 연방 검역소 앞에 도착한 것이다.

경비원이 트럭들을 안으로 들여보내자 기자들이 정문 앞으로 모여들었다. 나는 도로 근처에 뿌리째 뽑혀 쓰러진 거대한 참나무 옆에 오토바이를 세웠다. 기자들이 모두 다시 차로 돌아오기 전까지 나는 오토바이 시동을 끄는 것조차 잊었다. 그때 멋진 녹색 패커드[12] 한 대가 내 뒤쪽에 거칠게 멈춰 섰고, 양복에 넥타이를 매고 중절모를 비스듬히 쓴 기자가 운전석에서 내려 곧장 경비 초소 쪽으로 다가갔다.

「여기에서 기다려.」 그는 패커드의 후드 위로 기어 올라가는 사진 기자에게 소리쳤다. 그리고 그때 내가 맞닥뜨린 광경은 그 모습 그대로 완전하고 완벽하게 내 눈에 각인되었고 1백 살 넘은 노인이 된 지금도 여전히 아주 신선하게 반짝반짝 빛나는 기억으로 남아 있다. 사진 기자는 남자가 아니라 여자였다.

잘 차려입은 남자 기자보다 훨씬 어려 보이는 그 여자의 온통 빨갛고 마치 불타오르는 후광 같은 심한 곱슬머리는, 매일 아침 잠재우느라 고군분투할 것처럼 탱탱해 보였다. 그리고 그녀는 바지를 입고 있었다. 바지 입은 여자를 실제로 본 것은 처음이었다. 그녀는 패커드의 후드 위에서 여성스러운 하얀 셔츠, 두 가지 색이 섞인 구두, 그리고 다리가 둘로 나뉜 바지 차림으로 사진을 찍었다. 그리고 나는 그 모습에 허리케인에 한 번 더 세차게 당한 듯한 느낌을 받았다. 그때의 그 느낌이 첫눈에 반한 것은 아닐지언정 적어도 아주 극도로 유사한 감정이었음은 틀림없다.

「어머, 안녕. 키다리. 너도 기린을 보러 왔니?」 빨강 머리가 눈빛만으로도 나를 기절시킬 것처럼 내려다보며 말을 건넸다. 나는 아마도 그 녹갈색 눈빛에 매료되어 나도 모르게 그녀 쪽으로 가까이 다가간 모양이었다. 그녀가 사진을 찍

12 미국 디트로이트의 패커드사에서 제작한 고급 자동차.

는 순간 눈먼 사람도 더 눈이 멀 만큼 환한 플래시가 바로 내 눈 앞에서 번쩍하고 터졌기 때문이다.

「라이어널! 빨리 와봐요!」 그녀가 외치는 목소리가 들렸다.

「어이! 그 여자한테서 떨어져!」 플래시 때문에 앞이 안 보여서 눈을 깜박이는 나를 밀치면서 기자가 소리쳤다. 나는 황급히 옆으로 물러났다.

「왜 그래요?」 나는 쓰러진 참나무 뒤로 몸을 숨기면서 그녀가 하는 얘기를 들었다. 「당신이 저 애한테서 들을 만한 기삿거리가 있겠다고 생각했을 뿐이에요. 위대하신 기자님.」

「세상에, 오기! 저런 애들은 푼돈이나 뜯어내려고 당신 목에 칼도 들이댈 수 있는 형편없는 떠돌이야. 순진하게 굴지 마. 저놈은 아까부터 당신을 살펴 왔다고.」 기자가 대꾸했다. 「그만 가자. 경비원 말로는 기린들은 적어도 12일간은 격리해야 한대. 나는 얻을 만한 정보는 다 얻었고, 당신도 굳이 저런 떠돌이하고 노닥거리지 않아도 원하는 걸 얻을 시간은 충분해.」

잠깐 사이에 두 사람은 종적을 감췄다. 경찰들도 다 사라졌다. 기린도 가버렸다. 나는 내가 알던 모든 곳에서 아주 멀리 떨어진 곳에 있었고, 다음에 뭘 어떻게 해야 할지 전혀 알 수 없는 상태에서 밤을 맞았다.

나는 쓰러진 나무 뒤에 오토바이를 잘 숨겨 놓고, 죽은 소 옆에서 몸을 웅크린 채 주위를 지켜보며 앉아 기다렸다. 모기들이 자꾸만 살갗을 물어뜯어 더 이상 참지 못할 지경에 이르렀을 때, 회색 동물원 밴이 검역소 정문 앞에 덜컥하고 정차했다. 경비원이 손짓으로 땅딸한 수의사를 들여보내자 나는 그 다리 다친 기린이 여전히 잘 서 있는지가 걱정되기 시작했다. 그래서 눈으로 직접 확인하기로 결심했다.

검역소 울타리 밑에 너구리가 파놓은 구멍을 찾아낸 나는 그 구멍을 통해 안으로 기어들어 갔다. 진흙이 엉덩이에 묻은 채로 나는 동물원 밴, 항구에서 본 평상형 트럭, 카키색 작업복을 입은 인부들이 떠나는 틈을 타 가장 크고 높은 축사로 급히 다가갔다. 나는 안을 몰래 들여다보았다. 축사 안은 어두웠고 벽은 건초 더미로 덧댄 상태였다. 왼편에는 간이침대가 하나 놓여 있고, 가운데에는 그 복잡한 운송 상자가 붙은 트럭이, 오른편에는 아주 높은 철망으로 둘러싸인 우리 안에 기린 두 마리가 있었다. 부목을 댄 걸은 여전히 똑바로 서 있었다. 마침내 운송 상자에서 벗어난 기린들은 마주 보고 서서 서로의 목을 부볐는데 어느 부분부터 어디까지가 어떤 기린인지 알 수 없을 정도로 아주 가까이 붙어 있었다. 마치 지금 함께 살아 있다는 사실이 믿어지지 않아서, 그런 현재의 상황을 유지하기 위해 단단히 방어 태세를 갖춘 것처럼 말이다.

영감은, 그러니까 전보에서 〈라일리 존스〉 씨라고 부른 인물은 보이지 않았고, 트럭 운전사는 운전석에서 꺼낸 커다랗고 과즙 많은 사과를 트럭에 기대서서 먹는 중이었다. 나는 그가 사과를 우적우적 다 씹어 먹은 뒤 속 부분을 건초 더미 속으로 내던지는 것을 보고 그것이 떨어진 지점을 잘 기억해 두었다. 허리케인이 발생하기 전부터 아무것도 먹지 못했던 나는 그 얼간이의 침으로 뒤범벅된 사과 속이라도 감지덕지할 지경이었다. 대공황 시기에 굶주림이란 적어도 내가 아는 사람들 대부분에게는 그냥 당연한 일상이었다. 먼지 폭풍이 가축들을 다 죽여 버린 후에, 더스트 볼 사람들은 프레리도그와 방울뱀을 잡아먹고 회전초로 수프를 끓여 먹었다. 다음 끼니에 먹을 수 있는 식량이 과연 어디에서 올지를 전혀 알 수 없을 때에는, 먹는 것만이 곧 인생의 전부가 되고 우리는 그저 온종일, 매 순간 배고픔을 쫓는 야생 동물에 불과할 뿐이다.

얼간이 운전수는 소맷자락으로 입을 닦고 기린이 있는 우리로 거들먹거리며 다가가더니 울타리를 마구 흔들어서 기린들을 겁먹게 하고는 즐거워하며 같은 행동을 반복했다. 나는 너무 화가 나서 주먹을 불끈 쥔 채 그의 앞니를 날려 버리고 싶다는 생각에 사로잡혀 영감이 돌아오는 소리를 제때 듣지 못했다. 영감의 소리가 나자 나는 재빨리 안쪽으로 몸을 피해 건초 더미 뒤로 뛰어들었다.

영감은 운전사에게 큰 소리로 일을 시키면서 바로 앞을 지나쳤다.「얼!」그는 소리쳤다.「이리 와!」

그러다 어느새 영감이 운전사에게 오늘 일은 그만 끝내자 말하고는 삐걱거리는 축사의 문을 닫고 들어와 버렸고, 나는 그대로 축사 안에 갇힌 신세가 되고 말았다. 나는 멍청한 자신에게 욕을 하면서 눈에 띄지 않게 밖으로 나갈 방법이 떠오를 때까지 자리를 잡고 앉아 기다렸다.

밤이 되자 헛간 안에서 들리는 소리라고는 기린들이 힝힝거리는 콧소리와 발을 구르는 소리뿐이었다. 영감이 자신의 간이침대 근처의 벽 스위치를 올리자 천장에 매달린 전등이 켜졌고 헛간 안은 대낮처럼 환해졌다. 내가 몸을 움츠리고 숨은 곳과 영감이 있는 곳 사이에는 건초 더미밖에 없었다. 그가 만일 내가 있는 쪽을 돌아봤다면 그는 분명 나를 발견했을 것이다. 하지만 그의 시선은 오로지 기린에게 향해 있었다. 영감은 그에게는 전혀 어울리지 않는 다정한 눈으로 기린들을 바라보면서 아주 부드러운 소리로 속삭이기 시작했고 모든 것을 진정시키는 듯한 그 소리에 내 마음까지 편안해졌다. 그가 속삭이길 멈추자 공기 중에는 기린들이 조용히 킁킁대는 소리만 가득 찼다. 영감이 스위치를 내려 불을 끄자 주위가 온통 깜깜해졌다. 철망으로 된 높은 창문을 통해 들어오는 빛만이 헛간을 가로질러 그림자를 드리우고 있었다. 그리고 영감은 침대에 털썩 드러누워 둥근 톱이 내는 소리처럼 코를 골며 잠이 들었다.

물론 그때가 내가 밖으로 나갈 수 있는 절호의 기회였다. 하지만 그 안에는 내가 가져가 주기를 기다리는 먹을 것이 있었다. 그리고 나는 그것을 꼭 가져가야만 했다. 그래서 나는 아주 조용히, 재빠르게 트럭의 보이지 않는 반대편으로 가서는 발판을 밟고 올라서서 운전석에 있는 두 개의 마대 자루 안을 살펴보았다. 하나는 사과, 다른 하나에는 양파가 들어 있었다. 양쪽에서 하나씩을 꺼내 양파는 주머니에 넣고 사과는 거의 통째로 삼키듯 입에 욱여넣고 우적거렸다.

하지만 양파를 하나 더 집어 들었을 때, 누군가 나를 쳐다보는 듯한 느낌이 들었다.

몸싸움을 할 태세를 갖추고 돌아서자 그곳에는 나를 응시하는 관객이 있었다. 몇 발자국 너머에 기린들이 우리 안에서 내가 있는 쪽으로 다가와 기다란 목을 돌린 채로 나를 바라다보는 중이었다. 그 순간 몸이 얼어붙을 만큼 겁이 날 이유는 충분했다. 2톤 무게의 짐승 두 마리가 허술한 울타리 안에서 나를 쳐다본다는 것도 물론 그중 하나였다. 나는 뒤로 물러났어야 했을지도 모른다. 하지만 대신 나는 그들의 엄청난 크기를 관찰하며 울타리 근처까지 더 가까이 다가갔다. 그들의 커다란 발굽에서부터 넓디넓은 몸, 그리고 위로, 위로, 위로 따라 올라가 반점이 있는 목과 우툴두툴한 뿔까지 기린의 거대한 모습을 올려다보다 보니 내 긴 목에 쥐가 날 지경이었다. 〈저 기린들이 울타리를 부수고 나올 수도 있어.〉 그때 이렇게 생각했던 것이 기억난다. 하지만 기린들은 그런 짓을 할 존재들이 아니었다. 게다가 보이는 이제 눈을 감은 상태였다. 〈우리 암말처럼 서서 자네.〉 나는 떠오르는 옛 기억에 움찔하며 깨달았다. 하지만 걸은 그 갈색 사과 같은 동그란 눈으로, 부두에서 그랬던 것과 완전히 똑같이 나를 바라봤다. 지금은 반대로 나를 아주아주 아래로 내려다보는 것을 제외하고는 완전히 똑같이.

동물의 눈을 똑바로 마주해 본 적이 있는지? 길들여진 동물의 시선은 인간이 무엇을 하려고 하는지, 그리고 그 행동이 어떤 의미인지를 파악하려고 한다. 상대가 저녁거리인지 혹은 싸울 대상인지를 살피는 야생 동물의 눈은 뼛속까지 오싹하게 할 때도 있다. 하지만 기린의 시선은 달랐다. 두려움도, 그 어떤 의도도 없어 보였다. 걸은 울타리의 틈으로 멜론만 한 콧구멍을 대고 내 정수리 부분을 킁킁거렸고 나는 그렇게 하도록 내버려두었다. 그것은 단지 다리를 움직일 수 없었기 때문이었다. 냄새나는 따뜻한 입김을 불어 대며 암컷은 침으로 내 머리카락을 흠뻑 적셨다. 그리고 내가 움켜쥔 양파를 가져가려고 울타리를 코로 쿵쿵 쳤다. 나는 양파를 위로 쳐들었다. 걸의 기다란 혀가 철망 사이로 뱀처럼 뻗어 나와 양파를 울타리 안쪽으로 낚아채 갔다. 기린은 양파를 꿀꺽 삼키고 목구멍 아래로 양파를 밀어 내리기 위해 기다란 목을 똑바로 세웠다. 그러고는 나에게 가까이 다가왔다. 걸의 냄새가 나를 완전히 포위했다. 기린에게서는 털…… 바다…… 그리고 달큼하고 이질적인 가축의 분변 냄새가 났다. 나는 나도 모르게 울타리 안으로 손을 뻗어 걸의 옆구리에 있는 할머니 엉덩이만큼 커다란, 옆으로 누운 하트 모양의 반점을 어루만졌다.

아주 오랫동안 우리는 그렇게 함께 서 있었다. 기린의 따뜻한 생가죽에서 느껴지는 거친 감촉을 손바닥 전체에 온전히 느끼면서. 그러다가 손가락에 다른 혀의 감촉이 느껴졌다. 그건 야생 기린, 보이였다. 보이가 걸의 등을 넘어 긴 목을 내게로 뻗었다. 나는 손을 우리 밖으로 황급히 뺐지만 보이의 혀가 따라와서 울타리 사이로 내 바지 주머니를 핥으려고 했다. 보이는 내가 숨겨 둔 양파를 원하는 거였다. 그래서 나는 주머니에 있는 양파를 꺼냈다. 그 바람에 커즈의 토끼 발이 딸려 나와 울타리 안으로, 걸의 거대한 발굽 옆으로 떨어졌다. 울타리 안쪽에 떨어진 행운의 토끼 발에서 눈을 떼지 못하던 나는, 보이의 혀가 내 주먹을 가볍게 튕겼을 때 비로소 정신을 차리고 양파를 내놓았다.

양파를 먹은 두 마리의 기린이 기쁨에 겨워 발을 쿵쿵대고 꼬리를 휙휙 흔들어 대는 사이 나는 커즈의 토끼 발이 떨어진 걸의 발굽 근처를 다시 살펴보았다. 얻을 수 있는 행운이란 행운은 모조리 다 필요했던 당시의 나로서는 커즈가 실제로 얼마나 운이 좋았는지는 상관없이 그 토끼 발을 꼭 다시 찾아야겠다는 일념뿐이었다.

나는 울타리의 틈 사이로 몸을 숙여 들어가면서, 아주 재빠르고 기민하게 토끼 발을 꺼내 올 수 있다고 자신했다. 하지만 내가 토끼 발의 털을 손가락으로 잡으려는 순간, 걸이 발굽을 움직였고, 그 바람에 나는 걸의 다친 다리에 걷어차였다. 걸이 홱 몸을 돌리자 나는 그 엉덩이에 너무 세게 부딪힌 나머지 바닥에 떨어질 때 몸이 살짝 튕겨 나가기까지 했다. 나는 황급히 뒤로 물러나 잽싸게 우리 밖으로 몸을 날렸다. 흘끗 쳐다보니 걸은 매우 불쾌하다는 듯 나를 바라보았고 나는 걸에게 용서를 구하지 않을 수 없었다.

바로 그 순간, 영감이 옆 마을까지 다 깨울 만큼 너무 코를 크게 고는 통에, 나를 기린의 마력으로부터 끌어내 주었다. 나는 토끼 발을 주머니에 쑤셔 넣고 축사의 문을 향해 휘청거리며 다가갔다. 하지만 반쯤 갔을 때, 자루에 가져갈 수 있는 식량이 있다는 것이 기억났다. 빌어먹을, 나는 그것을 꼭 챙겨야만 했다. 그래서 트럭의 운전석으로 몰래 다가가 두 손 가득히 사과를 가져가려고 하는데, 영감의 코 고는 소리가 들리지 않는다는 것을 깨달았고, 대신 쿵쾅거리는 그의 발소리가 들렸다. 당장 손에 쥔 먹을거리를 다 떨어뜨리고 달아나지 않으면 그에게 붙잡힐 게 너무 뻔했다.

하지만 나는 그것들을 포기할 생각이 없었다.

왼쪽 편에 내 허리께까지 오는 높이인 운송 상자의 쪽문 중 하나가 보였다. 얼간이 운전수의 식량을 팔에 안은 채로 그 쪽문을 잡아당겨 보았더니 뜻밖에 문이 열렸다. 그래서 나는 상자 안의 토탄 이끼 더미 위로 뛰어들었다. 안고 있던 식량이 떨어져 사방으로 흩어졌다. 쪽문을 닫을 틈도 없이 나는 귀를 잡혀 밖으로 끌려 나갈지도 모른다는 각오로 기다렸다. 가슴이 마구 쿵쾅거렸다.

하지만 아무 일도 일어나지 않았다. 기린을 달래는 영감의 다정한 속삭임을 들으며 나는 쪽문을 슬며시 닫았다. 잠시 후 그가 다시 지나가는 발소리가 들렸고, 이내 코 고는 소리가 들려오면서 내 심장의 맥박도 느려졌다. 사방에 흩어진 식량을 찾을 수 있는 만큼 다 찾아내서 먹어 치운 후, 나는 다쳐서 부어오른 뼈를 쉬게 하려고 푹신하게 덧댄 운송 상자에 잠깐 기댔다가 곧 빠져나갈 생각이었다. 하지만 대신 내 눈은 저항할 의지도 없이 스르르 감겼다. 그날만큼은 어쩔 수 없었다.

죽은 사람처럼 잠에 빠져들면서 나는 벌써 꿈을 꾸고 있다는 것을 깨달았다. 기린들이 흥얼거리는 소리가 들린다고 느꼈기 때문이다. 그것은 아주 낮고, 기분 좋게 가르랑거리고 응응거리는 소리였다……. 영감이 기린을 달래는 소리만큼 위안이 되는 소리였다.

뉴욕 선

1938년 9월 22일

허리케인 기린들 격리 중

뉴저지주 어시니아 — 9월 22일(석간 특보). 살인적인 허리케인이 불어닥친 성난 파도 속에서 생존한 기적의 기린들이 오늘 뉴저지 어시니아에 있는 미국 축산 검역소로 가기 위해 홍수로 범람해 통제된 맨해튼의 도로를 뚫고 지나가야 했다. 검역소에서 격리 기간을 거치면, 명성이 자자한 벨 벤츨리 원장의 지시대로 기린들은 샌디에이고 동물원까지 대담한 국토 횡단 여행을 떠나게 된다.

「좋은 아침! 식사 시간이에요.」

누군가가 내 뒤편에 있는 문으로 갑자기 들어와 글을 쓰던 나의 심장이 철렁할 만큼 놀라게 한다.

눈 한쪽에 걸이 보이기 시작하자 나는 가슴을 쓸어내리며 도우미에게 〈나가!〉라고 소리친다. 걸의 기다란 목이 5층에 있는 내 방 창문까지 올라와 나를 향해 킁킁거리며 침방울을 튀긴다. 걸의 불가사의한 경이로움에 감탄하며, 나는 맨 처음 부두에서 걸과 보이를 처음 봤을 때와 똑같이 가슴 한 구석이 쿵 하는 느낌을 받는다. 아직도 살아서 그 기분을 다시 느낄 수 있어서 기쁘다.

「어젯밤에 말썽을 피웠다면서요. 텔레비전을 한 대 쳤다던데, 세상에!」 풀 먹인 빳빳하고 하얀 옷을 입고 서 있는 도우미가 말한다. 「게다가 지금 아침 식사에 벌써 늦었어요.」 나는 이 도우미가 마음에 들지 않는다. 그 트럭 운전수 얼처럼 머리에 기름이 번드르르하고, 나한테 말할 때 바보 대하듯 하며, 목소리는 사타구니 습진만큼 성가시다. 그가 걸 바로 옆에 서 있어서 혹시나 걸이 겁을 먹을까 봐 걱정이 된다.

「안 먹어.」 나는 재빨리 대답한다.

그는 내 휠체어의 손잡이를 잡는다. 「그럼 못써요. 어서 갑시다.」

나는 책상을 움켜쥐고 버틴다. 「못 가. 난 너무…….」 〈바쁘거든.〉 나는 말을 하고 싶지만 심장이 멈칫거려 연필을 떨어뜨릴 뻔했다.

〈느끼남〉이 뒤로 물러선다. 「알았어요, 알았어.」

나는 여전히 책상을 움켜잡은 채, 기분 상한 표정으로 나를 바라보는 걸을 흘끗 바라본다. 「그런 눈으로 보지 마.」 내가 쌕쌕거린다. 「난 멈추지 않을 거야. 맹세해. 그 애에게 다 말할 거야.」 나는 계속 글을 쓰면서 걸에게 말한다. 「자, 어때, 봤지?」

「네?」 느끼남이 내가 글씨를 갈겨쓰는 동안 묻는다. 「할아버지, 지금 누구한테 얘기하는 거예요?」

그때 다른 도우미가 복도 쪽에서 얼굴을 들이민다. 「어제 텔레비전을 부순 게 저 쭈글쭈글한 키다리야?」 그는 마치 내가 듣지도 못하는 사람인 것처럼 느끼남에게 속삭인다.

「그래. 게다가 지금은 어떤 죽은 여자한테 말 거는 거 같아.」 느끼남이 소곤거린다.

「저런 행동도 보고할 거야?」 복도에서 낮은 목소리로 묻는다.

「아니. 그러다간 보고 안 할 사람이 없을걸.」 느끼남이 또 속닥거린다.

「내가 저렇게 늙으면 제발 총으로 쏴줘.」 복도의 목소리가 말을 이었다. 「그리고 내 얘기 명심해. 저런 노인네들은 너무 열받게 하면 네 교대 시간에 죽을 수도 있어. 정말 역겨워. 내가 어제 실제로 당했거든. 어이, 지금 저 늙은이 뭐 하는 거야? 저기서 똥줄이 탄 것처럼 뭔가를 막 쓰잖아. 잠깐, 지금 내가 하는 말을 받아 적는 건 아니겠지?」

「당연하지!」 내가 더 빨리 휘갈기면서 답한다.

「이런, 이런, 할아버지.」 느끼남이 부드럽게 달래듯이 얘기한다. 「지금 나갑니다, 나가요. 됐어요?」

「나가면서 문도 닫아!」 내가 소리친다. 「난 지금 트럭 안에 갇혀 있고 우린 곧 길을 떠나야 하니까!」

2
어시니아에서

자장자장 / 울지 마라 / 잘 자라, 우리 아가.

갈색 사과 같은 눈이 나를 바라본다……. 총이 발사된다…….

「우디 니켈, 대체 거기에서 무슨 일이 있었는지 말해. 지금 당장!」

이튿날 아침 집을 떠난 이후부터 잠이 들기만 하면 시작되는 악몽에서 나를 확 흔들어 깨운 것은 누군가의 화난 목소리였다.

「얼, 사과랑 양파 좀 작작 먹어!」

「맹세코 제 몫 이상은 안 먹었어요. 존스 씨.」

「그럼 이걸 먹을 사람이 또 누가 있어? 기린들이 먹었을까?」

나는 잠에서 깨어나 내가 어디에 있고 왜 여기에 있는지 기억이 날 때까지 놀란 토끼 눈으로 멍하게 앉아 있었다. 위쪽에 있는 창문으로부터 빛이 흘러 들어왔다. 나는 밤새도록 잤다. 신음 소리를 내며 토탄 이끼 더미 위에 기댔다. 그곳에서 필사적으로 도망치지 않았다면 나는 여행하는 기린들의 나무 상자 안에 온종일 처박힌 신세가 되었을 것이다.

하지만 사실 더스트 볼의 소년에게는 이 상자 속보다 더 실망스러운 곳들도 있었다. 운송 상자 안은 보송보송했고, 따라서 나도 지난 이틀 만에 처음으로 축축하지 않게 보낼 수 있었다. 그래서 나는 바지에서 토탄 이끼 부스러기를 털어 내면서 처음으로 주위를 제대로 둘러보았다. 나무로 만든 이 복잡한 장치는 공간을 둘로 나눈 가운데 칸막이에 기린들이 서로 볼 수 있도록 위아래로 길게 틈이 있었고, 고급 기차 화물칸보다는 작은, 기린용 운송 객차였다. 기차의 무임승차자들이 탔다면 결코 떠나지 않았을 정도로 내부는 훌륭했다. 상자의 안쪽 벽들은 푹신한 삼베가 대어 있고 바닥도 토탄 이끼 더미를 푹신하게 쌓아 놓았는데, 나는 어떤 허리케인 대피 시설도, 지옥 같았던 보트 창고 뒤편도, 심지어 성자(聖者)도 화나게 할 만큼 널 사이로 끊임없이 바람이 들이치던 고향 농장의 판잣집도 이보다 훨씬 형편없다는 것을 알고 있었다.

나는 운송 상자 벽의 버팀목을 밟고 올라가 창문 하나를 기린의 우리가 보일 만큼만 열었다. 기린들은 서로의 목을 부비며 서 있었다. 얼이 물을 가득 채운 양동이를 철벅거리며 가져왔을 때, 보이는 우유처럼 부드럽게 굴었지만 걸은 보이 몫까지 두 배로 화가 난 듯 보였다. 얼이 양동이를 안에 넣으려고 우리 안으로 들어간 순간, 걸이 그를 향해 돌진했고 그 모습에 나는 속이 다 후련했다. 얼은 황급히 우리에서 도망 나오다가 뒤로 나자빠졌다. 그러자 영감이 얼에게 툴툴거리고는 직접 우리 안으로 들어가서 걸의 뒷다리 쪽으로 다가가 부목을 댄 상처를 살펴보았다. 동물원 수의사가 상처를 어찌나 잘 치료했는지, 걸은 기다란 목을 좌우로, 왼쪽, 오른쪽, 왼쪽, 오른쪽으로 흔들기 시작하더니 영감이 부목에 손을 대자, 다친 뒷다리를 들어 올려 그를 옆으로 걷어차고 말았다.

뻥.

넙다리뼈를 세게 걷어차인 영감은 페도라와 함께 나가 떨어졌다.

나는 몸을 움찔했다. 〈기린도 발로 차는구나.〉 나는 전날 밤 자칫하면 나도 발로 차일 수 있었다는 사실을 깨달았다. 2톤짜리 기린보다 훨씬 약한 노새에게 차여도 사람은 죽거나 평생 불구가 될 수 있다. 그래서 나는 영감이 죽었거나 차라리 죽기를 바랄 만큼 심하게 다쳤을 거라고 생각했다. 하지만 노새의 발차기에는 한 가지 단계밖에 없는 반면 기린에게는 불편한 심기를 너무 치명적이지 않게 드러낼 수 있는 여러 단계의 발차기 기술이 있는 듯했다. 영감은 죽지도 않고 불편한 데도 없이 모자를 집어 들고 일어나 황급히 우리 밖으로 나갔다. 만일 노새가 아버지를 그렇게 찼다면 아버지는 도끼 자루로 응징했을 것이다. 하지만 영감은 아니었다. 그는 기린에게 불평 한마디 내뱉지 않았다.

얼간이 운전수가 잽싸게 도우러 달려왔지만 영감은 마치 기린에게 당하는 게 일상인 사람처럼 필요 없다는 손짓을 해 보였다. 「전보를 보내야겠다.」 영감은 끙 하고 앓는 소리를 내며 페도라를 다시 머리 위에 얹었다. 그러고는 다리를 절지 않으려고 노력하면서 축사의 문 쪽으로 갔다.

축사의 문이 삐걱거리는 소리를 들으며 내가 빠져나갈 기회가 왔음을 깨달았다. 그때 트럭이 흔들리는 느낌이 들어 밖을 몰래 내다보았다. 얼이 트럭의 발판에 올라서서 트럭의 운전석 안으로 몸을 숙이더니 차에서 휴대용 술병을 꺼냈다. 그는 술을 벌컥벌컥 한 모금 들이켠 뒤 다시 원래 장소에 숨겨 놓았다. 눈에 보이진 않았지만 그가 간이침대에 눕는 소리가 들렸을 때 나는 조심스레 쪽문을 열고 뒤로 기어 나와 발로 바닥을 더듬어 찾았다…….

……그때 축사 문이 삐걱거리는 소리가 공중에 울려 퍼졌다.

그리고 나는 영감과 맞닥뜨렸다.

「지금 뭐 하는 짓이야!」

내 발이 땅에 닿음과 동시에 그가 내 팔을 낚아채는 것을 느꼈고, 나는 잡힐 때마다 했던 행동을 했다. 그를 향해 주먹을 날린 것이다. 하지만 영감은 이미 눈치를 채고 내 주먹을 옆으로 쳐냈다. 이제 내가 할 수 있는 건 한 가지밖에 없었다. 나는 그에게 돌진해서 함께 바닥으로 나뒹굴었다.

그가 황급히 일어나 〈얼!〉이라고 힘껏 고함을 지를 때 나는 축사 밖으로 냅다 도망쳤다.

나는 너구리가 파놓은 울타리 밑의 구멍으로 기어 나가 검역소가 안 보일 때까지 마구 뛰었다. 그리고 쓰러진 나무의 몸통에 앉아 숨을 돌리며 생각했다. 기린을 따라 캘리포니아까지 가는 것은 더 이상 쉽지 않아 보였다. 영감이 나를 목격했으니까. 나는 어찌해야 할 바를 몰라 걷기 시작했다. 불황이 닥쳤을 때, 목적 없이 텅 빈 눈으로 표류하듯 배회하던 불운한 남자들처럼, 나도 그저 한 발을 내딛고 그 발 앞에 또 다른 쪽 발을 내딛으며 계속 걸었다. 그러다 어떤 시골 가게로 들어가 빵 한 덩이를 훔쳤다.

「다 봤어. 이 거지새끼야!」 가게 주인이 문간에서 나를 잡아채는 바람에 셔츠의 등 부분이 완전히 찢어졌고 훔친 빵은 날아가 물웅덩이에 처박혔다. 나는 계속 앞으로 나아갔다. 그러면서도 진흙투성이가 된 빵을 건져 올리는 것은 잊지 않았다.

「좋아!」 가게 주인이 소리쳤다. 「보안관한테 너 같은 놈들을 아주 다 작살내라고 해야겠어!」

〈보안관〉이라는 단어가 내 귀에 천둥처럼 울리는 동안, 나는 푹 젖은 빵을 양 볼 가득히 욱여넣으며 안전하다고 느껴지는 곳에 다다를 때까지 힘껏 달렸다. 나는 자신이 뱀처럼 천하게 느껴졌고 뼈만 앙상한 가슴 위로는 이제 구멍 난 속옷 말고 불어오는 바람을 막아 줄 옷 한 겹 없었다. 화물 열차가 지나가는 사이, 선로의 측선 근처에 있는 부랑자들의 소굴을 지나치면서 아까 가게 주인이 말했던 〈너 같은 놈들〉이 어떤 사람들인지 깨달았다. 더러운 빵을 다 먹어 치운 뒤 한 부랑자가 기차 밑으로 끌려 들어가지 않도록 높이 팔짝팔짝 뛰어오르면서 무임승차자들로 가득 찬 기차의 화물칸을 쫓아 달려가는 모습을 지켜보는데, 떠돌이 개처럼 살게 될 나의 미래가 눈앞에 펼쳐졌다. 대체 무슨 근거로 나는 그 운명에 맞설 수 있다고 믿었던 걸까?

나는 여전히 그 캘리포니아로 향하는 기린들이 전해 준 젖과 꿀이 흐르는 땅에 대한 열망을 포기할 수가 없었고, 내 희미한 희망이 이제는 죽기 아니면 살기의 억센 오기로 바꿔어 감을 깨달았다. 그 당시의 삶에서 티끌 같은 희망이란 그런 힘을 지녔었다. 두 마리의 기린에 사활을 거는 건 바보의 멍청한 짓이었지만 그래도 계획을 세우게 하고 꿈을 꾸게 했다. 그리고 그런 희망을 부여잡고 키워 가 안전하고 따뜻하게 지키게 했다. 그것만이 목적 없이 텅 빈 눈으로 배회하는, 때가 오기도 전에 이미 내면이 죽어 버린 사람들과 달라질 수 있는 유일한 이유였으니까.

그래서 나는 곧바로 검역소 쪽으로 돌아가 정문 앞에 버려진 창고로 갔다. 허리케인으로 죽은 소를 포함해서 달라진 것은 없었다. 훔친 오토바이도 뿌리 뽑혀 쓰러진 참나무 뒤에 숨겨 둔 그대로 있었다.

내가 예상하지 못했던 것은 녹색 패커드였다.

빨강 머리와 말쑥한 정장을 입은 기자가 그들을 마지막으로 봤던 장소에 서 있었다. 나는 참나무 뒤에서 쭈그린 자세로 두 사람에게 몰래 다가갔다. 두 사람은 패커드 옆에 서 있었는데 여자에게 얘기하는 남자의 말투가 영 마음에 들지 않았다.

「『라이프』 매거진의 라이어널 에이브러햄 로!」 그녀는 카메라에 필름을 넣으며 말했다.

「제발 부탁인데, 그만 좀 해. 그만 가자. 그래도 원하는 대로 여기까지 다시 데려와 줬잖아. 더 이상은 안 돼.」

「내가 운전 못한다는 거 알잖아요.」 그녀가 카메라를 들어 올리며 대답했다. 「그리고 나는 더 찍어야 해요. 『라이프』 매거진을 위한 거니까!」

「오기, 그만 가야 돼!」

그녀가 멈추지 않자 그 기자가 나로서는 결코 용납할 수 없는 행동을 했다. 그녀의 팔을 움켜잡은 것이다. 그때 나는 나도 모르게 달려들어 그에게 주먹을 한 방 날렸다.

그는 코를 움켜쥐고 울부짖으며 패커드 쪽으로 물러났다. 「너! 감옥에 갈 줄 알아, 이 망할 자식!」 그는 식식대며 소리쳤다. 「오거스타, 저 녀석의 사진을 찍고 경비원에게 경찰을 부르라고 해!」

하지만 빨강 머리는 여전히 그곳에 서서 여전히 두 주먹을 위로 치켜든 채 그녀를 쳐다보는 나를 똑바로 바라보았다. 그 여자에게 넋이 빠진 나는 남자를 때리고 도망치는 것도 잊었던 것이다.

「젠장, 셔츠가 다 망가졌네!」 기자가 피를 멎게 하려고 손수건을 급히 꺼내면서 투덜거렸다. 「오기, 저 망할 자식을 찍으라니까!」

하지만 그녀는 사진을 찍는 대신 내게 입 모양으로 말했다. 「어서 도망가!」

그제야 나는 도망쳐야 한다는 사실을 깨달았다.

기린이 다시 길을 떠날 때를 기다리는 동안 나는 처음 빵을 훔쳤던 가게를 제외하고 아무 데서나 음식을 훔쳐 먹으며 매일 오후를 보냈다. 그리고 밤에는 버려진 창고의 적재용 나무판 위에서 몸을 웅크린 채 악몽이 두려워 잠들지 않으려고 버텼다. 하지만 고향을 떠난 후부터, 어둠 속에서 혼자 생각에 잠기는 것은 악몽보다 별반 나을 것도 없었다. 내 마음은 자꾸만 가족의 무덤, 서서히 그들을 죽음으로 몰고 가던 먼지 폐렴으로 헉헉대던 엄마와 여동생의 숨소리가 들리던 곳으로 찾아가곤 했기 때문이다. 악몽이라면 깰 수라도 있었겠지만, 그런 생각에서는 벗어날 수조차 없었다.

하지만 창고에서 보낸 첫날 밤, 별들 아래 누워 있는 동안에는 무덤이나 죽어 가는 숨소리가 떠오르지 않았다. 빨강 머리와 기린들의 멋진 모습들과 소리들만 떠올랐다. 그때까지만 해도 그 기자를 때린 사실 때문에 나는 빨강 머리를 다시 보지 않는 것이 내 신상에 좋다고 판단했다. 하지만 캘리포니의 꿈을 지키기 위한 것이라고 스스로에게 되뇌면서도 나는 자꾸만 기린들을 보러 가고 싶었다. 잠은 안 오지만 조금은 덜 외로운 마음으로 그런 생각을 하자니 자꾸만 내 머리를 킁킁대고 내 주머니에 관심을 보이던 기린들의 느낌이 되살아났다. 한 고아 소년이 품은 꿍꿍이와는 비교도 안 되는 특별한 마법을 그 기린들이 나에게 부리고 있음을 전혀 깨닫지 못한 채 말이다.

이튿날 오후에는 창고로 돌아가기 전 남의 집 빨랫줄에서 셔츠를 슬쩍했다. 밤마다 물어뜯는 모기들을 막아 줄 옷이 필요했다. 일단 검역소 앞에 도착하니 시간이 아주 천천히 흘렀다. 나는 썩어 부풀어 오르는 죽은 소에 꼬이는 파리들을 쫓고, 냄새를 최대한 피하려고 불어오는 바람의 방향에 따라 자세를 옮겨 가며 기다렸다. 나는 경비원이 뭔가를 씹고 뱉는 것을 지켜보고, 트럭들이 오가는 것을 지켜보았다. 그뿐이었다.

그러다 빨강 머리가 나타났다. 아주 형편없는 운전 실력으로 혼자 차를 몰면서.

그녀는 고급 패커드를 쿨럭거리며 몰고 와서는 기어가 긁히는 소리와 함께 덜컥하고 차를 세웠다. 그리고 그녀는 아주 오랫동안 사진도 찍지 않고 아득한 표정으로 정문을 바라보았다. 그런 강렬한 모습을 넋을 잃고 쳐다보던 나는 그녀가 빨간 곱슬머리를 뒤로 쓸어 넘길 때마다 속이 녹아내리는 것 같았다.

그녀가 마침내 차에서 내려, 사진을 찍기 위해 정문 근처에 가 있는 동안 나는 나도 모르게 패커드의 열린 창문 안을 들여다보았다. 그러다가 걸리기라도 하면 음식을 찾으려고 그랬다고 둘러댈 생각이었지만 진짜 이유는 그것이 아니었다. 나는 더 많은 것을 원했다. 그녀에 대해 더 많은 것을 알고 싶었다. 차 안 공기 중에 떠도는 그녀의 향수 냄새만 맡아도 행복해했을 나에게 좌석 위에 놓여 있는 수첩이 눈에 들어왔다.

수첩이 사라진 줄도 모른 채 그녀가 차를 타고 떠난 후, 나는 나무의 몸통 옆에 쭈그리고 앉아 쥐었던 수첩을 펼쳤다. 맨 첫 페이지에는 그 〈위대한 기자〉라는 라이어널 에이브러햄 로가 쓴 기사가 붙어 있었다.

뉴욕 월드텔레그램

1938년 9월 22일

바다의 허리케인을 이겨 낸 기적의 기린들

뉴욕 — 9월 22일(특보). 증기선 로빈 굿펠로호는 동부 해안 지방을 휩쓴 〈그레이트 허리케인〉을 뚫고 오늘 아침 방치된 채 죽을 뻔한 기린들과 함께 가까스로 뉴욕항에 입항했다…….

수첩의 다음 페이지에는 그녀가 휘갈겨 쓴 내용이 가득 차 있었다.

허리케인 속 해상에서 기적적 생존…… 맨해튼 홍수
화재…… 오토바이 경찰…… 뉴욕과 뉴저지.
일반 트럭…… 맞춤 제작 화물 상자.
배가 부풀어 올라 썩어 가는 소…… 건지종 젖소.
브롱크스 동물원 수의사…… 왜?
키가 크고, 마르고, 지쳐 보이는, 잘생긴 소년이 아주 시원하게 라이어넬에게 어퍼컷을 날림…… 누구일까?
캘리포니아의 첫 번째 기린들, 동물원 최초의 여자 원장.
첫 번째 미국 국토 횡단, 링컨 고속 도로 아니면 리 고속 도로…… 어떻게?
12일 후면 알게 되겠지.

빨강 머리가 수첩에 나에 대한 언급을 했다. 게다가 잘생겼다고도 했다. 전에 나를 그렇게 묘사한 사람은 아무도 없었다. 나는 나에 대한 얘기가 더 있는지 찾아내고 싶어서 페이지를 넘겼다. 하지만 다음과 같은 목록을 적은 맨 마지막 페이지까지도 나에 대한 얘기는 더 없었다.

내가 죽기 전에 할 일
- 만날 사람들:
  마거릿 버크화이트
  어밀리아 에어하트
  엘리너 루스벨트
  벨 벤츨리
- 기린 만져 보기
- 세상을 여행하기, 아프리카에서부터 시작
- 프랑스어 배우기
- 운전 배우기
- 딸 낳기
- 내 사진이 『라이프』 매거진에 실리는 것 보기

요즘 사람들이 죽기 전에 해야 할 일을 적는다는 〈버킷 리스트〉와 비슷해 보였다. 하지만 나는 머지않아 그것이 그녀가 하고 싶은 일들의 반도 안 된다는 것을 알게 될 터였다.

그녀는 이튿날에도 또 나타났다. 그래서 그녀가 보지 않을 때 수첩을 패커드 창문 안으로 다시 던져 넣었다. 그 수첩을 발견했을 때 기뻐하던 그녀의 얼굴은 정말 찬란한 아름다움 그 자체였다.

그 이후 그녀가 다시 나타나기를 기다리는 일은 기린을 기다리는 일만큼이나 내게 창고에서 계속 버틸 수 있는 힘을 주었다. 매일 그녀를 보는 일은 악몽과 싸우고 암울한 팬핸들에서의 기억들이 떠오르던 창고의 밤들을, 그녀를 떠올리는 시간들로 바꾸어 주었다. 나는 제일 먼저 불타는 듯한 정열적인 색깔의 머리카락부터 그려 보곤 했다. 그러고는 찬찬히 그녀의 미소를 생각하고 V 자 모양 이마 선, 그리고 코 위의 주근깨 하나하나, 얼굴의 선과 이목구비, 매끄러운 하얀 셔츠에서부터 맞춤 바지, 배색 구두, 심지어 연인을 대하듯 꼭 쥐고 있던 카메라까지 모든 사소한 것을 하나하나 음미하다가, 마침내 그녀의 녹갈색 눈빛이 떠오르면 그 부분에 멈춰서 잠시 빠져 있곤 했다. 그러고는 밤이 점점 깊어갈수록, 나는 어떻게 그녀에게 키스할지 상상하기 시작했다. 그렇게 흠뻑 빠져 있었지만 나는 내가 그녀와 정말 키스할 수 있을 거라고 믿을 만큼 어리석지는 않았다. 내가 아는 것이라고는 나는 결코 그녀와 그렇게까지 가까워질 일은 없으리라는 것이었다. 하지만 나는 그 모든 키스의 과정 — 그 불타는 듯한 뒤통수를 어떻게 감싸 쥘지, 그 탐스러운 가닥을 어떻게 손가락으로 쓸어 넘길지, 천천히 상냥하고 부드럽게 다가가 키스할지 아니면 성숙한 남자처럼 대담하면서도 거칠게 그녀를 들어 올리며 강렬하게 키스할지 — 을 상상하면서 괴로워하지 않고 시간을 보낼 수 있었다. 지금 그 기억을 떠올리는 것만으로도 이렇게 글을 쓰는 이 늙은이를 설레게 한다는 점을 전혀 부끄러움 없이 인정할 수 있다. 나는 그렇게 창고의 나무판 위에서 몸을 웅크리고 누워서, 졸음이 오면 그런 생각을 처음부터 다시 시작하곤 했다.

하지만 누구도 영원히 잠을 피할 수는 없다. 그렇게 며칠 밤을 보내다가 모든 노력에도 나는 결국 곯아떨어졌다. 그리고 익숙한 악몽이 다시 내게 찾아왔다.

자장자장 / 울지 마라 / 잘 자라, 우리 아가.

「이제 널 남자로 만들 때야!」

「우디 니켈, 대체 거기에서 무슨 일이 있었는지 말해! 지금 당장!」

갈색 사과 같은 눈이 바라본다……. 총이 발사된다…….

그리고 급물살이 세차게 휘몰아친다…….

……「아가야, 누구한테 말하는 거니?」

나는 놀라서 벌떡 일어나 서성거리기 시작했다. 이제는 너무 익숙해져 버린 악몽의 일부가 여전히 들려왔다. 엄마의 자장가, 아빠의 고함, 내 총이 발사되는 소리, 그리고 언제나 그랬듯 카운티 보안관이 나를 뮬슈 기차역에서 끌어내지 않은 것에 놀라면서. 하지만 이번에는 매번 똑같은 오래된 악몽에 뭔가 새로운 것이 추가되어 있었다.

그리고 그것은 나를 완전히 흔들어 놓았다.

엄마가 가족끼리 모이면 늘 즐겨 하던 이야기가 있었다. 내가 걸음마를 배울 무렵, 판자로 만든 요람에서 없어져서 찾아보면 헛간의 암말 옆에서 재잘대고 있었다는 얘기였다. 〈아가야, 누구한테 말하는 거니?〉 그런 나에게 엄마는 이렇게 묻곤 했다. 내가 암말을 가리키면 엄마는 나를 안아 올리고 〈잘 자라 아가야〉 자장가를 불러 주었다. 또 어떨 때에는 평원의 길게 자란 수풀 근처에서 재잘거리는 나를 발견하고 이렇게 묻곤 했다. 〈아가야, 누구한테 말하는 거니?〉 그럼 나는 토끼나 도마뱀, 혹은 다람쥐가 총총거리며 달아나는 수풀 가장자리를 가리키곤 했다. 하지만 언제부턴가 그런 낮잠 시간의 사소한 수다는 목사님이 온다는 둥 폭풍이 시작된다는 둥 수탉이 울어 댄다는 둥 내 능력 밖의 것들에 대한 얘기들로 바뀌기 시작했다. 엄마는 새들과 대화할 수 있는 능력을 가진 뷸라 숙모처럼 예수님이 나에게도 예지력을 주셨다며 기도했지만, 아빠는 그런 나를 못마땅하게 여겼다. 그래서 아빠는 나에게서 그런 기운을 떨쳐 내려고 했다.

단지 그뿐이었다. 그저 엄마가 늘 하던 이야기였을 뿐이다……. 먼지 때문에 갑자기 말을 할 수 없게 되었고 허리케인으로 의식을 잃었다가, 결국 버려진 창고에서 서성거리는 나를 발견할 때까지는 그랬다……. 하지만 나를 흔들어 놓은 것은 엄마가 〈아가야〉 하면서 묻는 질문이 아니라 세찬 물소리였다. 팬핸들에서 우리에게 없었던 단 한 가지가 있다면, 그것은 물이었다. 급물살이든 아니든 상관없이. 그래서 그 꿈으로 인해 뷸라 숙모와 예지력에 대한 기억이 다시 떠오른 나는 놀란 토끼 눈으로 서성이면서 다시는 잠을 자지 않기로 맹세했다. 기린을 생각하거나 빨강 머리에게 하는 키스를 상상하는 것도 나를 진정시키지 못했다.

그 이후부터 나는 잠도 못 자고 불안한 상태로 밤낮으로 기린이 길을 떠날 날을 손꼽아 기다렸다. 혹시 떠나는 것을 놓칠까 봐 창고를 거의 벗어나지도 않았다.

그러던 어느 날 마침내 수의사의 밴이 나타났고 정문 안으로 사라졌다.

때가 온 것이다.

나는 전속력으로 달려 너구리가 파놓은 굴을 통해 안으로 기어들어 갔고 가장 큰 축사로 달려갔다. 커다란 문들이 활짝 열려 있고 동물원 수의사의 밴이 보였다. 수의사의 밴 근처에 몰래 숨어든 나는 들킬까 봐 걱정을 했어야 했겠지만, 사실 거기 있는 사람들, 특히 영감은 가축 트럭이라도 몰고 돌진하지 않는 이상 내 쪽을 보는 일은 없을 거였다. 영감에겐 큰 문젯거리가 있었다. 기린들을 트럭에 태우려고 하는데 타지 않으려고 버텼던 것이다.

기린을 운송할 트럭은 우리 바로 옆에 세워져 있고, T 자 모양 운송 상자의 옆면 전체와 윗부분이 완전히 열려 있었다. 나는 그 상자가 그렇게 열릴 거라고는 생각지 못했다. 바닥 쪽에는 자유 경첩들이, 그리고 양옆에는 위아래로 걸쇠들이 달려 있어서 상자의 옆면을 아래쪽까지 완전히 열어 눕힐 수 있게 되어 있었다. 그렇게 열려 있는 것을 보자 벽을 폭신하게 만들어 놓은 상자 안은 더 크고 넓고 좋아 보였다. 기린들을 그 신식 여행 객차 안으로 안내하기 위해 두 개의 짧고 경사진 널빤지가 기린의 우리와 트럭 사이에 걸쳐져 있었다. 하지만 기린들은 눈앞에 있는 운송 상자가 좋든 나쁘든 그것이 뭔지를 알고 있었고, 또 그 트럭이 뭔지도 확실히 알고 있는 게 분명했다. 아마도 기린들은 널빤지 쪽으로 두 발자국 정도 발걸음을 옮겼다가, 그것이 향하는 곳이 무엇인지를 발견하고 그 자리에 그대로 멈춰 선 모양이었다.

기린들이 그 널빤지 위에 얼마나 오래 있었는지 잘은 모르지만 영감의 지친 얼굴로 미루어 시간이 꽤 지난 것 같았다. 영감은 러닝셔츠만 입은 채 쪼그리고 앉아 페도라를 만지작거리며 기린들을 바라보았다. 수의사는 널빤지 옆에 서서 걸의 부목을 살폈다. 얼도 숨을 거칠게 몰아쉬는 카키색 작업복 차림의 일꾼들 옆에 서 있었다. 영감이 자리에서 일어섰다. 그는 완전히 좌절한 표정으로 저벅저벅 걸어가 밧줄을 집어 들었고, 그를 포함해서 수의사와 카키색 작업복의 일꾼들도 함께 기린들을 송아지처럼 밧줄로 매서 끌었다. 여전히 기린들은 꿈쩍도 하지 않았고, 더 이상 방법이 없는지 영감은 땅에 주저앉았다.

그때 걸의 콧구멍이 떨리더니 내가 밤을 보냈던 칸 쪽으로 목을 쭉 뻗었다. 그러고는 한 발자국 앞으로 옮겼다. 그리고 또 한 발자국을 뗐다. 그다음 커다란 주둥이를 상자의 한 구석에 갖다 대더니 뭔가를 우적우적 씹었다. 내가 완충재 틈에 떨어뜨리고 찾지 못했던 양파를 찾아낸 것이다.

바보가 아닌 영감은 다시 일어섰다. 그리고 운전석에서 자루를 가져와 상자 안에 양파를 던져 넣기 시작했다. 그러자 순식간에 걸은 양파를 찾으러 토탄 이끼 더미 위로 성큼성큼 걸어 들어갔다. 영감은 남은 양파를 다른 쪽 칸에 던져 넣었고 보이도 자신의 칸으로 들어갔다.

그러자 모두 황급히 운송 상자 옆으로 가서 옆면을 다시 세우고 걸쇠를 단단히 채웠다. 기린들이 마지막 양파의 맛을 혀로 핥으며 커다란 머리를 창밖으로 내밀었을 때 영감은 모자를 벗고 안도의 한숨을 크게 내쉬었다. 그러고는 수의사와 함께 내가 숨어 있던 동물원 밴으로 급히 걸어왔다. 나는 황급히 물통 뒤쪽으로 숨었다.

「가면서 설파제를 계속 덧발라 줘야 해요.」 수의사가 말했다. 「도로의 노면 상태가 어떤지, 얼마나 오래 갔는지에 따라 발라 주는 횟수를 조절해야 하고요. 감염만 안 되면 충분히 잘 견딜 수 있을 겁니다.」 그는 트럭에서 검은색 가방을 하나 더 꺼내 후드 위에 놓고 붕대, 부목, 약병 등의 내용물을 보여 준 뒤 영감에게 건넸다. 「기린들을 위해 챙겨 왔어요. 또 두 분 몫까지 넉넉히요.」 수의사는 영감과 악수를 하고 차에 올라탄 뒤 마지막으로 〈행운을 빕니다〉라는 말을 남기고는 떠났다.

영감은 그날 남은 시간 동안 기린들에게 새로 여행할 운송 상자에 적응할 수 있는 시간을 주었다. 그래서 나는 물통 뒤에 자리를 잡고 밤새 기다렸다.

동이 트기 전에 영감이 축사의 문을 활짝 열었다. 얼은 벌써 엔진을 공회전시키며 운전대 앞에 자리를 잡았고 기린들은 머리를 밖으로 내밀고 있었다. 영감이 마지막으로 한번 뒤를 돌아보고 조수석에 올라타자 트럭은 헛간 밖으로 빠져나갔다.

나는 그들보다 정문에 먼저 도달할 정도로 서둘러 울타리 밑의 구멍을 향해 돌진했다. 트럭의 헤드라이트가 동트기 전 새벽의 어둠을 밝혔고, 기다리던 두 명의 뉴저지주 경찰이 오토바이를 타고 트럭을 도로 쪽으로 호위하며 안내했다.

쓰러진 참나무 밑에서 끌어낸 오토바이가 털털거리고 식식거리다가 폭발음을 내며 시동이 걸리자, 나는 커즈의 토끼 발을 힘껏 문지르고 그들을 따라갔다. 〈캘리포니, 이제 우리가 간다.〉 나는 이렇게 생각했다. 이곳 동해안에서 서쪽의 반짝반짝 빛나는 바다 사이에는 그 무엇도 아닌, 미국 국토 전체가 놓여 있었다.

그때 나는 기린을 두고 모종의 계획을 세운 것은 나만이 아닐뿐더러, 더 심각한 문제는 그런 계획들이 캘리포니아에 가는 일과는 아예 상관없다는 것을 전혀 몰랐다.

웨스턴 유니언 전보 회사

1938. 10. 5. 오후 3:34

캘리포니아주 샌디에이고
샌디에이고 동물원
벨 벤츨리 원장님께

기린 트럭 탑승. 새벽 출발.

라일리 존스

웨스턴 유니언 전보 회사

1938. 10. 5. 오후 4:02

뉴저지주 어시니아
미국 검역소
라일리 존스 씨에게

[보관]

행운을 빕니다.
가능할 때마다 연락 바람.

벨 벤츨리

웨스턴 유니언 전보 회사

1938. 10. 5. 오후 5:01

캘리포니아주 샌디에이고

샌디에이고 동물원

벨 벤츨리 원장님께

특수 장비 트럭을 통한 기린 운송에 대한 보험 승인.

추가 보장 내역 : 타이어 펑크.

불가항력적 사고. 토네이도. 먼지 폭풍. 홍수.

150달러 송금 보험 보장 개시.

런던 EC3

리덴홀 스트리트 12

런던의 로이드 회사

A. 페티그루

뉴어크 이브닝 뉴스

1938년 10월 6일

허리케인 기린 출발
기린 한 쌍이 금일부터 뉴저지에서
캘리포니아까지 국토 횡단 시작

뉴저지주 어시니아 — 10월 6일(특보). 최근 바다에서 허리케인으로부터 살아난 기적의 기린들은 이제 미 대륙을 횡단하는 최초의 기린들이 될 것이다. 이 기린들은 어시니아에 있는 연방 축산 검역소를 오늘 출발하여 5,150킬로미터 떨어진 캘리포니아주 샌디에이고 동물원으로 가게 된다.

기린들은 오늘 뉴저지주를 지나갈 예정이다. 주 경찰이 기린들의 호위를 맡을 예정이며 시민들에게 〈기린을 태운 도로용 특별 객차〉가 지나가는지 눈을 떼지 말고 지켜봐 달라고 말했다.

시카고 트리뷴

1938년 10월 7일

국토 횡단 질주를 시작한 샌디에이고 기린들

뉴욕주 — 10월 7일. 대륙을 횡단하는 기린 이송이 운송, 축산업, 그리고 고생담의 역사에 새 장을 열면서 오늘 시작되었다. 세계 최초 여성 동물원장인 샌디에이고 동물원의 벨 벤츨리 씨는 화물의 높이와 기린의 약해진 뼈 문제로 더욱 위험해진 임무를 그녀의 직원 중 가장 경험이 많은 라일리 존스 씨에게 맡겼다. 만일 존스 씨가 이 키 큰 보물들을 데리고 지하도, 고가 도로, 지붕이 있는 다리, 그리고 낮게 드리운 가지들을 무사히 잘 통과한다면, 두 마리의 기린을 — 혹은 한 마리만이라도 — 역사상 처음으로 한쪽 해안에서 반대쪽 해안으로 이송하게 된다.

「이 기린들은 아직 어리고 다 자란 게 아닌데도 지금 키가 3.8미터 정도 됩니다.」 직접 여행 경로를 정찰한 존스 씨가 말했다. 「그래서 필요하다면 타이어 바람을 조금 빼야 할 수도 있습니다.」

이 긴 여정에 대한 의견을 묻자 시카고 브룩필드

동물원장인 에드워드 빈 씨는 다음과 같이 답했다. 「존스 씨는 노련한 사람입니다. 괜찮은 운전사만 구한다면 해낼 수 있을 겁니다…….」

「어르신?」

누가 또 내 방 문 앞에 서서 글을 쓰는 나의 신경을 건드린다. 내가 어떻게 해보기도 전에 또 다른 도우미가 들어온다. 내가 성질을 부리려고 돌아보니 이번엔 여자다. 불타는 듯한 빨강 머리. 친숙한 색깔.

이제 기억이 난다. 내가 좋아하는 골격이 우람한 빨강 머리 도우미. 이름이 로즈였던가? 로지였나? 맞다. 로지.

「아침 식사에 안 오셨던데요, 어르신. 곧 예배를 드리러 목사님이 오실 거예요. 제가 아래층까지 모셔다 드릴까요?」

그러고 보니 일요일 아침이다. 예배라고는 간 적이 없다. 그래도 이들은 매번 물어본다. 그들로서는 일요일이 우리와 같이 늙고 타락한 사람들이 회개할 마지막 기회가 될 수 있다고 생각해서 친절을 베푸는 것이다. 오늘은 어쩌면 정말 나의 마지막 기회일지도 모른다. 하지만 나에게는 이렇게 글을 쓰는 것이 회개하는 일이다. 나는 로지의 얼굴을 잠깐 살핀 후, 글을 쓰던 노트 쪽으로 다시 몸을 돌린다. 「난 바빠.」

「어르신, 저 알아보시겠어요?」 그녀가 다음 말을 한다.
「물론이지.」 나는 어깨 너머로 중얼거린다.
「어머, 어르신. 정말 오랜만이죠. 전에는 도미노 게임도 같이 해주시고 약 드시기 전에 얘기도 해주셨는데, 기억나세요?」 그녀가 계속 말을 이어 간다. 「기린에 대한 뉴스 들었어요. 정말 안타까워요.」 그녀가 창가로 가서 창문을 닫는 소리가 들린다.
순간 내가 너무 빨리 회전하는 바람에 휠체어가 침대에 부딪혀 내 몸이 바닥으로 떨어질 뻔했다. 「창문 열어! 어서!」
그녀는 서둘러 다시 창문을 연다. 결은 아직 그대로 있다. 심장이 또 응응거리고 멈칫거려서 나는 가슴을 문지른다.
로지가 곧 알아챈다. 「당장 간호사를 불러서 약을 갖다드리라고 할게요.」
「아냐! 간호사 부르지 마! 약도 싫어. 맑은 정신으로 이걸 모두 써서 그 애에게 전해 줘야 해!」
로지는 두 손을 튼튼한 허리춤에 얹고는 영감이 그랬던 것과 완전히 똑같이 나를 위아래로 훑어본다. 하얗게 세어 가는 머리카락을 귀 뒤로 넘기면서 그녀가 말한다. 「알았어요. 하지만 안정되실 때까지 있다 갈 거예요.」
「그러든지.」 나는 입 다문 조개처럼 차분해져서 다시 노트를 향해 몸을 돌린다. 이런 나의 동작을 보고 그녀가 입을 다물어 주기를 바라면서. 하지만 실패다.
「어르신, 그 사람이 누구예요? 그걸 다 써서 주겠다는 사람이?」
나는 대답하지 않는다.

「그 빨강 머리 오거스타예요?」

나는 목을 홱 꺾다시피 돌아본다. 「빨강 머리 오거스타를 어떻게 알지?」

「저랑 도미노 게임을 할 때 해주시던 얘기에 항상 나왔던 사람이잖아요. 빨강 머리 오거스타, 영감, 기린들 말이에요. 지금 쓰시는 게 그 얘기예요? 그 여행에 관한? 하지만 언제나 별거 아니라고 하셨잖아요.」

「잘못 생각했었어.」 내가 중얼거린다. 조용하게. 그리고 다시 글을 쓰기 시작한다.

몇 분 동안 로지는 큰 몸을 침대 끝에 걸친 채 앉아 있다. 그러고는 그녀가 일어나는 소리가 들리고, 그녀가 내 방을 나가 문을 닫는 것을 지켜보면서 모든 것이 떠오른다.

도미노 게임과 이야기…….

3
뉴저지주와 델라웨어주를 지나는 길

그렇게 우리는 길을 떠났다.

하지만 길을 떠난다는 건 노래와는 다르다. 애초에 결코 떠돌 신세가 아닌 사람이 길을 떠도는 것보다 더 가엾은 일도 없다. 한 떠돌이 아이가 우리의 팬핸들 농장에 나타났을 때 모든 것을 다 잃어버린 듯한 그 무서운 눈빛은, 성자나 다름없는 기독교 신자였던 우리 엄마마저 외면하게 했다. 하지만 엄마는 자기가 떠돌이 아이를 외면할 사람이라고는 절대 생각하지 않았다. 아마 누구든 그런 일을 직접 겪기 전에는 본인도 그럴 거라고 믿지 않을 것이다. 하지만 당시에는 길을 떠도는 불행하고 무모한 사람들이 수도 없이 많았다. 그런 시기에 만일 당신이 철로 주변에 살고 있다면 어떻게 하겠는가? 아니면 고속 도로 근처에 산다면? 인정 넘친다거나 루스벨트처럼 지나치게 동정심이 많은 사람이 산다고 소문난 집이라서 더러운 부랑자들이나 떠돌이 아이들이 밤낮으로 문을 두들겨 댄다면? 문을 걸어 잠그고 커튼을 닫아 버릴 것인가? 어린 자식들을 집 안에 몰래 숨길 것인가? 그런 부랑아들이 당신의 집 관목 숲에 서로 숨으려고 면도칼이나 깨진 유리 조각을 마구 흔들어 댄다면? 경찰을 부르거나 산탄총을 가지러 갈 것인가?

하지만 그 당시에는 그런 것들을 일일이 다 마음에 담아 둘 여유도 없었다. 그래서 다행이라고 여긴다. 나는 떠돌이 소년이었던 내가 커즈를 찾아 떠날 당시의 심정을 잊어버리려고 무던히 노력을 했다. 비참했던 처음 며칠간은 거의 사람의 몰골이 아니었다. 그리고 시간이 지나면서 그렇게 사는 것에 대해서조차 신경을 덜 쓰게 되었다. 배가 고파 완전히 쪼그라진 위장에서 통증을 느낄 정도가 되면 마음의 허기 따위는 잊게 된다. 그리고 삶을 하루하루 조금씩 잊어 가다가 보면 결국 마음과 영혼이 떠돌이 개보다도 못하게 피폐해진다.

길들 자체도 마찬가지였다. 우리가 고속 도로라고 불렀던 도로는 기린을 모시고 가는 건 고사하고 사람을 태우고 가기에도 견디기 어려울 정도로 형편없었다. 나라 전체에 단 두 개밖에 없었던 소위 〈대륙 횡단 자동차 도로〉들은 너무 유명해서 각각 이름이 있었다. 링컨 고속 도로와 리 고속 도로. 그리고 우리 고향은 그 둘 중 어떤 고속 도로에서도 가깝지 않았다. 게다가 그때까지만 해도 대부분의 마을과 마을을 잇는 도로에는, 제대로 가르쳐 줄 때도 있지만 이미 없어지거나 잘못된 길들을 가르쳐 주기도 하는 주유소 직원밖에 없었다. 그래서 그런 불황의 시기에는 어떤 거리든 어떤 지역이든 도로를 타는 것 자체가 위험을 스스로 헤쳐 나가야 한다는 것을 의미했고, 나는 기린을 따라감으로써 그런 위험을 피하려고 했던 것이다.

그렇기에 나는 다시 길을 떠난다는 것이 두려웠지만 그 트럭이 눈에 보이는 동안은 마음이 놓였다. 그런데 해가 뜰 무렵 트럭이 흔들리는 게 아닌가. 아마 기린들이 환한 햇빛에 겁을 먹은 채 낯설고 지옥 같은 화물칸에서 우왕좌왕하며 머리를 밖으로 뺐다 넣었다 하느라 트럭의 뒤쪽이 마구 흔들리고 요동치는 것 같았다. 그러다가 심지어 한번은 한쪽 바퀴가 심하게 들리는 것을 보고, 트럭이 옆으로 넘어져서 여행이 출발하기도 전에 끝나 버리는 게 아닐까 걱정했을 정도였다. 하지만 영감은 얼에게 소리를 질러 트럭 속도를 줄이게 했고 결국 기린들이 균형을 잡으면서 모든 것이 진정되었다.

그 상태로 오토바이 경찰들은 우리를 뉴저지 전체 이곳저곳으로 데리고 다니기 시작했다.

첫 번째 마을에서 사람들은 너무 놀랐고 우리가 지나가기 전 그들이 보인 반응이라고는 잠이 덜 깬 채로 목을 비틀고 크게 웃어 댄 게 전부였다.

하지만 두 번째 마을 사람들은 기린들이 올 것을 이미 예상한 분위기였다. 일단 그 지역의 순찰차가 시 경계에서부터 대기 중이었다. 경찰차와 트럭이 함께 거북이처럼 천천히 도시 안으로 들어서자 갑자기 환영 인파가 나타났다. 차량들과 자전거들이 우리 뒤를 따랐다. 노인들은 의자나 계단, 단층집 현관에서 손을 흔들었다. 여자들은 집에서 입는 옷차림으로 베란다에 아기를 안고 서서 기린을 바라보았다. 마을 사람들은 보도에 줄지어 늘어선 채 신문을 쳐들고 있었고, 한 소년이 내 옆을 따라 달리면서 내 얼굴 앞에 신문을 흔들어 댔다. 나는 그것을 낚아채 계속 앞으로 달리면서 첫 번째 페이지를 재빨리 훑었다. 그 당시에는 별로 큰 신경을 쓰지 않았지만, 그 머리기사는 아주 오랫동안 기억에 남을 만한 세기적인 것이었다.

히틀러가 멈추었다 — 〈우리 시대의 평화〉

그 머리기사 제목을 지금 생각해 보면 몸서리가 쳐진다. 그것은 뮌헨 협정에 관한 기사였다. 교과서 같은 데가 아니라면 아무도 기억하지 못할 내용처럼 들리지만 결국 전 세계 사람들이 똑똑히 기억하게 될 역사적 사건이었다. 히틀러는 오스트리아를 거머쥐고 이제는 체코슬로바키아의 큰 덩어리를 원했다. 그것만 갖게 되면 평화를 약속하겠다고 하면서. 겁먹은 연합국들은 미치광이의 동화 같은 약속을 믿고 바로 원하는 것을 넘겨주었다. 하지만 세계의 다른 편에서 일어나는 그런 일들이 당시의 나에게 무슨 큰 상관이 있었겠는가? 아돌프 히틀러에는 아무런 관심도 없었던 내가 신문을 한 장 넘기자 나만 빼고 모든 사람이 다 읽은 기사가 있었다.

허리케인 기린들 길을 떠나다

나는 기사를 읽기 위해 도로 경계석 옆에 오토바이를 세웠지만 기사의 제목 말고는 더 읽지 못했다. 내가 신문을 떨어뜨리고 머리를 홱 돌려 주변을 살피게 한 광경이 시야에 들어왔기 때문이다. 그건 바로 녹색 패커드였다. 그 남자 기자가 운전을 하는 차창 밖으로 빨강 머리가 몸을 내밀어 카메라로 사진을 찍으며 바로 내 옆을 지나갔다. 마을을 떠날 때쯤 나는 이제까지 그랬던 것처럼 그 차가 다시 눈앞에서 사라져 왔던 길로 돌아갈 거라고 예상했지만 그 차는 계속 트럭을 따라왔다.

그래서 나도 계속 따라갔다.

우리는 그렇게 아침나절 내내 일정한 패턴을 따라 쉼 없이 이동했다. 조용한 농장 마을, 기린들을 보고 놀라서 말문이 막힌 무전여행자들, 작은 마을, 지역 경찰들, 갑작스러운 환영 인파, 그리고 다음과 같이 소리를 지르며 환호하는 마을 사람들을 만나면서.

「그 위쪽은 공기가 어때?」

「내 눈에 뭔가 반점 같은 게 보여!」

「낮은 고가 도로가 나올 거예요!」

그러고는 아무런 경고도 없이 뉴저지의 오토바이 경찰들은 영감에게 마지막으로 한 번 더 경례를 한 뒤 자기들이 나타났던 곳으로 다시 사라져 버렸다. 마침내 주 경계에 다다른 것이다. 그건 아주 좋은 신호였다. 단지 그 주 경계가 강으로 되어 있으며, 그 강을 건널 다리가 없다는 점만 뺀다면 말이다. 연락선은 하나 있었다. 달랑 배 한 척. 그리고 〈배를 타고 건넌다〉는 건 얼마 전에 물이란 존재가 기린과 나를 죽일 뻔했던 점을 고려하면 그다지 반길 만한 일이 아니었다.

영감 역시 심기가 불편해 보였다. 그는 트럭이 승선장에 멈추자마자 뛰어내려 연락선 담당자와 대화를 시도했다. 영감이 만족스러운 정보를 들을 때까지 뒤에 늘어선 차들은 기다릴 수밖에 없었다. 얘기가 끝나고 영감은 낡아 빠진 중절모를 벗더니 소맷자락으로 이마를 문지르고는 얼이 천천히 트럭을 운전하도록 안내하는 담당자를 지켜보았다. 마침내 배에 오른 트럭이 멈추자 영감은 페도라를 다시 쓰고 심하게 씩씩대면서 본인도 배에 올라탔다. 그 뒤로 다른 차들이 따라 승선하는 동안 나도 탈 기회를 노렸다. 그리고 토끼발을 한 번 문지른 뒤 심호흡을 하고 오토바이를 끌고 배에 올랐다.

배가 출발하자 배에 실린 차들에서 모든 사람이 내려 기린을 바라보았다. 창문 밖으로 커다란 머리를 내민 기린이 잔잔한 강물에 비친 모습은 내 몸과 마음까지 잔잔하게 했다. 마치 마법 같았다. 어리고 거칠었던 나는 그런 따뜻한 느낌에 저항하려고 했지만, 지금 떠올려 봐도 그것은 아주 기분 좋았던 순간으로 기억된다. 우리는 델라웨어강을 기린과 함께 건넜고, 심지어 모터가 없었어도 가능했을지도 모른다는 생각이 들 정도였다. 가장 평온한 상태의 우리들은 마치 기린들 같았다. 강의 물결이 아주 고요해서 기린들이 물 위라는 것을 인식하지 못해서였기 때문인지, 아니면 기린들이 벌써 새 여행 객차에 익숙해졌기 때문인지는 모르지만 기린들은 아주 자유롭고 유유자적하게 강을 건넜다.

나는 이 광경을 찍고 있기를 바라며 빨강 머리를 찾아 주위를 둘러보았다. 하지만 녹색 패커드는 배 위에 없었다. 나는 빙그르르 돌면서 해안을 죽 훑어보았다. 녹색 패커드는 여전히 선착장에 있었다. 빨강 머리와 기자는 맨 앞에 서 있었다. 따뜻해졌던 마음은 그다음 일어난 상황을 보고 순식간에 분노로 변했다.

그가 차 쪽으로 손짓을 했다.

그녀가 손을 위로 던졌다.

그가 그녀의 팔을 다시 움켜잡았다.

그녀는 그의 팔을 홱 뿌리쳤다.

그가 다시 차에 타더니 문을 쾅 닫고 그녀가 따라오기를 바라며 시동을 걸고 차를 출발시켰다.

하지만 그녀는 따라가지 않았다. 적어도 처음에는.

대신 그녀는 돌아서서 기린을 바라보았다.

나는 배가 점점 더 멀어지는 동안 빨강 머리가 이쪽을 쳐다보는 것을 가만히 응시했다. 그녀의 표정은 내가 이해할 수 없는 감정들로 가득 차 있었고 나는 그녀가 사라지기 전에 그 모습을 기억해 두고 싶은 생각이 간절했다. 그대로 그녀를 다시는 볼 수 없을 거라고 확신했다. 그래서 패커드의 녹색이나 그녀의 불타는 듯한 머리 색이 더 이상 구분이 안 갈 만큼 멀어진 이후에도 아주 오랫동안 그쪽에서 눈을 떼지 못했다.

연락선이 강 건너편에 도착했을 때 사람들은 모두 기린과 트럭을 위해 길을 터주었다. 마치 영감이 그들에게 경이로움을 전하는 시암의 왕이라도 되는 듯이 말이다. 기린의 머리가 강둑 너머로 사라질 때까지 아무도 움직이지 않았다.

기린과 배, 그리고 흐르는 강의 모습에 넋이 빠진 사람들은 내가 배에서 내리지 못할 수도 있겠다는 생각이 들 정도로 아주 오랫동안 그 상태 그대로 있었다. 나는 기린이 눈앞에서 사라질까 봐 걱정이 되어 사람들 주변을 헤치고 빠져나가 오토바이의 속력을 올렸다. 하지만 바로 앞에 결코 놓칠 수 없을 만큼 머리를 우뚝 세우고 가는 기린들의 모습이 보였다. 그래서 나는 다시 오토바이의 속도를 조용히 줄이고 따라갔다.

우리는 금방 또다시 주 경계를 지났다. 텍사스주의 카운티들을 지나는 것보다 더 빠른 느낌이 들었다. 〈메릴랜드주에 오신 것을 환영합니다〉라는 안내문이 보였다. 트럭은 속도를 훨씬 더 줄였다. 길은 이쪽저쪽으로 구부러지고, 트랙터들, 픽업트럭들, 그리고 심지어 말이 끄는 마차들까지 트럭과 나 사이를 지나갔다. 그러다가 급커브가 나타났고 트럭은 커브를 돌아 시야에서 사라졌다.

그 직후 타이어가 끼익하는 소리가 들려왔다……. 그리고 곧바로 뭔가가 심각하게 쿵 부딪히는 소리와 끔찍하게 울부짖는 소리가 들렸다. 나는 순간 소름이 끼쳤다. 모퉁이에 다가갔을 때 펼쳐진 광경을 보고 나는 배수로 주변의 무성히 자란 잡목 뒤에 숨었다. 기린을 태운 트럭은 길 한가운데 완전히 멈춰 서 있었고 뭔가 커다란 것이 트럭의 범퍼 오른쪽 옆에 넘어져 반쯤 도랑에 처박혀 있었다. 처음에는 얼이 차를 얻어 타려던 무전여행자를 채 못 보고 친 것이라고 확신했다. 하지만 그것은 망아지만 한 지저분한 떠돌이 개였고 다 찢어지고 피투성이가 된 털 밖으로 창자가 다 튀어나와 있었다.

영감은 얼에게 가만히 있으라고 한 뒤 운전석에 있는 총 선반에서 소총을 꺼내 쓰러진 개 앞으로 다가갔다. 그는 개가 마지막으로 죽기 전 격렬하게 경련하는 동안 총을 무릎 위에 얹고 개 옆에 슬며시 쭈그리고 앉았다. 헐떡거림과 떨림이 계속되자 영감은 일어나 소총을 개에게 겨누었다. 하지만 마지막으로 한 번 더 거칠게 숨을 내뱉은 후 개는 조용해졌다. 영감은 총을 밑으로 내리고 가만히 있었다. 그리고 다시 쪼그리고 앉아 죽은 개의 털에 손을 얹은 채 잠시 그대로 두었다. 마치 영감 자신이 마지막 축복이라도 내려 주듯이.

그 모습을 바라보는 동안 내 마음의 눈에는 팬핸들에서 아빠의 트럭에 뭔가 노란 물체가 부딪히고 그것이 근처 덤불 속으로 굴러 들어가는 환영이 펼쳐졌다. 아빠는 푹 들어간 범퍼에 화풀이를 하기 위해 차에서 내렸고 내가 총 선반에서 소총을 꺼내 들자 그 화풀이를 나한테 쏟아부었다. 〈젠장, 이 자식아! 어딜 가는 거냐? 코요테라면 쏠 수도 있겠지만 떠돌이 개한테 쓸데없이 총알 낭비할 필요 없다. 아직도 그렇게 어린애같이 굴 거냐. 까짓 동물한테 말이야!〉

영감은 일어서서 죽은 떠돌이 개의 다리를 잡고 완전히 도로 밖으로 끌어냈다. 기린들은 창밖으로 머리를 내밀고 그 모습을 쳐다보았다. 그러자 영감은 트럭 쪽으로 기어 올라가서 그들의 목을 가볍게 두들겨 주었고 그가 기린에게 속삭이는 소리는 바람을 타고 내 쪽으로 두둥실 실려 왔다. 그가 다시 차에 올라타자 트럭은 다음 모퉁이를 지나 사라졌다. 나는 조금 전에 본 장면을 나중에 더 곱씹어 볼 요량으로 마음 한구석에 저장한 채 조용히 개의 사체 옆을 지났다.

다음 모퉁이를 돌 때 나에게는 더 큰 걱정거리가 생겼다. 오토바이의 기름이 거의 바닥났고 돈도 한 푼 없었기 때문이다.

나는 그래도 계속 따라갔다. 그 외에 내가 뭘 더 할 수 있었겠는가?

기름이 없는 오토바이로 트럭을 따라가는 동안 해 질 녘이 되었고, 나에게는 그 특이한 이름 말고도 또 다른 이유로 기억에 남은 코노윙고라는 마을에 가까워졌다. 도로의 오른편에 나무들이 늘어서 있고, 빠르게 흐르는 강이 있는 왼편으로 도로가 꺾여 있었다.

그리고 다음과 같은 표지판이 나타났다.

〈일방통행교.〉 첫 번째 표지판에는 이렇게 쓰여 있었다.

〈잠수교.〉 다음 표지판은 이렇게 경고했다.

나는 믿을 수가 없었다. 지금 정말 저 기린들을 태우고 저 강을 건너려는 걸까?

하지만 곧 그런 건 더 이상 중요하지 않게 되었다. 왜냐하면 그때 오토바이가 쿨럭거리고 직직대다가 펑 하는 소리를 내고 결국 완전히 멈춰 버렸기 때문이다.

나는 클러치를 누르면서, 마치 내가 뛰는 것만으로도 오토바이에 기름이 주입되기라도 하듯 위아래로 깡충깡충 뛰며 스로틀을 돌리고 시동 페달을 밟아 댔다. 나는 그 행동을 상식 밖으로 오래, 완전히 지칠 때까지 계속했다.

결국 실패한 나는 가슴 한구석이 뭔가에 찔린 듯한 기분으로, 이제 캘리포니아에 가려던 계획과 영영 이별해야 한다는 사실을 깨닫고 점점 작아져 가는 트럭의 뒤꽁무니를 눈으로 좇았다. 〈이제 끝났다.〉 영혼까지 팔 생각마저 하면서 어떻게든 이 계획이 성공하길 바랐던 나는 혼잣말로 중얼거렸다. 아직 내 영혼이 어떤 건지도 잘 몰랐던 내게 그건 꽤 놀라운 생각이었다. 그래서 나는 부두에서 느꼈던 죽기 아니면 살기의 오기로 다시 충만해졌고, 희미한 희망이 사라져 가는 것을 서서 지켜보느니 차라리 달리다 죽겠다는 각오로 마구 뛰기 시작했다.

하지만 잠수교를 건너기 전에 트럭이 갑자기 속도를 줄였고 나는 도둑질도 서슴지 않는, 일말의 가치도 없는 내 영혼을 벌써 팔아넘긴 게 아닌가 하는 생각이 들었다. 왜냐하면 트럭이 다음과 같이 적힌 안내판을 지나 나무들 속으로 사라졌기 때문이다.

자동차 야영지 겸 오두막

이쪽 방향

나는 다시 오토바이 쪽으로 달려가서 죽어 버린 오토바이를 끌고 표지판 쪽으로 밀고 가기 시작했다. 심장이 너무 뛰어서 헉헉거리며 숨을 들이마셨다.

야영지 입구에 다다랐을 때, 기린을 태운 트럭은 야영지 사무실 옆에 세워져 있었다. 사무실 뒤편에는 스툴이 몇 개 놓여 있는 것으로 보아 여덟 명 정도 식사를 할 수 있는 간이식당도 겸하는 것 같았다.

나는 영감이 안쪽에서 관리인과 나오는 것을 보고 재빨리 몸을 숨겼다. 그들은 고작 침대가 겨우 들어갈까 말까 한 아주 작은 오두막이 몇 개 모여 있는 곳에서 관리인이 가리키는 대로 가장 깊숙한 오두막 쪽으로 트럭을 몰고 가더니 잎이 무성한 플라타너스 나무 밑에 세웠다. 나는 덤불 사이로 몰래 오토바이를 끌고 가서 바위 뒤에 숨은 다음, 영감이 운송 상자의 위 덮개를 열자 기린들이 커다란 주둥이를 내밀고 플라타너스를 뜯어 먹는 모습을 바라보았다.

그런데 플라타너스를 뜯어 먹던 기린 두 마리가 갑자기 주둥이를 바르르 떨면서 내 쪽으로 고개를 돌렸다. 마치 바람결에 떠다니는 나의 고약한 냄새를 맡기라도 한 것처럼. 내가 눈에 띄지 않게 몸을 숨긴 후에도 기린들은 여전히 내 쪽을 쳐다봤다. 걸은 마치 냄새를 제대로 맡으려고 노력하는 것처럼 주둥이를 이리저리 돌렸다. 하지만 나는 기린들이 결국은 포기할 것이라고 여겼고, 쪽문이 완전히 열리는 소리가 들리고 영감이 얼에게 기린한테 물을 주라는 말을 할 때까지 바위 뒤에 숨은 채 계속 그대로 있었다. 쪽문을 통해 기린의 발굽이 보였다. 운전사가 보이의 물통을 안으로 넣어 주는 데에는 아무런 문제가 없었다. 하지만 걸의 물통을 안으로 집어넣는 순간, 걸의 발굽이 그의 팔을 아주 세게 걷어찼다. 운전사가 욕을 하면서 뒤로 비틀거리며 물러났다. 그 모습을 보니 왠지 너무 고소하고 즐거웠다.

그러자 영감이 붕대를 감은 다리를 꼭 살펴봐야겠다는 일념으로 발길질에 차일지도 모르는 위험을 감수하며 직접 걸을 상대하러 나섰다. 그는 붕대를 감은 걸의 다리가 열린 쪽문 가까이 다가올 때까지 기다렸다가 안쪽으로 몸을 들이밀었다. 걸이 그를 발로 걷어찼다. 그는 몸을 피했지만 걸은 또 발길질을 했다. 영감은 트럭의 발판에 털썩 주저앉아 얼을 노려보았으나 얼은 오히려 내 쪽에 더 가까울 정도로 이미 영감으로부터 아주 멀찌감치 떨어져 서 있었다.

그때 관리인이 간이식당에서 햄버거를 한 더미 든 채 사람들을 몰고 다가왔다. 그의 뒤에는 길가에 반짝이는 유제품 회사 트럭을 세워 놓고 햄버거와 같이 곁들일 신선한 우유를 직접 갖다주겠다고 나선 유제품 회사 운전사를 포함해서 식당에서 일하는 사람들까지 모두 따라온 상황이었다. 햄버거 냄새에 나는 거의 미칠 것 같았다. 그래서 어리석은 짓을 하지 않도록 오는 길에 슬쩍한 생감자를 입에 넣었다. 숙소 관리인이 사람들을 쫓아내는 것을 보고, 이제 곧 마을 전체에 기린이 왔다는 소문이 퍼지겠다는 생각이 들었다. 해가 지는 동안 기린은 계속 플라타너스를 뜯어 먹었고 산들바람이 불 때마다 내 쪽을 향해 주둥이를 킁킁거렸다. 그래서 나는 나무 사이로 새어 나오는 관리 사무실의 가로등 불빛만 제외하고 주위가 모두 어두워질 때까지 계속 그대로 숨어 있었다.

몰래 내다보니 영감이 얼에게 오두막 쪽에 가서 쉬라고 손짓을 한 뒤 차 발판에 쪼그리고 앉아 기분 좋게 러키 스트라이크 팩에서 담배를 하나 꺼내 물고 있었다. 나 같은 가난한 농장 소년의 눈에는 담배를 직접 말아 피우지 않고 가게에서 사서 피울 여유가 있는 영감의 모습이 아주 인상 깊었다. 그가 지포 라이터를 딸각하고 열어 불을 붙이는 것을 보고 나는 캘리포니아에 사는 사람들은 모두 록펠러처럼 부자일 거라는 확신이 들었고, 그래서 더욱더 이 길을 계속 따라가고 싶어 조바심이 났다. 나는 꿀이 아닌 우유라도 먹고 싶은 마음에 유제품 회사 트럭을 바라보며 캘리포니의 덩굴에서 달콤한 포도를 따는 상상을 하면서 생감자를 한 입 더 베어 물었다. 나는 바위에 푹신하게 이끼가 낀 부분을 찾아 제대로 자리를 잡고, 영감이 다 피운 담배 끄트머리에 붙은 불을 새 담배에 옮겨 붙이며 흡연하는 것을 계속 지켜보았다. 평소처럼 최선을 다해 잠들지 않으려고 노력하던 나는 앞으로 어떻게 계속 이들을 따라갈지를 구상하며 몇 시간이고 영감과 같이 깨어 있었다.

앞일을 미리 계획하는 데 별 재주가 없었던 나에게는 영신통한 아이디어가 떠오르지 않았다……. 입구에 있는 주유펌프에서 기름을 넣을 수도 있었지만 그러려면 누군가의 주머니에서 1달러나 10센트라도 슬쩍해야 했다. 다른 차량에서 훔칠 수도 있었지만 그럴 만한 차량들은 이미 다 떠난 후였다. 야영지에 남은 차라고는 유제품 회사 트럭뿐이었는데 그 트럭은 내 배 속을 채워 줄 수 있을지는 몰라도 딱히 훔칠 만한 것은 없어 보였다. 시간이 흐를수록 나는 점점 더 절박해졌고 아이디어는 점점 더 고갈됐다. 기차의 화물칸에 뛰어들듯 트럭의 뒤에 몰래 올라타는 것을 심각하게 고려할 단계에까지 이르자 나는 생각하기를 포기하고 말았다.

얼마 지나지 않아서 영감은 교대하기 위해 얼을 깨웠고 기린 운송 상자의 위쪽을 닫으라고 지시하고는 오두막 안으로 사라졌다. 얼은 씹는담배를 입안에 물고는 양손으로 머리카락을 뒤로 쓸어 넘겼다. 그러고는 위 덮개를 닫는 것은 까맣게 잊어버리고 내가 걱정하던 행동을 했다. 그는 영감이 잠든 오두막 쪽을 살피고는 숨겨 놓았던 휴대용 술병을 꺼내 홀짝거렸고, 술주정뱅이들이나 좋아하는 방식대로 담배를 입에 문 채 그 즙과 함께 술을 꿀꺽꿀꺽 들이켰다. 그가 트럭 발판에 앉자 기린은 둘 다 창문 밖으로 머리를 내밀고 얼을 한번 내려다보더니 곧바로 머리를 다시 안으로 집어넣었다. 하지만 걸은 머리를 집어넣기 전에 마지막으로 내 쪽으로 커다란 콧구멍을 벌름거렸다.

그다음 한 시간 동안 나는 얼이 트럭의 문에 축 늘어진 머리를 기대고 졸 때까지 술을 마시고 씹는 담배를 내뱉는 모습을 지켜보았다. 잠에 빠질 때마다 그를 계속 똑바로 앉아 있도록 하는 것은 입안에 물고 있는 담배 때문에 나오는 기침이었다. 어쩌면 그건 그렇게라도 깨어 있으려는 그의 멍청한 계획이었을지도 모르겠다.

하지만 결국 그가 옆으로 푹 쓰러졌을 때 트럭 위쪽에서 키득대는 소리가 들렸다. 그 소리에 나는 벌떡 일어났다. 어둠 속에서 동네 불량배 세 명이 나타났다. 그중 하나는 뼈에 붙은 살만으로도 덩치가 내 두 배는 되었고, 다른 하나는 맨몸에 멜빵바지만 걸친 채였으며, 또 다른 한 명은 바가지를 엎어 놓은 듯한 머리의 좀팽이 같은 사내였다. 한 명이 푹 쓰러져 있는 얼을 툭툭 건드리자 셋은 더 큰 소리로 키득거렸다. 덩치가 운송 상자를 주먹으로 쾅쾅 하고 두들겼다. 그러자 창문이 둘 다 열리고 기린의 머리가 튀어나왔다. 기린들은 불량배들을 한번 내려다보더니 얼을 봤을 때처럼 현명하게도 다시 머리를 안으로 집어넣었다. 그러자 좀팽이가 기린들을 들여다보려고 위로 기어올랐다. 덩치가 밑에서 발을 받쳐 주자 좀팽이는 다른 두 놈이 계속 키드득대는 동안 계속 위로 올라갔다.

그러자 모든 상황이 안 좋게 흘러갔다.

아주 많이.

기린들은 발을 쿵쿵 구르고, 코를 힝힝거리고, 좀팽이가 떨어질 때까지 계속 트럭을 흔들어 댔다. 하지만 좀팽이는 곧바로 다시 위로 향했다.

그때 좀팽이가 본 것을 나도 보게 되었다……. 물론 기린들은 이미 알고 있었던 사실이지만 상자의 위 덮개가 열려 있었던 것이다. 좀팽이는 열린 덮개 쪽으로 바로 발을 옮겼다.

길에서 그 모든 생존 방식을 배웠지만 내 귀에는 여전히 아빠의 목소리가 들렸다. 나는 주먹을 쥐었다 폈다 하면서 어둠 속에 서 있었다. 아무리 거친 척을 해도 나는 그저 겁 많은 코요테에 불과했다. 나는 화가 아주 많이 났을 때도 겨우 한 대 치고 도망친 게 전부였고 한 번에 한 명 이상 상대해 본 적은 한 번도 없었다.

좀팽이는 위로 올라가면서 또 한 번 상자를 쾅 하고 내리쳤다. 그러자 기린들은 또 고개를 창밖으로 내밀고 겁에 질려 애원하는 눈빛으로 내 쪽을 바라보았다.

마침내 좀팽이가 운송 상자의 맨 위까지 다다랐다.

그다음에 벌어진 일은 나의 약한 공감 능력에 불을 지폈다. 도망갈 데도 없고, 걷어찰 수도 없고, 그리고 아무도 그들을 보호해 주지 않는 상태에서 기린들은 모든 것을 다 잃은 기분이었을 것이다. 기린들의 새된 비명 소리는 내 뼛속까지 시리게 할 정도로 간절했고, 지금도 그때를 기억하면 너무 절망스럽다. 사람들은 기린들이 소리를 내지 않는다고 말한다. 하지만 기린들도 분명히 소리를 낸다. 그리고 그때 기린들이 낸 소리는 끔찍한 허리케인을 겪은 기린들이 공포에 질려 끙끙거리고, 비명 지르고, 울부짖는 소리였다. 그런 종류의 소리는 기린을 덮친 사자들이나 들을 수 있는 소리였다. 나는 손으로 귀를 막았지만 전혀 도움이 되지 않았다. 그 소리는 내 가슴에서 요동쳤고 기린의 공포가 마치 나 자신의 공포처럼 느껴졌다. 나는 1초도 더 견딜 수가 없었다. 나는 나도 모르는 사이에 트럭으로 달려가 덩치를 피해 멜빵바지를 한 대 갈기고 위로 뛰어올라 좀팽이의 다리를 움켜잡았다. 그러자 밑에 있던 두 놈이 내 두 다리를 잡고 위시본[13]처럼 양쪽으로 벌렸다. 하지만 그 순간 기린들이 트럭을 마구 흔들어 댔고, 좀팽이는 상자 안쪽으로 떨어졌다.

다음에 들려온 소리는 기린이 지르는 새된 비명 소리와 기린이 마구 발로 차는 소리, 좀팽이가 울부짖는 소리였다. 그리고 예전에 수도 없이 들었던 소리가 뒤따랐다. 그것은 산탄총이 철컥거리는 소리였다.

영감이 내복 차림으로 산탄총을 들고 서 있었다.

산탄총이 발사되는 소리가 공포에 질린 기린의 새된 소리를 포함해 모든 것을 충격으로 잠잠하게 하며 숲속에 울려

13 닭고기나 오리고기 등에서 목과 가슴 사이에 있는 V 자형 뼈를 부르는 명칭. 이것의 양 끝을 두 사람이 각각 잡고 벌려 뼈가 부러졌을 때 긴 쪽을 갖게 된 사람이 소원을 빌면 이루어진다고 믿는 데서 유래되었다.

펴지는 순간, 좀팽이는 물 로켓처럼 위쪽으로 튀어나왔고, 나머지 불량배들은 황급히 나무 뒤로 몸을 감췄으며, 나 역시 아까 숨었던 바위 뒤로 뛰어들었다.

영감이 총을 다시 장전하는 소리를 들으면서 나는 앞에서 벌어지는 광경을 용기 내 살펴보았다. 트럭은 여전히 요동쳤고 기린들은 킁킁대며 발을 굴렀다. 그리고 영감은 엽총을 얼의 코를 향해 겨눴다.

「대체 넌 어디 있었던 거냐!」 영감이 고함을 질렀다.

「지금 여기요…….」 얼이 놀라 더듬거렸다. 「보시다시피.」

「냄새가 진동을 하는구나, 이 망할 놈아. 술 마셨냐?」 영감은 총을 겨드랑이 밑에 끼우고 얼의 술병을 찾아냈다. 나는 영감이 술병으로 얼을 후려칠지도 모른다고 생각했다. 하지만 대신 그는 그것을 어둠 속으로 내동댕이쳤다. 「내가 거짓말쟁이나 도둑보다 더 싫어하는 게 하나 있다면 그건 술꾼이야!」

얼은 비틀거리며 일어섰다. 「술 안 마셨어요! 하나도 안 취했다고요. 하늘에 대고 맹세해요!」

「다시 앉아.」 영감이 명령했다.

얼은 다시 앉았다.

「네 술버릇 때문에 기린들한테 혹시 무슨 일이라도 생긴다면, 하늘에 맹세코 널 벌집이 되도록 쏴버릴 테다. 그런 다음 벤츨리 원장님이 네 몸을 완전히 박살 내버리게 할 거야.」 영감이 말했다. 「알겠냐!」

얼은 술병이 던져진 쪽을 안타깝게 바라보며 꼼짝도 못 하고 고개를 끄덕였다.

산탄총을 옆구리에 낀 영감은 트럭 옆쪽으로 기어 올라가 기린들이 완전히 잠잠해질 때까지 속삭이며 달랬다. 위 덮개를 덮고 그는 조용히 바닥으로 내려왔다. 「아무래도 이 동네 녀석들이 더 찾아오기 전에 출발하는 게 좋겠다.」 그는 여전히 꼼짝 않고 앉아 있는 얼에게 말했다. 「내가 옷 좀 걸치고 여기 경찰한테 전화하고 올 동안 기린들한테 물을 좀 줘. 네가 운전할 정신이 있다면 말이야. 운전할 정신이 없어도 어떻게든 빨리 정신 차려야 할 거다. 안 그러면 내가 곧바로 널 경찰한테 넘겨 버릴 테니까. 알겠냐, 이놈아.」 그 말을 끝으로 영감은 산탄총을 손에 들고 오두막 쪽으로 주저 없이 걸음을 옮겼다.

경찰이라는 소리를 들은 얼은 뭐라고 중얼거리기 시작했다. 그는 겁을 먹은 나머지 벌써 술에서 깬 것 같았다. 얼굴에 산탄총을 겨눈다는 건 그 정도의 위력을 발휘할 만한 일이다. 하지만 얼은 그런 위인도 못 되는 한심한 놈이었다. 그는 여전히 투덜거리면서 자리에서 일어나 양동이를 찾아 두리번거렸다. 그가 걸의 쪽문을 열고 양동이를 찾으러 얼굴을 들이밀자…….

뻥.

얼은 바닥에 대자로 뻗었고 그의 코와 귀에서 피가 흘러나왔다.

다시 총을 들고 달려온 영감은 쓰러져 있는 얼을 발견했다. 영감은 화가 나서 식식거리며 완전히 죽은 듯 뻗어 있는 운전사를 노려보았다. 그는 부츠 신은 발로 얼을 쿡쿡 찔러보았다. 얼은 움직이지 않았다. 그래서 영감은 그의 총을 트럭에 기대 놓고 물통 옆에 아까부터 놓여 있던 양동이를 집어 들고 근처 펌프에 가서 물을 가득 채운 뒤 얼에게 쏟아부었다.

그러자 멍청이 얼이 다시 깨어났다.

얼은 두 손으로 다친 코를 부여잡은 채 비명을 지르고 발을 굴러대고 욕을 하면서 비틀거리며 일어섰다. 「저놈의 기린이 날 죽이려고 했다고요!」 그가 울부짖었다. 피가 그의 손가락 사이로 흘렀다. 「내 코를 부러트렸단 말이에요!」

영감은 열린 쪽문을 흘끗 쳐다보았다. 「그러게 누가 코를 안에다 밀어 넣으래? 하느님, 부처님, 성모마리아님, 대체 제가 어쩌다 이런 술꾼에다 한심한 인간을 고용했을까요?」 영감은 산탄총을 집어 들며 말했다. 「일단 좀 씻고 와. 그만 가야 하니까.」

「모든 게 다 두 개로 보여요.」

「엄살떨지 마.」 영감은 가만히 그를 응시했다. 「넌 이 트럭을 꼭 운전해야 돼. 내가 못한다는 건 너도 아주 잘 알잖냐. 기린을 거기까지 살려서 데려가려면 조금도 시간을 낭비해선 안 된다는 사실도 알 테고. 의사가 하는 말 못 들었어?」

「하지만 기린이 날 죽이려고 한단 말이에요.」 얼이 울부짖었다.

「절대 그럴 일 없어.」 영감이 투덜거렸다. 「정말 널 죽이고 싶었으면 네 두개골을 호두처럼 부숴 버렸을 거야. 암컷이 날 차는 거 너도 봤잖아. 그런데 나는 아직 이렇게 멀쩡하고.」

「아뇨. 난 그만둘래요.」 얼이 끙끙대며 말했다.

영감은 산탄총을 마치 6연발 권총처럼 빙그르르 돌렸다. 「이미 길을 떠났는데 뭔 소리야. 이 망할 자식아. 이제 와서 우릴 버리고 그만두겠다는 게 말이 되냐. 제발 그 입 좀 다물어.」

얼은 입을 다물었다.

「그 망할 엉덩이로 바닥에 앉아나 있어.」

얼은 그 망할 엉덩이로 바닥에 주저앉았다.

영감은 총을 아래로 내렸다. 「내가 커피하고 반창고를 좀 가져다주마. 금방 괜찮아질 거다. 괜찮지 않아도 참아야 해. 어떻게든 운전은 해야 되니까. 선택의 여지가 없어.」

그리고 영감은 성큼성큼 관리 사무소 쪽으로 가버렸다.

도로 한쪽에 있던 트럭의 헤드라이트가 켜졌다. 떠날 준비를 하는 유제품 회사 트럭이었다. 그 트럭에서 시동이 걸리는 소리가 나자 얼은 갑자기 주위를 살피더니 여전히 한 손을 피가 나는 코에 얹은 상태로 그 트럭을 향해 곧장 달려갔다. 그는 기린에게 차이고 피투성이가 된 반쯤 취한 얼간이치고는 아주 잽싸게, 트럭이 출발하려는 순간 조수석 문을 활짝 열어젖히고 올라탔다. 너무 순식간에 일어난 일이라, 물론 그럴 생각은 전혀 없었지만, 내가 그를 잡으려고 했어도 잡을 수 없었을 것이다.

영감은 산탄총을 겨드랑이에 끼고 손에 커피와 반창고 등을 가득 들고 관리실에서 나왔다. 그는 가까이 다가오면서 얼이 있어야 할 곳을 바라보았다. 영감은 자신의 운전사가 거기에 없다는 사실이 믿어지지 않는 것 같았다. 유제품 회사 트럭이 도로로 들어서며 조수석 문이 쾅 하고 닫히는 소리가 들리자 영감은 비로소 상황을 파악한 듯했다. 커피와 반창고를 떨어뜨리며 그는 사라져 가는 트럭을 향해 산탄총을 겨누면서 도로 쪽으로 달려갔다.

나는 분명 곧바로 총이 발사되는 소리가 들릴 거라고 확신했다. 하지만 영감은 그 자리에 멈추었다. 그냥 총을 아래로 내려뜨리고 떠나는 트럭을 빤히 보고만 있었다. 마치 운전기사가 사라지는 모습을 매초 단위로 기록하는 것처럼. 트럭이 완전히 사라지자 그는 도로 쪽에 대고 침을 뱉고는, 마치 화를 내면 얼을 다시 그의 앞에 불러다 놓을 수 있을 것처럼 식식거렸다. 영감은 〈못생긴 망할 자식〉이란 말을 후렴구처럼 반복하면서 온갖 욕설을 잔뜩 늘어놓고 흙먼지가 날리도록 그 자리에서 서성댔다. 결국 그는 트럭 쪽으로 쿵쾅거리며 돌아가 발판에 앉은 채 산탄총을 땅바닥에 내려놓고 두 손으로 얼굴을 가렸다.

그는 그 자세로 아주 오래 앉아 있었다. 얼마 후 그는 산탄총을 들고 일어서서 등을 쭉 펴고는 오두막 쪽으로 향했다.

새로운 아이디어가 떠오른 나는 트럭을 향해 곧장 걸어갔다. 걸과 보이가 지켜보는 가운데 나는 발판 위로 올라가 운전석 쪽 창문 안으로 머리를 들이밀고 트럭의 변속 장치를 아주 열심히 오래, 자세히 들여다보았다. 얼마나 시간이 흘렀는지는 모르지만 내가 땅으로 폴짝 뛰어내렸을 때는 이미 영감이 산탄총을 들고 서 있었다.

나는 손을 위로 치켜들었다. 「쏘지 마세요!」 나는 꽥 하고 비명을 질렀고 내 비명 소리에 내가 더 겁이 났다. 왜냐하면 그건 내가 커즈를 발로 차며 욕을 한 이후에 처음으로 입 밖으로 내보낸 말이었기 때문이다. 「난 아까 그 불량배들과 한패가 아니에요! 나예요. 나 기억 안 나요? 검역소에서?」

총을 아래로 내리며 영감은 눈을 가늘게 뜨고 바라보았다. 검역소의 진흙이 말라붙은 누더기를 입고 있는 나를 알아본 모양이었다.

「대체 이게 무슨…….」 영감이 겨우 말을 꺼냈다. 「우리를 따라온 거냐?」 그는 총을 다른 손으로 옮겨 들었고 나는 비로소 왜 그가 운전을 못하는지를 깨달았다. 내가 부두에서 본 그의 뒤틀린 손은 오른손이었다. 기어를 바꿔야 하는 손. 그래서 나는 입 밖에 내는 순간에도 채 완성되지 않은, 새롭고 놀라운 생각을 불쑥 뱉어 버리고 말았다. 「내가 할 수 있어요.」 나는 그렇게 내뱉었다. 「보이와 걸을 데리고 혼자 그 먼 거리를 갈 수는 없잖아요.」

「누구를?」

「기린들 말이에요. 제가 캘리포니까지 운전해 드릴 수 있어요.」

내 말에 영감이 두툼하고 무성한 눈썹 한쪽을 갑자기 너무 위로 치켜올리는 바람에 나는 그의 눈썹이 어디론가 날아가 버리는 줄 알았다. 「누가 부탁이라도 했어? 게다가 너한테 운전을 맡길 거란 생각은 어쩌다 하게 된 거냐?」

나는 고개로 도로 쪽을 가리켰다. 「방금 운전사가 아저씨를 곤란한 상태에 놔두고 도망갔으니까요. 그게 이유예요. 전 어딜 가든 세상 누구보다 잘 운전할 자신이 있어요. 진짜예요. 난 잠도 거의 안 자요. 불량배도 아니에요. 게다가 술 같은 건 입에도 안 대고요. 믿어도 좋아요.」

「널 어떻게 믿어? 네가 누군지도 모르는데!」 영감의 시선은 초라한 내 몰골을 위아래로 훑다가 밧줄로 대충 허리를 동여 맨, 부츠 위를 채 덮지도 않을 만큼 껑둥한 내 낡은 바지에서 멈췄다. 「몇 살이냐?」

「열여덟이요.」 나는 거짓말을 했다. 「나는 움직이는 건 뭐든 운전할 수 있어요. 그리고 난 기계에 대해서는 천재예요. 진짜로요.」

「그러다 기린에 대해서도 천재라고 말하겠구나?」 영감이 말했다.

나는 턱을 앞으로 내밀었다. 「아까 그 운전수보다는 훨씬 낫죠.」

「무슨 근거로?」

나는 주머니에 슬그머니 손을 넣었다. 「우선, 난 동물의 발굽 근처에 내 코를 들이밀면 안 된다는 것 정도는 알아요.」 나는 주머니에 있는 커즈의 토끼 발을 문지르며 또 거짓말을 했다. 그 토끼 발을 떨어뜨렸을 때 똑같은 행동을 했으면서 말이다.

영감은 내 뒤를 바라보았다. 「여기까진 어떻게 온 거야?」

「오토바이로요.」 나는 어둠 속에 있는 오토바이 쪽을 턱으로 가리켰다.

그가 눈을 가늘게 떴다. 「그 오토바이는 네 거냐? 난 도둑이나 거짓말쟁이는 못 참아.」

「지금 내 손에 있잖아요, 안 그래요?」 이렇게 대답함으로써 나는 도둑에 거짓말쟁이라는 걸 스스로 증명하고 말았다.

그때 순찰차가 관리 사무소의 가로등 옆에 와서 멈췄다.

나는 나도 모르게 어둠 속으로 한 발짝 들어가 섰다.

영감이 그런 나의 행동을 눈치챘다.

「알 만하군.」 그가 으르렁거리듯 말했다. 그는 총을 옆구리에 끼고 나서 내가 도둑질한 오토바이로 다가가 오토바이 내부의 전선을 통째로 뜯어내고는 트럭으로 다시 성큼성큼 걸어왔다. 「널 다시 본다면, 나는 어딜 가나 아는 경찰들이 있으니 바로 넘겨 버릴 테야. 보아하니 그걸 원하는 것 같지는 않구나. 그리고 하느님 부처님 성모마리아님, 동물 우리에서 나왔냐? 제발 좀 씻고 다녀! 바로 저기에 강이 있어. 너한테서 나는 냄새 때문에 눈이 다 따가울 지경이다.」 영감은 운전석에 올라탄 뒤 총을 다시 총 선반에 올려놓았다. 그리고 다 찌부러진 중절모를 눈썹 위까지 눌러쓰더니 기어를 힘들게 바꾸면서 트럭을 도로 위로 쿨럭거리며 끌고 갔다.

나는 땅에 털썩 주저앉으면서, 전선이 다 드러나고 기름도 다 떨어진 오토바이를, 나 자신도 연료가 다 바닥난 심정으로 바라보았다. 그 오토바이를 고칠 방법은 전혀 없었다. 적어도 나로서는. 가끔 오토바이를 훔치기 위해 시동을 걸어 본 것 말고는 엔진에 대해서 아는 바가 전혀 없었다. 하지만 영감을 따라 계속 갈 수만 있다면 죽은 사람도 살릴 수 있다고 맹세할 수도 있었다. 그렇다면 그 트럭을 운전하겠다던 말은? 바퀴가 달린 건 뭐든 운전할 수 있다는 말은 어리석고 바보 같긴 했지만 진심이었다. 아빠의 다 낡아 빠진 구형 트럭보다 큰 차를 한 번도 몰아 본 적이 없다는 사실은 전혀 문제가 되지 않았다. 내가 운전해서 가장 멀리 간 거리가, 근시인 할머니도 쉽게 운전할 수 있을 만큼 굴곡이 전혀 없는 팬핸들의 고속 도로로 시내까지 30킬로미터 정도였다는 사실도 중요하지 않았다. 나는 아직 캘리포니아에 대한 꿈을 포기하지 않았다. 그리고 그때는 몰랐지만 기린들 역시 나를 포기하지 않았었다.

하지만 실낱같은 희망이라는 말에도 정도가 있는 것이다.

그래서 나는 영감이 운전하는 트럭의 기어가 긁히는 소리를 들으면서 다 망가진 오토바이에 기대앉았다. 그러다 한동안 계속 변속이 안 되는 소리에 움찔거리던 나는 현기증이 일었고, 또다시 죽기 아니면 살기의 필사적인 오기가 살아났다. 내 안의 거짓말쟁이는 실패했을지 모르지만 내 안의 도둑은 아직 아니었다. 하지만 움직이지 않는다면 그 도둑은 기회조차 얻지 못할 것이었다. 나는 다시 한번 카우보이 부츠를 신은 발로 미친 듯이 뛰기 시작했다. 두 마리의 기린을 따라잡기 위해 마구 달렸다. 그런데 정말 놀랍게도 점점 그 트럭에 가까워지고 있었다. 아직 주위에는 시골의 어둠이, 동트기 직전의 깊은 어둠이 깔려 있었다. 저 멀리 잠수교 건너편에서 마을의 경찰차 불빛이 반짝거리는 것이 보였고 기린 트럭의 불빛은 아직도 강을 건너기 전이었다. 영감은 주저했다. 트럭의 헤드라이트가 비추는 곳에는 강물이 다리 위로 범람하는 것이 눈에 들어왔다. 그 다리는 강화 콘크리트 덩어리가 강에 툭 던져진 것이나 별반 다름이 없었다. 기린들은 머리를 내밀고 트럭을 마구 흔들어 댔다. 분명 물소리에 겁을 먹은 것이 분명했다. 그러다 기린들은 내 냄새를 맡았다. 기린들의 기다란 목은 내가 전속력으로 그들에게 성큼성큼 뛰어가는 것을 보느라 이리저리 마구 움직였다. 영감이 기어를 변속하며 차를 출발시킬 때 나는 트럭에서 고작 몇 발자국 뒤에 있었다. 절박한 심정으로 물을 바라보고 트럭의 뒤쪽을 바라보았다. 사람은 사생결단의 상황에 처하면 가장 극단적인 계획을 시도하게 마련이다.

기린이 지켜보는 가운데 나는 트럭이 물에 잠긴 다리로 서서히 다가가는 순간 기차의 화물칸에 올라타듯이 뛰어올라 운송 상자의 뒷부분을 잡았다. 강물에 젖은 범퍼가 미끄러워 부츠를 신은 발을 올려놓는 데 애를 먹었다. 그래도 어떻게든 트럭이 건너편으로 넘어갈 때까지 뒤에 붙어 있는 데 성공했다. 하지만 그렇게 건너가는 동안 트럭을 쥔 손의 힘은 점점 더 빠졌고, 긴 목을 구부리고 나를 쳐다보는 보이의 긴 혀가 내 머리를 핥는 바람에 버티기가 더 힘들었다. 기린의 뱀 같은 혀를 떼어 놓으려다가 거의 떨어질 뻔하기도 했다.

트럭이 아직 모두가 깊이 잠든 마을로 들어가는 동안, 나는 여전히 부츠 신은 발로 범퍼 위를 디딘 채 떨어질 때를 대비해 뭔가 단단히 움켜쥘 만한 것을 찾았지만 아무것도 없었다. 날이 밝으면서 트럭은 마을 반대편에 있는 시 경계 표지판을 지났다. 경찰차는 이미 돌아가기 위해 방향을 돌리는 중이었다. 너무나 절망적이었다. 트럭을 잡은 손도 놓치기 직전이었고, 범퍼 위에 올려놓은 부츠 신은 발도 더는 버티기 어려운 상황이었다. 나는 아예 위로 올라가지 않으면 곧 떨어질 것 같았다. 이 상태로 가면 몇 초도 안 되어 도랑에 처박히고 말 것이고, 삽시간에 나는 상처를 핥으며 내 꿈이 트럭과 함께 영원히 사라져 가는 모습을 지켜보는 처지가 될 터였다. 그래서 나는 계속 내 머리를 핥아 대는 보이 때문에 전혀 도움이 되지 않는 상황에서 완전히 지친 몸으로 트럭의 운송 상자 꼭대기로 올라갔다. 나는 그렇게 영감이 쿨럭거리며 트럭을 몰고 가는 동안 벌레를 쫓아가며 운송 상자 위에 대자로 누워 뭐든 손에 잡히는 대로 붙잡고 버텼다.

그때 그날 아침의 첫 구경꾼이 나타났다.

아침 일찍부터 자신이 사는 시골 도로에서 기린을 목격한 한 운전자가 놀라서 기린을 태운 트럭 쪽으로 너무 가깝게 다가왔고, 영감은 그 차를 피하느라 반대쪽으로 운전대를 급격히 튼 모양이었다. 내 몸은 갑자기 공중으로 붕 떠올랐다. 나는 결국 떨어지면서 다친 갈비뼈로 한 번, 옆구리 쪽으로 한 번 튕긴 뒤 도랑에 처박혔다. 그러면서 나도 모르게 아주 큰 소리로 비명을 질렀는지 곧바로 내 눈앞에 영감의 얼굴이 나타났다.

「이런 맙소사, 이 녀석아. 트럭 위에 있었던 거냐? 그 멍청한 목이 부러졌겠다! 대체 어쩌자고 그런 위험한 짓을 한 거야? 됐어. 대답은 듣고 싶지도 않구나.」 그는 나를 확 잡아당겨 일으켰다.「어디 다친 덴 없고?」

내 바지는 찢어지고 무릎은 피투성이였다. 기린들이 나를 향해 힝힝거리는 새에 영감은 다친 데가 없는지 보려고 거친 손길로 내 사지를 훑었다. 그리고 나를 비틀거리게 둔 채 동물원 수의사가 준 가방을 꺼내 내 바지의 찢어진 틈을 더 찢어 벌리고는 피가 나는 내 무릎을 붕대로 감아 주었다. 영감이 지나칠 만큼 많은 양의 머큐로크롬(우리가 원숭이 피라고 부르던 빨갛고 지독하게 쓰라린 소독약)을 내 모든 벗겨진 상처에 신이 난 듯 잔뜩 바르는 통에 나는 아주 크게 비명을 내질렀고 기린들은 더 심하게 힝힝거렸다.

「그 정도로는 안 죽는다.」 영감은 지갑에서 1달러짜리를 꺼내어 내게 휙 던졌다. 「자 여기 1달러야. 이걸로 차를 얻어 타고 가.」 그가 가방을 집어 들고 트럭으로 가면서 말했다.

「날 여기다 두고 가려고요?」

「널 다시 마을에 태워다 줄 사람이 곧 나타나겠지. 그럼 그 돈으로 아는 사람한테 전화해서 다시 집으로 돌아가.」

「난 아는 사람도 없고 집도 없어요.」 내가 뒤에서 소리쳤다. 「〈캘리포니〉로 가고 싶어요.」

「내가 알 게 뭐냐.」 그가 어깨 너머로 소리쳤다.

기린들은 우리 둘 사이에서 목을 앞뒤로 빙빙 돌리며 시끄럽게 킁킁거리고 쿵쿵댔다. 그 광경을 보고 나는 침을 꿀꺽 삼키고 어깨를 펴고 대들었다. 「맞아요. 아저씨가 정말 알아야 할 건 아저씨의 형편없는 운전 솜씨 때문에 기린 목이 다칠지도 모른다는 거예요. 벤츨리 원장님이 과연 그걸 좋아할까요?」

내가 전보에서 본 벤츨리 원장이라는 이름을 언급하자 걸음을 옮기던 영감이 잠시 멈칫했다. 하지만 그는 페도라를 더 깊숙이 눌러쓰고 계속 걸어갔다.

그다음 나는 내가 이렇게 말하는 것을 들었다. 「아저씨는 도와줄 손이 필요하잖아요!」

내 바보 같은 단어 선택에 영감은 완전히 걸음을 멈추고 돌아섰고, 그의 뒤틀린 손을 쳐다보는 내 시선을 포착했다.

「지금 뭐라고 했냐?」 그가 으르렁거리며 더 이상 불쾌해 보일 수 없는 눈빛을 내게 보냈고, 나는 눈치 빠르게 입을 다물었다. 그는 운전석 문을 활짝 열어젖히고는 차에 올라타 시동을 걸었다.

차는 털털거리다가 멈추었다.

그가 다시 시동을 걸었다.

「자꾸 그러다간 엔진이 죽어요. 페달을 살살 밟아요!」 내가 고함쳤다. 차에 시동이 걸리자 내가 소리를 질렀다. 「거봐요, 시동 안 걸렸으면 어쩔 뻔했어요? 아저씬 내가 필요하다니까요!」

내가 정말로, 정말로 하고 싶었던 말은 사실 나에게 그들이 필요하다는 말이었다.

변속기를 더 거칠게 긁어 대고 기린의 목을 더 세게 휘청거리게 하면서 영감은 트럭을 다시 도로 위로 올려놓는 데 성공했다. 기린이 눈앞에서 또 멀어져 가는 모습을 바라보면서 내 심장은 중국 대륙까지 떨어지는 기분이었다.

하지만 트럭이 갑자기 멈추었다.

그리고 영감이 나에게 타라는 손짓을 보냈다.

나는 피가 흐르는 무릎이 허락하는 한도 내에서 전속력으로 달려갔다. 내가 차 문까지 가자 그가 말했다. 「정말 엔진에 대해 잘 알긴 하는 거냐? 지금 나한테 거짓말할 생각은 마라.」

「전 진짜 천재라니까요.」 나는 거짓말을 했다.

「면허는 있고?」

「물론이죠.」

「그러니까 이 트럭을 운전할 수 있다고?」

「기어 있고 클러치 있는 건 다 똑같죠. 안 그래요?」 내가 말했다.

「그럼 이렇게 하자. 난 네가 워싱턴 DC까지만 필요해.」

「하지만…… 캘리포니까지 가야 하잖아요.」

「우리는 그렇지. 넌 아니야.」

「그런데 왜 DC까지예요?」

「거기서 남부 경로가 시작되거든. 사실 중간에 멈출 계획이 없었는데 그 얼이란 망할 놈이 계획을 망쳐 버렸어.」 그가 대답했다. 「거기에 있는 동물원의 도움으로 새 운전사를 구할 수 있을 거야. 그러니까 원장님이 부탁하면 말이지. 왜 그렇게 됐는지 원장님한테 설명을 해야 하긴 정말 싫지만 말이야. 게다가 가장 큰 문제는 그렇게 되면 거기에서 적어도 하루는 머물러야 한다는 점이야. 어쩌면 더 오래. 하루라도 지체하면 우리 애들한테는 더 위험해져. 하지만 지금은 어쩔 수 없으니까.」 그가 혼잣말로 또 〈망할 놈〉이라고 중얼거리고는 덧붙였다. 「어쨌든 네가 우리를 DC까지 안전하게 데려가 주면, 뉴욕으로 가는 기차표를 사주마.」

「난 돌아가기 싫어요. 캘리포니까지 운전할 수 있어요. 우리 엄마 무덤에 대고 맹세해요. 난 할 수 있어요.」

나를 쏘아보는 그의 눈빛은 코뿔소도 멈칫하게 할 만큼 강렬했다. 「DC까지 가는 걸로 만족하는 게 좋을 거다, 얘야. 아니면 여기서 낯선 사람이 친절을 베풀 때까지 기다리든지. 어떡할 거냐?」

그래서 나는 끄덕였다. 그러자 그는 문을 활짝 열고 조수석으로 옮겨 앉았고 나는 그가 마음을 바꾸기 전에 얼른 올라탔다.

나는 어금니를 꽉 물고 집중한 끝에 처음 기어를 몇 번 조작해 보고는 감을 익힐 수 있었다. 그런데 계속 나아가면서 운전이 부드러워지자 나는 뭔가 새로운 기분을 느끼기 시작했다. 내가 한 번도 겪어 보지 못했던 감정이어서 확실하지는 않았지만 그건 아마도 운이 좋다는 느낌이었던 것 같다.

바로 그때 내 사이드 미러에서 어떤 차가 점점 가까이 다가오다가 어느 순간부터 속도를 줄이고 우리 뒤를 따라오는 것을 발견했다.

그건 패커드였다. 녹색 패커드.

태어나 처음으로 순수한 행복이란 감정을 느낀 나는 그 패커드 안에 불타는 듯한 빨강 머리에 카메라를 들고 다니는 바지 입은 여성이 타고 있을 거라고, 내 모든 것을 다 걸 만큼 확신했다.

「어르신, 아침 식사 가져왔어요!」

엉덩이로 문을 밀어 열고 들어온 것은 또 그 덩치 큰 빨강 머리 도우미다. 나는 막 문장의 끝에 점을 찍는 참이다.

「먹고 싶지 않아.」 나는 어깨 너머로 말한다.

「어르신을 위해서 다시 데워 왔어요.」 분말 계란으로 만든 요리와 지독히도 맛없는 커피를 침대 위에 창문 가까이 놓으면서 그녀가 말한다. 걸이 코를 한번 킁킁대더니 그 거대한 머리를 절레절레 젓는다.

「글을 쓰시려면 기운을 내셔야 하잖아요, 안 그래요?」 로지가 애를 쓴다.

나는 계속 끄적거린다.

「좀 쉬시는 게 어때요? 저랑 도미노 게임을 해도 좋고요. 게임도 하고 이야기도 해요. 예전처럼.」 그녀가 내 어깨 너머로 들여다보며 말한다. 「잘되어 가는 것 같네요!」

나는 계속 글을 쓴다.

「그런데 누굴 위해 글을 쓰신다고 하셨더라?」 그녀가 또 말을 걸려고 애를 쓴다.

나는 쉬지 않고 써 내려간다.

그녀는 한숨을 쉰다. 「좋아요. 말하기 싫으시군요. 그만 갈게요.」 하지만 그녀는 가면서 내 어깨를 한번 슬며시 쥐고 말한다. 「그런데 어르신, 그 빨강 머리 오거스타한테 쓰시는 거예요? 그렇다면 어디로 보내실 거예요?」

그 말에 심장이 가볍게 파닥거린다. 나는 평화롭게 되새김질하는 창문 밖의 걸을 흘낏 바라본다. 그리고 주머니칼을 꺼내 연필을 깎는다. 그러고는 다시 허리케인 기린들의 트럭을 운전하러 간다.

뉴어크 스타이글

1938년 10월 8일

고속 도로에서의 기분 좋은 만남

뉴저지주 어시니아 — 10월 8일(석간). 오늘 아침 길에서 기린 한 쌍을 보셨나요? 의사에게 전화하지 마세요. 눈앞에 보이는 저 반점들은 진짜랍니다…….

로스앤젤레스 이그재미너

1938년 10월 8일

넋을 잃게 하는 기린들의 둘째 날

뉴저지주 — 10월 8일. 전국 뉴스 통신사에 의하면 남부 캘리포니아주 첫 번째 기린들을 태운 대륙 횡단 트럭의 질주는 두 번째 날로 접어들어 운전자들에게 놀라움, 신문 기자들에게 기쁨, 그리고 지나는 마을에서 만나는 목격자들에게 즐거움을 주고 있다. 작은 마을 사람들은 기린을 보고 놀란 토끼 같은 눈을 하고 다시는 독한 술을 마시지 않겠다고 맹세하고, 재치 있는 사람들은 트럭을 향해 갖가지 재담을 늘어놓는다…….

저지 저널

1938년 10월 8일

라일리 존스라면 괜찮은 모험이 될 것

뉴저지주 어시니아 — 10월 8일(특보). 당신이 기린과 함께 트럭, 트럭, 오직 트럭만으로 국토를 횡단한다면 어떻겠습니까? 라일리 존스 씨는 훌륭히 해내야 한다는 책임감을 갖고…….

보스턴 포스트

1938년 10월 8일

기린들의 애타는 국토 횡단 여정

뉴저지주 — 10월 8일. 세상에서 유일한 여성 동물원장인 샌디에이고 동물원 벨 벤츨리 여사에 따르면, 사상 최초로 트럭을 타고 대륙을 횡단하게 된 기린들이 다리 부상으로 인한 건강 문제로 되도록 빨리 여행을 끝내기 위해 시간 싸움을 하는 중이라고 한다.

4
메릴랜드주를 지나는 길

그렇다. 나 우디 니켈은 주근깨에 빨강 머리의 미인이 내 뒤를 따라오는 와중에 기린을 태운 트럭을 운전하고 있었다. 쥐구멍에도 볕 들 날 있다는 말처럼 떠돌이 개나 다름없었던 나에게 행운이 찾아왔던 때가 바로 그때였을 것이다. 내가 그런 것을 믿든 안 믿든, 아마 내 삶에도 그때쯤 한 줄기 빛이 내릴 만했다는 것을 신은 아실 것이다. 대부분의 사람들도 마찬가지겠지만 부정한다 해도 그런 것에 의지하는 것을 막지는 못한다. 살 만큼 살아 온 내가 그런 것들에 믿음을 가졌다가 또 저버리고, 또 믿었다가 또 그만두기를 셀 수 없이 반복했던 경험에서 보면 사실 인생은 그저 예기치 않은 우여곡절의 연속일 뿐이다. 하지만 이건 말할 수 있다. 그건 단순한 행운이었을 수도 있다. 하지만 내가 운명이라는 것을 한 번이라도 느껴 본 적이 있었다면, 나를 실제의 나보다 더 큰 사람처럼 느끼게 하고 나를 더 좋은 쪽으로 변화시키는 그런 운명이 나에게 주어졌다는 기분을 한 번이라도 경험해 본 적이 있다면, 그것은 바로 내 사이드 미러 속에 녹색 패커드를 담은 채 기린들을 태우고 가던 그 순간이었다. 나는 그 감정을 어떻게 감당해야 할지 알 수 없어서, 혹시나 그 엄청난 운명을 나도 모르게 겁을 줘서 쫓아 버릴지도 모른다는 두려움 때문에 숨조차 제대로 쉬지 못했다. 나는 뒤에 따라오는 패커드를 몇 초마다 계속 사이드 미러로 쳐다보았다. 마침내 그 차에 빨강 머리가 혼자 운전하고 있는 것을 확인할 때까지.

「단추 좀 채워라.」 영감이 내 셔츠를 보고 인상을 찌푸렸다.

훔쳐 입은 셔츠는 너무 작아서 단추가 끝까지 다 채워지지 않았지만 나는 운전하지 않는 손으로 채울 수 있는 데까지 단추를 채우려고 노력했다. 「검역소에서 주먹질해서 죄송해요.」 나는 영감의 눈치를 보며 우물거렸다.

「날 진짜로 한 대 쳤다면 지금 네가 여기 앉아 있는 일은 없었을 거야.」 더 이상 채워지지 않을 게 너무 뻔해 보이는 마지막 단추를 바라보면서 영감이 말했다. 「됐다. 그냥 운전이나 해.」

나는 커브를 돌았다. 우리는 둘 다 사이드 미러로 기린들의 상태를 살피며 몸을 기울였다. 기린들도 기특하게 몸을 반대쪽으로 기울였다. 트럭의 속도를 시속 55킬로미터 정도로 올렸다.

「좋아. 그 정도로 가자.」 그가 지시했다. 나는 여전히 영감의 눈이 내 비참한 몰골을 주시하는 걸 느꼈고, 그 시선은 나를 불안하게 할 만큼 오래 머물렀다.

「가족들은 어떻게 됐냐?」 그가 마침내 물었다.

「다 땅에 묻혔어요.」

「농장은 어떻게 됐고?」

「먼지가 다 집어삼켰어요.」 나는 다시 빨강 머리를 슬쩍 쳐다보았다. 그리고 내 명멸하던 희망의 불꽃은 다시 높이 치솟았다. 「멀리까지 갈 수 있어요. 진짜예요. 캘리포니까지 가고 싶어요.」

영감이 콧김을 내뿜었다. 「너 같은 모든 오키는 다들 그렇겠지.」

「난 오키가 아니에요.」

「아니긴 뭐가 아니야. 그 콧소리 섞인 말투면 뻔하지.」

「전 텍사스 출신이에요. 팬핸들.」

「그게 그거지.」 그가 말했다. 고향에서는 이런 말은 싸움을 야기할 만한 말이었다. 하지만 삶이란 걸 등에 지고 길을 떠돌 때는 내가 온 곳이 캔자스주든 아칸소주든 텍사스주든 아무런 상관이 없었다. 그냥 다 똑같은 오키일 뿐이었다. 「그 〈캘리포니〉에 대한 꿈 따위는 버려. 네가 생각하는 것과는 다르니까.」 그는 다시 나를 찬찬히 살폈다. 「마지막으로 뭘 먹은 게 언제냐?」

「배고프지 않아요.」 나는 그가 나를 쫓아낼 빌미를 찾고 있다는 생각에 거짓말을 했다. 「난 많이 안 먹어요.」

다음에 그는 내 팔에 든 멍, 얼굴에 긁힌 상처, 그리고 내가 계속 혀로 만지던 흔들거리는 이를 살폈다. 「허리케인 때문에 다친 거냐?」

나는 이를 계속 혀로 건드리며 고개를 끄덕였다.

「계속 그렇게 하면 이 빠진다.」

나는 멈추었다.
「얼굴에 그 상처도 허리케인 때 생긴 거고?」
내가 고개를 끄덕였다.
「더 오래되어 보이는데.」 그가 말했다. 「꼭 총알에 스친 상처 같네.」
나는 대답하지 않았다. 영감은 조금이라도 기회가 엿보이면 나에게서 진실을 캐내려고 할 사람으로 보였고, 나는 그에게 진실을 털어놓을 준비가 되어 있지 않았다.
「이름이 뭐냐? 아들?」
나는 여전히 〈총알에 스친 상처〉에 신경 쓰며 선을 그었다. 「〈아들〉이라고 부르지 마요.」 나는 그런 말을 하게 만든 순간적인 분노를 재빨리 꿀꺽 삼키면서 덧붙였다. 「……선생님.」
영감은 이제 나를 경매에 오른 최상품 돼지처럼 뚫어지게 바라보았다. 그래서 나는 자세를 똑바로 고쳐 앉고 제대로 대답했다. 「내 이름은 우드로 윌슨 니켈[14]이에요. 우디라고 부르면 돼요.」
그는 나를 곁눈질하면서 킬킬거렸다. 「이름이 우디 니켈[15]이라고?」
「뭐가 그렇게 웃긴지 모르겠네요.」 내가 중얼거렸다.
하지만 무슨 생각 때문인지 영감의 웃음이 잦아들었다. 「난 라일리 존스다.」 그가 말했다. 「존스 씨라고 부르면 돼.」 그는 그렇게 알려 주고는, 열린 창문에 팔을 올리고 기린 트

14 미국의 28대 대통령 우드로 윌슨과 이름이 같다.
15 나무로 된 5센트 동전이라는 뜻이 되기도 한다.

럭 운전에 대한 주의 사항을 열거하기 시작했다. 「자, 잘 들어라. 한 번에 세 시간 이상은 가지 않고 멈춰서 쉬어 줘야 해. 나무를 찾아서 맨 위 덮개를 열고 애들이 목을 펴고 간식을 먹게 하고. 되새김질이 다 끝날 때까지는 절대 출발하지 않아. 아침, 점심, 그리고 저녁에 먹이와 물을 주기 위해서 정차한다. 마을을 지나면서 사람들 때문에 방해되어도 말이야. 운전하면서 기린들이 어떻게 잘 버티는지 계속 눈을 떼지 말고 봐. 창문을 닫아걸지 않는 한 재들은 원할 때마다 옆 창으로 고개를 내밀 거야. 그러니까 운전 중에도 계속 위에 뭔가 부딪힐 만한 게 있지는 않은지 항상 살펴야 하고 사이드 미러로 기린들도 잘 살펴야 해. 애들 중 하나가 머리를 박기라도 하면 바로 쫓겨날 줄 알아. 트럭 높이가 3.9미터 정도니까 고가 밑을 지날 때는 아주 천천히 다가가야지. 시속 65킬로미터 이상은 안 돼. 교통이 엉망이 되든 말든. 그러니까 속도도 잘 보고 동물들도 잘 지켜봐야 해. 다 알아들었어?」

내가 끄덕이자 그는 입을 다물었다. 나도 입을 다물어야 한다는 걸 알았지만 백미러로 보니 뒤쪽 총 선반에 놓여 있는 산탄총이 보였다. 「어제 그 불량배들을 정말 쏘려고 했어요?」 나는 나도 모르게 물어보는 내 목소리를 들었다.

「그럴 만한 행동을 했다면.」 그의 대답은 마음이 불편할 만큼 너무 빨랐다. 「하지만 난 총을 잘 쏘는 편은 아니야.」

나는 잠시 주저했다. 「그러면…… 기린을 위해서라면 사람도 죽일 수 있다는 말이에요?」

그는 코웃음을 쳤다. 「기린들을 안전하게 데려가지 않으면 나야말로 벤츨리 원장님한테 목숨이 남아나지 않을걸.」 그리고 그는 바로 내 질문이 진지했다는 것을 깨달은 듯했다. 「내가 저 애들을 위해 사람도 죽일 수 있냐고? 차라리 저 애들을 위해 내 목숨도 바칠 수도 있느냐고 묻는 게 낫겠어. 정상적인 답은 〈아니다〉겠지. 하지만 진짜 내 대답이 듣고 싶은 거라면, 난 동물의 생명이 인간의 생명보다 가치가 없다는 생각은 틀렸다고 생각한다. 생명은 다 같은 생명이니까.」

사이드 미러로 두 마리의 아프리카 기린이 미국의 공기를 마시는 것을 바라보면서 나는 아주 처음에 기린들을 봤을 때부터 궁금했던 것을 물어보았다. 「재네들은 애초에 어떻게 여기까지 왔어요?」

영감의 얼굴에 어두운 표정이 스쳐 지나갔다. 「애들은 사자들이 매일 점심으로 먹어 치우는 기린 무리 중에서도 가장 어리고 가장 느린 기린들로 하루하루 제 나름대로의 삶을 살고 있었단다. 그러다가 어느 날 두 발로 걷는 사자 놈들이 차를 타고 와서 총과 밧줄로 무리 전체를 도망치게 만들고 어린 새끼들을 붙잡은 거지. 그보다 더 잔인한 경우도 많아. 어떤 사냥꾼들은 아무 생각 없이 그냥 어미를 쏘아 버린 다음 혼자 남은 새끼를 잡기도 해. 죽은 동물은 하이에나 밥이 되도록 놔두거나 근처 마을에 숲 고기로 팔아넘기고.」

「숲 고기요?」

「숲, 야생에서 온 고기라는 뜻이지.」

「거기에서는 기린도 먹어요?」

「아프리카잖아. 망할, 거긴 안 먹는 게 없어.」 그가 말했다. 「이런 사랑스러운 소수의 동물들을 제외하고 우리는 다 사자나 마찬가지야. 신의 가호가 있기를…….」

내가 움찔하자 영감이 마치 내 속마음을 다 꿰뚫어 보듯 나를 쳐다보았다. 「넌 그렇게 생각 안 하냐? 얘야? 저녁거리로 산토끼 한 마리 안 쏴봤어?」

「물론 쏴봤죠.」 내가 턱을 내밀며 대답했다. 「나는 5백 미터나 떨어져 있는 수사슴도 맞힐 수 있고, 바로 그 자리에서 내장도 다 제거할 수 있어요.」 그리고 아빠의 목소리를 떠올리며 덧붙였다. 「그냥 동물일 뿐인데요, 뭐.」

「네가 정말 그렇게 생각했다면 여기 이렇게 앉아 있지도 않았을걸.」 영감이 대꾸했다. 「그나저나 원장님이 사냥꾼들을 얼마나 싫어하는지 알면 아주 놀랄 거다. 동물들은 주로 세계 곳곳에서 원장님이 아는 동물원 관계자들을 통해서 데려와. 그나마 우리 애들은 사냥꾼이 굶어 죽게 버려두고 간 상태에서 구조된 거야. 얘들처럼 무리 속에 살던 애들은 따로 자유롭게 풀어 주면 위험해. 그래서 원장님이 연락을 받게 됐고 이렇게 데려오게 된 거지. 왜냐하면 사람들은 모두 기린들을 보고 싶어 하니까. 물론 그중에는 꼭 봐야 할 필요가 있는 사람들도 있어. 네가 여기까지 오는 데 겪은 일들을 고려해 보면, 너도 그런 사람 중 하나인 것 같구나.」

〈내게 필요한 건 캘리포니아에 가는 거예요.〉 나는 이렇게 생각했다.

「오, 너한테 필요한 건 오로지 캘리포니아에 가는 거라 이거냐?」 영감은 내가 생각을 미처 끝내기도 전에 말했다. 「하지만 넌 기린을 봐야 할 필요도 있었어. 그게 왜인지는 모르겠지, 그렇지? 내가 왜 그런지 말해 주마. 동물들은 인생의 비밀을 알거든.」

내가 유일하게 관심을 갖는 인생의 비밀이란 어떻게 하면 살아남느냐뿐이었다. 게다가 나는 영감이 내가 원하는 일을 어렵게 하고, 또 나를 비웃을 기회를 노린다고 확신했다. 하지만 그는 내가 검역소에서 봤던 것과 같은 까칠하면서도 다정한 표정으로 사이드 미러로 기린들을 바라보며 계속 말을 이어 갔다. 「동물들은 우리에겐 들리지 않는 소리를 듣고, 우리가 이해하지 못하는 것을 알고 살아가는 그 자체로 완전한 존재야. 그중에서도 기린은 특히 더 많이 아는 것 같다. 코끼리, 호랑이, 원숭이, 얼룩말……. 그런 동물들 주변에서 뭘 느끼든, 기린들 주변에서는 뭔가 다른 게 느껴져. 이 두 마리는 더더욱 그래. 그런 지옥 같은 일을 겪었는데도 말이야.」 시선을 여전히 기린에게 고정한 영감의 얼굴엔 정말로 미소가 떠올랐다. 「그래도 저 아이들은 걱정 안 해도 돼. 토스트처럼 따뜻하고, 정원처럼 푸르고, 1년 내내 시원한 바닷바람이 부는 샌디에이고 동물원으로 가니까. 그곳에서는 다음 끼니 따윈 찾아 헤매지 않아도 되고, 사자로부터도 안전하고, 그 도시 사람들은 단지 저 아이들을 만나기만 해도 저 아이들을 사랑해 줄 테니까. 당연히 그래야지, 암. 이 불행으로 가득한 세상은 인생의 비밀이란 게 과연 뭔지를 가르쳐 줄 자연의 경이를 절실히 필요로 하고 있어.」 그는 내 쪽을 흘끗 바라보았다. 「넌 지금 네 뒤에 정말 특별한 애들을 태운 거야. 그러니 기회가 있을 때 애들한테 그 비밀에 대해서 물어봐야 돼.」

그때 바람이 한차례 창문으로 들어왔고 영감이 모자를 벗어 우리 사이의 빈 공간을 부채질했다. 「이런 맙소사, 녀석아, 너 좀 씻어야겠다. 걸어다니는 돼지우리가 따로 없네!」
몇 킬로미터 후 우리가 처음으로 정차하게 될 마을이 나타났다.「저기서 뭘 간단히 먹고 펌프를 빌려 보자. 그리고 좀 더 가서 기린이 쉴 만한 좋은 쉼터를 찾아보자고.」

나는 빨강 머리가 기린을 태우고 가는 내 모습을 보게 될 거란 사실에 흥분해서 뒤를 돌아보았지만 이상하게도 패커드는 우리 뒤에 없었다.

그런데 영감도 뭔가 이상한 행동을 했다. 우리 앞에 노란색과 빨간색으로 칠해진 소형 밴이 철도 건널목 가까이에 서자 왠지 긴장하는 듯했고, 우리가 건널목을 덜컹거리며 건널 때는 기찻길을 뚫어지게 바라보았다.

하지만 그때쯤 나는 또 다른 것에 정신이 팔려 있었다. 저 앞쪽에 순찰차 한 대가 시 경계 표지판 옆에 주차되어 있었기 때문이다. 팬핸들 보안관의 차와 완전히 똑같은 모델의 차였다. 순찰차에서 뛰어내리며 우리에게 손을 흔드는 사람을 보고 이 지역의 경찰임을 확인하던 순간까지 나는 지나치게 경직되어 있었다.

키가 큰 만큼 살집이 많은 경찰은 큰 소리로 껄껄대며 기린을 보려고 우리 쪽으로 달려왔다. 그는 우리를 식당이 있는 쪽으로 안내했다. 식당 안에서 햄과 계란이 잔뜩 담긴 접시 두 개를 든 종업원들이 손님들과 함께 우르르 몰려나왔다. 그들은 접시들을 트럭의 후드 위에 올려놓았고 나는 그것을 전부 먹어 치웠다. 나중에야 내가 영감 몫까지 먹었다는 것을 깨달았다. 마을 신문의 편집장은 영감에게 기린과 함께 포즈를 취하게 하고 사진을 찍었다. 걸이 뚱뚱한 경찰의 모자를 툭 젖히고 보이가 그를 뱀 같은 혀로 핥자 사람들은 아주 즐거워하며 폭소를 터뜨렸다.

영감은 자신 몫의 식사를 다시 가져올 때까지 기다리면서 눈썹을 치켜세우고 나에게 말했다. 「충분히 먹은 거냐?」

나는 멋쩍어하며 끄덕였다. 그리고 그를 기분 좋게 하기 위해 식당 밖 뒤쪽에 있는 펌프로 다가가 몸에 물을 묻혀 씻는 시늉을 했다. 나는 여전히 배가 부르다는 것을 믿지 않는 더스트 볼 출신의 소년이었다. 그래서 바로 옆에 있는 시장에 들른 김에 감자 하나를 슬쩍해 왔다. 내가 운전석에 자리를 잡는 동안 영감이 조수석으로 기어오르더니 직물 제품이 든 봉투와 함께 양파와 사과가 가득 든 자루를 우리 사이에 놓고는 또다시 물었다. 「정말 충분히 먹었어?」

나는 또 끄덕거렸다.

「그럼 됐다.」 그가 말했다. 「왜냐하면 네가 뭔가를 한 번 더 훔치면 그땐 길에 버리고 갈 테니까. 난 도둑이나 거짓말쟁이는 못 참아. 이 말이 또 나오게 하지 마라.」

「네!」 나는 영감이 내놓으라고 말할 줄 알고 주머니 속의 감자를 손으로 움켜쥐었다. 하지만 그는 대신 직물류가 든 봉투를 나한테 건넸다. 「열어 봐.」

나는 갈색 종이를 뜯었다. 안에는 작업복이, 옷 한 벌 전체가 들어 있었다. 그것도 새것으로.

「입어 봐라.」 그가 말했다.

나는 어찌해야 할 줄 몰라서, 마치 옷을 어떻게 입는지 모르는 사람처럼 그냥 그것들을 바라보기만 했다. 사실은 정말 몰랐다. 새 옷은 더더욱. 나는 열일곱 살이었지만 새 옷을 가져 본 적이 없었다. 속옷마저 평생 남이 입던 헌것을 물려 입었으니까. 나는 내가 훔쳐 입은 옷을 벗기 시작했다.

「아이고, 예수님-하느님-성모마리아님! 아, 이 촌놈아!」 영감이 투덜댔다. 「뒤에 가서 갈아입어야지. 그리고 이번에는 제발 좀 제대로 씻어라!」

그래서 나는 뒤에 숨어서 옷을 갈아입을 만한 나무를 찾고는 낡은 옷을 다 벗고 물 펌프의 도움을 받아 제대로 씻은 다음 새 옷을 입었다. 그건 단지 작업복일 뿐이었지만 나에겐 백만장자의 사치스러운 옷이나 다름없었다. 이날 이때까지 그 첫 번째 새 옷이 내게 가져다준 것과 같은 기분을 느껴 본 적은 없었던 것 같다. 나는 구멍 난 러닝셔츠를 훌렁 벗어 던지고 그 옷이 처음으로 닿는 피부가 내 피부라는 생각을 만끽하며 새 러닝셔츠를 입었다. 다음에는 새 단추를 하나하나 잠글 때마다 스치는 부드러운 천의 감촉을 느끼며 새 면 셔츠를 입었다. 그리고 청바지에 다리를 넣고 지나치게 긴 바지 끝을 접어 올린 다음 새 벨트를 조일 수 있는 만큼 끝까지 단단히 조여 맸다. 봉투에는 심지어 새 양말까지 들어 있었다. 그래서 마지막으로 나는 부츠를 털어 벗은 다음 조심스레 그 멋진 양말을 신었다. 다른 것들보다도 새 양말을 신을 때 느낀 사치스러운 느낌은 마치 죄를 짓는 기분이 들 정도였다.

그 모든 것에 마음이 동요된 상태에서 나는 트럭으로 돌아갔다. 영감은 나를 위아래로 훑어보고는 우리 둘 사이의 공기에 대고 킁킁거렸다. 「훨씬 나아졌네.」

고맙다는 말을 별로 해보지 않은 나는 뭐라고 말해야 할지 알 수가 없었다. 「나중에 갚을게요.」 나는 이렇게 중얼거렸다. 그것이 내가 할 수 있는 말 중에서 감사 인사에 가장 가까운 것이었고, 영감이 그 말에 어깨를 으쓱여 보이는 것으로 보아 아마 그에게도 그 정도가 받아들일 수 있는 적절한 인사인 듯했다.

나는 트럭을 출발시켰다. 사람들이 환호성을 보냈다.

「나무로 된 동전은 받지 말아요!」[16] 뚱뚱한 경찰이 우리가 출발할 때 소리쳤다.

영감은 바로 웃음을 터뜨렸다. 「이미 늦었답니다!」 그는 나를 힐끗 보면서 대꾸했다.

하지만 난 영감이 뭐라고 놀려도 상관없었다. 나는 아주 크고 멋진 트럭에 기린을 태우고 가고 있었으니까. 새 옷을 입고. 나 우드로 윌슨 니켈이 말이다. 나는 몸을 똑바로 세우고 앉아서 빨강 머리가 지금의 내 모습을 봐줬으면 하는 마음으로 뒤쪽의 텅 빈 도로를 바라보았다.

「기억해. 너는 우리를 DC까지만 데려다주는 거야.」 영감이 재차 확인하듯 말했지만 나는 기분이 너무 좋아서 그런 말이 전혀 들리지 않았다. 사실 영감의 선물은 내 양심을 찔렀고 내 악몽의 근원이 된, 더스트 볼에서의 마지막 날 무슨 일이 있었는지를 고백하고 싶게 했다. 그것이 난생처음 행운이라는 것을 느껴 본 열일곱 살짜리 고아 소년에게 베푼 아주 작은 친절이 끼친 영향이었다. 하지만 진짜 내가 저지른 범죄에 대해 양심적으로 털어놓는다면 앞으로 캘리포니

16 여기서 〈나무 동전〉은 〈우디 니켈〉이란 이름을 상기시키는 동시에, 〈나무 동전을 받지 말라〉는 말은 〈조심해서 가라〉는 의미를 담고 있다.

아까지 운전할 기회를 놓치지 않고 계속 움켜쥐는 데에는 아무 도움이 되지 않으리라는 것을 나는 알았다. 그래서 입을 다물었다.

몇 킬로미터를 더 지나면서 영감이 괜찮은 숙소를 찾는 동안 우리는 순조롭게 나아갔다. 그가 길가에서 키가 크고 잎이 무성한 나무를 발견하고는 손짓을 했다. 내가 그쪽으로 차를 세우자 영감이 페도라를 쓰고는 차에서 내렸다. 그래서 나도 따라 내렸다. 「혹시 떨어지거나 다치지 않고 트럭 위로 올라갈 수 있겠냐?」 영감이 물었다.

「물론이죠!」 내가 대답했다.

「내 말 잘 들어.」 그가 말했다. 「얘들은 야생 동물이야. 시골 농장의 가축이 아니라고. 야생 동물의 세계에서는 포식자와 피식자가 있다. 포식자들은 발톱을 사용하고 피식자들은 발굽을 사용해. 기린들은 피식자로만 살아왔기 때문에 모든 발굽을 이용해서 사자의 두개골이나 척추를 부숴 버릴 만큼 치명적인 발길질을 할 수 있어. 기린들을 성가시게 하면 개네는 두 앞발굽으로 널 죽일 수도 있고, 네가 뒷발굽에 맞으면 불구가 될 수도 있어. 그러니까 얘들을 귀찮게 하지 마라. 재네를 불안하게만 해도 네가 걷어차일 수 있고 그럼 내가 또 다친 다리의 부목을 손봐야 하니까. 알아들었냐?」

「네.」

「좋아, 그럼 얘들이 풀을 뜯어 먹게 위 덮개를 열어라.」

나는 이미 영감이 차에서 내렸을 때 바로 트럭 위로 올라가 덮개를 열어 놓은 상태였다. 걸은 재빨리 주둥이를 밖으로 내밀었지만 보이는 보이지 않았다. 나는 보이 쪽을 살짝 들여다보았다. 보이는 바닥에 누워 있었다. 그 큰 몸을 웅크리고 다리를 밑에 깔고. 무엇보다 걱정된 것은 보이의 목이 등 뒤쪽으로 휘어져 있는 점이었다. 나는 아래로 뛰어내리며 놀라 소리쳤다. 「보이가 누워 있어요!」

영감은 얼른 보이가 있는 상자의 쪽문을 열어젖혔다. 거기에 기린의 몸 전체가 손으로 만질 수 있을 만큼 가까이 있었다. 영감은 뒤틀린 손의 손가락을 펼쳐 한껏 뻗은 다음 뒤로 구부러진 보이의 목을 쓰다듬었다. 보이는 영감의 손길에 기분이 좋아졌는지 혀를 날름거리며 목을 세웠고 바로 일어나서 걸의 옆에 섰다.

「좋은 신호야.」 영감이 내 쪽을 향해 말했다. 「네 운전이 마음에 드나 보다. 결국 그 말은 나도 네 운전이 맘에 든다는 얘기고.」

나는 여전히 신경이 쓰였다. 「기린이 눕기도 해요?」

그는 어깨를 으쓱했다. 「네 고향 오키 농장에서는 말들이 누운 걸 한 번도 본 적이 없냐?」

물론 본 적이 있었다. 하지만 말은 기린이 아니니까. 나는 방금 영감이 어깨를 으쓱한 것이 생각났다. 「그럼 아저씨는 전에 기린이 누운 걸 본 적이 있어요?」

「봤다고 말할 순 없지.」 그는 걸의 쪽문에 있는 걸쇠를 풀며 대답했다. 「사실, 기린을 사육해 본 경험이 있는 몇 안 되는 사육사들도 본 적이 없다고 할걸. 죽어 가면서 누운 게 아니라면.」

죽는다고? 「그럼 이게 괜찮은 건지 어떻게 알아요?」

「그냥 느낌으로.」 그가 말했다. 「하지만 혹시 또 이런다 해도, 절대 둘이 동시에 눕지는 않을 거다. 적어도 걸의 다리 상태가 안 좋은 동안에는.」

「왜요?」

「사자들 때문에. 누군가는 계속 망을 봐야 하니까.」 쪽문을 통해 걸의 부목을 살피려고 걷어차일 만반의 준비를 하며, 영감은 옆으로 몸을 숙였다. 걸은 이미 그가 거기 있다는 것을 알고 조금씩 발을 굴렀다. 「뒤로 물러나 있어.」 그가 지시했다.

「저도 도울 수 있어요.」 내가 말했다.

「절대 꿈도 꾸지 마라.」 그가 내 쪽을 향해 말하며 어깨를 넓게 벌리는 순간, 걸이 그를 발로 걷어찼다.

뻥!

영감은 신음 소리를 내면서 뒤로 비틀거리며 물러났다.

그래서 그가 말리기도 전에 나는 운전석에서 자루를 집어 들고 트럭의 옆 부분을 타고 올라가서 걸에게 달콤한 양파를 꺼내 내밀었고, 걸은 바로 양파를 혀로 휘감아 꿀꺽 삼키고는 더 받기를 기다렸다. 곧 검역소에서의 첫날 밤 그랬던 것처럼 기린 두 마리가 양파를 찾아 내 몸 전체를 킁킁거렸다. 영감에게 발길질을 할 틈을 주지 않으려고 내가 걸에게 양파를 계속 주고 보이도 옆에서 공평하게 나눠 받는 모습을 영감은 잠시 바라보더니 이내 조심스럽게 부목을 살피는 작업을 끝냈다.

기린들이 계속 주둥이로 나를 쿡쿡 찌르는 모습을 바라보는 영감의 시선이 또 느껴졌다. 그는 셔츠 주머니에서 러키스트라이크 담뱃갑를 꺼내 한 개비를 뽑아 불을 붙이고는 나무에 기댄 상태로 쭈그리고 앉아 나에게 내려오라고 손짓했다. 나는 땅으로 폴짝 뛰어내렸다. 그는 나에게 담뱃갑을 내밀었다. 그 당시에 담배를 피우는 건 껌을 씹는 거나 다름이 없었다. 독실한 신자였던 엄마도 코담배를 흡입하곤 했는데 그게 내가 본 엄마의 행동 중에서 그나마 가장 나쁜 행동이었다. 하지만 나는 이미 어릴 때 내가 해야 할 몫 이상의 기침을 했고, 전쟁이 시작되기도 전에 담배를 배울 만큼 어리석지도 않았다. 내가 고개를 젓자 그는 담뱃갑을 주머니에 다시 넣고 담배를 아주 길게 빨아들인 뒤 두 팔을 무릎 위에 올리고는 나무에 몸을 기댔다. 담배는 그의 망가진 손가락 사이에 걸쳐져 있었다. 나는 처음으로 그의 손을 자세히 들여다보게 되었다. 손가락 하나는 반밖에 안 남아 있었고, 나머지도 뭔가 흉포한 짐승이 물어뜯다 뱉은 상태 그대로 상처가 아문 것 같았다.

「네가 우리 애들을 돌보는 일을 하게 되더라도,」 그가 말을 꺼냈다. 「뭘 하든 저 상자 안에는 들어가지 마라. 큰 동물들은 작은 동물들을 잘 몰라. 널 자기네 엄마가 사랑하듯 사랑할 수도 있지만 아무 생각 없이 갑자기 네 팔이나 다리를 뭉개 버릴 수도 있으니까. 그리고 재네들이 어리다고 안심하지 마. 그동안 재네가 겪은 일에다 우리가 앞으로 재네한테 요구할 걸 생각해 보면 재네도 겁이 나지 않겠냐? 사람도 같은 상황이면 그럴 테니까 말이야. 내 말 알아듣겠어?」

나는 고개를 끄덕였다.

마지막으로 한 모금을 빨아들인 뒤, 영감은 꽁초를 길에 튕겨 버리고는 기린들이 그를 향해 목을 구부리고 있는 동안 트럭의 물통에서 양동이에 물을 받기 시작했다. 그가 기린에게 달콤하게 속삭이는 것을 듣고 있자니 마치 아주 사적인 이야기를 엿듣는 기분이 들었다.

「아저씬 동물을 정말 좋아하죠, 그렇죠?」 나는 나도 모르게 중얼거렸다.

그는 물이 가득 찬 양동이를 내밀었고 나는 그것을 받아 들었다. 「그게 안전한 선택이니까.」

「우리 아빤 그게 약해 빠진 거랬어요.」

「그래?」 영감은 다른 양동이에 물을 채우며 말했다. 「내가 너한테 약해 보이냐?」

「……아뇨. 하지만 아빤 동물들은 신이 인간을 위해 가져다 놓은 거라고 했어요. 그게 자연의 섭리라고요. 그리고 다 큰 남자가 그에 반하는 행동을 하는 건 애들 같은 짓이라고요. 왜냐하면 우리는 살기 위해 그것들을 죽이거나 먹어야 하니까요.」

「물론 어떻게 해서든 살아남긴 해야겠지.」 영감은 혼잣말하듯 내뱉었다.

「우리 아빠 말이 옳다는 거예요?」 고향 농장에서는 비꼬는 표현이란 흔한 게 아니었다.

「뭐라고?」 영감이 듣는 둥 마는 둥 하며 대답했다.

「우리 아빠 말이 맞다는 거냐고요?」

「그게 그러니까,」 그는 두 번째 양동이를 내밀며 얘기했다. 「내가 우리는 모두 사자라고 했잖냐. 사자는 선택의 여지 없이 항상 사자처럼 살아야 해. 우리도 마찬가지야. 하지만 너희 아버지가 좋아하든 말든 넌 동물을 좋아하잖냐.」 그는 기린 쪽을 턱으로 가리켰다. 「우리 애들도 그걸 알아. 쟤들은 얼에 대해서도 알고 있었어. 그 망할 자식. 그러니까 그렇게 쫓아 버렸지. 안 그래?」

기린들은 우리에게 양동이를 빨리 가져오라는 듯이 발을 살짝 굴렀다. 그래서 나는 물을 가져다주었다. 영감은 그동안 트럭 운전석의 발판에 걸터앉아 새 담배에 불을 붙이고 또 나를 바라보았다. 마치 팬핸들 평원에서 퓨마가 노려보는 것 같아서 목덜미 뒤의 털이 쭈뼛 서는 기분이 들었다. 그런 상태가 오래 지속되면 지속될수록 나는 내가 그가 계속 말하도록 놔둔 것을 점점 더 후회했다.

마침내 그가 이야기를 이어 갔다. 「너 도살장이 어떤 데인지 아냐? 내가 처음 일을 시작한 곳이 그런 데였는데, 그런 종류의 일을 하기에는 너무 어렸었지. 열두 살도 안 되었을 때니까. 거기에서는 늙은 말을 사서 접착제를 만드는 공장에 넘기기 전까지 총으로 쏘고, 가죽을 벗기고, 가죽을 팔고, 고기는 다른 동물들한테 먹였어. 사육사가 하는 일은 동물들을 계속 살아 있게 하고 그들의 건강을 유지시키는 일이었어. 나이 먹은 말의 고기가 그 방법 중 하나였고. 그래서 사람들이 커다란 칼을 가져와서는 육식 동물들, 말하자면 호랑이나 사자한테 주려고 말의 살을 원하는 대로 잘라 가곤 했어.」

「샌디에이고 동물원에서요?」

「잔말 말고 들어 봐라. 아니, 그 동물원은 아니고. 유다의 염소[17]가 하던 일이 내 일이었어. 그런 도살자들한테 말들을

17 가축의 망을 보고 이동시키도록 훈련받은 염소.

평화롭게 데려가는 일이었지. 그런데 어쩌다 보니 순식간에 내가 그 육식 동물들을 먹이기 위해 살을 잘라 내는 일을 하게 된 거야. 하지만 말들은 태어날 때부터 너무 고귀한 동물이라는 생각에 그 일에 도저히 익숙해지지가 않더구나. 그래서 너무 어렸고 차마 일을 그만두지도 못했던 나는 그 일에 철학적인 생각을 부여했어. 내가 하는 일은 정말 고귀한 동물을 위해 마지막으로 수행하는 숭고한 사명 같은 거라고 말이야. 그래서 비밀을 하나 말해 주자면, 나는 그 일을 처음 할 때부터 죽어 가는 동물 하나하나에게 감사의 인사를 하기 시작했어. 호크아이처럼 말이야.」

나는 어리둥절한 눈으로 그를 바라보았다.

그가 나를 똑같은 눈으로 마주 보았다. 「호크아이 말이야. 『사슴 사냥꾼』, 『모히칸족의 최후』……. 세상에, 녀석아! 페니모어 쿠퍼가 쓴 책들이잖아. 학교에서 안 읽었냐? 세상에, 난 ABC도 제대로 못 배울 만큼 학교엔 못 다녔어도 그건 다 읽었다.」 반짝이는 눈으로, 러키 담배를 쥔 채 호기롭게 손짓을 해가며 그가 말했다. 「평화롭게 약탈할 수 있는 곳은 어디에도 없다.」

나는 그가 분명 책의 한 구절을 인용했다는 건 알았지만 내가 그때까지 들었던 인용구라고는 성서에 나오는 것뿐이었고, 담배를 쥔 손으로 손짓까지 해가며 인용을 하는 모습을 보는 것도 처음이었다.

그는 내 쪽으로 몸을 기울였다. 「호크아이는 식민지 시대의 개척자였어. 긴 소총을 가지고 다니는 전설 같은 인물이지. 뛰어다니는 수사슴을 1백 미터 떨어진 곳에서도 쏘아 넘어뜨릴 수도 있었어. 그리고 그 옛날에는,」 그는 담배 쥔 손을 머리 위에서 흔들며 계속 이야기를 이어 갔다. 「나그네비둘기 떼들이 해를 가리고 하늘을 다 뒤덮을 만큼 아주 거대했어. 사람들은 취미로, 깃털 달린 우스꽝스러운 모자를 만들기 위해서 나팔총을 들고 그 비둘기들을 마구 쏘러 다녔지. 새들이 흔적도 없이 완전히 사라질 때까지 말이야. 하지만 그 멋진 놈은 그러지 않았지. 호크아이는 정당한 이유가 없으면 살아 있는 건 죽이지 않았거든. 그리고 먹고살기 위해 수사슴을 죽일 때마다 그 생명이 희생되어 자기의 생명을 살려 준 데 대해 감사 인사를 했어.」 영감이 뒤로 몸을 기댔다. 「어린 나이에 도살장에서 일하던 나한테 그 얘기는 굉장히 특별하게 다가왔어. 그래서 나도 호크아이처럼 하기 시작했단다. 아직도 그래. 다른 사람들은 신에게 기도하지. 나는 내가 먹는 것에 감사 인사를 해. 내 삶을 살린 그 삶을 떠올리면서.」 그는 무심코 자신의 사연 많아 보이는 손을 문지르면서 잠시 말을 멈추었다. 「오래 지나지 않아서, 고작해야 벌레들한테겠지만, 난 그 은혜를 갚게 될 거야. 우리는 죽으면 그냥 고기일 뿐이니까. 그게 자연의 섭리야. 죽은 다음에 더 이상 내가 사용하지도 않는 내 알맹이가 어디로 가든 무슨 상관이야?」 그는 일어서면서 말했다. 「뭐 감사받는 것도 나쁘진 않겠지만.」

그 말을 끝으로 그는 마지막 담배를 한 모금 빨아들이고 나서 신발 바닥으로 꽁초를 비벼 밟고는 트럭 운전석에 올라탔다. 영감은 호크아이에 대한 생각에 빠져서인지 아니면 나를 믿어서인지는 모르지만 출발 전 해야 할 잡일들을 다 내게 떠넘겼다. 나는 전자라고 여겼지만 후자인 경우를 위해서 내가 일을 제대로 한다는 것을 보여 주고 싶었다. 내가 양동이들을 물통 옆에 갖다 놓고, 쪽문들을 닫고, 다시 출발하기 위해 운전석을 올라탔을 때 그는 도로를 응시하며 앉아 있었다. 트럭의 시동을 걸자 그는 내가 물어봤다는 사실조차 까맣게 잊어버린 질문에 대한 대답을 했다.

「생명은 사람의 것이든 아니든 다 같은 생명이란다, 얘야. 존중받아 마땅한 거라고.」 그가 말했다. 「그걸 이해하지 못한다면, 넌 쓸모없는 놈인 거야.」 그러고는 도로 쪽을 향해 손을 홱 젖혔다. 「자, 그만 꾸물거리고 가자.」

나는 트럭을 다시 도로 위로 몰고 가면서 영감의 이야기에서 내가 원했던 것보다 훨씬 더 많이 얻었다는 사실에 당황했다. 겉모습만 봤을 때는 전혀 몰랐지만 영감은 아빠나 커즈를 비롯해 내가 아는 다른 성인 남자들과는 너무 다른 사람이었다. 겉으로만 보면 그는 밖에서 활동하는 여느 남자들과 다름없이 거칠어 보였지만 그의 내면은 알수록 놀라웠다. 그때의 나는 앞으로 얼마나 더 놀라운 일들이 일어날지 전혀 모르고 있었다. 나는 영감이 한 말들에 정신을 뺏긴 나머지 1~2킬로미터나 지난 후에야 빨강 머리가 따라오는지 확인할 정신이 들었다.

도로는 여전히 텅 비어 있었다.

우리는 당분간 평화로운 침묵 속에 도로를 달렸다. 하지만 앞에 철로가 도로와 교차하는 것을 발견했을 때, 영감은 또 긴장했다. 철로 건널목에 가까워지자 신호가 울리고 차단기가 내려왔다. 기차가 오는 중이었다. 여객 열차도 아니었고 심지어 내가 몰래 올라탔던 화물 열차도 아니었다. 그것은 서커스 열차였다. 밝은 노란색과 빨간색이 칠해진. 그날 아침에 봤던 밴과 같은 색이었다. 서커스 열차는 기껏해야 열두 칸 정도 밖에 안 되었을 텐데도 내 눈에는 아주 길고 커 보였다. 철도 건널목은 아주 평평한 목초지에 있었고 트럭과 건널목 사이에는 빈약한 나무만 몇 그루 있었기 때문에 벌써부터 기차에 적힌 글씨를 알아볼 수 있었다. 그 기차와 우리는 사람이든 동물이든 서로 눈이 마주칠 만큼 아주 가까워졌다.

하지만 영감은 그걸 피하고 싶어 했다. 「여기에서 멈춰.」 그가 지시했다.

그래서 나는 듬성듬성하게 서 있는 나무들 근처의 도로 옆에 차를 세웠다. 얼마 지나지 않아 뉴저지주 번호판을 단 올즈모빌[18] 세단과 고물이 다 된 셰보레 한 대가 나타났고, 나는 손을 흔들어 먼저 가라는 신호를 보냈다. 그 두 대의 차가 우리를 지나치면서 기린을 쳐다보느라 시간을 지체하는 동안 기차가 큰 소음과 함께 건널목에 다다랐고, 결국 서커스 열차의 승객들과 눈을 마주치는 입장이 되었다.

〈볼스 앤드 워터스 순회 서커스 쇼.〉 멋진 특별 객차 벽에는 이렇게 적혀 있었다. 서커스 오르간을 실은 화물 차량이 지나갔다. 사자를 실은 소용돌이 모양의 우리도 지나갔다. 그다음에는 코끼리들과 말들, 아주 많은 말들이 지나갔다. 하지만 기린은 없었다. 당시에는 아프리카 바깥에서 기린을 보기 쉽지 않았다. 크고 화려한 동해안 부근의 동물원들이

18 미국 GM사의 차 이름.

기린을 사육하려 했으나 추위가 심해서 빨리 죽기 마련이었다. 서커스단들도 언제나 기린을 원했지만 여행을 너무 많이 해서 수명보다 빨리 죽었다. 나는 그만큼 기린이 아주 특별하다는 것은 알았지만 수단과 방법을 가리지 않고 탐을 낼 정도인지는 몰랐다. 하지만 머지않아 알게 될 일이었다.

기린들은 시끄럽게 지나가는 기차를 향해 목을 길게 빼고 있었고 영감은 온 신경을 곤두세웠다. 그는 트럭 문을 활짝 열어젖히며 황급히 차에서 뛰어내리면서 말했다. 「애들 머리를 좀 집어넣자! 골칫거리가 생기면 안 되니까.」

그 말은 왠지 불안하게 들렸다. 이미 기린의 머리를 집어넣기에 너무 늦었다는 생각 때문에 더욱 그랬다. 기차는 이미 지나가는 중이었으니까.

그리고 바로 그 순간, 패커드가 나타났다.

내가 트럭 옆을 타고 올라갈 때 뭔가 녹색을 띤 형체가 우리 옆을 홱 지나쳤다. 빨강 머리는 건널목 앞에 서 있는 다른 차들 뒤에 급정거한 후, 그 찬란하게 아름다운 곱슬머리를 휘날리며 카메라를 손에 들고 차에서 튀어나왔다. 그녀는 기차와 차들을 찍은 후에 우리를 찍기 위해 돌아섰다. 그녀가 나를 돌아보고는 너무 놀라서 카메라를 내린 채 그녀를 쳐다보는 나를 바라보았다. 나도 물론 그녀를 마주 보았다.

「얘야, 어서!」 영감이 나를 향해 고함을 질렀다.

고물 셰보레에서 한 남자가 우리 쪽을 향해 황급히 다가왔다. 「와, 내가 기린을 보고 있다니! 서커스단인가 봐요?」

나는 창문을 닫을 수 있게 걸의 머리를 집어넣느라 정신이 없어서 대답할 겨를이 없었다. 원치 않는 기린의 머리를 억지로 넣으려고 여러 번 시도하다가 나는 손을 던지면서 더는 어쩔 수 없으니 맘대로 하라는 식으로 영감 쪽으로 시선을 돌렸다. 하지만 기차는 이미 다 지나간 후였고 영감은 지나가는 기차의 꽁무니를 핏줄이 불거질 만큼 뚫어지게 노려보았다.

올즈모빌 차에 탄 가족이 구경꾼 대열에 합세했다.「나 당신들 알아요!」애들 엄마가 아이들과 함께 우리 쪽으로 재빨리 다가오며 큰 소리로 떠들었다.「신문에서 봤어요. 애들아, 여기 좀 봐! 캘리포니아로 간대! 저게 바로 허리케인 기린들이야! 샌디에이고 동물원의 벨 벤츨리 원장님과 함께 살 거래! 우리 그분 뉴스 영화에서 봤잖아, 그렇지? 애들아!」여자는 계속 호들갑을 떨었다. 영감은 들은 체도 하지 않았다. 그의 관심은 온통〈오늘 밤은 워싱턴 DC에서!〉라는 광고가 적힌 서커스 열차의 작은 빨간색 승무원 객차에 고정되어 있었다. 왜냐하면 때마침 기차가 커브를 돌아 사라질 때 콧수염을 기른 덩치 큰 배불뚝이 남자가 승무원실의 뒷문을 열고 나와 우리를 쳐다봤기 때문이다. 아주 강렬하게.

영감은 혼잣말로 욕을 내뱉었다.

철도 건널목의 차단기가 올라간 뒤에도 사람들은 우리가 그곳에 있는 한 떠날 생각이 없어 보였다. 그래서 우리는 그들 주변을 돌아 차를 빼야 했다. 기린들이 구경꾼들을 향해 목을 까딱거리는 동안 우리는 건널목을 건너 기차가 지나갔던 커브를 돌아 사람들로부터 멀어졌다. 나는 사이드 미러를 통해 빨강 머리가 더 이상 보이지 않을 때까지 지켜보았다. 영감도 혹시 그녀의 존재를 눈치채지 않았을까 궁금해하면서. 하지만 그의 정신은 온통 그 서커스 열차로 향한 것 같았다.

도로가 철로와 다른 방향으로 꺾이자마자 영감이 말했다. 「오늘은 여기서 하룻밤 묵고 DC는 내일 들어가자.」 아직 해가 지려면 한 시간이나 남았던 터라 그 말은 아주 이상하게 들렸다. 하지만 나는 굳이 그런 말을 할 생각이 없었다. 여전히 나를 DC에 버리고 갈 영감의 계획을 고려하면 그의 마음을 어떻게 바꿀지 구상할 시간이 필요했기 때문이다.

약 1~2킬로미터 더 가다가 우리는 〈라운드네 길옆 자동차 쉼터〉라는 자그마한 장소에 도착했다. 금방이라도 무너질 것 같이 생긴 오두막 네 채와, 몇 개의 등나무 의자들이 모닥불 주변에 놓여 있는 수수한 곳이었다. 회색 머리를 쪽 지어 올린 통통한 할머니와, 손녀인 듯한 성인 여성 두 명이 다 같이 앞치마에 손을 닦으며 기린을 보러 나왔다. 가족이 꾸려 나가는 곳인 듯했다. 도로 바로 옆에 있는 판잣집은 사무실이면서 작은 커피숍으로도 운영 중인 것 같았다. 테이블 하나에 의자 여섯 개만 있는 곳도 커피숍이라고 할 수 있다면 말이다. 그 할머니는 우리 트럭이 주차하기에 가장 좋다고 여겼는지, 멋진 참나무 숲과 가장 가까운 구석의 오두막을 가리켰다. 우리는 곧 그곳에 자리를 잡았다. 영감이 한 대 걷어차이고, 양파로 회유하고, 그리고 나무를 뜯어 먹게 하는 순서로 기린들을 돌보는 과정을 끝내자, 아까 그 세 명의 여인이 고기파이, 감자, 코코넛케이크를 갖다주었다. 나는 그때 영감의 태도를 보고 놀라지 않을 수 없었다. 나는 영감이 거칠게 자라 사교적인 예의도 없고 또 그런 매너가 없는 것을 부끄러워하지도 않는 인물일 거라고 생각했다. 하지만 여성들을 대할 때 그의 말투는 직접 듣지 않고는 믿을 수 없을 정도로 상냥했다. 그는 〈아이고 이런, 라운드 부인, 이러지 않으셔도 되는데요〉라거나 〈진심으로 감사드립니다, 부인〉, 이런 식으로 말했다. 그는 놀라울 정도로 사근사근했다.

그들이 돌아간 후 내가 그를 어이없다는 듯이 바라보자 영감은 오두막을 가리켰다. 「네가 먼저 가서 자라.」

「아직은 잠이 오지 않아요.」 나는 잠을 안 잔다는 사실을 인정하기 싫어서 이렇게 말했다.

「그래, 그럼 몇 시간 후에 교대해 주마.」 나는 뭘 해야 할지 몰라서 손을 새 바지 호주머니에 찔러 넣고 서 있었다. 그는 모닥불 쪽을 가리켰다. 「저기 있는 등나무 의자 중 하나에 가서 앉아 있어. 거기에서도 기린이 보이니까.」

그래서 나는 가서 의자에 앉았다.

이미 주위는 아주 캄캄해져 있었다. 그날 밤 그 자동차 쉼터에는 우리 트럭을 제외하고 차가 딱 한 대밖에 없었다. 불빛이라고는 작은 마당에 있는 모닥불뿐이었기 때문에 어떤 차인지는 잘 보이지 않았다. 눈을 가늘게 뜨고 차를 살펴보던 나는 화들짝 놀라서 똑바로 앉았다.

그건 패커드였다. 눈을 더 가늘게 뜨고 볼수록 녹색이 더 선명해졌다.

나는 트럭과 패커드를 동시에 볼 수 있는 자리에 의자를 놓고 앉아 기다렸다. 나는 새 옷을 잘 매만진 뒤에 삐쩍 마른 어린 소년이 아니라 여유 만만한 트럭 운전사처럼 보이도록 폼을 잡고 앉아서 하나둘씩 나타나는 별들을 바라보았다. 북두칠성이 내 위에 떴을 때 작은 오두막 문이 열리고 빨강 머리가 밖으로 나왔다.

「키다리, 진짜 너 맞구나!」 그녀가 가까이 다가오며 나를 불렀다. 「옆에 앉아도 돼?」 그녀가 그렇게 말하고 자리에 앉았다. 모닥불의 불빛 때문에 그녀의 머리 색이 너무 빨갛게 보여서 금방이라도 활활 타오를 것만 같았다. 아주 가까이서 보니 그녀의 얼굴에는 빨강 머리 아일랜드인 특유의, 보통 여자들이라면 두꺼운 화장으로 가리고 다닐 만한 짙은 주근깨가 가득했다. 하지만 그녀는 화장으로 가리지 않았다. 게다가 아무리 좋은 옷을 입고 좋은 차를 몰아도 고작해야 내 나이 정도로밖에 안 보였다. 그녀는 열아홉이나 스물을 넘지 않았을 테지만 그녀와 나를 포함해 누구에게도 결코 도움이 되지 않을 만큼 너무 성숙해 보였다.

「네가 기린 트럭을 운전하다니 믿기지가 않아!」 그녀가 말했다. 「그 다른 운전사는 가버린 거야?」

내가 고개를 끄덕였다.

「난 운전을 잘 못 해. 이제 막 시작했어. 도시 여자니까. 넌 당연히 엄청 잘하겠지.」 그녀가 말했다.

나는 몸을 높이 세우고 앉으며 미소를 지었다. 뭐라도 빨리 대답하지 않으면 내가 말을 못한다고 여길지도 모른다고 생각했다. 나는 목을 가다듬고 가까스로 목소리를 냈다. 「우리를 따라오는 거야?」 목소리가 너무 크게 나와 버렸다.

「그래서 귀찮은 건 아니지? 그렇지?」

나는 고개를 저었다.

그녀는 트럭 쪽을 흘낏 보았다. 기린들이 나뭇잎을 뜯어 먹느라 머리가 위쪽으로 나와 있는 것이 보이자 그녀는 입꼬리가 귀에 걸릴 만큼 환하게 웃었다.「기린이라니! 이게 믿겨?」

나는 또 아무것도 아니라는 듯이 약간 건방지게 어깨를 으쓱여 보였다.「그냥 동물인데 뭐.」

「그냥 동물이라니!」그녀는 어이없다는 듯이 나를 쳐다보았다.「엠파이어 스테이트 빌딩이 그냥 건물인 것처럼 재들도 그냥 동물이야.」그러자 그녀의 시선이 특산품 대회에서 우승한 토마토 크기만 한, 내 목에 있는 반점 쪽을 향했다. 내가 그녀의 시선을 눈치챈 것을 느꼈는지 그녀는 자신의 손목을 들어 보였다. 그녀의 손목에도 새 모양의 반점이 있었다.「있잖아, 태어날 때부터 있던 점은 복점이래.」

「난 몰랐어.」고향에서는 사람들이 언제나 내 반점을 악마의 징표라고 했다. 물론 난 그녀에게 그 얘기를 할 생각은 없었다.

「있지, 넌 정말 운이 좋아 보여.」그녀가 말했다.「그것도 아주 많이.」우리가 기린을 지켜보는 동안 아주 길고 어색한 침묵이 흘렀다. 그러다 그녀가 내 쪽을 보지도 않고 말했다.「라이어널은 왜 때린 거야?」

나는 허리를 더 똑바로 펴고 앉았다.「당신 팔을 움켜잡았잖아.」

「내 일은 내가 알아서 할 수 있어.」그녀가 말했다. 하지만 그녀의 표정은 내 그런 행동을, 바라건대 그녀가 좋아했을

지도 모른다는 생각을 하게 만들 만큼 부드러워졌다.

바로 그때 기린들이 되새김질을 시작했고 더 이상 주둥이가 보이지 않게 되었다. 「어머…… 어머, 안 돼.」 빨강 머리의 표정이 시무룩해졌다. 「혹시 내가 재들을 볼 수 있는 방법이 있을까? 너무 늦었나?」

지금 그 자리를 지키고 있는 건 나였다. 영감은 온종일 사람들에게 기린들을 보여 주지 않았던가? 게다가 나는 그녀의 수첩을 읽었다. 그녀는 기린을 만지고 싶어 했다. 그리고 나는 그것을 이루어 줄 수 있는 힘이 있었다.

나는 주저했지만 그녀의 얼굴은 장미처럼 활짝 피어 있었고, 나는 그것에 넘어가고 말았다.

영감이 코 고는 소리를 들으며 나는 모닥불이 드리우는 그림자를 따라 그녀를 트럭으로 데려갔다. 그리고 덮개가 열린 위쪽으로 발걸음을 옮겼다. 내가 발판에 부츠 신은 발을 올려놓자마자, 기린들이 거대한 머리를 창문 밖으로 내밀었고, 빨강 머리는 헉하고 감탄하는 소리를 냈다. 그건 자꾸만 듣고 싶은 그런 종류의 감탄사였다. 나는 그녀가 발판을 딛고 올라서게 도와주려고 뛰어내렸지만 그녀에겐 도움이 필요 없었다. 그녀는 구두 신은 한 발을 발판 위에 올리고 다른 한 발은 바퀴 위의 펜더를 밟고는 기린들을 향해 팔을 뻗었다. 그녀가 다리를 이쪽저쪽으로 뻗어 가며 기린들과 친해지는 동안 나는 그녀가 입은 바지를 쳐다보지 않을 수 없었다. 내 반점을 보던 그녀의 시선을 내가 알아차렸던 것처럼 그녀도 내 시선을 눈치챘다. 「뭐야, 키다리?」

나는 얼굴이 빨개지는 것을 느꼈다. 「여자가 바지 입은 걸

한 번도 본 적이 없어서.」

그녀가 웃음을 터뜨렸다. 「뭐, 앞으로 많이들 입을 거야. 내가 장담해.」 그녀가 말했다. 그러고는 고양이처럼 날렵하게 위 덮개가 열린 맨 꼭대기로 올라가서 두 기린 사이의 칸막이 위로 길게 놓인 판자에 걸터앉더니 〈안 올라오고 뭘 기다려?〉라고 말하듯이 나를 보고 활짝 웃었다.

나는 영감이 잠든 오두막 쪽을 살피려고 고개가 거의 돌아가 있었다. 여전히 영감의 코 고는 소리가 크게 들려왔다. 그래서 나는 용기를 내서 위로 올라갔다. 그녀를 마주 보고 판자 위에 앉자 기린들이 창문 밖으로 빼고 있던 머리를 집어넣고 허공에서 우리 주변을 포위했다. 그들의 주둥이가 우리의 무릎에 부딪혔다. 걸이 양파를 찾으려고 나를 너무 심하게 들이받는 바람에 나는 몸의 균형을 잡으려고 걸의 커다란 머리를 잡아야 했다. 한편 빨강 머리는 보이의 뿔 중 하나를 만지다가 침 세례를 받았다. 보통 여자들은 그런 상황에서 소리를 지르며 바닥으로 떨어졌을 것이다. 하지만 빨강 머리는 아니었다.

그녀는 웃으면서 한 손으로는 보이의 커다란 턱을 토닥거리면서 다른 손으로는 얼굴과 셔츠에 묻은 침을 닦았다. 보이를 가볍게 토닥이다가 점점 부드럽게 쓰다듬으면서 그녀는 완전히 긴장이 풀리는 듯했다. 「내가 기린을 만지다니…….」 몽상에 빠진 듯 한숨을 내쉬는 그녀는 금방이라도 둥둥 떠서 날아가 버릴 것 같았다. 「그냥 보고만 있어도 너무 경이로워. 내 눈앞에 환하게 아프리카가 보이는 느낌이야……. 보이기를 기다리는 세상의 모든 경이로운 것들이 보여.」 무엇에도 억눌리지 않은 기쁨이 넘치는 표정으로 그녀가 나를 바라보며 말했다. 나는 그녀가 나에게 키스를 하려는 거라고 생각했다. 버려진 창고에서부터 매일 밤 오거스타에게 어떻게 키스할지를 계속 상상해 왔음에도 나는 떨려서 죽을 지경이었다. 만일 그 순간 걸이 내 옆구리를 찌르지만 않았다면 나는 마침내 그것을 알아낼 수 있었을지도 모른다. 하지만 빨강 머리는 그 모든 감정을 보이에게 쏟았고, 이제 쓰다듬던 손길은 애정이 담긴 어루만짐으로 바뀌었다. 「얘들 정말 대단하지 않아?」

그녀가 보이를 보살피는 모습을 보고 있으려니 나는 완전히 속이 녹아내릴 것 같아서 아무 말이나 하려고 허둥대다가 영감이 경고했던 말이 입에서 튀어나오고 말았다. 「조심해, 커다란 동물은 작은 동물을…….」

빨강 머리의 어루만지는 손길에 보이는 허공을 핥았다. 「정말 얘들은 하나도 위험하지 않아, 그렇지?」 그녀가 물었다.

바로 그때 걸의 커다란 머리가 또 나를 쿵 하고 박았다. 「얘들은 발길질로 사자의 두개골도 박살 낼 수 있어.」 나는 끙 소리와 함께 걸의 머리를 더 꽉 잡고 말했다.

빨강 머리가 멈칫했다. 「얘들이 누군가 걷어차는 걸 본 적이 있어?」

「얘가 그런 건 본 적 있어.」 나는 내 주머니에 주둥이를 처박는 걸을 턱으로 가리키며 말했다. 「얘가 영감을 찬 적이 있어. 하지만 죽일 생각으로 그런 건 아니야. 적어도 아직까지는.」

「그러니까 아주 기백이 넘치는 아이로구나, 아주 좋아.」 빨강 머리가 결을 쓰다듬으려고 더 몸을 뻗었다. 그러고는 다시 보이를 돌아보았다. 「하지만 얘는 신사지, 그렇지?」 그 말에 보이는 빨강 머리의 가랑이 사이에 주둥이를 들이미는 것으로 대답했다. 빨강 머리는 당황해서 어쩔 줄 몰라 했고 나는 보이의 짓궂은 행동을 야단치려고 가볍게 때리는 시늉을 했다. 보이가 천진난만한 표정으로 위를 올려다보자 빨강 머리는 다시 웃음을 터뜨렸다. 「너 아주 장난꾸러기 신사구나. 더 맘에 들어!」 그러고는 아까처럼 몽상에 빠진 듯한 표정으로 보이의 턱 밑에 있는 다이아몬드 모양처럼 생긴 반점을 보면서 그게 그 자리에 있다는 것이 신기하다는 듯이 손가락으로 쓸어내렸다. 그리고 아주 부드럽고 꿈꾸는 듯한 목소리로 말했다. 「기린을 데리고 국토를 횡단한 사람이 네가 처음이 아니라는 사실 알고 있어? 약 1백 년쯤 전에 이집트의 통치자가 프랑스의 왕한테 기린을 보낸 적이 있어. 배로 바다를 건너고 육지를 8백 킬로미터나 이동해서 파리로 데려갔대. 상상이 가?」 그녀는 더욱더 부드럽고 꿈꾸는 듯한 목소리로 계속 이야기를 이어 갔다. 「나라 전체가 난리가 났었대. 여자들은 머리를 높이 쌓아 올린 기린 같은 헤어스타일을 하기도 하고 남자들은 아주 높은 기린 모자를 썼대. 전해지는 바로는 10만 명의 사람들이 길에 줄을 지어 서서 왕실 기병대가 기린을 궁전으로 호위해 가는 것을 경외의 눈으로 바라봤다고 해.」 그녀는 손을 보이의 목 아래쪽으로 내렸고 보이는 기분이 좋은지 몸을 부르르 떨었다. 「그리고 그보다 수백 년도 더 전에 이집트의 술탄이 피렌체로 한 마리를 보낸 적도 있대. 그때 시내 광장이나 공원 등을 걸어가는 모습이 아직도 벽화나 그림에 남아 있어! 심지어 그 일화에서 딴 이름의 별자리도 있고.」 그녀는 별들을 슬쩍 올려다보았다.「멕시코 북쪽 하늘에서 볼 수 있대. 어쩌면 사막에서는 볼 수 있을지도 몰라.」 그리고 그녀는 또 한숨을 쉬었다. 이번에는 내가 거의 못 들을 뻔했을 만큼 아주 조용하게. 하지만 나는 정말, 정말 그 소리를 놓치고 싶지 않았다.

보이는 다시 되새김질을 시작했고 걸도 내 새 작업복에 침을 잔뜩 묻혀 놓고는 되새김질을 하려고 나한테서 양파를 찾는 행동을 멈추었다. 나는 침을 닦아 내며 빨강 머리에게 말했다.「기린에 대해서 정말 많이 아네.」

내가 돌아보자 빨강 머리는 영감과 같은 눈빛으로 기린들을 바라보았다.「이 기린들은 내가 책에서 말고는 본 적도, 해본 적도 없었던 것들로 가득해. 마치 하늘의 구멍을 통해 허리케인을 타고 땅으로 내려와 내 앞에 나타난 것 같아. 얘들을 처음 봤을 때, 내가 뭘 해야 할지를 단번에 알았어.」 그렇게 말한 다음 빨강 머리는 마지막으로 몸을 뻗어 기린 두 마리를 동시에 쓰다듬고는 내가 도와줄 틈도 없이 땅바닥으로 뛰어내렸다.

내가 그녀 앞으로 뛰어내렸을 때 그녀는 숨을 가쁘게 쉬면서 손으로 가슴을 누르고 있었지만 나를 향해 아주 찬란한 미소를 지어 보였다.「정말 너무 근사했어!」 그녀는 숨을 제대로 못 쉬었다.「있잖아, 키다리, 나는…….」 갑자기 그녀는 부러진 갈비뼈가 아픈 척추를 자극할 정도로 힘차게 나를 끌어안았다. 그리고 나를 끌어안았다는 사실에 스스로도 놀란 듯 재빨리 뒤로 물러섰다. 「미안……. 하지만 이게 나한테 어떤 의미인지 너는 모를 거야. 정말 너무 고마워.」 그녀는 흥분을 가라앉히려고 애쓰며 말했다.

반면 나는 전혀 그 흥분을 가라앉히려 애쓰지 않았다. 그녀의 포옹으로 인한 따뜻한 통증이 여전히 몸에 남아 있는 상태에서, 그저 영감 덕분에 샤워를 하게 돼서 너무 다행이라고 생각했다.

모닥불 쪽으로 향하면서 숨을 길게 들이마신 그녀는 마지막으로 한 번 더 한숨을 내쉬었다. 할 일이 생각났는지 그녀는 얼굴에 달라붙은 곱슬머리를 뒤로 쓸어 넘기고 셔츠 주머니에서 수첩을 꺼내며 말했다. 「내가 따라다니는 거 존스 씨가 알아?」

「모르는 것 같은데.」

「아직 알리지 마. 먼저 좋은 인상을 줄 기회가 있었으면 좋겠어. 그 이후에 소개해 줘, 알았지?」

「좋아. 그런데 영감 이름은 어떻게 알았어?」

「신문 기사에서 봤어. 기린들 얘기가 모든 신문에 났거든.」 빨강 머리는 수첩에서 오려 낸 신문 기사를 꺼내 나에게 건넸다. 모닥불의 흔들리는 불빛에 비추어 보니 검역소에 있을 때 그녀의 수첩에서 봤던 것이었다. 〈바다의 허리케인을 이겨 낸 기적의 기린들.〉 그 〈위대한 기자〉 라이어널 에이브러햄 로가 쓴 기사였다. 그리고 영감의 이름도 있었다. 〈라일리 존스.〉

「너 가져.」 그녀가 활짝 웃었다. 「이게 신문에 났으니 이제 역사의 일부가 된 셈이야. 너도 역사의 일부가 될 테고.」

내가 신문 조각을 새 셔츠 주머니에 넣는 동안, 마음이 들뜬 빨강 머리는 힐을 신은 채 마치 주근깨가 흔들리는 것처럼 보일 만큼 깡충깡충 뛰었다. 열일곱 살짜리 나의 눈에는 그 모습이 영화배우처럼 아름다웠다. 나는 뺨이 또 붉어지는 것을 느꼈고 이번에는 어둠 속에서도 감춰지지 않을 것 같아 고개를 돌렸다. 그리고 한쪽 다리에 실었던 몸의 무게를 다른 쪽 다리로 옮기면서 침착해지려고 조용히 혼잣말로 욕설을 내뱉었다.

「키다리, 네 얘기 좀 들려줘.」 그녀가 이렇게 말하는 소리가 들렸다.

모닥불을 바라보는 척하면서 내가 중얼거렸다. 「할 얘기가 없는데.」

「할 얘기가 없긴. 사람들은 누구나 사연이 있어.」

그 말에 나는 고개를 돌려 그녀를 바라보았다. 「네 이야기는 어떤 건데?」

그녀의 표정이 어두워졌다. 내가 전혀 이해할 수 없는 입을 꾹 다문 미소와 함께 들뜬 분위기도 사라져 버렸다. 「슬픈 이야기는 아무도 좋아하지 않아.」 그녀가 말했다. 「넌 좋은 이야기를 지닌 게 보여. 너의 그 얼굴은 방금 더스트 볼 사진에서 막 튀어나온 것 같은 얼굴이거든. 너도 오키니? 어떻게 여기에 왔는지 나에게 말해 주면 『라이프』 매거진에 실어 줄게.」

나 같은 촌놈도 『라이프』 매거진은 구경해 본 적이 있다. 매끈한 종이에 세상의 모든 것에 대한 사진들이, 특히 아름다운 여자들의 컬러 사진들이 가득 차 있는 그 매거진은 우리가 얻을 수 있던 것들 중에 텔레비전과 가장 가까운 것이었다. 「『라이프』 매거진에서 일하는구나!」

「난 포토 에세이 담당이야.」 그녀가 손으로 카메라 프레임을 만들어 보이며 말했다. 「〈대공황이 오고 유럽에 전쟁의 위기감이 감도는 분위기에서, 바다의 허리케인에서 살아남은 한 쌍의 기린이 동물원장인 벨 벤츨리 여사가 기다리는 샌디에이고 동물원으로 국토를 횡단해서 옮겨진다는 사실은 모든 이들에게 정말 필요한 용기를 전해 준다!〉」 이렇게 말하면서 그녀는 손으로 카메라 프레임 모양을 만들어 사진을 찍는 것처럼 찰칵하는 시늉을 했다. 「하지만 기사를 완성하는 건 사진들이야. 제대로 된 사진이 없으면, 예수의 재림이나 다를 바 없는 사건이 되어 버리고 『라이프』에는 실리지 못해. 나는 샌디에이고에 도착하면 벨 벤츨리에 관한 포토 에세이도 쓸 계획이야. 난 제2의 마거릿 버크화이트가 될 거야.」

「누구?」

「『라이프』 매거진의 첫 번째 여성 사진 기자야.」 그녀가 말했다. 「『라이프』 매거진을 읽은 적이 있다면 그 사람 사진들도 봤을 텐데. 마거릿은 지구상에서 가장 위대한 사진 기자야.」

나는 장미 향수로 된 바다에서 내 목 주위에만 말똥을 두른 것처럼 내가 세상에 대해 얼마나 무지한지를 깨달았다. 그때 어둠 속에 있는 패커드가 눈에 들어왔고 나는 내 한심한 상황을 더욱 악화시키고 말았다. 당시에 여자는 절대 혼자서 고속 도로로 다니지 않았다. 정숙한 여성이라면 더더욱. 절대. 그리고 나는 내 입에서 이런 말이 불쑥 튀어나오는 것을 들었다. 「그렇게 혼자서 운전하고 다니면 무섭지 않아?」

그녀가 나의 얼굴을 살피며 잠시 멈칫했다. 「왜 그런 얘기를 꺼내?」

「그거야, 당신은 여자니까.」 나는 주저하지도 않고 곧바로 대답했다.

그때 나를 너무 화난 눈으로 바라보는 그녀의 눈 깊은 곳에서 뭔가 번쩍하고 타올랐는데 그 불꽃은 마치 〈아, 키다리, 너마저……〉라고 말하는 것 같았다.

나는 바로 사과를 했었어야 했다. 하지만 대신 불같이 화난 그녀의 녹갈색 눈빛에 내 속이 다 녹아내리면서 또 뺨이 붉어지는 것을 느꼈다. 나는 그런 감정을 숨기려고 미친 듯이 노력하며 말했다. 「그냥 이렇게 혼자 다니는 건 안전하지 않다는 얘기야.」

더 이상 내가 뭐라고 해도 회복할 가망이 없었고 그녀도 그걸 알았다. 나는 그녀 눈 속의 불꽃이 사그라지는 것을 지켜보았다. 그러다 그녀는 트럭 쪽을 흘낏 바라보고 아주 희미한 미소를 지어 보였다. 「그래도 내가 완전히 혼자는 아니잖아, 안 그래?」 그녀는 다시 사근사근한 도시 여성으로 돌아가서 턱을 들고 말했다. 「내가 제안 하나 할까? 기사 쓰는 데 네가 도움을 주면 정말 고마울 것 같아. 날 도와주면 네가 원하는 보답을 해줄게.」 그녀는 손을 내밀었다. 「오케이?」 그녀가 악수를 원했기에, 나는 그녀가 원하는 대로 했다. 그녀는 어떤 남자보다도 힘차게 내 손을 맞잡고 흔들었다.

「이건 어디까지나 엄격한 비즈니스야.」

「알았어.」

「엄격하게.」 그녀가 되뇌었다.

「알았어.」

「날 구해 주거나 보호해 줄 필요는 없어.」 그녀가 다시 한 번 말했다.

「알았어.」 나도 같은 말을 반복했다.

「자, 그럼 약속한 거다.」 한 번 더 말한 뒤 우리는 악수를 멈추었다. 어쩌면 그녀가 멈추었다고 하는 게 맞을지도 모르겠다.

우리는 모닥불이 죽어 가는 동안 그곳에 서 있었다. 그녀가 이제 자리를 뜨려고 하는 게 느껴졌다. 「내 이름은 우디야.」 나는 그녀가 영감처럼 웃을까 봐 두려워서 성은 말하지 않았다.

「내 이름은 오거스타야.」

「오기라고 불러?」 나는 그 기자가 그녀를 불렀던 것이 생각나 이렇게 물었다.

「오직 한 사람만 나를 그렇게 불러. 날 짜증 나게 하려고.」 그녀가 아까처럼 입을 꾹 다문 미소를 지으며 대답했다. 그 말을 끝으로 그녀는 자신의 오두막으로 향했다. 그녀의 곱슬머리가 그녀처럼 생기 있게 통통 튀었고, 그걸 바라보는 내 심장은 반으로 쪼개지는 것 같았다. 「나중에 길에서 보자, 우디.」 그녀는 어깨 너머로 돌아보며 말했다.

나는 기린을 태우고 다니는 운전사라면 할 법한, 클라크게이블[19] 같은 남자가 할 법한 대답을 하고 싶었다. 대신 나는 그녀에게 소리쳤다. 「내 성은 니켈이야.」

그녀는 힐끗 돌아다보았다. 「안전 운전, 우디 니켈.」 그녀는 내 이름을 비웃지 않았다.

나는 그녀가 어둠 속으로 사라지는 것을 지켜보았다. 그리고 모닥불에 장작을 더 넣으면서 두어 시간 더 망을 보기 위해 자리에 앉았다. 나의 정신은 온통 여성용 바지와 멋진 매거진과 파리와 오래된 그림과 지구로 떠내려오는 기린들의 생각으로 가득 찼다. 시간은 쏜살같이 지나갔다. 나는 심지어 검역소에서 꾸었던 꿈처럼 기린의 콧노래가 들려온다고 느꼈다. 그래서 소리를 들으려고 가까이 다가갔지만 나무에 스치는 바람 소리만 들릴 뿐이었다. 결국 나는 다시 모닥불과 공상으로 되돌아갔다.

영감이 어둠 속에서 나타났을 때는 나도 모르는 사이 모닥불이 잉걸불로 변하고 별들이 이동한 뒤였다. 「얘야, 이제 가서 자라. 가기 전에 위 덮개는 닫고.」 영감이 불을 다시 살려 보려고 모닥불을 헤집으며 말했다.

19 Clark Gable(1901~1960). 미국의 배우. 〈할리우드의 제왕〉이라고 불릴 만큼 인기가 많았다.

5
꿈속에서

자동차 쉼터의 오두막 안에서 여전히 빨강 머리의 몸이 내 아픈 갈비뼈에 닿았을 때 느낀 그 따뜻함을 느끼면서 나는 어느새, 창고에서 안전하게 머릿속으로만 해왔던 그 모든 키스를 끝내 버리는 진짜 키스를 상상했다. 그런 상상은 나를 깨어 있게 하기보다는 오히려 아주 빨리 잠에 빠져들게 했고, 나는 검역소의 트럭 안에서 잤던 날 이후 처음으로 제대로 된 잠을 잘 수 있었다. 나는 우리 암말을 데리고 다닐 때처럼 고삐로 걸을 끌고, 프랑스에서 걷고 있었다. 그리고…….

자장자장 / 울지 마라 / 잘 자라, 우리 아가.

네가 깨어나면 / 넌 가지게 될 거야 / 모든 예쁘고 작은 말들을.

「아가야, 누구한테 말하는 거니?」

갈색 사과 같은 눈이 바라본다.

「우디 니켈, 대체 거기에서 무슨 일이 있었는지 말해, 지금 당장!」

나는 그저 매번 반복되던 팬핸들의 악몽 속에 있다고 생각했다……. 멀리서 기차 소리가 들리고 아주 밝은 햇빛 속에서 옥수수밭 근처에 서 있다는 것을 깨달을 때까지는. 공중을 휘젓는 밧줄 소리, 기린이 달리고 들이받으며 옥수수 줄기들 사이에서 튀어나오는 꿈…….

나는 오두막의 침대에서 빠져나와 문밖으로 뛰어나갔다.

밖은 여전히 어두웠다.

맨발에 속옷 차림으로 눈을 휘둥그레 뜨고 난데없이 나타난 나를 보고 트럭 발판에 앉아 있던 영감이 자리에서 일어났다. 잠에서 완전히 깬 나는 뷸라 숙모를 떠올리지 않으려고 노력하면서 트럭에 기댔다. 그리고 영감에게 내가 망을 보겠다고 말했다. 그는 나를 노려보았다. 「그런 차림으로는 안 돼.」

내가 옷을 입은 뒤 돌아오자, 영감은 해가 뜰 때까지 몇 시간 더 잠을 청하기 위해 나를 기린들과 함께 옥수수밭의 악몽 속에서 새벽을 맞이하도록 놔두고 오두막으로 향했다. 나는 트럭의 발판에 걸터앉아서 이제까지 본 것 중에 가장 깊은 시골의 어둠을 눈을 크게 뜨고 응시했다. 여명이 밝아올 때쯤 나는 혹시 주변에 옥수수밭과 기찻길이 있을지도 모른다는 생각에 모닥불이 있던 자리를 지나 들판 쪽으로 가보았다. 들판에는 온통 소나무뿐이었다. 나무들을 보고 그렇게 기뻤던 적은 없었다.

그제야 나는 빨강 머리가 생각났다. 나는 그녀의 오두막을 돌아보았다. 패커드는 사라지고 없었다.

샌디에이고 프리 프레스

1938년 10월 8일

기린이 우리 쪽으로 온다!

야호! 남부 캘리포니아주 첫 번째 기린들이 동해안에서 온다. <샌디에이고의 어린이들에게 곧 기린을 볼 수 있을 거라고 약속합니다. 이제 어떤 것도 그들을 막을 수는 없을 겁니다!>라고 우리가 사랑하는 벨 벤츨리 동물원 원장님이 말했다…….

6
워싱턴 DC로

기억은 사물에 들러붙는다. 난데없이 어떤 사물이 당신의 코, 귀, 아니면 눈에 스치는 순간, 당신은 다른 나라, 아니면 세상의 반대편, 혹은 완전히 다른 시간대에서 사슴의 눈을 가진 미인에게 키스를 받거나 혹은 술 취한 놈에게 한 대 얻어맞는 상황으로 이동한다. 그것들을 통제할 방법은 없다. 전혀. 누군가 내 방을 치울 때마다 훅 끼치는 먼지 한 톨만으로도 나는 팬핸들에서 갈색 먼지 폭풍을 바라보며 서 있는 나를 발견한다. 분홍색 작약만 얼핏 눈에 들어와도 나는 어느새 제2차 세계 대전 중인 프랑스 전쟁터의 갓 만든 무덤 앞에 서 있다.

그리고 경찰차의 사이렌 소리 한 번에, 나는 워싱턴 DC로 트럭을 몰고 가던 순간으로 되돌아간다. 너무 긴장한 나머지 구토할 뻔했던 그때로.

한 시간 전에 라운드네 길옆 자동차 쉼터를 떠나기 위해 기린들을 보살피던 중에도 영감은 지난밤 나의 이상한 행동에 대해 전혀 내색하지 않았고, 그래서 다행이라고 생각했다. 다시 길을 떠나자마자 DC 방향을 가리키는 이정표들이 연이어 나타났기 때문이다. 〈워싱턴 DC 5킬로미터〉라는 표지판이 보이고 전방에 도시의 모습이 눈에 들어왔다. 그리고 그 한가운데 뭔가 매우 크고 뾰족한 것이 보였다. 그것은 워싱턴 기념비였다. 물론 그때는 그것이 뭔지 몰랐고 영감에게 물어볼 생각도 없었다. 그는 벌써부터 초조하게 페도라를 만지작거렸는데 곧 그 이유가 드러났다. 고속 도로는 양옆으로 차선이 더해지면서 넓어졌고 우리는 갑자기 차들에 완전히 둘러싸였다. 순간 빙글빙글 돌아가는 사이렌을 단 경찰차가 갓길로 쌩하니 지나가는 바람에 나는 갑자기 운전대를 꺾었고, 영감이 대시보드에 부딪히면서 페도라가 바닥으로 떨어졌다. 영감이 욕을 하면서 바로 페도라를 집어 들자마자 때맞춰 기린들이 트럭을 흔들어 댔고, 영감은 차 문에 부딪혔다. 나는 운전대를 움켜쥔 채 내가 애걸복걸해서 맡게 된 일의 실체를 비로소 파악하고 헛구역질이 날 것 같았다. 나는 거대한 아프리카 동물들을 대도시의 교통 체증 한가운데로 몰고 갔던 것이다.

위장 속 내용물이 다 올라오는 것을 느끼며 나는 그것을 계속 꿀꺽꿀꺽 삼켰다. 기린들이 뒤에서 계속 쿵쾅대고 차들이 우리 옆을 휙휙 지나가는 동안 나는 어떻게든 트럭의 균형을 잡으려고 온갖 노력을 기울였다.

페도라를 우리 사이에 놓고 영감은 죽은 듯이 가만히 있었다. 그리고 기린들을 달랠 때와 아주 흡사한 목소리로 말했다. 「얘야, 천천히만 가면 된다. 아주 천천히 그리고 부드럽게. 주변은 신경 쓰지 마.」

앞쪽에는 강과 이정표들이 보였다. 아주 많은 이정표들이. 그중 하나는 프랜시스 스콧 키 브리지[20]를 건너 국립 동물원[21]으로 가는 길을 가리켰다. 차들이 점점 많아졌지만 나는 계속 노인들처럼 아주 천천히 운전했다. 너무 천천히 운전해서 DC의 오토바이 경찰이 헤드라이트를 켜고 우리 옆쪽으로 다가왔다. 그때 영감이 조금도 놀란 기색 없이 경찰에게 고개를 까딱하며 인사를 하자 경찰은 우리 뒤쪽으로 이동했다.

나는 이제 곧 영감이 DC 동물원 쪽으로 우회전하라는 말을 하겠거니 예상했다. 내가 그를 흘낏 바라보자 그가 아주 빠른 속도로 말하기 시작했다.「잘 들어라. 기린이 트럭 밖으로 나가게 되는 일이 있어서는 절대 안 돼. 왜냐하면 일단 기린들이 밖으로 나오면 다시 트럭에 실을 수 있다는 보장이 없거든. 그렇게 되면 결과적으로 기린에겐 끝장이야. 기린한테는 명령해서는 안 돼. 부탁을 해야지. 걔들이 너한테 홀딱 반했는지는 몰라도 나중에 걔들이 마음을 바꾸면 아무 소용이 없어. 걔네들은 네 애완동물도 아니고 팬핸들에 있던 너희 말도 아니야. 넌 걔들을 야생 동물로서 존중해 줘야 돼. 알았냐?」

나는 이가 덜그럭거릴 정도로 심하게 고개를 끄덕였다. 나는 결국 캘리포니아까지 가게 된 것이다.

「좋다, 그럼.」 그가 말했다.「멤피스까지 가자.」

내 청력에 문제가 있는 게 분명했다.「캘리포니겠죠.」 내

20 포토맥강을 가로지르는 워싱턴 DC의 콘크리트 아치교.

21 National Zoo. 미국의 오래된 동물원 중 하나로 1889년에 개장했다.

가 그의 말을 정정했다. 「멤피스로 가는 거야.」 영감이 되뇌었다. 「멤피스까지 가는 길은 순탄해. 넌 아주 잘하고 있고 지금까지 일정도 차질이 없어. 이제부터야말로 정말 시간이 관건이야. 우리 애 다리뼈가 지금 너무 약해졌으니 말이야. 아직 충분히 날이 밝으니 계속 가는 게 좋겠어. 멤피스에도 동물원이 있고, 거기에서 새 운전사가 기다리게끔 미리 전화를 할 시간은 충분하니까. 괜히 여기에서 하루 이틀을 낭비하지 않아도 된다고.」 그가 다리로 가는 출구가 나타나자 말했다.

「제가 끝까지 운전할 수 있어요.」 내가 재빨리 말했다.

「내 말대로 하든지 여기서 그만두든지.」 영감이 다리 쪽으로 고갯짓했다. 「어서 정해.」

그래서 나는 영감의 제안을 받아들였다.

영감은 다시 도로로 시선을 돌렸다. 「좋아. 천천히. 부드럽게. 여태까지 해온 것처럼.」

오토바이를 탄 두 번째 경찰이 사이렌을 울리고 불을 깜박이며 나타났다. 영감이 〈모두 앞으로!〉와 같은 손짓을 했고 우리가 도시를 관통하는 동안 우리 때문에 다른 차들의 속도가 더욱 느려졌다. 시 경계에 가까워지자 도로는 다시 2차선으로 좁아졌고 경찰들은 방향을 틀어 사라졌다. 내가 마음을 진정시키려고 애쓰는 동안 기린들은 사람들이 떠나는 것을 보기 위해 머리를 내밀었다. 우리가 시외로 이동하면서 모든 것이 조용해지는 사이, 나는 빨강 머리가 보고 싶기도 하고 방금 일어난 일이 궁금하기도 해서 사이드 미러를 자세히 살폈다. 「왜 경찰들이 우리를 DC 동물원으로 데려가지 않은 거예요?」

「왜냐하면 내가 요청한 적이 없으니까.」

나는 그 말이 무슨 뜻인지 잠시 곱씹어 보았다. 「그럼 저 사람들이 어떻게 우리에 대해서 알아요?」

「원장님이 말했으니까.」

나는 영감이 방금 한 말을 잠시 곱씹었다. 「원장님이라면 벤츨리 씨 말이에요?」

「맞아.」 그는 창턱에 팔을 얹으며 대답했다. 「생긴 건 보통 할머니고, 옷은 교사처럼 입고, 뱃사람처럼 욕도 잘하지만, 고등 교육 받았다고 잘난 척하는 얼빠진 놈들이 쩔쩔매는 분이지.」

「……그분은 어떻게 동물원 원장이 됐어요?」

「내가 들은 바로는, 제1차 세계 대전 후에 어떤 신사가 야생 동물들을 데리고 동물원을 만들었는데, 직원은커녕 사육사를 고용할 돈도 없어서 관청에 일단 경리 사원만 보내 달라고 요청했대. 그래서 그때 오게 된 게 원장님이었고, 오자마자 입장료를 받는 일부터 아픈 동물을 돌보는 일까지 모든 일을 다 도맡아 하다가 결국에는 그 동물원의 원장이 됐다고 해.

원장이 된 후에는 라디오 방송과 뉴스 영화를 내보내기 시작하면서 동물원에 대한 여러 이야기들을 전하는 걸로 유명해졌어. 하지만 확실한 건 원장님이 그런 방송에서 절대 하지 않는 이야기들이 따로 있다는 거야.」

「그런 게 뭔데요?」

「그게, 도망친 개코원숭이와 우리에 같이 들어갔다든지

하는 얘기.」

「일부러요?」

「그분은 바보가 아니야, 녀석아. 난 45킬로그램짜리 개코원숭이가 성인 남자를 옥외 작업장 반대편으로 던지는 걸 본 적도 있어. 그런데 세상에, 그 개코원숭이가 거기에 어떻게 들어갔는지 모르지만 원숭이 우리가 있는 사각형 뜰 뒤쪽에 있는 작업장으로 들어가서 꽥꽥거리는 원숭이 우리의 창살을 마구 흔들어 대고 이리저리 다니며 혼자 아주 즐거운 시간을 보내고 있지 뭐냐. 내가 거기에 도착했을 때는 사육사 다섯 명이 소리를 지르고 몽둥이를 휘두르면서 녀석을 다시 우리 안으로 집어넣으려고 애를 쓰고 있더라고. 사육사들이 가까이 가면 갈수록, 개코원숭이는 무서웠는지 더 광폭해지고 더 날뛰었단다. 그렇게 미쳐 날뛰는 개코원숭이를 못 봤다면 정말 미친 게 뭔지 몰랐을 거야. 나는 그놈이 우리한테 달려들 거라고 확신했어. 그런데 그런 끔찍한 상황에 원장님이 반대편에서 나타났어. 사무실에서 이상한 소리를 듣고 우리가 쥐라도 쫓는 줄 알고는 관람객들을 성가시게 하지 말라고 말하려고 나오던 참이었지. 우리는 원장님에게 도망가라고 소리를 질렀지만 원장님이 뭘 어떻게 하기도 전에 개코원숭이가 바로 원장님 쪽으로 돌진했어.」 영감은 고개를 저었다. 「정말 나는 최악의 상황을 예상했어. 원장님 역시 자기가 죽을지도 모르는 위험에 처했다는 것을 아주 잘 알았지. 그 개코원숭이가 한 번만 물어도 원장님 목이 날아갈 수도 있었으니까. 그런데 그분이 어떻게 했는지 아냐? 그분은 도망치지 않았어. 숨지도 않았고. 아주 억지로 미소를 지어 보였어. 그리고 팔을 벌렸어. 그러니까 개코원숭이가 어떻게 했게? 원장님 품 안으로 뛰어들었어. 아기처럼 울부짖으면서!」

「그런 다음 그분이 어떻게 했어요?」

「어떻게 했겠냐? 그 큰 개코원숭이를 우리로 데리고 들어갔지. 우리 성인 남자 여섯이 완전히 말문이 막혀서 그 광경을 지켜보는 가운데 말이야. 우린 나중에 호되게 꾸중을 들을 각오를 했는데 원장님은 너무 화가 난 나머지 일주일간 우리에게 말 한마디 안 했단다.」 영감은 원장님에 관한 이야기를 더 많이 털어놓았다. 그녀가 탈출한 방울뱀을 집어 올린 이야기라든가, 아픈 새끼 캥거루를 바구니에 담아서 전차를 타고 집에 데려간 이야기, 우체국에서 알아차리기 전까지 벼룩 서커스를 위해 동부 지역에 있는 사람에게 우편으로 벼룩을 보낸 이야기 등을 말이다.

그 뒤에는 동물원에서 있었던 놀라운 이야기를 귀가 솔깃하도록 들려주었다. 그러다가 우리는 버지니아주 경계에 도착했다. 「저것 봐라, 얘야.」 우리가 들어설 도로의 이름이 〈리 고속 도로〉라는 것을 알리는 번듯한 표지판을 가리키며 영감이 말했다. 드디어 그동안 영감이 말해 왔던 국토를 가로지르는 〈대륙 횡단 자동차 도로〉의 남부 경로에 다다른 것이었다. 그 멋지고 매끄러운 고속 도로를 따라가면 갈수록 이것은 운명이라는 생각이 또 들었고, 캘리포니아까지 갈 수 있을 거라는 생각이 확고해졌다. 그때 내게 지도가 있었다면 그 멋진 2차선 고속 도로가 사막을 관통해서 샌디에이고까지 죽 연결된 것을 볼 수 있었을 것이다. 그 매끈한 콘크리트 도로는, 집 근처와 조면 공장만을 오가는 쳇바퀴 같은 삶에서 멀리 벗어나고 싶어 했던 사람이면 누구에게나 새로운 미래로 가는 길처럼 보였으리라.

하지만 지도를 봤다면 이상한 점도 발견했을 것이다. 리 고속 도로는 남쪽으로 내려가는 길이 아니라는 것을. 그 고속 도로는 이미 남쪽에 있었다. 평생 팬핸들에만 살았던 촌놈이었던 나는 〈남부 경로〉라는 말만 듣고 루이지애나주와 텍사스만 연안, 그리고 멕시코 국경의 끄트머리만 상상했다. 하지만 하루만 더 가면 그 도로는 계속 남쪽으로 내려가지 않고 방향을 바꾸어 서쪽으로 향하면서 내가 도망쳐 나온 텍사스주 팬핸들을 곧장 지나게 되어 있었다. 그리고 나로서는 영감이 절대 알기를 원하지 않는 이유들로 그런 위험을 감수할 수 없었다.

나는 차라리 멤피스에 버려지는 것이 나를 구하는 것이었다는 사실은 전혀 알지 못했다. 허리케인 기린들을 태우고 그 멋진 고속 도로를 달리면서 캘리포니아에 대한 꿈을 안고, 신의 전능함을 느끼고, 내 옆에 수호천사라도 있는 듯한 기분을 만끽하면서, 정작 내가 그 운전대를 잡음으로써 어떤 위험을 감수하는지는 전혀 몰랐던 것이다. 그것은 두 마리의 아주 소중한 기린 목보다 더한 것이었다. 그건 나 자신의 안전이었다.

얼마 지나지 않아 점점 고도가…….

「점심 식사요, 할아버지!」

나를 이야기로부터 확 끌어내 다시 내 방으로 데려다 놓은 것은 또 그 느끼남이다.

「네가 방해하는 바람에 문장도 다 못 끝냈잖아!」 나는 또 다시 불시에 쳐들어오는 그에게 고함을 지른다.

「하지만 벌써 점심시간이에요. 하루 중 제일 좋은 시간이 잖아요. 그리고 아침은 손도 안 댔던데, 그러면 못써요.」

「애 취급하지 마. 이 쓸모없는 놈아! 어서 나가. 바쁜 거 안 보여?」

그는 또 내 휠체어 손잡이를 잡는다. 「자, 갑시다.」

나는 브레이크를 내린다.

그가 다시 브레이크를 올린다.

나는 또다시 내린다. 순간 손에서 연필이 떨어지고 심장이…… 얼어붙는다.

「저기요.」 멀리서 느끼남의 목소리가 들린다. 「저기요, 이봐요, 젠장! 지금 이렇게 죽는 거예요? 간호사 불러올게요!」

그가 문밖으로 황급히 나가고, 내 심장은 다시 뛰기 시작한다. 음음음음.

「휴.」 나는 놀라서 가슴을 문지르고 숨을 깊이 들이쉬고 주위를 둘러본다. 창문 너머에 걸이 고무 같은 입술을 나를 향해 씰룩거린다. 「네가 좀 도와주지 그랬어.」 불안한 마음으로 나는 연필을 집어 들고 집중하려고 애를 써본다.

그때 도미노를 정리하는 소리가 들린다.

나는 아주 천천히 뒤를 돌아본다. 로지가 침대에 앉아 도미노를 정리하는 중이다. 하지만 그녀는 훨씬 어린 데다 머리도 길고 밝은 색이며 흰머리도 전혀 없다.

나는 눈을 깜박인다.

그녀는 아직도 그 자리에 있다.

〈같이 게임도 하고 얘기도 해주세요…….〉 그녀가 말한다……. 「그리고 약도 드시고요. 또 그 영감, 라일리 존스 씨에 대한 얘기를 좀 해주세요. 저는 어두운 비밀을 품은 사람이 좋아요. 아니면 트럭 운전석에서 그 사람과 밤을 새웠던 얘기도 좋고요. 아니, 잠깐만요. 산에서 있었던 일이요. 그 얘기도 정말 대단했어요. 맞아요, 저는 그 부분이 제일 좋았어요.」

그리고 그녀는 더 이상 보이지 않는다.

「너도 로지를 봤어?」 내가 걸에게 묻는다.

걸이 커다란 주둥이를 끄덕인다.

나는 또 한 번 깊게 숨을 들이쉰다. 「아, 다행이다. 헛것이 보이는 줄 알고 걱정했네.」 나는 이렇게 말하고 다시 내 노트로 돌아가, 산으로 향한다.

7
블루리지산맥을 넘어가는 길

얼마 지나지 않아 점점 고도가 높아졌다.

기어를 자꾸 변속하게 되면서 고도가 높아졌음을 깨달았다. 그래서 영감이 멤피스로 가는 구간은 순탄한 여정이 될 거라고 말했음에도 나는 테네시주의 평지에 다다르기 전에 산이 가로막고 있음을 알 수 있었다. 나는 평생 산을 본 적이 없었기 때문에 운전을 해서 산을 올라간 적도 없었고, 2톤 무게의 기린들을 태우고 올라간 일은 더더욱 있을 리 만무했다.

하지만 적어도 산에는 옥수수밭은 없을 테니까. 나는 이렇게 생각했다.

기린들에게 나뭇잎을 먹이고 목을 펴게 하고 또 붕대를 살펴보고, 걸에게 걷어차이는 등의 과정을 거치기 위해 아침나절에 도로 옆에 잠시 정차한 다음 곧바로 조지 워싱턴이 직접 건넜을 것처럼 보이는 오래된 돌다리를 건넜다. 그 후 도로는 위로 올라가기 시작했다. 이제 산의 존재는 확실해졌다.

손턴의 틈이라고 불리는 마을 부근에서 2차선 고속 도로의 폭이 좁아졌고, 우리는 첫 번째 언덕을 돌아 올라갔다. 그리고 또 다음, 또 그다음 언덕을 올랐다. 나는 기어를 낮추었다가 다시 올리고 또다시 내리기를 계속 반복해야 했다. 그에 따라 내 목에서도 열이 올랐다 내렸다 했다. 기린들은 트럭에 따라 앞뒤로 왔다 갔다 했고, 육중한 무게도 그에 따라 옮겨졌다. 심지어 영감도 문틀을 아주 단단히 붙잡고 있었다.

그러다가 표지판들이 나타났다.

〈블루리지산맥 및 셰넌도어 국립 공원 입구.〉 첫 번째 표지판에는 이렇게 적혀 있었다.

〈경치 좋은 스카이라인 드라이브 — 좌측부터 시작.〉 두 번째 표지판에는 이렇게 적혀 있었다.

다른 때였다면 경치가 아주 볼만하겠다고 생각했을지도 모른다. 하지만 지금은 그럴 기분이 아니었다.

그리고 세 번째 표지판이 나타났다. 〈리 고속 도로 — 계속 직진.〉

자신감이 다시 샘솟았다.

「저것만 따라가.」 영감이 말했다. 「내가 오면서 다 둘러본 길이야. 올라가기도 쉽고 금방 넘을 수 있어. 그러고는 바로 고속 도로로 내려가는 거야.」

나의 자신감은 더욱더 충만해졌다. 곧바로 여태까지 본 것 중 제일 큰 표지판을 맞닥뜨리기 전까지는.

갑자기 도로 중간에, 스카이라인 드라이브와 리 고속 도로의 갈림길 바로 앞에 바리케이드와 함께 〈우회로〉라고 적힌 아주 거대한 안내판이 나타났고 화살표는 스카이라인 드라이브 방향을 가리켰다.

「이게 대체 무슨 일이야.」 영감이 투덜거렸다.

우회로로 들어서서 약 40~50미터 정도 앞에 가로막힌 산비탈에 축구장 길이의 터널이 뚫려 있었다. 표지판에는 자랑스러운 듯 이름이 적혀 있었다. 〈전방에 《메리스 록》 터널 — 라이트를 켜시오.〉

나는 그 자리에 차를 세웠다. 영감은 차에서 뛰어내려 표지판을 지나서 앞쪽에 길이 굽은 곳까지 가보았다. 뭘 봤는지 모르지만 영감은 욕을 내뱉고 페도라를 집어던졌다. 그리고 모자를 다시 집어 올려 눈썹까지 깊이 눌러쓰고는 트럭 옆쪽에서 앞뒤로 서성거렸다. 기린들도 영감을 따라 머리를 움직였다. 마침내 영감이 서성대던 것을 멈추고 우리가 왔던 방향을 돌아보았다. 그는 다시 돌아갈 생각을 한 것이다. 만일 그렇게 된다면 이제 그것으로 나의 트럭 운전은 끝이었다.

그는 운전석으로 기어 올라왔다. 「여기서 보이는 데까지 계속 가드레일이 없구나.」 그가 투덜거렸다. 「뭔가가 날려버린 것 같다. 산사태로 무너졌거나 아님 차가 들이받았거나.」 그가 중절모를 만지작거렸다. 그러고는 나를 똑바로 바라보기 위해 내 쪽으로 몸을 돌렸다. 「산길은 운전해 본 적 있냐, 애야? 거짓말할 생각은 말고.」

나는 큰 거짓말은 하기가 싫어서 작은 거짓말로 둘러댔다. 「많이는 안 해봤어요.」

스카이라인 드라이브 쪽으로 향하는 우회로를 노려보는

영감의 몸 전체가 풀 죽어 보였다. 그는 모자를 벗어 트럭 좌석에 내팽개쳤다. 영감이 생각하는 데 지쳤을 때 그런 행동을 한다는 것을 이미 나는 파악했다. 「아무래도 DC로 애들을 다시 데려가서 거기서 기다려야겠다. 재네들을 트럭에서 내리게 해야 해도 어쩔 수 없어. 그러면 며칠이 더 소요될 텐데……. 어쩌면 더 오래 걸릴 수도 있고.」 그는 고개를 돌려 내 얼굴을 똑바로 쳐다보며 말했다. 「이제 네 생각은 어떤지 말해 봐라.」

영감은 아직 결정한 것이 아니었다. 그는 계속 가기를 간절히 바랐다. 다만 절벽에서 떨어지지 않고 무사히 가기를 원하는 것이다. 내가 해야 할 일은 그저 해낼 수 있다고 말하는 것뿐이었다. 대신 나는 터널을 바라보며 다음 같이 말하는 내 목소리를 들었다.

「지금 저걸 통과해야 하는 거예요?」

그는 대답을 주저했다. 그래서 나는 그렇다는 것을 알았다. 「높이는 충분해.」 영감이 말했다. 「내가 가면서 잘 일러 주마. 문제는 그다음이야.」

「다음…… 이요?」

「다시 길이 평평해지고 리 고속 도로를 만나기 전 말이야. 기어를 총동원해서 가야 하는 추월 차선, 지그재그 커브, 조망 지점 들이 나올 거다.」

「얼마나 가야 하는데요?」

「지금은 그걸 걱정할 때가 아니야.」 영감이 말했다.

그의 말은 왠지 불안하게 들렸다.

「일단 들어서면 차를 되돌릴 수 없고 그땐 다른 선택지도 없다.」 그는 계속했다. 「지금 DC로 돌아가도 괜찮아. 그걸 창피해할 필요는 없어. 그래도 뉴욕으로 돌아갈 기차표는 사주마. 경험 많은 운전사를 기다렸다 올 수도 있었지만 네가 여기까지 시간 지체 없이 잘 와주었고 기린들도 널 좋아하게 됐잖아. 그래서 안 기다린 거야. 그러니 기차표는 내가 사주마.」 그는 혼잣말로 중얼거리듯 덧붙였다. 「물론 우리가 어려운 방법으로 산을 넘어도 표는 사주마. 하지만 그렇게만 된다면 그다음에는 더 큰 문제는 없을 테지.」

그는 그런 식으로 나를 구슬리며 종용했다. 그는 내가 운전 실력에 대해 한 거짓말을 믿거나 아니면 나한테 뭔가를 숨기는 것 같았다. 후자일 가능성이 더 컸다. 하지만 그때 나에게는 항구를 떠나는 순간부터 내가 무작정 생각해 왔던 것 외에는 아무것도 떠오르지 않았다. 그것은 〈캘리포니〉였다.

나는 등을 곧게 펴고, 과거에 남은 것은 아무것도 없고 모든 것이 앞에 놓여 있는 소년의 이기심과 오만함으로 대답했다. 「할 수 있어요.」

「내가 이 결정을 후회하지 않기를 하느님께 빈다.」 그는 마음을 정한 듯 이렇게 중얼거렸다. 「좋아. 네가 할 일은 이거야. 일단 입구 쪽으로 아주 천천히 차를 몰아. 기린들을 너무 확 쏠리게 해서도 안 되고 조금이라도 머리를 부딪치게 해서도 안 돼. 이건 아주 긴 터널이야. 너는 무조건 산 쪽으로 붙어서 가면 된다고 생각하겠지. 하지만 터널은 어두워서 벽이 보이지 않아. 그러니 헤드라이트를 켜고 도로 가운데에 있는 노란 선을 따라가야 해. 타이어를 바로 그 선 위에 맞추면서 가면 돼. 잘할 자신이 없으면 지금 기린들의 머리를 집어넣어야 해. 하지만 그렇게 하면 당분간은 기린들의 머리를 다시 내놓을 만한 장소를 찾기 어려울 거야. 그러다가 기린들이 쿵쿵거리기 시작하면 정말 큰 문제가 생겨. 왜냐하면 터널을 지나자마자 커브가 연속해서 있기 때문에 우리가 트럭의 균형을 잡을 시간이 없을 테고, 그러면 기린들은 앞이 안 보이는 상태에서 균형을 잡아야 하거든. 그러니까 어떻게 할 건지 지금 정해야 돼. 2톤 무게의 동물들이 저 상자 안에서 앞이 안 보이는 채로 이리저리 쏠리게 할지, 아니면 창문을 열어 주고 앞에 다가오는 걸 볼 수 있도록 해서 트럭의 균형을 잡는 데 도움을 주게 할지 말이야.」

나는 장황한 설명에 어리벙벙해서 그를 바라보고는 벌써 차 앞쪽에서도 느껴질 정도로 많이 움직이는 기린들을 돌아보았다.

「열까, 닫을까?」 영감이 다그쳤다.

나는 행운의 토끼 발을 찾으려고 주머니에 손을 넣었다. 그런데 토끼 발이 없었다……. 내 낡은 바지에 영감이 준 지폐와 함께 넣어 두었던 것이 떠올랐다. 나는 영감에게 이 사실을 거의 털어놓을 뻔했으나 입을 꽉 다물었다. 내가 우리의 생사를 토끼 발 따위에 의지한다는 얘기를 하느니 차라리 얼른 산을 벗어나는 게 낫겠다고 생각했기 때문이다. 그래서 나는 말했다. 「열어요.」

「알았다, 그럼.」 그가 말했다. 「준비됐냐?」

그래서 토끼 발의 도움도 없이 나는 스카이라인 드라이브 쪽으로 방향을 틀었다. 터널의 입구에서 나는 숨을 들이마셨다. 앞으로 한동안은 호흡을 깊이 들이쉴 수 있는 기회조차 없을지도 모른다는 두려움을 느끼면서. 나는 트럭의 헤드라이트를 켜고 그 검은 구멍 속으로 들어갔다. 눈에 보이는 것은 터널 반대편에 보이는 아주 작은 빛뿐이었다. 아주 천천히, 흔들리지 않게 균형을 잡고 조금씩 나아가면서 가운데 있는 선에 바짝 붙어서 어둠 속으로 들어갔다. 기린들은 잘 버텼고 어둠이 그들을 편안하게 진정시켰다. 그때 차 한 대가 헤드라이트를 켜고 반대편에서 들어왔다. 나는 기린들이 갑자기 당황해서 휘청하는 것을 느꼈다. 반대편 차의 헤드라이트가 점점 커졌다……. 그리고 옆으로 휙 소리를 내며 지나갔다. 우리는 모두 한 사람처럼 숨을 동시에 내쉬었다.

마침내 우리는 터널의 반대편으로 나왔다. 하지만 그것을 기뻐할 틈도 없었다. 영감이 경고한 대로 도로는 곧바로 커브로 이어졌다. 더 최악인 것은 우리는 바깥 차선에 있었고 우리와 낭떠러지 사이에는 고작 통나무로 쌓아 만든 가드레일밖에 없었다는 점이다. 나는 운전대를 아주 꽉 잡고, 나는 천하에 몹쓸 새빨간 거짓말쟁이라고, 그리고 그런 나를 단박에 믿어 버린 영감은 바보 멍청이라고 실토하고 싶었다. 하지만 그러기에는 늦었다. 이미 상황은 돌이킬 수 없었다. 나는 지그재그 커브가 뭔지를 끔찍할 만큼 순식간에 알게 되었다. 우리는 굴곡이 심한 산길을 이리저리 방향을 바꾸며 올라갔다. 나는 중앙선에 딱 붙어 가면서 갓길에 늘어져 있는 작은 십자가들을 보지 않으려고 노력했다. 그것들이 이 길에서 사망한 사람들의 무덤이라는 것을 알았기 때문이다. 게다가 그 죽은 사람들은 불안에 떠는 기린을 태우지도 않았을 건 너무 자명했다. 매 커브에서 나는 트럭이 자꾸 좌우로 흔들리는 것을 느꼈다. 커브를 돌 때 무게가 한쪽으로 쏠리게 되면 어떻게 하겠는가? 몸을 기울이게 된다. 특히 기린이라면 더더욱. 기린들이 몸을 한쪽으로 기울이면 기울일수록 나는 기어를 변속할 때 더 힘이 들었고, 이승에서 마지막으로 영감의 후회하는 비명 소리를 들으며 한 커브에서 절벽 아래로 떨어지는 상상이 자꾸만 떠올랐다. 나는 속도를 줄였다. 정부에서 안전하게 커브를 돌기 위해 정한 적정 제한 속도 표지판에는 시속 25킬로미터라고 적혀 있었다. 나는 우리 트럭에 가장 맞는 속도를 찾아 계속 기어를 바꾸면서 시속 15킬로미터도 채 안 되는 속도로 가다가 드디어 맞는 속도를 찾아냈다. 해냈다. 효과가 있었다. 우리는 다음 급커브를 잘 넘겼고, 그다음은 더 잘 지나갔다. 벌써부터 우리가 산을 다 내려간 뒤 영감이 내게 쏟아 낼 칭찬을 상상하고 있을 때 뒤쪽에서 자동차의 털털거리는 엔진 소리가 들려왔다.

내가 뭘 어떻게 해보기도 전에, 사이드 미러에 차 한 대가 들어왔다. 녹색 패커드였다.

그 차가 시속 25킬로미터로 달릴 리는 없었다.

하지만 시속 15킬로미터보다는 빨랐다.

그리고……

쿵!

패커드가 우리 트럭을 뒤에서 들이받는 바람에 우리는 앞쪽으로, 기린들은 잘못된 방향으로, 즉 낭떠러지 쪽으로 쏠렸다. 영감 쪽 사이드 미러로 보니 기린들이 머리를 절벽 너머로 내밀고 있었다. 트럭은 떨어지지만 않았을 뿐, 신음 소리를 내듯 삐걱거리며 절벽 쪽으로 기울어질 수 있는 최대한으로 기울어진 상태였다.

「그만! 그만!」 영감이 비명을 질렀다.

나는 브레이크를 밟았다. 덕분에 기린들이 똑바로 서는 데 조금은 도움이 됐지만 충분하지는 않았다. 기린들은 완전히 겁에 질렸다. 트럭은 거의 절벽 끝에 놓인 채 불안정하게 넘어갈 듯 흔들렸고 기린들과 낭떠러지 사이에는 자동차들을 위해 설치된 허술한 가드레일과 허공뿐이었다.

우리 뒤쪽에서 빨강 머리가 패커드의 문을 열고 뛰쳐나왔다.

「이 여자야, 지금 우리를 다 죽게 할 셈이야? 차에서 나오지 마요!」 영감이 나를 차 밖으로 밀어내면서 그녀에게 고함을 질렀다. 「반대편 옆으로 올라가서 기린들을 네 쪽으로 유인해! 내가 운전하는 동안!」 그가 운전석으로 올라타면서 지시했다.

「하지만 운전할 수 있겠어요……?」

「어서! 걸이 나 안 좋아하는 거 알잖냐! 그냥 트럭이 산 쪽으로 기울도록 애들을 유인해! 커브를 돌면 추월 차선이 나와! 조금만 가면 돼. 하지만 네가 재네를 똑바로 잘 유도해야 돼. 안 그러면 거기까지도 못 갈 수 있으니까.」

영감이 겁에 질린 모습을 본 건 처음이었다. 그래서 나는 재빨리 행동을 취했다. 나는 트럭 위로 올라가면서 산 쪽으로 최대한 몸을 기울이며 양파도 하나 없이 기린들을 부르기 시작했다. 영감이 액셀을 밟는 동안 나는 트럭을 잡지 않은 손을 흔들면서, 고작 닭의 꼬꼬댁 소리나 말의 쯧쯧 소리 정도였지만 내가 아는 모든 종류의 동물 소리를 총동원해서 기린들을 불렀다. 하지만 트럭은 계속 불안정하게 흔들렸고 기린들은 여전히 겁을 먹은 상태였다. 그들의 큰 눈은 겁에 질려 더 커졌고 그들의 커다란 몸집은 어딘가로 도망치고 싶어 하고 있었다. 나는 영감처럼 기린을 달래려고 해봤으나 목소리가 떨렸다. 트럭은 더 심하게 요동쳤다. 영감이 액셀을 더 세게 밟았을 때 나는 트럭을 잡은 손을 놓쳐서 다시 잡아야 했고, 기린의 갈색 사과 같은 눈에 비치던 공포는 이제 나의 공포로 바뀌었다. 그리고 나는 언젠가부터 기린을 달래는 게 아니라, 애원하고, 울부짖고, 간청했다. 제발, 제발, 날 믿어. 오 제발 제발 제발 제발 — 내 쪽으로 와 — 제발.

「이쪽으로 와!」

그러자 기린들이 내 말을 들었다.

그들의 무게가 내 쪽으로 이동하면서 트럭이 똑바로 섰고, 우리 모두는 낭떠러지로 떨어져 죽기 직전에 구원되었다.

만일 내가 트럭에서 손을 놓을 수 있었다면 기린들의 거대한 머리를 끌어안았을 것이다. 하지만 나는 영감이 지그재그 커브를 돌아 앞으로 나가면서 트럭이 앞으로 쏠리는 동안 떨어지지 않으려고 버티는 것밖에는 아무것도 할 수 없었다.

트럭 하나 겨우 서 있을 만한 좁은 조망 지점에 차를 세운 뒤 영감은 비틀거리며 차에서 내려 숨을 돌렸다. 나도 황급히 땅으로 내려왔지만 그동안 모든 긴장을 지탱하던 방광 때문에 조망 지점 끝으로 달려가야 했다. 볼일을 다 본 후 새 작업복의 데님 버튼이 잘 잠기지 않아서 애를 먹고 있는데 패커드가 다가왔다.

나를 계속 응시하며 지나가는 빨강 머리가 패커드를 타고 사라질 때까지 나도 계속 바라보았다.

「가자!」 벌써 다시 조수석에 올라탄 영감이 말했다. 「부목을 살펴봐야 하는데 여기에서는 안 되겠다.」

나는 얼른 운전석에 올라타 트럭을 다시 조심스럽게 몰았다. 아직 모든 게 끝난 게 아니었다. 우리는 아직도 올라가는 상태였고, 보슬비까지 내리기 시작했다.

영감이 빠른 속도로 말했다. 「가다가 봉우리들 사이에 공중화장실하고 큰 주차장이 있는 빈터가 있어. 아마 급커브를 두세 개 정도 지나면 될 거야…….」

미끄러운 도로 위에서 기어를 되도록 천천히 그리고 부드럽게 바꾸려고 노력하면서 첫 번째 급커브를 돌았다. 그리고 다음 급커브를 지나자 빈터가 언뜻 보였다.

다음 커브를 넘어가자 도로 양쪽의 좁은 갓길에 삽을 든 부대가 일렬로 서 있었다. 그것을 본 영감이 손으로 대시 보드를 너무 크게 내리치는 바람에 나는 화들짝 놀랐다.

그는 웃었다. 「오, 세상에! 시민 자원 보존단이네! 공공사업 진흥국에서 정말 동물원을 지었나 보군!」

영감의 말에 의하면 그 삽을 든 사람들은 루스벨트 대통령의 대공황 극복 프로그램의 일부인 시민 자원 보존단의 멤버들로, 공공사업 진흥국에서 나라 전역의 건설 현장에 인부들을 배치하는 프로그램에 소속된 사람들이었다. 나와 거의 비슷한 나이의 도로 공사 인부들은 돌들과 통나무들을 바닥에 놓거나 공중화장실 입구 주변을 매끈하게 다지고, 다른 그룹은 나무들을 정리하고 흙을 깔고 있었는데, 그들이 들고 있는 삽들이 구름 사이로 내리쬐는 한 움큼의 햇살에 반사되어 반짝였다. 반대쪽 차선에서는 공사를 위해 통행을 차단하다가 신호를 담당한 사람이 기린을 넋 잃고 보느라 제대로 신호를 주지 못했다. 금세 도로 공사 인부들도 모두 정신이 빠진 채 기린을 쳐다보기 시작했다. 그들은 우리 트럭에 있는 화물의 실체를 확인하자마자 모두 우리에게 손을 흔들기 위해 삽질을 멈추었다. 한두 명이 바로 옆에 있는 사람에게 팔꿈치로 찔러 신호를 주면 다음 사람이 헉하는 소리를 내며 놀라는 모습이 물결처럼 이어졌다.

그들 주변으로 천천히 트럭을 몰아 공중화장실 주차장에 차를 세웠다. 건물과 나무로 된 피크닉 벤치들은 다 새것들이어서 방금 잘라 낸 나무의 향이 바람을 타고 코로 전해졌다. 기린들도 커다란 콧구멍을 부지런히 움직이며 주둥이를 하늘 높이 밀어 올렸다.

공중화장실 가까이에 있는 커다란 나무 밑에 차를 세우자 빗줄기가 점점 더 거세지고 구름의 색도 어두워졌다. 삽을 든 부대가 우리 쪽으로 왔다. 우리는 되도록 빨리 모든 것을 확인했다. 나는 트럭을 점검하고 영감은 걸의 부목을 살폈다. 나로서는 그렇게 아슬아슬했던 산길을 지나온 탓에 모든 것이 훨씬 좋게 느껴졌지만 영감의 얼굴에는 더 이상 웃음기가 보이지 않았다.

그때쯤 트럭은 가까이 다가온 인부들로 완전히 포위된 상태였다. 그들의 얼굴은 햇볕에 그을리고 야위었다. 누구는 카키색 옷을, 누구는 데님 옷을 입었고, 누구는 웃통을 벗었으며, 누구는 모자를 썼다. 그리고 전부 삽이나, 곡괭이, 혹은 볼핀 해머 등을 들고 있었다. 영감은 기린들이 나무를 뜯어 먹는 것을 시민 자원 보존단이 볼 수 있도록 나에게 트럭의 맨 위 덮개를 열라고 했다. 위로 올라가서 덮개를 열려고 하는 순간, 눈에 들어온 경치에 몸이 얼어붙고 말았다. 트럭의 맨 위에서 셰넌도어 계곡에 햇살이 비친 모습이 바라다 보였다. 팬핸들에서 살 때 봤던 어떤 곳보다 싱싱하고 푸르른 광경이었다. 마치 더스트 볼 농부들이 꿈꾸는 천국을 보는 듯했다. 캘리포니 같았다.

「얘야, 덮개!」 영감이 소리쳤다.

나는 풍경에서 억지로 눈을 돌려 덮개를 열고 기린들을 진정시키기 위해 가만히 있었다. 하지만 그럴 필요가 없었다. 우리의 불안한 마음에도, 아니 어쩌면 그것 때문인지 기린들은 자기들을 얼빠진 듯이 바라보는 관중을 얼빠진 듯이 마주 보며 목을 위아래로 다정하게 까닥거리고 있었다.

인부들이 기린들에게 환호하는 동안 카메라의 불빛이 보였다. 그곳에 빨강 머리가 서 있었다. 그녀는 이슬비가 내리는 날씨 때문에 어둑어둑한 주변을 밝히기 위해 어깨에 멘 카메라 가방에서 재빨리 플래시 전구를 새것으로 꺼내 바꾸었다.

번쩍, 번쩍, 번쩍.

빨강 머리의 미인이 손에 닿을 만한 거리에 있는 것을 본 젊은 삽 부대는 그녀에게 가까이 몰려들기 시작했다. 내 눈에는 너무 가깝게 느껴졌다. 나는 뛰어내려서 그녀 앞으로 가기 위해 팔을 넓게 벌리고 인부들을 제치고 나아갔다. 나는 인부들이 화를 낼 거라고 예상했지만 정작 화를 낸 것은 빨강 머리였다.

「지금 뭐 하는 거야!」 그녀가 날카롭게 소리쳤다.

「내 도움이 필요하다며.」 내가 말했다.

그녀는 화가 나 얼굴이 머리 색만큼 붉어져 있었다. 「우리가 한 약속은 그런 게 아니었잖아! 날 구해 줄 필요는 없어!」

「좋아!」 나는 뒤로 물러서며 말했다. 다시 삽 부대가 구름 떼처럼 그녀 주변으로 몰려들어 삽시간에 그녀의 모습을 집어 삼켰고 그녀는 더 이상 보이지 않았다.

나는 그녀가 뭐라고 했든 상관없이 다시 밀고 들어가려고 했지만 그때 사이렌이 울리고 주 경찰이 안장 가방이 달린 오토바이를 타고 나타났다. 산에서 쓰는 것 같은 모자를 쓰고 긴 부츠를 신은 경찰관은 군중 바로 옆에 오토바이를 세우고 내렸다. 기린에게는 눈길도 주지 않고 영감 쪽으로 향하는 경찰관에게 사람들은 모두 길을 내주었다. 빨강 머리도 그가 지나칠 때 이상하게도 뒤로, 그것도 아주 멀리 물러났다. 평소 같았으면 경찰관의 모자 하나만 봐도 사진 찍으러 달려들었을 텐데 말이다.

경찰관과 바로 얘기를 시작한 영감은 나에게 트럭 쪽으로 손짓을 했다. 나는 빨강 머리를 돌아보았다. 군중 속에서 그녀가 안 보이자 직감적으로 도로 쪽을 쳐다보았고, 다행히 패커드가 떠나가는 모습을 때맞춰 볼 수 있었다.

몇 분 후 우리는 스카이라인 드라이브 도로로 다시 들어

셨다. 경찰관이 우리 뒤에서 라이트를 깜박이며 뒤따랐다. 영감이 요청한 것 같았다. 지그재그 급커브를 몇 번 더 돈 뒤 산에서 내리는 보슬비를 벗어나게 되었고, 비록 속으로는 여전히 신경이 곤두서 있었지만 숨 쉬는 것은 훨씬 편해졌다. 계곡 쪽으로 내려가다가 루레이라고 불리는 마을 근처에서 산을 벗어났고, 경찰은 그 부근에서 우리에게 아주 다정하게 수신호를 보내고는 다시 스카이라인 드라이브 방향으로 사라졌다.

우리는 제일 먼저 눈에 띄는 상점에 차를 세웠다. 주유 펌프가 하나밖에 없는 작은 판잣집 가게였다. 행색이 초라한 산사람 한 명이 나뭇잎으로 뒤덮인 벙거지 모자를 쓴 채 짐 나르는 노새를 가게 앞에 묶어 놓고 있었다. 내가 커다란 트럭을 그들 주변으로 몰고 가자, 가게의 스크린 도어가 갑자기 홱 열렸다. 이제까지 본 것 중 가장 새것 같고 가장 파랗고 가장 빳빳해 보이는 작업복 차림에 산타클로스 수염을 기른 남자가 나왔고, 그 뒤로 역시 빳빳한 작업복을 입은 담황색 머리의 소년이 따라 나왔다.

「이런 세상에나! 정말 요즘은 뭐가 지나갈지 아무도 모른다니까!」 그 남자가 무릎을 치며 말했다. 「진짜로 살아 있는 기린이라니! 그것도 우리 가게에!」 그는 서둘러 안으로 들어가더니 작은 종이 상자 같이 생긴 카메라를 들고 나와 얼른 사진을 찍었다. 「벽에다 붙여 놔야지. 가게 앞이랑 정중앙에.」 그는 어린 남자 직원을 시켜 우리 트럭에 기름을 넣게 하고는 영감의 어깨에 팔을 두른 채 안으로 데리고 들어갔다.

나는 트럭의 발판에 앉아 곤두선 신경을 가라앉혔다. 가게 안쪽에서 영감이 카운터에 물건을 올려놓고 돈을 내려고 하자 가게 주인이 손을 저어 사양하는 것이 보였다. 그래서 영감은 가게 주인과 악수를 하고 엽서에 뭐라고 급히 적은 뒤 그에게 건넸다. 그러고는 양파 자루를 양쪽 겨드랑이에 끼고 한 손에는 청량음료, 다른 한 손에는 맥주를 들고 가게를 나왔다.

「자, 너는 사르사파릴라[22]나 마셔라.」 그가 말했다. 「운전은 네가 하고, 난 안 해도 되니까. 얼마나 다행인지 모르겠다.」 자루를 던져 놓고 그는 내 옆에 털썩 주저앉아 모자를 머리 뒤쪽으로 밀어 쓴 뒤 맥주의 첫 모금을 들이켰다.

하지만 나는 혹시라도 영감이 내가 긴장하는 것을 눈치챌까 봐 걱정되어 음료를 꿀꺽꿀꺽 마시지 않고 참았다. 그래서 나는 괜히 말을 꺼냈다. 「엽서 보냈어요?」

그가 끄덕였다.

「누구한테요?」

「원장님한테.」

「안 좋은 얘기는 안 했죠? 그렇죠?」

「꼭 필요할 때가 아니면 그런 얘긴 안 해.」 맥주를 다 마신 다음 그는 양파 자루 하나를 집어 들고는 트럭 사다리로 올라가서 마치 화해의 선물을 건네고 감사의 인사를 하듯이 기린들에게 양파를 다 나누어 주고 계속 기린들에게 속삭였다. 기린들이 행복하게 양파를 우적우적 씹어 먹는 동안 그는 내려와서 쪽문을 통해 아주 오랫동안 걸의 부목을 살피

22 강장제의 원료. 여기서는 그걸로 만든 청량음료를 가리킨다.

고는 다시 내 옆으로 와서 앉았다.
「다리는 괜찮아요?」 내가 물었다.
그는 대답이 없었다. 대신 그는 이렇게 말했다. 「너는 아주 잘했어. 넌 잘못한 게 없어. 이건 내 실수였으니까. 너한테 그런 부탁을 하지 않았어야 하는데. 그런 망할 놈의 우회로가 생겼을지는 전혀 몰랐지……. 하지만 우리가 되돌아갔다면…….」 그는 말을 멈추고 주저했다. 「이제 남은 길은 정말 멤피스에서 제대로 경험 있는 운전기사를 구해서 갈 생각이다.」
내가 초조해하는 것을 들키든 말든, 나는 내 억울함을 마구 쏟아 낼 뻔했다. 우리를 거의 낭떠러지로 떨어질 뻔하게 한 것은 내가 아니었다. 그건 빨강 머리와 패커드였다. 그렇게 부딪히기 전까지만 해도 나는 아주 잘하고 있었다. 하지만 일단 산에서 굴러떨어질 뻔했던 일을 겪으면 그 이후에 기억나는 것은 그 순간의 두려움뿐이다. 아무리 영감이라고 해도.
〈영감이 다시 마음을 바꿀 수도 있어.〉 나는 산사람이 가게로부터 터덜터덜 나오는 모습을 바라보며 속으로 중얼거렸다. 〈이제,〉 나는 숨을 크게 들이쉬며 생각했다. 〈산에서 떨어질 뻔했던 것보다 더 안 좋은 일이 앞으로 뭐가 또 있겠어?〉
내 어리고 바보 같은 생각에 대답이라도 하듯이 지저분한 산사람이 울부짖었다.
「내 모자 내놔!」
그는 걸에게 고함을 질렀다. 창밖으로 완전히 나와 있는 걸의 기다란 목은 뭔가 불편한 듯이 세게 요동쳤는데 지금 생각해도 오싹해질 만큼 걸의 목구멍으로부터 끔찍한 소리가 비어져 나왔다. 걸은 컥컥거리며 구역질을 했다.

모자가 목에 걸린 모양이었다.

영감이 황급히 일어나자 가게 주인이 달려 나왔다. 「망할, 저걸 어째! 피니어스, 자네 잔가지 달린 모자가 나무인 줄 알았나 보네!」

나도 일어섰지만 눈앞에서 일어나는 일이 믿기지가 않아서 격렬하게 목을 돌려 대는 기린을 바라보는 것 말고는 아무것도 할 수가 없었다. 걸은 숨을 쉬려고 안간힘을 쓰면서 목을 마구 흔들었고, 목을 똑바로 세우려면 창문 안으로 목을 다시 집어넣어야 하는데 그러지도 못하고 괴로워했다.

주유 펌프 옆에 달린 호스를 움켜쥐고 영감은 수도를 최대한 세게 튼 다음, 운송 상자 옆으로 기어올라 그 호스를 걸의 목을 향해 조준하려고 했다. 「호스가 흔들리지 않게 잡아!」 영감이 아래쪽을 향해 소리쳤다. 나는 호스가 시작되는 부분을 붙잡았고 영감은 호스 끝을 걸의 혀 안쪽으로 밀어 넣었다. 호스에서 나온 물줄기는 거대한 강물처럼 흘러들어갔고, 걸의 커다란 목구멍 아래로 들어갔다가 위로 솟구치는 간헐천처럼 곧바로 모자를 포함한 모든 것들을 다 밖으로 밀어냈다.

걸은 엄청난 재채기를 하고는 아무 일 없었다는 듯 다시 되새김질을 했다.

산사람도 걸이 토해 놓은 모자를 집어 들고는 자신의 노새에게로 돌아갔다.

영감은 트럭에서 내려왔고 가게 주인은 수도를 잠갔다.

아직도 죽을힘을 다해 호스를 잡고 있던 나도 그제야 헐떡거리면서 흠뻑 젖은 상태로 발판에 주저앉았다.

「허,」 난장판이 된 주변을 둘러보며 가게 주인이 중얼거렸다. 「모자가 안으로 들어갈 줄 알았지 다시 튀어나올 줄은 몰랐죠, 안 그래요?」

영감은 내 옆에 풀썩 주저앉으며 엄청나게 큰 숨을 내쉬더니 곧바로 다시 일어섰다. 다시 길을 떠나려고 하는 줄 알고 나도 따라 일어났다. 대신 영감은 가게 쪽으로 느릿느릿 걸어갔다. 「너는 출발 준비를 좀 해라.」 그가 중얼거렸다. 「난 맥주를 한 병 더 마셔야겠다.」

몇 킬로미터 더 가서 우리는 다시 리 고속 도로를 만났다. 그다음 한 시간 동안은 조금 더 즐길 수 있을 때 봤으면 좋았을걸 하는 생각이 드는 경치를 지났다. 한쪽은 숲, 다른 한쪽은 찬란한 초록빛 계곡이었다. 하지만 나는 아직도 초조함을 다 떨쳐 내지 못했다. 그래서 영감이 고속 도로 주변의 숲에 자리 잡은 통나무 오두막 숙소로 들어가자고 했을 때 내심 기뻤다. 숙소의 외진 분위기 때문인지 손님은 우리밖에 없었다. 야영지 관리자는 다른 이들이 늘 그랬던 것처럼 즐거워하며 우리를 쳐다봤고, 우리는 기린을 돌보기 시작했다. 하지만 이번에는 왠지 느낌이 달랐다. 영감은 걸의 부목을 가게에서 봤던 것보다 훨씬 더 오래 살폈고 나는 곧 그 이유를 알게 되었다. 상처 부위의 고름이 붕대 밖으로 스며 나와 있었다. 힘든 길을 지나오는 동안 어딘가에 피가 날 만큼 세게 부딪힌 모양이었다.

완전히 기진맥진한 영감이 중얼거렸다. 「양파 좀 가져와라.」 그는 차에서 동물원 의사가 준 구급약 가방을 꺼냈다. 나는 운송 상자에 달린 사다리 옆에 서서 창문을 통해 걸에게 양파를 주었다. 걸은 처음에는 받아먹으려고 하지 않았다. 마침내 받아먹었을 때도 겨우 하나밖에 먹지 않았다. 영감이 부드럽게 붕대를 감은 부목을 풀고 고름이 나는 상처에 가루약을 토닥거리며 발라 주고 다시 붕대를 감아 주는 동안 나는 계속 걸 앞에 양파를 내밀었다. 걸이 아무 소리도 없이 그렇게 하도록 놔두는 것을 보고 나는 영감이 터널에 들어가기 전에 나에게 하지 않았던 말이 무엇인지 깨달았다. 걸의 다리가 영감이 용인할 수 있는 것 이상으로 악화되었던 것이다.

구급약 가방을 다시 운전석 뒤쪽에 넣어 둔 뒤 영감은 페도라를 다시 뒤쪽으로 살짝 넘기고는 지는 해를 멍하게 응시했다. 「나머지는 네가 좀 알아서 해라, 알았지? 얘야?」 그는 그렇게 중얼거리고는 더 이상 아무 말 없이 오두막 쪽으로 터덜거리며 가버렸다.

그래서 나는 위 덮개를 열 수 있을 만큼 사다리를 타고 위로 올라갔다. 운송 상자 안에 안전하게 서 있는 기린들을 보면 곤두선 신경이 누그러질 거라고 생각했다. 하지만 산에서 그랬던 것처럼 기린들이 내 쪽으로 다가오자 그 끔찍했던 순간이 다시 홍수처럼 밀려들었다. ……나는 지금 급커브를 돌고 있다……. 빨강 머리가 우리를 뒤에서 들이받았고, 기린이 낭떠러지 쪽으로 쏠렸다……. 나는 옆쪽에 매달려서, 하늘 높이 우뚝 솟은 기린들이 내 말을 들어주기를 애원하고 간청하고 기도한다……. 나를 믿어 주기를…….

나에게 와주기를…….

낭떠러지 반대쪽으로 와주기를…….

트럭 옆 부분을 단단히 손으로 잡았는데도 부츠를 신은 다리가 후들후들 떨렸다. 산에서 거의 낭떠러지로 떨어지기 직전까지 갔던 그 경험이 나를 뼛속까지 떨리게 하고, 죽을 고비까지 갔었다는 사실이 온몸 깊숙이 파고들었다. 나는 트럭을 움켜쥔 손을 겨우 풀 수 있을 때까지 억지로 계속 심호흡을 했다. 그런 다음 아래로 내려가지 않고 위로 기어 올라갔다. 나는 공기가 필요했다. 하늘이 필요했다. 그리고 인정할 수는 없었지만, 친구가 필요했다. 나는 전날 밤 빨강 머리와 있을 때처럼 위에 있는 판자 위에 다리를 벌리고 앉았다. 하지만 이번에는 기린들은 양파를 찾기 위해 나에게 주둥이를 들이밀지 않았다. 그들은 검역소의 첫날 밤 서로에게 그랬던 것처럼 최대한 가까이 내게 다가왔다. 마치 내 주변을 감싸고 방어 태세를 갖추듯이. 그렇게 거대한 동물들에게 둘러싸이면 스스로가 작게 느껴지고 떨리는 기분이 들어야 했을지 모른다. 하지만 그들의 엄청난 존재는 뭔가 설명하기 어려운 방식으로, 심지어 저항할 수도 없는 방식으로 내가 아주 크고, 차분하고, 마음이 따뜻해질 만큼 안전하다는 느낌을 주었다. 그런 생각을 해선 안 된다는 것을 알고 있었다. 하지만 나는 더 이상 억누를 수 없을 만큼 기린들에 대한 감정에 압도당했음을 깨달았다.

〈얘들은 그냥 동물일 뿐이야.〉 아빠의 야단치는 소리가 들렸다. 〈그리고 이제 넌 더 이상 어린애가 아니야.〉

〈하지만 산에서 그 애들이 내 쪽으로 와줬어!〉 나는 생각을 멈출 수가 없었다. 〈기린들이 나에게 와줬다고. 그리고 우리는 죽지 않았어.〉

보름달이 뜬 밤이었다. 밤하늘을 너무 밝게 비추어서 낮처럼 환하게 하는 추분 무렵의 보름달. 기린들이 우리 주변의 나뭇가지에 주둥이를 내밀었을 때, 나는 잎을 뜯어 먹는 속도가 느려지는 걸 보고, 되새김질을 시작하는 소리를 들었다. 두 기린의 객차 사이에 놓인 판자에 누우니, 모든 것이 나를 위로해 주었다. 가까이 있는 기린들은 평온하고, 숲은 고요하고, 나무 사이로 보이는 하늘에는 크고 노란 달이 떠 있었다. 달을 너무 오래 그리고 평화롭게 지켜보던 나는 부끄럽게도 그만 깜박 졸고 말았다.

그러다가 나무가 쪼개지는 소리에 비로소 어둠 속에서 벌떡 일어났다. 기린들이 발로 운송 상자를 걷어차서 나무가 부서지는 소리였다. 정체 모를 뭔가가 너무 가깝게 다가와서 기린들은 스스로를 방어해야 한다고 생각했던 것이다.

마음을 다잡고 나는 아래로 몸을 살짝 기울여 내려다보았다. 밑에는 곰 한 마리가 트럭의 타이어를 킁킁거렸다. 곰은 뒷다리로 서더니 우람한 앞다리로 기린의 객차 상자 옆으로 달려들었다.

화들짝 놀란 걸이 나무에 구멍이 날 정도로 세게 걷어찼지만 곰은 꼼짝도 하지 않았다. 나는 곰을 겁주기 위해 주변에 들고 흔들거나 칠 만한 것이 없는지, 뛰어내릴 준비를 하면서 어둠 속을 눈을 가늘게 뜨고 살폈다. 하지만 이 순간이 내가 곰을 실제로 처음 본 순간임을 떠올리고는 나는 차마 그럴 용기를 내지 못했다. 기린들이 상자를 더 망가뜨리기 전에 그 털북숭이 악마를 쫓아 버릴 만큼 크게 소리를 지르려고 마음의 준비를 하려는데 〈섬광〉이 번쩍였다. 그리고 주위가 온통 백색으로 환해졌다.

아주 잠깐 동안 눈이 부셔서 아무것도 보이지 않았다. 하지만 곰도 마찬가지였다. 곰이 도망가면서 쓰레기통에 부딪치는 소리를 들으며 나는 떨어지지 않으려고 트럭을 꽉 잡았다. 눈을 깜박거려 다시 앞이 보이기 시작했을 때 빨강 머리가 전구를 식히기 위해 카메라에서 뽑아 흔들면서 달빛 아래로 산책하듯 걸어 나왔다. 마치 티 파티에라도 다녀오는 듯한 분위기였다.

나는 여전히 눈을 깜박이면서 트럭이 얼마나 망가졌는지 살펴보기 위해 조심스레 아래로 내려갔다. 아니나 다를까 상자 한 귀퉁이가 완전히 쪼개져 구멍이 나 있었다. 그걸 보면 영감이 어떻게 반응할지 눈에 선했다. 빨강 머리를 피하기 위해 나는 다시 꼭대기의 판자로 올라갔다.

「걸이 객차를 뚫고 곰을 찼어!」 빨강 머리가 위쪽을 향해 속삭였다. 「걔네들 괜찮은 거지? 그렇지?」

기린들이 다시 내 쪽으로 다가오는 동안 나는 아무 대답도 하지 않았다.

「산에서 차로 부딪힌 거 미안해.」 빨강 머리가 위를 향해 속닥거렸다.

그 말을 신호로 나는 온종일 두려움으로 가득 찼던 분노를 그녀에게 쏟아 냈다. 「우리를 완전히 보내 버릴 뻔했어.」 나는 아래쪽으로 식식댔다. 「난 그 전까지 아주 잘하고 있었다고!」

「그래도 소리는 지르지 마!」 그녀가 속닥댔다.

「소리 지르는 거 아니야!」 내가 아래를 향해 속삭였다.

「맞아, 지금 소리 지르고 있잖아.」 그녀는 다시 목소리를 낮추었다.

우리는 동시에 영감의 오두막 쪽을 쳐다보았다.

그녀가 한숨을 쉬었다. 「네가 소리 지를 만해. 네 말이 맞아.」 그녀는 조금 더 조용하게 속삭거렸다. 「정말, 정말 미안해, 우디. 진심으로. 그런데 너랑 기린들…… 너희 정말 대단했어. 나도 위로 올라가도 돼?」

내 대답을 기다리지도 않고 그녀는 카메라를 내려놓고 트럭 위로 올라와서 지난밤과 완전히 똑같이 나를 바라보고 판자에 걸터앉았다. 하지만 이번에는 조금 멀리 떨어져서. 기린들이 우리에게 너무 가깝게 다가와서 그들의 털이 아래로 늘어뜨린 우리의 다리를 스쳤다. 내 바지에 닿은 기린들의 가죽에서 따뜻함이 느껴졌고, 빨강 머리 역시 그녀의 바지를 통해 나와 똑같은 따뜻함을 느낀다는 걸 깨닫자 내 분노는 서서히 사라졌다. 「깜박 잠이 들었어.」 나는 나도 모르게 고백하는 내 목소리를 들었다. 「나는 졸아 본 적이 없어.」

그녀가 얼굴을 찌푸렸다. 「뭐? 그래도 잠은 자야지.」

나는 절대 내 악몽에 대해 그녀에게 털어놓을 생각이 없었다. 그래서 나는 어깨를 으쓱했다. 「나는 자는 게 너무 좋아.」 그녀가 말했다. 「하지만 자는 것보다 유일하게 좋아하는 건 깨어 있는 거야. 정말 제대로 깨어 있는 것.」

보이가 방금 전에 먹다 놓친 가지를 찾느라 약간 뒤로 물러날 때까지 우리는 잠시 동안 조용히 앉아 있었다. 빨강 머리가 몸을 움직이는 것을 보고 나는 그녀가 다시 내려가려 한다고 여겼다.

대신 그녀는 두 다리를 그네 타듯 위로 들어 올리더니 보이의 상자 안으로 뛰어내렸다. 쿵 하고 바닥을 울리는 소리가 마치 내 머리까지 울리는 것 같았고 너무 놀라 말이 안 나올 정도였다. 보이의 발굽 근처로 착지한 빨강 머리는 토탄 이끼 더미에 무릎 깊이까지 푹 빠졌고, 두 객차 사이의 틈 바로 옆에 있는 걸의 다친 다리와는 고작 몇 센티미터 거리였다. 영감이 했던 말이 내 머릿속에서 불꽃놀이처럼 터졌다. 〈큰 동물들은 작은 동물들을 잘 몰라……. 널 자기네 엄마가 사랑하듯 사랑할 수는 있지만 갑자기 네 팔이나 다리를 뭉개 버릴 수도 있으니까…….〉

「와, 이렇게 푹신하게 덧대 놓은 것 좀 봐. 벽까지 전부.」 빨강 머리가 위쪽을 향해 속삭였다. 「내 오두막보다도 아늑해.」

「지금 뭐 하는 거야?」 나는 아래를 향해 속삭였다.

「기사를 쓰기 위해서 이 안이 어떻게 생겼는지 꼭 보고 싶었어. 게다가 얘도 별로 신경 안 쓸 것 같았고.」

보이는 슬며시 빨강 머리로부터 물러났고 걸은 영감을 차기 바로 직전에 그랬던 것처럼 목을 흔들었다. 나는 경고를 해주고 싶었으나 입에서 말이 나오지 않았다. 기린들의 객차 사이에 있는 틈을 통해 손을 뻗은 빨강 머리는 내가 검역소에서 만졌던 걸의 옆으로 누운 하트 모양 반점에 왼손을 올려놓고, 오른손은 보이에게 뻗어 둘을 동시에 토닥거려 주었다. 기분이 좋았는지 걸은 목을 흔들던 동작을 멈췄고, 보이의 털은 부르르 떨렸다.

「난 언젠가 아프리카에 갈 거야.」 빨강 머리가 기린들을 계속 쓰다듬으며 말했다. 「이 일이 나를 거기로 데려다줄 거야. 두고 봐.」 그녀는 나를 흘낏 올려다보았다. 「나 여기서 어떻게 나가야 돼? 아, 잠깐.」

그녀는 쪽문을 열더니 쉽게 땅바닥으로 내려가 방금 마치 애완동물을 쓰다듬고 나온 사람처럼 미소를 지어 보였다. 나는 아래로 내려가서 쪽문을 확 닫았다. 다시는 절대 그러지 말라고 너무 간절히 충고하고 싶었지만 방금 그녀가 한 행동은 영감의 경고가 틀렸다는 것을 보여 주었기 때문에 아무 말도 할 수 없었다.

「우디, 내가 산에서 뒤에서 차로 받았을 때 존스 씨한테 내가 누군지 말했어?」

나는 그녀의 말을 거의 듣지 못했다. 「뭐? 아니.」

「잘했어. 날 소개하는 건 좀 미루자. 뭐, 지금 상황이 좀 그러니까, 아무래도 조금 더 기다리는 게 좋겠어.」 그러더니, 내 볼에 살짝 키스를 해서 나를 얼어붙게 만든 채 카메라를 집어 들고 그녀의 오두막 안으로 사라졌다.

그리고 1분도 채 안 되어 교대 시간도 아닌데 영감이 멜빵을 올리면서 달빛 아래 눈을 가늘게 뜨고 느릿느릿 나타났다. 「좀 전에 반쯤 깼는데, 아무리 해도 다시 잠이 안 오네. 애들은 괜찮아? 소란스러운 소리가 나던데.」

「곰이 왔었어요.」 부서진 부분이 보이지 않도록 서서 내가 말했다. 「이미 달아났지만요.」

「곰이? 그랬어?」 벌써부터 러키 스트라이크 담배를 꺼내 발판에 자리를 잡고 앉으면서 영감이 말했다. 「다시는 안 나타날 거야. 가서 좀 자라. 내가 새벽에 깨워 줄 테니.」

나는 영감이 먼저 부서진 부분을 발견하지 못하면 내일 아침에 말해야겠다고 생각하면서 오두막으로 향했다. 이미 그날 하루 동안 겪은 것만으로도 너무 힘들어서 더 이상 문제를 만들고 싶지 않았기 때문이었다.

악몽 없이 조금이라도 잘 수 있기를 바라면서 눈을 감자 눈꺼풀 안에서 곰이 모습을 드러냈고, 빨강 머리의 입술이 내 볼에 닿는 감촉이 느껴졌다. 그리고 나는 과연 어떤 것이 더 위험할까 궁금해졌다. 곰, 기린들, 아니면 카메라를 메고 바지를 입은 빨강 머리 중에서.

우편 엽서

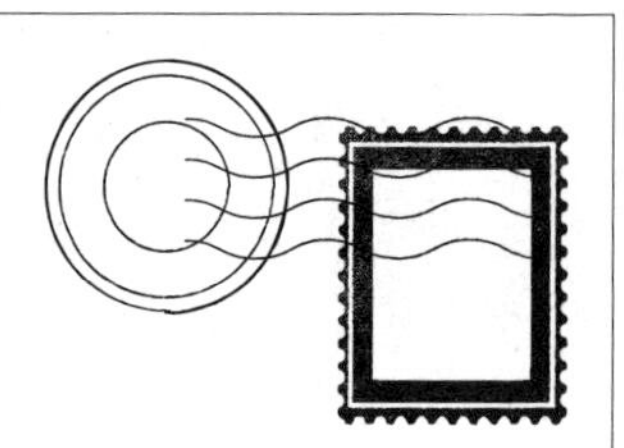

항공 우편

1938년 10월 8일

아무 문제 없이 산을 넘었습니다.

기린들이 잠시 되새김질을 멈추긴 했지만

산에서 내려온 뒤 다시 시작했습니다.

라일리 존스

받는 사람

캘리포니아주 샌디에이고

샌디에이고 동물원

벨 벤츨리 원장님께

「니켈 씨?」

로지, 느끼남, 그리고 간호사가 내 방문 앞에 서 있다.

「들어가도 될까요?」 간호사가 묻는다.

「뭐, 그렇게 정중히 물어본다면야.」 내가 연필을 내려놓으며 대답한다.

「진짜 심장이 멈췄었다니까요.」 느끼남이 말한다.

「잠깐 발작을 일으켰다고 대릴이 그러던데, 지금은 어떠세요?」

「아무렇지도 않고 말짱해. 아주 팔팔해.」 나는 느끼남 쪽으로 푸르르 볼 바람을 불고 혀를 내밀며 야유를 보내는 걸을 슬쩍 바라보며 대답한다.

느끼남은 어이없다는 듯 손을 위로 던지면서 가버린다. 간호사도 다가와서 맥박을 재고 심장 소리를 듣고는 방을 나간다.

하지만 로지는 움직이지 않는다. 「좋아요, 어르신. 무슨 일이 있었어요? 아무한테도 말 안 할게요.」

나는 노트 쪽으로 다시 돌아앉으며 아무 말도 하지 않는다. 곧 그녀는 한숨을 쉬더니 내 어깨를 한번 꾹 잡았다가 놓고는 방을 나간다.

그런데 도미노 소리가 들려서 돌아보니 이번엔 젊은 로지가 도미노를 정리하면서 내 침대 끝에 걸터앉아 있다. 〈게임도 하고 이야기도 해요.〉 그녀는 또 같은 말을 한다. ……「그래서 그다음엔 어떻게 됐어요? 맞다! 이제 모세 가족을 만나는 거죠, 맞죠?」

내 가슴이 조여 온다.

「이런, 어르신…… 왜 그렇게 자신을 몰아붙이세요?」

〈너무 늦기 전에 누구에게 꼭 전해야 할 이야기가 있었던 적이 있어?〉 나는 가슴을 문지르면서 생각한다.

〈저한테 얘기하셨잖아요〉라고 그녀가 말한다.

〈아니, 전부는 아니야. 그리고 넌 그 애가 아니잖아.〉「난 그 애에게 말해야 해.」 나는 입 밖으로 소리 내어 말한다. 하지만 방 안은 텅 비어 있다. 나는 얼른 걸을 돌아본다. 걸은 아직도 그 자리에 있다. 평화롭게 허공을 핥으면서. 그래서 나는 연필 끝을 핥으면서 다시 길을 떠난다.

볼티모어 아메리칸

1938년 10월 9일

낮은 굴다리!

8
테네시주로

새벽녘에 부츠를 신고 오두막을 나가는 길에 처음 눈에 들어온 것은, 걸이 발을 쿵쿵대며 안 좋은 기분을 드러내고 영감이 트럭의 부서진 부분을 살펴보는 모습이었다. 영감은 손을 허공으로 내던지면서 말했다.「출발하자.」

어둠 속으로 눈을 가늘게 뜨고 바라보니, 패커드가 아직도 있었다. 영감은 눈치를 못 챈 것 같았다. 나는 출발하면서 빨강 머리가 오두막 문 앞에 서서 우리를 바라보는 모습을 발견했다.

기름을 넣고 먹을 것을 사기 위해 길을 나선 후 처음 나타난 가게 앞에 차를 세웠다. 기린들을 점검하고 빨강 머리가 오는지 살펴보는 동안 나는 혹시 영감이 멤피스에서 새 운전사를 구한다는 전보를 보내려고 하는 건 아닐까 궁금해하면서 가게에 붙어 있는 웨스턴 유니언 간판을 쳐다보았다. 그러다 보니 점점 더 우울해져서 그냥 운전석에 올라앉았다.

곧 영감이 가게에서 음식 자루와 신문을 들고 나와 트럭 운전석의 가운데 공간에 던져 놓았다. 그가 아침으로 살라

미소시지를 먹는 동안 신문을 보았던 기억이 난다. 신문에는 내 주먹만큼이나 큰 글씨로 이렇게 쓰여 있었다. 히틀러 체코슬로바키아 침략: 〈이로써 우리의 대독일국이 시작된다.〉 나는 그런 기사에는 관심도 없었다. 내 머릿속에는 온통 전보에 관한 생각뿐이었다. 영감이 전보를 보냈을까, 안 보냈을까?

영감이 살라미를 내밀었다. 「한 입 먹을래?」

나는 고개를 저었다.

내가 트럭을 다시 도로 쪽으로 모는 동안 영감은 살라미를 크게 한입 베어 문 다음 양 볼에 넣은 채로 말했다. 「그나저나 운전사 구한다는 전보는 보냈다.」

그럼 그렇지.

「그러니까 거기까지 운전해 주면 기차표를 사주마. 네가 원하는 곳으로…….」

하지만 나는 말을 다 듣지도 않고, 산에 있던 가게에서부터 연습해 왔던 말들을 마구 토해 냈다. 「뒤에서 차가 들이받기 전까지만 해도 난 잘하고 있었다고요! 난 끝까지 갈 수 있어요. 캘리포니까지 갈 수 있다고요. 정말 신한테 맹세코, 할 수 있단 말이에요!」

영감이 킥킥거렸다. 「너 귀 청소 좀 해야겠다, 녀석아. 어디든 네가 원하는 곳으로 가는 기차표를 사준다니까.」

「어디든지요?」

「그래, 네가 노력해서 번 거야.」 그가 남은 살라미를 삼키며 대답했다. 「캘리포니아로 가는 표라도 사주마. 네가 그렇게 원한다면.」

「정말이에요?」

「그래. 그럼 우리보다 네가 먼저 도착할걸.」

그렇게 빨리, 나는 캘리포니아주로 가게 되었다. 곧. 내 계획이 통했다. 이제 멤피스까지만 도착하면 나는 젖과 꿀이 흐르는 땅 캘리포니아로 바로 향할 수 있을 것이었다.

나는 희미하게 깜박거리던 희망이 어느 때보다도 찬란하게 불타오르는 것을 느꼈다.

그다음 몇 킬로미터를 가는 동안은 기억이 선명하지 않다. 내가 트럭을 웅덩이에 처박지 않은 것이 놀라울 정도로 나는 영감의 엄청난 선언에 마음이 들떠 있었다. 나는 심지어 빨강 머리를 찾느라 뒤쪽을 살피지도 않았다. 그래서인지 그 순간부터 테네시주에 도착할 때까지의 여정은 전혀 기억나지 않는다. 우리를 스모키산맥의 반대편으로 이어 준 멋지고 작은 산길들을 지나고, 지형학적으로 테네시주에서 가장 기복이 심하다는 오르막길과 내리막길을 거쳐야 했음에도.

곧 우리는 우리의 여행 첫날과 같은 리듬을 탔다. 하지만 나에게는 너무 다르게 느껴졌다. 나는 더 이상 기린을 쫓아가기 위해 훔친 오토바이를 몰지 않았다. 다음에 어떻게 해야 할지를 생각하거나 계획할 필요도 없었다. 나는 그저 더없이 행복한 마음으로 우리 모두를 위해 운전을 했다. 시간은 여유롭게 흘렀고, 잠깐씩 멈출 때마다 보이는 도로 옆의 경치들은 그림처럼 아름다웠고, 나무들은 기린들에게 더할 나위 없이 좋은 식사가 되어 주었다. 말 농장을 지날 때는 말들이 꼬리를 흔들고 갈기를 휘날리며 목장의 희고 긴 울타리를 따라 우리와 함께 달렸다. 그러다가 어느 구간에서는 보이가 바닥에 눕기도 했다. 다음 쉬는 장소에서 내가 덮개를 열자 보이가 또 객차 상자 바닥에 누워 그의 긴 목을 평소와 반대 방향으로, 등 쪽으로 구부린 채 누워 있었다.

나는 이번에는 영감에게 말하지 않고 보이에게 몸을 기울이고 조용히 속삭였다. 「착하지…….」

보이는 목을 다시 펴면서 마치 기린의 왕자가 〈무슨 일인가?〉라고 말하는 듯한 태도로 일어섰다. 그러고는 걸과 함께 새 나뭇잎을 뜯기 위해 나를 슬쩍 밀치며 지나갔다……. 그때 뭔가 이상한, 달콤 씁쓸한 기분이 물결처럼 내게 밀어닥쳤다. 그 뒤에 길을 가다가 사이드 미러를 통해 기린들이 바람을 향해 주둥이를 내민 모습을 봤을 때에도 비슷한 기분에 휩싸였다. 나는 되도록 앞만 보려고 노력하면서 캘리포니아행 기차에 탄 내 모습을 머릿속으로 그려 보았다. 내 희미한 희망이 다시 불붙을 때까지.

남은 오전의 여정은 더할 나위 없이 평화로웠다. 그중에서도 우리가 지나가던 길옆에 오래된 버마셰이브 광고가 작은 광고판으로 나뉘어 줄줄이 배치되어 있던 것이 가장 인상적이었다.

가장 안전한 규칙
예외도 핑계도 금물
그냥 남들은 다 미쳤다고
생각하고 운전하라
버마셰이브

***

기름 탱크를 확인하려고
그가 성냥을 켰다
그게 바로 사람들이
껍질 벗겨진 프랑크소시지[23]라고
그를 부르는 이유다
버마셰이브

마지막 문구를 기억하는 이유는 영감이 그것을 보고 미친 듯이 웃음을 터뜨렸기 때문이다. 실제로 오후에 처음으로 정차했을 때 우리 모두는 기분이 너무 좋아서 걸은 영감이 부목을 확인할 때 발길질도 하지 않았다.

하지만 우리가 다시 도로로 들어섰을 때 멀리서 기차 소리가 들려왔고 영감은 또 긴장했다.

늘어선 나무들 너머 어딘가에서부터 들려오던 기차 소리는 점점 더 커졌다. 철로가 또 우리 쪽을 향했다. 우리는 마음을 졸이며 숲 사이를 바라보았고, 노란색과 빨간색이 언뜻언뜻 지나가는 것을 보았을 때 영감은 조용히 욕을 내뱉었다.

「대체 무슨 서커스단이 우리랑 자꾸 만날 정도로 자주 이동해요?」 내가 말했다.

「한몫 잡는 데만 혈안인 싸구려 서커스단이 주로 그러지.」

23 skinless frank. 〈껍질을 벗긴 프랑크소시지〉 또는 〈피부가 벗겨진 프랭크〉라는 의미로 읽힌다.

그가 대꾸했다.

나무들이 점차 줄어들었고 지나가는 화물칸에 탄 코끼리들이 보였다. 다들 귀가 축 처져 있었다. 「불행해 보여요.」

「서커스단에 있으면 행복할 일이 별로 없어.」 영감이 중얼거렸다. 그는 다음에 창문을 열고 침을 뱉었는데 지금 생각해 보면 갑자기 침을 뱉고 싶어진 것이 그 자체로서 하나의 기분을 표현한 것이나 다름없었던 것 같다. 왜냐하면 그가 곧바로 이렇게 말했기 때문이다. 「속임수 같은 건 죄도 아니야. 저놈들이 동물을 어떻게 다루는지 알면 저것들한테 천벌이 떨어지길 빌게 될 거다.」

기차는 1~2킬로미터 이상을 나무들 건너편에서 우리와 같이 달리다가 먼저 앞서서 멀어졌다. 나무들 사이로 통통거리며 사라지는 기차의 빨간색 승무원 객차에 〈오늘 밤은 채터누가에서!〉라는 새 광고가 붙어 있었다.

우리의 좋던 기분은 엉망이 되었다. 앞에 탁 트인 초원이 펼쳐졌을 때 나는 사이드 미러로 계속 기린들을 확인했다. 우리 트럭의 운송 상자는 누가 봐도 가축을 실은 화물차처럼 보였다. 영감 역시 점점 더 자주 뒤를 지켜보았지만 기린을 보는 게 아니었다. 그는 도로를 살폈고 꽤 오랫동안 뒤를 계속 주시했다. 서커스단의 기차는 이미 지나갔기 때문에 왜 그러는지 이유를 알 수가 없었다. 나는 혹시 영감이 녹색 패커드를 찾고 있는 건 아닌지 걱정이 돼서 내 쪽의 사이드 미러를 계속 쳐다봤지만 도로는 비어 있었다.

그리고 그가 가리켰다. 「저쪽으로 빠지자.」

나는 근처의 키 큰 나무들 사이에 난 자갈길로 빠져나갔다.

「저 숲으로 들어가자.」 그렇게 말하는 그의 목소리가 조금 이상하게 들렸다. 「그리고 애들 머리를 안으로 집어넣어.」

그래서 나는 시키는 대로 했고 기린들도 이상하게 내 말을 잘 들었다.

우리는 그곳에서 5분이 10분이 되도록 지켜보며 있었다. 나는 너무 지루해서 아무 차라도 지나가 주길 바랐다. 그때 어떤 색깔이 흘낏 눈에 들어왔다. 노란색…… 그리고 빨간색이.

소형 밴이 쌩하고 시야에서 사라졌다. 우리가 메릴랜드주에서 봤던 것과 같은 소형 밴이었다.

나는 물어보고 싶은 게 너무 많아서 영감 쪽을 슬쩍 봤지만 그가 너무 굳게 입을 다물고 있어서 그대로 놔두었다. 우리의 멋진 여행 분위기는 그냥 엉망이 된 정도가 아니라 차에 치여 도로에서 즉사라도 한 것처럼 사라졌다.

우리는 기린들의 창문을 다시 열었다. 다음 두 시간 동안 고속 도로는 작은 마을들을 계속 지났고 도로 옆으로는 〈캐멀 담배 한 개비를 위해서라면 1킬로미터라도 걷겠다〉라든지, 〈10시, 2시, 4시 닥터 페퍼와 함께 활력 충전〉 등과 같은 광고판들이 간간이 나타났다. 때로 지나가던 마을의 재치꾼들이 〈거기 위쪽 공기는 어때?〉라고 던지는 농담에도 우리의 기분은 나아지지 않았다. 오후 늦게 공기가 너무 쌀쌀해져서 우리는 창문을 닫았고 기린들도 고개를 안으로 집어넣었다. 밤을 지낼 곳은 두 시간쯤 더 가면 된다고 영감이 말했기 때문에 기온이나 기분이 더 차가워지기 전에 하루를 마감할 수 있을 것 같았다.

그때 고가 도로가 나타났다.

고가 도로라고는 하지만 그것은 고가 도로의 일부만 남아 있는 것이었다.

보아하니 그 아래로 뭔가 지나가다가 부닥친 모양이었다. 고가 도로의 가운데 부분은 기린의 머리보다 훨씬 딱딱한 무엇에 부딪힌 흔적이 있었다. 남아 있는 것이라고는 덜렁거리는 콘크리트 조각들과 늘어진 철근뿐이었다. 그리고 그 아래 고속 도로 한복판에 또 커다랗게 〈우회하시오〉라고 적힌 표지판이 놓여 있었다.

영감이 낮게 짜증 섞인 소리를 내뱉었다. 「이번엔 또 뭐야!」

나는 속도를 줄였고 기린들은 궁금해서 머리를 내밀었다. 표지판은 조금만 가면 고속 도로를 다시 만날 조짐이 보이는 샛길을 가리켰다. 하지만 샛길은 아주 부실해 보였다. 포장된 도로이긴 했지만 갈라진 곳이 많았고, 잡초도 무성했으며, 도로의 이름이나 번호조차 없었다. 그 길을 특징할 만한 것이 있다면 그건 〈유색인을 위한 숙소〉라는 글씨와 그곳의 방향을 알리는 화살표가 그려진, 손으로 직접 만든 안내판이 있다는 점뿐이었다.

「어떻게 해요?」 내가 물었다.

영감이 씩씩대며 말했다. 「가리키는 대로 가.」

1백 미터 정도는 그럭저럭 잘 나아갔다. 하지만 커브를 돌았을 때 나는 브레이크를 밟지 않을 수 없었다. 우리 앞에는 도로가 철로의 위가 아니라 밑으로 지나게 되어 있는 좁은 옛날식 굴다리가 나타났다. 높이도 낮아 보였다.

그냥 낮은 정도가 아니라 너무 낮았다.

눈으로만 봐도 굴다리의 높이는 트럭의 높이와 거의 비슷할 정도로 낮다는 것을 알 수 있었고, 폭도 우리 트럭이 지나가기에는 매우 좁았다.

갓길이라도 있었으면 트럭을 도로 옆으로 조금 빼보려고 했겠지만 이미 길 양쪽은 한참 전부터 굴다리 안쪽을 향해 비스듬히 경사지며 좁아져 있는 상태였다. 그래서 나는 어쩔 수 없이 도로 중간에서 차를 세워야 했는데 차를 멈춘 순간 나는 누군가 나를 쳐다보는 시선을 느꼈다. 철로 바로 옆에 있는 회벽의 산탄총 판잣집[24]을 발견하기 전까지는 기린의 시선이라고 생각했다. 하지만 판잣집 지붕 처마에 있는 작은 창문에 앉아 우리를 내다보던 사람은 고작 네다섯 살쯤 되어 보이는 작은 흑인 여자아이였다. 그 아이와 우리와의 거리가 너무 가까워서 기린을 보고 아이의 눈이 커지는 것이 보일 정도였다.

영감이 이야기를 시작했다. 「얼른 가서 높이를 좀 재보고 와. 또 어떤 바보가 뒤에 와서 들이받기 전에.」 내가 철제 줄자를 찾으려고 좌석 밑을 더듬자 영감이 줄자를 찾아 나에게 건넸다. 나는 줄자를 들고 달려가서 굴다리 밑에서 위로 높이 올렸다.

「3미터 80센티미터요!」 내가 소리쳤다.

트럭의 높이는 3미터 80센티미터였다. 오는 길에 바퀴에 바람을 넣었기 때문에 어쩌면 더 높을 수도 있었다.

내가 트럭으로 돌아갔을 때 영감은 앞 타이어 옆에 서서

24 shotgun shack. 중간에 다른 공간이 없고 모든 방이 앞뒤로 쭉 곧게 연결된 작고 기다란 집.

트럭의 타이어를 바라봤다. 「이렇게까지 하게 되지 않기를 바랐는데.」 영감은 타이어의 공기를 빼는 밸브의 뚜껑을 열면서 투덜거렸다. 트럭의 앞쪽에는 타이어가 하나씩 있었고, 기린들 밑에 있는 뒤쪽 타이어들은 무게를 받치면서 하나가 바람이 빠지더라도 나머지 하나로 계속 갈 수 있도록 이중으로 되어 있었다. 영감은 금세 거의 모든 타이어에서 바람을 조금씩 뺐다. 타이어들은 바람이 빠질 때 아주 작고 부드럽게 〈퓨우우우〉 하는 소리를 냈다. 영감이 마지막으로 오른쪽 뒤 타이어의 공기를 빼려고 했을 때 타이어 하나에 못이 박혀 있는 것을 발견했다. 영감에게는 선택의 여지가 없었다. 그래도 바람을 빼야 했다. 영감이 바람을 빼자 그 타이어는 완전히 바람이 다 빠져 버리고 말았다. 욕을 한껏 퍼부은 뒤 영감은 숨을 깊이 들이마셨다. 그래도 우리에게는 여전히 이중 타이어 중 하나가 남아 있었기 때문에 오늘 밤 묵을 장소나 주유소까지 가서 도움을 청할 수 있었다. 물론 우리가 굴다리를 무사히 통과하기만 한다면 말이다.

나는 다시 높이를 재보았다. 아직도 아슬아슬했다. 영감은 모든 타이어의 바람을 조금씩 더 빼야 했다.

그가 바람 빼는 작업을 거의 끝내 가는 도중, 아직도 타이어의 밸브 끝을 손가락으로 쥐고 있는데 좌석이 두 개인 로드스터가 커브를 돌아 다가오다가 우리를 피하기 위해 급히 방향을 틀어 굴다리 밑으로 쏜살같이 지나갔다. 이미 지나치던 구경꾼 때문에 땅에 떨어져 본 경험이 있던 나는 놀라 황소개구리처럼 뛰며 영감 쪽으로 세게 넘어졌고 그 바람에 영감이 꼭 쥐고 있던 밸브 노즐이 옆으로 비틀려 꺾이고 말았다……. 그래서 바람 빠지는 소리는 부드러운 〈퓨유우우〉에서…… 아주 작고도 불안정한 소리 〈쉬쉬쉬쉬쉬쉭〉으로 바뀌었다.

그리고 그 소리는 멈추지 않았다. 오른쪽의 이중 타이어 두 개가 모두 펑크 나기 직전이었다.

그 순간 우리는 서로 눈이 마주쳤고 바로 영감이 소리를 질렀다.「도로에서 트럭을 치우기 위해서라도 여길 통과해야 돼! 애들의 머리를 집어넣어!」

나는 기린들의 머리를 집어넣으려고 노력했으나 평소에 잘 도와주던 보이도 말을 들으려 하지 않았다. 걸은 말할 것도 없었다.

「됐어!」영감이 커브 쪽으로 뛰어가며 외쳤다. 영감이 달리는 모습을 보는 것만으로도 너무 두려웠다.「오는 차는 없다.」그가 소리쳤다.「출발해!」

나는 운전석에 앉아 운전대를 잡았다. 여전히 멈추지 않는 그 작은 소리 〈쉬쉬쉬쉬쉬쉭〉을 들으면서.

「가운데로! 천천히, 그러면서도 잽싸게. 애들이 머리를 집어넣을 시간을 줘야 해.」영감이 고함을 질렀다.「그래도 타이어가 펑크 나기 직전이라는 걸 명심해!」

기린들이 난리 통에 힝힝거리고 발을 굴러 대는 동안 나는 기어를 바꾸고 조금 앞으로 나아갔다. 기린들이 알아서 머리를 집어넣어 줄 거라고 믿으면서……. 그러자 신의 은총이 있었는지 기린들이 머리를 집어넣었다. 우리는 천천히, 아주 천천히 녹슬고 오래된 철도 굴다리 밑으로 들어갔다. 운송 상자의 맨 윗부분이 닿아서 나무가 쓸리고 긁히는 소리가 났고 마치 내 치아가 불에 타들어 가는 것 같은 기분이 들었다.

트럭은 거의 통과하기 직전이었다. 하지만 몇 센티미터밖에 안 남았을 때 그나마 지탱하던 오른쪽 뒤 타이어에 남아 있던 공기가 〈퓨욱퓨우우욱〉 하는 안타까운 소리와 함께 완전히 다 빠져 버리고 말았다. 트럭은 그렇게 굴다리 밑에 꽉 낀 채 그대로 멈췄다.

나는 차에서 뛰어내려 트럭과 굴다리 벽 사이의 틈으로 겨우 빠져나가서는, 방금 일어난 광경을 입을 떡 벌리고 바라보는 영감 옆으로 다가갔다. 오른쪽 뒤 타이어 두 개가 완전히 펑크 난 상태였다. 우리는 곧바로 왜 그렇게 됐는지 알게 되었다. 기린들 때문이었다. 트럭이 굴다리를 거의 통과하려고 하자 안전하다고 느낀 기린들이 즉시 창문 밖으로 머리를 내밀었던 것이다. 그것도 동시에 같은 쪽으로. 그렇게 한쪽으로 몰린 중량은 반쯤 공기가 빠진 하나짜리 타이어에 부담을 주었고, 노즐이 비틀려 〈쉬쉬쉬쉬쉭〉 하는 소리를 내던 문제를 가중시켰으며, 이제 그 소리 또한 바람이 다 빠져 완전히 멈춘 상태였다.

그것을 본 영감은 페도라를 바닥에 내팽개치고, 그것을 발로 밟아 뭉개 버리고, 내가 다른 때 같으면 감탄해 마지않았을, 죄가 될 만큼 창의적이고 쓸데없이 긴 욕을 내뱉었다. 나는 그가 무슨 생각을 하는지 알았기 때문에, 자신의 원대한 계획이 코앞에서 실패한 것에 대해 영감이 그렇게 느끼는 게 이해가 갔다. 나는 나 자신을 걷어차고 싶었다. 기린들이 창문을 닫지 못하게 했을 때 나는 반대쪽 창문을 닫으면서 기린들을 유도했어야 했다. 걸을 한쪽으로, 또 보이는 반대쪽으로. 우리가 성공할 때까지 필요한 몇 초간만이라도 트럭의 균형을 유지하기 위해서 말이다. 너무 소심하게, 그리고 너무 늦었지만, 그래도 영감이 욕하는 것을 멈추고 어떻게 할지를 고심하는 동안에 트럭이 다시 균형을 잡도록 모든 창문을 닫았다. 우리는 이제 산에서처럼 도로 가운데 서 있는 위험에 처하게 되었다. 그래서 나는 다시 우리가 돌아온 커브 쪽으로 달려갔다. 왜냐하면 적어도 우리 둘 중 한 명은 다른 차들이 우리를 또 더 심각한 사태로 몰아넣지 않도록 막아야 했으니까.

그때 영감이 소리쳐 나를 멈췄다.「이쪽으로 와!」

영감 쪽을 돌아본 나는 정말 말도 안 되는 것을 발견했다.

영감은 트럭의 뒤쪽 차축 밑에 커다란 트럭이라면 으레 딸려 오는 커다란 잭을 설치해 놓은 후였다. 그는 나에게 그것으로 트럭을 들어 올리게 할 작정이었다. 하지만 우리에게 스페어타이어는 하나뿐인데 펑크 난 타이어는 두 개였고, 트럭의 뒷부분에는 두 마리의 기린까지 타고 있었다. 트럭이 굴다리를 통과하지 못한 부분이 아직 4~5센티미터 정도 남은 건 말할 것도 없이. 절대 가능할 리가 없었다. 나는 너무나 잘 알았다. 두 개의 펑크 난 타이어 위에 기린 두 마리가 떡 버티는 트럭을 사람이 혼자 힘으로 펌프질해서 올릴 수 있도록 만들어진 잭이란 세상 어디에도 없었으니까. 게다가 기린들이 어디에 서 있든 2톤보다 무게가 덜 나가게 할 방법은 전혀 없었다.

나도 생각할 수 있는 것을 영감이 모를 리 없었지만 그는 반쯤 정신이 나간 것처럼 절박해 보였다. 그는 내게 성큼성큼 다가오더니 잭을 펌프질하라고 지시하며 나를 잭 쪽으로 밀어붙였다. 그래서 나는 어쩔 수 없이 영감이 시키는 대로 계속 펌프질을 했다. 그러던 중 지금도 생각하면 소름 끼칠 만큼 으스스한 목소리로 영감이 나를 조용히 불렀다.

「저기…… 얘야…….」

나는 영감의 목소리에 고개를 들고 그가 바라보는 곳으로 시선을 돌렸다. 철로 위에 흑인 남자가 푸른색 작업복을 입고 서 있었다. 키가 족히 2미터는 되어 보였다. 하지만 나를 벌떡 일어서게 한 것은 단지 그 남자의 외모만은 아니었다. 그가 들고 있는 커다란 낫 때문이었다. 목화와 트랙터가 우리 고향에 온 다음부터는 헛간 벽에 녹슨 상태로 방치되었던 무섭게 생긴 밀낫. 하지만 그가 들고 있는 건 녹슨 낫이 아니었다. 아주 날카롭고 반짝거렸다. 유령 이야기 같은 데서 저승사자가 긴 옷을 휘날리며 가지고 다니는 것처럼.

그는 트럭 앞쪽으로 느긋하게 걸어 내려왔다. 그는 우리에게 가까이 다가와서 모세의 지팡이처럼 낫의 손잡이 부분을 부드러운 땅에 푹 찔러 넣었다. 그는 그 상태로 소름 끼칠 만큼 아주 오랫동안 우리를 노려보고 서 있었다.

「우리는 계속 당신들을 보고 있었소.」 그가 마침내 입을 열었다.

나는 그가 말하는 〈우리〉가 보이지 않아서, 그리고 제발 계속 보이지 않기를 바라며 주변을 돌아보았다.

낯선 목소리가 울려 퍼지자 걸이 잠가 놓은 창문을 심하게 쿵쿵 치는 바람에 창문이 그만 확 열리고 말았다.

모세가 얼굴을 찡그렸다. 「지금 저 안에 있는 동물이 대체 뭐요?」

영감이 대답을 하기도 전에, 밖에 뭐가 있는지 궁금했던 보이 쪽의 창문 역시 홱 열렸고, 두 마리의 기린이 또 동시에 한쪽으로 쏠렸다. 트럭은 기울어졌고, 금속이 끼익하더니, 〈텅〉 하고 뭔가 터지는 소리가 들렸다. 차축 밑에 끼워 놓았던 고급 잭이 그 무게를 감당하지 못하고 부러진 소리였다.

모세는 잭을 뚫어지게 바라보았다.

그리고 트럭을 보았다.

그리고 굴다리 밑을 보았다.

그러고는 타이어들을 보았다.

그리고 다시 우리 쪽을 건너보았다. 「너무 좁은 데로 오셨군요.」 그가 말했다.

「그렇소.」 영감이 대답했다.

「지나가려고 타이어에 바람을 뺐나 보군요.」

「그렇소.」 영감이 또 대답했다.

「그러다 이렇게 꽉 끼었군요.」 모세가 다음에 말했다.

「그렇소.」 영감은 너무나 당연한 상황을 재확인하는 식의 대화에 점점 짜증이 난다는 듯이 대답했다.

모세가 기린들을 향해 고개를 끄덕였다. 「저 큰 친구들을 저기에서 빼낼 수는 없겠군요.」

「없습니다.」 영감이 고개를 너무 세차게 젓는 바람에 그의 머리가 마구 흔들거렸다. 우리는 모세가 기린들을 움직여서 문제를 해결해 보려고 한다는 것을 알았지만 문제는 우리 트럭은 뒤쪽으로 가축을 싣고 내리는 그런 평범한 트럭이 아니었다는 점이다. 그래서 우리가 원했다고 해도 굴다리를 완전히 벗어나기 전에는 기린을 밖으로 빼낼 수 없었다. 그렇게 하려면 상자의 옆면을 전부 내려야 했으니까.

트럭 주변을 전체적으로 다시 한번 훑어보더니 모세가 말했다.「우리가 뭐든 할 수 있는 건 해보겠소. 하지만 먼저 제대로 준비를 해야 합니다.」

영감의 생각은 어땠는지 잘 모르지만 나에게 그 말은 별로 기쁘게 들리지 않았다.

모세는 손가락 두 개를 입술에 대고는 까마귀가 죽을 때나 개똥지빠귀가 구애할 때 내는 그 중간쯤의 소리를 냈다. 그러자 1분도 채 안 되어 모세와 비슷하지만 보다 젊고 건장한 분위기의 남자가 여섯 명 나타났다. 그들은 한 명씩 줄지어 등장했다. 모두 모세가 입은 작업복과 같은 것을 입었지만 몇몇은 한쪽 어깨를 드러내고, 몇몇은 두 쪽 어깨 전부를 드러냈으며, 또 누군 셔츠를 입고 또 누군 안 입은 채로, 각자 커다란 손에 농기구를 하나씩 들고 있었다.

그들은 트럭 옆으로 가까이 다가왔다. 그들 중 한두 명은 기린을 만지려고 위로 손을 뻗었는데 뭔가에 올라서지 않고서도 충분히 가능했다. 어쩌면 여태까지 모든 살아 있는 이들이 그랬던 것처럼 그들도 기린을 보고 떠들었을 거라고 짐작했을 수도 있으리라. 하지만 그들은 바람처럼 조용히, 말에 호흡을 소비하는 일 없이 모세의 동작을 따라 하며 타이어, 굴다리, 트럭, 그리고 서로를 바라보며 고개를 끄덕이거나 손을 입에 갖다 대거나 눈썹을 위로 치켜올리는 동작을 하는 게 전부였다.

그러고는 우리를 향해 돌아섰다.

그러는 동안 영감은 남자들의 우람한 주먹에 들려 있는 농기구에서 눈을 떼지 않고 있었다. 나는 영감이 상황이 어떻게 돌아갈지 몰라 염려하며 계속 운전석 총 선반에 있는 산탄총 쪽을 힐끔거리는 걸 알 수 있었다. 「가까이 붙어 있어.」 영감은 마치 일이 잘못되기라도 하면 내가 뭐라도 할 수 있을 것처럼 우물거렸다.

「삼촌들도 불러야겠다.」 모세가 말하고는 다시 손가락을 입술에 갖다 댔다. 이번에는 구애할 때보다는 죽일 때 나는 소리에 좀 더 가까운 새소리에 여섯 명의 건장한 남자가 갑자기 난데없이 나타났는데, 나이가 많아 보이고 머리숱이 적은 것을 빼고는 첫 번째 나온 무리와 매우 닮은 사람들이었다. 나머지 사람들과 합류한 이들은 똑같이 말없이 상황을 파악하기 시작했는데 그 시간이 너무 오래 걸려서 나와 영감은 거의 혼이 나갈 지경이었다.

그리고 기찻길 쪽에서 또 한 사람이 등장하자 그들은 모두 그쪽으로 돌아섰다. 이번에 나타난 사람은 조금 달랐다. 괭이를 지팡이처럼 짚고 모습을 드러낸 그 남자는 흰 수염을 길렀고, 빳빳이 풀을 먹인 작업복, 막 새로 다린 것 같은 푸른색 셔츠를 입었으며, 모세 옆으로 와서 설 때까지 오로지 기린만을 바라보았다.

나는 대가족 단위 농업에 대해 들어 본 적도 있고 심지어 그런 가족을 알기도 했지만 이 사람들은 그중에서도 단연코 최고였다. 이 가족들을 전체적으로 살펴보니, 흰 수염이 첫째 큰 아버지인 빅 파파이고, 삼촌들인 그의 형제들이 있고,

좀 더 젊은 이들은 그 사람들의 아들들이며, 모세는 아들 중 제일 맏이인 것 같았다.

빅 파파가 계속 기린들을 관찰하는 동안, 모세가 근육은 우람하나 키는 크지 않은 가장 어려 보이는 남자에게 고개를 끄덕여 보였고, 그 남자는 혹시 다가올지도 모르는 차를 막을 〈인간 바리케이드〉 — 그런 게 있다면 — 역할을 하기 위해 커브 쪽으로 향했다.

그러고는 빅 파파가 입을 열었다. 「우리는 하느님의 신성한 에덴에서 온 이 우뚝 솟은 피조물을 위해 뭘 해야 하는지 압니다.」 또다시 빅 파파와 모세가 아무 소리 없이 얼마간의 시간을 보내는 동안 영감은 거의 폭발할 듯 보였다. 나는 낯선 사람들이 자기들이 원하는 대로 상황을 통제하려고 하는데 왜 영감은 그들의 계획을 들어 볼 생각도 안 하는 건지 궁금했지만 나 역시 별반 할 수 있는 게 없었다. 하지만 한편으로는 영감이 왜 그러는지 알았다. 방법은 한 가지밖에 없었기 때문이다. 그건 트럭을 옮기는 일이었다. 하지만 기계적인 동력 없이, 더구나 기린을 내려놓지 않고 트럭을 옮기는 방법을 우리로서는 전혀 생각해 낼 수가 없었다.

모세가 말했다. 「자, 기어를 넣어요.」

나는 영감을 바라보았다. 영감은 이미 내 쪽으로 시선을 돌린 뒤였다. 비록 이것이 그가 바라는 바가 아니라는 것은 너무나 확연했지만, 그는 나에게 고개를 끄덕여 보였다. 내가 차에 올라타서 기어를 넣는 동안 내 머릿속에 한 가지 생각이 떠올랐다. 〈기린이 가는 곳이면 나도 간다.〉 이 생각에 나 자신도 너무 놀라 온몸이 떨릴 지경이었다. 그때 사이드 미러로 뒤를 쳐다본 나는 더욱더 떨렸다.

커브에서 녹색 패커드가 길가에 옆으로 멈춰 서 있었다. 아마 인간 바리케이드 아들을 피해서 옆으로 방향을 갑자기 틀다가 그렇게 된 것 같았다. 게다가 남성용 트렌치코트를 입고 카메라를 쥔 빨강 머리의 팔은 인간 바리케이드의 커다란 손에 붙들려 있었다.

「준비됐소?」

모세의 목소리에 나는 정신을 차렸다.

내가 고개를 끄덕였다.

「밟아요.」

내가 말했던 것처럼 트럭은 타이어의 바람이 완전히 다 빠지기 전에 굴다리를 통과하기 일보 직전이었다. 다만 도로 옆으로 밀어낼 수 있을 만큼 빠져나오지 못했을 뿐이었다. 빅 파파 무리가 하려는 것은 바로 그것이었다. 우리를 조금만 밀어서 굴다리로부터 빼낸 다음 갓길 쪽으로 밀어 놓는 것. 트럭 전체의 무게에 내 몸무게가 더해진 것은 그들에게는 조금도 문제가 아니었다. 그들에게 나는 깃털처럼 가볍게 느껴졌을지도 모른다. 펑크 난 두 개의 타이어도 전혀 문제가 되지 않았다. 도로가 오르막인 것도, 기린 두 마리가 그런 흥미로운 광경을 보려고 계속 움직이면서 양쪽 창밖으로 고개를 내밀었던 것도. 내가 엑셀을 밟는 동안 빅 파파의 가족은 나, 두 마리의 기린, 두 개의 펑크 난 타이어, 그리고 트럭의 나머지 모든 것이 굴다리에서 벗어나게 하기 위해서 몇 미터를 밀었다. 그들이 마지막 힘을 다해 영차 하는 신음과 함께 힘을 주어 트럭을 굴리자 트럭은 굴다리를 지나서

도로의 좁은 갓길에 안착했다.

내가 시동을 끄는 사이, 모세는 또 아까와 같은 개똥지빠귀 소리를 냈다. 그러자 커브 쪽에서 바리케이드 역할을 하던 아들이, 그동안 줄을 서서 기다리던 네 대의 차들이 굴다리 밑을 지나가도록 옆으로 물러섰다. 그리고 잡고 있던 빨강 머리도 놓아 주었다. 그녀는 패커드에 다시 올라타는 대신 우리 쪽으로 곧장 쏜살같이 달려오더니 카메라를 들었다. 내가 트럭에서 내릴 때쯤 영감은 한 번도 본 적 없는 표정으로 입을 딱 벌리고 서서 빨강 머리가 그곳에서 사진을 찍어 대는 것을 보고 있었다.

영감이 말문이 막힌다는 듯 그녀를 쳐다보았다.「당신 누구야?」

빨강 머리가 손을 내밀었다.「안녕하세요, 존스 씨. 저는 『라이프』 매거진에 당신의 이야기를 쓰고 있습니다. 우디가 보증해 줄 거예요. 그렇지, 우디?」

「아니, 무슨 말 같지도 않은…….」 영감이 신음하듯 내뱉었다.「당신은 산에서 우리를 낭떠러지로 떨어뜨릴 뻔했던 그 사람이잖아? 저리 비켜, 이 여자야!」 그는 빨강 머리에게서 등을 돌렸지만 그녀의 행동을 멈추지는 못했다. 그녀는 방향을 틀어 카메라를 삼촌들과 아들들에게 겨누었다. 하지만 그때 인간 바리케이드가 돌아와서 그녀의 카메라 앞을 커다란 손으로 막았다.

빨강 머리는 놀라 침을 꿀꺽 삼켰다.

「일곱째 아들이 사진을 찍기 전에는 미리 물어보는 게 예의 같다는군요, 아가씨.」 빅 파파가 대신 설명해 주었다.

빨강 머리는 빅 파파의 말을 듣고는 카메라 렌즈를 막은 일곱째 아들의 손을 바라보며 잠시 생각하는 듯했다. 「오, 미안해요. 사진 좀 찍어도 될까요?」 그러자 일곱째 아들은 만족했는지 가렸던 손을 치웠다.

한편 모세는 바람 빠진 타이어들을 들여다보았다. 「스페어타이어는 하나 있을 테고.」 그가 말했다. 「두 개는 없을 거 아니요. 두 개가 필요한데.」

영감은 또 당연한 상황을 설명하자 입술을 꾹 깨물었다. 「혹시 이만한 사이즈의 타이어를 갖고 계시면 우리가 살 수 있을까요?」

모세가 고개를 저었다.

「그럼 모터 달린 펌프를 여기로 끌고 와주신 다음 스페어타이어 하나를 끼우는 데 사용하는 건 어떨까요?」 영감이 다른 방법을 제안해 보았다. 「날이 어두워지기 전에 길을 가야 해서 말입니다.」

또다시 모세는 고개를 저었다.

아이디어가 다 떨어진 영감은 내 쪽을 흘깃 보았다. 상황이 좋지 않아 보였다.

「정말 저 친구들은 밖으로 못 나오는 겁니까?」 모세가 말했다.

영감이 주저했다. 「못 나오더라도 도와줄 방법이 있습니까?」

모세는 빅 파파와 눈빛을 교환하더니 아주 천천히 고개를 끄덕인 다음 온 가족이 다 같이 돌아서서 사라졌다.

남겨진 우리는 기다리는 것 외에는 별도리가 없었다. 영감은 씩씩대고, 기린들은 코를 킁킁대고, 빨강 머리는 카메라 외에는 길가에 방치해 놓은 차조차 전혀 중요하지 않다는 듯이 카메라만 만지작거렸다. 그러다가 갑자기 그녀가 고개를 쳐들었다. 모세가 본인처럼 튼튼하게 생긴 트럭용 타이어를 하나 들고 왔고 그 뒤로 아들들이 여러 그룹으로 나누어 모습을 드러냈다. 한 그룹은 지름이 남자 가슴만큼 굵고 아주 기다란 통나무를 반으로 쪼갠 두 쪽을 들고, 다른 그룹은 기다란 쇠막대기를 쥐었다. 또 다른 그룹은 한쪽은 평평한 반면 반대쪽은 둥글고, 통나무만 한 홈이 있는 바위를 굴리며 나타났다. 그리고 트럭 뒤 몇 미터 떨어진 곳에 평평한 쪽을 바닥으로 해서 바위를 내려놓았다.

전에도 이런 일을 많이 해봤다는 듯이 아들들은 통나무와 쇠막대 들을 길게 샌드위치처럼 맞붙여 한쪽 끝은 뒤쪽 차축에 걸치도록 트럭 밑으로 밀어 넣었고, 다른 끝은 아까 내려놓은 바위의 홈 위에 걸쳐 놓음으로써 내가 본 것 중 가장 이상하게 생긴 시소를 만들었다.

그러고는 합창단처럼 한데 모여 아들들과 삼촌들이 바위 위에 걸쳐져 위로 솟은, 쇠막대와 통나무 샌드위치 위로 올라갔다. 쇠막대가 우그러지고 통나무가 쪼개지고 트럭이 끼익하는 소리를 내면서 트럭 전체가 5센티미터 정도 들렸고, 모세가 펑크 난 타이어 두 개를 우리가 가진 스페어타이어와 그가 들고 온 타이어로 갈아 끼웠다.

모세가 손을 닦는 사이 아들들과 삼촌들은 한 명씩 차례로 시소에서 내려왔고, 기린들과 트럭도 천천히 바닥으로 내려갔다. 타이어도 바람이 빠지지 않고 바닥에 탄력 있고 둥근 모양을 유지하며 내려앉았다. 그래서 시소를 만들었던 모든 부속은 원래 상태 그대로 가져온 사람들에게 다시 돌아갔다. 그들은 모두 조용하고 엄숙하게 움직였다.

영감과 나는 생전 처음 보는 그들의 투지와 힘에 압도당했다. 일곱째 아들이 영감의 어깨를 툭툭 두드리고는 영감의 찌그러진 페도라를 내밀었다. 영감이 모자를 받아들자 그도 기찻길 너머로 사라졌다.

영감은 멍하니 모자의 먼지를 털며 겨우 목소리를 내서 빅 파파 쪽으로 몸을 돌리고 말했다.「얼마를 드리면 좋겠습니까?」

빅 파파가 곡괭이를 빙그르르 돌렸다. 지금 와서 생각해 보니 그건 아마도 그들 가족의 자긍심을 표현하는 몸짓이었던 것 같다.「돈은 필요 없습니다.」

「아, 그렇다면 어떻게 감사의 인사를 전하면 좋겠습니까?」영감이 물었다.

일곱째 아들이 기찻길 쪽 산탄총 판잣집의 창문에 있던 어린 소녀를 어깨에 태우고 다시 나타나자 빅 파파가 미소를 지어 보였다.

「우리 귀염둥이가 저 동물을 만나 보고 싶다는군요.」그가 말했다.「그래도 괜찮다면요.」

귀염둥이가 그의 귀에 대고 뭐라고 속삭였다.

「우리 귀염둥이가 기린들 이름이 알고 싶은가 봅니다.」빅 파파가 덧붙였다.

영감은 그 말에 자기도 모르게 기분이 좋아진 것 같았다. 내 쪽을 흘깃 바라보며 그가 말했다.「귀염둥이 꼬마 아가씨,

실은 재들이 우리한테도 아직 이름을 가르쳐 주지 않았단다. 그러니 그냥 얘는 〈걸〉이라고 부르고 얘는 〈보이〉라고 부르면 어떨까? 어때 맘에 드니?」

그렇게 해서 일곱째 아들은 기린들이 귀염둥이에게 코를 킁킁대며 친해질 수 있을 만큼 충분히 위로 올려 주었고, 귀염둥이 꼬마는 나 홀로 기린을 독차지하게 되었다.

그리고 빅 파파가 영감에게 말했다. 「저 낡은 타이어로는 오래 못 갈 겁니다. 우리가 내일 양쪽 타이어를 모두 고칠 수 있습니다. 날이 어두워지는군요. 저희가 잠자리를 제공해 드리죠. 저희가 운영하는 모텔이 있습니다.」 그는 10미터 정도 앞에 있는 흙길을 가리켰다. 그 길은 〈유색인을 위한 숙소〉라고 적힌 간판이 세워져 있는 소나무 숲을 향했다. 「그리고,」 빅 파파가 계속 말을 이어 갔다. 「우리 귀염둥이가 당신들이 저희 숙소에서 묵고 가기를 바랍니다. 그래야 기린들을 좀 더 볼 수 있으니까요. 그렇지, 우리 귀염둥이?」

꼬마 소녀가 고개를 끄덕였다.

「여러분이 우리를 그렇게 도와주셨는데 이런 호의까지 베풀어 주시다니 너무 영광입니다.」 영감이 대답을 하면서 악수를 청하기 위해 손을 내밀자 빅 파파가 그 손을 마주 잡았다. 환한 미소를 띠며 영감은 전에 라운드네 길옆 자동차 숙소에서 만난 숙녀들을 대할 때와 같이 상냥한 존스 씨로 변해서는 빅 파파와 모세와 함께 흙길로 향했다.

「아가씨도 같이 오면 좋겠소.」 빅 파파가 어깨 너머로 말하자, 일곱 번째 아들과 귀염둥이가 빨강 머리 쪽으로 발걸음을 옮겼다.

빨강 머리의 시선이 〈유색인을 위한 숙소〉 표지판과 일곱째 아들 사이를 왔다 갔다 했다. 「오, 음…… 저는 괜찮은데요…….」

하지만 빅 파파는 이미 영감과 이야기를 나누며 걸어가 버린 후였다. 그래서 나는 귀염둥이가 키득거리는 소리를 들으며, 일곱째 아들이 펑크 난 타이어를 집어 들고 커다란 트렌치코트를 흙바닥에 질질 끄는 빨강 머리를 같은 방향으로 가도록 이끄는 동안, 트럭에 시동을 걸고 흙길로 접어들었다.

우리는 작은 오두막 세 채가 서로 멀찍이 떨어져 놓여 있는 쪽으로 향했다. 오두막들 건너편에는 숲 가장자리를 따라 잎이 무성한 멋진 단풍나무들이 심어져 있었다. 빅 파파가 운영한다는 모텔이었다. 우리가 첫 번째 오두막을 지나칠 때, 옷을 멋지게 차려 입은 한 흑인 부부가 범퍼에 낡은 신발을 묶어 놓은 매끈한 푸른색 올즈모빌 세단에서 내려 지나가는 볼거리, 말하자면 우리를 얼빠진 듯이 바라보았다.

모세는 두 번째 오두막으로 빨강 머리를 안내한 다음 작은 현관 앞에 카메라를 든 그녀를 두고 가버렸다.

그리고 한참 뒤쪽에 있는 세 번째 오두막으로 향하는데, 회벽의 이층집과 그 집의 두 배는 되어 보이는 헛간으로 향하는 갈림길이 흙길 속에서 나타났다. 나와 기린들만을 그곳에 남겨 놓고 모두가 이층집으로 걸음을 옮겼고 영감은 나에게 기다리라고 손짓했다. 몇 분 후 모세와 영감이 되돌아왔다. 내가 세 번째 오두막 앞에 트럭을 세우자 영감이 조수석 쪽 발판으로 뛰어 올라와서 문을 열고 차에 타더니 아주 빠른 속도로 말하기 시작했다. 「듣자 하니 텍사스 농장 출신 남자들은 이런 유색 인종 숙소에는 안 묵으려고 한다던데, 너도 그러냐?」

나는 고개를 저었다.

「너도 그런 놈들 중 하나였다면 나한테 털어놨을 거냐?」

나는 또 고개를 저었다.

「좋다. 나도 그런 말이라면 듣고 싶지 않으니까. 너는 트럭에 남아 있어. 아들들이 돌아가며 망을 봐준다는데 나는 물론 싫다고는 하지 않을 거야. 모세가 첫 번째 당번으로 〈둘째 아들〉을 보냈어. 하지만 네가 기린들이랑 같이 있어라. 내가 그건 네 일이라고 말했거든.」

「그래서 저기 아들 한 명이 낫을 들고 서 있는 거예요?」 나는 차를 세우면서 거대한 단풍나무 옆에 이미 서 있는 둘째 아들(영감의 말로 그렇게 짐작했다)을 턱으로 가리켰다.

「그래 맞아.」 영감은 차에서 내리며 말했다. 「트럭 운전석에서 자거라. 여기서 뭔가 일이 틀어지면, 웬만한 변명 갖고는 원장님한테 제대로 설명하기도 어려울 거다. 그러니 꼼짝 말고 지키고 있어. 지금 애니 메이 부인과 며느리들이 내가 한 번도 본 적이 없는 종류의 성찬을 차리는 중이야.」 그가 이층집 쪽으로 고갯짓을 해 보이며 덧붙였다. 「그러니 우리는 그분들이 베풀어 주는 대접을 받게 될 거야. 나는 저 집에서, 너는 여기서.」

내가 세 번째 오두막을 지나 트럭을 주차시킨 다음 위 덮개를 열고 기린들에게 물을 주고 나자 영감은 애니 메이 부인이 만든 음식이 담긴 접시를 든 일곱째 아들과 함께 왔다.

귀염둥이는 아직도 그의 어깨에 타고 있었다. 그는 접시를 트럭의 후드 위에 올려놓고 빨강 머리를 데리러 갔다.

귀염둥이가 기린들에게 팬케이크를 먹이는 모습을 빨강 머리가 찍는 동안, 나는 계속 이렇게 먹을 수 있다면 이곳에 발이 묶여도 괜찮겠다고 여겨질 정도로 맛있는 음식을 마음껏 포식했다. 그것은 정말 너그럽고 푸짐한 대접이었다. 카메라를 내려놓은 빨강 머리는 나보다도 더 빨리 음식을 먹어 치웠다. 내가 접시를 핥아 먹을 기세로 식사를 끝냈을 때 기린들이 나무를 뜯어 먹기 시작하자 귀염둥이는 마지막 남은 팬케이크를 나에게 내밀었다. 나는 부끄럽지만 그것마저 게걸스럽게 받아먹었다. 해 질 무렵 귀염둥이와 일곱째 아들은 집으로 가는 길에 빨강 머리를 두 번째 오두막까지 데려다주었다. 기린들은 매우 만족스럽게 되새김질을 했고, 영감은 이를 쑤시며 아주 흡족한 표정으로 잠을 청하기 위해 느릿느릿 세 번째 오두막으로 향했다.

밤이 깊어 가는 동안 우리 — 기린들과 나 — 는 그렇게, 완전히 낯선 지역의 유색인을 위한 모텔에 함께 있었다. 둘째 아들이 나무 그림자 밑에 서 있는 것을 마지막으로 한번 확인하고는 위 덮개를 닫고 걸과 보이에게 밤 인사를 했다. 내 생애 처음으로 가장 배가 부르고 행복한 상태였던 나는, 섬뜩한 날을 든 남자가 서 있는 숲속의 트럭에 갇혀 있는 신세임에도 졸음이 쏟아졌다. 추위를 견디려고 창을 올려 닫고 운전석 벤치에 몸을 뻗고 누워서 아주 배부른 상태로 기분 좋게 잠을 청하려는데 조수석 쪽 문의 손잡이가 덜그럭거렸다.

나는 자리에서 벌떡 일어나 문의 손잡이가 돌아가고 활짝 열리는 것을 바라보았다.

그곳에는 여전히 커다란 트렌치코트를 입은 채로 내 옆에 올라와 앉는 빨강 머리가 있었다.

그녀는 숨을 가쁘게 몰아쉬며 문을 잠그고 가슴에 손을 갖다 댔다.「여기 와서 너랑 기린들을 보기로 마음먹었어……. 너만 괜찮다면.」영감이 있는지 없는지를 확인하려는 듯이 주위를 둘러보면서 그녀가 덧붙였다.「얼마간은 여기 이렇게 있을 거지? 그렇지?」

「밤새.」내가 대답했다.

그녀의 얼굴에 화색이 돌았다.「밤새?」

내가 고개를 끄덕였다.

그녀는 가슴을 두드리며 달빛 아래 낫을 들고 서 있는 둘째 아들의 실루엣을 힐끔거렸다. 그리고 팔을 뻗어 내 쪽의 차 문을 잠갔다.「나…… 사실 흑인 옆에 가까이 가본 적이 별로 없어. 너는?」

나는 어떻게 대답해야 할지를 몰라서 둘째 아들 쪽을 슬쩍 쳐다보았다. 사실 나 역시 커즈에게 가려고 기차를 타기 전까지는 한 번도 흑인을 본 적이 없었다. 내가 살던 팬핸들에 흑인이 살았다 하더라도 나는 알 수가 없었고, 그런 이유로 나에겐 그들이 내가 아는 모든 백인보다 똑똑하다고 여겨졌다. 하지만 그렇다고 해서 그들이 환영받았을 거라는 의미는 아니다. 특히나 많은 사람들이 일자리를 잃고, 남들보다는 조금이라도 더 잘살아야 했던, 어려운 시절에는 더더욱.

빨강 머리가 점점 더 심하게 자신의 가슴을 두드리는 소리를 내서 나를 생각에서 빠져나오게 했다……. 그녀는 여전히 숨을 골랐다.「무서워?」내가 물었다.

그녀는 그 말에 화가 난 듯 고개를 저었다. 그녀는 계속 숨을 몰아쉬었다. 혹시나 나 때문에 화가 나서 그런 건가 싶어 사과를 하기 시작했지만 그녀는 정말 숨이 가쁜 것 같았다. 엄마와 내 여동생 이후로는 한 번도 들어 본 적이 없는, 짧고 절박하고 텅 빈 숨소리를 내면서 가슴을 움켜쥔 채 숨을 헉헉거리는 소리였다. 내가 다시는 듣지 않을 거라고 생각했던 그 소리에 나는 얼어붙을 만큼 무서웠다.

헉헉 소리는 점차 줄어들다가 멈추었다. 빨강 머리는 얼굴로 흘러내린 머리를 뒤로 넘기며 큰 한숨을 내쉬고는 의자에 풀썩 기댔다.

나는 놀라서 입을 벌리고 그녀를 바라보았다.

「난 가끔 가다 이렇게 숨 쉬기 어려울 때가 있어.」그녀가 말했다.

나는 계속 입을 벌리고 쳐다보았다. 나는 아직도 내가 목격한 것에 대한 충격에서 벗어나지 못했다.

그러자 빨강 머리가 다시 한번 한숨을 내쉬더니 말했다.「내 심장은 고장 났어.」

나는 그녀가 실연에 대해 얘기하는 것이 아니라는 것을 알았다. 그래서 나는 두려움을 느꼈다.「무슨 뜻이야?」

「내 말은 정말 심장에 문제가 있다는 말이야.」

나는 뒤로 물러나며 말했다.「그런 농담 재미없어.」

「나도 그래.」그녀가 중얼거렸다.

나는 어떻게 생각해야 할지도 몰랐고, 어떻게 행동해야 할지는 더욱 몰라서, 아마 그녀의 심장을 바라보았던 것 같다. 왜냐하면 그녀가 갑자기 내 손을 잡아끌어 자신의 심장 위에 얹었기 때문이다. 그녀의 실크 셔츠 바로 위에. 부드럽고 둥근 가슴 위에.

「류머티스성 고열이 났었대. 내가 아기였을 때.」 그녀는 뭐라고 계속 말을 건넸다. 「내 심장은 뛴다기보다는 파닥거려. 느껴져?」

그녀의 가슴에 손을 얹은 내게 심장 소리를 느낄 겨를이 있었을 리 없었다. 「뭐?」 내가 더듬거렸다.

「내 심장 소리. 느껴지냐고?」

나는 억지로 집중해서 심장 소리가 들리기를 기다렸다. 심장 소리는 들리지 않았다. 그래서 심혈을 기울여 심장 소리가 들리기를 기다렸다. 심장 소리가 느껴졌다. 콩닥 콩닥…… 콩닥…… 콩닥 콩닥 콩닥…… 멈춤…… 콩닥…… 멈춤…… 멈춤…… 멈춤…… 멈춤…… 콩닥.

불규칙한 심장 소리는 내가 그녀의 가슴을 더 세게 움켜쥐고 싶게 할 만큼 날 두렵게 했다. 그렇게 하면 심장을 억지로라도 제대로 뛰게 할 수 있을 것만 같았다. 「네 말은 그럼 심장이 갑자기 멈출 수도 있다는 거야?」 나는 간신히 물었다. 「죽을 수도 있어?」

「어쩌면.」 그녀는 입을 꾹 다문 미소를 또 지어 보였다. 「하지만 아마 오늘은 아닐 거야.」

나는 괜히 화가 나서 그녀의 가슴에서 손을 떼었다. 「그러면 대체 여기서 뭐 하는 거야?」

그녀는 고개를 갸웃하고는 조용히 말했다. 「우디. 너는 죽기 아니면 살기로 노력해서라도 해야 할 만큼 정말 원하는 일이 없었어?」

물론 있었다. 그런 마음이 든 지 고작 이틀도 채 안 되었으니까.

하지만 이것은 다른 문제였다.

그녀는 트럭 쪽을 응시했다. 「야생에서 사는 기린들은 고작해야 25년밖에 못 산다는 것 알고 있어? 기린들의 심장은 긴 목의 혈관을 위아래로 펌프질하며 너무 열심히 일하느라 빨리 멈춰 버리는 것 아닐까. 그래도 재들이 그런 사실을 모른다는 건 정말 축복이야. 하지만 오, 재네들의 하늘처럼 높은 눈을 좀 봐. 재네들은 세상을 다 보았을 거야.」

내 귀는 여전히 그녀의 팔딱거리는 심장 소리로 가득 차 있었다. 마치 다른 감각을 모두 다 잃어버린 것 같았다. 그녀는 다시 뭐라고 얘기를 했지만 난 듣지 못했다. 「뭐라고?」

「어제 산에서 작업하던 인부들 대단하지 않았냐고 했어.」 그녀는 방금 그 자리에서 죽을 수도 있었던 사실에 대한 이야기에서 벗어나, 마치 계속 날씨와 같은 가벼운 이야기를 나눴던 것처럼 아무렇지도 않게 화제를 바꾸었다. 「진짜 재밌었어. 마치 우디들로 이루어진 부대 같았어! 그 어느 때보다도 마치 마거릿 버크화이트가 된 기분이었어. 그녀가 찍은 더스트 볼 사진 봤어? 와, 키다리, 너의 그 얼굴은 정말 그들 중 한 명이었을 수도 있었어.」 그 말을 끝으로 그녀는 앞으로 몸을 기울이고, 손으로 컵 모양을 만들어 내 턱을 받쳤다. 이번에는 정말 내 입술에 키스할 것만 같았다. 하지만 대신 그녀는 눈으로 사진을 찍듯이 온 정신을 집중해서 내 대평원의 얼굴을 가만히 들여다보았다. 나는 산탄총에 맞은 것처럼 가슴이 철렁 내려앉았다. 누군가가 나를 이렇게 바라본 적은 한 번도 없었다. 달빛 아래에서는 더더욱. 그때만 해도 나는 그런 눈빛이 어떤 의미인지 몰랐다. 이제는 그것이 〈인류애〉에서 비롯된 것이라는 것을 안다. 하지만 여느 열일곱 살짜리 소년들처럼, 특히 이미 너무 많은 감정에 마음이 혼란한 상태였던 나는, 그녀가 컵처럼 쥐었던 나의 얼굴에서 느낀 얼얼함이 내 벨트 아래쪽까지 전달될 정도로 지극히 개인적인 감정으로 받아들였다. 그 모든 혼란스러운 상황으로 인해 나는 얼굴이 빨개졌고, 주위가 어두운 덕분에 그녀가 눈치채지 못하는 것에 대해 전지전능한 신께 감사를 드렸다.

「여기까지 어떻게 왔어, 우디?」 그녀가 중얼거렸다. 「어떻게 더스트 볼에서, 그리고 어떻게 허리케인에서도 살아남아서 기린 트럭을 운전하게 된 거야?」 내가 대답을 하지 않자, 그녀는 미소를 짓더니 손을 내렸다. 「뭐, 네가 그래서 나는 운이 좋았지. 자동차로 여행을 하면 믿을 사람이 없는데 너 우디 니켈은 믿을 수 있으니까.」 그녀는 기린 쪽을 흘낏거렸다. 「아무래도 오늘 밤엔 볼 수 없겠지. 보고 싶다.」 자기 쪽 창문에 머리를 기대고 그녀는 한숨을 쉬고 눈을 감았다.

내가 앉은 자리에서 봤을 때 그녀 쪽 창문 밖으로는 나무 사이로 달빛이 비쳐 생기는 둘째 아들의 그림자 외에는 아무것도 보이지 않았다. 하지만 나는 빨강 머리를 볼 수 있었다. 어둠 덕분에 나는 마음 놓고 그녀를 바라볼 수 있었다.

나는 꽤 오랫동안 그녀를 쳐다보았고, 그녀에게 말을 하려고 입을 연 순간, 한 번도 그녀의 진짜 이름을 써본 적이 없다는 것을 깨달았다. 그래서 하마터면 〈빨강 머리〉라고 부를 뻔했다.

「오거스타?」 나는 대신 아주 조용히 속삭였다. 그 이름은 내 혀에서 아주 이상하게 감돌았다.

하지만 들려오는 소리는 그녀의 고르고 느린 숨소리뿐이었다. 그녀는 잠이 들어 있었다. 바로 그 순간 나는 내 쪽에서 먼저 그녀에게 키스하고 싶었다. 그녀를 끌어안고 내 손을 그 불타는 듯한 곱슬머리 사이에 밀어 넣고 다 큰 성인 남자처럼 키스하고 싶었다. 마치 창고에서부터 연습해 왔던, 모든 키스를 완성시키는 나의 키스가 그녀의 심장을 말끔히 고쳐 줄 수 있을 지도 모른다는 생각에. 하지만 그때 빨강 머리가 운전석의 긴 벤치에 죽은 벌레처럼 몸을 웅크렸고 그녀의 곱슬머리가 내 다리 위로 흘러내렸다. 나는 그녀의 숨소리를 듣기 위해 안간힘을 쓰면서 죽은 사람처럼 가만히 있었다. 숨소리가 들리지 않아서 숨을 쉬는지 보려고 손가락을 그녀의 코 밑에 갖다 댔다. 그래도 여전히 느껴지지 않자 나는 너무 겁이 나서 그녀의 곱슬머리 사이로 손을 넣어 그녀의 목에서 맥박을 느끼려고 기다렸다. 여전히 아무것도 느껴지지 않았다. 맥박이 뛰지 않았다. 그러다 뛰는 것이 느껴졌다. 그리고 또 느껴지지 않았다. 맥박이 건너뛸 때마다 나는 다음 맥박을 느낄 때까지 숨을 쉴 수가 없었다. 나는 그런 식으로 기다리고 또 기다리기를 반복했다. 아주 오랫동안 근육 하나 씰룩이지 않은 채로. 그러다가 너무 지쳐서 결국 잠이 들고 말았다. 나는 어느새 빨강 머리의 마지막 숨소리를 들을까 걱정하는 대신 엄마가 나를 부르는 소리를 들었다.

「아가야, 지금 누구한테 말하는 거니?」

……그리고 나는 밝은 대낮에 아버지의 작은 농장을 가로질러 질주하고…… 내 발밑의 흙이 옥수수밭으로 변한다.

……옥수수 줄기 위로 솟은 기린의 머리가 보인다.

…… 급물살이 포효하는 소리가 들린다.

……그리고 소총이 발사되는 소리가 들린다. 내 총이다. 그 총 소리는 계속해서 울려 퍼지다가 꼬마 소녀의 키득거림으로 바뀐다.

화들짝 놀라 잠에서 깨어나 보니 창문을 통해 일곱째 아들과 귀염둥이가 나를 들여다보고 있었다. 새벽녘이었고 빨강 머리는 가고 없었다.

심장이 미친 듯이 쿵쾅댔다. 나는 트럭에서 황급히 뛰쳐나갔다. 일곱째 아들이 미소를 지으며 빨강 머리의 오두막 쪽으로 눈을 굴려 보였는데, 그 행동만으로도 마음이 심란했다. 그들의 성화에 못 이겨 나는 쪽문을 열고 기린들을 돌보았다. 기린들은 내가 어디 갔었는지 궁금했다는 듯이 가볍게 발을 굴렀다. 기린들의 양동이를 채워 쪽문 안으로 밀어 넣어 주고는 위로 기어 올라가 기린들이 나무에 닿을 수 있도록 위 덮개를 열어 주었다.

그곳에서 균형을 잡고 버티고 서 있는 동안, 생각의 무게에 짓눌려 거의 움직일 수가 없었다. 물론 옥수수밭의 악몽이 다시 시작된 것도 힘든 이유 중 하나였지만, 여전히 빨강 머리 때문에 마음이 동요된 상태인 게 큰 이유였다. 그러나 내 나이 또래의 소년이 빨강 머리 미인의 헐떡이는 가슴 위에 손을 얹었을 때 느꼈을 그런 종류의 떨림은 아니었다. 단지 그녀의 고장 난 심장으로 인한 혼란스러움이었을 뿐이다. 엄마가 먼지로 가득 찬 폐 때문에 온몸을 떨며 죽을 때까지 헉헉대던 호흡과 너무 유사한 소리를 빨강 머리에게서 들었기 때문이었다. 삶의 불꽃이 사라져 가는 엄마의 눈에서 본 것 때문이었다. 그리고 그렇게 순수한 애정을 담아 나를 바라본 유일한 사람은 엄마뿐이었다.

빨강 머리 오거스타의 눈을 보기 전까지는.

나는 밑에서 누군가가 얘기하는 소리가 들릴 때까지 그 생각에서 빠져나오지 못했다.

「얘야, 이리 내려와라.」

영감이 밑에서 마대 자루를 들고 서 있었다.

「일단 애들이 나뭇잎을 좀 뜯어 먹게 둬라.」 그가 위를 향해 소리쳤다. 「타이어를 다 고쳤단다. 해가 중천에 떴어. 그리고 그 여자 때문에 거기 올라간 거면 그 여자는 벌써 떠난 것 같다.」

그 말에 나는 또 얼굴이 온통 빨개지려고 하는 것을 느끼고 빨강 머리에 대한 생각을 억지로 떨쳐 버리면서 아래로 내려갔다. 「와서 애니 메이 부인이 주신 소시지, 옥수수, 그레이비를 좀 먹어라.」 아들 중 한 명이 트럭의 후드 위에 음식이 가득 담긴 접시를 놓을 때 영감이 말했다. 「난 이미 저분들에게 지난밤 잘 쉬게 해줘서 감사하다고 인사했다. 너도 기회가 되는 대로 인사를 드려. 예의 바르게 굴고.」 그는 차 문을 열고 자루를 안쪽에 턱 하고 내려놓았다. 「잭슨 씨가 여행 중에 먹으라고 〈하느님의 에덴의 우뚝 솟은 피조물〉을 위해 직접 밭에서 기른 양파를 주셨단다.」

「잭슨 씨요?」 내가 말했다.

「어제 우리를 재워 준 집주인 이름이야. 얘야, 그런데 너 안색이 영 안 좋아 보인다. 뭐라도 좀 먹어라. 그럼 괜찮아질 거야.」

그래서 나는 먹었다. 애니 메이 부인의 음식이 주는 위안은 나를 곧바로 진정시켜 주었다.

기린들이 나무를 뜯어 먹는 동안 말끔하게 고친 두 개의 타이어를 든 모세를 선두로 빅 파파와 가족들이 모두 함께 나타났다. 그들은 시소를 다시 배치하고 기린들의 아침 식사에 전혀 방해가 되지 않을 만큼 신속하게 타이어를 끼웠다.

귀염둥이의 삼촌들이 일을 마치자 나는 또 귀염둥이의 시선이 내게 향하는 것을 느꼈다. 내가 아래를 내려다보자 내 발목 근처에 귀염둥이가 서 있었다. 그 아이는 킥킥거리며 내 삐쩍 마른 다리를 껴안았다.

영감이 껄껄대면서 내 등을 철썩 때렸다. 「얘는 네 목에 있는 그 점 때문에 네가 기린인 줄 아나 보다.」 그가 내 목의 반점을 턱으로 가리키며 말했다. 「맞지, 귀염둥이 아가씨?」 귀염둥이는 고개를 끄덕였고 일곱째 아들은 마지막으로 진짜 기린과 만날 수 있게 해주기 위해 위로 귀염둥이를 올려 주었다.

영감과 나는 트럭에 올라탄 뒤, 기린들이 창문 밖으로 머리를 내밀고 빅 파파의 가족들이 뒤에서 우리를 배웅하는 동안 우회 도로를 향해 출발했다.

그렇게 우리가 길을 떠나면서 내 사이드 미러를 가득 채우던 광경은 이렇게 오랜 세월이 지난 이후에도 기억에 고스란히 남아 있다. 일곱째 아들의 어깨 위에 올라앉아 손을 흔들며 작별 인사를 하는 귀염둥이를 보려고 기린들이 목을 길게 빼고 있고, 빅 파파와 다른 아들들이 우리가 안전하게 출발하도록 지키고 서 있던 그 모습이.

……눈이 점점 피로해진다.

연필은 점점 짧아진다.

하지만 멈출 수 없다.

나는 아직도 걸이 있는지 확인하기 위해 창 쪽을 슬쩍 쳐다본다.

아직 걸은 그대로 있다. 신의 은총이 있기를. 사랑스러운 걸은 목을 길게 뻗어 주둥이로 나를 슬쩍 밀친다. 「알았어, 알았어.」 내가 말한다. 연필을 깎으면서 깊이 숨을 들이마시고 다시 글쓰기로 돌아간다……. 하지만 궁금하다.

네가 지금 이 글씨들을 읽고 있을까?

이 이야기가 소중한 너에게 잘 찾아갔을까?

이런 생각이 들자 내 늙은 심장이 다시 조여 오고 제대로 된 생각을 하는 것을 방해한다. 물론 해도 소용없는 질문을 하고 있다는 건 알지만, 그 이튿날 있었던 일을 거의 90년이 지난 뒤에 쓰려고 노력하는 나는 궁금하다. 1백 년 가까운 인생을 살아오면서 그날의 일보다 더 부끄러운 일들을 많이

했다는 건 신도 아실 것이다. 그런 일들을 글로 쓰게 된다고 해도 이미 너무 늙어 버린 나는 아무런 가책도 느끼지 않을 것이다. 그리고 어떤 이가 경험한 전쟁의 날들과 비교한다면 사실 그날의 일은 별게 아닐 것이다. 하지만 그날의 일은 왠지 이해가 안 갈 만큼 아직도 가슴에 깊이 사무친다. 빨강머리의 심장이 이미 망가졌을 때, 분별력도 제대로 된 목표도 없었던 나의 심장은 거의 사용되지도 않은 상태였고 한심한 내 영혼은 두말할 것도 없었다. 나는 단지, 〈하느님의 신성한 에덴의 우뚝 솟은 피조물〉과 함께 나아가다 내 본모습이 얼마나 끔찍한지 발견하는 순간을 맞게 된다면, 그 일은 잊을 수 없다는 말을 하려는 것뿐이다. 바로잡아 보려고 아무리 노력해도 절대로.

나는 내 창밖의 사랑스러운 기린을 다시 살짝 엿보고 한숨을 내쉰다.

걸, 미안해.

정말, 정말 미안해.

9
테네시주를 지나는 길

채터누가로 가기 전, 우리는 몇 시간가량 평화롭게 길을 가다가 뜯어 먹기 좋은 나무들 근처의, 텍사코 주유소 및 잡화점이 있는 곳에 차를 세웠다. 타이어는 영감이 짐작한 대로 아무 문제가 없었다. 그래서 멋진 텍사코 유니폼을 입은 남자 직원이 기린들과 조우하고 기름을 채우자마자, 나는 기린들이 나뭇잎을 뜯어 먹을 수 있는 곳에 차를 세우고 다시 운전석으로 기어 올라갔다. 잠시 후 영감은 가게에서 살라미, 소다수, 그리고 새 신문을 가지고 와서 우리 자리 사이에 털썩하고 내려놓았다.

〈여전히 전쟁을 벼르는 히틀러.〉 신문의 맨 앞장에는 커다란 검은 글씨가 고함치듯 적혀 있었다. 그리고 신문의 날짜에 시선이 머물렀다. 10월 10일.

이튿날은 나의 생일이었다.

내가 열여덟이 되기 전날이었다.

바로 그때 주 보안관보의 차가 사이렌을 울리며 기린들을 당황시키고, 또 예외 없이 나를 긴장시키며 다가왔다.

「아니, 이런 세상에.」 배가 불룩하게 나온 나이 든 보안관보가 차에서 내려 바지춤을 추켜올리며 말했다. 「이런, 수배 게시판을 보고도 장난이라고 생각했는데 말입니다. 아프리카 최고의 동물을 태운 트럭을 따라다니는 녹색 패커드를 찾는다고 하더군요. 그런데 정말 나타났네요.」

나는 움찔했다.

「수배 게시판이요?」 영감이 말했다.

「그렇습니다.」 보안관보가 내 쪽 창문으로 다가와 트럭의 발판 위에 부츠 신은 한쪽 발을 올려놓았다. 「뉴욕시에서부터 계속 확인했어요. 저는 게시판을 빠트리지 않고 챙기는 편인데요. 이건 이제까지 본 것 중 최악이었어요. 훔친 차를 타고 남편한테서 도망친 부인이 기린을 쫓아다닌다더군요.」

「도망친 부인이라고요?」 영감이 말했다.

나는 또 움찔했다. 아주 심하게.

「맞아요. 남편 패커드를 훔쳐 타고 도망갔답니다.」

그 말에 나는 주먹을 움켜쥐지 않으려고 운전대를 꽉 잡았다.

「게다가 운전면허도 없대요.」 보안관보가 계속 말했다. 「사소한 부부 싸움이 이런 사달을 낸 걸 수도 있죠. 하지만 상관없어요. 제대로 된 여성이라면 그런 일은 안 할 테고 여자 혼자 그렇게 운전해서 다니는 것만으로도 충분히 의심스러운 일이니 말이에요. 어디서 다른 남자랑 아주 기분 좋은 밀회라도 즐기고 있을 게 빤한 거 아닙니까.」 그는 당연하다는 듯이 살짝 콧방귀를 뀌며 말했다. 「그렇더라도 이쪽 지역에서는 여전히 맨법이 통하니까요. 아, 맨법이 뭐냐면 말이지, 젊은 친구. 남성으로 여겨지는 사람이 여성으로 여겨지는 사람과 부도덕한 목적으로 주 경계를 넘는 건 불법이란 거네.」 그가 너무 가까이 있어서 입술 안쪽에 문 입담배 냄새가 강하게 났다. 「뻔할 뻔 자예요. 돈 많은 중년 남자 하나 물었다는 데 내 손에 장을 지집니다. 항상 그런 식이니까. 특히나 매력적인 여자면 말할 것도 없죠. 소문에는 아주 매력이 넘친다던데. 정열적인 빨강 머리에 문란한 여자.」

「그렇게 다닌다고 다 문란한 여자는 아니에요!」 내 바보 같은 입에서 이런 말이 나도 모르게 튀어나왔다.

보안관보는 입담배의 즙을 등 뒤로 뱉어 내고 소매로 입을 닦았다. 「그러니까,」 그가 나를 음흉한 눈빛으로 바라보며 말했다. 「그 여자를 본 적이 있는 모양이로군.」

나는 시선을 떨구었다. 이건 불쑥 내뱉은 말만큼이나 바보 같은 짓이었다.

「한번 마주친 적은 있죠.」 영감이 말했다. 「그렇지, 애야?」

나는 혀를 물고 어깨를 으쓱했다.

「여자 혼자 있었나요?」 보안관보가 물었다.

「그랬던 것 같소만.」 영감이 대답했다. 「사진을 찍더군요. 『라이프』 매거진에서 일한다던가 하면서.」 그가 멈칫했다. 「그렇지, 애야?」

나는 또 어깨를 으쓱했다. 보안관보의 시선이 아직도 나에게 머물러 있음을 느꼈다. 다음에 무슨 일이 벌어질지 두려웠다.

「자네 이름이 뭔가, 아들?」 보안관보가 물었다.

영감이 끼어들었다. 「애 이름은 우드로 윌슨 니켈입니다.

보안관보님.」

「이름이 왠지 귀에 익은데. 우리 만난 적 있나, 우드로 윌슨 니켈?」

나는 고개를 저었다. 그가 읽은 게시판 중에는 분명히 팬핸들의 게시판도 있었을 거라고 생각했다.

「대통령이랑 비슷한 이름이라 그렇겠죠.」 영감이 또 끼어들었다. 「보안관보님. 얘는 지금 며칠 동안 우리 트럭을 운전해 왔고 또 아주 잘하고 있습니다.」

「그래도 이왕 만난 김에 운전면허라도 좀 확인해야겠는데. 어디 좀 볼까, 아들?」

하지만 바로 그때 녹색 패커드가 다가왔다. 그리고 운전대 앞에 앉아 있는 것은 빨강 머리였다. 나는 보지 않으려고 애를 썼다. 내가 노력했다는 것을 신은 아실 것이다. 하지만 결국 보고 말았다. 그리고 내 시선이 돌아갔을 때 보안관보의 시선도 돌아갔다.

「저게 무슨…… 저기 그 여자 아냐?」 늙은 배불뚝이 보안관보는 너무 빨리 몸을 돌리느라 엉덩방아를 찧었고 순간 패커드는 속도를 내며 모퉁이를 지나 사라졌다. 「여기 있어요. 아무 데도 가지 말고.」 그는 거칠게 내뱉고는 그의 순찰차에 허둥지둥 올라타더니 빨강 머리를 따라갔다.

「잘도 그러겠네.」 영감이 말했다. 「가자.」 내가 서둘러 도로 쪽으로 차를 옮기는 동안 영감은 계속 그 텅 빈 눈으로 나를 바라다보았다. 「그 여자에 대해서 나한테 할 말 없냐?」

나는 너무 빨리, 그리고 너무 강하게 고개를 저었다.

이상하게도 그런 상황에 닥치자 나는 정작 빨강 머리에

대해서 아무것도 모르면서도 마치 뭔가 아는 사람처럼 행동했다. 하지만 사실 내가 아는 그 뭔가는 그녀가 아니라 나에 대한 것이었다. 나는 그녀가 은행을 털었다고 해도 전혀 상관이 없었다. 나 역시 그런 사람들과 별반 다를 바 없었으니까. 그녀가 도망자라고 해도 상관없었다. 나 역시 엄마와 아빠가 먼저 죽지 않았다면 지금 도망치는 신세였을지도 모른다. 하지만 누군가의 부인이라니? 그건 신경이 쓰였다. 부끄럽게도, 그녀의 죽어 가는 심장보다도 그 사실이 더 신경이 쓰였다. 하지만 나는 나도 모르게 이렇게 말했다. 「그 여자가 다시 나타나면 신고할 거예요?」

「얘야, 나도 고개가 돌아갈 정도로 예쁜 여자들을 많이 만나 봐서 네 기분이 어떤 건지 잘 안다.」 그가 대답했다. 「지금 우리는 우리 문제만으로도 벅차. 그러니까 그래, 신고해야지. 만일 그 여자가 자신에 대해서 거짓말만 하지 않는다면 별문제 없겠지. 만일 거짓말을 하는 거라면 우리한테는 차라리……」 하지만 그 순간 영감은 갑자기 화들짝 놀랄 만큼 큰 소리로 욕을 내뱉느라 그의 말을 미처 다 끝내지 못했다. 그는 입을 떡 벌리고 내 뒤쪽을 쳐다봤다. 우리가 가고 있던 고속 도로는 조차장(操車場) 근처를 지났는데, 고속 도로와 철로 사이에 있는 들판에서 서커스단이 채터누가 공연을 마치고 다시 길 떠날 채비를 하고 있었다. 이번에는 기린들을 숨길 곳도 없었다. 우리와 30미터도 안 떨어진 곳에서 두 남자가 빨간 승무원실 외벽에 〈오늘은 머슬숄스에서!〉라는 광고를 걸고 있었다.

영감이 서커스단을 쳐다보느라 여념이 없는 동안 나는 조차장에서 눈을 뗄 수가 없었다. 바로 엄마의 동전이 다 떨어진 후 커즈에게 갈 때, 처음으로 화물칸에 올라탔던 곳이었기 때문이었다. 내가 음식을 구걸하고 다니면서 무엇을 할지를 고심하던 중에 내 나이 또래의 무임승차자들을 만났던 바로 그 역이었다. 당시에는 그런 아이들이 아주 많았고, 그런 아이들은 떠돌이 일꾼들이나 부랑아들과 함께 화물칸에 올라타곤 했다. 아직도 그때 그들 중 하나가 이렇게 떠벌리던 소리가 들리는 것 같다. 〈이제 우린 자유야, 친구! 논밭이나 소들은 다 한심한 놈들한테나 어울리는 거라고!〉 그래서 나는 그들에게 합세했었다. 〈자유.〉 그것이 팬핸들 한구석에 평생 처박혀 살던 촌놈인 내가 느꼈던 것이었다. 우리는 서커스단 쪽에 아주 가까워졌고 아무리 노력해도 동물들의 으르렁거리는 소리, 짐승들의 새된 울음소리, 남자들의 고함치는 소리, 그리고 채찍질하는 소리는 무시할 수가 없었다.

「더 빨리 달려!」 영감이 외쳤다.

하지만 내가 속도를 내려고 할 때 그 배불뚝이 보안관보가 우리 쪽으로 다시 다가와서 차를 세우라고 손짓했다.

차를 갓길에 세우는 동안 나는 영감이 폭발해 버릴지도 모른다고 생각했다. 우리는 속이 뒤틀릴 것 같은 끔찍한 소굴 바로 맞은편에 있었고, 코끼리의 우리는 돌을 던지면 닿을 만큼 가까운 거리였다.

순찰차를 가까이 대고 보안관보가 소리쳤다. 「그 여자 봤소? 왔던 길로 다시 되돌아갔어요?」

우리는 고개를 저었다.

「이번에는 가만히 있어요! 꼼짝도 하지 말고!」 그는 순찰차를 돌려 다시 어디론가 떠났다.

그래서 어쩔 수 없이 그대로 있었다. 고함치는 소리, 울부짖는 소리, 채찍질하는 소리가 점점 더 커지고 세지고 거칠어짐에 따라 우리는 더욱더 불행해졌다. 그러다가 영감이 이성을 잃고 말았다. 「저 우라질 것들이 자기네 코끼리들을 얼마나 학대하는지 봐라!」 그가 외쳤다.

나는 보고 싶지 않았다. 내가 얼마나 보고 싶지 않았는지 신은 아실 것이다. 하지만 나는 보고 말았다. 그리고 눈을 뗄 수가 없었다. 일꾼들이 커다랗게 울부짖는 불쌍한 코끼리를 뾰족한 막대기로 찔러 가축 운반차로 밀어 넣었다.

「너 서커스 사람들이 저 아름다운 동물을 뭐라고 부르는지 아냐? 고무 소라고 부른단다!」 영감이 식식거리며 말했다. 「고무 소를 찌르는 저 막대기 보이냐? 가시 돋친 저 7센티미터짜리 창을 불훅이라고 해. 저런 창으로 가장 끔찍한 통증을 느끼는 부위들을 골라 찌르는 거야. 그리고 저런 싸구려 서커스단에서 일하는 놈들 중에는 그런 부위들을 찾으면서 아주 병적으로 즐거워하는 형편없는 족속들이 있지.」 그의 목소리는 극도로 침울해졌다. 「저놈들이 하는 짓을 보다 보면 코끼리가 차라리 적을 갈가리 찢어발기고 목숨을 거둬 가는 사자 같은 동물이길 바라게 된다. 하지만 그러지 못하고 참기만 하는 코끼리들을 보면서 그 꼬챙이가 차라리 내 심장을 찢어 버렸으면 하고 빌게 되지. 그러다 그런 놈들이 하는 짓을 어쩌지 못하고 바라보기만 하던 마음 약한 사람들이, 결국 그 놈들에게 직접 그 창 맛을 보게 하는 순간이 오고야 말아.」 방금 들은 이야기에 대해 뭐라고 생각을 하기도 전에 그는 바로 말을 이었다. 「절대 안 되지, 암. 저기 있는 저놈들은 기린을 쉽게 손에 넣으려고 수상한 행동을 하는 것 같아. 보안관보 따윈 신경 쓰지 말고 얼른 여기서 빠져나가자!」

우둔한 나는 영감이 어떻게 이런 것들을 다 아는지 비로소 이해되었다. 서커스단에서 일했거나, 어쩌면 어린 나이에 서커스단에 들어가려고 도망까지 쳤을지도 모른다고 말이다. 나는 속력을 내 조차장 근처에서 벗어나면서, 굳이 물어보지 않고도 거의 확신할 수 있었다. 그는 여전히 내가 듣고 싶지도 알고 싶지도 않은 서커스에 대한 온갖 생각을 하면서 이글이글한 눈빛으로 코끼리들을 바라보았고, 나는 악몽들과, 죽어 가는 심장과, 도망친 부인에 대한 생각만으로도 이미 더 이상 견딜 수 없을 만큼 시달리는 중이었다. 그런 생각들은, 천천히 달리는 화물 열차에 올라타기 위해 껑충껑충 달리는 부랑자와 무임승차자들을 보며 나도 여기가 아닌 다른 곳으로 가기 위해 그들과 함께 달리고 싶다는 상상을 하게 할 만큼 고통스러웠다.

〈자유야! 친구!〉

그렇게 지켜보던 이들 중 냄비를 등에 달고 달리던 어떤 부랑자가 철로 위에서 발을 헛디뎠고, 넘어지지 않으려고 비틀거리는 그의 얼굴이 순간 눈에 들어왔다. 그것은 모든 부랑자의 얼굴이었다……. 지치고, 얼룩지고, 비탄에 잠긴…… 신발을 뺏기고 기차 밖으로 내던져질 때 내가 보았던 그런 부랑자들의 얼굴.

속에 가두어 두었던 울적한 기억에 정신이 팔린 나는 차선을 침범할 뻔했다. 그 바람에 DC에서 그랬던 것보다 더욱 심하게 기린들이 휘청거렸고, 영감의 몸은 대시 보드로 확 쏠렸다. 나는 영감이 잔소리와 욕을 한바탕 늘어놓을 거라고 생각했지만 온통 서커스단 생각에 빠져 있던 그의 반응은 고작 작게 소리를 지르는 게 전부였다.

내가 다시 제대로 정신을 차리고 운전한 것은 8킬로미터쯤 지난 후였고, 그다음 8킬로미터를 더 가서야 나는 부랑자의 얼굴을 떨쳐 버릴 수 있었다. 그 무렵 채터누가를 완전히 벗어나니 다시 농경지가 우리 주변을 둘러쌌고 도로 양옆으로는 잼, 젤리, 수수와 사이다, RC 콜라[25]와 잭스 맥주[26]를 선전하는 상점 광고판이 보였다.

우리가 달리는 고속 도로 왼편에는 철도 용지가 계속 이어졌고, 그 사이에는 단지 드문드문 한 줄로 늘어선 소나무들뿐이었다. 몇 킬로미터를 가는 동안 영감은 듬성듬성하게 심어진 나무들을 계속 주시했고 나는 그 이유를 모르길 바랐다. 기차가 오는 소리가 들리고 얼마 지나지 않아서 빠르게 움직이는 화물 열차가 반대 방향으로 지나갔다. 덜컹거리는 소리가 너무 커서 두 기린이 동시에 기차 쪽으로 너무 강하게 머리를 내미는 바람에 도로에서 트럭이 들썩일 정도였다. 나는 기린들로 인해 운송 상자의 무거운 상단이 나무들 쪽으로 쏠리는 것을 나 혼자서 막을 수 있기라도 한 것처럼 그 반대 방향으로 몸을 기울였다. 영감도 나와 똑같이 몸을 기울였을 때, 나는 그가 그 시끄러운 소음 속에서 나에게

25 비싼 코카콜라에 맞서 저렴한 가격에 출시된 콜라.

26 플로리다주 잭슨빌의 양조장에서 생산되던 맥주.

뭐라고 소리를 지르며 차를 세우라고 손짓하는 것을 보았다. 나는 급제동을 해서 갓길에 트럭을 세웠다. 화물 열차가 굉음을 내며 지나가는 동안 영감은 빅 파파가 준 자루를 움켜쥐고 트럭으로 기어 올라가 기차의 반대편 쪽 창문으로 양파를 하나씩 던지기 시작했다. 영감은 기린들의 머리를 안으로 집어넣게 하려고 했던 것이다. 다행히 기린들은 머리를 집어넣었고, 걸쇠로 닫아 걸어도 어차피 기린들이 힘으로 열 수 있어서 별 의미가 없기는 했지만 어쨌든 영감은 창문을 잠갔다. 기다란 기차가 다 지나간 후에도 영감과 내 귀에는 여전히 그 소리의 울림이 남아 있었고, 우리는 움직일 의욕조차 상실한 채 메아리가 사라질 때까지 운전석에 앉아 있었다.

「기찻길이 얼마나 더 이런 식으로 도로를 따라 이어지죠?」 나는 용기를 내서 물었다.

「온종일.」 이것이 영감의 대답이었다.

다음 한 시간 동안 우리는 기찻길과 사이드 미러를 살피면서 도로를 달렸고, 기린들은 객차 안에 조용히 있었으며, 하늘은 우리 기분에 맞추어 잿빛으로 변했다. 나는 빨강 머리가 있는지 보려고 계속 뒤를 확인했다. 그 멋진 고속 도로에는 많은 차들이 있었지만 녹색 패커드는 보이지 않았다. 그녀가 거기에 있었다면, 물론 그럴 거라는 것을 알고는 있었지만, 그녀는 법과 우리 모두로부터 꽤 잘 숨어 다니는 셈이었다.

마침내 우리는 또 다른 기차 소리를 들었는데 이번 기차는 우리 뒤쪽에서 다가왔다. 사이드 미러에 노란색과 빨간

색이 번쩍이는 것을 보고 우리는 그것이 서커스 열차라는 것을 알았다. 광대들과 높은 실크해트을 쓴 서커스 단장이 그려진 포스터가 붙은 코끼리, 말, 사자의 화물 차량이 점점 더 가까워지더니 결국은 우리 바로 옆을 따라 달렸다.

이번에는 숨어서 기다릴 만한 갓길이 보이지 않았다. 나는 계속 운전할 수밖에 없었다. 영감은 정신없이 빠져나갈 만한 길을 찾아보았지만 소용이 없었다.

기차는 이제 너무 가까워져서 마치 사자가 우리와 함께 트럭에 타고 있다는 생각이 들 정도였다. 우리가 계속 갈 수 있었던 유일한 이유는 기린들이 밖에서 보이지 않게끔 얌전히 안에 있었기 때문이었다.

「자, 얘들아…… 가만히 있자.」 영감은 몇 초마다 잠긴 창문을 돌아보며 혼잣말로 말했다. 「가만히 있어라.」

하지만 그때 서커스단의 사자 중 한 마리가 포효하자, 그것을 보려는 기린의 머리가 튀어나왔다. 결국 기린의 모습이 완전히 드러난 것이다. 기차의 특별 객차 창가에 앉아 있던 턱수염 난 여자 서커스 단원이 먼저 눈치를 챘다. 그러자 양끝이 위로 올라간 콧수염을 기른 배불뚝이 남자가 창문을 들어 올리고는 밖으로 몸을 반쯤 내밀고 우리 쪽을 바라보았다. 메릴랜드주에서 승무원실에 서서 우리를 쳐다봤던 그 남자였다.

영감이 큰 소리로 외치며 앞에 나타난 비포장길을 가리키는 것을 보면서 나는 그가 그 자리에서 금방이라도 폭발해서 산산조각 나버리는 걸 아닐까 하는 생각이 들었다. 나는 거의 두 바퀴만 닿을 만큼 빠른 속도로 방향을 틀어 그 길로 들어갔고, 기차가 빨간 승무원실에 붙은 〈오늘 밤은 머슬숄스에서!〉라는 새로운 광고를 펄럭이며 지나갈 때까지 멈추지 않고 달렸다.

우리가 좁고 구불구불한 길을 따라 다시 고속 도로로 돌아가는 길을 찾았을 때는 철로는 이미 방향을 틀어 사라진 후였다. 서커스 열차는 이미 머슬숄스에 도착했을 시간이었다.

리 고속 도로를 따라 내려간 후 30킬로미터 정도를 가는 동안은 평화롭고 조용했다. 우리는 그때까지 아주 오랫동안 고요 속에 여행을 해왔지만 이 고요는 특히 더 먹먹하게 느껴졌다. 하늘이 점차 어두워지고 흐려지면서 우리는 갑자기 짙은 안개 속에 작은 폭풍이 몰아치는 저지대 지역을 운전하게 되었다. 뒤에 따라오던 차들 역시 보이지 않았다.

우리는 10분이라는 시간이 아주 길게 느껴질 만큼, 기어가듯 아주 천천히 나아갔고 다른 차들도 그래 주길 바랐다.

안개 속에서 표지판 하나가 휙 지나갔다.

100미터 전방에
옐러 현대 여행자 숙소

「저기로 들어가자.」 영감이 지시했다. 「저놈들이 내일 짐을 꾸리느라 바쁜 틈을 타서, 어떻게 하면 멤피스까지 기차를 피해서 갈지 방법을 생각해 보는 게 좋겠다. 시간을 잘 맞추면 저놈들보다 먼저 회송 지점에 도착할 거고, 그럼 그걸로 괜찮을 거야.」

「저 사람들은 다시 돌아가는 거예요?」

「남부 지역을 도는 서커스단이니까.」 그가 말했다. 「상황이 바뀌지만 않았다면 말이야. 상황은 잘 안 바뀌니까.」

1백 미터쯤 앞에 표지판이 다시 나타났다.

옐러 현대 여행자 숙소에
오신 것을 환영합니다

몸통 부분이 밝은 노란색으로 칠해진 키 큰 소나무가 숙소의 입구 주변을 둘러싼 것이 보였다. 입구로 들어가 숲 한가운데 안개등처럼 빛나는, 〈사무실〉이라고 적힌 빨간 네온사인 간판 쪽으로 트럭을 몰고 갔다.

그곳은 일반 자동차 숙소와 다른, 트레일러 숙소였다. 안개 때문에 확실하진 않았지만, 캠프 주인장의 트레일러와 임대용으로 보이는 트레일러들을 제외하고 손님은 우리밖에 없는 것 같았다. 주인장인 옐러 씨는 음식이 차려져 있는 트레일러 테이블에 앉아 한동안 기린을 쳐다보더니, 그 자리에서 음식을 전부 게걸스레 먹어 치운 뒤에야 랜턴을 켰다.

「저 기린 친구들을 생각하면, 이 안개 속에 우리 숙소 표지판을 보신 게 다행이네요.」 옐러 씨는 기린 쪽으로 고갯짓을 해 보이며 말했다. 「머슬숄스에 가기 전 근처 몇 킬로미터 반경 안에는 숙소가 이곳밖에 없거든요.」

랜턴을 켜고 앞장서 가는 그의 뒤를, 우리는 안개 속을 헤치며 따라갔다. 우리가 빌린 숙소용 트레일러에서 30미터쯤 떨어진 곳에서, 그는 야영지 가장자리에 늘어선 잎이 무성한 나무들을 가리키며 몸짓으로 그 아래에 주차하라고 안내했다. 노랗게 빛바랜 나무들은 짙어 가는 안개 속에서, 마치 온 세상을 테로 둘러놓은 것처럼 우리를 둘러쌌다. 그는 자신이 들고 있던 랜턴을 나무 중 하나에 걸어 놓고 손을 흔든 뒤 사무실의 네온 불빛 쪽으로 갔다.

안개 속에서 황혼은 기묘한 모습으로 진다. 우리가 기린을 돌보는 동안 주변의 빛은 회백색에서 검은 회색으로 바뀌었고, 황량한 야영지 곳곳에 달아 놓은 랜턴에서 번져 나오는 빛들만 남았다.

영감은 평소처럼 먼저 잠을 자고 교대해 주겠다고 말하고는 우리가 빌린 트레일러 쪽으로 돌아갔다.

하지만 나는 평소 하던 대로 하지 않았다. 위로 올라가서 별을 보기 위해 기린 사이에 놓인 판자 위에 눕지 않았다. 그날 밤은 하늘의 별을 볼 생각이 없었다. 하지만 그건 안개 탓이 아니었다. 그래서 기린들이 되새김질을 마치자마자, 기린이 나에게 다가올 틈도 주지 않고 창문과 위 덮개를 닫으면서 그걸로 그날의 내 마음도 닫아걸었다. 화가 나고 지친 몸으로 트럭 발판에 앉은 내 마음은 여전히 살해된 부랑자, 고무 소, 남편한테서 도망친 부인에 대한 생각들로 가득 차 있었고, 그것들 중 무엇에 대해서 가장 속이 상해야 하는지도 확신이 서지 않았다. 그래서 나는 스스로에게 이튿날 멤피스로 간다는 것을 상기시켜야 했다. 〈딱 하루만 더 지나면 이 모든 것 중 그 어떤 것도 문제가 되지 않아. 나는 캘리포니아로 갈 거니까.〉 나는 계속 되풀이해 자신을 다독였고, 금세 나는 나무에서 과일을, 포도 덩굴에서 포도를 따 먹고, 시원하고 맑은 강에서 목을 축이며 왕처럼 살 수 있는, 젖과 꿀의 땅을 향해 멋진 특별 객차를 타고 가는 상상에 한껏 부풀었다.

내일까지만 버티면 그만이었다.

평소보다 긴 밤을 견디며 빨강 머리가 혹시 나타날까 싶어 주위를 둘러보다가, 나는 그녀가 나타나지 않기를 바란다는 것을 비로소 깨달았다. 하지만 그런 생각도 그녀를 기다리는 마음을 막지는 못했다. 사실을 말하자면, 나는 어둠 속에서 뭔가가 움직이는 것을 보고 벌떡 일어났을 정도로 빨강 머리 오거스타 부인이 나타나길 기대했다.

하지만 어둠 속에서 나타난 것은 마치 숲속을 산책하듯이 어슬렁거리는 키가 큰 사람이었다. 그는 내가 그의 얼굴을 보기도 전에 이미 아주 가까이 다가와 있었고, 안개 속에서 처음으로 눈에 띈 것은 양쪽 끝이 말려 올려간 콧수염이었다. 그는 기차에 타고 있던 그 배불뚝이 남자였다. 노란색 정장에 빨간 넥타이, 무릎까지 올라오는 긴 부츠를 신은 그 남자는 기차에 붙어 있던 포스터 속의 서커스 단장이 그대로 살아 튀어나온 것 같은 모습이었다. 그는 심지어 실크해트까지 쓰고 있었다. 그리고 손에 뭔가를 쥐고 있었다. 상아 손잡이가 달린 지팡이였다. 그런 막대기에 총기 같은 것이 숨겨져 있다는 얘기를 들은 적이 있던 나는, 순간 근처에 영감의 산탄총이라도 있길 빌었다.

「나는 퍼시벌 T. 볼스네.」 그가 인사하듯 모자를 툭 건드리며 말했다. 「그대는 누구신지?」

「그게 왜 궁금한지 모르겠네요.」 내가 지팡이를 보면서 말했다.

그는 두 손을 모두 지팡이에 얹었다. 「아주 똘똘한 젊은이 같군. 혹시 우리 볼스 앤드 워터스의 순회 서커스단 공연 기차를 봤는지 모르겠네.」 아마 미소를 지어 보이고 싶었는지, 그는 코요테 같은 이를 드러낸 기괴한 표정으로 계속 말을 이어 갔다.

「봤어요.」

그는 뚱뚱한 손가락으로 그의 지팡이의 맨 위쪽을 두드렸다. 「과묵한 친구군그래. 현명한 사람들의 특징이지. 서커스 좋아하나, 아들?」

「〈아들〉이라고 부르지 마요.」

「오, 현명한 만큼 까다로운 사람이구먼. 그런 점은 존중해 주지.」 그는 이렇게 말하고 바로 다시 대화를 이어 갔다. 「우리 서커스단은 여기서 조금만 가면 있어. 오늘은 공연이 두 차례 있지. 보시다시피 지금 그곳으로 가는 중이야.」 그는 자기 옷을 턱으로 가리키며 덧붙였다. 그러고는 가슴께에 있는 주머니에서 표를 몇 장 꺼냈다. 「자, 이건 무료 입장권이야. 혹시 보고 싶다면. 서커스 단장 특별 대우 좌석이야.」

「필요 없어요.」

그는 눈을 희번덕거리며 코요테 같은 미소를 다시 지어 보였다. 「뭐, 그럴 만도 하겠어. 자네도 서커스단을 가지고 있으니까. 안 그래?」

그가 입장권을 다시 주머니에 넣을 때 그의 재킷이 벌어졌고, 허리의 권총집에 있는 총이 보였다.

내가 총을 보는 것을 그가 눈치챘다.

「아,」 그가 손가락으로 총을 가리켰다. 「내가 사자를 길들이는 조련사라는 걸 말 안했군. 사자 조련사는 언제 자기 동물을 해치우게 될지 전혀 알 수가 없거든.」 그는 한 손 위에 다른 손을 올려놓더니 나를 지나쳐 트럭을 쳐다보았다. 「자넨 아주 멋진 일을 하고 있군그래.」

「이건 일이 아니에요.」 내가 말했다. 「그냥 운전을 해주고 있을 뿐이죠.」

「오, 그렇다면 내가 일자리를 줄 수도 있는데. 안 그래도 사람을 고용하려던 중이었거든. 나도 곧 기린을 갖게 될 예정이라.」

내 목 뒤의 털이 쭈뼛 곤두섰다. 그것은 사냥을 하던 팬핸들의 덤불숲에서, 야생 동물의 두 눈이 나를 지켜볼 때와 같은 느낌이었다. 나는 서커스 단장이 지팡이를 팔에 걸고 가슴 주머니에서 또 뭔가를 꺼내는 동안 눈을 가늘게 뜨고 주변의 안개 속을 살폈다. 그는 그것을 주먹 안에 쥐고 내 앞으로 내민 다음 주먹을 펴 보였다. 내 평생 처음으로 본 20달러짜리 쌍독수리가 그려진 금화가 있었다. 나무에 매달린 랜턴이 그 금색을 더욱 반짝이게 했다.

「자, 받아!」 그는 이렇게 말하고는, 내게 그것을 던졌다.

나는 그것을 잡았지만 그래도 손바닥을 편 채 금화를 움켜쥐지 않으려고 노력했다. 「감촉이 끝내주지, 안 그래?」 그가 손을 뻗어 내 손에서 그것을 가로채 가며 말했다. 「내기 같은 것 좀 해본 적이 있나? 반반 확률이라면 꽤 높은 거라는 데 동의하겠지, 안 그래? 이 쌍독수리 금화 갖고 싶지 않아? 앞인지 뒤인지만 결정하면 돼.」 그는 동전을 홱 던지더니 손등에 탁 올려놓고 다른 손으로 가렸다. 「맞혀 봐.」

내가 하라는 대로 하지 않자, 그는 고개를 갸웃했다. 「자, 어서, 젊은이. 뭘까? 앞? 아니면 뒤? 자네가 이기더라도 원하지 않으면 갖지 않아도 돼. 그냥 재미일 뿐이니까.」

나는 주저하다 대답했다. 「앞.」

그는 동전을 가렸던 손을 들어 올렸다. 뒷면이었다. 그러고는 파리라도 미끄러질 것같이 기름진 미소를 지어 보이며 동전을 뒤집었다……. 반대편도 뒷면이었다.

나는 놀라 뒤로 물러났다. 「지금 뭐 하자는 거예요?」

「깜박 속았지, 안 그래? 다들 속아 넘어가지. 아무도 앞면과 뒷면을 다 확인하진 않으니까.」 그는 내게 동전을 내밀었다. 「이건 자네 거야. 자네 같은 영리한 친구는 이걸 아주 잘 이용할 수 있을 거네.」

「필요 없어요.」 내가 중얼거렸다. 「난 속임수 따위는 싫어요.」

「오, 정직하기까지!」 그가 손목을 잽싸게 움직이자 두 개의 동전이 그의 손바닥에 나타났다. 그가 다시 손목을 비틀자 동전이 하나로 바뀌었다. 「젊은 친구, 내가 속임수를 쓰지 않겠다고 약속하지. 공정한 게임을 해보자는 거야. 여기 진짜 20달러짜리 쌍독수리 금화가 있어. 자, 확인해 봐.」

나는 그의 손바닥 위에서 동전을 뒤집었다. 제대로 된 앞면과 뒷면이 있었다, 한쪽은 앞, 한쪽은 뒤.

「자네는 그냥 허리케인 기린들을 살짝 보여 주기만 하면 돼.」 그가 트럭 쪽을 턱으로 가리키며 말했다.

「어떻게 알았어요?」

「이런, 젊은 친구, 자네가 아주 유명하단 걸 모르는구먼. 자네가 여행하는 족족 신문에 나고 있는데 말이야. 나는 자네가 리 고속 도로로 올 거라고 예상했지. 그리고 내 예상이 맞았고. 그래서 어떻게 하겠나? 한 번만 보여 주면 이 금화는 자네 거야.」 내가 금화를 바로 가져가지 않자 그는 그 금화를 그의 커다란 엄지와 검지로 집어 내밀었다. 금화는 등불 속에서 찬란하게 반짝거렸다.

진짜 금화가 바로 눈앞에서 맴도는 순간, 나는 가짜 동전, 철로를 만날 때마다 솟구치던 영감의 서커스에 대한 분노, 그리고 그 밖의 거의 모든 것을 한순간에 잊어버리고 말았다. 핫도그와 탄산수를 5센트에 살 수 있던 당시에 20달러짜리 금화가 있다면 존 록펠러가 된 것이나 다름없었다. 나는 그것이 그냥 갖고 싶었던 게 아니라 절실히 필요했다. 그때처럼 경제적으로 어려운 시기에 역경에 처한 소년에게 그것보다 더 솔깃한 악마의 거래는 없었다. 회전초로 끓인 수프로 연명하고, 미친 듯이 허기진 부랑자가 불통 위에서 요리한 라쿤의 살점에도 유혹을 느꼈던 나였다. 이튿날 끼니를 어떻게 해결할지 더 이상 불안에 떨지 않게 된 것도 군대 생활을 시작하고 나서 몇 년이나 지난 다음이었다. 〈멤피스에서 또 혼자 남게 될 거잖아, 안 그래?〉 나는 금화를 바라보면서 속으로 생각했다. 〈캘리포니로 가는 기차표가 있다 해도, 여전히 빈털터리인 데다 금방 다시 배고파질 수도 있잖아?〉 바로 그때, 내 어리석은 자아는 어떻게 하면 기린이나 영감에게 해가 가지 않으면서 그 동전을 얻을 수 있을지를 고심하기 시작했다. 어느 누구도 악마의 거래에서 원하는 것을 다 얻을 수는 없다는 것, 이 세상의 모든 것은 천국이나 지옥, 둘 중 하나의 대가를 치러야 하고 그 중간은 없다는 것을 배우지 못한 나로서는 내가 어떻게든 해낼 수 있다고 자만했다.

나는 쌍독수리 동전을 향해 손을 뻗었다.

그러자 그가 손을 오므려 동전을 감쌌다. 「기린 먼저.」

그래서 나는 펜더를 밟고 올라서서 기린의 창문을 열었다. 내가 가까이 다가오는 소리가 들리자, 보이와 걸은 스스로 알아서 고개를 내밀었다.

「오오오오오오오!」 서커스 단장은 눈을 반짝이며 불필요할 만큼 과도하게 기쁨의 신음 소리를 냈다. 「와 너무 훌륭해! 그리고 아주 어리기까지 하네! 완벽해, 완벽해!」

하지만 기린들은 그를 언뜻 보자마자 다시 머리를 안으로 집어넣었다.

그가 신음 소리를 냈다. 「안 돼, 안 돼, 안 돼! 다시 나오게 해봐!」

비록 그는 모르는 것 같았지만 나는 이미 기린에게 억지로 뭘 하게 할 수 없다는 것을 알고 있었기 때문에 그 정도면 됐다고 생각했다. 「한 번 봤잖아요. 약속은 약속이에요.」 나는 그의 꽉 쥔 주먹을 바라보며 말했다.

「하지만 나는 더 봐야겠어.」 그가 금화를 쥔 손을 펴 보였다. 「조금 더 보여 주면 이건 네 거야. 내 말 믿어도 좋아.」

나는 금화를 얻기 위해 가장 최소한으로 뭘 할 수 있을까 생각하면서 금화와 트럭 사이를 번갈아 흘깃거렸다. 그가 기린들의 머리는 봤으니 아래쪽을 보여 주기 위해 쪽문을 열었다. 그것으로 충분하기를 바라면서.

하지만 아니었다.

「이런, 그 정도론 안 되지.」

그다음에 내가 할 수 있는 일이라고는 위에서 내려다볼 수 있게 위 덮개를 여는 일뿐이었다. 나는 배불뚝이 서커스 단장이 따라오기를 기대하면서 사다리를 타고 위로 올라갔다.

「젊은 친구.」 그가 배를 쓰다듬으며 위를 향해 말했다. 「그건 좀 어려울 것 같은데.」 내가 선뜻 동의하지 않자 그는 다시 나를 향해 금화를 흔들었다. 나는 더 이상 뭘 해야 할지 알 수가 없었다. 그는 이제 랜턴 불빛에 반사되어 반짝거리게끔 손에서 허공으로 금화를 튕기었다. 쌍독수리 금화가 나를 기다리는 것처럼 화려한 금빛으로 반짝였다. 「이건 자네 거야, 아들! 이거 안 갖고 싶어?」

금화에서 눈을 떼고 나는 주변을 둘러보았다. 그러다가 내 시선은 내 손 바로 옆에 있는, 옆면 전체를 붙잡고 있는 네 개의 무겁고 커다란 걸쇠 중 하나에 머물렀다. 어쩌면 옆면을 내릴 수도 있겠다. 아주 조금만. 나는 그렇게 생각했다. 내가 한 번도 걸쇠를 만져 본 적이 없다거나 옆면이 얼마나 무거운지도 모르는 것은 문제가 아니었다. 반만 열자. 딱 거기까지만 하면 돼. 정도와 상관없이 유혹에 넘어가는 건 마찬가지라는 걸 깨닫지 못한 채 나는 그렇게 스스로에게 변명했다.

나는 위 덮개를 먼저 연 다음 옆에 달린 걸쇠를 풀기 시작했다. 영감은 도로 주행 내내 걸쇠가 풀리지 않도록 판자로 고정시켜 놓았기 때문에 그것부터 풀어야 했다. 혹자는 그런 과정을 거치면서 지금 내가 무슨 짓을 하고 있는지 깨달을 시간이 주어졌을 거라고 생각할 수도 있다. 하지만 그 금화는, 나를 귀먹고, 눈멀고, 입을 다물게 만든 그 교활한 볼스의 꾀에 넘어가지 않을 수 있다고 믿게 했다. 마지막 걸쇠가 풀렸을 때, 나는 열려고 한 만큼만 열리도록 옆면의 중간 부분을 잡고 펜더 위에 한 발을 디뎠다. 그리고 기린들이 그 여행용 객차에 들어간 이후 처음으로 상자의 옆면을 살짝 내렸다. 그때 퍼시벌 T. 볼스가 내 일거수일투족을 바라보고 있었던 것을 생각하면 나는 옆면을 내리는 방법을 그에게 그림을 그려 가며 친절히 설명해 준 것이나 마찬가지였다. 그건 멍청이의 무모한 모험만큼이나 한심한 행동이었고 그 순간 이후로 내가 평생 후회하게 될 이기적이면서도 아주 치명적인 행동이었다. 왜냐하면 한 발을 내리는 순간 안개에 젖은 펜더에 발을 헛디디는 바람에 땅바닥에 등으로 떨어졌고, 상자의 옆면 전체가 내 위로, 가슴 위로 털썩 내려앉고 말았기 때문이다.

그렇게 한순간에 기린과 우리 사이에는 허공만 남게 되었다. 기린들은 완전히 흥분한 상태로 앞다리를 들고 트럭을 흔들며 누구라도 가까이 있으면 바로 걷어차려고 했다. 그리고 그들과 가장 가까운 곳에 있던 것은 나였다. 나는 기린들과 눈이 마주쳤다. 날 믿던 그 갈색 구체가 두려움과 혼란에 가득 차 있는 것을 보고 있자니 나는 마음이 찢어질 것 같았다. 마치 나에게 그 기린들의 영혼이 엿보이는 듯했고 —

오, 하느님 — 기린들 역시 내 한심한 영혼의 속셈을 꿰뚫어 본 듯했다. 왜냐하면 기린들이 나로부터 멀리, 옆쪽으로 그 연약한 다리를 들어 올리며 버둥거렸기 때문이다. 기린들은 나를 사자로 보고 있었다. 기린들은 곧 사자에게 그러듯 나에게 달려들 기세였다. 열린 옆면을 짓밟고 내려와, 내가 받아 마땅한 만큼 나를 걷어차기 직전이었다.

뭔가 하지 않으면, 그리고 빨리 조치를 취하지 않으면 우리는 모두 끝장이었다.

깔려 있던 나는 내 모든 체중을 실어 옆면을 밀어서 일으켜 세웠고, 펜더 위로 뛰어올라 그 무거운 판 전체를 내 머리 위쪽으로 밀어 닫고 최대한 빨리 덮개와 옆면의 걸쇠들을 다시 단단히 채웠다.

나는 땅으로 황급히 뛰어내려, 창문을 바라보며 기린이 나타나기를 바랐다. 하지만 대신 나는 다시는 듣지 않기를 바랐던 신음 소리가 시작되는 것을 들었다. 동네 불량배들이 나타났던 밤에 들었던 것과 같은, 공포에 찬 기린의 새된 비명 소리였다. 나는 옆 사다리를 반쯤 올라가서 영감이 했던 것처럼 최선을 다해 운송 상자의 틈 사이로 조용히 기린을 달랬다. 나는 그들이 나를 다시는 믿지 않을 거라고 확신했다. 하지만 놀랍게도 내가 계속 달래는 소리를 내자, 기린들의 신음 소리가 부드러워졌다. 나는 더 열심히 기린들을 달랬다. 몇 초 만에 기린들은 완전히 잠잠해졌고 그들은 나의 배신을 모두 용서하고 내 쪽으로 다가와 주었다.

너무나 감당하기 힘든 감정이 밀어닥쳤다. 순간, 기린들의 눈 속에 나를 굳게 믿었던 암말의 갈색 사과 같은 눈이 비쳤다. 그리고 커즈를 찾아 도망가게 한 내 명명백백한 범죄가 다시 눈앞에서 재현되었고 나는 기린들에게 이렇게 소리 지르고 싶었다. 〈날 용서할 생각 마. 절대 용서하지 마!〉 대신 나는 방금 내가 한 행동이 스스로 발사한 총알을 가까스로 피한 거나 다름없다는 사실을 깨달으며, 땅으로 뛰어내려 기절하지 않도록 몸을 앞으로 숙였다.

「정신 차려, 친구.」 볼스의 말이 들려왔다. 「저것들은 그저 동물일 뿐이야.」 아빠에게서 들었던 그 말이 그의 입에서 뿜어져 나오는 것을 들었을 때에도 그 돼지 같은 얼굴을 때리지 않을 수 있었던 것은 안개 속에서 아직도 우리를 지켜보는 시선이 느껴졌기 때문이었다. 「누가 주인인지 저놈들한테 확실히 각인시켜야 해, 그럼 돼.」 그가 계속 말했다. 「자, 한 번 더 해보자.」

나는 한심한 몸을 일으켜 세우고는 금화를 쥔 그의 주먹에서 억지로 눈을 뗐다. 「더 보고 싶다면 부탁해야 할 쪽은 내가 아니에요.」

그는 나를 잠시 바라보았다. 아른거리는 등잔 빛 속의 그의 모습은 악마 그 자체였다. 「아, 그럼 누구한테 부탁해야 하나?」

「존스 씨죠.」 내가 중얼거렸다.

「그럼 존스 씨는 어디 있지?」

「지금 자는데 깨우고 싶지 않아요.」

「뭐, 그렇다면.」 그는 또 그 코요테 같은 이를 희번덕거리며 웃었다. 「그래도 20달러짜리 금화는 자네 거야. 게다가 그런 금화는 아주 많아. 우리는 지금 기회의 시대에 살고 있어, 젊은 친구. 자네가 원하는 것을 얻으려면 대가가 따르지. 그걸 잘 기억해 둬. 일자리 제안은 아직 유효해. 나 퍼시벌 볼스는 사귀어 두면 좋은 친구라고.」 그는 트럭을 돌아보았다. 「정말 안타깝지 않나? 이런 동물들은 너무 귀한데 또 너무 빨리 죽지. 그리고 죽기 전에 번식을 많이 하지도 않아. 하지만 세상에, 살아 있는 동안에는 돈을 얼마나 잘 벌어다 주는지 몰라. 자, 받아.」

나는 그가 무슨 말을 하는지 그것이 무엇을 의미하는지 그 순간에는 깨닫지 못한 채, 그가 〈금화는 그래도 자네 거야〉라고 말한 후부터는 아무 말도 귀에 들리지 않게 되었다. 왜냐하면 바로 그때, 그가 금화를 쥔 주먹을 폈기 때문이다. 그 손에 내 쌍독수리 금화가 있었다. 나는 그것을 얼른 낚아채고 재빨리 앞면과 뒷면을 확인한 뒤 그가 마음을 바꾸기 전에 주머니에 쑤셔 넣었다.

「아침에 존스 씨와 얘기하러 다시 오겠네.」 그가 모자를 툭 건드려 인사한 후 안개 속으로 사라지는 모습은, 노란 양복, 실크해트, 검은색 부츠 같은 특이한 복장 때문만이 아니라, 그 자체만으로도 으스스해 보였다.

나는 발판에 앉아 금화를 꺼내 등불 속에서 바라보았다. 아마도 너무 열심히 너무 오랫동안 주시했던 것 같다. 영감이 교대를 해주러 안개 속에서 나타났을 때까지도 나는 아직도 그것을 빤히 쳐다보고 있었다. 나는 얼른 주머니 깊숙이 그것을 집어넣었다.

「별일 없지?」 영감이 물었다.

나는 고개를 끄덕이고는 서둘러 그를 지나쳐 우리가 빌린 트레일러로 가서, 간이침대에 털썩 주저앉아 어둠 속을 응시했다. 날이 밝고 밤이 끝나기만을 기다리면서, 새 금화를 손에 쥔 채 멤피스에서 받게 될 기차표를 생각하며 시간을 보냈다.

하지만 새벽녘쯤 깜박 잠이 들었는지 어디선가 기린의 공포에 찬 울음소리가 들려오는 것 같았다. 아주 멀리서부터, 마치 꿈을 꾸는 것처럼.

나는 일어나 귀를 기울였다. 하지만 내가 들은 것은…… 빨강 머리의 소리처럼 들렸다.

「우디! 우디이이이이!」

나는 속옷 차림에 부츠만 신고, 트레일러의 문을 열고 아직 나뭇가지에 걸린 안개 사이로 밖을 바라보았다. 내 눈앞에 펼쳐진 것은 나를 골수까지 얼어붙게 했다.

옥수수밭이었다.

「우디!」

30미터쯤 앞에, 빨강 머리가 트럭 옆에 서 있었다. 운송 상자의 옆면 전체가 들판을 향해 완전히 열려 있는 것처럼 보였고 빨강 머리는 입을 벌리고 그 상자를 바라보고 있었다.

자갈과 솔방울들을 가로질러 달려가, 빨강 머리의 시선이 향한 곳을 본 나는 털썩 무릎을 꿇을 수밖에 없었다. 보이는 아직 객차 안에 있었지만 열린 쪽을 향해 몸이 너무 기울어져서, 중력에 끌려 그다음 동작으로 이어지기 직전이었다.

하지만 걸은 없었다.

내 뒤에서 기린이 공포에 질려 울부짖는 소리가 들려왔다. 이번에는 아주 크고 긴 비명 소리였다. 주위를 재빨리 둘러

보니 들판 저쪽에서 옥수수 줄기가 사방에서 부러지며 한바탕 소동이 일어나고 있었다. 거기에 걸이 있었다. 걸의 긴 목은 옥수수 줄기 위로 길게 뻗어 있었다. 그리고 두 남자가 걸을 향해 움직였다. 한 명은 걸의 목에 건 밧줄을 당기고, 다른 한 명은 또 다른 밧줄을 걸기 위해 걸 주변을 빙글빙글 돌고 있었다……. 그리고 걸은 마구 발길질을 해댔다. 두 다리 사자들을 향해.

그것만으로도 충분히 끔찍한 상황인데, 나와 그들 사이의 중간쯤에서 영감이 취한 사람처럼 비틀거리며 산탄총을 그들을 향해 겨눈 모습이 보였다. 그가 만일 저 상태로 총을 쏜다면, 그것도 저런 총으로 쏜다면, 그는 걸을 뒤쫓는 악마 같은 놈들보다 걸을 쏠 가능성이 더 높아 보였다. 나는 그를 말려야 했다.

뒤에서 보이가 발을 구르는 소리가 들려 뒤를 돌아보니, 보이가 열린 옆면 위로 발을 옮기고 있었다. 걸에게 가려고 하는 모양이었다. 나는 또 온 힘을 다해 밑에서 서둘러 판자를 밀어 올렸다. 빨강 머리도 같이 밀었다. 그러고는 트럭 운전석에서 소총을 잡아채고 영감한테로 전속력으로 달려갔다.

내가 영감에게 반쯤 다가갔을 때, 산탄총이 발사되는 소리가 들렸다.

나는 놀라 비틀거리며 옥수수밭에 총을 떨어뜨렸고 눈앞에 펼쳐질 광경에 대한 마음의 준비를 했다.

하지만 영감이 쏜 총은 빗나갔고 그는 털썩 무릎을 꿇었다.

옥수수밭 저편에 있던 남자들은 이제 영감이 더 이상 자기들을 막을 수 없다는 것을 알고 다시 행동을 취했다. 한 명은 걸의 목에 걸린 밧줄과 씨름했는데, 걸이 그를 꼭두각시 인형처럼 마구 휘둘러 대다가 뒷다리로 일어섰을 때, 두 번째 남자가 걸려던 밧줄이 걸의 앞다리에 걸렸다. 그는 밧줄을 팽팽하게 당겨 걸의 다리를 벌리며 점점 걸에게 접근했다.

잠시 동안 나는 나 자신의 천둥소리 같은 심장 박동을 제외하고는 아무 소리도 들리지 않는 상태로 그 광경을 바라보았다. 그러다가 나는 총을 집어 들고 일어섰고, 조준한 뒤 발사했다.

다리를 건 밧줄을 잡고 있던 놈이 납작하게 짓밟힌 옥수수 줄기 위로 넘어졌고, 다른 놈이 황급히 몸을 숨겼을 때, 내 귀에 들리는 것은 악몽 속의 총성뿐이었다. 내가 사람을 쏜 것은 이번이 처음이 아니었기 때문이다.

그놈들은 옥수수밭 속으로 사라졌고, 곧 옥수수 줄기 사이로 노랗고 빨간 무언가가 휙 지나갔다.

그들이 밴을 타고 도망가는 소리가 들리는 동안 눈앞에서는 차마 보기도 고통스러운 광경이 벌어졌다. 목에 밧줄이 매달린 채로 걸이 옥수수 줄기 사이를 천천히 헤맸던 것이다.

비틀거리며 일어난 영감은 걸 쪽으로 휘청거리며 다가갔다. 가슴이 마구 두근거렸고 영감이 DC에서 했던 말들이 세세하게 기억났다.

〈기린이 트럭 밖으로 나가게 되는 일이 있어서는 절대 안 돼. 왜냐하면 일단 기린들이 밖으로 나오면 다시 트럭에 실

을 수 있다는 보장이 없거든. 그렇게 되면 결과적으로 기린에겐 끝장이야.〉

영감이 또 넘어져서 나는 그에게로 달려갔다. 그의 얼굴에는 피가 흘렀다. 그는 일어서려고 했지만 일어서지 못했다. 그의 팔을 잡고 일으켜 세우려고 애를 쓰는데 빨강 머리가 목에 카메라를 걸고 나타나 그의 다른 쪽 팔을 부축했다.

「트럭을 가져와.」 우리의 부축을 받고 일어서며 영감이 숨찬 목소리로 말했다.

나는 트럭으로 달려갔다. 시동 장치의 전선이 밖으로 다 삐져나와 있었다. 나는 그것들을 다시 밀어 넣고 시동을 걸었다. 그리고 보이가 타고 있는 트럭을 옥수수밭으로 몰고 갔다. 우리가 가는 데마다 옥수수 줄기가 벌어져 넘어졌다.

쭈그리고 앉아 20미터 떨어진 곳에 있는 걸을 달래는 영감 뒤로 차를 세웠다. 성냥개비처럼 가느다란 걸의 다리가 마구 흔들리자 밧줄도 따라 흔들렸다. 걸은 또 다른 사자의 공격에 대비하는 것처럼 보였다.

「보이를 걸한테 보여 줘.」 영감이 어깨 너머로 소리쳤다.

나는 보이가 탄 객차의 창문을 열어젖혔다. 창문으로 머리를 내민 보이가 걸을 발견하고 걸에게 가려고 상자의 옆면을 쿵쿵 들이받기 시작했다.

「자, 조심…… 조심.」 영감은 계속 걸을 달래면서 내 쪽으로 속삭였다. 「옆면을 내려. 안으로 들여보내게.」

「그러다 보이도 밖으로 나오면요?」

「떨어지지 않는 이상 그러지는 않을 거야. 나오고 싶겠지만 혼자서는 내려오려고 하지 않을 거다. 걸이 달려서 도망가지 않는 한. 혹시 그렇게 되면 보이가 어떻게 할지는 나도 정말 모르겠어. 물론 상황이 아주 나빠지겠지.」

보이는 여전히 머리를 내밀고 객차 상자의 뼈대가 마구 흔들릴 정도로 강하게 상자를 쿵쿵 쳤다.

그런데 보이를 보자 다리를 마구 흔들어 대던 걸의 동작이 조금 잦아들면서 우리를 향해 멈칫거리며 한 발자국을 내디뎠다. 영감이 혼잣말로 욕을 내뱉었는데, 그 이유를 곧 알게 되었다. 걸의 다리에 감았던 붕대가 반쯤 풀려 있었고 다리가 온통 피투성이였다. 나머지 세 다리로 균형을 잡으면서 걸은 이제 되도록 다친 다리를 사용하지 않으려고 애를 썼다.

영감이 걸에게로 다가갔지만 걸은 영감을 걷어찼다. 가슴이 아플 만큼 아주 약하게. 그러자 붕대가 더 풀렸다. 한 번이라도 더 걷어차게 하면 걸은 바닥으로 넘어질 수도 있었다. 그리고 한번 넘어지면 다시는 일어나지 못할 수도 있었다.

「양파.」 영감이 식식댔다. 나는 얼른 양파를 집어 영감이 내민 손에 쥐여 주고는 뒤로 물러섰다.

걸의 코가 양파의 냄새를 맡았다. 그러자 영감은 다시 걸 쪽으로 움직이며 양파를 건넸다. 걸은 여전히 아주 약한 — 어쩌면 마지막이 될지도 모를 — 발길질을 할 준비를 하면서 양파를 받아먹으려고 하지 않았다.

영감은 얼른 뒤로 물러나며 양파를 밑으로 내렸다.

긴장 속에서 1초가 흘렀다. 나는 조금 더 잘 보려고 가까이 다가갔다. 걸의 목이 내가 움직이는 대로 함께 움직였고 영감은 그것을 눈치챘다.

「더 가까이 가.」 영감이 나를 향해 속삭였다.

나는 가까이 다가갔다.

걸은 나를 위아래로 훑어보면서 목을 앞뒤로 움직였다.

「더 가까이!」 영감이 날카롭게 외쳤다.

나는 억지로 더 가까이 다가갔다. 나는 걷어차일 만큼 가까이 있었다. 그리고 영감이 다시 양파를 내밀었다. 이번에는 나에게. 나는 양파를 받았어야 했지만 차마 그럴 수가 없었다. 대신 나는 공포에 질린 기린을 살릴 수 있는 영감의 마지막 기회를 저버리지 않고 싶었기에, 옥수수밭으로 도망가 버리고 싶은 욕구와 싸우고 있었다.

「받아!」 영감이 명령하듯 말했다. 내가 여전히 움직이지 못하고 있자, 영감은 내게 황급히 다가와 양파를 내 주머니에 넣고 나를 걸 앞으로 밀었다.

걸이 콧구멍을 떨며 휘청 내게 다가왔다. 쓸모없이 걸려 있는 밧줄이 내게 닿을 만큼 가깝게. 그런 다음 검역소의 첫날 밤 그랬던 것처럼 목을 낮추어 내 양파의 냄새를 맡았다. 나는 주머니에서 양파를 꺼내 위로 쳐들었다. 걸의 혀가 양파를 낚아채더니 목을 위로 들고는 꿀꺽 삼켰다.

영감은 슬그머니 내 쪽으로 다가와서 빅 파파가 준 양파 자루를 내 발 앞에 던져 놓았다. 「어서 걸한테 줘!」 그가 속닥거렸다. 내가 걸에게 자루에서 첫 번째 양파를 꺼내 주는 순간 뒤에서 쾅 하는 소리가 들렸다. 영감이 보이를 보여 주려고 트럭 상자의 옆면을 내린 소리였다. 그리고 트럭 아래쪽에서 내가 그곳에 있는지도 몰랐던 길고 넓은 판자를 꺼내서, 걸이 기다랗고 가는 다리로 쉽게 상자 안으로 올라갈 수 있도록 상자와 땅 사이에 다리처럼 길게 걸쳐 놓았다.

그는 내게 자기 쪽으로 오라고 손짓을 했다.

나는 손에 자루를 들고 조금씩 뒤로 물러섰고, 몇 걸음 물러날 때마다 주머니에 양파를 쑤셔 넣어서 걸이 그것을 가지러 오기를 기다렸다. 걸은 아주 천천히였지만 그래도 발을 내디뎠다. 걸이 가까이 다가올 때마다 나는 양파를 하나씩 줬고 걸의 혀는 그것을 가져가서 입술 안으로, 그리고 목구멍 아래로 밀어 넣었다. 그동안 나는 새 양파를 주머니에 넣었다.

우리는 트럭에 도착할 때까지 계속 그 과정을 반복했다.

나는 영감이 걸쳐 놓은 판자를 따라 운송 상자 안까지 들어갔다.

그러자 걸이 걸음을 멈추었다.

보이는 토탄 이끼 더미 위에서 코를 킁킁거리며 발을 굴러 대기 시작했다. 하지만 걸은 다음에 들어가야 할 곳에 있는 양파가 과연 그만한 가치가 있는지를 가늠해 보기라도 하듯 나를 향해 계속 목을 흔들었다.

자루에는 양파가 조금밖에 남아 있지 않았다. 나는 걸의 객차 안에서 걸을 향해 걸음을 옮겼다가 양파 자루를 흔들면서 다시 객차 안으로 들어갔다.

그러자 걸은 결심을 한 듯했다.

첫 번째 다리, 두 번째, 그리고 세 번째 다리가 판자 위로 올라갔다. 마지막 붕대 감은 다리는 판자 위에 놓을 자리를 제대로 찾지 못해 애를 먹었다. 나는 차마 지켜볼 수가 없었다. 그러다 걸의 다리가 모두 판자 위로 올라갔고 몸 전체가 비스듬히 서 있게 되었다……. 다음 순간 걸은 객차 쪽으로 계속 나아갈 수도 있었지만 어쩌면 누구도 멈출 수 없을 만큼 재빨리 다시 땅으로 내려가 버릴 수도 있는 상황이었다.

나는 자루에 남은 양파들을 모두 토탄 이끼 더미 위에 던지고 양파 하나를 손에 들고 운송 상자 맨 위에 가로질러 놓인 판자 위에, 보이 옆에 황급히 걸터앉았다.

걸은 목을 앞으로 구부리고 긴 혀를 토탄 더미 속으로 밀어 넣었고 떨어져 있는 양파를 하나씩 찾아냈다. 그런 다음 걸의 목이 내 손에 들린 마지막 양파의 냄새를 쫓아 위로, 위로 따라 올라왔고, 마침내 걸의 다리 네 개가 모두 토탄 이끼 더미 위로 올라섰다.

걸이 드디어 상자 안으로 완전히 들어갔다.

영감은 나이에 비해 아주 재빠른 동작으로 옆면을 똑바로 세우고 혼자서 모든 걸쇠를 조인 후 발판에 털썩 주저앉아 숨을 돌렸다. 나도 영감과 함께 주저앉고 싶은 생각이 굴뚝 같았지만 움직일 수가 없었다. 걸이 거대한 머리를 내 다리 위로 내밀었기 때문이다. 영감이 상자의 옆면을 위로 올려 채우는 순간 걸이 보이의 냄새를 맡기 위해 나를 지나쳐 목을 길게 뻗었던 것이다. 그런 다음 걸은 떨리는 몸을 상자에 기대고 무거운 주둥이를 내 무릎에 얹은 뒤 눈을 감았다. 걸의 콧구멍에서 나오는 천둥 같은 한숨 소리는 걸의 덩치만큼이나 컸다. 떨리는 걸의 머리 위에 손을 얹었을 때 내 속 깊은 곳 어딘가에서, 억눌리고 잊혔던 감정으로 가득 찬 거대한 샘이 터졌다. 그것은 그 산에서의 일이 있었던 밤, 아주 잠깐 동안이나마 내가 스스로에게 느끼도록 허용했던, 아주 어릴 적 내가 느꼈던 감정이었다. 하지만 걸의 다정한 머리가 내 무릎 위에 있는 동안 그 감정은 내 구석구석까지 모두 급속히 파고들었고 내 마음이 그럴 수 있다는 것을 완전히 잊었던 방식으로 따뜻하고, 순수하고, 다정하게 잔뜩 부풀어 올랐다. 나는 숨을 쉬는 것을 까먹을 정도로 그 몽글몽글한 감정에 푹 빠지고 말았다.

걸이 눈을 뜨고, 암말의 갈색 사과 같은 눈과 너무 닮은 눈빛으로 나를 바라보았다. 그 순간 잠시 따뜻해졌던 마음이 내 악몽의 비밀 속 끔찍한 고통으로 바뀌었고, 나는 걸의 목에 걸쳐진 밧줄을 풀어 옥수수밭 깊숙이 집어 던졌다.

다시 길을 떠나기 전까지는 얼마간의 시간이 걸렸다. 여전히 옥수수밭에 세워져 있던 트럭은 완전히 녹초가 된 우리들과는 달리 길을 떠나는 데는 지장이 없어 보였다. 나는 빨강 머리를 찾으려고 트레일러 숙소 쪽을 돌아보았다. 하지만 그녀는 또 사라지고 없었다. 그래서 나는 여전히 속옷과 부츠 차림으로 서서, 영감이 쪽문을 통해 남은 모든 설파제를, 이제는 피뿐 아니라 고름까지 뒤덮인 걸의 상처에 발라 주는 것을 지켜보았다. 염증은 더욱 심해진 상태였다. 걸은 너무 지친 나머지 상자에 몸을 기댄 채 영감이 약을 바르도록 놔두었다. 영감은 최선을 다해 부목을 대고 붕대를 다시 잘 감아 주었다. 우리가 숨을 죽이고 바라보는 동안 걸은 잠시 비틀거리다가 다시 네발로 똑바로 섰다.

영감은 쪽문을 닫고 트럭의 발판에 주저앉아 비로소 손을 들어 자신의 상처를 살폈다. 그의 머리 쪽에 난 깊은 상처는, 피는 멈추었지만 화가 난 영감만큼 잔뜩 성이 나 보였다. 그 모습을 보면서 나는 퍼시벌 T. 볼스 때문에 마음이 무거웠고, 주머니 속에 있는 금화가 뜨겁게 불타오르는 것처럼 느껴졌다. 내가 영감에게 미리 경고하지 않았으니까. 지금 그에게 사실대로 고백하지 않으면, 나는 계속 배반자 같다는 생각에서 벗어날 수가 없을 터였다. 그러나 지금 그에게 털어놓는다 한들 뭐가 달라질까? 그렇게 되면 그는 멤피스도 가기 전에 여기 길가에 나를 내버려두고 가버릴 텐데. 나는 이렇게 나를 설득했다.

나는 무슨 말이라도 해야 할 것 같아서 입을 열었다.「상처 소독하는 거 도와드릴까요?」

그는 대답을 하지 않았다. 그는 잘 구부러지지 않는 망가진 손의 손가락을 보며 심한 욕을 내뱉었고 상처 난 관자놀이 부분을 손가락으로 만져 보면서 또 심한 욕을 내뱉었다. 그는 무슨 일이 어떻게 일어났든, 그것에 대해 전혀 대화할 기분이 아닌 것 같았다.

나는 몸의 무게를 한쪽 발에서 다른 발로 옮긴 뒤에 다시 말을 걸어 보았다.「걸은 괜찮겠죠, 그렇죠?」

그 말에 영감은 벌떡 일어섰다.「저 망할 옥수수밭에 죽은 기린을 묻지 않아도 돼서 그나마 우리는 운이 좋았던 거야. 그리고 설파제를 더 얻을 수 있기 전에 그 운이 계속되길 바라야겠지. 안 그러면 여전히 그렇게 될 가능성이 있으니까.」

나는 그다음에 닥칠 일을 대비했다. 영감이 경찰에 신고

한 후의 일과 그에 따를 모든 질문까지 말이다. 하지만 영감은 총을 둘 다 다시 장전하고 총 선반에 도로 얹은 다음 말했다. 「얘야, 혹시 누가 물어보면 총은 내가 쐈다고 해라. 넌 사람을 죽일 수도 있었어. 그리고 난 너한테 그런 일이 일어나길 바라지 않는다.」

나는 내 사격 실력을 의심하는 것 같은 말에 당황해서 인상을 찌푸렸다. 「일부러 죽지 않게 빗맞혀 쏜 거예요.」 내가 말했다. 「내가 그를 죽일 생각이었다면 그는 죽었겠죠.」

내가 하는 말을 어떻게 받아들여야 할지 모르겠다는 듯이 영감의 덥수룩한 눈썹이 치켜 올라갔다. 잠시 동안 그는 그 텅 빈 시선으로 나를 바라보았지만 그 안쪽 어딘가에 내가 뭐라고 설명하기 어려운 빛이 반짝였다. 「옷이나 챙겨 입어라.」 그가 마침내 말했다. 「최대한 빨리. 그만 가야겠다.」

「음…… 경찰에 신고 안 해요?」

「뭘 들었냐? 멤피스로 가야 한다니까.」 이게 그의 대답이었다. 「지금 당장.」

그것이 퍼시벌 볼스를 마지막으로 본 것이라고 말하고 싶지만, 아니었다. 고속 도로로 다시 들어가니 철로가 멀리서부터 점점 가까워지는 게 보였다. 우리가 머슬숄스에 도착했을 때쯤 고속 도로는 숨을 곳도 없이 또 기차역 바로 옆으로 우리를 데려갔다. 그리고 그곳에서는 또 서커스단이 떠날 채비를 하고 있었다.

마을 반대편으로 약 15킬로미터 정도 더 가자 철로가 다시 도로를 감싸듯 함께 달렸고, 우리는 흔들의자에 앉아 쉬는 노인들이 있는 도로 옆 가게를 발견했다. 우리는 전날 밤

옐러 숙소에서 남은 음식을 먹은 이후에 아무것도 먹지 못했고 기름은 위험할 정도로 조금 남아 있었다. 음식 없이는 갈 수 있었지만 연료 없이는 갈 수 없었다. 어쩔 수 없이 차를 세워야 했다.

나는 트럭을 주유 펌프에 가까이 댔다. 가게 앞 의자에 앉은 노인들이 즐거워하며 기린들을 더 잘 보기 위해 트럭에 가까이 다가가는 사이, 영감은 페도라를 머리에 얹고 얼굴의 상처가 보이지 않게 깊이 눌러썼다. 「물어보고 싶은 게 많은 거 안다.」 그가 내 쪽을 향해 말했다. 「하지만 일단 너와 기린들을 무사히 멤피스까지 데려가는 게 우선이야.」 영감은 긴장한 듯 도로 쪽을 흘낏거린 뒤, 차에서 내려 가게 안으로 성큼성큼 걸어 들어갔고 기린들은 그가 가는 것을 바라보았다.

점원이 기린들을 뚫어져라 쳐다보면서 내가 본 것 중 가장 천천히 기름을 넣는 동안 노랗고 빨간 소형 밴이 반대편 주유 펌프에 와서 섰다. 그리고 볼스가 조수석에서 내렸다. 더 이상 모자도, 부츠도, 서커스 단장의 의상도 없이, 콧수염도 덥수룩하고 왁스도 바르지 않은 그는 진짜 악마같이 추해 보였다.

〈분명 내가 한 일을 다 밝히려고 하겠지.〉 나는 영감이 있는 쪽을 돌아보며 생각했다. 나는 기린들을 애정 어린 눈으로 바라보며, 정말 그런 일이 일어나면 화물 열차를 타고 도망갈 생각에 철로 쪽을 살펴보았다. 그런 다음 주머니에 있는 금화를 꽉 움켜쥐고 볼스와 그의 운전사 쪽으로 발걸음을 옮겼다. 다음에 일어날지도 모를 일을 막기 위해서, 심지어 그걸 막을 수만 있다면 금화를 돌려주겠다는 생각과 싸우면서, 나는 무슨 말이든, 어떤 말이든 하기로 마음먹었다.

하지만 퍼시벌 볼스는 그런 쥐꼬리 같은 금화 따위에는 관심도 없었다. 그는 운전사와 함께 내 쪽으로 이동하면서 주머니에서 돈뭉치를 꺼냈다. 고무줄 하나로 묶은 1백 달러짜리 지폐 묶음은 그의 살찐 주먹보다 두툼했다.

나 같은 고아의 눈에 금화가 존 록펠러처럼 보였다면 그 지폐 묶음은 포트 녹스[27]처럼 보였다. 그건 어리석은 소년이 넘어갈 쌍독수리가 아니라…… 한 성인 남자가 주머니에 넣어 챙길 만한, 장성한 남자의 뇌물이 될 만한 막대한 거금이었다. 그는 기린들이 그가 가진 어떤 것보다 얼마나 더 대단한 가치가 있는지도 상관하지 않고, 아침에 그가 사주한 놈들이 기린들을 훔치려고 했던 것에 대해 일말의 부끄럼도 없이, 이제는 영감을 매수할 수 있다는 생각까지 했다. 그는 라일리 존스라는 사람이 나와 별 다를 것 없는 절박한 얼간이라고 착각했던 것이다.

볼스가 말한 것처럼 그 〈기회의 시대〉에는 온갖 노골적인 사기 수법이 만연했다 해도, 수십 년이 지나 그런 일들이 일어났던 것조차 희미해진 지금에는, 사람을 매수해서 기린을 훔치는 건 고사하고 그런 짓을 벌이고도 깔끔히 빠져나갈 수 있을 거라는 생각 자체가 매우 어리석게 여겨질 수도 있다. 우리가 이미 아주 잘 아는 것처럼 기린은 숨기기가 아주 어려운 존재이기 때문이다. 하지만 영감이 그 서커스 집단을 한몫 잡을 생각만 하는 족속들이라고 한 데는 다 이유가

27 켄터키주 북부에 있는 연방 금괴 저장소.

있었다. 그때는 여전히 약장수, 성경 판매원을 비롯한 모든 종류의 사기꾼이 어둠을 틈타 몰래 도시를 빠져 도망가던 시절이었고, 하룻밤 공연하고 떠나는 순회 서커스단도 그런 일당 중 하나였다. 전쟁 이전의 시대는 일단 길을 떠나는 것만으로 무엇이든 할 수 있거나 될 수 있다는 꿈을 꾸던 시기였고, 특히 좋은 사람들까지 나쁘게 타락하는 대공황 시대에는 더더욱 그런 분위기가 팽배했다. 볼스와 같은 탐욕스러운 부자는 그가 만났던 모든 영혼의 그런 욕심이나 배고픔을 이용해서 자신이 원하는 것은 뭐든 얻을 수 있다고 믿었던 것이다.

「또 만났군, 젊은 친구.」 그는 뚱뚱한 그의 운전사가 차 앞쪽으로 돌아와 그의 옆에 서는 동안 돈뭉치를 내보이며 말했다. 「내가 그 존슨 씨한테 제안할 게 있어. 그런데 그가 내 제안을 받아들일 만큼 현명하지 않다면 이건 자네 몫이 될 수도 있으니 잘 들어 둬. 자네 같은 영리한 친구는 잘 알겠지만, 실질적 점유자에게는 법적 소유권자 못지않은 권한이 있어. 결국 운전석에 앉은 건 자네니까.」 그리고 그는 돈다발을 내가 손댈 수 있을 만큼 가까이 내밀었다. 「지금 내가 하는 말 알아듣겠어?」

그 거액의 돈이 발하는 빛 속에서 나는 그날 아침에 되찾았던 제정신을 다시 잃고 말았다. 눈을 그 포트 녹스에 고정시킨 채 나는 다음과 같이 중얼거렸다. 「존스예요.」

「뭐?」

「존슨이 아니고 존스라고요.」 내가 중얼거렸다. 「라일리 존스.」

그는 돈뭉치를 거둬들이며 갑자기 뒤로 홱 물러섰다. 「이름이 뭐라고?」

「라일리 존스요.」 내가 다시 말했다.

유령을 본 것처럼 그의 얼굴이 일그러졌다. 그가 다음에 한 말은 지폐 뭉치나, 고자질, 매수 등에 관한 모든 것을 순식간에 잊게 했다.

「젊은 친구.」 그가 중얼거렸다. 「자네는 지금 살인자와 같이 여행을 하는 거야.」

그런 돈뭉치에서 내 눈을 떼게 할 만한 말은 몇 가지 없었고, 그가 한 말은 당연히 그중 하나였다.

그가 내 뒤쪽을 휙 하고 쳐다보았다. 「이런 말도 안 되는 장비에 저런 섬세한 동물을 태우고 다닐 때는 조심해야 돼. 자넨 나랑 다니는 게 훨씬 신상에 좋을 텐데. 적어도 나는 동물보다 사람의 생명이 더 가치가 있다는 것은 아니까 말이야.」

내 뒤에서 가게의 스크린 도어가 철썩 열리는 소리가 들렸다. 그러자 볼스는 돈뭉치를 내 가슴 쪽으로 쑤셔 넣은 뒤 손을 뗐고, 나는 그것이 흙바닥에 떨어지지 않게 하려고 나도 모르게 그것을 잡고 말았다. 그렇게 순식간에 나는 평생 만지게 될 것보다 더 많은 돈을 만지게 되었다. 사람들은 그것보다 훨씬 적은 돈을 위해서도 죽는다. 바로 그 순간 나는 그 이유를 깨달았다.

나는 그 순간 불타오르는 도덕심으로 가득 차서 전혀 동요되지 않았다고 쓰고 싶다. 턱을 높이 들고는, 그들이 기린을 훔쳐 가려고 할 때 그것을 막기 위해 총력을 기울였던 일을 기억해 내고 돈뭉치를 그에게 던졌다고 말하고 싶다. 사실 연필 끝에 달린 지우개를 최대한 사용해서 그렇게 고쳐 쓰고 싶은 유혹에 빠지지 않았던 것도 아니다. 하지만 물론 그런 일은 일어나지 않았다. 그가 돈뭉치를 억지로 밀쳐 넣었든 아니든, 볼스가 자기 돈을 받은 불쌍한 영혼에게 뭔가 대가를 바란다는 것을 나는 분명히 알았다. 하지만 그 배불뚝이 부자의 속셈이 뭐였든 그건 나중 일이었다. 일단 그 돈뭉치를 내 손에 쥔 이상 문제는 더 이상 볼스가 아니었다. 영감이나 기린의 문제도 아니었다. 심지어 무엇이 옳고 그른지에 대한 문제도 아니었다. 그것은 오로지 더스트 볼의 고아와 두툼한 돈뭉치 사이의 문제였다. 나는 그런 고아들이 하리라고 사람들이 예상할 만한 행동을 했다. 나는 그 돈다발을 금화가 있는 오른쪽 바지 주머니에 깊숙이 찔러 넣고 두 가지를 모두 손으로 아주 꽉 움켜쥐었다.

「얘야!」

영감이 여전히 피 묻은 셔츠를 입고 스크린 도어 옆에 서 있었다. 그런 다음 그는 한 손에는 양파 자루를, 다른 한 손에는 일용품 등이 들어 있는 봉투를 들고 우리 쪽으로 성큼성큼 다가왔다. 그는 운전석의 열린 창문으로 봉투를 던져 넣고 볼스와 그의 운전사를 무시한 채 조수석 문을 활짝 열었다.「얘야, 얼른 트럭에 타라.」

「아, 잠시만.」볼스가 영감 쪽으로 다가서며 말했다.「잠깐 얘기를 나누고 싶은데.」

영감은 여전히 양파 자루를 손에 들고 그들에게 등을 돌렸다. 하지만 그때 볼스의 운전사가 영감의 어깨를 꽉 잡았고, 영감은 내가 다시는 어디서도 보기 힘들 정도의 민첩한 행동으로 양파 자루를 휘둘러 운전사의 얼굴을 가격하는 동시에 볼스의 이중 턱을 정면으로 강타해서 엉덩방아를 찧게 했다.

「어서 출발해!」 영감이 고함을 질렀다.

우리는 트럭에 올라타 커다란 화물 트럭이 움직일 수 있는 최고 속도로 차를 출발시켰다. 사이드 미러에는 가게 앞의 노인들, 운전사가 뚱뚱한 서커스 단장을 땅에서 일으키려고 애쓰는 모습, 사방에 흩어진 양파들이 가득 비쳤다.

물론 우리의 탈출에는 큰 허점이 있었다. 그건 2톤짜리 기린을 태우지 않은 소형 밴은 기린을 태운, 위가 무거운 커다란 트럭보다 훨씬 빠른 속도를 낼 수 있다는 점이었다. 나는 기린을 이리저리 마구 휘청거리게 하고 머리를 창문에 부딪치게 하면서 영감이 나한테 지시한 것보다 더 빨리 차를 몰았다. 그러나 밴은 금세 우리를 따라붙었다. 철로가 고속 도로에 더 가까이, 때로는 간격이 10미터도 안 될 만큼 점점 가까워지는 사이 그들은 1~2킬로미터가량 우리를 끈덕지게 따라붙었다. 서커스 밴은 우리를 따라오면서 자꾸만 반대 차선으로 들어섰고, 반대 차선에 차가 전혀 없을 때 마치 추월할 것처럼 우리 옆으로 달리기 시작했다. 하지만 추월하지 않았다. 그들은 내 옆으로부터 몇 센티미터 떨어지지 않은 상태에서 앞서거니 뒤서거니 하면서 계속 옆에서 같이 달렸다.

「지금 뭐 하자는 거야?」 영감이 고함쳤다.

볼스는 내 관심을 끌려고 노력했다. 주먹으로 새 돈뭉치를 움켜쥐고는 팔을 창턱에 놓은 채 온갖 표정을 지으며 자기 쪽을 보게 하려고 신호를 보냈다. 〈차 세워, 젊은 친구. 넌 차만 세우면 돼……. 내 돈을 갖고 있잖아. 여기 더 많은 돈이 더 있어……. 네가 차만 세워 준다면.〉

혹자는 그때 내가 눈을 돌리지 않고 계속 앞으로 가는 게 더 쉬운 일이었을 거라고, 내가 가진 한 뭉치의 돈이면 충분했을 거라고 여길 수도 있다. 하지만 떠돌이 개 신세나 다름없는 소년에게는 충분함이란 없다. 만일 한 다발의 돈이 나를 배고픔의 절망적인 고통에서 영원히 구제해 줄 수 있다면, 또 다른 한 다발은 그 영원함을 더 오래 지속시켜 줄 수 있으니까. 내가 돈뭉치를 하나 더 갖기로 결정한 이상, 그들이 기린은 물론이고 영감에게 어떤 짓을 할지는 전혀 떠오르지 않았다. 세상에는 교회에서 찾을 수 있는 것보다 훨씬 더 많은 종류의 구원이 있다. 나 자신으로부터 나를 구하기 위한 그런 구원이 그 순간에는 필요했다. 왜냐하면 바로 그때 나는, 생전 처음 나의 결단력도 분별력도 없는 어린 영혼의 고약한 악취를 맡았을 뿐 아니라, 운명은 유동적인 것이라는 사실, 우리가 내리는 모든 선택과 우리 주변에서 내려지는 모든 선택은, 운명을 제멋대로 좌지우지하며 매우 다양한 종류의 운명을 야기한다는 사실을 이해하기 시작했기 때문이다. 나는 선택의 여지가 있었다. 그러나 새 돈뭉치를 계속 쳐다보면서, 이 배불뚝이 부자의 돈을 가졌을 때의 미래가 선명하게, 그리고 저항하지도 못하게 다가왔다. 그것은 고아들에게나 보이는 눈부시고 빛나는, 테이블에 가득 찬 만찬과 같은 것이었다. 내 직감으로는, 지금 생각해 봐도 나는 그 운명을 선택했을 것이고 그래서 나의, 우리의 실패 원인이 되었을 거라고 믿는다.

하지만 나는 도로의 요철 덕분에 그 운명으로부터 구원을 받았다.

트럭이 도로의 움푹 팬 곳에 어금니가 흔들릴 정도로 세게 부딪혔고 그로 인해서 새 돈뭉치를 보던 내 시선은 뭔가를 쥔 볼스의 다른 손으로 튕겨 나갔다. 그건 제1차 세계 대전 때 사용되던 총이었다. 그는 그것을 금방이라도 쏠 것처럼 움켜쥐고 있었다. 그에겐 차선의 계획이 있었던 것이다. 내가 트럭을 세우지 않으면 그는 그 총을 쏠 계획이었다. 우리 트럭의 타이어를 겨냥할 수도 있었다. 아니면 기린들을, 아니면 나를. 인간의 생명을 가치 있게 생각한다는 그의 거창한 말은 다 새빨간 거짓말이었다.

그것은 내가 다음에 할 일, 우리 모두가 할 행동에서 불거질 모든 운명을 고민해 볼 만큼 충분히 오랜 시간, 악마와의 거래에서 제정신을 차리도록 나를 흔들어 놓았다. 왜냐하면 내가 한쪽 눈으로 계속 퍼시벌 볼스의 총을 보고 있는 사이, 영감이 총 선반에서 산탄총을 빼는 것이 보였기 때문이었다. 그렇게 몇 초간 두 대의 차량이 양쪽 차선을 나란히 달리는 동안 미래는 내가 운명을 선택하기를 기다리고 있었다. 하지만 어떤 선택은 계획만큼이나 나쁠 때가 있다. 그리고 이미 증명된 바와 같이 나는 계획을 세우는 데는 영 재주가 없었다. 내가 차를 세우면 모든 지옥의 문이 다 열려 버릴 테고, 내가 차를 세우지 않는다 해도 지옥의 문은 여전히 열릴 상황이었다.

나는 선택할 수가 없었다.

나는 계속 결정하지 못한 채로 초조함에 몸을 꼼지락댔다. 내가 몸을 움찍거릴수록 내 바지 주머니 속의 돈뭉치가 점점 더 위로 밀려 나왔고, 결국 맨 위로 삐져나온 지폐 한 장이 바람에 펄럭이는 것을 영감이 발견했다.

그는 손을 뻗어 돈뭉치를 잡아 주머니에서 빼냈다.

내가 고개를 홱 돌려 그를 바라보자, 그는 그 돈뭉치가 무엇이고 정확히 어디서 났는지 이미 안다는, 상처받은 눈빛으로 나를 응시했다. 나는 너무나도 당연히 그가 나에게 총을 겨눌 거라고 생각했다. 하지만 대신 그는 나를 바라보는 시선을 고정한 채로 그 돈뭉치를 창밖으로 던졌고, 지폐들은 바람에 다 흩어졌다. 나는 비명을 지르거나 슬퍼할 겨를도 없었다. 이제 어떻게든 판단해야 할 순간만이 남았기 때문이었다.

내 왼쪽에는 권총과 현금을 손에 쥔 악마가, 내 오른쪽에는 산탄총을 들고 신의 심판을 내릴 영감이 있었다. 미래는 내가 선택하기를 기다리고 있었다.

하지만 태어나서 처음이자 마지막으로 선택을 하지 못했던 것이 옳은 선택이 되었다.

왜냐하면 볼스의 계획에는 그 자체로 결함이 있었고 그것이 바로 우리 앞에 드러났기 때문이다. 벌목용 트럭이 오르막에서 나타난 것이다. 볼스의 운전사는 브레이크를 슬슬 밟아 우리 뒤로 들어오려고 했다. 하지만 그는 우리 뒤에 다른 차가 있는 것을 미처 보지 못했다. 한 농장 집의 진입로에서 나온 세단 한 대가 아까부터 우리 뒤를 달리며 내 사이드 미러에 보였다 말았다 했다. 그것은 여성이 운전하는 패커드였다. 나는 눈을 깜박거리면서, 내가 주술이라도 부려서 나타나게 한 게 아닐까 궁금했을 정도로 분명 빨강 머리일 거라고 생각했지만, 그것은 갈색 패커드였고, 운전자는 하얀색 손뜨개 장갑과 모자를 쓴 할머니였다. 그 할머니는 걸과 보이가 양쪽 창으로 머리를 내민 모습에 넋이 빠져 우리 뒤에 아주 가깝게 따라붙은 상태였고, 무슨 일이 일어나는지 전혀 모르는 것 같았다. 더 나쁜 문제는 기린들도 마찬가지였다는 점이다. 보이의 머리는 도로 쪽으로 너무 많이 튀어나와 있었다.

벌목 트럭이 경적을 울렸다.

서커스 밴의 운전사가 브레이크를 밟았다.

볼스의 권총은 바닥으로 떨어졌다.

천만다행으로 보이가 머리를 집어넣었다.

그러자 패커드 할머니가 브레이크를 세게 밟았다. 하지만 서커스 밴이 그녀의 차 뒤로 방향을 틀기에는 이미 너무 늦은 뒤였다. 벌목 트럭은 이미 우리 앞에 와 있었다. 볼스의 운전사가 할 수 있는 건 한 가지뿐이었다. 그는 왼쪽으로 핸들을 틀어 무성하게 자란 잡초들을 지나고 나무들을 피해 철도 용지로 돌진했다. 밴은 철로에 아주 세게 부딪혔고 그 바람에 타이어 네 개가 모두 터져 버렸다. 펑 펑 펑 펑. 그리고 벌목 트럭이 경적을 빠아아아아아아앙 울리며 지나갔다.

부츠 끝까지 온몸이 떨리는 것을 느끼면서, 나는 갈색 패커드가 먼저 지나가도록 속도를 줄였다. 할머니의 얼굴은 놀라서 하얗게 질려 있었다. 아마 내 얼굴도 다르지 않았을 것이다. 다행히 철로의 방향이 바뀌어 기차와 멀어지면서 나도 서서히 정신을 차리고 다시 속도를 내기 시작했다. 하지만 영감은 여전히 산탄총을 손에 들고 도로를 주시했다. 나는 그의 얼굴에서 어떤 표정을 보게 될지 두려워 차마 쳐다보지도 못했다. 나는 해명을 하고 싶었다. 하지만 그 모든 것의 바탕에는 저항할 수 없는 떠돌이 고아의 본성이라는 것이 자리했고, 그것을 대체 어떻게 변명할 수 있었겠는가? 게다가 그건 나조차 거의 인식하지 못하던 본성이었다. 그래서 나는 단지 〈나는 그러지 않으려고 했어요……. 그럴 생각이 아니었어요……〉라는 말밖에 할 말이 없었다.

「그게 전부냐?」 영감이 내 쪽을 보지 않고 물었다.

「네.」 나는 그 순간에도 여전히 내 주머니 속에 있는 금화를 잃고 싶지 않아서 거짓말을 하고 말았다.

우리는 침묵 속에 몇 킬로미터를 갔다. 그리고 멤피스를 가리키는 이정표들이 나타났다. 영감은 산탄총을 무릎에 올려놓은 채 여전히 내 쪽은 쳐다볼 생각을 하지 않았다. 그래서 나는 그가 어떻게 행동할지에 대해 마음의 준비를 했다. 이미 캘리포니아행 기차표는 날려 버린 게 확실했지만, 그가 여전히 나를 멤피스 보안관에게 넘길 거라고 여겼기 때문에, 비밀을 혼자 꽁꽁 감추던 나로서는 그것만은 막아야 한다는 생각뿐이었다.

앞쪽에 〈멤피스시 경계〉라는 표지판이 보였다.

나는 속력을 늦추었다.

「계속 가.」 영감이 말했다. 「회송 지점을 우리가 먼저 지나쳐서 이번에 완전히 끝내 버려야 하니까. 우리가 이대로 갈 수 있도록 기린들이 도와만 주면 네 시간이면 충분히 리틀 록에 도착할 수 있을 거다.」

나는 어리둥절했다.「여기서 안 서요?」

「계속 가.」이것이 그의 유일한 대답이었다.

그렇게 빨리, 나는 어떤 식으로든 멤피스에서 떠나지 않게 되었다. 하지만 거짓말쟁이 불한당 같은 내 손에는 여전히 영감의 귀중한 화물이 맡겨져 있었다. 〈영감은 왜 기회가 있을 때 나를 운전대에서 끌어내리지 않았을까?〉 나는 궁금했다. 혹시 좀 더 가다가 자기만의 방식으로 나를 벌줄 계획일까? 자칫했으면 오늘 어떤 끔찍한 일이 일어났을지, 또 그래서 앞으로의 날들이 어떻게 바뀌었을지부터 볼스가 영감의 이름을 듣고 살인자라고 주장했던 것까지, 온갖 끔찍한 생각을 곱씹을 네 시간이 주어지자, 나는 머릿속이 혼란스러워졌고 시간이 지날수록 점점 더 초조해졌다.

게다가 설상가상으로 우리가 노점 과일 판매대를 지날 때 녹색 패커드가 그곳에서 나오는 것이 보였다.

나는 영감의 좌석 밑 발판에서 뭔가 펄럭이는 것을 발견했다. 그것은 어제 그가 채터누가에서 샀던 신문이었다.

어제의 내일은 오늘이 되어 있었다.

내 생일이었다.

나는 열여덟 살이 되었다.

샌디에이고 데일리 트랜스크립트

1938년 10월 11일

차질 없이 진행되는 기린의 여정

샌디에이고 — 10월 11일(특보). 남부 캘리포니아주 전역의 동물 애호가들은 첫 기린을 만나기 위해 숨을 죽이고 기대하고 있다. 우리 동물원 원장인 벨 벤츨리 씨는 일요일 샌디에이고 동물원의 생일 파티에서 길쭉한 반추 동물 두 마리의 트럭 여행이 〈일정대로 잘 진행 중〉이라고 발표했다. 최근 테네시주에서 동물원 직원 라일리 존스 씨가 전보로 보낸 진행 상황 보고에 따라, 여행이 〈순조로운 항해〉처럼 잘 진행되고 있다는 소식을 알리게 돼서 기쁘다고 말했다…….

「할아버지?」

누군가 내 방문을 또 두드린다. 나는 글을 쓰던 동작을 멈출 만큼 화들짝 놀란다.

「제발 나 좀 가만 내버려둬!」 한 도우미가 다른 도우미들처럼 불쑥 들어오자 나는 가슴을 쓸어내리며 고함을 지른다.

나는 호흡을 가다듬으며 도우미를 보기 위해 멤피스의 도로에서 나를 끌어낸다. 「흑인이네.」

「시력에는 아무 문제가 없으시네요, 할아버지. 오늘 온종일 아무것도 안 드셨다고 해서 괜찮으신가 보러 왔어요.」

「넌 누군데?」 내가 말한다.

「아이고, 할아버지, 매일 밤 그러시네.」

난 그 누구의 할아버지도 아니고 이 사람의 할아버지는 더더욱 아니다. 하지만 그는 일곱째 아들을 생각나게 한다. 그래서 나는 그에게 으르렁거리지 않는다. 「나도 유색인 모텔에 묵은 적이 있어.」 내가 말한다. 「아주 좋았어.」

「아, 네.」 그가 말한다.

「기린들도 좋아했어. 그렇지, 걸?」 나는 창문을 향해 말한다.

그가 인상을 찌푸린다. 「옛날 여자 친구가 보이시나 봐요, 할아버지?」

「아니야, 내 친구 〈걸〉 말이야.」

「그러니까 여자 친구요.」

「아니. 〈걸〉이라니까.」 나는 내 어깨 뒤로 걸을 가리켰다.

「아, 네.」 그는 마치 걸이 그곳에 없는 것처럼 허공을 보면서 다시 말한다.

「기린이야.」 내가 말한다. 「지금 바로 네 눈앞에 있어. 창문 밖에.」

「지금 여긴 5층인데요?」

「그래?」 내가 멈칫한다. 「그렇지.」 나는 다시 창문 쪽을 바라본다.

걸은 사라지고 없다.

「할아버지,」 그가 말한다. 「지금 뭘 하시는지는 모르겠지만 잠시 쉬셔야 할 것 같아요. 어르신 나이에는 너무 무리하시면 안 돼요.」

내 나이? 나는 방금 내가 쓴 것을 내려다본다.

오늘은 내 생일이다.

잠깐, 아니, 아니다.

생일이었다.

내가 기억을 떠올리자 심장이 또 멈칫거린다.

나는 이미 1백 살이 넘었다…….

「새 텔레비전을 부수지 않겠다고 약속하시면 레크리에이

션실에 모셔다드릴게요. 그렇게 거칠게 행동하셔서 좋을 게 없잖아요. 그렇죠? 할아버지?」

나는 텅 빈 창문 밖을 흘깃 바라보고는 다시 글을 쓰기 시작한다.

더 빨리.

10
아칸소주로

자신의 생일이 언제인지 모르는 사람을 알았던 적이 있다. 그는 운이 좋은 사람이었다. 그는 삶의 하루하루를 자신의 나이를 알지 못한 채 여느 날과 다름없이 살았고, 따라서 그는 1년 내내 생일이 주는 무언의 압박도 느끼지 않았다. 이미 충분히 살 만큼 산 나도 다행히 그런 것 없이 살 수 있게 되었다. 생일이란 무엇일까. 숨을 쉬며 평소와 다름없이 꾸준히 살아가고, 일출에서 일몰까지의 삶을 이어 가고, 특별한 생각 없이 우리가 되어야 할 사람이 되어 가는 것이다. 우리가 태어난 그날이 다가올 때까지. 그리고 그날이 되면 무슨 일이 일어나든, 그게 좋은 일이든 나쁜 일이든, 똑딱거리는 시간의 흐름과 함께 영원히 그날을 기억하게 된다. 달력의 그 날짜는 아무것도 바꿀 수 없는데 뒤를 돌아보게 하고, 앞으로 일어날 일을 알 수도 없는데 자꾸만 앞을 보게 한다. 기린과 함께 트럭 위에서 지냈던 내 생일을 돌이켜 보면, 미시시피강 둑에 서 있던 열여덟의 나도 그런 것을 느꼈었다. 건너려고 해도 대체 어디로 가는지 보이지 않을 만큼 넓디

넓은 미시시피강 바로 앞에서. 나는 그렇게 앞에 어떤 일이 기다리는지도 모르고 지난 일을 곱씹어 볼 여유도 없이 여행을 했다.

우리는 볼스와 추격전을 치른 다음 멤피스를 막 통과한 후였다. 기린들은 힘들어했고, 녹색 패커드는 숨어 있거나 다시 길에서 기다리거나 했고, 나는 여전히 혼란스러웠다. 도시를 지나가며 멤피스 동물원으로 돌아가는 표지판을 볼 때마다 나는 혹시 영감의 생각이 바뀌지 않았는지, 혹시 나를 혼내 줄 영감만의 계획이 따로 있는 건 아닌지 계속 그를 흘끔거리면서 내가 날려 버린 캘리포니아 기차표를 아쉬워했다. 하지만 그는 산탄총을 손에 들고 계속 뒤를 돌아보았다. 그러다가 앞쪽에 다리가 보이자 그는 다리를 건너기 전에 강둑 근처에 차를 세우라고 손짓했다.

영감이 총을 겨드랑이에 끼우고 트럭을 점검할 때 기린들이 주둥이를 빼고 물 냄새를 킁킁거렸다. 하지만 나는 꼼짝도 할 수 없었다. 나는 그저 세상의 끝으로 떨어지는 것처럼 강 건너편으로 사라지는 아주 좁은 다리를 바라보고 서 있는 일 외에는 아무것도 할 수가 없었다. 내 위장도 그렇게 세상 끝으로 떨어지는 것 같았다. 표지판에는 〈해러핸교, 길이 1.5킬로미터〉라고 쓰여 있었다. 엄청난 길이의 다리였다. 커즈에게 가는 길에 이 다리를 건넌 적이 있었다. 하지만 그것은 밤에 기차를 타고 다리 가운데 놓인 철로를 통해서였다. 차와 트럭 들이 지나는 길은 철로 양쪽에 붙어 있었고, 철로를 나무로 막아 놓은 것에 지나지 않는 좁은 1차선 도로였다.

「지금 저걸 건너야 하는 거예요?」 내가 중얼거렸다.

「선택의 여지가 없어.」 영감이 말했다. 「게다가 노면이 울퉁불퉁할 거야. 그러니까 기린들 머리를 넣는 걸 좀 도와줘. 그리고 그대로 얌전히 있어 주길 바라자고.」

선택의 여지가 없다. 하지만 내 직감은 저 다리를 건넌다면, 나는 잘 이해하지도 못하는 선택을 억지로 하게 되는 것이라고 이야기했다. 그리고 나는 전혀 그럴 준비가 되어 있지 않았다. 아직은. 어쩌면 그 후로도 쭉.

바로 그때 기린 중 한 마리가 객차의 벽면을 걷어찼고 영감은 멍하게 있는 나 대신에 용수철처럼 튀어 올라 창문을 잠갔다. 「가자.」 그는 기린들이 쿵쿵거리고 킁킁거리는 가운데 재촉했다.

〈난 기린들처럼 물을 보면 조금 불안해서 그래. 그뿐이야…….〉 나는 운전대를 잡으러 기어 올라가 다리로 향하는 차들의 대열에 천천히 합류하며 속으로 생각했다. 어깨 너머로 한 번 더 뒤를 돌아본 뒤 영감은 총을 다시 선반에 올려놓았다.

우리는 울퉁불퉁한 노면에 부딪히고 튕겨 가며 앞으로 나아갔다.

모든 타이어가 요동쳤고 치아가 덜덜 떨렸다. 우리는 기어가듯 살금살금 앞으로 나아갔다. 내 바로 옆에는 다리 가운데로 지나는 철로가 있었고 나는 기차가 나타나면 어떻게 될지 상상하지 않으려고 애썼다. 영감 쪽으로는 물, 물, 온통 물뿐이었고, 기린, 트럭, 우리 두 사람과 까마득하게 내려다보이는 흙탕물 같은 미시시피강 사이에는 아주 낮은 가드레일밖에 없었다.

「조심, 조심…….」 영감은 트럭이 덜컹대며 가는 동안 계속 이렇게 말했다. 우리 뒤에는 차들이 늘어났고 시간이 갈수록 점점 더 많은 차들이 밀렸다.

〈아칸소주에 오신 것을 환영합니다.〉 다리를 반쯤 건너자 표지판이 나타났다.

「서두르지 마라…….」 영감은 계속 반복해서 말했다. 「침착해…….」

마지막으로 한 번 더 뼈가 흔들릴 정도로 노면에 부딪힌 뒤 우리는 마침내 다리 반대편에 도착했고, 다시 한번 단단한 땅을 밟게 되자 기린들은 기분 좋은 땅 냄새를 맡으려고 창문의 걸쇠를 박차고 머리를 내밀었다.

다리 양쪽으로 삼각주 평야가 아주 멀리까지 펼쳐져 있었다. 영감은 마침내 긴장이 풀렸는지 편안한 기색을 보이기 시작했다. 산탄총은 선반에 놓인 채 그대로 있었고 영감은 어깨 너머로 뒤돌아보는 것을 완전히 멈추었다. 그는 한숨을 크게 내쉬며 뒤로 기댔고 페도라를 벗어서 우리 사이에 내려놓았다. 곧 철로도 시야에서 완전히 멀어지면서 우리는 다시 적정한 속도와 안정된 도로의 리듬을 되찾았다. 하지만 우리 사이에 놓인 페도라의 편안한 모습에 비하면 그건 아무것도 아니었다.

우리는 검은 삼각주 평야에서부터 이어져 멀리까지 뻗어 있는 목화밭을 바라보며 조용히 길을 갔다. 나는 광활한 목화밭에서 사람들이 〈거대한〉 자루를 끌고 다니며 등을 잔뜩 굽히고 목화를 수확하는 모습을 보았다. 그들 중 고속 도로에 좀 더 가까운 곳에 있던 사람들 몇몇만이 우리가 지나갈 때 마침 허리를 펴다가 기린을 목격했다. 셔츠에 말라붙은 피와 관자놀이의 딱지 앉은 상처 때문에 여전히 측은해 보이는 영감은 고속 도로 가장자리의 비포장길에 있는 식료품 및 건조 식품 가게를 발견하고는 나에게 멈추라고 지시했다. 노새가 끄는 아주 낡은 마차를 모는 농부의 주변을 돌아 나는 가게 앞에 차를 세웠다.

영감은 차에서 내리더니 걸의 쪽문을 열었고, 부목을 다시 감싸려고 다리를 만졌는데도 걸은 너무 지쳐서 걷어차려고 하지 않았다.

「물을 좀 줘라.」 그는 내게 지시하고는 쪽문을 다시 닫고 침울한 얼굴로 가게 안으로 들어갔다. 그가 다시 나왔을 때는 새 셔츠로 갈아입고 상처도 깨끗이 소독된 상태였고, 운전사를 후려치느라 사용했던 양파 자루 대신 새로 산 양파 자루를 들고 있었다.

「리틀록에 전화했다.」 그는 조수석으로 올라타며 말했다. 「오늘 거기에 있는 아주 작은 동물원에서 밤을 보낼 거야.」 그리고 그는 덧붙였다. 「얘야, 아직도 내가 멤피스에 대해 약속한 건 잊어버리지 않았어. 하지만 상황이 바뀌었으니까. 그것에 대해서는 오늘 밤에 얘기하자.」

나는 쌍독수리 금화로부터 위안을 얻기 위해 주머니에 손을 넣었다. 하지만 영감을 슬쩍 돌아본 후 생각을 바꾸고 차를 출발시켰다.

그 후 몇 시간 동안 영감은 깊은 생각에 잠겼고 나는 그가 도대체 무슨 생각을 하는지 걱정이 되었다. 10월이었지만 공기가 탁하고 습도가 높아서 무더운 8월 같았다. 하지만 기린들은 멤피스에서 다리를 건넌 후 한 번도 머리를 집어넣지 않는 걸로 보아 그런 날씨가 좋은 것 같았다.

해가 질 무렵, 구불구불한 고속 도로를 따라 침엽수가 늘어선 리틀록에 가까워졌다. 이제까지 지나온 다른 마을과 다를 게 없어 보이는 작은 마을에 거의 도착할 무렵까지는 아무런 문제가 없어 보였다. 다음과 같이 쓰여 있는 경고문을 볼 때까지는 말이다.

깜둥이들은 해가 지기 전에 이 마을을 떠날 것

기차를 타고 다닐 때, 〈유색인〉 여행자에게 어두워진 후 마을 안에서 잡히지 않도록 조심하라는 경고문을 내건 〈일몰 마을〉이 있다는 얘기를 들어 본 적이 있었다. 그걸 실제로 마주하게 된 것이다. 그 경고문을 너무 빤히 보면서 가다가 나는 그로부터 20미터도 채 안 되는 곳에 사고로 망가져서 있는 트럭을 박을 뻔했다.

차 옆에 〈호두 판매〉라고 급하게 페인트로 써놓은 모델 A[28] 트럭이 무언가에 부딪힌 듯 옆으로 돌아가 있었다.

큰 뿔이 달린 수사슴의 머리 전체가 차의 라디에이터 그릴에 박혀 죽어 있고, 라디에이터에서는 핑크빛 물이 뿜어져 나왔다. 나는 방향을 제때 틀어 그 트럭과 충돌하는 건 피했지만 수사슴의 뒷부분은 차마 피하지 못했다. 피, 사슴의 사체에서 떨어진 부분들, 그리고 호두들이 도로 전체에 엉

28 포드에서 1926년부터 생산된 트럭의 종류.

망진창으로 흩뿌려져 있는 상태였다. 우리가 지나가면서 조각난 사체들이 짓이겨지고 호두가 으깨지는 소리가 들렸고, 밀짚모자를 쓴 흑인 남자가 나무들이 있는 쪽으로 허둥지둥 숨는 모습이 보였다.

영감과 나는 동시에 고개를 뒤로 돌렸다. 나는 우리가 밟고 지나온 사슴의 사체 조각들을 바라보았지만 영감이 돌아본 곳은 나무들이 줄지어 심어진 쪽이었다.

「차 세워.」 그가 지시했다.

나는 영감이 트럭의 범퍼를 확인하려는 줄 알았으나 그는 나무들이 늘어선 곳 너머로 내게는 잘 들리지 않게 뭐라고 소리쳤다. 영감은 대답을 못 들었는지 다시 뭐라고 말하면서 이번에는 리틀록 쪽을 가리켰다가 표지판을 가리키고 또 지는 해 쪽을 가리켜 보였다. 그러자 손에 밀짚모자를 든 호두 상인이 나무들 사이로 슬그머니 나왔다. 두 사람이 잠깐 동안 얘기를 나눈 뒤에 호두 상인은 그를 보려고 고개를 이리저리 돌리는 기린들과 도로 사이를 번갈아 바라보더니 영감을 따라 트럭 쪽으로 다가왔다. 영감이 운전석 문을 열고 운전석과 조수석 가운데 공간을 가리키자 호두 상인은 고개를 저었다.

「안 돼요, 선생님.」 그가 말했다.

영감은 그를 설득하려고 했지만 그는 계속 도로를 쳐다보며 고개를 저었다.

「안 돼요, 선생님. 안 돼요.」

같은 상황이 반복되다가 차가 다가오는 소리가 들리자 호두 상인은 다시 나무 있는 쪽으로 달려가 숨었다.

차가 지나가자 영감은 식식거리며 운전석 뒤쪽과 운송 상자 사이에 있는 물통을 집어 들어 그것을 자신의 좌석 밑 발판에 밀어 넣었다. 그러고는 호두 상인을 불러 물통을 치운 공간을 가리켰다.

호두 상인이 그 공간을 슬쩍 들여다보았다. 그는 밀짚모자를 다시 머리에 쓰더니 자신의 망가진 트럭으로 황급히 달려가서 묵직한 호두 자루를 들 수 있는 만큼 잔뜩 집어 들고 우리 쪽으로 서둘러 돌아와서는 호두 자루를 양팔에 안고 운전석 뒤 물통이 있던 자리에 들어가 몸을 움츠리고 앉았다.

영감 역시 자기 좌석 밑에 있는 물통 주변으로 다리를 벌리고 겨우 끼어 앉았고, 나는 기어를 넣고 내 자리에서 룸 미러로 호두 상인이 보이는지 확인하면서 다시 차를 출발시켰다. 걸이 앞쪽 창문 밖으로 목을 빼고 긴 혀로 호두 상인의 밀짚모자를 갉아 먹으려고 해서 그가 이리저리 몸을 씰룩대다가, 차 한 대가 쌩하고 지나가자 황급히 모자를 푹 눌러쓰고 몸을 숙였다.

작은 마을에 들어섰을 때 내 이마에 땀이 송골송골 맺혔던 것이 기억난다. 나는 어린 나이였음에도 이미 두려움이란 감정을 여러 번 느꼈지만 그 당시의 두려움은 또 다른 종류였다. 트럭에는 기린 두 마리가 타고 있었기 때문에 그 도시를 몰래 빠져나갈 수도 없었고 만일 누군가가, 그 마을의 어떤 사람이라도 호두 상인을 보게 되면 우린 아까 본 경고대로 끔찍한 대가를 치러야 할지도 모르는 상황이었다. 해는 아직 지지 않았지만 곧 지려고 했다. 영감이 그의 산탄총을 총 선반에서 다시 그의 무릎으로 옮겼는데도 나는 기분이 조금도 나아지지 않았다.

중심가의 길이가 고작 네 블록 정도밖에 안 되는 아주 작은 마을이었다. 우리가 천천히 지나가는 동안 놀라울 정도로 하얀 피부의 사람들 몇 명이 가게 앞으로 나와 우리를 뚫어지게 쳐다보았다. 나는 다시 호두 상인을 돌아보았다.

그는 보이지 않았다.

「멈춰!」 영감이 소리를 질러서 나는 브레이크를 세게 밟았다.

뒷주머니에 권총을 차고 허름한 황갈색 제복을 입은 붉은 얼굴의 촌놈이 앞으로 나아가는 우리 트럭 앞에 서더니 손을 들었다. 피가 묻은 앞 범퍼를 살피며 그는 우리를 들여다보기 위해 영감의 창 쪽으로 다가섰다. 그의 유니폼에는 〈일몰 평화 경찰〉이라는 잉크로 쓴 글씨가 번져 있었다. 그가 인종 차별주의자들이 입던 하얀 고깔모자와 가운 등을 입고 있는 모습을 상상하는 건 어렵지 않았다. 순간 나는 날카롭고 흉악해 보이는 낫을 든 빅 파파의 가족이라도 나타났으면 좋겠다고 생각했다.

「지금 위험을 자초하고 계시는군요, 선생.」 촌놈이 투덜거리는 투로 말했다. 「지금 뒤에 실은 것이 뭡니까?」

「기린입니다.」

「그렇군요. 서커스단에서 일하시나요? 우리 마을 사람들은 서커스단을 좋아하지 않습니다. 범죄자들에 너무 쓰레기 같은 사람들투성이라서요. 그리고 우리는 일몰 후 마을이 평화롭기를 바랍니다.」 그가 그의 유니폼의 글자를 톡톡 치며 말했다. 「이제 일몰 때가 거의 다 됐군요.」

「우리는 그냥 지나가는 겁니다. 그렇게 해주시기만 하면.」 영감이 말했다. 「리틀록 동물원에 해 지기 전에 도착하려고 노력 중입니다.」

「그렇군요.」 그가 영감의 머리에 난 상처를 보고는 트럭의 앞부분을 턱으로 가리켰다. 「범퍼에 피가 묻어 있네요.」

「1~2킬로미터쯤 전에 수사슴을 치었거든요.」 영감이 대답했다.

일몰 평화 경찰은 범퍼 쪽으로 조금 다가서더니 피가 묻은 수사슴의 털을 손가락으로 튕겨 털어 냈다. 그러는 동안 룸 미러로 뒤를 살피니, 걸이 호두 상인이 있던 곳을 킁킁대려고 목을 길게 빼는 것이 보였다. 촌놈 경찰이 걸을 올려다봤다. 「저 동물은 뭔가 불안해 보이네요?」

「방금 수사슴을 쳐서 그런 거겠죠.」 영감이 말했다. 「그뿐입니다.」

꾀죄죄한 경찰은 머리를 긁적거렸다. 그러고는 서부 영화에서 보안관들이 하듯이 권총에 손을 얹은 채 걸이 여전히 킁킁대는 공간 쪽으로 이동하기 시작했다.

그러자 영감은 산탄총의 총구를 일몰 평화 경찰관이 볼 수 있을 만큼 충분히 높이 창턱에 올려놓고 말했다. 「있잖습니까, 경찰관님. 저라면 가까이 가지 않겠습니다. 저놈들은 위험한 놈들이거든요. 아주 사납답니다.」

촌놈은 영감이 들고 있는 총과 영감의 얼굴을 번갈아 바라보고 잠시 멈칫하더니 천천히 권총에서 손을 뗐다.

「제가 말씀드린 것처럼,」 영감이 말을 이어 갔다. 「저희는 리틀록 동물원에 해가 지기 전에 도착하려고 지나가는 길이었습니다. 그래서 이만 가봐야 합니다.」

「뭐, 좋소, 그렇다면……. 당신들 같은 훌륭한 백인들을 잡아 둘 생각은 없으니까요.」 그는 중얼거리면서 뒤로 물러나 가슴을 내밀고는 우리에게 지나가라는 손짓을 해 보였다. 「그만 가도 좋습니다.」

마을을 지나 탁 트인 고속 도로로 들어서면서 속도를 높였을 때 방수포가 부스럭거리는 것 같은 소리가 들렸다. 아직 한 번도 그런 기후를 만난 적은 없지만 추운 밤이나 거센 폭풍우를 대비해 챙겨 둔 것이었다. 룸 미러로 뒤를 살피니 방수포가 위로 젖혀져 있고 그사이로 호두 상인의 얼굴이 보였다. 그는 마른 방수포를 끌어당겨 자신과 호두를 가렸던 모양이었다. 유일하게 희생된 것이 있었다면 그의 망가진 밀짚모자였다. 우리가 그 일몰 마을에서 아주 멀어진 다음에야 그는 방수포를 조심스레 다 원래대로 돌려놓고 똑바로 앉았고, 걸은 그를 핥고 쿡 찌르는 것으로 인사를 건넸다.

영감과 나는 아무 말도 하지 않았다. 별로 할 말도 없었고 우리 둘 다 말하고 싶은 기분이 아니었다. 그래서 우리 둘은 몇 초마다 호두 상인을 돌아보며 조용히 길을 갔다. 얼마 지나지 않아서 호두 상인은 걸의 주둥이에 손이 닿을 만큼 몸을 높이 세우고 앉아 자신이 지금 만지는 것이 진짜인지 믿을 수 없다는 표정을 지었다.

리틀록 외곽 부근에서 호두 상인이 운전석 뒤의 창문을 톡톡 두드렸다. 비포장도로 근처에 차를 세우자 호두 상인이 차에서 뛰어내려 망가진 밀짚모자를 펴고 호두 자루를 집어 들고 턱을 위로 들더니 자루 중 하나를 영감의 창문 쪽으로 들어 올렸다. 영감은 정말 호두 상인에게서 답례 같은 걸 받을 생각이 없어 보였다. 하지만 갚아야 할 빚이 있다면 갚을 권리도 있는 것이다. 그래서 영감은 자루를 받았다. 호두 상인은 우리 쪽을 향해 고개를 끄덕이고는 마지막으로 기린을 돌아보고 어둠 속으로 사라졌다.

우리는 그곳에 잠시 앉아 그가 사라진 곳의 어둠이 점점 깊어지는 것을 지켜보았고, 기린들조차 마지막으로 그를 한 번 더 바라보기 위해 안간힘을 썼다. 그런 다음 영감은 다시 산탄총을 선반에 돌려놓고 말했다. 「그만 가자.」

다시 차를 출발시키려고 할 때 뒤에서 차가 부르릉 소리를 내며 다가오는 소리가 들렸다.

나는 뒤를 돌아보고 몸이 얼어붙는 것 같았다.

그것은 소형 밴이었다……. 노란색 밴…….

〈아칸소주 석간신문을 집으로 배달해 드립니다.〉 그 밴이 쌩하고 지나칠 때 차에 이런 문구가 적힌 것이 보였다.

나는 놀란 가슴을 침을 꿀꺽 삼켜 진정시키고 클러치를 풀며 앞으로 나아갔다.

시 경계를 지나자마자 〈페어 파크 동물원〉 방향을 알리는 표지판이 나타났다. 그 표지판은 철도 건널목을 가로지르는 오래된 조약돌 다리 건너의 도시 공원 안에 있는 동물원의 입구로 바로 안내했다. 동물원의 건물은 산에서 봤던 것과 같은 석조 건물이었다. 공공사업 진흥국에서 지은 것이 분명했다. 입구는 주변보다 살짝 오르막에 있었고 동물원을 둘러싼 공원은 사람들로 가득했다. 하지만 일반적으로 상상했던 것과는 다른 광경이 펼쳐져 있었다. 우리가 바라보는 곳마다, 뉴욕시에서 센트럴 파크를 지날 때 기린들을 쫓아오던 사람들처럼 갈 곳 없는 노숙인들이 벤치에, 임시변통 막사에, 그리고 지하 배수 터널 근처에 기대거나 누워 있었다.

「여기 있어.」 영감이 차에서 내리면서 지시했다. 영감은 입구에서 부랑자들을 쫓아내는 순찰대원들 사이사이를 지나 동물원 안으로 들어갔다.

「와, 기린이다!」 한 아이가 엄마에게서 떨어져 달려오면서 소리를 질렀다. 「기린, 기린!」 그 아이는 폴짝폴짝 뛰면서 계속 소리쳤다.

기린이 사람들의 손에 닿으려고 목을 아래로 쭉 뻗자 사람들은 벌써부터 우우 하고 아아 하면서 모여들기 시작했다. 그것이 기린들에게는 힘든 하루를 보낸 후에 들려오는 감미로운 합창과도 같다는 것을 알 수 있었고, 나도 괜히 기분이 좋아졌다.

영감이 돌아와서 동물원의 높은 돌 울타리에 있는 정문 쪽으로 트럭을 몰고 오라고 손짓했다. 정문까지 갔을 때, 영감은 일반적으로 동물원에서 일하는 사람의 복장보다 훨씬 멋진 차림(넥타이에 양복, 중산모까지)으로 금속 테 안경을 쓴 키 작은 남자와 이야기하는 중이었다. 우리가 안으로 들어가자마자 동물원 남자는 정문을 닫고 동물원의 뒤쪽 벽을 따라 무화과나무들이 늘어선 곳으로 우리를 안내했다. 기린이 잔치를 벌이기에 딱 알맞은 곳이었다.

동물원은 영감의 말대로 아주 작았다. 땅거미가 질 무렵

인데도 트럭을 주차한 곳에서 동물원 전체가 한눈에 보일 정도였다. 왼쪽의 입구 부분은 원숭이 우리로도 쓰는 기다란 건물이었고, 그 건물의 끝은 오른쪽의 외부 방목장으로 이어지는 옥외 통로와 연결되어 있었다. 방목장에는 커다란 우리 안에서 배회하는 물소, 물이 없는 해자 안의 거북이, 공작새, 낙타 몇 마리, 사자, 얼룩말, 불곰 등이 있었다. 그게 전부였다.

영감과 중산모 남자는 내가 기린을 위해 위 덮개를 열었을 때 트럭 앞에 서서 얘기를 나누고 있었다. 내가 차에서 뛰어내리자 영감은 내게 오라고 손짓했다.

「아까 정문 근처가 소란했던 점 죄송합니다.」 중산모 남자는 여자 같은 높은 목소리로 말했다. 「요즘 다른 도시들과 마찬가지로 우리에게도 우리의 멋진 공원을 황폐화하는 후버빌[29] 문제가 있습니다. 우리가 어떻게 해도 폐장 시간에는 항상 최악이죠. 그런데 여기 이분은 누구신지요?」

「이쪽은 저희 젊은 운전사, 우드로 니켈입니다.」 영감이 말했다. 「오늘 아침 테네시주에서 약간 안 좋은 일이 있었습니다. 그래서 강 건너편에서 안전하게 밤을 지내고 싶었습니다. 이렇게 갑자기 연락드렸는데도 환대해 주셔서 감사합니다.」

「벤츨리 원장님의 친구라면 누구든 환영입니다.」 중산모 남자가 나를 지나쳐 벌써 나뭇잎을 뜯어 먹는 기린들을 바라보며 말했다. 「고향이 어딘가요, 니켈 씨?」

고향? 나는 고향 같은 건 없었다. 적어도 내가 얘기하고 싶

29 대공황 시기에 노숙인들이 형성한 판자촌.

은 고향 같은 곳이란 더더욱.

영감이 끼어들었다. 「이 젊은 니켈 씨와는 동해안에서 만났습니다. 그리고 그 이후부터 임시로 당분간 우리를 도와주고 있죠.」

하지만 중산모 남자는 기린의 마법에 빠져 사교적인 예의 따위는 잊어버리고 귀담아듣지 않는 것 같았다. 그는 기린들을 바라보며 한숨을 쉬었다. 「기린들을 위해서라면 뭐든지 해드릴 수 있습니다. 정말 얼마간 묵을 생각이 없으신가요?」

영감은 대답도 하지 않을 만큼 그 질문에 큰 의미를 두지 않았다. 나는 대체 무슨 생각을 해야 하는지도 몰라 얼떨떨해하는 사이 얘기를 나누던 두 사람이 웃음을 터뜨렸다.

「그런다면 벤츨리 원장님이 타르를 바르고 깃털을 붙여 고문할 겁니다.」[30] 중산모 남자가 폭소를 터뜨렸다. 「도움이 될지는 모르겠지만 암컷의 다리를 살펴보도록 우리 수의사를 부르겠습니다. 그 사람은 오늘 횡재했다고 생각할 거예요. 아마 기린을 본 적이 한 번도 없을걸요. 아, 저기 오네요.」

동물원의 수의사는 하얀 가운을 입은 브롱크스 동물원 수의사와는 전혀 다른 모습이었다. 얼룩진 카키색 옷을 입은 그에게서는 분뇨 냄새가 났고, 기린을 처음 봤을 당시의 나에 필적할 만큼 눈이 튀어나올 것 같은 표정을 지었다. 그는 걸의 다리에 집중하려고 노력했다. 「내내 저 트럭 안에 있었다고요? 정말 힘들었겠군요. 아무래도 붕대를 떼어 내려고

30 중세 유럽의 고문 방식.

계속 달리고 발로 찬 것 같습니다.」

영감이 대답하지 않아서 나는 걸의 다리를 쳐다보는 실수를 저지르고 말았고, 구역질을 할 뻔했다. 상처는 옥수수밭에서 본 것보다 훨씬 나빠진 상태였다. 피와 고름이 여기저기에서 줄줄 흘렀다. 〈나 때문이야.〉 나는 생각했다. 내가 옆판을 내렸기 때문에. 내가 20달러짜리 동전을 받았기 때문에. 내가 영감에게 경고하지 않았기 때문에. 걸을 다치게 한 건 나였다. 나는 숨을 쉴 수가 없었다. 마치 퍼시벌 T. 볼스가 그 뚱뚱한 엉덩이로 내 가슴을 깔고 앉아서 내 폐를 심하게 짓누르는 것 같은 느낌이 들었다.

「양파를 가져와.」 영감이 말했다.

나는 양파 자루를 집어 들고 위로 올라가서 걸이 받아먹는 대로 바로바로 양파를 먹여 주기 시작했다. 수의사가 약을 바르고 붕대를 다시 감으며 치료하는 동안 나는 계속 걸에게 먹이를 주었다. 그러다가 수의사가 〈일단 할 수 있는 치료는 다 했습니다〉라고 말했다. 「제가 보기에 기린의 다리가 다 나을 때까지 여기에 놔두실 생각은 없으신 것 같고.」

영감은 고개를 저었다.

「뭐, 그렇다면 되도록 빨리 단단한 바닥에 내려놓는 게 좋을 듯합니다.」 수의사가 말했다. 「저는 내일 아침 여러분이 떠나기 전에 한 번 더 상태를 확인하고, 설파제와 여행에 필요한 물품들을 챙겨 드리겠습니다. 그럴 수 있다면 제 영광이겠습니다.」

이 말에 중산모 남자가 갑자기, 마치 우리가 다 함께 오랜 회포를 풀고 있었던 것처럼 영감의 등을 허물없이 탁 치더니 말했다.「자, 어서 벤츨리 원장님에게 전보를 치러 갑시다.」

「곧 따라가겠습니다.」 영감이 말했다. 동물원의 두 사람이 자리를 뜬 후 영감이 나에게 내려오라고 손짓했다. 그는 페도라를 다시 쓰더니 손을 허리에 얹고는 내가 그의 앞에 설 때까지 기다렸다가 나를 지그시 바라보며 말했다.「내가 멤피스에서 너한테 약속한 게 있는 건 알고 있지만 그래도 난 애들을 위해 선택을 할 수밖에 없었어. 그리고 이제 상황을 보니 네가 계속 가줘야 할 것 같다. 그러지 않고 여기 너무 오래 있다가는 걸의 다리가 버티기 힘들 거야. 앞으로 더 안 좋은 일만 없으면, 아마 사흘이면 캘리포니아에 무사히 도착할 거 같구나. 네가 원했던 대로.」 그가 말을 잠시 멈추었다.「그래도 되겠냐, 우디?」

영감이 나를 우디라고 부른 것은 처음이었다. 그는 나를 경찰에 넘길 생각이 아니었다……. 그리고 나는 캘리포니아주까지 가게 되었다. 나는 할 말을 찾지 못했다. 내가 할 수 있는 것은 고개를 끄덕이는 일뿐이었다.

「됐다 그럼.」 그리고 우리가 만난 이후 처음으로 내 어깨를 아주 어색하게 몇 번 툭툭 두들기고는 말했다.「이 안에서는 안전해. 우리 둘 다 아주 잘 자야 해. 앞으로 갈 길은 이제까지 우리가 온 길과는 많이 달라. 하지만 그건 너도 이미 알고 있을 테고.」 그가 덧붙였다.「우린 네가 오랫동안 발붙이고 살던 곳을 지나갈 거니까.」

영감의 말은 마른하늘에 날벼락같이 들렸다.「뭐라고요?」

「고속 도로가,」 그가 말했다.「서쪽으로 가려면 오클라호마주와 텍사스주 팬핸들을 지나잖냐.」

「하지만 우리는 남부 경로로 가는 거잖아요.」 내가 중얼거렸다. 「그렇게 말했잖아요. 남부 경로라고…….」

「그게 남부 경로야.」 그가 고개를 갸웃했다. 「우리는 지금 아칸소주에 있잖니, 녀석아. 넌 그러면 우리가 뉴올리언스라도 지나가리라고 생각한 거냐?」

〈네! 그래요!〉 나는 소리를 지르고 싶었다. 〈그게 남쪽이니까요!〉 나는 나 자신이 너무 바보 같아서 속으로 욕을 하며, 어떻게 해야 할지 알 수가 없었다. 〈다시 팬핸들을 지나칠 수는 없어! 그 근처도 가서는 안 돼 — 그 짓을 저지르고 거기를 다시 지나는 건 너무 위험해!〉 나는 마음속으로 비명을 질러 댈 정도로 골똘히 생각했다. 하지만 영감에게 털어놓을 수는 없었다. 그는 분명 이유를 물을 것이고 나는 대답하지 않을 거니까. 나는 어떻게 된 영문인지는 모르지만 영감이 이미 나에 대해 뭔가를 아는 거라는 생각마저 들었다. 〈그래서 내 주머니에서 돈뭉치를 발견했는데도 나한테 계속 운전을 시켰던 걸까? 날 팬핸들의 카운티 보안관에게 데려가서 심판을 받게 하려고?〉

하지만 그가 알 리는 없었다…….

가난한 영혼이 비참한 삶 속에서 처음으로 약간의 은총을 받았을 때, 그것도 거짓말을 용납하지 않는다고 선언한 사람에게서 그런 은총을 받았을 때는 그것을 받아들이기는커녕 인정하기마저 어렵고, 신뢰하기는 더더욱 쉽지 않다. 나는 어린 시절 내내 겪은 경험을 통해, 어떻게 판단해야 하는지 알고 있었다. 하지만 이런 지나친 친절은, 그것이 친절이 맞다면, 오히려 나를 더 불편하게, 심지어 두렵게만 했다. 퍼시벌 볼스가 영감의 이름을 언급하면서 내게 경고한 것을 잊지 않았기 때문이었다.

영감은 계속 말을 이었다. 「넌 동물원에 가본 적 없지? 저 말쑥한 안경쟁이 원장한테는 얘기하지 마라. 여기 동물들이 건강해 보이기는 하지만 사실 샌디에이고 동물원에 비하면 이 동물원은 아무것도 아니야.」 그는 앞쪽으로 손을 내밀며 말했다. 「원하면 좀 둘러보든지. 하지만 우리 애들한테선 눈을 떼지 말고. 나는 원장님 친구라는 저 작달막한 양반하고 제대로 된 식사를 좀 해야겠어. 그리고 한 시간쯤 후에 너한테도 좀 갖다주마. 아무래도 오늘은 내가 너하고 교대를 좀 빨리해 주는 게 좋겠다. 네가 좀 잘 수 있게. 이렇게 나와서는, 어떤 잠을 자게 될지는 아무도 모르니까.」

그리고 그는 가버렸다.

나는 총이라도 맞은 것처럼 거기에 서서, 옐러 숙소 이후로는 죄책감 때문에 스스로도 차마 용납하지 않았던 시선으로 기린들을 바라보았다. 걸과 보이의 거대한 주둥이는 위쪽으로 튀어나와 무화과나무 가지를 향해 혀를 뻗었는데 그 순수한 모습을 보고 있으려니 가슴 한구석이 찔린 듯 다리의 힘이 풀려 후들거렸다. 너무나 온순하고 언제까지라도 용서해 줄 것 같은 기린들을 넋 놓고 바라보다가 지난 이틀간 쌓였던 마음의 무게가 한꺼번에 몰려들어 비틀거리는 몸을 지탱하려고 트럭을 붙잡았다…….

……애들은 나보다 더 좋은 사람을 만났어야 했는데.

내가 모르는 사이 뭔가가 지나가고 바뀌었다. 이제 나는 자신이 대체 어떤 사람인지조차 알 수 없었다. 내가 퍼시벌 볼스의 쌍독수리와 돈뭉치에 욕심을 냈던 건 조금도 놀라운 일이 아니었다. 나는 그 두 가지 행동을 아무 생각 없이 저질러 버렸다. 그럼 걸을 보호하기 위해 그 퍼시벌 볼스가 매수한 도둑놈들에게 총을 쏜 행동은? 그것 역시 생각하지 않고 한 행동이었다. 마치 내 것을 보호하는 것처럼. 하지만 기린들은 내 것이 아니었다. 나는 빨강 머리든 기린들에게든 그런 권리가 없었다. 그런데 나는 지금 내 것도 아닌 두 마리의 동물을 위해서 팬핸들로 돌아가는 위험을 감수하게 되었단 말인가? 나는 이번에야말로 다 그만두고 도망가야 한다는 것을 깨닫고, 겁 많은 송아지처럼 돌아서기 위해 뒤꿈치에 체중을 실었다……. 하지만 기린의 모습이 보일 때마다 심장에 비수가 꽂히는 것 같았다. 나는 다시 그 떠돌이 소년으로 돌아가고 싶지 않았다. 하지만 그게 차라리 다시 팬핸들의 과거로 돌아가서 나를 기다리는 것과 마주치는 일보다는 나은 것이 아닐까?

바로 그 순간, 마치 무슨 신호처럼, 화물 열차 소리가 들렸다. 그것은 이쪽을 향해 다가오고 있었다.

기린에게서 억지로 눈을 떼고 나는 동물원의 출구 쪽으로 걸어갔다. 아직 동물원 안에 남아 수다를 떨던 사람들은 다들 출구 쪽으로 향했다. 도망치기 위한 용기를 억지로 끌어내면서 주머니에 있는 금화를 손에 꽉 쥐고 출구를 노려보았다. 〈혼자서도 캘리포니까지 갈 수 있어,〉 나는 속으로 생각했다. 〈나한테는 아직 20달러짜리 금화가 있으니까……. 괜찮을 거야. 기린들은 내가 필요 없어. 개네들도 괜찮을 거야……. 내가 가버린 줄도 모를걸. 그럼 영감은? 영감은 페도라를 발로 쿵쿵 짓밟으면서 화를 내겠지만, 여기 동물원 원장이 기린들을 벤츨리 부인한테 데려다줄 새 운전사를 소개해 주겠지……. 아무 문제 없이…….〉

사람들은 천천히 내 옆을 스쳐서 출구 밖으로 사라졌다. 나는 여러 번 크게 숨을 들이쉬고 그 사람들의 물결에 합류했다. 하지만 내가 그 군중 속에 발을 들였을 때 누군가 내 팔을 잡았다. 나는 평소처럼 싸울 각오로 홱 돌아보았다.

한 손에 카메라를 들고 다른 한 손으로는 내 팔에 팔짱을 끼고 빨강 머리가 서 있었다.

「키다리! 여기 있었구나!」 그녀가 말했다. 「기린들은 괜찮아? 어제 그 끔찍한 남자는 대체 누구야? 안개 속에서 거의 너를 놓칠 뻔했다가 트럭이 그렇게 된 것을 발견하고는…….」

「어디 갔었어?」 내가 그녀의 말을 자르면서 물었다.

그녀의 눈은 헤드라이트에 비친 사슴의 눈이었다. 「아무데도 안 갔어. 좀 뒤처졌을 뿐이지.」

「나는 계속 너한테 안녕이라고 말하려고 생각했어.」

그녀가 내 팔을 꽉 쥐었다. 「모든 것에는 언젠가 작별을 고하게 되어 있어, 우디. 하지만 우리는 아니야, 아직은. 자, 그러니까 이제 무슨 일이 있었는지 털어놔 봐! 그 남자들이 기린을 훔치려고 했던 거지, 그렇지? 그리고 네가 그중 한 명을 쐈고. 내가 봤어! 너, 잘못했으면 사람을 죽일 수도 있었어!」

「내가 일부러 빗나가게 쏜 거야.」 나는 왜 모두 내 사격 실력을 의심하는지 이해가 안 가서 투덜거렸다. 「내가 그 사람을 죽이려고 했다면 그는 이미 죽었을 거야.」

빨강 머리는 영감과 똑같은 이상한 표정으로 나를 보았다.

「경찰은 뭐래?」

「아무 말도 안 했어. 영감이 부르지도 않았으니까.」

「존스 씨가 경찰을 부르지 않았다고? 왜? 나한테 다 털어놔 봐!」

나는 볼스와 서커스 하인들보다 경찰의 지명 수배 게시판과 도망친 부인에 대한 생각이 더 많이 떠올라서 그런 얘기를 해주고 싶은 마음이 들지 않았다. 대신 나는 이렇게 말했다.「남아서 직접 보지 그랬어?」

그녀가 잠시 멈칫했다.「나는 존스 씨가 분명 경찰을 부를 거 같아서 내가 엮이지 않는 게 좋겠다고 생각했어.」

「왜?」내가 집요하게 물었다.

내 팔을 놓으면서 그녀는 갑자기 말을 돌렸다.「밖에 저 모습 너무 슬프지 않아?」그녀는 출구 밖 공원의 노숙인들을 고개로 가리켰다.「내가 밖에서 입구 옆에 있던 남자 사진을 찍었더니 그 사람이 나한테 이걸 줬어.」그녀는 셔츠 주머니에서 명함을 꺼냈다.

국제 순회 이주 노동자 연합

미국의 호보들

전국 회원 카드 번호 103299

제가 지속적으로 살아갈 수 있도록 소액의 기부를
해주셔서 감사합니다. 정말로 감사드립니다. 당신의
너그러운 마음에 신의 축복이 내리시기를 빕니다.

그녀는 명함을 뒤집어 보여 주었다. 「뒤쪽에 쓰여 있는 것도 봐.」

호보의 맹세

나 존 제이컵 애스터는 스스로를 돕고자 하는 모든 사람을 돕기 위해 내가 할 수 있는 모든 일을 할 것을 엄숙히 맹세합니다. 나는 결코 내 동료들을 이용하거나 다른 사람들에게 부당한 행동을 하지 않고, 그렇게 하는 자들을 비난하지 않으며 나와 미국의 발전을 위해 최선을 다할 것을 엄숙하게 맹세합니다. 그러니 하느님 우리를 도와주세요.

「이건 그냥 호보[31] 명함이네.」 내가 말했다.

「거지들도 명함이 있어?」 그녀가 말했다.

「호보들은 거지가 아니야. 그들은 호보라는 것을 아주 자랑스럽게 생각해.」

「정말! 뭐, 그렇다면 통했네. 내가 그에게 1페니를 줬거든. 아주 좋은 사진이 될 거 같아.」 그녀는 그 명함을 그녀의 하얀 실크 셔츠 윗주머니에 다시 넣으며 말했다. 나는 나도 모르게 어쩔 수 없이 뚫어져라 보고 말았다. 그 셔츠는 그녀가 입은 바지처럼 영화배우가 입을 법한 옷같이 보였다.

빨강 머리가 눈 오는 날의 강아지처럼 행복해하며 카메라

31 열차에 무임승차하여 미국 각지를 돌아다니는 방랑자들.

의 플래시 전구를 바꿔 끼는 것을 바라보면서 그녀를 향한 분노가 높고 뜨겁게 타오르는 것을 느꼈다. 나는 그녀가 자신의 배반적인 여행에 대해 나만큼, 어쩌면 더 많이 불편해하기를 절실히 바랐다. 나는 1초도 더 참을 수가 없었다. 「그 채터누가 보안관보가 왜 너를 찾는 거야?」

그녀의 표정이 경직되었다. 「뭐?」

「속력을 내서 도망갔잖아. 내가 다 봤어. 네가 패커드를 훔쳤다고 하던데.」

그 말에 그녀의 표정이 어두워졌다. 「훔친 게 아니야. 빌린 거지.」

「나도 항상 물건들을 빌려.」 내가 계속 말했다. 「그리고 내가 빌린다는 건 훔친다는 의미야. 그 패커드 주인의 돈도 그렇게 빌린 거야? 이 여행을 하기 위해서?」

「그렇게 무섭게 말하지 마, 키다리.」 그녀가 쏘아붙이고는 다시 입을 다물었다. 「존스 씨도 그 얘기 들었어?」

「당연하지.」

그녀의 표정이 더 어두워졌다. 하지만 난 그 정도로도 충분하지 않았다.

「어떤 남자랑 밀회를 즐기려고 도망치는 거야?」 나는 불쑥 내뱉었다.

그 말에 빨강 머리가 어이가 없다는 듯 나를 쳐다보았다. 「무슨 질문이 그래?」

「보안관보가 그러는데 남편이 있는 여자가 다른 남자하고 도망치면 안 되는 〈맨법〉이란 것을 네가 어겼다고 하던데. 맞아?」

「내가 혼자 다닌다는 건 너도 잘 알잖아!」

〈그러면 누군가의 아내라는 건 맞아?〉 나는 너무나 이렇게 묻고 싶었다.

하지만 그녀는 이미 손을 마구 흔들고 있었다. 마치 그렇게 하면 모든 것을 묵살해 버릴 수 있기라도 한 것처럼. 「일을 다 끝마치면 라이어널한테 패커드를 다시 돌려줄 거야. 같이 오지 않겠다고 한 건 그 사람이야.」

나는 속이 뒤집히는 것 같았다. 그 위대한 기자가 남편이라고? 하지만 그는 너무 나이가 많잖아. 적어도 서른은 되어 보이던데.

「나는 그가 좋아하든 싫어하든 이 기사를 써야만 해.」 그녀는 내가 그런 생각을 하는 중에도 계속 말을 했다. 「나는 우리 모두를 다 유명하게 만드려고 하는 거야! 너도 그게 좋지 않아?」

「이미 기사를 쓰고 있잖아.」

그녀가 눈을 굴렸다. 「그래, 쓰고는 있지……. 하지만 사진이 필요하단 말이야……. 『라이프』 매거진이니까! 키다리, 이제 제발 그만하자. 넌 이해 못 해.」 그녀가 원숭이들 쪽으로 향하면서 말했다.

나는 이해할 수 없었지만 이해하고 싶었다. 어쩌면 그 남자는 보이는 것만큼이나 나쁜 사람인지도 몰랐다. 어쩌면 얼굴에 주먹 한 방을 더 맞아야 할 만한 사람인지도 몰랐다. 나는 알아야 했다. 그래서 나는 그녀를 따라 원숭이들 쪽으로 갔다. 그녀가 카메라를 들었을 때 나는 다가가서 카메라를 밑으로 내렸다. 「집에서 지내지 못하게 하는 문제가 뭔지 말해.」

다음에 그녀가 한 말은 너무나 작은 소리여서 나는 거의 듣지 못할 뻔했다.「집은 네가 떠나온 곳이 아니야, 우디. 집이란 네가 있고 싶은 곳이야.」

나는 그녀가 계속 설명해 주기를 기다렸다. 하지만 대신 즐겁게 까불대고 깩깩거리는 우리 안의 원숭이들을 보면서 그녀가 말했다.「넌 얘들이 평생 다시 자유롭게 되지 못한다는 사실을 생각해 본 적이 있어?」

「원숭이들?」

「모두 다.」그녀가 말했다.「기린들까지 전부.」

여전히 반감에 가득 차 있던 나는, 내가 생각할 수 있는 가장 반대되는 말을 했다.「뭐, 걔네도 어쩌면 이런 게 좋을지도 모르지. 절대 굶지는 않을 테니까. 죽이려고 쫓아오는 사자도 없고. 먼지 폭풍이 유일하게 알고 지내던 가족을 모두 죽이는 것도 아니고. 저기 밖에 있는 사람들 중에는 차라리 그런 이유만으로도 이런 장소에 살겠다고 할 사람도 있을 거야.」

그녀는 얼굴을 찌푸렸다.「내 말은 그게 아니잖아……. 내 말은, 다시는 날개를 펴지 못하고 살아야 한다면 너라면 어떨 것 같아?」

나는 더 이상 우리가 원숭이나 기린에 대한 얘기를 하는 것이 아니라는 것을 알았지만 상관없었다.「기린은 날개 같은 건 없어.」

그녀는 이번에는 내 마음을 얻을 수 없음을 알고 한숨을 쉬었다.「그래도 우리 약속은 아직 유효한 거지? 그렇지?」

그녀가 손을 앞으로 내밀었다. 그녀는 또 악수를 하고 싶어 했다.

나는 하고 싶지 않았다.

「우디, 제발.」

내가 천천히 손을 앞으로 내밀자 그녀는 바로 다가와 나를 안았다. 내 가슴에 얼굴을 묻은 그녀의 카메라가 아직도 다 낫지 않은 내 갈비뼈를 파고들었다. 그리고 그녀는 그 슬픈, 입을 꼭 다문 미소를 지으며 나를 올려다보았다. 나는 화를 억눌러 왔음에도, 갑자기 창고에서부터 상상해 온 대로 그녀에게 키스하고 싶었다. 그리고 그 기분은 내 혼란스러운 마음을 너무 아프게 해서 나는 차라리 그녀를 아예 만나지 않았다면 좋았겠다고 생각했다. 그래서 그녀가 나를 향해 플래시를 터뜨리며 사진을 찍었을 때, 앞이 안 보일 만큼 밝은 그 빛이 고맙게 느껴졌다. 나는 그녀를 처음 보자마자 눈이 멀었고, 그녀를 아는 동안 내내 눈이 멀어 있었으며, 어쩌면 마지막일 수도 있는 이 순간에도 눈이 멀어 버린 듯한 기분이 들었다. 그건 안도감에 가까운 감정이었다.

「있잖아, 우리 가면서 계속 보면 좋겠어. 우리 벌써 반도 넘게 왔잖아. 오, 그리고 사진들 말이야. 다 너무 근사해, 우디.」

순간 나는 볼에 키스의 감촉을 느꼈고 그녀는 사라졌다.

앞이 잘 안 보여서 눈을 깜박이면서 나는 다시 화물 열차 소리가 들릴 때까지 그대로 서 있었다. 그리고 나는 그것을 따라잡기로 마음을 먹었다. 공원의 가로등이 켜지는 사이 나는 출구로 황급히 빠져나가려다가 호보들을 쫓아내던 순찰대원과 정면으로 부딪혔다.

「죄송합니다, 선생님.」 경찰은 〈나〉에게 그렇게 말하고는, 자꾸 자기에게 웃으면서 명함을 주려고 하는 호보의 목덜미를 잡아채러 갔다.

뒤로 물러났던 나는 균형을 잡으려고 잠시 멈추었다. 여전히 남아 있던 방문객들이 휩쓸려 지나갈 때 나는 눈앞에서 벌어지는 후버빌의 소음과 광경에 휩싸였다. 떠들썩한 아우성, 쓰레기통의 불길, 판지로 만든 은신처, 타르 종이 무더기들을. 그런 것들만이 내 눈과 귀에 들어왔다.

하지만 그런 모든 소음 너머로 나는 기린의 울부짖는 소리가 메아리치는 것을 들었다고 생각했다. 그럴 리가 없었다. 후버빌에서 들려오는 소음이 너무 시끄러워서 그런 소리가 들리는 것은 불가능했기 때문이다.

나는 그런 생각을 떨쳐 버렸다.

그리고 다시 그 소리를 들었다.

나는 동물원 쪽으로 다시 돌아가 원숭이들을 지나 트럭 쪽으로 다가가면서도 내가 잘못 들은 거라고 확신했다.

하지만 내가 다시 출구 쪽으로 몸을 돌렸을 때 발밑에 뭔가 부드러운 것이 밟히는 것을 느꼈다. 뭔가 귀리처럼 보이는 것이 땅에 흩어져 있었다……. 물소 우리 쪽에서부터 계속 떨어진 흔적이 있는 것으로 보아 뭔가가 여물통에서 먹이를 낚아챈 뒤 허둥지둥 도망친 모양이었다. 기린들은 발을 굴렀다. 위를 올려다보니 트럭의 그림자 속에 뭔가가 있는 것이 보였다. 나는 주변에 산탄총이 있었으면 하고 바라면서, 발톱 달린 짐승을 보게 될 마음의 준비를 하며 살금살금 다가갔다.

대신 그곳에는 어떤 사람이 양파와 호두 자루를 들고 기린을 올려다보고 있었다. 내가 가지를 밟아 소리만 내지 않았더라도 잡을 수 있었을 정도로 그 사람은 기린에 완전히 넋이 빠져 있었다.

소리가 나자 그가 자루를 움켜쥐고 내 쪽으로 고개를 홱 돌렸다.

보이와 걸이 발을 점점 더 세게 구르는 동안 그 사람과 나는 둘 다 움직이지 않고 그대로 있었다. 나는 공원의 가로등에서 새어 나오는 희미한 불빛을 통해 그를 볼 수 있었다. 맨발에 누더기를 걸친 그 사람은 고작해야 내 나이 정도로 보였고 나보다 더 마르고 가죽과 뼈만 앙상했다. 내 점이 있는 곳과 같은 목과 턱 부분에는 반쯤 치유된 화상 흉터가 있었다. 뜨거운 기찻길로 떨어졌거나 부랑자가 불을 때는 드럼통 주변에서 실랑이를 하다가 덴 것 같은 상처였다. 호보라고 하기에는 너무 비참해 보였고 그냥 부랑자로 보기에도 너무 어려 보여서 아마도 무임승차를 하며 돌아다니는 불운한 아이임이 분명했다. 하지만 지금은 아니었다. 지금 그 아이는 쓰레기장의 개처럼 몸을 웅크리고 동물을 위한 음식을 훔치고 있었다. 그 아이와 눈이 마주쳤을 때 내가 본 것은 나를 소름 끼치게 했다. 그의 눈에는 두려움과 배고픔, 그리고 그 두 가지를 물리치기 위해서는 무엇이든 하겠다는 의지 외에는 남은 게 없었다.

바로 그때 기린 중 한 마리가 트럭의 운송 상자를 세게 걷어찼다. 내가 위를 올려다보자 그 소년은 내게 달려들어 뒤로 넘어뜨렸다. 정확히 검역소에서 내가 영감에게 했던 그대로. 나는 땅바닥에 아주 세게 넘어졌고 그의 악취가 내 새 옷에 끼얹어졌다. 내가 마지막으로 본 것은 높은 돌담 위를 놀랄 만큼 부드럽게 넘어가는 먹이 자루의 뒤꽁무니였다. 그는 그렇게 사라져 버렸다. 마치 길고양이처럼.

귀리가 흩어진 땅에 넘어진 나는 충격에 빠져 누더기 소년이 가버린 곳을 뚫어지게 바라보았다. 그 이후로도 몇 년간 나는 설명하기 어려운 이유로 가끔 거울에서 그 소년의 모습을 보곤 했다. 객차 상자가 흔들리고, 쿵쾅거리고, 뼈대가 부러질 듯 삐걱대는 소리에 나는 정신이 들었다. 기린들은 곧 그 자리에서 상자를 뒤집을 태세였다. 허둥지둥 일어나다가 떨어진 양파가 발에 채였고 나는 그 양파를 집어 들었다. 그러고는 다시는 그러지 않을 거라고 생각했음에도 어느새 영감의 기린들 사이에 있는 나무판자에 걸터앉고 말았다. 걸과 보이가 내게 다가왔고 그 둘의 객차는 조용해졌다. 나는 두 기린의 거대한 턱을 어루만지며, 영감이 하듯 기린들을 달래면서 양파의 껍질을 하나하나 까서 먹여 주었다. 마치 살아 있는 안식처처럼 어린 나를 감싸며 두 기린의 머리가 왔다 갔다 하는 동안 나의 마음은 옥수수밭에서 느꼈던 것과 같은 감정으로 부풀어 올랐고, 지금도 설명할 수 없을 정도로 내가 훨씬 더 밝고 더 빛나고 더 안전하다는 기분이 들었다. 우리는 기린들이 다시 무화과나무 잎을 뜯을 때까지 꽤 오랫동안 그 상태로 있었고, 최근에 그들을 겁먹게 했던 사자를 떠올리게 하는 유일한 것은 그들의 벌름거리는 콧구멍뿐이었다.

나는 판자에 누워 별빛을 배경으로 그려지는 기린들의 실루엣을 바라보며, 화물 열차가 멀리 사라지는 소리를 배경으로 기린들이 조용히 잎을 뜯어 먹는 소리를 들었다.

그러다 거친 목소리가 들려왔다.

「거기 또 올라갔냐?」 영감이 소리쳤다. 「자꾸 그러다가 목 부러진다.」

움직이는 기차의 화물 객차에 있는 줄 착각하던 나는 내가 누워 있던 판자를 꽉 잡았다. 아마도 깜박 잠든 모양이었다. 위로는 별들이 움직였다. 기린들은 나를 둘러싼 채로 가만히 있었고 나는 더 바랄 수 없을 만큼 아무 걱정 없는 편안한 기분을 느끼며 일어나 앉았다.

「그만 내려와.」 영감이 지시했다. 「음식이 좀 차지만 맛은 있다. 그러니 어서 먹고 안경쟁이 원장이 자기 사무실에 마련해 둔 편한 간이침대에서 좀 자거라. 필요하면 깨울 테니까.」

다시 땅으로 내려가니 그 누더기 소년의 귀리가 발에 밟혔다. 나는 음식을 먹어 치운 뒤 자러 가지 않고 영감 쪽으로 돌아섰다. 그는 발판에 털썩 주저앉아 셔츠 주머니에서 담배와 라이터를 꺼냈다.

「무슨 할 말 있냐?」 그는 러키 담배에 불을 붙이며 물었다.

「내가 그 돈다발을 받았잖아요.」 내가 말했다. 「그런데 왜 나를 쫓아내지 않았어요?」

라이터의 뚜껑을 닫으며 그는 담배 연기를 내뿜더니 내 쪽을 보고는 말했다. 「난 한 번도 배고파 본 적이 없는 것 같으냐?」 그는 필요 이상으로 나에게 오랫동안 시선을 두고는, 내가 금화를 갖기 위해서 객차의 옆면을 열었던 날 나를 보던 기린들의 눈빛과 똑같은, 자비에 가득 찬 표정으로 바라보았다. 마치 명치를 한 대 얻어맞은 느낌이었다.

그 역시 나를 용서했던 것이다.

「이제 그만 가서 자라.」 그는 이렇게 말하고 들어가라는 손짓을 해 보였고 기린들은 평화롭게 되새김질을 했다.

그 모습을 바라보면서 내 마음은 온통 부풀어 올랐다……. 그리고 나는 사방이 벽으로 막힌 마음속에 새롭고 맑은 생각이 싹트도록 내버려두었다. 빨강 머리가 말한 것처럼 집이란 내가 온 곳이 아니라 있고 싶은 곳이라면, 그렇다면 트럭, 영감, 그리고 기린들은 내가 지냈던 어떤 집보다 더 집 같다는, 그리고 더 가족 같다는 생각을 말이다. 떠돌이 고아 소년에게 이 집은 두 주먹으로, 될 수 있는 한 오래 붙들고 있어야 할 만큼 지독하게 가치 있는 것이라고. 앞으로의 여정에 어떤 것이 나를 기다릴지라도.

나는 누더기 소년이 넘어갔던 돌담과 팬핸들 방향을 슬쩍 돌아본 뒤 모든 두려움을 속으로 삼키고 중산모를 쓴 동물원 남자의 사무실로 향했다. 앞으로 무슨 일이 닥쳐도 이대로 그들과 함께 남을 거라는 사실을 깨달으면서.

이미 마음의 결정을 내려 평화로운 상태였지만 작은 동물원의 사무실에서 마음을 가라앉히는 데는 어느 정도 시간이 걸렸다. 나는 원숭이들의 소리를 들으며 기린들의 평화로운 조용함을 그리워하면서 어둠 속에서 눈을 멀거니 뜨고 간이 침대에 누워 있었다. 그러다가 나도 모르게 잠든 것 같았다. 나는 어느새 작열하는 빨간 태양 아래 서 있는 나를 발견했다…….

……엄마의 소리가 들린다. 「우리 아가, 누구한테 말하는 거니?」

……우리 안의 동물들, 곰, 너구리, 퓨마, 그리고 방울뱀들이 보인다.

……기린들이 거세게 몰아치는 급물살에 휩쓸리는 것이 보인다.

……짧은 쌍열 산탄총이 발사되는 것을 본다.

……그리고 총알이 사무실 벽을 튕겨 나가는 순간, 나는 어둠 속에서 벌떡 일어나다가 간이침대와 함께 바닥으로 나뒹굴었다.

나는 떠내려가는 기린들과, 우리에 갇힌 동물들의 꿈 때문에 마음이 혼란한 채로 콘크리트 바닥에 부딪힌 머리를 문질렀다. 나는 그곳이 어디였는지 전혀 알 수 없었다. 내게 유일하게 익숙했던 장면은 총이 발사되는 부분이었다. 하지만 떠올려 보니 그것도 정확하지 않았다. 내가 꾸던 악몽 속의 총은 소총이었다. 하지만 이번 꿈에서 본 것은 짧은 쌍열 산탄총이었다. 나는 평생 그런 총을 본 적이 없었다.

나는 간이침대를 몸에서 밀쳐 내고 사무실에서 뛰쳐나갔다. 트럭의 상자 위로 기어 올라가 기린이 안전하게 있는 것을 내 눈으로 확인하고서야 안심이 되었다. 그리고 영감을 내려다보자 영감은 내가 라운드네 길옆 자동차 쉼터에서 속옷 바람으로 트럭으로 달려갔을 때와 똑같은 시선으로 나를 바라봤다.

심장이 쿵쾅대는 가운데 내가 말했다. 「샌디에이고 동물원에서 곰을 우리 안에 둬요?」

「곰은 있지만 아주 좋고 커다란 구덩이에 두지.」
「퓨마는요?」
「아니, 하나도 없어.」
「너구리는요?」
「요즘 누가 너구리를 구경해?」
「방울뱀은요?」
「그건 있지. 동물원에 있는 언덕에서 수천 마리를 파내서 다른 동물원 동물들과 바꾸기도 했어. 오스트레일리아 사람들도 가져갔고.」
「그럼 세차게 흐르는 강 같은 건요? 그런 것도 있어요?」
「바다는 있지.」 그가 말했다. 「왜 그러냐? 이 작은 동물원 때문에 정신이 어떻게 된 거야?」
나는 어깨를 으쓱했다. 그것 외에 다른 반응을 보일 에너지가 없었다.
그가 내게 말했다. 「앉아라.」
나는 그 옆에 털썩 주저앉았다.
「우리가 가려는 곳에 대한 얘기를 좀 더 들려주마.」 그가 말했다. 「저기 저쪽에, 프레리도그가 있는 건조한 해자가 네 눈에는 어때 보이냐? 샌디에이고에서는 아프리카 사자하고 구경꾼 사이에는 달랑 해자 말고는 아무것도 없다. 사실 원장님이 원하는 대로만 했다면 날씨가 좋은 날에는 발보아 공원 전체에 울타리를 쳐놓고 동물들이 마음껏 돌아다니도록 했을 거야. 어쨌든 샌디에이고 동물원은 울타리가 좀 녹슬고 예산은 항상 빠듯하지만 동물들이 인간들 속에서 사는 곳으로서는 가장 좋은 곳이야. 내가 펭귄에 관한 얘기를 해

준 적이 있던가?」

나는 운전석 문에 기대어 영감의 이야기를 들었다. 새로운 악몽에 대해서도, 심지어 뷸라 숙모에 대해서도 털어놓고 싶었지만 아무 도움이 되지 않을 거라는 사실에 입을 다문 채 듣고만 있었다.

대신 나는 도로 쪽을 다시 한번 쳐다보았다.

서쪽으로 가는.

웨스턴 유니언 전보 회사

1938. 10. 11. 오후 7:02

캘리포니아주 샌디에이고

샌디에이고 동물원

벨 벤츨리 원장님께

리틀록에서 하루 묵음.

멤피스 운전사 취소 바람.

기린 상태 양호.

오클라호마주에서 다시 연락하겠음.

라일리 존스

웨스턴 유니언 전보 회사

1938. 10. 12. 오전 7:10

웨스턴 유니언 지점
라일리 존스에게

[보관]

전국 5백 편 이상 기사 보도.
도착 시 『라이프』 매거진에서 취재 예정.
사진 기자는 비행기로 도착 예정.
도착 예정 시간 빨리 전달 바람.

벨 벤츨리

「어르신!」

나는 바닥에 누워 있다. 내가 어떻게 여기에 누웠는지 모르겠다. 「내 연필, 내 연필 어디 있어?」

「그보다 먼저, 일으켜 드릴게요. 그런 다음 같이 연필을 찾아봐요.」

나는 덩치 큰 빨강 머리 도우미가 내 겨드랑이 밑을 감싸서 나를 휠체어에 앉히는 것을 느낀다. 「오, 어르신, 머리를 부딪쳤네요. 흉터가 남겠어요. 어떻게 된 거예요?」

아무래도 내 심장이 멈췄던 것 같다. 하지만 로지에게는 말할 생각이 없다. 나는 걸을 찾으려고 주위를 둘러본다. 창문은 열려 있지만 걸은 보이지 않는다.

그리고 왜 그랬는지 기억이 난다.

로지가 창문 쪽으로 다가간다. 「어르신 몸이 얼음장처럼 차가워요. 창문을 닫는 게 좋겠어요.」

「걸이 다시 돌아올 거야!」 나는 그녀를 막기 위해 휠체어를 타고 굴러가다가 침대 틀에 부딪혀 다시 굴러떨어진다.

로지가 나를 잡아 일으킨다. 「아무래도 간호사를 불러야겠어요.」

「안 돼, 안 돼! 부르지 마! 그러면 간호사가 나한테 약을 먹일 거고, 지금 이 상태에서 멈출 순 없어. 난 이걸 끝내야 돼! 지금도 너무 늦었어, 너무 많이. 너도 알잖아! 남은 이야기를 그 애에게 꼭 해야 한다는 걸. 그리고 그 애에게는 가장 중요한 부분이란 걸 말이야! 내가 이야기를 끝까지 마치지 못하면 이 이야기는 아무런 의미가 없어. 그러니 내가 끝낼 수 있게 좀 놔둬!」

로지는 한숨을 쉬며 내가 휘갈겨 놓은 것의 마지막 부분을 슬쩍 내려다본다.

오클라호마주를 지나는 길.

「저는 오클라호마주는 기억이 안 나는데요, 어르신.」 그녀가 말한다. 「지금 생각해 보니, 아칸소주 이후에는 아무것도 생각이 안 나요. 그 이후에 대한 얘기를 해주셨나요?」

「그럼.」 나는 거짓말을 한다.

「그러면…….」 그녀는 같은 흰머리 한 가닥을 귀 뒤로 넘기며 잠시 멈칫한다. 「잠깐 누워 계시면 간호사는 부르지 않을게요. 어때요?」

나는 끄덕인다.

「그래요, 조심조심.」 그녀는 내가 휠체어에서 침대 위로 옮겨 가는 것을 도우며 말한다.

「책상에 웅크리고 앉아서 온종일 아무것도 안 드셨잖아요. 그래서 그런 것 같아요.」

나는 그것이 이유가 아니라는 것을 안다. 문제는 가끔씩 멈추는 내 심장이다. 「내 연필, 연필 어디 있지?」

그녀는 리놀륨 바닥에서 연필을 집어서 책상 위에 올려놓는다. 「먼저 한숨 주무신 다음에 다시 여행을 떠나세요. 휴식 먼저예요, 약속하신 거예요?」

나는 또 고개를 끄덕인다.

로지가 방을 나간다.

나는 황급히 휠체어로 돌아가 연필을 잡는다. 호흡을 크게 들이마시고, 손을 잠시 심장 위에 올려놓는다. 그러고는 계속 나아간다.

〈이곳에서부터 나는 바라기 시작했다…….〉

11
오클라호마주를 지나는 길

이곳에서부터 나는 바라기 시작했다.

그냥 곧바로 다음으로 건너뛸 수 있었으면 좋겠다고.

그 어려운 시기에 다시 오클라호마주와 텍사스주 팬핸들을 거치지 않고 곧바로 종착지로 넘어갈 수 있기를 빌었다.

한 사람이 자란 곳은 영원한 것이다. 다른 모든 것이 다 잊혀도 기억되는 곳. 그곳이 나에게 좋았든 안 좋았든 상관없이, 심지어 나를 거의 죽일 뻔했더라도. 나의 꿈을 침범하고 악몽을 부추길 때도. 그곳으로부터 도망쳐 다시는 돌아가지 않을 때도. 그러고는 나도 모르게 다시 그곳으로 돌아가는 나를 발견할 때도. 그래서 그럴 때 바랄 수 있는 최선은, 힘들어도 묵묵히, 정신을 똑바로 차리고 가장 최악의 상황을 피하며 그곳을 지나가 버리는 것이다. 그래야 아직 젊은 삶을 다른 어디에선가 계속할 수 있으니까.

사람들은 소망이 말[馬]이라면 거지들도 올라탈 거라고 한다.[32] 하지만 그렇다고 해서 거지가 희망을 품는 건 결코

32 그저 바라는 것만으로는 원하는 것을 얻을 수 없다는 뜻의 속담.

막을 수 없었다.

더스트 볼에서 캘리포니아주로 향하는 두 개의 주요 도로가 있었다. 66번 국도는 시카고에서 오클라호마주를 거쳐 로스앤젤레스까지의 모든 평원을 모두 휩쓸고 지나가는, 가장 통행량이 넘치고 가장 명성이 자자한 고속 도로였다. 샌디에이고로 향하는 또 다른 남부 경로는 내 삶의 일부인 텍사스주 팬핸들의 가장 밑 부분을 가로지르는 길이었다. 내가 알던 사람들은 아무도 그 길을 〈리 고속 도로〉라고 부르지 않았다. 우리에게 그 길은 그냥 서쪽으로 가는 길이었을 뿐이었고 이제는 내가 원하든 아니든 우리가 지나가려고 하는 길이었다.

땅의 초록빛은 아칸소주 경계에서 오클라호마주로 넘어가면서 희미해졌다. 오클라호마주로 더 깊이 들어갈수록 하늘의 푸른색도 더 옅어지고, 흐릿하고 엷게 바뀌었다. 엄마는 아빠와 함께 처음으로 팬핸들에 정주하여 농사를 짓기 시작했을 때의 커다랗고 맑았던 하늘 얘기를 자주 들려주곤 했지만, 내가 어릴 적 본 하늘은 언제나 불안하고 무시무시해 보였기 때문에 엄마의 얘기는 그저 동화처럼 들렸다. 검은 금요일이라고 불리는 끔찍한 날, 최악의 먼지 폭풍이 불었던 날에 대해 들어 봤는지 모르겠다. 1935년 4월, 성인(聖人)들마저 겁먹게 할 만큼 검은 구름이 지평선 위로 치솟았다. 텍사스주, 아칸소주, 오클라호마주, 캔자스주에서 대평원의 표토를 3억 톤이나 날려 버린 지옥의 폭풍이, 그 모든 대평원이 우리 쪽으로 불어왔다. 그 폭풍이 불어닥치자 하늘이 너무 캄캄해져서 얼굴 앞에 있는 손이 보이지 않을 정도였다. 공기 중에는 정전기가 너무 심해서 누군가 혹은 무엇인가를 조금만 건드려도 불꽃이 일어 무시무시한 화염으로 변하곤 했다. 그리고 그 바람은 멈추지 않고 계속 불어 댔다. 그 먼지 폭풍은 두텁고 강하고 세게 동쪽으로 이동해 워싱턴의 하늘을 아주 어둡게 뒤덮었고, 사람들 말로는 의회 의원들까지도 먼지를 막기 위해 창문을 닫아야 했다고 한다. 그날은 사람들 대부분에게는 단순히 역사적 사실의 한 시점일 뿐이다. 나와 우리 가족들에게는 돌이킬 수 없는 시점이 되어 버렸다. 그 순간은 바로 지상의 수많은 젊은이, 노인과 더불어 내 여동생과 우리 엄마도 나날이 심해지는 기침 속에 서서히 먼지 폐렴으로 죽어 가기 시작한 때였다. 먼지 폭풍이 끝나기까지 몇 달간 사람들은 그것 외에는 다른 생각을 할 수가 없었다. 먼지는 성경에 나오는 메뚜기 떼의 노란 구름이나 진흙 비가 내리는 갈색 하늘처럼 공기 중에 머물며 오르락내리락했다. 공기가 깨끗해진 후에도 걱정은 말끔히 사라지지 않았다. 해를 거듭할수록 더 많은 먼지 폭풍이 몰려와 공기 중에 더 오래 머물면서 폐렴을 더 깊숙이, 속속들이 퍼뜨렸고, 비를 내려 달라는 간절한 기도는 결코 신의 응답을 받지 못했다. 정주자들과 소작농들은 비슷하게 무리를 지어 떠났다. 뒤에 남은 사람들은 우리가 지나가던 바로 그날까지도 폭풍 이외에 다른 얘기를 하지 않았다. 그날도 바람이 불었기 때문이다. 바람과 함께 먼지도 왔다. 그리고 먼지와 함께 오래 묵은 공포도 찾아왔다. 심지어 지구 반대편에서 온 한 쌍의 기린이 바로 그들의 눈앞을 지나치는 순간에도.

오클라호마주 경계를 넘은 지 한 시간도 채 되지 않아 바람이 트럭을 흔들 정도로 불어오기 시작했다. 우리는 걸의 부목을 살피고 기린들이 풀을 뜯어 먹으며 쉴 수 있도록, 튼튼해 보이는 나무들로 이루어진 작은 숲에 잠시 차를 세웠다. 갈수록 점점 나무가 적어지는 중이었고 앞으로 한동안 이런 숲은 보기 어려울 것 같았기 때문이다. 다시 길을 떠나기 전에 우리는 기린들의 머리를 안으로 넣고 창문을 닫으려고 했지만 기린들은 말을 듣지 않았고 다른 시도를 해보기에는 너무 시간이 늦은 상태였다.

「이게 얼마나 더 지속될지 혹시 아냐?」 영감이 페도라를 손에 쥔 채 말했다.

나 역시 알 리가 없었다. 내 비참한 촌놈의 일생에서 그때보다 더 간절히 뭔가를 알기를 바랐던 적은 없었다.

한두 시간 동안 바람은 점점 심해졌고 땅은 갈수록 더 평평해져서 우리는 평소보다 속도를 줄였다. 커맨치에 가기 몇 킬로미터 전에 있는 로코에서, 도로 양쪽에 건물이 달랑 한 채씩밖에 없는 사거리에 차를 세웠다. 건물 하나는 주유구가 두 개 있는 주유소였는데 새 텍사코 간판이 위에 있어서 전체적으로 빨갛고 까맣고 반짝거렸다. 다른 하나는 우리가 힘껏 밀면 무너질 것 같은 허름한 잡화점과 우체국이 있는 건물이었다. 가게는 나무보다 금속으로 된 간판이 많았고 코카콜라와 브릴 크림,[33] 카터의 리틀 리버 필스[34] 같은 커다란 간판이 건물 벽에 잔뜩 붙어 있었다. 영감에게는 다

33 남성용 헤어 제품.

34 미국의 새뮤얼 카터라는 사람이 1868년에 만든 약으로 두통, 변비, 소화불량, 복부 팽만 등에 먹었다.

소 이상하게 보였을지 모르지만 나에게는 익숙한 모습이었다. 판잣집의 타르까지 뚫고 틈으로 들어오는 먼지와 바람을 그런 금속 간판들이 막아 주었기 때문이다.

나는 작은 텍사코 주유소에 차를 세웠고, 이 잇새가 갈라지고 나비넥타이를 맨 주유소 직원이 우리를 맞이하자 기린들도 그에게 인사하기 위해 몸을 숙였다.

「아유, 정말 기가 막히네!」 그는 계속 이 말을 반복했다.

주유 펌프 반대편 끝에서는 차 한 대가 북쪽의 농장으로 가는 길로 들어서는 중이었다. 차에 탄 사람들은 기린을 보고 스페인어로 함성을 질러 댔다.

「저 사람들은 이주 노동자들이에요.」 주유소 직원이 바람에 모자가 날아가지 않게 잡고 말했다. 「지금이 그럴 때거든요. 체리 수확 시기라 일주일 내내 미시간주로 향하는 사람들이 계속 지나가요. 이 먼지 폭풍이 또다시 심해지면 저도 반드시 저 사람들 가는 대로 따라갈 겁니다.」

영감은 걸의 부목을 재빨리 다시 확인할 겸, 자기가 물을 주겠다고 하고는 먹거리와 양파 한 자루를 주문하라고 나를 가게로 보냈다.

가게 카운터에서 옥수수만 한 갑상샘종이 있는 빼빼 마른 남자가 마지막 남은 비스킷 부스러기를 입에 털어 넣었다.

「차 안에 있는 게 뭐예요?」 그는 소매로 입을 닦으며 눈을 가늘게 뜨고 스크린 도어 밖을 쳐다보며 물었다.

「기린입니다.」

「세상에! 참 별의별 게 다 들렀다 가네요. 오래 머물지 않고 금방 지나갈 거죠?」

나는 물건들을 카운터에 털썩 내려놓으며 고개를 끄덕였다.

남자가 헛기침을 했다. 「빨리 지나치는 게 좋을 겁니다. 바람이 점점 더 심해지니. 저런 긴 목을 가진 동물한테는 공기가 탁해지면 좋을 게 없거든요. 아침에 일어나니 먼지가 가득하더군요. 지난 몇 달간은 못 봤었는데. 여기 주 전체가 아직도 그 1935년 먼지 폭풍에서 회복하지 못했잖아요.」

「압니다.」 내가 말했다.

「그에 비하면 1934년 때와 1937년 먼지 폭풍은 아무것도 아니었죠.」

「알아요.」 내가 말했다.

「하지만 비가 올 거예요.」 그가 덧붙였다. 「느낄 수 있어요.」

직원의 목소리에 내 몸이 차갑게 식었다. 그 얘기는 그 지역을 끝내 떠나지 못하던 고집스러운 더스트 볼 맹종자들의 주제가나 마찬가지였고, 먼지바람이란 단어만큼이나 친숙한 말이었다. 또 상황이 더 악화되기 직전에 아빠가 주로 하던 말이기도 했다. 그래서 직원 얘기를 듣고 나는 물건을 하나 더 챙겼다. 바셀린 한 통이었다. 그리고 영감이 계산하도록 물건을 전부 카운터 앞에 갖다 놓은 뒤 가게 뒤쪽에 있는 화장실을 사용하기 위해 그곳으로 갔다.

커다란 통에 가득 들어 있는 사과를 지나치려니 예전의 좀도둑 습성이 반사적으로 튀어나와, 하나를 슬쩍할 뻔했다. 하지만 화장실에서 다시 나왔을 때 사과 옆에는 놀랍게도 빨강 머리 오거스타가 서 있었다. 리틀록에서부터는 더욱 그녀를 다시 볼 일이 없을 거라고 생각했던 나는, 몸이 프레첼처럼 꼬이는 기분이 들었다. 동물원에서 그녀가 나에게 다정하게 대했음에도 나는 아직도 그녀에 대한 화가 풀리지 않았고 더 이상 그런 얘기를 듣고 싶지 않았다. 나는 그녀가 나가기를 기다리려고 화장실 문 안쪽으로 다시 살짝 들어가려다가 그녀가 다음에 한 행동을 놓칠 뻔했다. 그녀는 기린을 넋 놓고 쳐다보는 가게 점원 쪽을 한번 흘깃하더니 기침이 나오는 것을 꾹 참았다. 그러고는 나보다 훨씬 더 솜씨 좋게 사과를 하나 집어 바지 주머니에 넣고는 패커드가 주차된 뒷문 쪽으로 산책하듯 걸어 나갔다.

나는 잠깐 동안 내가 제대로 본 게 맞는지, 맞다면 왜 그런 행동을 했는지 알 수가 없어서 당황한 상태로 서 있었다.

서둘러 길 건너 트럭으로 향하며 빨강 머리가 있는지 계속 뒤만 보다가 마지막에 앞으로 고개를 돌리는 순간, 주유펌프 바로 옆에 있는 기둥에 부딪힐 뻔했다.

「어이쿠!」 나비넥타이 주유소 직원이 소리를 질렀다. 「아슬아슬하게 피했네요.」

「앞을 잘 보고 다녀야지. 그렇게 빨리 가다가 기둥에 부딪혔으면 기절하고도 남았겠다.」 영감이 쪽문을 닫으면서 말했다. 「저 가게에도 웨스턴 유니언 간판이 있는 것 같으니, 혹시 원장님한테 전보가 온 게 없는지 확인하고 오마. 내가 말한 건 다 잘 챙겨 놨냐?」

나는 여전히 빨강 머리를 찾으면서 고개를 끄덕였다. 그때 바람에 맞서 몸을 기울인 상태로 그녀가 카메라를 들고 도로를 가로질러 우리를 향해 서둘러 다가왔다.

영감은 그녀를 보자 씩씩거렸다. 「저 여자가 자꾸만 나타나네. 재수 없게.」 영감이 투덜거리고는 그녀를 피하기 위해 트럭의 반대편으로 돌아갔다.

나는 영감이 이미 말했듯이 그녀를 경찰에 넘길 거라고 확신했기 때문에 갑자기 그녀에게 알려야 한다는 생각이 들었다. 하지만 그러지 않았다. 나는 그냥 거기에 서서 그녀가 나비넥타이를 맨 주유소 직원과 기린들의 사진을 찍는 모습을 지켜볼 수밖에 없었다. 그리고 그녀가 고개를 들고 나를 향해 활짝 웃었을 때 어디선가 노랫소리가 들렸다. 나는 위쪽으로 고개를 쳐들고 주변을 둘러보다가 주유소 너머로 보이는 트럭과 깡통 리지,[35] 농장에서 쓰는 마차 등으로 둘러싸인 텐트를 발견했다. 노랫소리는 그쪽에서 불어오는 바람에 실려 왔다. 나는 어릴 때 매년 끌려가곤 했던, 연단을 탕탕 치며 설교하는 전도사와 제단에서 하는 신앙 고백 등으로 이루어진 〈부흥회〉 같은 것일 거라는 생각에 별로 관심을 두지 않았다.

하지만 예상대로 빨강 머리는 궁금해했다. 「저기서 뭘 하는 건가요?」

「아, 온종일 교회 공동체에서 노래를 부르는 거예요.」 나비넥타이 직원이 말했다. 「대부분은 복음주의 개신교도들이에요. 거 있잖아요, 성결 단체 같은 거. 침례교도들이면 좋을 텐데. 그 사람들은 노래도 좀 할 줄 알고, 탬버린은 안 두들기거든요.」

빨강 머리의 얼굴이 환해졌다.

35 포드 자동차의 모델 T 트럭의 별명.

바로 그때 비가 보슬보슬 내리기 시작했다.

텐트의 문 근처에 있던 한 여성이 재잘거렸다. 「비다!」 그러자 사람들 절반이 밖으로 나왔다.

「주님을 찬양합시다!」

「이런 축복이!」

소프라노 한 명이 이것은 높은 음조로 외칠 가치가 있다고 믿는 모양이었다.

그때 텐트 문 근처에 있던 여성이 우리를 발견했다. 「형제자매들, 저것 좀 봐요!」

나머지 사람들도 줄줄이 따라 나와 입을 떡 벌리고 기린들을 쳐다보는 사이 노랫소리가 사라졌다. 잠시 동안 주위에서 들리는 소리라고는 바람 부는 소리와 탬버린이 마지막으로 찰랑거리는 소리뿐이었다. 그러다가 비가 아주 세게 후드득 떨어졌다.

「이건 좋은 징조야!」 누군가가 고함쳤다.

두 그룹이 각각 다른 노래를 불러 재꼈다. 누군가가 먼저 좋아하는 찬송가를 부르기 시작했다. 「나는 날아오르리, 오, 영광이여, 나는 날아오르리…….」 한편 두 번째 그룹은 갑자기 또 다른 곡을 불렀다. 「오, 원생림의 교회로 오라…….」 엇갈리는 합창은 마치 꽥꽥거리는 고양이들 위에서 경쟁하듯 탬버린을 치는 소리 같았다. 합창단장이 단원들이 모두 같은 노래를 부르게 하기 위해 땀을 뻘뻘 흘리는 동안 기린들은 그 북새통 속에서 목을 길게 빼고 탬버린과 거의 같은 리듬에 맞춰 귀를 앞뒤로 흔들었다.

사람들이 기린들을 위한 세레나데를 연주하고, 입을 벌려

비를 받아 마시고, 신의 은총을 찬양하기 위해 찬송가를 부르며 춤을 추기 시작할 때, 영감이 도로 건너편의 가게에서 나왔다. 양쪽 팔 가득 물건을 든 영감은 새로운 지옥을 본 듯한 표정을 지었다.

「기린 머리를 다시 집어넣어 볼까요?」 내가 다가오는 영감에게 소음 너머로 소리쳐 물었다.

「지금 저 난리 통에 기린들이 자기들 머리를 집어넣게 놔둘 것 같으냐?」

사람들이 가까이 다가오는 사이 우리는 운전석에 얼른 올라타 창문을 닫았다. 그 한가운데서 사진을 찍는 빨강 머리를 본 영감의 얼굴이, 먼지 폭풍이 몰아쳤던 검은 일요일처럼 어두워졌다.

「저 여자 경찰에 신고했어요?」 내가 말했다.

그는 마치 그 모든 것을 다 잊은 것 같은, 뭔가 다른 생각에 빠진 얼굴로 나를 바라보았다.

그런 얼굴을 보자 나는 멈칫했다. 「혹시 전보받았어요?」

그는 도로 쪽을 가리켰다. 「얘기는 나중에 하고 어서 출발하자.」

트럭의 시동을 걸고, 엔진이 부르릉거리는 사이, 합창단장이 그의 손을 흔들며 외쳤다. 「351면을 펴세요! 형제자매 여러분! 멋진 배웅을 해줍시다.」

그 말에 합창단과 탬버린 소리가 갑자기 조용해졌고 분위기는 갑자기 다정하면서도 밝은 천사들의 합창단같이 바뀌었다. 그리고 그 순간 더할 나위 없이 완벽하게 어울리는 4성 화음의 찬송가를 부르기 시작했다. 내가 어릴 때부터 줄

곧 들었던 찬송가였다. 하지만 그 순간에야 나는 그 찬송가의 가사를 제대로 듣게 되었다.

우리의 왕이신 하느님의 모든 피조물
목청 높여 다 함께 노래하세
알렐루야
알렐루야

심지어 나도 그 노랫소리가 아름답다는 것을 인정하지 않을 수 없었다.

1.5킬로미터 정도 영감과 나는 평화로운 침묵 속에 길을 갔다. 기린들은 벌써 복음 성가에 맛을 들인 듯 와이퍼의 리듬에 맞추어 뒤를 돌아보았다.

그다음 1.5킬로미터 동안은 녹색 패커드가 다시 사이드 미러로 들어왔고, 그래서 나는 커맨치를 지날 때 그녀가 속도를 늦춰 사이드 미러에서 사라지는 순간까지 긴장을 늦추지 못했다.

8킬로미터쯤 더 가자 후드득 떨어지던 비가 그쳐서 나는 창문을 열었다.

그다음 8킬로미터를 지나니 비가 왔었는지조차 모를 정도가 되었다. 먼지가 다시 뿌옇게 자리를 잡았고, 공기 중의 먼지가 내 피부에 꺼끌꺼끌하게 묻어났으며, 창틀에 얹었던 팔을 차 안으로 들여놓게 할 만큼 나빠졌다. 기린의 눈과 코에도 들어갈 것은 자명했다. 우리는 기린들의 머리를 집어넣어야 했고 넓은 사거리 부근에 차를 세웠다. 얼굴이 온통 주름투성이인 한 노인이 페인트칠된 부분보다 녹이 슨 부분이 더 많은 깡통 리지 트럭에 앉아 신호를 기다리고 있었다.

「차에 기린이 있네요!」 그가 큰 소리로 웃었다. 「먼지 때문에 머리를 집어넣으려는 건가요?」

나는 고개를 끄덕이고는 다시 하던 일을 했고 기린들은 내 성화에 더 이상 버티지 못하고 고개를 집어넣었다.

그 노인은 계속 뭐라고 얘기를 이어 나갔다. 「오랜만에 먼지바람이 돌아오는 조짐이 보이네요. 좋아지기도 전에 다시 더 나빠지려나 봅니다.」 우리가 차를 다시 출발시키려는데 그가 우리를 향해 말했다. 「그래도 비가 올 거예요. 느낄 수 있어요.」

그렇게 천천히 안정되게 몇 킬로미터를 더 가다가 바람이 조금 잠잠해졌고, 그래서 공기 중에 먼지가 둥둥 떠 있는 것이 더 걱정이 되었다.

기린들은 기침을 하기 시작했다.

심지어 지금도 그때 생각을 하면 소름이 끼친다. 그건 사포를 돌에 비비는 소리 같은, 반은 신음을 내뱉는 듯하고 반은 덜그럭거리는 듯한 아주 듣기 힘든 소리였다. 그 무렵에는 영감과 나 역시도 창문을 다 닫고도 기침을 참을 수 없었다.

기침을 하다 장례식을 치를 수도 있다는 것을 아는 더스트 볼 소년의 공포감이 자라났고, 나는 차를 세웠다.

「뭐 하는 거냐?」 영감이 주먹에 대고 기침을 하면서 말했다.

나는 좀 전에 비에 관한 얘기를 듣고 우리의 생필품에 추가했던 바셀린 통을 집어 들었다. 그것은 먼지 폭풍이 가장 심했을 때 엄마가 나름대로 구상한 해결책이었다. 과연 기린들이 내가 이걸 바르게 놔둘지 전혀 알 수는 없었지만 그래도 시도는 해봐야 했다. 영감도 따라왔고, 나는 상자 위로 올라가 위 덮개를 열고 통에 든 바셀린을 기린들의 멜론만 한 커다란 콧구멍에, 양이 모자라는 것을 안타까워하면서 남김없이 다 발라 주었다. 영감과 내가 그들의 목을 쓰다듬으며 달래는 동안 기린들의 목은 미세한 경련이 일어나듯이, 잔물결이 일듯이 움직였다……. 그러다 사포로 긁는 소리가 조금씩 잠잠해졌다. 그들의 커다란 콧구멍으로 들어가는 먼지가 줄어든 것이다. 하지만 나는 바셀린의 양이 너무 적은 건 아닌가, 또 너무 늦게 발라 준 건 아닌가 싶어서 두려웠다.

「방수포도 덮자.」 영감이 말했다. 나는 진작 방수포를 덮지 않은 게 너무 아쉬웠다. 일단 먼지가 들어가면 움직이는 동안 먼지는 계속 돌고 돈다. 그리고 계속 움직이지 않을 방법은 없었다.

우리는 그렇게 30분을 더 갔다. 기린들의 사포 소리 같은 기침은 사라졌고 바람도 고작해야 산들바람 정도밖에 되지 않았다. 하지만 창문을 닫은 뒤에도 여전히 기린들이 코를 훌쩍이고 재채기를 하는 소리가 들렸기 때문에 우리는 다시 차를 세우고 방수포를 쪽문을 통해 살짝 엿볼 수 있을 정도만 들어 올렸다. 기린들은 목을 아래로 낮게 늘어뜨리고 침과 코를 줄줄 흘렸다. 그들의 커다란 몸은 스스로 어떻게든 먼지를 내보내려고 애쓰는 중이었다.

영감이 트럭의 금속 물통에서 양동이에 물을 채우는 동안 나에게 위 덮개를 다시 닫도록 했다. 내가 땅으로 내려오자 그는 양동이 중 하나를 가지고 옆으로 올라가 맨 위에 가로 놓인 판자에 올려놓은 다음, 끙 하는 소리와 함께 그 위에 앉았다. 나도 만약을 대비해 양파 몇 개를 주머니에 넣고 다른 양동이를 들고 뒤따랐다.

「너는 거기 있어.」 내가 옆 사다리의 맨 위 단에 발을 올려놓는 순간 영감이 지시했다. 「애들이 위를 쳐다보게 해.」 그는 다음에 말했다. 「그러고는 계속 그렇게 있게 해.」

마치 기린들이 원하지 않는데도 내가 그렇게 할 수 있을 것처럼 말이다. 두 번째 물통을 내려놓으면서, 나는 양파 하나를 보이 쪽으로 흔들었다. 보이의 침이 잔뜩 묻은 주둥이가 다가왔다. 내가 보이에게 양파를 먹이는 동안 나는 보이를 겁주지 않으면서 최대한 부드럽게 보이의 턱 주변으로 내 팔을 두른 다음 영감이 신호를 보낼 때 잡을 수 있도록 준비하고 있었다. 영감은 다른 쪽에서 기린을 달래는 소리를 내면서 물통을 위로 들어 올리고 내게 고개를 끄덕였다. 나는 보이를 꽉 붙들었다. 영감은 힘을 다해 물통의 물을 보이의 얼굴과 큰 콧구멍에 끼얹었다. 보이는 사나운 야생마처럼 나를 홱 밀치고는 내가 평생 본 것보다 더 많은 침과 콧물을 영감에게 퍼부으며 재채기를 했다. 영감이 욕을 했다가 묻은 침과 콧물을 닦았다가 다시 욕을 하고 다시 닦기를 반복하는 동안 나는 웃지 않으려고 혀를 꽉 물고 있어야 했다. 그런 다음 우리는 걸에게 다가갔다. 우리가 보이에게 한 일을 다 지켜본 걸은 우리에게 앙갚음을 하려고 기다리고 있었다. 영감이 물통을 받아들고 고개를 끄덕였다. 내가 걸을 잡았다. 영감이 물을 끼얹었다. 그리고 겉은 내 빈약한 팔의 힘을 떨쳐 버리고는 몸을 뒤로 젖혔다가 할 수 있는 모든 재채기를 다 쏟아 내면서 그 내용물을 나에게도 아낌없이 나누어 주었다.

우리는 땅으로 내려가 트럭의 발판에 쓰러지듯 앉아 기린의 침과 콧물을 닦으면서 혹시 또 염려할 만한 소리가 들리지 않는지 귀를 기울였다. 하지만 평소와 다름없이 발을 구르는 소리와 침을 흘리는 소리 외에는 아무 소리도 들리지 않았다. 그래서 양동이에 새로 받은 물을 기린들이 살펴보고 꿀꺽꿀꺽 들이켜는 것을 기다렸다가, 우리는 다시 방수포를 챙겨 길을 떠났다.

우리는 계속 가야 했다.

머지않아 우리는 오클라호마주의 더스트 볼 지역에서도 가장 큰 타격을 입었던 곳에 도착했다. 더 멀리 갈수록, 풍경은 점점 더 황폐해졌다. 구름이 다시 보슬비를 뿌리기 시작했을 때 우리는 처음에는 별로 상관하지 않았다. 하지만 한 시간 정도 지난 뒤에도 도로에 우리 밖에 없는 것을 깨닫고 그 도로가 아예 버려진 것처럼 느껴졌다.

그러다 갑자기 여행의 동반자가 나타났다. 부슬비가 내리는 동안 작은 갈색 새들의 물결이 동그라미와 리본 모양을 만들면서 가까이 다가왔다가 다시 멀어졌다 하면서 우리를 따라 날았다. 몇 킬로미터가 지난 후에도, 시작도 끝도 보이지 않는 새들의 물결은 평평하고 텅 빈 땅 전체를 덮은 채 계속 우리 위에 머물러 있었다.

영감도 감동을 받았는지 이렇게 말했다. 「저런 게 정말 자연의 경이다.」

기린들도 눈치를 챈 것 같았다. 그들의 목이 끝없는 새들의 물결을 따라 함께 흔들렸다.

「저 새들은 동시에 다 같이 어딜 가는 거예요? 왜?」 나는 황폐한 땅을 가로질러 퍼덕거리며 지나갔다가 다시 휙 돌아오는, 리본처럼 생긴 새들의 물결을 바라보며 말했다.

「방금 막 일어난 일 때문일 수도 있고.」 새들이 휙 하고 가까이 다가오자 영감이 목소리를 낮추었다. 「그보다는 앞으로 일어날 일 때문일 가능성이 크겠지.」

「저 새들이 그걸 어떻게 알아요?」 내가 말했다.

「동물의 직감이지. 저런 갈색의 작은 새들이 처음 생겼을 때부터 타고난 직감.」 그가 말했다. 「우리한테도 그런 직감의 흔적이 전혀 없는 건 아니야. 왜 누군가 너를 지켜보는 것 같을 때가 있지 않냐. 그런 게 없다면 왜, 아까 마지막 순간에 네가 그 주유소 기둥에 부딪히지 않았겠어. 어떤 사람은 육감이나 투시력이 있다고 믿을 만큼 그런 걸 많이 느껴. 남들이 겉으로 봤을 때 알아채지 못하지만.」

이런. 그 말을 듣자마자 나는 영감이 뷸라 숙모와 내 뒤죽박죽 악몽에 대해 어떻게 알았나 하는 생각에 움찔했다. 하지만 영감은 계속 새들만 바라봤다.

「물론 그런 사람들은 사기꾼이나 미친놈 취급을 받지.」 그가 계속 말했다. 「하지만 그런 건 어쩌면 새들과 다른 동물들이 결코 잃어버리지 않는 능력의 반향 같은 걸 수도 있어. 말하자면, 수천 년 동안 인간 문명이 완전히 잠재우지 못한, 몸에 내재된 생존 본능의 희미한 잔재 같은 거.」 새들이 우리 위에서 작은 고리 모양으로 빙글빙글 돌다가 다시 평원 위로 휙 날아갈 때 그는 놀랍다는 듯 고개를 저었다. 「맞아, 나는 동물들과 일하면서 정말 이상한 것들을 많이 봐왔어. 이상하고 경이로운 일들을…….」

우리는 다른 걸 다 잊어버릴 만큼 새의 물결에 완전히 매료되어, 침묵 속에 빠져들었다. 꼬박 두 시간 동안 내 사이드 미러는 새들과 기린들의 모습으로 가득 찼다. 날아다니는 새들의 물결에 따라 기린들이 긴 목을 흔드는 모습이 비친 사이드 미러는 하나의 그림 같았다. 사이드 미러를 볼 때마다, 나는 가슴이 철렁할 정도로 환희라고밖에 설명할 수 없는 감정을 느꼈다. 한동안 그런 광경이 계속되었다. 하늘에서는 계속 보슬비가 내리고 기린은 계속 몸을 흔들고 새들은 계속 하늘을 날면서 나와 영감에게 충분히 생각할 시간을 주었다. 아주 나중에 그런 것을 〈머머레이션(murmuration)〉이라고 부른다는 것을 알게 되었다. 춤추는 구름처럼 보이는 희귀한 새들의 모임. 하지만 그런 새들에 대한 어떤 설명도 내 기억 속에 영원히 흐르는 물결 같던 그 리본 모양의 새 떼를 충분히 묘사하지는 못했다. 힘들었던 어린 시절, 〈자연의 경이〉라는 말 같은 건 전혀 의미가 없었던 그 척박하고 무자비한 고향 땅으로 되돌아가 만나게 된 그 광경이 내 속에 가득 채웠던 감정이, 바로 경이였다.

오후가 되어서는 이미 새들과 많은 시간을 같이해서인지 그들도 우리의 여행에 함께하는 동반자라는 느낌이 들었다.

그러다 아무런 예고도 없이 어떤 커브에서 새들이 사라졌다.

새들은 그렇게 가버렸다.

순식간에 주변은 흉물스럽게 텅 빈 황폐한 땅의 모습으로 되돌아갔고 나는 갑자기 우울해졌다. 죽어 버린 오클라호마주의 땅을 다시 보자 내 기분은 완전히 어두워졌고 기린을 쳐다보아도 나아지지 않았다. 영감도 생각에 잠긴 채 멍한 시선으로 앉아 있는 것을 보면서, 나그네비둘기 떼가 너무 커서 하늘을 온통 검게 뒤덮었다는, 그러다 지구 표면에서 완전히 사라졌다는 호크아이 이야기가 자꾸 떠올랐다. 당시에는 〈멸종〉이란 말은 거의 사용되지 않았다. 하지만 그 죽은 평원에서 살아남아 겨우 탈출한 소년이었던 나는, 그 길을 가면서 그렇게 사라져 버린다는 것에 대해 골똘히 생각했다. 오클라호마주의 쟁기를 든 엄마들과 아빠들이 자신들의 땅이 다 어디로 사라져 버렸는지 궁금해했던 것처럼, 그 많던 비둘기들이 어디로 갔을지 궁금해했을, 나팔총을 든 개척자들을 상상하면서.

그 후 전쟁이 세계를 뒤흔들고, 우리가 우리 자신을 멸종시킬 수도 있다는 가능성까지도 생겨났을 때, 나는 설명할 수 없을 만큼 지친 영혼과 상실감으로, 사라져 버린 새 떼를 떠올리곤 했다. 하지만 그날 느꼈던 기분은 그저 형언할 수 없는 나그네의 구슬픔, 하늘에서 톡톡 떨어지는 보슬비와 같은 심정이었다.

그렇게 우리는 오클라호마주를 거의 벗어날 때까지 계속 달렸다. 그러다 영감은 나무가 아주 조금 있는 다음 자동차 숙소에서 하루 묵고 가자는 말로 침묵을 깼다.

우리는 텍사스주 경계에서 약 한 시간 거리에 있는, 회벽으로 된 천막 모양의 숙소들이 인디언 마을처럼 군데군데 놓인 〈원형 천막 교역소[36] 자동차 숙소 및 야영지〉라는 장소를 발견했다. 원형 천막에서 밤을 보내고 싶어 할 지구상 가장 마지막 인간이 있다면 그게 바로 영감이지 싶었지만 영감의 맘에 든 것은 뒤편의 울타리를 따라 늘어져 있는 멋진 나무들인 것 같았다. 그래서 우리는 기린들을 위해 그곳에서 하루 묵기로 했다.

우리를 보자 주인 부부는 급히 사무실과 교역소에서 달려 나왔다. 주인은 기뻐하며 소리를 질렀고, 그의 아내는 종이로 만든 인디언 머리 장식물을 우리를 위해 두 개, 기린들을 위해 두 개 가지고 나와 흔들었지만, 영감이 모두 사양했다. 곧 우리는 나무 뒤쪽에 트럭을 세웠다. 그날 밤 우리와 함께 거기에 머물렀던 사람들은 멋진 자동차를 타고 온, 깔끔한 차림새의 두어 가족뿐이었다. 원형 천막에서 자는 데다 기린까지 보게 된 아이들은 횡재한 기분이었을 것이다. 또 우리가 주차한 곳 너머에는 텐트를 설치해 놓은 대가족이 있었다. 그들의 구형 모델 T 트럭 위에는 짐이 잔뜩 실려 있었다.

해가 질 무렵 나는 영감과 함께 기린을 돌보았다. 보이와 걸의 귀, 코, 목 등에 별문제가 없는지 살펴보다가 우리는 또 기린의 침으로 뒤덮였다. 걸은 많이 피곤했는지 영감이 붕대를 확인할 때 고작 코를 킁킁거리기만 했다. 그래서 우리

36 지역 간에 필요한 물건을 교환하거나 사고팔던 상점 같은 곳.

는 기린들의 기운을 북돋아 주기 위해, 천막에 묵던 새로운 팬들을 데려와서는 걸과 보이가 목을 기울여 아이들의 얼굴을 핥고 남자들의 모자를 벗기며 즐거운 시간을 보내게 해 주었다. 오키 가족도 그것을 마다할 수는 없었다. 먼저 아기를 안은 엄마가 다가왔고, 그다음에는 남자들이 트럭에서 흔들의자를 가져와 할머니가 앉아서 구경할 수 있도록 배려했다. 영감은 거의 웃음을 지을락 말락 하는 표정으로 아이들에게 양파를 직접 주게 하기도 했다.

부모들이 아이들과 할머니를 데리고 모두 그들의 원형 천막 숙소와 텐트로 되돌아갈 때쯤, 녹색 패커드가 천막 몇 개 건너편에 차를 세웠고 영감의 좋았던 기분을 상하게 했다. 나는 결국 채터누가 이후로 또 한바탕 싫은 소리를 듣게 될 거라고 예상했다. 하지만 그는 내게 돌아서서 말했다. 「원장님이 마지막으로 보낸 전보 얘기를 해야겠다. 하지만 지금은 일단 답장 먼저 보내야 돼.」 그리고 그는 사무실로 향했다.

하늘은 조금 맑아졌고, 먼지는 사라졌으며 군데군데 높이 떠 있는 구름들은 별들을 스쳐 지나갔다. 교역소가 바로 옆에 있었던 덕분에 영감은 기린한테서 멀지 않은 화덕에서 우리를 위한 따뜻한 콩과 옥수수빵을 만들어 주었다. 그날 하루 오클라호마주에서 온갖 우여곡절을 겪었음에도 나는 나도 모르게 마음이 평온하다고 느꼈다. 가끔 깨끗한 공기와 든든하게 찬 배가 잠시나마 모든 문제를 잊게 해줄 때처럼. 영감도 분명 나와 같은 기분이었을 것이다. 그가 말하고 싶어 하던 문젯거리를 꺼내지 않았던 것을 보면 알 수 있었다. 나로서는 좋았다. 그는 화덕의 불을 끄고는 교대해 주겠다는 약속을 남긴 채 천막으로 자러 갔다. 그래서 나는 기린들이 되새김질을 하는 동안, 그들과 함께 있는 즐거움을 느끼기 위해 트럭 위로 올라가 걸과 보이 사이에 놓인 판자에 걸터앉았다. 빛이라고는 길 건너편 오키 가족의 모닥불 불빛뿐이었고, 그 빛은 주변의 모든 것을 황홀하게 비추었다.

적어도 아래쪽에서 빨강 머리의 소리가 들릴 때까지는, 그랬다.

「우디?」 그녀는 기침을 참으며 말했다. 「나 올라가도 돼?」

모처럼 평온한 기분이었던 나는 안 된다고 말하고 싶었다. 하지만 무뚝뚝하게 고개를 끄덕였다. 바지를 끌어 올리며 그녀는 판자에 걸터앉아 내 쪽을 바라봤다. 나는 슬그머니 뒤로 물러났다. 그날 밤 산에서 그랬던 것처럼. 그녀는 그런 내 행동을 눈치챘다. 걸은 빨강 머리에게 아는 척을 하고는 다시 되새김질을 했지만 보이는 가까이 다가와 킁킁거렸다.

빨강 머리는 손을 뻗어 보이의 턱을 어루만지고는 다시 숨이 가쁜 듯 기침을 했다. 「먼지를 코에서 뺄 수가 없어.」 그녀는 중얼거렸다. 오키 가족의 모닥불에서 퍼져 나오는 희미한 불빛 속에서 그녀는 나를, 내 〈대평원의 얼굴〉을 빅 파파네 모텔에서 그랬던 것처럼 바라보았다. 「네 얘기를 좀 해줘, 우디.」 그녀가 내 마음을 열기 위해 노력했다. 「제발. 정말 진심으로 듣고 싶어.」

나는 한마디도 하지 않았고 그녀는 그 이유를 아주 잘 알았다.

「좋아.」 그녀가 숨을 크게 들이쉬며 말했다. 「나한테 뭐든 물어봐. 다 대답하겠다고 약속할게.」

그래서 나는 턱에 힘을 주고 물었다. 「결혼했어?」

「응.」 그녀가 내 시선을 붙잡은 채 말했다.

나는 움찔했다. 「그 기자하고?」

「응.」

나는 또 움찍거렸다. 「그런데 왜 그와 함께 있지 않고 여기 있어?」

「여기에 더 있고 싶으니까!」

「하지만 남편이 있잖아.」

그녀는 나를 지그시 바라보면서 다시 대답했다. 「맞아.」

나는 엄마나, 엄마 같은 사람들을 제외하고는 결혼한 여자 옆에 있어 본 적이 없었다. 그녀가 결혼했지만 남편 옆에 있지 않다는 사실은 왠지 잘 이해가 가지 않았다. 「하지만 그는 당신이 돌아오길 바라잖아.」

「아마도.」 그녀가 말했다. 「어쩌면 그는 패커드만 돌려받기를 원하는지도 몰라.」

그리고 나는 불과 2주 전만 해도 얼간이들이나 하는 말이라고 치부했던 말이 내 입에서 튀어나오는 것을 들었다. 「그를 사랑하지 않아?」

그 말은 그녀를 몹시 당혹스럽게 했다. 「내 감정은 우리 두 사람 사이의 일이야.」 그녀가 한숨을 쉬었다. 「그는 좋은 사람이야. 그가 나를 어떻게 여기든.」

「좋은 사람이라고? 당신의 수배를 경찰에 요청한 사람이야!」

「맞아.」

「그런데 왜 그런 사람과 결혼했어?」

그녀는 또 한숨을 내쉬었다. 「넌 이해 못 할 거야.」 그녀는 머리 색깔처럼 빨개지며 자신과 싸우고 있다.

나는 상관없었다. 「내가 무슨 질문을 해도 대답해 준다고 했……」

그녀는 내 말을 잘랐다. 「말하고 싶지 않은 사연은 너한테만 있다고 생각하니?」 그녀는 가슴에 손을 얹고 빨리 말하기 시작했다. 「나는 아주 좋지 않은 상황이었고 거기에서 빠져나와야 했어.」 그녀는 손을 위로 던졌다. 「그래서 나는 여자들이 주로 쓰는 방법을 썼어. 결혼 말이야.」

「그런데 왜 그 남자하고? 왜 하필 그 〈위대한 기자〉냐고?」

「〈위대한 기자〉여서 결혼한 거야.」 그녀가 대답했다. 「그의 그 대단한 직업과 좋은 차 때문에. 나는 고작 열일곱이었어. 그는 안전한 사람이었고. 난 그게 필요한 전부라고 믿었어. 그리고 얼마 동안은 그랬어. 정말 그랬었어.」 그녀는 잠시 말을 멈추었다. 「하지만 결혼하고 나서 매주 그가 집에 『라이프』 매거진을 가져왔어. 나는 그 잡지의 사진을 통해 세상을 보게 됐어. 그리고 나는 바라기 시작했어……. 아니 나한텐 그게 꼭 필요했어…….」 그녀는 기침을 하기 위해 말을 멈추었다. 그녀의 기침은 헉헉거림으로 바뀌었다. 한 번, 그리고 또 한 번 더, 빅 파파의 모텔에서처럼 짧고 필사적이고 텅 빈 헉헉거림. 엄마가 죽어 갈 때 내던 소리와 너무 흡사해서 또다시 나는 충격에 빠졌다. 그녀는 매번 헉헉댈 때마다, 그러지 않을 수 없다는 것에 화가 난 사람처럼, 그리고 온 의지로 그 헉헉거림을 멈추려고 하는 것처럼 입술을 꾹 다물었다.

마침내 그 헉헉거림이 수그러들었다.

잠시 동안 그녀는 셔츠를 움켜쥔 채로 작고 잠잠해진 숨을 내쉬며 앉아 있었다. 그러고는 거친 목소리로 중얼거렸다.「나도 내가 다 대답하겠다고 약속한 건 알아. 우디. 그럴 수 있을 거라고 생각했어……. 하지만 못 하겠어……. 우디, 부탁이야.」그 말을 한 뒤 그녀는 마치 진실이 목구멍에 콱 막혀 버린 것처럼 삼키는 데 애를 먹었다.「넌 나한테 아무 말도 하지 않아도 돼. 정말로.」

그녀가 얼굴로 흘러내린 머리카락을 뒤로 쓸어 넘기는 것을 보자 내가 품었던 모든 반감이 사라졌다. 그녀가 나에게 한 말이 진실인지 아닌지는 알 수 없었다. 왜냐하면 그것은 진실의 전부가 아니었기 때문이다. 하지만 그때 나는 뭐가 진실의 전부인지는 조금도 상관없었다. 나 역시 나만의 비밀을 숨기지 않았던가? 비록 그녀가 내 비참한 더스트 볼 이야기를 들으려고 그런 말들을 했다 하더라도 나는 상관없었다. 나는 털어놓고 싶었다. 하지만 그런 감정이 나의 불행했던 과거를 말로 표현하는 데 도움이 되지는 않았다.

나는 어디에서부터 이야기를 시작해야 할지조차 알 수가 없었다.

〈먼지에 뒤덮인 채 잠에서 깨어나 본 적이 있어? 공기가 먼지로 빽빽하게 가득 차 있는데도, 죽지 않기 위해 들이쉴 수밖에 없었던 적이? 그렇게 같은 먼지를 빨아들이던 가축 중 하나가 또 밤새 죽었을지도 모른다는 두려움에 일어난 적은? 여동생을 묻던 날부터 엄마를 묻던 날까지, 두려움에 떨며 먼지 속에서 몇 년이나 그런 지옥 같은 날들을 보낸 적 있어? 그리고 내가 정말 몰랐고, 또 알려고 해도 알 수도 없었던 건, 바로 그런 모든 날 중의 하루가 결국 그 쓸모없는 팬핸들의 땅에서, 얼굴과 부츠에 피를 묻힌 채 나 혼자 살아남으며 끝날 거라는 사실이었어.〉

하지만 나는 나의 모든 진실을 말하지는 못했다. 아직 이 노트에도 적을 용기를 내지 못하는 진짜 진실은.

대신 나는 그녀에게 더스트 볼의 모든 고아에 대한 이야기를 들려주었다……. 우리 엄마 같은 평범한 여성들이, 신을 지나치게 받들고 순종하면서, 성경에 나오는 모든 저주의 징후를 참고 버티다가 먼지 폐렴으로 죽어 갔다고. 왜냐하면 우리 아빠 같은 남자가 그렇게 하라고 했기 때문에. 그런 부모들의 자식으로 태어날 운이 없었다면 누구든 거의 반쯤 죽은 목숨이었을 거라고. 나를 살아 있게 해준 동물들이 속에서부터 굶주린 채 죽어 갔고, 어쩌면 내가 되었을지도 모를 평범한 농부가 죽은 소의 배를 갈랐을 때 안에서 나온 건 먼지뿐이었다는 이야기들을. 아침이 되면, 또 어떤 동물이 고통에서 벗어나게 해주기를 바라며 땅에 누워 있을지 모른다는 것을 알면서도 깨어날 수밖에 없는 일상을 어떻게 견뎌야 했는지도. 그리고 얼마 지나지 않아 우리 역시 모두 똑같이 고통에서 벗어나야 하는 존재라는 것을 깨달으면서 어떻게 반쯤 미쳐 갔는지도. 이 땅은 〈재는 재로, 먼지는 먼지로〉와 같은 방식으로 우리에게 복수를 했고 대체 뭘 포기해야 할지도 모르고, 포기할 시기마저 놓쳐 버렸던 때의 일들을. 그리고 어떤 사람들은 차마 그만두지도, 놓아 버리지도 못했다고. 우리 아빠와 같은 사람은 죽기 전까지는 어떻게 그만둬야 할지도 몰랐다고……. 그런 게 우리 아빠 같은 사람의 사는 방식이었다고……. 그래서 여전히 연기가 피어오르는 총을 들고 있던 나는……. 총을 들어 올려 그에게 〈똑바로〉 겨누었다고.

나는 이런 이야기들을 그녀에게 들려준다. 다만 소총 부분만 빼고. 나는 그 이야기가 이 땅에서 고아가 되는 1천 가지 방법 중 하나라고 말한다. 결국은 다 같은 1천 가지 방법 중 하나라고. 「유일하게 하나 할 수 있는 게 남았다면 그건 다른 곳을 찾아가는 것, 다른 사람이 되는 것이야.」 나는 턱에 힘을 준 상태에서 이야기를 끝냈다.

「하지만, 우디……. 너는 다시 여기로 돌아왔잖아.」 그녀가 중얼거렸다. 「왜 그랬어?」

나는 그녀에게 내가 허리케인 이후에 줄곧 해왔던 대답을 들려주었다. 「캘리포니에 가고 싶어서.」 그 말과 함께 나는 되새김질을 하는 걸과 보이를 흘깃 보았다. 내가 빨강 머리 쪽을 돌아보았을 때 그녀의 눈이 촉촉하게 젖어 있었다. 그녀는 나를 위로하기 위해 내 손 위에 그녀의 손을 올려놓았다. 생생하게 떠오른 그 모든 기억 때문에 나는 그녀의 손을 뿌리쳤다. 그러자 그녀는 리틀록에서 그랬던 것처럼 나를 안아 주기 위해 몸을 기울였고 나는 그렇게 하도록 놔두었다. 그리고 포옹이 종종 그러듯, 다정한 어루만짐보다 더 마음의 위로가 되는 가벼운 키스로 이어졌다. 하지만 나는 그 키스가 그런 의미일 수도 있다는 것을 전혀 몰랐다. 그리고 심지어 알았다고 하더라도 상관없었을 것이다. 왜냐하면 나는 마침내 오거스타와 키스하게 되었고, 그 순간이 지속되기를 원했으며, 그것이 버려진 창고에서 보낸 그 길고 긴 밤 이후 내가 줄곧 해왔던 상상의 키스들을 끝낼 첫 번째 키스이길 바랐기 때문이다. 그래서 그녀가 몸을 뗐을 때 그녀가 그 키스에 두었던 것보다 훨씬 더 큰 의미가 되게 하기 위해서, 즉 내가 원하는 의미로 바꾸기 위해서 그대로 잡아 두려고 그녀 머리 뒤쪽의 곱슬머리 사이로 손을 넣었다.

하지만 그녀는 내가 본 것 중 가장 이상한 표정을 지으며 뒤로 물러났다.

그러고 그녀는 토했다.

웨스턴 유니언 전보 회사

1938. 10. 12. 오전 10:12

캘리포니아주 샌디에이고

샌디에이고 동물원

벨 벤츨리 원장님께

별문제가 없는 경우 일요일 도착 예정.

라일리 존스

12
텍사스주 팬핸들을 지나는 길

자장자장 / 울지 마라

「이제는 너를 남자답게 만들어야 할 때야!」

「우디 니켈, 대체 거기에서 무슨 일이 있었는지 말해, 지금 당장!」

「아가야, 누구에게 말하는 거니?」

갈색 사과 같은 눈이 나를 바라본다.

거센 급물살이 포효한다.

……고함치고 신음하고 공포에 질린 기린의 새된 소리가 공중에 점점 더 크게 울려 퍼진다…….

천둥소리 때문에 나는 손으로 귀를 가리고 침대에서 벌떡 일어났다. 세찬 폭우의 빗줄기가 원형 천막의 창문 안으로 들이쳤다. 가슴이 요동치는 가운데 나는 뷸라 숙모, 허리케인, 죄책감으로 가득한 더스트 볼의 악몽, 그리고 뒤죽박죽된 꿈을 불러일으키는 모든 지옥 같은 것들을 욕하며 창문을 닫았다.

문이 활짝 열리고 영감이 쿵쾅대며 들어왔다. 그는 바닥 전체에 물을 뚝뚝 흘려 가며 마른 속옷과 바지로 갈아입는 동안 천둥소리가 천막 안으로 들어오게 놔두었다. 비는 급하게 시작된 만큼 빨리 멈추었고 영감은 하늘을 살피려고 밖으로 나갔다.

「이제 그쳤나 보다.」 그가 투덜거렸다. 「서쪽 하늘부터 맑아지고 있네.」

동이 터왔다. 그래서 나는 장화를 신고, 바지를 입고 따라 나갔다. 하지만 나는 하늘을 쳐다보지 않고 우리 천막에서 세 개 건너에 있는 천막을 바라보았다.

전날 밤 빨강 머리는 토하고 나서는 내가 뭔가 할 말을 생각하기도 전에 바닥으로 뛰어내린 후 〈미안해〉라고 중얼거리며 황급히 사라졌다. 나는 내가 떠올릴 수 있는 유일한 위로의 말로 그녀에게 소리쳤다. 「괜찮아! 기린들이 먹을 거니까!」 그런 바보 같은 말이 내 입에서 튀어나오는 것을 듣고 나는 완전히 입을 다물었다. 그리고 어둠이 그녀를 삼켜 버렸다.

그런데 지금 또 비슷한 구토 소리가 들려왔다. 천막 세 개 너머에 녹색 패커드가 있었다.

영감도 내가 보는 곳으로 눈길을 돌렸다. 「저기서 토하는 게 그 여자냐?」

내가 고개를 끄덕였다.

영감은 녹색 패커드가 주차되어 있는 원형 천막으로 곧바로 돌진해서 문을 두드리고 다짜고짜 소리쳤다. 「아가씨, 혹시 속을 게우는 거면 우리 근처에 오지 마요. 우린 지금 아플 여유가 없으니까.」

문이 활짝 열리고 대머리 남자가 나타났다. 그 뒤에는 아맛빛 머리의 남자아이 두 명이 뒤에서 빼꼼히 내다보고 있었다.

영감이 그들을 노려보았다. 「당신은 누구요? 그 아가씨는 어디 있소?」

그때 소심해 보이는 여성이 애들 뒤에 나타났다.

「지금 우리 와이프를 뭐라고 부른 거요?」 대머리 남자가 쏘아붙였다.

빨강 머리의 머리가 패커드의 한쪽에서 솟아올랐다. 머리카락을 뒤로 쓸어 넘기고 입을 닦으면서……. 그녀의 입술을 뚫어지게 바라보던 나는 트럭의 위에서 기린에 둘러싸인 채 키스하던 순간으로 되돌아갔다.

그리고 빨강 머리의 머리가 다시 사라졌다.

또 토하는 소리가 들리자 원형 천막의 문은 세게 닫혔고, 영감과 나는 패커드의 반대편으로 가서 말이 아닌 몰골로 입을 닦는 빨강 머리를 발견했다. 그녀는 빅 파파의 모텔에서 입었던 남성용 트렌치코트를 마치 그 안에서 잔 것처럼 몸에 두른 채였고, 패커드의 뒤쪽 문이 열려 있었다. 안을 살짝 들여다보기만 해도 차 안에서 잤다는 걸 알 수 있었다. 겉옷은 고사하고 속옷도 거의 갈아입지 않던 가난한 농장에서 자란 촌놈이었던 나는 그 순간까지 그녀가 여행 내내 같은 옷을 입고 있었다는 사실을 전혀 눈치채지 못했다. 같은 바지, 같은 흰색 셔츠, 같은 모든 것, 잔뜩 흠집 난 배색 구두까지. 그것들은 밝은 낮에 보니 모두 구겨지고 때가 탄 상태였다. 나는 너무 둔해서 그동안 눈치채지 못했던 것을 깨달았다.

「길에서 뭔가 상한 것을 먹은 것 같아요.」 그녀가 머리카락에 묻은 토사물을 닦으며 중얼거렸다. 영감은 그녀의 왼손을 보면서 고개를 갸웃했다. 그녀의 왼손에 나조차 발견하지 못했던 가느다란 금반지가 끼어져 있었다.

「그렇다면 다행이고.」 영감이 말했다. 「그게 아니라면 임신한 것 같으니 말이오.」

빨강 머리는 기분 상한 표정으로 영감을 쳐다보았다. 「그건 불가능해요. 정말이에요.」

「어째서?」 영감이 그녀의 반지를 턱으로 가리키며 말했다. 「결혼했잖소?」

얼굴을 닦기 위해 차 안에서 수건을 집어 들면서 그녀가 쏘아붙였다.

「그게 당신하고 무슨 상관인지 모르겠네요. 존스…….」

그가 말을 잘랐다. 「아니면 동정녀 마리아신가?」

그녀가 놀라서 그를 쳐다보기 위해 수건을 내렸다. 「지금 뭐라고 했어요?」

「아니면 문란한 여자거나.」 그는 계속 말했다.

그녀는 영감의 뺨을 때리기 일보 직전이었고, 나도 갑자기 목에 열이 오르면서 영감을 한 대 치고 싶어졌다.

「내 말이 무슨 뜻인지 알 텐데.」 영감이 말했다. 「아니면 여행하다 만난 남자라도 있는지 누가 알겠어?」

영감은 일부러 그녀를 약 올리려던 거였지만, 여전히 어젯밤 키스로 머릿속이 꽉 차 있던 나는 차마 그 사실을 깨닫지 못했다. 나는 주먹을 쥐었다 풀었다, 발꿈치를 올렸다 내렸다 했다. 「저기, 있잖아요…….」
하지만 영감은 내 말도 잘라 버렸다. 「넌 입 다물어.」
「지금 날 어떤 여자로 보는 거예요?」 빨강 머리가 말했다.
「직접 해명해 보시든지.」 영감이 대꾸했다. 「정숙한 여성이라면 혼자서 여행하면 안 된다는 건 다들 아는 사실이니까. 그러니 당신은 정숙한 여성은 아니겠군.」
그녀가 놀라 헉하는 소리를 냈다. 「정말 너무하시네요.」
나는 의협심에 불타올라 영감을 한 대 때리고 싶은 욕구가 치솟았다. 「저기, 잠깐만요…….」
「얘야, 내가 입 다물라고 했지!」 영감이 빨강 머리의 얼굴 쪽으로 몸을 기울였다. 「그렇지. 난잡한 여자들이나 혼자서 운전하고 다닐 테니까!」
그 말로 나는 영감이 내게 베푼 그 모든 관용과, 그런 그에게 거짓말을 일삼는 나의 배신행위를 다 잊고 주먹을 한 방 날리고 말았다.
물론, 영감은 이미 알아챘다. 그가 약 올리던 사람은 빨강 머리만이 아니었으니까. 그는 내 주먹을 확 움켜쥐고는 빨강 머리에게 말했다. 「이것 봐. 당신이 이 녀석의 머리를 완전히 맛이 가게 했어. 다른 건 몰라도 애를 이렇게 만든 것에 대해서는 부끄러운 줄 알아야 할 거요!」
그가 내 주먹을 놓아 버리는 순간 나는 뒤로 비틀거리다가 그녀의 발치에 엉덩방아를 찧으며 넘어졌다.
빨강 머리의 얼굴은 너무 하얗게 질려서 나에게 토할지도 모른다는 생각이 들 정도였다. 「내가 말했잖아요.」 그녀가 구역질을 꿀꺽 삼키며 말했다. 「나는 『라이프』 매거진에 실을 사진을 찍기 위해서 여행을 하는 거라고요. 정말이에요. 존스 씨. 그리고 이건 그냥 구토예요.」 그녀는 트렌치코트를 마치 마지막 자존심인 양 몸에 단단히 두르면서 말했다.

「좋을 대로 하시오.」 영감은 말했다. 「하지만 이걸로 끝이오.」

그녀가 멈칫했다. 「지금 저보고 따라다니지 말라는 건가요?」

「내가 다 안다는 말이오. 우리를 계속 이렇게 쫓아다니면서 계속 거짓말을 하는 당신 꿍꿍이가 뭔지는 모르겠지만 지금부터는 우리 트럭하고 기린들 근처에는 얼씬도 안 했으면 좋겠소.」

빨강 머리의 표정이 굳어졌다. 「그게 무슨 말이에요?」

「당신은 『라이프』 매거진 사진 기자가 아니라는 말이오.」

나는 영감을 얼빠진 듯이 바라본 뒤 빨강 머리한테 시선을 돌렸다.

「아니에요, 기자 맞아요!」 그녀가 말했다.

나는 일어나려고 했다.

「너는 꼼짝 말고 있어.」 영감이 다시 빨강 머리를 돌아보며 나에게 명령했다. 「난 정말 거짓말쟁이는 용납 못 해요. 단도직입적으로 묻겠소. 당신 정말 『라이프』 매거진에서 일하는 거 맞소? 증명할 수 있어요?」

그때 그녀가 침을 꿀꺽 삼켰다. 구토보다 더 비참한 것을 삼키는 것 같았다. 나는 곧 그것이 무엇인지 알게 되었다.

그녀는 빠른 속도로 말하기 시작했다. 「좋아요, 아직은 아니에요……. 하지만 곧 될 거예요. 약속해요! 따라다니지 못하게 할까 봐 그랬어요. 왜냐하면 일단 사진을 찍어야 하니까! 그리고 이제 다 찍었어요! 너무 대단한 사진들이에요. 얼마나 훌륭한지 모르실 거예요.」

그리고 그녀는 내가 바로 옆에서 그 말을 듣는다는 사실을 깨달았다.

나는 땅바닥에 앉아 나를 내려다보는 빨강 머리를 올려다보며 그녀의 얼굴을 바라보고는, 시선을 멀리, 아주 멀리 밀어냈다.

「일어나.」 영감이 말했다. 「가자.」

나는 오직 빨강 머리만을 쳐다보면서 자리에서 일어섰다.

영감과 나는 기린들을 돌보고 길을 떠나야 했다. 우리는 한마디 말도 하지 않았다.

우리가 원형 천막 자동차 숙소를 떠났을 때 빨강 머리는 눈에서 보이지 않았고 나는 다행이라고 생각했다. 하지만 나 역시 여기까지 거짓말을 해서 온 것을 떠올려 보면 도저히 그녀를 그렇게 보낼 수가 없었다. 기어를 바꾸며 차를 움직이기 시작하면서 나는 영감에게 말했다. 「저 여자가 말한 일들을 어쩌면 정말로 다 해낼 수 있을지도 모르잖아요.」

그 말에 영감은 앞주머니에서 접힌 종이를 꺼내 내게 내밀었다. 「자, 이걸 봐라. 그리고 더 이상 그 여자 얘기는 듣고 싶지 않다, 알겠냐?」 그것은 어제 벤츨리 원장님에게서 온 전보였다.

…… 도착 시 『라이프』 매거진에서 취재 예정.

사진 기자는 비행기로 도착 예정…….

나는 전보를 읽었다. 그리고 다시 읽었다. 그 전보의 의미가 완전히 전달되자 기린을 빼고 모든 사람에게 화가 났다. 모든 것에 대해서 빨강 머리한테 처음부터 온전히 다시 화가 났다. 전보를 이제야 보여 준 영감에게도 화가 났다. 얼간이 촌놈처럼 군 나 자신에게도 화가 났다.

완전한 침묵 속에서 거의 80킬로미터를 간 후에야 나는 겨우 영감을 쳐다볼 수 있었다. 사실 눈앞에 나타난 표지판이 아니었다면 눈길을 돌리지 않았을 것이다.

텍사스주 경계 — 1.5킬로미터

아마도 계속 숨을 제대로 쉬지 않았는지 텍사스주로 들어설 때쯤 되자 머리가 어지러웠다. 고향에 도착했을 때 우리를 맞이한 표지판은, 예상대로 아주 크게 느껴졌다.

론스타주[37]에 오신 것을 환영합니다

나는 숨을 깊이 들이쉬고 해가 지기 전에 뉴멕시코주로 들어갈 목표를 세웠다. 팬핸들을 별일 없이 지나갈 수 있다면 그 이후엔 캘리포니아주까지 아무 문제 없을 거라고, 모든 것이 괜찮아질 거라고 여겼고, 그런 생각을 골똘히 하느라 초조해 움찔거리는 것을 영감이 눈치채고 말았다.

「네가 자꾸 그렇게 꼼지락대니 멀미가 날 것 같다.」 영감이 말했다. 「그 여자 때문이냐, 아님 텍사스주에 와서 그

37 미국 텍사스주의 속칭.

러냐?」

나는 마음을 가라앉히며 그를 슬쩍 쳐다보았다. 「아까 또 때리려고 해서 죄송해요.」

「나를 칠 기세라는 게 뻔히 보이더구나.」 그는 다시 도로 쪽을 바라보며 그렇게만 말했다. 「남을 공격하려면 연습 좀 해야겠다.」

하지만 텍사스주 팬핸들로 깊숙이 들어가면서 나는 다시 초조해지기 시작했다. 그 이유인 버려지고 방치된 도로를 다 지날 때까지 나는 꼼지락거리는 것을 멈출 수 없었다. 도로를 다 지나간 후 안도의 한숨을 너무 크게 쉬자 영감의 관심이 바로 내게 쏠렸다.

그는 나를 찬찬히 쳐다보며 말했다. 「너희 집이 이 근처 어디냐?」

나는 몸이 경직되었다. 올 것이 왔다. 내가 거짓말을 하지 않으면 안 될 상황을 만들고 있었다. 그리고 우리 둘 다 그가 거짓말쟁이를 어떻게 여기는지 알았다. 게다가 나는 여전히 빨강 머리가 했던 모든 거짓말 때문에 상처받은 상태였다. 나는 정말 더 이상 영감한테 거짓말을 하는 것만은 피하고 싶었다. 특히 영감을 한 대 치려고 한 직후였기 때문에 더더욱 그랬다. 〈내가 원하는 것은 기린을 태우고 텍사스주를 지나 영감을 기쁘게 하는 것뿐이다.〉 나는 계속 생각했다. 〈그것이 내가 원하는 전부다.〉

하지만 전에도 여러 번 그랬듯이, 길은 그 길을 제외한 모든 것들을 다 잊게 만들었다. 텍사스주 팬핸들로 가는 길에는 심한 교통 체증이 있었다. 전에는 결코 없었던 일이었다.

더 이상한 것은 〈뿔방울뱀 마른강[38]〉이라는 간판 앞에서 완전히 멈추었다는 것이다. 두 대의 순찰차가 콘크리트 도로 위를 가로질러 옆으로 나란히 주차되어 있었고, 나는 우리 고향의 보안관이 나를 잡으러 온 것이라고 생각했다. 하지만 그들은 고속 도로 순찰대원이었다. 그들이 길 한가운데 서서 모든 교통을 통제했다. 난데없이 도로 한가운데서 말이다.

영감은 몸을 앞으로 기울이며 표지판을 살펴보았다. 「오는 길에 여길 본 기억이 나. 서쪽으로 가는 고속 도로는 작년에야 공사가 다 끝났어. 이것처럼 완전히 말라빠진 얕은 마른강들을 지나는 몇 개의 다리들만 빼고. 이게 우리를 지체시킬 일은 없을 거야. 아직은 콘크리트 부분이 있다 없다 하고 공사 중인 곳도 있지만.」

우리가 가까이 다가가자 순찰대원 중 한 명이 카우보이모자를 잘 매만지며 내 창 쪽으로 다가왔고, 기린들은 무슨 일인지 보려고 머리를 내밀었다.

「아이고 세상에……. 이 기린 한 쌍을 어디로 데려가는 겁니까? 사막밖에는 아무것도 없는데요.」 그가 말했다.

「샌디에이고로 갑니다.」 영감이 나를 지나쳐 그에게 소리쳤다. 「여기에서 지체할 시간이 없습니다. 좀 지나가게 해주시면 안 됩니까?」

그러자 고속 도로 순찰대원은 법 집행자 모드로 확 돌변해서는, 그의 손을 총 벨트에 얹었다. 「죄송합니다, 선생. 그렇게는 안 됩니다. 고속 도로에서 벗어나셔야 합니다. 물이

38 평소에는 말라 있다가 홍수 등으로 인해 일시적으로 물이 차고 범람하는 곳.

마른강으로부터 얼마나 많이 넘치게 될지 알기 전까지는 통행을 전면 통제합니다.」

우리는 둘 다 바짝 말라 있는 마른강을 응시했다. 「무슨 물이요?」 영감이 말했다. 「북쪽으로 약 160킬로미터 떨어진 곳에 천둥 번개가 치며 폭우가 내리고 있어요. 그래서 지금 그쪽 지역에서는 24시간 넘게 집중 호우가 계속 마른강을 쓸어 내리고 있습니다. 사람들은 벌써 세기적인 폭풍이 될 거라고 합니다.」 순찰대원이 대답했다.

「지금 〈북쪽으로 160킬로미터 떨어진 곳〉이라고 하셨나요?」 영감이 되물었다.

「그렇습니다, 선생. 몇 년간의 먼지 폭풍 이후에 표토가 다 벗겨진 상태라서, 그 집중 호우가 모두 어디로 갈지 알 수 없어요. 그리고 앞으로 16킬로미터 사이에 이런 마른강이 세 군데 더 있어서 지금 고속 도로를 통제 중입니다.」

「하지만 160킬로미터 지나서라면 앞으로 잠깐 동안은 별일 없는 거 아닌가요?」 영감이 다시 시도를 해봤다.

「제대로 알게 될 때까지는 저희도 모릅니다, 선생.」

영감은 완전히 메마른 땅과 맑은 하늘을 둘러보고는 다시 한번 물어보았다. 「기린을 데리고 계속 가야만 합니다. 애들을 살리려면 되도록 빨리 가야 해서요.」

그 순찰대원은 내 창문턱에 손을 올려놓았다. 「선생, 아무래도 지금 사태의 심각성을 잘 모르시는 것 같습니다만. 혹시 돌발 홍수라는 것을 보신 적이 있나요? 갑자기 난데없이 급물살이 나타나서 나무와 가축과 집 들을 다 휩쓸어 버립니다. 고작 50센티미터도 안 되는 깊이의 물에 익사할 수도,

완전히 휩쓸려 갈 수도 있습니다.」

영감은 순찰대원을 면밀히 살피듯 바라보았다. 「그렇습니까.」

그 순찰대원은 영감을 하나하나 뜯어보듯 쳐다보았다. 「그렇습니다.」

「그런 걸 본 적 있으신가요?」 영감이 다음에 말했다.

순찰대원은 영감을 지그시 응시했다. 「먼지 폭풍도 직접 경험해 보기 전까진 본 적이 없었죠. 이 지역에는 이 지역만의 시계가 따로 있습니다. 식물들이 세기에 한 번 꽃을 피우고 여우들은 태양을 더 이상 견디지 못해서 심장을 멈춰 버리는 이런 지역에서 선생님은 목숨을 건다 해도 홍수 같은 게 일어날 거라고 믿기는 어려우시겠죠.」 그가 기린들을 흘깃 올려다보며 말했다. 「하지만 저 기린들의 목숨은 그런 위험을 감수하기에는 너무 가치 있어 보이네요.」 그는 내 쪽을 향했다. 「아들, 자네는 내 말을 어기면 안 된다는 센스 정도는 있어 보이는군. 자네가 돌보는 저 값진 화물을 생각해서라도 말이야. 그냥 이 특별한 동물들을 데리고 밤 동안 왔던 방향으로 조금만이라도 되돌아가는 게 좋아. 필요하다면 뮬슈까지 돌아가든지. 뭐가 뭔지 상황을 파악하게 될 때까지는 안전하게 있어야 하니까.」

그리고 그는 뒤로 물러서서 두 손을 그의 총 벨트에 얹고는 우리가 그의 말에 순종하기를 기다렸다.

속이 뒤틀리는 것 같았다. 몇 분이면 텍사스주를 빠져나갈 수 있었다. 그래서 나는 그를 그냥 무시하고 그대로 가버리고 싶었다. 마치 이 트럭으로 그런 도주가 가능하기라도 한 것처럼. 왜냐하면 순찰대원이 말한 〈조금만이라도 되돌아가는 것〉이란 아버지의 농장 쪽으로 향하는 버려진 도로로 돌아가는 것을 의미했기 때문이다.

순찰대원은 꼼짝도 하지 않았다. 그래서 나는 어쩔 수 없이 거칠게 숨을 내쉬고는 트럭을 도로변의 선인장과 회전초 주변으로 방향을 돌려서, 반쯤은 바퀴가 진흙에 빠지기라도 하길 바라며 내가 마침내 영원히 벗어났다고 생각한 곳으로 다시 향했다.

영감이 뭐라고 말을 건넸다.

「뭐라고요?」 내가 말했다.

「너는 그런 걸 본 적이 있냐고?」

나는 고개를 저었다.

「아무래도 저 순찰대원이 더위를 먹었나 보다.」 영감이 투덜거렸다. 「지금쯤이면 벌써 다 벗어나고도 남았을 텐데. 게다가 쟤네들은 기린들이야. 이렇게 얕은 마른강이면 어떻게 되어도 기린을 익사시키진 못하지. 이런 트럭을 탄 데다가 포장도로로 가면 더더욱. 도로가 포장만 되어 있으면 트럭으로 얕은 개울 정도의 물은 그냥 지날 수 있어.」 그는 식식대느라 잠시 멈추었다. 「뮬슈까지 완전히 돌아갈 필요는 없어. 1.5킬로미터쯤 전에 숙소를 본 것 같으니까.」

나는 그 말에 생기가 돌아서 동의했다.

그래서 우리는 거의 방치된 듯한 황폐한 모텔과 야영지가 있는 숙박 시설에 차를 세웠다. 처음 지나칠 때는 거의 눈에 안 띄었을 정도로 지저분한 곳이었다. 그곳은 이미 우리처럼 발이 묶인 다른 여행자들로 가득 차 있었다. 영감은 어쩔 수 없이 트럭에서 내려 지갑을 꺼내면서 걸어갔다. 나는 다리를 좀 펴기 위해 차에서 내리다가 영감이 사무실 안에 있는 꾀죄죄한 남자에게 지폐를 여러 장 꺼내 건네는 것을 보았다. 그리고 마침내 그는 트럭으로 쿵쾅거리며 돌아왔다.

「됐다.」 그가 말했다. 「오늘 밤은 여기에서 묵자. 되도록 저 뒤쪽에 한심해 보이는 메스키트 나무들 뒤에 숨어서 말이야. 저 나무들은 우리 애들 씹을 거리도 안 되어 보이니 오늘은 건초를 줘야겠다. 그런데 날이 어두워지기 전까지 몇 시간 동안은 다른 데 가 있자. 저 안에 있는 냄새나는 친구가 눈 하나 깜짝 안 하고 바가지를 씌우려고 들지 뭐냐. 또 앞으로 더 많은 사람들이 몰려들 텐데 우리 애들을 구경거리로 만들고 싶지 않구나. 게다가 할 수 있는 한 바람을 오래 쏘이게 해줘야 해. 내가 아까 기름과 음식을 살 가게를 봐뒀는데 조금 더 돌아가서 거길 찾아보자꾸나. 저 사기꾼 같은 놈이 하는 이 모텔보다 싼 데서 기름도 넣고 오늘 밤 필요한 것들도 사면서 시간을 보내다 오자.」

이런, 영감의 말은 나를 또 다시 꼼지락거리게 했고 이번에는 숨길 방법도 없었다. 왜냐하면 나는 그가 정확히 어디로 가려는 건지 알았기 때문이다. 그곳은 아버지의 농장에서 몇 킬로미터 반경 내에 있는 유일한 주유소였고, 나는 이제 곧 기린들과 함께 그곳에 가야만 하는 상황에 처하고 말았다.

「왜 그러냐?」 영감이 내가 꼼지락대는 것을 보고 말했다. 「전갈이 네 바지 자락으로 기어오르기라도 했냐?」

우리는 전갈을 찾느라 몇 분을 소비했다. 심지어 나는 차에서 내려 바지를 벗어 보기까지 했다. 우리가 아무것도 찾지 못하자 영감이 말했다.「됐다. 가자.」

나는 식은땀을 흘리며 바지를 다시 올리고 운전석에 앉았다.

운명과 인연, 그리고 신만큼 크게 찾아오는 우연의 일치는, 마치 당신 인생의 주인 행세를 하며 날아든다. 모든 일이 잘 안 풀리면 차라리 포기하는 것이 쉬울 수도 있다. 하지만 그게 아니라면……. 글쎄, 나는 이미 테네시주에서 그런 감정과 씨름했고 다시는 그러고 싶지 않았다. 무엇보다, 자신의 일에 선택의 여지가 전혀 없다고 생각할 열여덟 살 소년은 없다. 그래서 나는 어떤 천둥 번개 같은 말도 안 되는 일이 벌어진다고 해도 여전히 선택의 여지가 있을 거라고 믿었다. 선택의 여지가 있는 것이 전혀 없는 것보다 더 나쁠 수 있다는 것을 알지 못한 채 말이다.

그래서 영감이 원하는 대로 차를 출발시켰다. 몇 킬로미터 후, 우리는 내가 너무도 잘 아는 버려진 아스팔트 도로를 지나쳤고 나는 절대 쳐다보지 않으려고 했다. 하지만 주유소가 눈에 들어오자 나는 겁이 났다.「조금만 더 내려가는 건 어떨까요?」나는 다시 빠져나갈 시도를 해봤다.「왠지 분위기가 마음에 안 들어서요.」

「별문제 없어 보이는데.」영감이 말했다.「어서 차 세워.」

나는 트럭을 주유소의 주유 펌프 앞에 세웠다.

「저는 여기 있을게요.」나는 너무 성급하게 말을 꺼냈다.

영감은 나를 쳐다보고는, 세상이 시작됐을 때부터 그곳에서 일해 온, 작업복 차림의 이빨 없는 얼간이 주유소 직원이 밖으로 나올 때 가게 안으로 들어갔다.

나는 고개를 홱 수그렸다.

「아저씨, 기린이 타고 있네요!」 직원은 기름을 넣기 시작하면서 환성을 질렀다. 「서커스단 트럭인가 봐요? 나는 훌륭한 서커스 쇼를 좋아하긴 하는데 팬핸들에 왔다고 들은 건 1920년대에 저 위쪽에서 열린 애머릴로 공연이 마지막이었어요. 그러고 보니 아주 오래됐네요!」 그는 탱크를 가득 채운 뒤 기린과 서커스에 대해 더 떠들고 싶어서 창문을 닦으며 몸을 기울였다.

그러고는 그는 눈을 가늘게 뜨고 바라보았다. 나를.

「저기…….」

나는 고개를 더 낮게 숙였다.

「어어어. 넌 니켈 아니냐? 아케이디아에 살던?」

조수석이 열리고, 영감이 여러 필수품이 든 봉투를 들고 올라탔다. 그가 의자에 엉덩이를 제대로 붙이기도 전에 나는 차를 출발시켜 그곳을 빠져나왔다. 아까 올 때까지만 해도 쳐다보지 않고 잘 지나쳐 왔던 버려진 도로를 지날 때, 나는 어쩔 수가 없었다. 이번에는 오래된 표지판으로 흘깃 시선을 돌리고 말았다.

아케이디아 →

「얼마나 더 가야 하냐?」 영감이 물었다.

「네?」 내가 중얼거렸다.

「너희 아버지는 소작인이 아니었어. 이주 정주민이었던

거지, 안 그래? 길 저쪽에 너희 집이 있었냐?」 내가 대답하지 않자, 그는 고개를 갸웃거렸다. 「잠깐만 세워 봐.」

내가 트럭을 갓길 쪽으로 돌려 세웠을 때, 영감은 여태까지 본 것 중 가장 혼란스러운 표정으로 나를 바라보면서 뭔가를 설명해 주기를 기다렸다. 그 시점까지 영감이 알았던 사실은 우리 엄마와 아빠가 죽었고, 먼지가 우리 농장을 앗아 갔다는 것이었다. 이제 그는, 내가 말하지 않았지만 우리가 벌써 두 번이나 우리 집 근처를 지나쳤다는 것을 깨달았다. 이제 나에겐 별 선택이 남아 있지 않았다. 나는 그가 잘못 들었다고 우길 수도 있었다. 어떻게 해서든 거짓말을 계속 이어 갈 수도 있었다. 하지만 그날 하루가 어떻게 흘러갔는지를 떠올려 보면 그런 거짓말은 그렇게 오래가지 않으리라는 것을 나는 알았다. 그는 나에게 엄마의 무덤 앞이나 그런 비슷한 것에 맹세를 하라고 추궁할지도 모를 일이었다. 그리고 그런 그를 누가 비난하겠는가? 나는 영감과 기린을 위해서 사람을 쏘았지만 배불뚝이 볼스의 돈다발을 주머니에 감추었다가 걸렸고, 바로 오늘 아침에는 영감을 또 한 대 때리려고 했다. 무슨 이유에서건 영감이 내게 자비를 베풀었다면 나는 그것을 계속해서, 아주 제대로 조롱해 왔던 것이다. 그는 이미 나를 두 번이나 용서해 주었다. 하지만 우리 엄마가 항상 얘기했던 것처럼 끝없는 용서를 베푸는 것은 신뿐이다. 어쩌면 그가 나에 대해 어떤 사실을 알게 된다 해도, 기린을 위해 시간을 절약한다는 이유만으로 충분히 나를 계속 나아가게 둘 수도 있다는 생각까지 했다. 혹은 대부분의 비슷한 경우들처럼 그가 어떻게 반응하느냐는 아주 사적인 이유들이 섞인 것에서 비롯될 테니 그의 반응을 추측하려면 그가 겪은 과거의 모든 이야기를 알아야 했을지도 모른다. 그래서 나는 통나무의 혹처럼 그렇게 자리에 앉아만 있었다. 아니 더 심하게 말하면 헤드라이트 앞의 사슴처럼.

「나를 똑바로 봐.」 그는 내가 대답을 회피하는 것을 더 이상 참지 못하고 말했다. 「내 말이 맞지?」

나는 달리 뭘 어떻게 해야 할지 알 수가 없었다. 나는 마침내 포기하고 고개를 끄덕였다.

「얼마나 멀어?」

「3킬로미터 정도요.」 나는 오래된 농장 길을 바라다보며 중얼거렸다. 「저기 포장도로 옆이에요.」 땅은 너무나 평평해서 우리가 앉은 자리에서도 아스팔트 길 끝에 있는 조면기가 보였다.

우리처럼 방향을 돌려야 했던 차들이 우리를 보고 경적을 울리고 휘파람을 불고 온갖 잡스러운 소음을 내며 지나갔다. 그런 소음에 화가 난 기린들이 되새김질을 멈추었다.

「아, 젠장.」 영감이 창문으로 몸을 기대 기린들을 돌아보며 투덜거렸다. 「일단 고속 도로를 벗어나야겠다. 하지만 아직 사람들이 우글거리는 그 모텔에는 안 가는 게 좋을 것 같은데. 어디 우리 애들이 좋아할 만한 괜찮은 나무 없겠냐?」

「거의 없어요.」 나는 대충 얼버무렸다.

영감이 얼굴을 찌푸렸다. 「거의 없다니. 하나는 있단 말이야?」

내가 천천히 고개를 끄덕였다. 「그게 아직 거기에 있다면요.」 나는 파란 하늘을 올려다보았다. 「그 순찰대원이 비가 올지도 모른다고도 했는데…….」

영감이 너무 오랫동안 말이 없어서 나는 그를 돌아보았다. 「네가 도저히 감당이 안 되겠다면 그렇다고 말해.」 그는 또 그런 식으로 나를 자극했다. 자신의 고향집을 방문할 용기가 없다고 선뜻 인정할 열여덟 살짜리가 과연 있기라도 한 것처럼. 나는 다시 대답을 주저했다. 이번에는 너무 오래.

「혹시 나한테 털어놓지 못하는 게 있냐?」 그는 덥수룩한 눈썹을 내가 본 것 중에 가장 낮게 내려뜨리며 물었다.

결국 일을 그르치고 말았다. 그는 내가 뭔가 숨긴다고 생각했다. 왜냐하면 그게 사실이니까.

차 한 대가 우리 뒤에 와서 섰다. 녹색 패커드였다. 하느님께 맹세코 그때는 어떤 것도 나를 놀라게 할 것은 없었다. 하지만 이번 한 번만큼은 빨강 머리 오거스타가 방향을 잘못 들어서기를 바랐었다. 영감은 사이드 미러로 그녀를 보고 화가 머리끝까지 나서, 적어도 그 순간만큼은 나에 대한 것을 잊어버리고 말았다.

「저 여자가 재수 없게 자꾸만 나타나네.」 그가 으르렁거렸다. 「정말 저 여자 신경 쓰는 데 지쳤다. 샌디에이고까지 따라올 생각이라면 그렇게 놔두지 뭐. 무슨 일이 기다리는지 곧 알게 되겠지.」

내가 사이드 미러로 바라보니, 그녀는 패커드에 앉아서 지금 무슨 일이 벌어지는지, 우리가 왜 여기 서 있고 어떻게 설득하면 우리의 마음을 돌릴 수 있을지를 파악하는 중인 듯했다. 샌디에이고에서 그녀에게 무슨 일이 기다리는지 전혀 모른 채로 말이다.

차 두 대가 더 쌩하고 지나갔다. 그중 하나는 아주 길고 시끄럽게 경적을 울렸다. 목을 흔들기 시작하는 기린들을 돌아본 영감은 농장 길 쪽으로 손짓을 했다.「얘야, 기린들을 잠깐이라도 고속 도로에서 벗어나게 해야겠다. 이건 꼭 해야 하는 일이야.」

나는 움직이지 않았다. 대신 나는 영감 쪽으로 몸을 돌리고는 나에게 유일하게 남은 카드를 꺼냈다.「이건 제 용기로는 감당이 안 돼요.」

트럭 한 대가 너무 시끄럽게 지나가는 바람에 기린들이 갑자기 놀라 휘청했고 트럭 전체가 흔들렸다. 영감은 기린들을 살피느라 고개를 홱 돌렸고 다시 고개가 돌아왔을 때는 그의 얼굴의 뭔가가 돌변해 있었다. 그는 완전히 다른 사람이 된 것처럼, 나를 완전히 다른 사람 보듯 바라보았다. 나는 그의 관용의 한계가 무엇인지를 깨달았다. 그것은 기린의 안전이었다.

「가자.」그가 지시했다.

「하지만 좀 전에는…….」

「지금 출발하든지 아니면 여기서 널 내려놓고 나 혼자 그 나무를 찾아가든지 둘 중 하나야. 넌 저 재수 없이 자꾸 나타나는 네 여자 친구 차를 얻어 타든지. 나랑 기린들은 더는 못 견디겠다.」

내 속은 마구 뒤틀렸고, 나는 다시는 가지 않을 거라고 여겼던 오래된 길로 들어섰다. 나는 사이드 미러를 보았다. 그때 녹색 패커드가 쫓아오는 것을 보고 나는 빨강 머리가 어떻게 나를 악몽 속으로 다시 끌어들였는지를 생각했다.

우리가 계속 회전초를 피하면서 가는 동안, 나는 여전히 그의 마음을 돌릴 수 있기를 바라면서, 버려진 도로의 아스팔트가 오래되어 푸석푸석해진 것을 영감에게 손으로 가리켜 보였다.

영감은 도로를 가만히 보더니 나를 지그시 응시했다. 「저 앞에 있는 저 나무 맞지? 저 정도 거리면 괜찮겠다.」 그리고 영감은 도로 주변을 감싼 마른강을 발견했다. 「잠깐만, 저것도 마른강 아니냐?」

나는 휙 훑어보았다. 팬케이크보다 평평한 팬핸들에서는 사람들은 조금만 솟아오른 땅도 언덕이라고 부르고 조금만 파인 곳도 도랑이라고 불렀다. 그것이 바로 영감이 보고 있는 것 — 내가 평생 보아 왔던 아스팔트 도로 주변에서부터 뻗어 나가고 다시 되돌아오는 것처럼 보이는 움푹 팬 부분 — 이었다. 「저건 그냥 도랑이에요.」 내가 중얼거렸다.

「저기 물이 있는 거 본 적 있냐?」

나는 고개를 저었다.

하지만 그는 제대로 된 답을 원했다. 「한 번도?」

「한 번도 없어요.」

「차 세워.」 그가 지시했다.

나는 트럭이 휘청할 정도로 갑자기 멈추었다. 영감은 차에서 내린 다음 눈을 가늘게 뜬 채 살피고 땅을 차보고는 다시 트럭에 올라탔다. 「오, 이런 맙소사, 내가 지금 뭘 걱정하는 거야? 이런 도랑도 안 되어 보이는 거 가지고. 이 땅은 단단히 다져진 경반층이잖아. 저기로 진짜로 홍수가 밀려오면 놀라 까무러칠 일이지.」

그래서 우리는 계속 나아갔고, 기린들은 마치 북쪽에서 오는 비 냄새를 맡기라도 한 듯 공기 중에 대고 킁킁거렸다. 곧 우리는 아스팔트 도로가 끝나는 곳에 다다랐다. 오른쪽에는 버려진 조면기가 있었다. 왼쪽에는, 즉 도랑을 지나기 전에는, 손으로 만든 십자가들, 수명보다 일찍 세상을 떠난 사람들의 무덤들로 완전히 둘러싸인 다 허물어져 가는 교회 건물이 있었다. 그 모든 것 앞에는 그늘이 필요 없는 곳에 그늘을 드리우고 서 있는, 잎이 무성하고 가냘프지만 튼튼한 참나무가 서 있었다. 수 킬로미터에 걸쳐 흩어져 굴러다니는 회전초와 죽은 흙 속에서 살아 있는 유일한 이 나무는 뿌리 아래 묻힌, 소나무 상자 속의 죽은 시체들로부터 영양을 공급받고 있었다.

온통 갈색뿐인 마을 한가운데서 초록빛의 나무를 발견한 영감의 얼굴에 희미한 미소 같은 것이 번졌다. 하지만 나는 곧장 앞쪽을 바라보았다. 아스팔트 도로의 맨 끝에는 〈아케이디아〉의 낡은 이정표가 있었다. 그곳에서부터 여러 개의 흙길들이 버려진 헛간들과 판잣집들을 향하여 사방으로 아주 멀리까지 뻗어 나갔다. 이정표 기둥에는 여전히 이름이 새겨진 나무 명패들이 여러 방향을 가리키며 촘촘히, 맨 아래까지 매달려 있었고 이 지역에 안타까운 일이 있었다는 것을 한눈에 알 수 있었다. 그리고 그중 제일 아래에는 무덤들 너머 흙길 저쪽에 있는 우리 집을 가리키는 〈니켈〉이라고 적힌 표지판이 보였다. 마치 아무것도 변하지 않은 것처럼, 그 길을 따라가면 마치 엄마가 우리에게 저녁을 먹자고 손

흔드는 모습을 발견할 수 있을 것처럼.

기린들이 트럭을 마구 흔들었다. 나는 뒤를 돌아다보다가 내가 뚫어져라 바라보던 우리 집 표지판을 영감도 바라보는 걸 발견했다. 그는 뭔가 말하려고 했으나, 트럭이 다시 휘청거렸다. 우리는 무슨 일인지 확인하기 위해 머리를 밖으로 내밀었다. 우리가 주차한 아스팔트의 가장자리에서 기린들은 벌써부터 나무에 닿으려고 목을 뻗었다. 산에서와 완전히 똑같이 트럭이 한쪽으로 기운 상태였다.

「조금 더 가까이 가줘라.」 영감이 차에서 내리면서 말했다. 「땅이 워낙 단단해서 트럭을 버텨 줄 거야.」

나는 트럭을 아스팔트 옆으로 가까이 댔다. 차의 왼쪽이 나무 바로 아래, 단단한 흙으로 된 땅으로 내려섰다. 내가 위 덮개를 열기 위해 위로 올라가니 기린들이 그날의 첫 나뭇잎 식사를 하게 된 기쁨에 행복한 콧소리를 내기 시작했다. 나는 머리가 어지러워 시선을 다른 쪽으로 돌려야 했다. 내 시선은 우리 가족의 묘비도 없는 무덤에 내려앉았고 그러자 머리가 더욱 띵해졌다. 내가 잠시 눈을 감았다가 뜨자 빨강머리가 우리 트럭 한참 뒤쪽에 있는 패커드의 창문 밖으로 카메라를 내밀고 사진을 찍고 있었기 때문에 나는 그녀한테서도 고개를 돌려야 했다.

나는 앞으로 무슨 일이 일어날지 알았다.

나는 살그머니 땅으로 내려가 기다렸다.

영감은 왼편의 흙길을 응시했다. 〈니켈〉이라고 새겨진 간판이 가리키는 쪽이었다. 마른 도랑을 따라 90미터도 안 되는 곳에 우리 아버지의 작은 농장이 있었다. 교회에서부터 전부 바라다보였다. 그곳에는 기울어져 가는, 금방이라도 무너질 듯한 헛간이 있었다. 아버지의 망가진 모델 T 트럭도 보였다. 하지만 영감의 시선이 향한 곳은 그 두 가지가 아니었다. 그는 까맣게 탄 땅 위에 묘비처럼 서 있는 까맣게 탄 벽난로를 곁눈질했다. 누가 봐도 단순하게 그을린 모습은 아니었다.

그는 내 설명을 기다리며 다시 나를 쳐다보았다. 나는 그가 궁금해하는 모든 질문들을 막을 만한 그 어떤 말도 생각해 낼 수가 없었다. 그래서 나는 한마디도 할 수가 없었다.

내 쪽을 마지막으로 한번 보고 영감은 무덤을 지나고 도랑을 건너서 바로 직진했다. 나는 머리를 숙인 채 이미 아는 그 길을 따라가는 일밖에 할 수 없었다. 헛간을 지나치자 나는 걸을 수가 없을 정도로 머리가 어지러웠다. 커지는 파리떼들의 소리를 따라 나는 영감이 땅에서 녹슬어 가는 소총과 권총을 내려다보고, 벽난로와 잿더미, 그리고 그을린 금속 침대 프레임과 까맣게 탄 스토브 등을 천천히 이동하며 바라보는 모습을 지켜보았다.

그러다 영감은 그 너머에 있는 얕은 무덤을 발견했다. 그 무덤은 시체의 살점을 다 파먹고 부러진 뼈만 남아 있을 정도로 다 파헤쳐져 있었다.

나는 땅바닥이 빙글빙글 도는 것 같았다. 〈독수리와 코요테 떼들이 결국 파헤쳤구나.〉

영감이 내 쪽을 돌아보았다. 「말해 봐라, 저건 동물 뼈인 거지?」

나는 대답할 시간을 놓치고 말았다.

「얘야,」 그는 소리쳤다. 「여기서 대체 무슨 일이 있었던 거냐?」

나는 대답하기를 거부했을 수도 있었다. 하지만 영감은 그동안 기린과 그와 함께 시간을 보냈던 내가 어떤 사람인지 의심스러워하며 나를 버릴 게 분명해 보였다. 그래도 그를 비난할 생각은 전혀 없었다. 나조차도 내가 누군지를 알 수가 없었으니까.

그래서 내게는 하나의 선택밖에 남지 않았었고 나머지 선택은 모두 그에게 달려 있었다. 그는 내가 하는 이야기를 믿을 수도, 믿지 않을 수도 있었다. 그는 내가 캘리포니아주까지 계속 가게 둘 수도 있었고, 내가 도망쳤던 이곳에 나를 버려두고 갈 수도 있었다. 내 인생은 이곳에 달려 있다는 듯이. 어쨌든 그건 사실이었으니까. 나는 대답하려고 입을 열면서 보이와 걸의 모습을 먼저 마음에 담아 두려고 내 뒤를 바라보았다.

그때 나는 물을 보았다.

처음에는 쉽게 받아들여지지 않았다. 나는 평생 그 도랑 같은 곳에 물이 있는 것을 본 적이 없었다. 그것은 마치 신기루 같았다. 마치 그럴 리가 없다는 말이 주문이 되어 그것을 불러들인 것처럼 말이다. 하지만 거기에 물이…… 흘렀다. 그리고 믿기 어려울 정도로 빨리 더 많은 물이 차올랐다. 그 도랑은 결국 얕은 마른강이었고, 어디선지 모르게 갑자기 물이 채워졌다. 그곳만의 시계가 따로 있다는 그 땅은 한 소년이 평생 그곳에서 어떤 경험을 했는지는 조금도 신경 쓰지 않았다. 눈에 보이지도 않는 뇌우는 물을 조금도 품을 곳이 없는 팬핸들의 땅에 집중 호우를 내렸다. 순찰대원의 말이 사실이었던 것이다.

돌발 홍수가 우리 쪽으로 오고 있었다.

그때쯤 영감도 입을 떡 벌리고 내 옆에 서 있었다. 우리는 서로를 쳐다보고는 소량의 물이 개울처럼 바뀌어 교회 묘지의 참나무와 풀을 뜯어 먹는 기린들에게로 꿈틀꿈틀 향하는 것을 응시했다.

〈어떤 돌발 홍수라도 기린만큼 높게 물이 차오를 수는 없다.〉 나는 침착함을 유지하기 위해 혼잣말로 중얼거렸다.

「이게 무슨 일이에요?」 빨강 머리가 흙길에 서서 우리를 향해 외쳤다. 「저 물이 어디서 오는 거예요? 빗물 배수관은 어디 있어요?」

「이봐요, 지금 있는 곳이 어디라고 생각하는 거요, 뉴욕?」 영감이 맞받아 소리쳤다. 「여기는 제기랄 이상한 사막의 젠장 맞은 대평원 가장자리라고! 망할 빗물 배수관은커녕 여긴 물도 없어야 하는 곳이란 말이오!」 말도 안 되는 모든 위험을 천둥처럼 고함을 질러서 물리쳐 버릴 수 있기라도 할 것처럼 이쪽저쪽으로 손을 마구 휘저어 대며 말하는 영감을 나는 지켜보았다.

그때 나는 갑자기 움직이기 시작했다.

바로 발밑에서 불가능한 것이 가능한 것으로 바뀌는 상황이 벌어질 때, 사람은 자신의 모든 기능을 완전히 통제할 수 없는 지경에 이른다. 나는 트럭과 묘지 쪽으로 향했던 것을 기억한다. 이미 발목까지 차오른 물을 첨벙대며 달려갈 때 영감의 목소리를 들은 것도 기억난다. 나는 속도를 내면서,

최대한 목을 높이 뻗어 묘지 위의 나뭇잎을 뜯어 먹는 기린을 쳐다봤던 것도 기억난다. 빨강 머리에게 도랑에서 멀리 떨어진 아스팔트 도로 위로 패커드를 옮겨 놓으라고 소리친 것도 기억난다. 할 수 있는 한 빨리 나도 트럭과 기린들을 포장도로 위로 옮겨야 한다는 생각을 하면서.

하지만 그 순간부터 트럭에 갈 때까지 나머지 기억은 나지 않는다. 나는 운전대 앞에 앉아서 시동을 걸고 클러치를 밟으며 쏜살같이 차를 몰아, 내가 할 수 있는 가장 최악의 행동을 했다. 나는 너무 당황한 나머지 팬핸들의 평지에서만 살아서 아무것도 모르는 사람처럼, 연료로 엔진을 적셨다. 왜냐하면 내가 〈하느님의 순수한 에덴의 우뚝 솟은 피조물〉을 데려온 이 비참한 곳에는 위험한 것이 너무 많았기 때문이다. 이렇게 된 건 영감 때문이 아니었다. 나 때문이었다. 바로 내가 여기에 우리가 오게 된 이유였다. 나는 살인마와도 같은 바다에서 겨우 살아남은 허리케인 기린들을 이 사막의 홍수로 곧장 운전해서 데려왔다. 그리고 기린이 떠내려가는 예지몽조차 여기에 오지 못하도록 충분히 나를 일깨워 주지 못했다.

나는 나 자신을 통제하지 못하고, 엔진이 죽을 때까지 계속 시동을 걸었다. 묘지의 가장자리를 휘감는 도랑에서 물이 넘실댔다. 위험을 감지한 기린들은 쿵쿵거리고 이리저리 움직이기 시작했다. 트럭이 뒤뚱거렸다. 〈50센티미터도 안 되는 높이의 물에서도 익사할 수 있다.〉 순찰대원은 그렇게 말했다. 내 상식으론 그런 일이 일어날 수 없다고 생각했다. 어쩌면 그런 일은 멍청한 열여덟 살짜리에게는 일어날 수도 있을지 모르지만 3미터 이상의 키를 가진 기린에게는 아니었다. 내가 기린을 올려다보기 위해 차에서 허둥지둥 내렸을 때 누군가가 내 팔을 잡아 돌려 세웠다.

「내 말 듣는 거냐!」 그것은 영감이었다. 그의 얼굴은 새로운 두려움에 붉게 상기되어 있었다. 「저긴 포장도로가 아니야!」 그가 트럭 왼편이 디딘 경반층을 가리키며 말했다. 「트럭은 상부가 너무 무거워! 물 자체는 문제가 아니야. 문제는 갑자기 몰려드는 급물살이지. 급물살이 마른강을 넘어서면 결국 경반층이 물러져서 기린들이 겁을 먹을 거야. 그럼 트럭은 잘못하면…….」 그는 〈전복된다〉라는 다음 말을 차마 입 밖에 내지 못했다.

「그럼 어떻게 해요?」

「트럭을 다시 아스팔트 위로 완전히 올려놔야 해! 1미터도 안 돼!」

「하지만 엔진이 연료에 젖었어요.」 내가 한탄하듯 말했다. 「그럼 그것 말고는 뭘 할 수 있어요?」

그는 양팔을 들어 보였다. 「나도 모르겠다! 이런 해가 짱짱한 사막에서 홍수 나는 상황에 기린을 데려와 본 적이 있어야지!」

「위 덮개하고 창문을 닫을까요?」 내가 시도해 보았다.

「그렇게 해서 달라질 게 뭐가 있겠냐? 넌 이게 노아의 방주라도 되는 줄 아니?」

「밖으로 나오게 할까요?」

「나오려고 하지 않을 거야! 그것도 제시간에는!」

「위를 열고 옆까지 열어젖혀도요?」

「자리에서 일어나려다가 넘어질 수도 있고 다칠 수도 있어. 그러면 걸은 끝이야!」

「그럼 또 뭐가 있지……. 뭐가 있을까?」 나는 횡설수설했다. 「뭔가 방법이 있을 거예요!」

「포장도로가 바로 〈저기〉 있잖아!」 마치 좌절감만으로도 트럭을 움직일 수 있기라도 한 것처럼 자신의 체중 전체를 트럭에 실어 보며 영감은 후드를 주먹으로 내리쳤다. 「그냥 출발시켜 봐!」

아직 시동을 걸기에는 너무 이르다는 걸 알았지만, 영감이 양파 몇 개를 집어 들고 기린들을 달래려고 올라가는 동안, 기린들이 스스로 트럭을 넘어뜨리는 사태를 막기를 바라며 나는 차에 올라타 시도를 해봤다.

「제발, 제발, 제발.」 나는 간절한 마음으로 애원하며, 배터리까지 죽어 버리기 전에 시동을 걸었다가 멈췄다가를 반복했다. 그리고 차 문을 활짝 열고 내려서는 땅바닥에 엎드려 왼쪽 타이어 밑을 손가락으로 파봤다. 경반층은 아직도 돌처럼 단단하고 뼈처럼 건조했다. 나는 이 정도면 기린들이 바로 설 수 있을 거라고 믿었다. 왜냐하면 그래야 했기 때문에……. 왜냐하면 그것 말고는 아무것도 생각할 수가 없었기 때문에……. 마른강에서는 이미 물이 넘쳐났다.

드디어 돌발 홍수가 다다랐다.

눈 깜짝할 새 물은 도랑을 넘어서 묘지 전체를 휩쓸었다.

또 눈 깜짝할 새 십자가들을 쓸어 버렸고 마치 우리를 찾아다니는 것처럼 땅 전체에 퍼져 결국 내 부츠 위로 물이 쏟아졌다.

그렇게 순식간에, 물이 움직일 수 있는 모든 형태가 바로 내가 서 있는 곳에 펼쳐졌다. 그리고 결국 갈 길을 알아낸 급물살은 우리 뒤쪽의 다 벗겨져 나간 아스팔트를 뒤덮고 도랑에서 멀리 떨어진 포장된 도로 쪽으로, 빨강 머리가 있었어야 할 곳으로 흘러갔다. 하지만 물론 그녀는 그곳에 없었다. 그녀는 포장도로가 있는 곳까지 반도 못 간 곳에 멈춰서 사진을 찍고 있었다. 이제 물은 그녀까지 찾아냈다.

기린들은 트럭을 걷어차기 시작했고, 물살이 포효하는 소리가 영감이 기린을 달래는 소리를 집어삼켰다. 나는 운전대를 잡고 시동을 걸려고 노력했지만 — 지금 켜지지 않으면, 그렇게 시동을 켜야 할 이유조차 없어질 수도 있다는 두려움 때문에 — 이내 배터리가 죽는 소리가 들렸다.

어쩔 수 없이 나는 영감과 함께 트럭 위로 올라가서 기린들을 데리고 계속 중얼거렸다. 물은 멈출 거야……. 멈춰야만 해…….

하지만 멈출 기미가 보이지 않았다.

게다가 우리는 기린들이 우리보다 먼저 본 것을 이제야 볼 수 있게 되었다. 최악의 상황 — 엄청난 양의 급물살 — 이 계속 다가왔다. 쓰레기로 가득 찬 물이, 160킬로미터 떨어진 곳에서부터 휩쓸린 쓰레기들이 우리에게 밀려오는 중이었다. 물이 급속도로 휩쓸려 지나가면서 나뭇가지와 돌과 진흙 등이 트럭에 텅텅 부딪쳤다. 그리고 뿌리째 뽑힌 나무가 하늘에서 떨어진 것처럼 나타나 마른강 안쪽에서 이리저리 부딪치다가, 세찬 물살에 휩쓸려 나무의 몸통이 교회를 들이받았고, 안 그래도 무너질 듯했던 건물을 무너뜨렸다.

우리가 소리를 지르는 것 외에는 아무것도 못 하는 사이 나무의 몸통과, 교회 건물의 반 정도 되는 덩어리가 함께 묘지의 참나무 주변을 빙빙 돌다가 트럭의 왼쪽 부분에 세게 부딪쳤다. 그 바람에 영감은 페도라를 떨어뜨렸고 그가 물속으로 곤두박질치기 직전에 그를 잡아 올렸다.

트럭에 박힌 나무 몸통 주변으로 물이 콸콸 흘렀고, 이제는 물이 얼마나 깊고 빠른지보다 얼마나 무거운지가 문제였다. 영감이 두려워했던 것처럼 우리는 트럭의 왼쪽 밑 경반층이 점점 물러지며 내려앉는 것을 느꼈다.

트럭이 기울기 시작했다.

우리는 허둥지둥 밖으로 나가서 보이와 걸을 반대쪽으로 불렀다. 하지만 휘몰아치는 물에 정신이 나간 기린들은 공황 상태에 빠져 있었다. 트럭이 돌이킬 수 없는 상태까지 기울어지는 동안 기린들의 목구멍 깊은 속에서부터 울부짖는 소리가, 피 끓는 듯한 새된 소리가 터져 나왔다.

그때 젖은 아스팔트 도로에서, 우리 한참 뒤쪽에 차를 세워 놓았던 빨강 머리가 패커드의 후드 위에 서서 이쪽을 쳐다보았다. 나는 다음 순간이 제발 오지 않기를 갈망하며, 시간을 멈출 수 있기를 바라며 그녀를 응시했다.

하지만 시간은 멈추지 않았다.

그리고 그다음 순간이 찾아왔다……. 그때 자동차의 엔진 소리가 들렸다.

패커드가 우리를 향해 곧장 달려왔다.

점점 더 빠르게 속도를 내면서 패커드는 젖은 노면을 따라 수상 비행을 하듯 양쪽으로 물을 튀기며 우리에게로 왔다. 거의 트럭을 들이받기 직전이었다. 그때 빨강 머리는 운전대를 왼쪽으로 확 꺾어서 패커드를 급물살과 트럭 사이로 박아 넣었고, 물이 막히자 운전대를 다시 오른쪽으로 꺾어서 패커드 쪽으로 기우는 트럭의 옆 부분으로 더 가까이 차를 밀어 넣어 단단히 고정시켰다.

내가 방금 무슨 일이 일어났는지를 파악하는 동안 빨강 머리는 창문으로 꼼지락거리며 빠져나와서 가장 최악의 돌발 홍수가 닥쳐오는 순간 우리가 있는 트럭 위로 올라왔다. 그 뒤로 영겁 같던 몇 초 동안 우리는 아무것도 하지 못한 채 여전히 트럭이 똑바로 고정될지, 패커드가 잘 버틸지, 기린들은 잘 서 있을지를 걱정하며 지켜보는 수밖에 없었다. 어떻게 흙이 흙이고, 진흙은 진흙이 되는지, 세차게 흐르고 포효하는 강물이 산들을 만들어 낼 만큼 얼마나 강한지를 생각하지 않으려고 노력하면서.

그러고는 그렇게 빨리 온 것만큼, 물은 또 갑자기 사라져 버렸다.

부유물들이 내려앉고 홍수 소리가 사라지는 사이 우리는 그곳에 앉아 있었다. 참담한 침묵이 흘렀다. 하지만 우리는 계속 앉아 있었다. 우리는 찬란하게 갠 하늘을 바라보았다. 걸이 킁킁대고 보이가 재채기를 하는 모습을 바라보았다. 묘지의 구부러진 참나무와 멀리까지 사방에 흐트러져 있는 십자가들을 바라보았다. 모든 상황이 다 끝났음에도 정신이 몸을 채 따라잡지 못하던 그때의 기분은 허리케인에서 받았던 충격과 흡사했다. 정신을 차리고 보니 나는 빨강 머리를, 영감은 우리 둘을 한꺼번에 부여잡고 있었다. 우리는 서로를 붙든 팔을 풀고 슬그머니 서로에게서 떨어져, 모든 문에서 물이 흘러나오는 채로 트럭을 지탱하고 있는 패커드를 내려다보았다.

아마 빨강 머리는 그때서야 차에 무엇을 두고 왔는지를 깨달은 것 같았다.

갑자기 목을 졸린 듯이 끔찍한 소리를 내지르며 그녀는 허둥지둥 내려가 패커드의 문을 열고 흠뻑 젖은 카메라 가방을 꺼냈다. 그 안에 있던 카메라들, 필름들, 그리고 감광판들이 모두 진흙에 뒤섞여 있었다. 그녀는 그 옆의 진흙 바닥에 털썩 주저앉아 손으로 얼굴을 가렸다.

나는 조심스레 아래로 내려갔다. 그때 나는 물에 잠긴 필름과 멋진 카메라보다 패커드가 살아날 가능성이 더 크다는 것을 몰랐다. 그러나 슬쩍 다가가 그녀의 필름을 집어 들어 보고는 그 안에서 물이 질척거리는 소리를 들었을 때 상태가 아주 좋지 않다는 것을 깨달았다. 그리고 그녀를 혼자 내버려두는 게 낫다는 것 정도의 판단은 할 수 있었다.

영감도 땅으로 내려와서 기린들을 올려다봤다. 기린의 머리는 나무와 금속, 진흙으로 뒤덮인 난장판 속에서 허공에 떠 있었다. 트럭은 여전히 기울어져 있었지만 기린들은 최악의 포식자가 사라진 것을 아는 듯 침착했다.

나는 몸을 숙이고 트럭 타이어 근처의 진흙을 파봤다. 경반층이 내려앉은 정도는 7센티미터도 채 안 되었다. 트럭의 시동이 걸리고 기린을 똑바로 세울 수 있다면 차를 뺄 수 있을 거라고 확신했다.

한편 영감은 피 묻은 붕대를 확인하기 위해 걸의 쪽문을 열었다. 상처가 이미 굳힌 것을 본 그는 붕대 위에 가만히 손을 얹은 채 한숨을 크게 내쉬었다.

그다음 나는 엔진을 점검하기 위해 후드를 열었다. 안이 건조한 것을 확인한 나는 영감처럼 엔진 위에 손을 올리고 한숨을 쉬었다.

하지만 빨강 머리는 여전히 패커드 옆에 앉아 다 젖은 카메라와 필름을 바라봤다. 영감이 페도라를 찾으러 간 사이 나는 그녀가 올려다보기를 바라며 가까이 다가갔다. 그녀가 올려다보지 않아서 나는 그녀 주위를 서성였다. 패커드의 펑크 난 타이어들과 휜 차축을 살펴보고, 부서져서 잘 열리지 않는 후드를 열 수 있는 만큼 열어 보았다. 패커드의 엔진은 완전히 흠뻑 젖어 있었다. 그래도 어떻게든 시동을 걸어 보려고 했으나, 딸깍하는 소리조차 나지 않았다. 연료에 젖은 트럭의 엔진은 충분히 기다리기만 하면 시동이 걸릴 것 같았지만 패커드는 완전히 망가진 상태였다.

패커드의 열쇠를 뺀 뒤 챙겨야 할 가방이 있는지 차 안을 들여다보았다. 하지만 차 안에는 고작 머리빗, 칫솔, 포장에 싸인 비누 등이 주머니에 잔뜩 들어가 있는, 그녀가 입고 다니던 남성용 트렌치코트뿐이었다. 그리고 수첩도 거기에 있었다. 나는 수첩을 펼쳤다. 만년필로 쓴 글씨는 물에 젖어 온통 얼룩져 있었다. 그나마 읽을 수 있게 남은 것은, 아주 오래전, 맨 마지막 페이지에 연필로 적은 해야 할 일 목록이었다.

내가 죽기 전에 할 일

- 만날 사람들:

  마거릿 버크화이트

  어밀리아 에어하트

  엘리너 루스벨트

  벨 벤츨리

~~기린 만져 보기~~

- 세상을 여행하기. 아프리카에서부터 시작.
- 프랑스어 배우기

~~운전 배우기~~

- 딸 낳기
- 내 사진이 『라이프』 매거진에 실리는 것 보기
- 우디한테 빚 갚기

나는 빅 파파의 모텔에서 들었던 그녀의 망가진 심장 소리를 느꼈고, 이제 그 목록이 정말로 무엇을 의미하는지를 깨달으며 새로 덧붙여진 〈나〉에 대한 부분과 줄을 그은 부분을 뚫어지게 바라보았다. 만일 내게 연필이 있었다면 나는 조금도 주저하지 않고 마지막 목록에 줄을 그어 지웠을 것이다. 수첩을 다시 주머니에 밀어 넣고 트렌치코트를 갠 뒤, 여전히 진흙 바닥에 앉아 있는 빨강 머리 쪽으로 돌아섰다. 나는 그녀에게 뭔가 말하려고 했다. 하지만 무슨 할 말이 있겠는가? 나는 트렌치코트를 트럭 운전석에 넣어 두고 영감을 찾아 주위를 둘러보았다. 마른강에서 약 50~60미터 정도 떨어진 곳까지 가 나무 십자가에 걸쳐진 페도라를 찾은 영감은 바지에 그것을 두들기며 물기를 털고 있었다.

그 후 오랜 시간 동안 우리는 트럭을 도로 위쪽으로 옮기기 위해 타이어 아래에 받칠 판자를 찾아 돌아다녔고, 빨강 머리에게, 그리고 트럭에 시간을 더 주고자 필요한 것보다 훨씬 더 많이 판자를 모았다. 오후의 해가 지기 시작하자 용기를 내어 트럭의 시동을 걸었다. 첫 번째 시도에는 페달을 너무 세게 밟은 것 같았다. 시동은 쿨럭하더니 죽고 말았고, 나는 포기했다. 다시 시도했을 때, 한 번 쿨럭, 두 번 쿨럭하더니 엔진이 부르릉거리며 살아났다. 제정신으로 돌아온 나는 기어를 중립으로 재빨리 돌려놓고 엔진이 다시 죽지 않도록 몇 분 동안 공회전을 시켰다. 영감은 그것을 보고 미소를 지어 보이기까지 했다.

하지만 어디로 출발하건 트럭에 콱 박혀 있는 패커드와 나무의 몸통을 떼어 놓고 트럭을 똑바로 서게 해야 했다. 곧 기린들의 도움이 필요하다는 의미였다. 영감은 양파를 들고 운송 상자의 오른쪽으로 기어 올라가 기린들을 유인했다. 유도하는 대로 기린들이 따르자 나는 빨강 머리에게 비키라고 소리를 질렀다. 하지만 차라리 진흙에 대고 말하는 편이 더 나을 것 같았다. 그래서 한쪽 눈으로는 빨강 머리를 살피면서, 다른 눈으로는 영감과 기린들을 보면서, 패커드와 닿은 부분과, 뿌리가 뽑힌 나무에 닿은 부분을 떨어뜨리면서 네 개의 타이어가 모두 아스팔트 위로 올라가도록 옮겼다.

그러자 영감은 이제 똑바로 서서 느릿느릿 움직이며 즐거워하는 기린들을 쓰다듬고 토닥여 주었다. 그리고 아래로 내려와 트럭이 얼마나 망가졌는지를 확인했다. 트럭과 운송 상자는 여러 군데가 망가지고 부서져 있었고 나무에 들이받힌 아래쪽 옆 부분은 크게 갈라져 있었다. 하지만 길을 떠나는 데는 지장이 없어 보였다.

「그만 가야겠다.」 빨강 머리 쪽으로 슬쩍 시선을 돌리며 영감이 말했다.

나는 시동을 켜놓은 상태에서 차에서 내려 아직도 그대로 앉아 있는 빨강 머리에게 다가갔다. 망가진 카메라와 필름들을 흠뻑 젖은 가방에 다시 넣어 접어 놓은 트렌치코트와 함께 트럭 운전석에 밀어 넣은 뒤, 빨강 머리한테 다시 다가가 그녀의 손을 잡고 패커드의 열쇠를 쥐여 주었다. 「그만 가야 돼. 기린 때문에.」 나는 내가 끌어낼 수 있는 가장 부드러운 목소리로 말했다. 「원한다면 패커드는 사람을 시켜서 어디 갖다 놓아 달라고 부탁할게. 하지만 지금은 우리랑 같이 가야 해.」

그녀는 내가 일으켜 세우도록 가만히 있었다. 그녀는 열쇠를 움켜쥔 채 마지막으로 다시 흠뻑 젖고 망가진 패커드를 잠시 바라보더니, 열린 창문 안으로 열쇠를 던져 넣고 트럭에 올라탔다.

다시 아스팔트 도로를 달리면서 영감과 나는 홍수가 저지른 대참사를 살펴보았다. 하지만 우리가 다시 고속 도로를 탔을 때 그곳에는 아무것도 없었다. 돌발 홍수는 이미 도로에서부터 마른강을 따라 멀리, 서쪽으로 향하는 통제된 도로 쪽으로 가버린 게 분명했다.

한편 빨강 머리는 여전히 말없이 앞만 바라봤다. 그러다가 우리가 고속 도로로 슬며시 들어서서 다시 그 황폐한 여행자 숙소로 향하자 그녀가 말했다. 「존스 씨, 혹시 다음 도시 기차역까지 절 데려다주실 수 있을까요?」

영감은 그에게서 볼 수 있을 거라고는 기대조차 하지 않은 아주 부드러운 표정으로 그러겠다고 대답했다.

해가 질 무렵 우리는 남의 차를 얻어 탄 듯한 기린들과 함께 물에 빠진 생쥐 꼴로 자동차 모텔로 들어가 차를 세웠다. 우리 모두 누구하고도 대화를 나눌 기분이 아니었기 때문에, 메스키트 나무들이 듬성듬성 있는 곳으로 가기 전 영감은 운송 상자의 창문을 닫았다. 우린 볼품없는 나무라도 기린들이 감지덕지해 주기를 바랐고, 기린들은 다행히도 그렇게 해주었다.

오토바이, 트레일러, 멋진 세단, 장거리 트럭 등 생각해 낼 수 있는 모든 유형의 차량이 자동차 모텔의 작은 원형 주차장에 모여 있었다. 억지로 하룻밤을 이곳에서 묵어야 했으므로 거의 대부분은 이미 일찍 잠자리에 든 것 같았다. 우리가 만난 사람들은 우리가 주차할 건물의 가장자리 근처에서 야영을 하던 사람들뿐이었다. 그들은 짐이 가득 실린 모델 T 포드 트럭을 주차해 놓고 대충 만든 모닥불 주위에 함께 모여 있었다.

영감은 마른 수건과 담요를 사려고 사무실 앞에서 내렸다. 그가 양팔 가득 물건을 들고 나타났을 때쯤 나는 듬성듬성 있는 나무들 뒤에 최대한 다가가기 좋게 차를 세우고 기린들을 위해 위 덮개를 열어 놓은 상태였다. 나는 뛰어내려 담요를 집은 뒤 빨강 머리에게 하나를 건네려고 돌아보았다.

그녀는 사라지고 없었다.

남은 밤 동안, 우리는 어둠의 비호 속에서 기린들을 돌보았다. 쪽문은 물에 젖어 뒤틀려서 여는 게 쉽지 않았고 닫는 데는 더욱 힘이 들었다. 하지만 기린들을 돌보는 시간은 정말 즐거웠다. 피 묻은 붕대를 새것으로 바꿔 주려고 할 때 걸이 영감을 걷어차는 소리가 들린 순간에는 특히. 「양파 좀 더 갖다줘라!」 그가 투덜거렸다. 「제발 오늘은 그만 끝내고 싶다!」

기린들이 평소와 다름없이 되새김질을 끝내자, 우리는 기린들을 위해서 밤새 위 덮개를 열어 놓기로 결정했다. 그리고 영감은 불침번을 서기 전에 사무실에 패커드 처리 문제를 의논하러 갔다. 영감이 첫 번째 모닥불을 지날 즈음 나는 지난밤 자동차 모텔에서 봤던 오키 가족을 발견했는데 영감은 알아보지 못한 것 같았다. 빨강 머리는 그곳에서 그들과 함께 앉아 오키 가족의 퀼트 이불로 몸을 감싸고 있었다. 짐작건대 할머니가 빨랫줄에 빨강 머리의 옷을 널어 말려 주는 동안 이불로 그녀를 덮어 주고는 모닥불 앞에 함께 앉아 있는 모양이었다. 나는 그녀의 흠뻑 젖은 카메라 가방과 트렌치코트를 집어 들고 그쪽으로 향했다.

할머니가 다가와서 앉으라는 손짓을 해 보였다. 「얘야, 괜찮니?」

내가 고개를 끄덕였다. 「네, 할머니.」

빨강 머리의 발치에 카메라 가방과 트렌치코트를 놓고 옆에 앉자, 할머니는 미소를 지으며 자리를 비켜 주었다. 빨강 머리는 둘 중 어느 것에도 손대지 않았다. 그녀는 또 속을 게웠는지 백짓장처럼 하얀 얼굴로 모닥불을 바라보며 앉아 있었다. 하긴 우리가 겪은 일을 생각하면 나도 내가 토하지 않은 것이 놀라울 정도였으니까.

「영감이 패커드에 대해서 여기 관리인하고 얘기하는 중이야.」 내가 그녀에게 말했다. 「우리는 동이 트기 전에 출발할 거야. 어디든 당신이 원하는 데까지 데려다줄게.」

그녀에게서 아무런 반응이 없어서 나는 몇 마디를 아무렇게나 더 중얼거렸다. 나는 영감이나 나 같은 사람이 제대로 할 줄 모르는, 위로의 말들을 해주고 싶었다. 그녀가 홍수 속에서 기린들과 우리의 안전을 위해 패커드를 희생시켜 준 것에 감사하고 싶었다. 그렇게 하느라 그녀의 필름들과, 그것과 함께하던 꿈까지 다 잃어버리게 되어서 너무 미안하다고 전하고 싶었다.

대신 나는 멍청한 나 자신이 가장 궁금해하는 것을 물어보고 있었다. 여기까지 오느라 그녀가 그렇게 모든 위험을 무릅썼는데, 그렇게 거짓말을 하고, 관습을 어기고, 남편을 배반하고, 법을 어기면서 여기까지 왔는데, 〈대체 왜 그랬어?〉라고 나는 불쑥 내뱉었다.

그녀는 불을 얼음으로 만들 수도 있을 것 같은 냉랭한 시선으로 나를 쏘아보았다. 「어떻게 그런 걸 물어봐?」

이번에는 나도 눈치껏 입을 다물었다.

그녀는 기린이 있는 쪽으로 눈길을 더듬어 보며 한숨을 쉬었다. 「가서 좀 봐도 돼?」

영감은 이미 운전석에서 코를 골며 자고 있었지만, 설령 잠이 들지 않았더라도 나는 상관없었다. 내가 일어나자 그녀도 이불을 몸에 단단히 감싸고 같이 일어났다. 우리가 트럭 있는 곳에 다다라 올라갈 준비가 되자, 그녀는 입에 담기 민망한 정도로 최소한만 입고 있었음에도, 이불을 벗어 내려놓았다. 그리고 그녀가 입었던 바지와 마찬가지로, 그런 차림의 여자를 실제로 본 것은 처음이었다. 나는 커다란 가슴을 지탱하고 있는 브라를 드러낸 모습은 엄마에게서도 본 적이 없었고 속바지만 입은 모습은 더더욱 본 적이 없었다. 하지만 지금 자신에 대해서 조금도 신경 쓰지 않는 빨강 머리를 보면서, 신경 쓰지 않으려고 노력하는 게 내가 할 수 있는 전부였다. 그것은 지금 보고 있는 모습에 당황해서가 아니라, 내가 뭐라고 위로할 말이 없어서, 즉 지금 그녀가 겪는 고통스러운 마음 때문이었다. 이런 감정을 느낀 것도 나로서는 처음이었다.

나는 그녀가 깔고 앉을 수건을 집어 들고 위로 올라가는 것을 도와주었다. 걸이 빨강 머리를 보자 기뻐하며 먼저 다가와서, 입에 담기 민망한 그 속옷을 킁킁거렸고, 그다음에 다가온 보이는 더 조심스럽게, 더 다정하게 빨강 머리의 머리카락을 킁킁거렸다.

그 후로도 오랫동안 마음속으로 항상 생각해 왔던 그다음 순간과 그때의 감정은 항상 그 상태 그대로 남아 있다. 빨강 머리가 기린들에게 몸을 기대자, 그녀의 야성적인 곱슬머리가 그녀의 얼굴 위로 흘러내렸다. 그녀는 기린들이 그녀에게 코를 킁킁대고 오물거리는 그 모든 순간을 새겨 두려고 하는 것처럼, 기린들이 하는 대로 가만히 놔두었다. 마치 기린들에게 감사 인사를 전하는 것 같았다. 그리고 작별 인사도.

그녀가 작별 인사를 한다는 생각이 너무 강하게 든 나는, 순간 직접적으로 이렇게 말해 버리고 말았다.「우리는 내일도 너를 볼 거야. 이건 작별 인사가 아니라고.」

그녀는 대답하지 않았다. 대신 그녀는 다시 한번 손을 뻗어 보이와 걸을 다시 한번 만지고는 아래로 내려가 이불로 몸을 감싸고 오키 가족의 모닥불로 돌아갔다.

할머니가 다가와 그녀에게 양철 컵을 건네며 옆에 앉았다. 빨강 머리가 나이 든 여인에게 뭐라고 말을 하기 시작했는데, 소리가 들리지 않을 만큼 멀리 있었음에도 나는 그녀가 무슨 말을 하는지 알았다. 나는 그녀가 트럭을 턱으로 가리키며 그날 온종일 있었던 모든 일을 이야기하는 모습을 지켜보았다. 팔에 아기를 안은 엄마가 와서 함께 앉는 것을 지켜보았다. 빨강 머리가 기침을 하고 감싸던 이불을 펼쳐 할머니의 손을 가져가 나에게 했던 것처럼 그녀의 가슴 위에 얹는 것을 지켜보았다. 할머니가 그녀의 손을 빨강 머리의 가슴에서 그녀의 배로 가져가 대는 것을 지켜보았다. 그리고 빨강 머리가 재빨리 아기가 있는 쪽을 쳐다보는 것을 지켜보았다.

나는 영감이 빨강 머리에 대해 추측한 것이 맞았음을 깨달았다.

그리고 빨강 머리의 모습으로 보아, 그녀도 지금 막 그것을 알게 됐다는 것까지.

13
뉴멕시코주로

우리는 같은 숙소에 있던 다른 여행자들을 피해 동이 트기 직전 출발해서 나중에 기린들을 살필 계획이었다. 하지만 떠날 준비가 다 끝났을 때 빨강 머리가 보이지 않았다.

「아무 데도 없어요…….」 나는 트럭으로 달려가며 다른 사람들을 깨우지 않도록 노력하면서 영감에게 말했다. 「오키 할머니가 그러는데 모닥불 옆에서 옷이 다 마르자마자 사라졌대요. 그런데 카메라 가방은 여전히 저쪽에 있어요. 이제 더 이상 찾아볼 데도 없어요.」

「아마 마음을 바꾸고 패커드가 올 때까지 기다리기로 했나 보지.」 영감은 조수석으로 올라타며 속삭이듯 조용한 목소리로 말했다. 「아니면 우리 말고 다른 사람의 도움을 받기로 했는지도 모르고. 그걸 우리가 탓할 수는 없잖아? 내 생각에 우리가 찾지 않기를 바라는 것 같다. 그러니까 그대로 두는 게 나을지도 몰라.」 그는 트럭을 가리키며 말했다. 「위 덮개 닫아라.」

「그냥 이렇게 떠날 수는 없어요.」

그는 열린 창문턱에 팔꿈치를 올려놓고는 나를 내려다보며 한숨을 쉬었다. 「내가 아는 거라고는 그 여자는 지금 여기 없고 우리는 가야 한다는 거야. 우리한테는 기린이 있으니까.」

나는 조용히 위 덮개를 닫았다. 기린들은 주위가 어두워서 그런지 거의 눈치채지 못했다. 땅으로 내려오면서 나는 마지막으로 자동차 모텔을 한 바퀴 둘러보았다. 그러고는 운전석에 올라타 천천히 차를 출발시켜 숙소에서 완전히 멀어질 때까지, 이것이 완전한 이별이었다는 것을 믿고 싶지 않아서 자꾸만 뒤를 돌아보았다. 그때 뭔가 느낌이 좋지 않다는 생각을 했던 것이 기억이 난다. 새벽이 밝아 왔지만 마치 어제와 우리의 사이가 아직 끝나지 않은 듯한 느낌이었다. 내가 확실하게 알았던 것은 단 한 가지였다. 그건 내 사이드 미러에는 더 이상 녹색 패커드가 보이지 않을 거라는 사실이었다.

동이 틀 무렵 우리는 순찰대원이 설명했던 대로 포장된 고속 도로 주변에 얕은 마른강 세 군데를 지나치게 되었고, 모두 1단 기어로 지나갔다. 홍수가 휩쓸고 간 자리는 아버지의 농장보다 훨씬 더 엉망이었다. 이미 인부들이 고속 도로는 치워 놓은 후였지만 전체적으로 물이 아직 남아 있었다. 그래서 물을 튀기며 그 주변을 넘어가야 했을 때, 길이 포장되어 있다는 사실도 내 초조함을 달래 주지는 못했다. 그곳을 지나칠 때 트럭은 자꾸 흔들렸고 그래서 억지로 똑바로 서게 해야 했다. 제일 마지막 마른강 부근을 지날 때가 가장 최악이었다. 기린들은 여전히 창문 안에 머리를 집어넣은 상태에서, 평소보다 많이 움직이다 보니 옆면에 자꾸 부딪혔고 망가진 트럭 전체가 아주 심하게 흔들렸다.

「멈출까요?」 내가 영감에게 물었다.

그는 고개를 저었다. 「되도록 여기를 빨리 지나가는 편이 나아.」

우리는 마침내 주 경계를 넘어 텍사스주를 벗어났다. 1~2킬로미터쯤 더 가자 아직 온전한 사막이 되지 못한, 자잘한 수풀로 뒤덮인 뉴멕시코주의 구릉지에 다다랐다. 해는 거의 다 뜬 상태였다. 우리는 차를 세우고 기린을 돌볼 곳을 찾아야 했다. 하지만 나는 여전히 빨강 머리에 대한 생각 때문에, 그리고 홍수에 대한 생각, 농장에 대한 생각 때문에 아무것도 제대로 보지 못했다. 영감도 나와 비슷한 생각인 것 같았다. 나를 보고는 〈너희 아버지 농장에서 무슨 일이 일어났는지 아무래도 내가 알아야겠다〉라고 말한 것을 보면.

내 시선은 옆으로 펼쳐진, 하늘을 향해 팔을 뻗은 조슈아 나무에 머물렀다. 나는 또 대답할 시간을 놓쳤고 이번에는 나를 구해 줄 돌발 홍수도 없었다.

나는 커즈가 있는 곳으로 도망치는 순간부터, 어디로 가든 나에게 벌어졌던 일들이 나를 찾아올 것 같은 두려움에, 그럴듯한 거짓말을 계속 연습해 왔다. 하지만 돌발 홍수 이후, 나는 캘리포니아주에 가기 위해서가 아니라, 기린들이 그곳에서 안전하게 지내는 모습을 보기 위해서 그들 옆에 있고 싶었다. 나는 무엇이 나를 계속 운전하게 하는지 몰랐다. 거짓말인지 아니면 진실인지. 하지만 무거운 짐을 짊어지다 보면 결국 언젠가는 그 짐을 내려놓지 않으면 안 될 때가 오게 마련이고, 고작 열여덟 살짜리에게 그런 짐은 더욱 무겁게 느껴질 수밖에 없다.

그래서 나는 숨을 깊이 들이쉬고, 운전대를 꽉 쥐고 영감에게 사실을 털어놓았다.

「우리가 엄마를 땅에 묻으려고 할 때였어요.」 내가 이야기를 시작했다. 「그냥 아빠와 나만 있는 장례식이었죠. 교회 묘지의 제 여동생 무덤 옆에…….」

우리에게는 제대로 된 장례식을 치를 돈이 없었어요, 나는 그에게 말한다. 어차피 올 사람도 없었다. 아케이디아에 살던 나머지 사람들은 이미 먼지 폐렴으로 죽었거나 동네 자그만 교회에서 가장 목사와 비슷한 사람이었던 조면공과 함께 떠나 버렸다. 엄마가 몸이 더 안 좋아졌을 때, 나는 계속 짐을 싸서 떠나기를 바랐지만 우리는 그러지 못했다. 우리에겐 남은 것이 아무것도 없었다. 아무것도 없는 것보다도 더 없었다. 그래서 우리가 엄마를 위해 할 수 있었던 것은 엄마의 시체를 아주 최선을 다해 잘 감싼 다음 아빠가 헛간의 판자를 떼어 내 소나무로 관을 만들어 주는 것밖에 없었다. 트럭도 망가져서 늙은 말에 마차를 달고 엄마를 묘지로 끌고 갈 계획이었다. 우리는 엄마와 관을 마차에 싣고 일요일 예배에 갈 때 입는, 우리가 가진 것 중에 가장 좋은 옷을 입었다. 그리고 아빠는 말을 데리러 갔다.

아빠가 돌아오지 않아서 찾으러 간 나는 헛간의 안쪽에 누워 있는 암말 옆에 서 있는 아빠를 발견한다. 그 암말은, 마지막 수확이 실패하고, 소가 마지막 먼지 폭풍에 죽고, 돼지와 닭은 모두 먹어 치운 그때까지 유일하게 남아 있던 가축이었다. 나는 암말도 죽어 버렸다는 것을 알게 된다.

하지만 내가 가까이 다가가려 하자, 암말의 갈색 사과 같은 눈이 나를 올려다본다. 나는 토할 것 같다. 죽음을 목전에 두고 암말이 아직 그것을 모른다는 사실 때문에.

그리고 그제야 아빠의 손에 소총이 들려 있는 것을 본다. 그는 그것을 내게 건네며 암말을 고통에서 벗어나게 하라고 명령한다. 이제는 나도, 죽음도 삶의 일부라는 사실을 배워야 한다고. 이제는 나도 남자답게 행동하기 시작해야 한다고. 그는 어떻게 말해야 내가 순종할지, 어떤 말을 해야 내가 하지 않고는 못 배길지 안다.

하지만 나는 계속 거부한다. 나는 말의 크고 겁에 질린, 고통스러워하는 눈을 마주 보며 고통에서 벗어나게 해주어야 한다는 것을 깨닫는다. 그러면서도 나는 내가 그럴 수 없다는 것을 안다. 그런 용기는 내 안에 없다. 그 늙은 암말은 내가 세상에 태어나 숨을 내쉰 이후부터, 비참했던 일생 동안 알고 지냈던 유일한 동물이니까. 아주 어릴 때부터 재잘거리며 말을 걸고, 돌보고, 쟁기를 달아 함께 밭을 일구었던 동물이니까. 하느님, 제발 도와주세요. 그 순간 나는 그 암말이 엄마 다음으로 내가 사랑했던 유일한 생명체라는 사실을 깨닫는다. 난 그런 말의 생명을 앗아 갈 존재가 될 수 없다. 특히 지금처럼 그 말의 삶이 내 삶의 전부를 차지하고 있는 순간에는 더더욱. 비록 그것이 〈자비의 행위〉라 할지라도 나는 할 수 없다. 나에게 〈자비〉란 아무런 의미가 없으니까. 내가 할 수 있는 것이란 오직 이런 마음속의 말들을 아빠를 향해 외치지 않는 것뿐이다. 아빠가 나의 그런 불복종을 용납하지 않는다는 것을 알면서도. 그리고 조금만 거역해도 아빠의 벨트가 채찍이 되어 날아올 것을 알면서도. 하지만 이 순간 아빠의 벨트 같은 건 상관없다. 그의 고함 소리도 상관없다. 나는 그냥 그렇게 서 있다. 그래서 그는 내가 총을 받아 들 때까지 총으로 내 갈비뼈를 쑤신다.

「이제는 네가 짐을 짊어질 때야!」 그가 말한다. 나는 그의 눈에서 분노도 공황도 슬픔도 아닌, 그 모든 것을 초월하는 서늘한 무엇인가가 있음을 본다. 마치 그의 작고 불쌍한 마음이 쪼글쪼글해져 엄마와 함께 죽어 버린 것처럼. 그리고 나는 그에게 남은 것이 무엇인지를 알게 되기 직전이다.

「어서 쏴!」 그가 소리친다.

나는 여전히 할 수 없다.

아빠는 다시 집으로 달려가서 그가 제1차 세계 대전 때 쓰던 권총을 장전하면서 돌아온다. 「쏘란 말이야!」 그는 실린더를 닫고 권총을 휘두르며 나에게 곧장 다가온다. 「어서!」

하지만 나를 가장 두렵게 하는 것은 권총이 아니다. 내 뼛속까지 몸서리치게 하는 것은 그의 이성을 상실한, 고장 난 눈빛이다. 그래서 나는 들고 있던 소총을 아빠를 향해 조준한다. 그런 나를 보면 나를 향한 권총을 아래로 내릴 거라고 확신하면서. 하지만 아빠는 총을 내리지 않는다. 마치 내가 장난감 총을 그에게 조준하는 것처럼, 마치 내가 절대 쏘지 않을 거라고 생각하는 것처럼. 아빠는 여전히 총을 들고 나를 향해 성큼성큼 다가온다. 나를 강렬히 쏘아보는 그의 광기 어린 눈 때문에 나는 숨을 쉬는 것조차 잊어버린다.

「그건 그냥 동물일 뿐이야!」 그는 내가 들고 있던 총신을 빼앗을 수 있을 만큼 가까이 다가오며 소리를 지른다.「넌 더 이상 어린애가 아니야. 이제 널 남자로 만들어야겠다!」 아빠는 권총을 내 목에 겨누고 나머지 한 손으로 나를 밀치더니 내가 들고 있는 총을 밀어 암말의 머리에 겨눈다. 암말의 두려운 눈이 나를 똑바로 바라본다.「어서 쏴! 아니면 신에게 맹세코 내가 너를 쏠 거다……. 이 겁쟁이에, 하등 쓸모없는 아들놈 같으니!」

그래서 나는 쏜다. 총알을 머리에 맞은 암말은 충격으로 몸이 튀어 올랐다가 바로 축 늘어진다. 피가 내 얼굴과 내 부츠에 튄다. 암말의 죽은 눈이 여전히 내 쪽을 향해 있다. 나는 토할 것 같은 기분을 느끼며, 내 말을 쏘게 한 아빠를 증오하고 자비라는 것이 그렇게 끔찍할 수 있다는 사실에 하느님을 증오하며 흐느껴 울기 시작한다.

아빠는 뭐라고 계속 말을 한다. 권총의 각도는 아주 약간만 밑으로 내려갔을 뿐이다. 나는 아빠가 이제 분명 우리를 둘 다 살릴 수 있는 방법에 대해 얘기할 거라고 확신한다. 이제는 포기할 때라고. 다른 사람들처럼 캘리포니로 가야할 때라고. 죽는 대신 살아야 할 때라고.

하지만 그의 목소리가 이상하게 떨리면서, 내가 도저히 참을 수 없는 말을 한다.「됐다 이제. 이놈을 헛간으로 끌고 가자. 가죽을 벗겨 팔고 먹을 만한 살이 있으면 말리자. 새 작물을 수확할 때까지는 그걸로 버틸 수 있을 거다. 곧 비가 올 거야. 느낄 수 있어.」

아빠의 그 말에 나는 들었던 소총을 돌려 그를 향해 겨눈다. 왜냐하면 그가 결코 떠나지 않을 것이라는 사실을 깨달았기 때문이다. 그는 엄마와 여동생처럼 그의 폐가 가득 찰 때까지 먼지를 들이마실 생각이고, 나까지 그렇게 만들 수 있다고 여긴다.

나는 암말 앞을 막아선다. 이제 소리를 지르고 있는 쪽은 나다. 「난 가죽을 벗기지 않을 거예요. 그리고 아빠도 그렇게는 못 해요. 그러기 전에 내가 아빠를 쏴 죽일 거니까!」

줏대 없는 아들이 처음으로 말대꾸를 하는 것에 놀라 아빠는 총구를 아래로 내린다. 나도 총구를 내리면, 나를 사로잡은 분노에서 빠져나오면, 이 모든 것이 끝나리라는 것을 안다. 그러면 아빠는 나에게 손찌검을 할 것이고 이 상황은 그렇게 끝날 것이다. 그리고 우리를 이 비참한 삶에서 빼내 줄 사람은 아무도 없기 때문에, 이 고통은 이어질 것이다. 왜냐하면 우리는 그런 사람들이니까. 고통을 끝내려면 우리 둘 다 한 번도 가져 본 적이 없는 영혼이 필요하니까.

하지만 나는 총구를 내리지 않는다.

대신 나는 그가 절대 용납하지 않을 말들을 계속해서 내뱉는다. 「그게 날 남자로 만드는 거라면 내가 아빠도 고통에서 구해 줄게요!」 나는 고함을 지른다. 이제 총을 휘두르고 있는 사람은 나다. 「그런 게 날 남자로 만드는 일이라면, 아빠는 남자가 아니죠. 남자라면 엄마를 고통에서 해방시켜 줬을 테니까!」 나는 계속 소리친다. 이제 분노를 분출하고 식식대고 있는 사람은 나다. 「그런 게 날 남자로 만들어 준다면, 아빠는 남자가 아니에요. 아빠가 그런 남자라면 나를 고통에서 벗어나게 하려고 아빠 스스로 사라져 줬을 테니까!」

아빠의 눈빛에서 광기가 사라진다. 그것이 깜박거리며 사라지는 것을 지켜보면서 내 분노도 수그러든다. 하지만 그 대신 이미 죽어 버린 무언가가 그의 눈을 스쳐 지나간다. 지금도 그 눈을 생각하면 몸서리가 쳐진다. 그는 다시 권총을 들어서 내게 겨눈다. 나는 그의 손가락이 움직이는 것을 본다. 그는 방아쇠를 당긴다. 나는 방아쇠를 당기려는 아빠의 손가락을 보면서도 믿기지가 않아서 뒤로 황급히 물러나 총을 들어 올린다. 방아쇠를 당기려고 하는 아빠의 손가락에 총을 조준하는 순간, 내 인생은 서서히 흔적도 없이 사라져 버린다. 내가 분노에 차서 쏟아 낸 그 모든 말에도 나는 내가 아빠를 쏠 수 없음을 알고 있고, 아빠가 나를 쏘려고 한다는 사실도 믿지 못한다. 하지만 우리는 이렇게 여기에 서 있다. 내면이 죽어 버린 두 사람이 서로에게 총을 겨누면서.

그러다가 나는 새로운 사실을 깨닫는다……. 내가 열일곱 살이라는 것을. 아빠가 여기 남더라도 나는 남지 않아도 된다는 것을.

나는 떠날 수 있다. 나는 떠날 것이다.

이제 죽는 대신 살 때가 되었다. 아빠 없이.

나는 한 발, 그리고 그다음 발을 떼어 뒷걸음질 친다. 총구를 내리고 돌아서서 나가려고 한다. 그리고 아빠 권총의 공이치기가 딸깍하는 소리를 듣는다.

권총이 발사되는 순간 때마침 돌아선 나는 그가 쏜 권총 탄알에 스친 내 뺨이 타들어 가는 것을 느낀다. 그런 다음 내 소총이 발사되는 소리가 들리고 어깨에 총을 맞은 아빠의 몸이 뒤로 튕겨 나간다.

그렇게 우리는 거기 서 있다. 서로를 총으로 쏜, 내면이 죽어 버린 두 사람이.

비틀거리면서도 나는 일어선다. 그리고 소총을 내던진다.

어깨에 총을 맞은 것도 못 느끼는 것처럼 서 있던 아빠는 권총을 아래로 내린다.

그러고는 자신의 턱 밑으로 밀어 넣는다.

그리고 발사한다.

나는 뒤로 비틀거리며 물러난다. 이제 나에게는 두 생명의 피가 튀었고, 두 사체가 내 발 앞에 있고, 내 폐는 숨 쉬는 법을 잊어버린다. 구토물이 장화에 묻은 피와 뒤섞이면서 내 마음은 단 한 가지 생각에 멈칫거린다.

〈내가 아빠를 죽게 했어.〉

그러다가 다른 생각이 들어와 자리를 잡는다.

〈내가 그 살인을 저지른 사람이 될 수도 있었어.〉 만일 그가 스스로 목숨을 끊지 않았다면 내 치기 어린 분노가 저질러 버렸을지도 모른다. 그 말을 죽이도록 만든 것 때문에 내가 아빠를 쐈을지도 모른다. 먼지가 엄마와 여동생을 빼앗아 가게 둔 아빠를 쐈을지도 모른다. 나를 이곳에 계속 잡아두려고 했다면 내가 아빠를 쐈을지도 모른다. 나는 그것이 어떤 진실보다 더 진실임을 알았다.

「…… 내가 쐈을지도 몰라요.」 나는 운전대를 더욱 세게 움켜쥐며 이야기를 마쳤다.

나는 아주 오랫동안 얘기를 더 이어 나갈 수가 없었다. 그러다 영감이 기린에게 속삭이던 것과 같은 음색으로 내게 말을 건네는 것을 들었다.

「아들아.」 그가 속삭였다. 그리고 나는 그 말에 긴장이 되었다. 「나한테 남김없이 다 털어놔야 한다.」

나는 다시 용기를 내서 나머지 이야기를 할 마음의 준비를 했다. 「먼지가 너무 심해서 마치 흑마술처럼 공기 중에 정전기가 항상 생기곤 했어요.」 내가 말했다. 「아주 작은 불꽃만 있어도 불이 날 정도였어요. 때로는 우리 바로 앞에 불길이, 은청색의 화염이 일어날 때도 있어서 그것이 확 번지기 전에 짓밟아 끄곤 했으니까요. 그래서 아마 총을 쏜 것이 불을 일으킨 것 같아요.」

나는 내가 한 말을 다시 곱씹어 보며 잠시 멈추었다. 사실 불을 일으킨 것은 우리가 총을 쏜 것 때문이 아니라 내가 쏜 것 때문이었다. 나는 그때 구토물과 피로부터 뒤로 물러나면서 집에 대고 마구 총을 발사하기 시작했다. 총알이 하나도 남지 않을 때까지 마구 쏘아 댄 후 아빠의 권총을 집어 들고 똑같이 사방을 향해 쏘아 댔다. 총알이 다 떨어진 후에도 계속 방아쇠를 딸깍거리면서 목이 쉴 때까지 소리를 질러 대자 마치 지옥에 있는 것처럼 은청색의 불꽃이 사방에서 마구 날아다녔다……. 그러다 불꽃 중 하나가 나무에 붙어 진짜 불로 번졌고 내 고향집은 그렇게 악마의 손아귀로 넘어갔다. 영감에게는 이 부분은 말하지 않았다. 교회의 신도들에게 그런 행위는 죄악이었기 때문에, 그리고 영감이 먼지 열병으로 인한 나의 광기를 모르기를 절실히 원했기 때문에, 나는 그 부분을 생략하는 것으로 거짓말을 한 셈이 되고 말았다.

대신 나는 말했다. 「집은 성냥개비처럼 다 타버렸어요. 구할 방법도 없었고 구할 것도 없었어요.」 그래서 바닥에 주저앉고 말았다고 그에게 말했다. 불길이 집을 모두 삼켜 버릴 때까지 지켜보았다고. 다 타버린 후 내가 다시 일어섰을 때 나는 헛간의 벽에서 나무판자를 더 뜯어내어 또 다른 소나무 상자를 만들었다고. 엄마 옆에 아빠를 두고, 두 사람을 수레에 싣고 내 여동생 옆에 묻으러 끌고 갔다고. 다 끝난 뒤에, 밤이 아침이 될 때까지 그곳에 앉아 있다가, 떠나기 전 엄마의 시든 정원으로 비틀거리며 돌아가 엄마가 동전을 모아 숨겨 놓은 병을 파냈다고.

하지만 떠나기 전에 암말이 죽은 자리에, 최선을 다해 암말을 위한 무덤을 팠던 사실도 말했다. 「왜냐하면 아무도 그 말을 먹어서는 안 되니까요. 아무도.」 나는 중얼거렸다. 「독수리도, 코요테도.」

그리고 결국은 그것들이 무덤을 찾아내고야 말았다.

그렇게 나는 이야기를 끝마쳤다. 하지만 나는 여전히 끝나지 않은 상태였다. 그 모든 일을 머릿속에서 되살리자 남아 있던 분노가 다시 강렬히 불타올랐고, 내 몸이 운전석에 앉은 상태로 화염에 휩싸일지도 모른다는 생각이 들었다. 나는 그 감정을 다스려야 한다는 것을 알았지만 그러지 못했다. 그러다 트럭이 덜컥하는 느낌에 속도를 늦추었다. 마음속의 분노를에서 벗어나고자 나는 기어 변속이든 운전이든 뭐든 다른 것에 집중하려고 노력하면서 천천히 차를 몰다가 마침내 용기를 내서 영감을 슬쩍 쳐다보았다.

그는 페도라를 다시 머리에 쓰고 도로를 바라보며 팔은 열린 창문턱에 올린 채 조용히 있었다. 그가 마침내 입을 열어 한 말은 거의 혼잣말에 가까웠다.

「사람들은 내가 동물에 대해 품은 감정을 얘기하면, 동물들은 영혼도 없고, 좋고 나쁜 것에 대한 인식도 없고, 인간보다 가치가 없다고 말하면서 날 이상하게 보곤 한다.」 그가 말했다. 「하지만 난 모르겠어. 나는 오히려 그런 소리는 우리가 동물들한테 들어야 하는 게 아닌가 하는 생각이 들어.」 그는 고개를 저었다. 「동물들은 우리를 다 찢어 놓을 수 있어. 불구로 만들 수도 있고. 본능에 따라 우릴 죽이고도 바로 아무 일도 없었던 것처럼 행동하는 게 가능해. 하지만 우린 적어도 동물을 대하는 기본 원칙은 알지. 그런 기본적인 원칙을 무시했다가는 치러야 하는 대가도 충분히 알고. 하지만 사람들과의 관계에서는 그런 게 없어. 좋은 사람도 우리에게 아주 심한 상처를 줄 수 있고, 나쁜 사람들은, 뭐, 철저히 우리를 망가뜨리기도 하니까.」 그는 창에 얹었던 팔을 내려서 그의 비틀린 손을 문질렀다. 「그래서 나는 언제나 동물을 선택한다. 설사 걔네들이 날 죽이게 되더라도. 아마 언젠가 그렇게 될 거야.」

그는 말하던 것을 멈추었다. 하지만 나는 계속 들었다. 나는 그가 이제는 분명 그의 비틀린 손에 대한 얘기를 해줄 거라고 생각했다. 아니면 퍼시벌 볼스가 영감을 그렇게 불렀던 이유를. 어쩌면 둘 다. 나는 그 이야기가 정말 듣고 싶었다. 나를 나 자신으로부터 자유롭게 해줄 수 있는 것이라면 어떤 이야기라도. 하지만 그는 그의 팔을 다시 창턱에 올리더니 입을 다물고 침묵했다. 그런 침묵은 그를 가만히 놔둬야 한다는 신호임을 나는 알았다. 하지만 나는 대신 운전대를 꽉 쥐고 내가 가장 두려워하는 것을 물어보았다. 「보안관을 부를 거예요?」

그는 내 쪽을 슬쩍 돌아보았다. 「내가 지금 왜 그러겠냐! 기린을 샌디에이고로 데려가야 하는데.」

「하지만 내가 아빠를 자살하게 했잖아요.」

「네가 그런 게 아니야. 너희 아버지가 스스로 선택한 거지.」

「하지만 제가 총을 쐈잖아요. 그것 때문에 죽을 수도 있었어요.」

「일부러 빗나가게 쏜 거지.」

「네?」

「네가 테네시주에서 그렇게 말했잖냐.」 영감이 대답했다. 「〈난 일부러 빗나가게 쏜 거예요〉라고. 〈내가 죽이려고 했으면 그 사람은 죽었을 거예요〉라고 말이야.」 그것으로 충분하다는 것처럼 영감은 다시 도로로 시선을 옮기고는 이렇게 말했다. 「지금 들은 건 네 첫 번째 이야기라고 해두자. 그 이야기가 전부가 아니어도 된다. 어느 쪽이든 그건 너한테 달렸어.」

그다음에 그가 하려고 했던 얘기가 무엇이었는지 나는 결코 알지 못할 것이다. 왜냐하면 바로 그때 바퀴가 도로에서 위로 들어 올려진 것처럼 트럭이 세게 흔들렸기 때문이다. 그리고 또다시 한번, 이번에는 우리의 몸이 의자에서 들렸다가 떨어질 정도도 세게 흔들렸다. 우리는 동시에 뒤쪽 객차 상자를 홱 돌아보았다.

「저기!」 영감이 가리켰다. 「저기로 들어가자!」

우리 앞에 먼지투성이의 다 낡은 표지판이 보였다.

〈쿠터〉네 휴게소

휘발유. 식수. 음식.

사막 동물들을 구경하세요.

그곳은 도로에서 좀 안쪽으로 들어선 곳에 있었고 그 장소를 제대로 살펴보기에는 우리 둘 다 생각이 너무 많은 상태였다. 하지만 그곳은 가까워질수록 매우 상태가 안 좋아 보였다. 기둥 위에 있는 물탱크를 제외하고는 건물은 금방이라도 무너질 듯했고 지붕은 이미 반쯤 내려앉은 상태였다. 나는 트럭을 주유구가 있는 쪽으로 몰고 갔다. 두 군데 모두 망가진 상태로 오래 방치된 것처럼 보여서 나는 그 주유구를 지나 차를 세웠다.

「분위기가 영 수상쩍은데.」 영감이 말했다. 「어서 기린들만 확인해 보고 가자.」

기린들은 창문 밖으로 머리를 내밀었다가 내가 한 번도 들어 본 적이 없는 소리를 내며 다시 머리를 집어넣었다. 아마도 두 마리 중 하나가 쪽문을 구멍이라도 낼 듯이 세게 찬 것 같았고, 그 바람에 쪽문이 심하게 덜컹거렸다.

나는 서둘러 쪽문을 열어 보려고 뒤쪽으로 가다가 허물어져 가는 건물 쪽을 보게 되었고, 눈앞에 보이는 광경에 몸이 얼어붙고 말았다.

곰 한 마리. 퓨마 한 마리. 너구리 한 마리. 방울뱀들.

모두 우리 안에 갇혀 있었다.

빨갛게 이글거리는 태양 아래.

「안녕하쇼! 낯선 양반들!」 우리들 너머에서 카랑카랑한 목소리가 들려왔다. 그리고 내가 본 사람들 중에서 가장 작고, 털이 많으며, 튀어나온 눈에 얼굴이 잔뜩 주름진 노인 한 명이 나타났다. 한쪽 눈은 희부옜고 또 다른 한 눈도 정확히 우리 쪽을 바라보지 않았다. 「쿠터네 휴게소에 오신 것을 환영합니다!」 그가 막대기를 집어 들고 동물들을 쿡쿡 찔러 가며 말했다.

「그러지 말아요!」 영감이 고함을 질렀다.

「손님을 위해서 애들한테 쇼를 시키려고 그러는 겁니다.」 그 노인은 여전히 막대기로 동물들을 찔러 대며 말했다. 「아주 오래간만에 받는 첫 손님이네요.」

「이런 식으로 놔뒀다간 다 죽어요.」 영감이 직사광선에 노출된 동물들의 우리 쪽을 가리키며 말했다.

「오, 그래요? 당신이 뭘 안다고?」

「난 진짜 동물원에서 일하는 사람이오!」 영감이 쏘아붙였다. 그러고는 트럭 쪽을 흘깃 돌아보고는 분노를 삼키고 그의 지갑을 꺼냈다. 「우리는 기린들만 잠깐 돌보면 됩니다. 신세진 부분은 사례를 하고 우리는 우리 갈 길을 가겠소.」

「이런, 이런, 내가 맞았구먼!」 그는 영감의 돈을 가져가려고 달려들며 환성을 질렀다. 「당신들 트럭이 들어올 때 내가 혼잣말로 그랬지. 〈쿠터야, 저 트럭에는 기린들이 타고 있다〉라고. 하지만 내가 나서기 전에 당신들이 우리 애들을 먼저 보는 게 좋겠다고 생각했어. 내가 미치지 않았다는 걸 보여 주려고 말이야. 아, 잠깐만.」

그는 건물 안으로 사라졌다.

나는 리틀록에서 꾼 악몽의 나머지 부분이 기억났고, 그 남자가 짧은 쌍열 산탄총을 가지고 나올 때 트럭에 있는 총 선반으로 황급히 달려갔다.

「아니, 아니 그건 거기 그대로 두고.」 그는 총을 내게 겨누며 말했다. 그는 재빨리 다가와 영감의 소총과 산탄총을 선반에서 집어 들더니 덤불 속으로 멀리 던져 버렸다. 산탄총은 거의 도로가 있는 곳까지 미끄러졌다.

「이게 무슨…… 지금 뭐 하자는 거요?」 영감이 말했다. 「방금 내가 돈을 주지 않았소! 더 달라는 거요? 대체 원하는 게 뭐요?」

「원하는 게 뭐겠나? 〈진짜〉 동물원 양반.」 그가 받아쳤다. 「내가 원하는 건 당연히 기린이지. 그래도 난 사리에 맞게 행동하는 사람이야. 당신네는 두 마리가 있으니까. 난 한 마리만 갖겠어. 그러면 서로 좋지.」

영감은 쿠터를 당장 지옥으로 보내 버리고 싶은 눈빛으로 쳐다보았다. 「당신한테 기린을 줄 생각은 추호도 없어! 우리를 쏠 생각도 하지 마. 그러다간 교수형에 처하게 될 거니까. 그건 당신도 알 텐데.」

그때 쿠터가 지은 미소는 90년이 지난 지금 생각해도 소름이 돋는다. 그 미소와 함께 그는 다음과 같이 말했다. 「그럴 수도 있지. 하지만 동물 좀 쐈다고 교수형을 당하진 않아. 그리고 기린은 동물이고. 그래서 당신이 선택하지 않으면 내가 한 마리를 쏴서 동물들한테 먹이로 줄 거야.」 그 말을 한 다음 그 미친 늙은이는 기린 두 마리가 모두 다시 머리를 내밀게 해서 자기가 들고 있는 짧은 산탄총을 겨누려고 트럭을 쾅쾅 쳐댔다. 「쾅!」 그가 입으로 소리를 냈다. 「쾅, 쾅!」

영감은 쿠터의 머리를 찢어발길 만반의 준비가 되었고, 그것을 감지한 쿠터는 영감 쪽으로 총구를 돌렸다. 「아무래도 시범 사례가 좀 필요하겠군.」 그가 말했다. 그리고 뒷걸음질로 동물의 우리가 있는 쪽으로 가서 총으로 너구리를 쏴 죽였다. 산탄총의 총알은 너구리의 내장을 우리 안 전체에 흩뿌렸다.

「젠장!」 영감이 울부짖었다.

쿠터는 눈을 가늘게 떴다. 「이봐, 내가 이 생에서 꽤나 신성 모독적인 인간으로 살았는데 말이야. 오늘은 왠지 신이 이 늙은 쿠터에게 은혜를 베푸신 것 같으니 내 시설에서 그따위 말버릇은 용납 않겠어. 그러니 말조심해. 게다가 목에 악마의 표지가 있는 자네 어린 운전수는 두 배로 조심해야 할걸.」 그가 내 점을 향해 총을 흔들어 대며 말했다. 「내가 이제 네 물건 중 하나를 데려가겠어. 자, 이제 선택할 시간을 주지.」

「잠깐만.」 영감이 간청했다.

「선생, 난 이렇게 온종일 할 수 있어. 나에겐 아무 일도 아니니까.」 쿠터는 토끼들이 있는 우리를 열어 그중 하나의 목덜미를 잡아 올려 퓨마의 우리 안으로 떨어뜨렸다. 그 광경을 보고 남아 있던 분노가 완전히 화염처럼 폭발했다. 왜냐하면 나는 이제 무슨 소리가 들려올지 알았기 때문이다. 토끼가 서서히 죽어 갈 때 지르는 비명은 인간의 아기가 우는 소리와 너무나 흡사하다. 나는 그 소리를 다시 듣지 않기 위해 열 살에 명사수가 되었다. 퓨마가 토끼를 산 채로 먹는 동안, 내장을 뜯기는 토끼의 비명 소리가 허공을 가득 채웠다.

그 비명 소리는 끊임없이 계속 들려왔고, 내가 영감에게 나의 이야기를 들려준 이후부터 겨우 버티던 것이 터져 버리고 말았다. 나는 쿠터를 공격하려고 달려들었지만 땅에 얼굴을 처박으며 넘어졌다. 그 사이코가 날 총으로 날려 버리기 전에 영감이 내 발을 걸어 넘어뜨렸기 때문이다. 노려보는 영감의 시선 아래서 나는 몸을 일으켰고, 공기 중에는 킥킥거리는 쿠터의 웃음소리가 가득 울려 퍼졌다.

그때 숨죽인 구토 소리 같은 것이 들려왔다.

「쏘지 마세요…….」 훌쩍이는 소리가 트럭 안에서 들려왔다.

「저건 여자야?」 땅딸막한 남자가 몸을 이리저리 돌리며 말했다. 「저기에 여자도 태운 거야? 어디 한번 보자고!」

나는 보이의 뒤틀린 쪽문을 확 열어젖혔다. 그곳에는 빨강 머리가 기린의 다리 밑에 웅크리고 있었다.

영감은 신음 소리를 냈다.

쿠터는 더 크게 킬킬거렸다. 「여자를 트럭 뒤에 태워 다니고 계셨구먼! 나도 항상 그러고 싶었는데 말이야!」

빨강 머리가 얼굴에 묻은 지푸라기를 털며 기어 나오는 동안, 쿠터가 음흉한 시선을 보내며 그녀에게 옆걸음질로 다가갔다. 「여자도 잘 길들여 놓은 것 같으니 여자하고 기린을 두고 흥정할 수도 있겠어.」 그는 그녀의 가슴 주변에서 총부리를 빙빙 돌리며 말했다.

빨강 머리는 총을 옆으로 밀치며 우리 쪽으로 다가오려고 했으나 그는 그녀를 찔러서 움직이지 못하게 하고는 총으로 그녀를 더듬었다. 그 광경을 지켜보면서, 그를 저지하기 위해 아무것도 하지 못하는 상황 때문에 내 분노는 점점 더 치솟아, 아빠를 쐈던 날 아침처럼 불타올랐다. 방금 전 토끼의 비명 소리가 완전히 나를 돌게 했을 때 영감이 내 다리를 걸어 넘어뜨리지만 않았다면, 사이코가 바로 나를 쏴버렸다고 해도 나는 조금도 상관하지 않았을 것이다. 왜냐하면 그땐 나도 이미 그의 보잘것없는 몸뚱이를 완전히 묵사발로 만들어 버린 다음이었을 테니까. 나는 그곳에 서서 그가 빨강 머리를 더듬는 것을 보면서 그 바보 같은 짓을 또 하려고 마음먹었다. 아마 그런 내 생각이 얼굴에 다 쓰여 있었는지 영감은 갑자기 가까이 다가서서 커다란 목소리로 말을 꺼냈다.

「얘야, 아무래도 말해야겠다. 그게 맞는 것 같구나.」 그는 나에게 눈짓을 하며 과장되게 큰 목소리로 말했다. 그리고 쿠터를 향해 돌아서서는 걸을 가리켰다. 「사실 이 기린은 다친 데가 있소.」

쿠터가 눈을 가늘게 뜨며 총을 영감에게 겨누었다. 「난 다친 기린은 싫은데. 어디 한번 봐야겠군.」

그 틈을 타 빨강 머리가 황급히 그에게서 벗어났고, 영감은 걸의 쪽문을 열어젖히고는 뒤로 물러났다.

「너도 뒤로 물러 서, 다른 쪽으로.」 쿠터가 내게 그렇게 말하고는 내가 시키는 대로 할 때까지 기다렸다.

쪽문의 높이는 영감과 나에게는 어깨 정도의 높이였다. 하지만 쿠터가 다가갔을 때 보니 그에게는 머리 높이였다. 걸의 앞다리는 몇 센티미터도 안 되는 거리에 있었다.

「봤소?」 영감이 쿠터를 구슬렸다. 「뒷다리 말이오. 가까이 들여다봐야 해요.」

여전히 영감 쪽에 총을 겨눈 채, 쿠터는 동네 불량배들이 나타났던 밤에 운전사 얼이 그랬던 것처럼 코를 열린 문 안으로 들이밀었다. 그는 거의 걸에게 걷어차일 만한 범위 안으로 얼굴을 바싹 갖다 댔다가 다시 머리를 밖으로 뺐다. 「잠깐만.」 그는 영감에게 두 눈 중 멀쩡한 눈을 돌려 쳐다보았다. 「이게 혹시 발로 차나? 지금 그걸 원하는 거지, 안 그래?」

버터밀크처럼 유들유들하게 영감이 대꾸했다. 「동물들은 앞다리로는 절대 차지 않잖소. 그건 누구나 아는 사실인데.」

「오 그렇지.」 쿠터가 다시 몸을 안으로 기울이며 말했다.

영감과 나는 걸이 그를 걷어차서 우리를 구해 줄 수 있을 만큼 그가 가까이 다가가기를 기다리며 숨을 참았다.

쿠터는 더 가까이 다가갔다.

하지만 걸은 그를 걷어차지 않았다. 걸은 이글이글한 눈빛으로 우리를 내려다보며 발을 구르고 이리저리 움직이고 힝힝거리며 몸을 마구 흔들었다.

하지만 걷어차는 것만은 하지 않았다.

쿠터는 그의 머리를 밖으로 뺐다. 「잠깐. 그런데 나한테 그 얘기를 왜 해준 거지? 지금 혹시 속임수를 쓰는 거야? 굳이 이놈이 다쳤다고 말한 걸 보면 어쩌면 다친 건 다른 놈일 수도 있겠어. 아니면 이놈이 아프다고 말해서 내가 반대로 다른 놈이 다친 거라고 생각하게 하려는 걸 수도 있고. 진짜 이놈이 다친 거고 다른 놈은 안 다친 건데 말이야. 하, 내가 속을 줄 알고.」 그는 산탄총을 내 쪽으로 흔들었다. 「다른 놈도 좀 보자.」

영감은 이제 나를 쳐다볼 여유도 없어 보였다. 우리 둘 다

쉬운 방법은 물 건너갔다는 것을 알았다. 보이는 누구를 걷어찼던 적이 한 번도 없으니까.

그때 나는 일이 안 좋게 끝나리라고 짐작했다. 나는 그렇게 되도록 놔둘 수 없었다. 조금 전에 내 인생 최악의 날을 다시 되새긴 건 차치하고라도, 허리케인, 산에서 일어난 일과 곰, 그리고 배불뚝이 볼스, 돌발 홍수를 다 겪은 지금에 와서 여기서 이렇게 당하고만 있을 수는 없었다. 쿠터는 보이의 열린 쪽문으로 몸을 기울였다. 이번에는 보이를 향해 위로 총을 겨눈 채로. 하지만 그것을 보고도 나는 멈출 수 없었다. 왜냐하면 마음속에 불타는 분노가 가득 찬 열여덟 살에게는 1초도 더 참을 수 없는 순간이 있기 때문이다.

나는 총을 향해 달려들었다.

나는 쿠터 위쪽을 맴돌면서 한 손으로는 총을, 다른 손으로는 총을 잡은 그의 손 주변을 움켜잡으면서 어리석게도 그의 총을 빼앗을 수 있다고 확신했다.

하지만 나의 행동은 생각과 전혀 따로 놀았다.

오글쪼글 왜소한 몸집의 쿠터는 45킬로그램도 채 나가지 않았지만, 마치 루시퍼가 직접 싸움에 뛰어든 것처럼 맞섰다. 열린 쪽문은 내 어깨 높이였다. 쿠터의 머리는 열린 쪽문 안쪽으로 기울어 있었고 총구는 여전히 보이를 향했다. 내가 도움을 청하려고 주변을 돌아보았지만 영감은 날아간 자기 총을 찾으러 간 뒤였고 빨강 머리는 눈에 보이지 않았다. 트럭은 미친 듯이 흔들리기 시작했고, 내가 할 수 있는 것은 쿠터의 총을 단단히 쥐는 것뿐이었다. 기린들은 겁에 질려 나무 상자에 쾅쾅 부딪히고 객차의 금이 간 부분을 발로 차

대고 앞다리를 들어 올렸다……. 그러다가 보이의 목구멍에서 그 끔찍한 새된 소리가 비어져 나오기 시작했다.

그것을 들은 빨강 머리는 절대 하지 말았어야 했을 행동을 하고 말았다.

그녀 역시 총으로 뛰어든 것이다.

빨강 머리는 쿠터의 총에서 우리 손에 잡히지 않은 빈 부분을 부여잡고 총이 보이에게 향하지 않게 하려고 총의 끝부분을 끌어당겼다. 그렇게 셋이서 흔들리는 트럭에 부딪히고, 당기고, 잡아당기고, 비틀다가 순식간에 보이를 향하던 총구의 방향이 바뀌고 말았다. 이제 총구는 빨강 머리를 향했다. 어떻게 했는지는 모르지만 쿠터가 몸을 회전시키며 우리의 힘을 역이용해서 총구를 빨강 머리의 갈비뼈 쪽으로 밀어 넣은 것이다.

내 몸의 모든 피가 머리로 쏠렸다. 방아쇠에 있는 그의 손가락이 한 번만 튕겨져도 빨강 머리가 죽을 수도 있었다. 그런 상처에서 살아남을 사람은 없었다. 그 당시엔, 그리고 주위에 아무도 없는 그런 곳에서라면 더더욱. 그녀가 총을 밀치고 도망가려고 한다고 해도 그녀가 빠져나가기 전에 총이 발사될 것이었다. 천천히 잔혹하게 죽어 가는 빨강 머리를 보게 되는 것은, 나로서는 결코, 그리고 더 이상 감당할 수 없는 일이었다.

그녀의 시선이 황급히 나와 마주쳤다. 그녀도 알았다.

하지만 바로 그때, 마치 그 사실을 기린들도 아는 것처럼 보이와 걸이 동시에 앞다리를 들어 운송 상자를 아주 세게 찼고, 그 바람에 빨강 머리는 발을 헛디디고 비명을 지르며 넘어졌다.

빨강 머리가 비명을 지르자 보이가 우리가 전혀 예상하지 못했던 행동을 했다.

그 축복받은 짐승이 쿠터를 걷어찬 것이다.

보이의 발굽은 뭔가가 움푹 꺼지는 심각한 소리와 함께 쿠터의 두개골을 세게 걷어찼다.

총이 허공으로 발사되었다.

쿠터는 귀에서 피를 흘리며 땅바닥에 나동그라졌고, 나는 놀라서 여전히 두 손으로 총을 움켜쥔 채 그의 옆에 서 있었다.

영감이 그때 소총을 위로 치켜들고 내 시야 안으로 달려 들어왔다.「어떻게 그런 무모한 짓을 하는 거냐! 두 사람 다!」 그가 숨을 헐떡이며 말했다.「너희들의 쓸모없는 두 목숨을 기린이 구해 준 줄이나 알아!」

빨강 머리가 일어서는 것을 보면서 나는 나 때문에 벌어질 뻔 했던 일을 떠올리고 몸서리를 쳤다. 그리고 아주 조용히 누워 있는 쿠터를 내려다보았다.

「죽었을까요?」 내가 중얼거렸다.

영감은 내가 든 쿠터의 총을 살폈다.「모르겠다. 상관없어.」 그가 말했다.

그때 우리는 물소리를 들었다. 산탄총에서 발사된 총알이 물탱크에 맞아 물이 그 구멍으로부터 뿜어져 나왔다. 영감은 물이 흘러나오는 물탱크를 전혀 놀랍지 않은 표정으로 쏘아보았다.

「보안관을 부르실 거예요?」 나는 그날 두 번째로 같은 질문을 했다.

영감은 빙 돌아서서 나를 더위 먹은 사람 쳐다보듯 어이없다는 눈으로 바라보았다. 「넌 경찰하고 친해지고 싶어서 환장했냐?」 그가 고함쳤다. 「우리 애들은 어쩌고? 시민의 의무라는 측면에서 생각해 보긴 했니? 사람들이 보이를 어떻게 할 것 같으냐? 보이가 우리를 미친놈으로부터 구한 건 다른 사람들에게는 망할 아무 의미도 없어. 보이는 그냥 동물일 뿐이고 아무리 나쁜 놈이래도 저놈은 인간이야. 우리는 여기서 몇 주를 썩어 지내야 할지도 몰라. 사람들이 보이를 안락사시키지 않더라도 그렇게 오래 있는 것만으로도 걔네는 죽을 거야. 그건 안 되지! 암! 애들은 샌디에이고에 가야 해. 지금, 당장.」 그는 총들을 트럭의 후드 위에 놓고 창문 안에서 중절모를 집어 들고는 성큼성큼 걸어갔다.

「어디 가세요?」 내가 소리쳐 불렀다.

「한 가지 할 일이 남았어!」

페도라를 머리에 아무렇게나 올려 쓰고 그는 길옆 수풀로 가서 그의 산탄총을 찾아내고 단호한 걸음으로 동물들에게 발걸음을 옮기더니 우리의 문을 하나하나 다 열었다. 토끼들과 곰은 뒤도 돌아보지 않고 언덕을 향해 도망쳤다. 방울뱀들도 스르륵 사라졌다. 토끼로 배를 채우고 여전히 수염에 묻은 피를 핥는 퓨마는 좀 달랐다. 퓨마는 차가운 눈빛으로 우리에서 땅으로 몸을 날려 뛰어나오며 영감을 관찰했다. 영감이 허공에 총을 쏘자 퓨마는 수풀 속으로 슬그머니 들어가 버렸다.

「가자.」 영감이 우리 쪽으로 다가오며 지시했다.

나는 아직도 바닥에 뻗어 있는 쿠터를 바라봤다. 「퓨마가 다시 돌아오면 어떡해요?」

「그러면 그러라지 뭐.」 영감은 이렇게 내뱉었지만 곧 마음을 바꾼 것 같았다. 그는 쿠터의 다리를 잡고 끌기 시작했다. 나는 다른 쪽을 잡고 거들었다. 하지만 영감은 그를 건물 쪽으로 데려가지 않고 곰의 우리로 데려가서 물이 반쯤 차 있는 물통 옆에 처박고 우리 문을 쾅 닫아 버렸다.

「이제 그만 가자. 너구리의 사체를 저놈이랑 같은 곳에 처넣기 전에.」 영감이 트럭으로 주저 없이 걸음을 옮기며 말했다. 「살아 있다면 제 발로 알아서 나오겠지. 죽었다고 해도 적어도 한군데서 썩을 테고. 저놈은 동물의 먹이가 될 가치도 없는 놈이야.」

기린들은 여전히 쿵쿵거리고 힝힝거렸다. 영감은 총들을 다시 선반에 되돌려 놓고 쿠터의 짧은 산탄총은 수풀 깊숙이 던져 버렸다. 그리고 우리는 모두 차에 탔다. 빨강 머리를 영감과 나 사이의 빈자리에 태우고 우리는 물탱크의 구멍에서 뿜어져 나오는 물보라가 땅을 진흙투성이 물바다로 만드는 사이 도로 쪽으로 나갔다. 바로 앞에 〈사막 동물들을 구경하세요〉라는 표지판이 보였다. 나는 트럭을 몰고 그 표지판을 향해 돌진해서 불쏘시개감이 될 정도로 납작하게 만들어 버린 뒤 서쪽으로 향하는 도로로 들어섰다.

3킬로미터 정도를 달리는 동안, 내가 기어를 바꾸느라 빨강 머리의 바지를 스칠 때마다 미안하다고 조그맣게 얘기하는 소리 외에는 아무 대화도 오가지 않았다. 충격으로 몸이 아직 정신을 따라 잡지 못한 상태였던 나는 뭔가 걸쭉한 액체 속에서 아주 느리게 움직이는 듯한 느낌이 들었다. 그렇게 느끼는 건 나만이 아니었다. 빨강 머리의 손이 떨리더니 훌쩍이기 시작했고 결국 댐이 터지고 말았다.

「잠깐만.」 그녀가 애원했다. 「차 좀 세워 줘, 제발.」

작은 노두(露頭)[39]가 바라다보이는, 돌로 된 피크닉 테이블이 놓여 있는 휴식 공간이 보였다. 나는 서둘러 차를 세우고는 그녀가 내리도록 비켜 주기 위해 황급히 차에서 내렸다. 빨강 머리는 비틀거리며 테이블로 갔다. 그녀는 그냥 우는 것이 아니라 마구 흐느꼈다. 영감은 그녀 쪽을 보지 않으려고 시선을 돌렸지만 나는 그녀가 머리카락을 손가락으로 쓸어 넘기면서 울음을 멈출 때까지 눈을 뗄 수 없었다. 나 역시 주체할 수 없는 감정이 북받치는 것이 느껴졌다.

우리는 기린에게 물을 주려고 시도했다. 기린들은 물을 마시려고 하지 않았다. 영감은 위로 올라가 위 덮개를 열고 기린들을 어루만지며 그만의 방식대로 최선을 다해 기린들을 달래기 시작했다. 그래서 나도 기어 올라가 기린들을 쓰다듬었다. 하지만 기린들에게 몸을 기울이려니 몸과 마음이 떨려 균형을 잡으려고 노력해야 했다. 나는 하늘이 무너지기를, 사이렌이라도 울리기를, 그 미친 늙은이 때문에 벌어진 끔찍한 상황을 모면한 후 아직도 내 몸을 휘감는 감정만큼 큰일이 일어나기를 바랐다.

「다 끝난 거예요?」 나는 길을 내려다보면서 물었다. 「이걸로 끝이에요?」

「너는 항상 모든 이야기의 끝을 알게 될 거라고 생각하

39 광맥이나 암석, 지층 등이 지표에 드러난 부분.

냐?」 영감이 말했다. 그의 목소리가 떨려서 나는 영감도 떤다는 것을 눈치챘다. 「너의 결말을 알게 된다면 대부분 그건 다행인 거야. 그리고 이게 만일 우리의 결말이라면 아주 젠장맞게 행복한 결말인 거지.」

우리가 계속 어루만지고 달래자 기린들은 다시 모든 것이 안전하다고 믿기 시작했다. 걸은 발을 구르던 것을 멈추었고 보이는 거대한 한숨을 내쉬고는 휴식을 취하려고 천천히 몸을 눕혔다.

그래서 영감과 나는 땅으로 내려가 빨강 머리 옆에 앉아 휴식을 취했다.

연합 뉴스 통신사

…… 세인트루이스 포스트 디스패치
샌프란시스코 불러틴
새너제이 머큐리 헤럴드
시러큐스 포스트 스탠더드
세인트찰스 배너 위클리
세인트조지프 뉴스프레스
버펄로 쿠리어 익스프레스
라피엣 메신저
워터베리 리퍼블리컨
프로비던스 저널
로스앤젤레스 오토뉴스
FT. 도지 메신저
캔자스시티 스타
볼티모어 아메리칸
그랜드래피즈 프레스
새크라멘토 유니언
하트퍼드 커런트
엘센트로 포스트
워싱턴 스타
디트로이트 뉴스
애머릴로 글로브…….

기쁨과 안도를 전하는 국토 횡단 기린들

연합 통신 특보 — 10월 14일.

두 마리의 영국령 동아프리카 기린들이 특별한 트럭을 타고 샌디에이고 동물원으로 여행을 계속하면서 마을 사람들과 여행자들을 기쁘게 하며, 유럽에서 전쟁이 벌어질 거라는 불길한 소식이 연일 들려오는 와중에 대중들이 갈망하던 안도감을 주고 있다. 서쪽에 있는 이 신생 동물원에 대한 전국적인 홍보의 길을 열었던 그들의 여정은 지난 수년간 어떤 기사나 이야기도 하지 못했던 방식으로 대중들의 지친 몸과 마음을 사로잡았다.

14
애리조나주로

살다 보면 때로는 모든 것이 너무나도 격렬하게 변해서 그저 힘들게 버티는 수밖에 없는 시기가 있다. 그렇게 더스트 볼과 묘지와 허리케인은 나와 분노를 벼려 놓고 지나갔다. 하지만 때로는 뼛속 깊은 곳에서부터 변화를 느끼는 때도 있다. 조용히, 깨끗하게, 온전하게. 그날 아침 온몸이 떨릴 만큼의 충격을 받고도 살아 있는 상태로 우리가 길을 떠날 때, 나는 그런 조용한 변화가 내 속에서 일어남을 느꼈다. 아버지를 쏜 후 나를 사로잡았던 분노는 사라졌다. 나는 그 분노의 손아귀 안에서 내가 우리를 구할 수 있다고 믿었다. 대신 나는 오히려 우리 모두를 죽일 뻔했다. 하지만 가장 순한 기린의 도움으로 우리는 가장 흉포한 사자로부터 구원되었고, 어찌 된 일인지 보이의 그런 도움은 나의 분노를 녹여 버렸다. 나의 분노가 완전히 사라진 것이 맞는지 훗날 다시 생각해 볼지도 모르겠다. 하지만 우리가 그 노두 근처의 휴게소를 떠날 때만큼은, 나는 그 상태로 영원히 남아 있기를 바랄 정도로 충분히 자유로운 기분이었다.

고속 도로를 따라 몇 킬로미터를 더 가는 동안 아침 더위가 기승을 부렸다. 주변의 땅은 순식간에 고지대 평원에서 벗어나 저지대 지역의 붉은 사막에 다다랐다. 우리 눈으로 볼 수 있는 거리 안에는 아무것도 없었다. 팬핸들과는 다른 종류의, 더 크고, 더 넓고, 더 붉은 공허였다.

진짜 주유소와 가게의 간판을 보자마자 우리는 그곳에 차를 세웠다. 주유소 직원이 기린들을 보고 환호성을 지르며 나올 때 영감이 빨강 머리에게 말했다. 「길을 따라가다 보면 남쪽으로 내려갔다가 엘패소를 우회한 다음 몇 시간 정도 조금 돌아서 다시 피닉스로 가는 갈림길이 나와요. 당신이 원하면 조금 돌아가더라도 엘패소 기차역 쪽으로 갈 수도 있어요. 아…….」 그는 그녀의 이름을 공손하게 부르려다가 이름을 모른다는 것을 깨닫고 멈칫하고는 종 모양의 공중전화기 표시가 가게의 앞문에 걸린 것을 흘깃 쳐다보았다. 「혹시 필요하다면, 여기 전화가 있는 것 같네요.」 그는 차에서 내려 안으로 들어가며 덧붙였다.

하지만 빨강 머리는 대답하기는커녕 계속 시선을 내리깐 채 조금도 움직이지 않고 가만히 있었다.

나는 문을 열고 내리면서 너무 조용히 앉아 있는 그녀를 쳐다보았다. 아직도 건초 부스러기가 그녀의 머리카락에 달라붙어 있었다. 나는 나도 모르게 그것을 잡아뗄 뻔했다. 대신 나는 말했다. 「트럭 좀 점검하고 올게.」 나는 다음 말을 하려고 우물쭈물했다. 쿠터가 그녀를 쏘지 않아서 기뻤다고 얘기해 주고 싶었다. 우리가 총에 맞을 뻔하게 한 것을 내가 얼마나 미안해하는지도 얘기하고 싶었다. 그것 말고도 더 많은 말을 하고 싶었다. 아주 많이, 뭔가 의미 있고 위로가 될 만한 말들을. 하지만 언제나 그랬듯이 내 마음과는 다른 말이 튀어나왔다. 그녀의 머리에 있는 건초 부스러기를 바라보며, 나는 이렇게 말하는 나의 목소리를 들었다. 「차 안에서 뭐 해?」

그 말에 그녀는 바로 고개를 들었다. 「넌 내가 일부러 그랬다고 생각해?」 그녀가 한숨을 쉬었다. 「어젯밤에 오클라호마 가족이 자기네 차에서 자고 가라고 했지만 어차피 잠은 한숨도 못 잘 것 같았어. 그래서 옷이 다 마를 때까지 모닥불 옆에 앉아 있다 보니 얼마나 시간이 지났는지도 모르겠더라고. 어둠을 통해서 너랑 트럭을 지켜보다가, 네가 트럭 운전석에서 자려고 교대했을 때, 존스 씨를 봤어. 오래 지켜보면 볼수록, 나는 마지막으로 한 번 더 애들 옆에 있고 싶었어……. 나 혼자서 말이야. 알아? 그래서 존스 씨가 소변을 보려고 수풀 속으로 들어간 사이 열린 위 덮개 쪽으로 올라가서 산에서 그랬던 것처럼 보이 옆으로 뛰어내렸어. 그리고 보이의 가죽을 아주 오래 행복한 마음으로 쓰다듬었어.」

그녀는 잠시 멈추더니 다시 한숨을 내쉬었다. 「나는 정말 잠깐만 있으려고 그랬어. 그런데 보이가 바닥에 누워 버리더라. 그걸 보고 믿기지가 않았어. 그래서 그 옆에 푹신하게 덧댄 상자 구석에 슬그머니 앉아서 보이가 그 멋진 목을 뒤쪽으로 늘어뜨리면서 커다란 눈을 감는 것을 지켜봤어. 그러다 눈이 스스로 감기는 걸 느꼈는데 그냥 그대로 뒀어. 아침에 떠나기 전에 네가 기린들을 돌볼 때 깨면 된다고 생각했거든. 하지만 네가 그냥 출발한 거야!」 그녀가 손을 허공으로 던지며 말했다. 「심지어 위 덮개를 닫는 소리도 못 들었어! 그다음에 보니 보이가 일어서 있고 트럭은 고속 도로의 노면 때문에 부딪히고 튕기면서 앞으로 가고 있더라고. 전에 했던 것처럼 안에서 쪽문을 열어 보려고도 했지만 홍수 때문에 망가져서 열리지가 않았어.」 그녀가 숨을 들이마셨다. 「심지어 소리치기도 하고 쾅쾅 두들기기도 했지만 그런 행동이 보이를 화나게 하는 것 같았어. 그래서 보이 눈에 안 보이게 하는 게 내 최선이었단 말이야.」 그녀는 다시 숨을 들이마셨다. 「그런데 네가 그 미친 사람이 있던 장소로 들어간 거야……!」

숨을 헉헉거리며 그녀는 잠시 말을 멈춰야 했다. 「나는…… 단지 기린들에게 제대로 작별 인사를 하고 싶었던 것뿐이야.」 그녀가 조용하게 덧붙였다. 그러고는 손을 가슴에 대고 다시 입을 다물었다. 나는 손을 뻗어 거의 그녀의 다른 손을 잡을 뻔했다. 나는 너무나 그녀를 만지고 싶었다. 하지만 대신 나는 밖으로 나가 천천히 차 문을 닫았다.

영감은 두 팔에 사과, 양파, 빵 그리고 일꾼 여럿도 먹일 만큼 커다란 살라미소시지가 든 자루 등을 가득 들고 나타났다. 그는 나에게 빵과 살라미 소시지를 건네주고 나머지는 기린들에게 먹이기 위해 올라갔다.

「애들은 괜찮아요?」 내가 물었다.

「애들은 항상 괜찮아. 신의 은총 덕분이지. 우리가 애들한테 그렇게 몹쓸 짓을 했는데도 말이야.」 그는 기린들에게 간식을 나눠 주며 말했다.

내가 살라미와 빵을 열린 창문 안으로 넣어 놓고 영감을 돕기 위해서 올라가는 동안 빨강 머리는 가게로 들어갔다. 하지만 얼마 지나지 않아서 그녀는 다시 트럭으로 돌아왔다.

나는 뛰어내려서 그녀가 앉아 있는 쪽 창문으로 다가갔다. 손에 여전히 사과를 들고 있었기 때문에 내 셔츠에 닦아 그녀에게 내밀었다. 그녀는 내가 손을 내미는 것을 눈치채지 못했다.

「무슨 일이야?」 내가 마침내 물었다.

「수신자 부담으로 통화를 하려고 했는데, 내 전화를 받지 않아.」

나는 사과를 주머니에 밀어 넣었다. 「네가 남편이 좋은 사람이라고 했잖아.」

「맞아.」 그녀가 중얼거렸다. 「그는 단지 그걸 기억해 낼 시간이 필요할 뿐이야.」

내가 다시 트럭을 고속 도로로 몰고 나갔을 때 순찰차가 우리가 온 길 쪽으로 쌩하고 지나갔다. 내가 영감을 슬쩍 쳐다보자, 그는 아무 생각 없이 바람을 킁킁대는 기린들을 사이드 미러로 바라봤다.

온종일 뉴멕시코주를 가로지르는 동안 우리는 다른 사람을 거의 보지 못했다. 한 오키 가족이 우리 뒤에 나타났다. 그들의 낡은 모델 T 트럭에는 짐이 잔뜩 실려 있었다. 심지어 염소를 실은 바구니도 발판에 묶여 있었다. 그들은 우리 옆을 지나가면서 기린을 보고도 놀란 것 같지 않았다. 왜 그랬을까? 그들은 이미 꿈을 타고 달리는 중이었기 때문이다.

그들은 모두 캘리포니로 향하는 희망의 미소를 머금고 손을 흔들었다. 심지어 염소까지도. 그걸 보니 왠지 울적한 기분이 들었지만 대공황이 남긴 유물처럼 길가에 흩뿌려져 있던 가구들을 볼 때만큼은 아니었다. 우리는 시퍼로브,[40] 부서진 흔들의자, 램프 등과 같이 더스트 볼 사람들이 길을 가다가 떨어뜨리거나 더 이상 가져가기 힘들어 일부러 버린 물건들을 보기 시작했다. 남은 여행 기간 동안 계속 마주할 풍경이었다.

공중전화 부스가 있는 장소에 들를 때마다, 빨강 머리는 전화를 걸러 들어갔다. 그녀는 마치 그 남자가 엘패소로 기차표 살 돈을 보내 줄 만큼 좋은 사람임을 확인하려고 노력하는 것 같았다. 하지만 매번 그녀는 점점 더 불행한 얼굴이 되어 되돌아왔다. 그리고 나는 그때마다 꼬치꼬치 물어볼 용기가 없었다. 하지만 우리는 점점 더 엘패소에 가까워졌다. 우리는 곧 영감의 말대로 한쪽은 엘패소로, 다른 한쪽은 피닉스와 캘리포니아주로 향하는 갈림길이 있는 라스크루시스[41]의 외곽에 도착했다.

갈림길이 나타나자 영감은 엘패소 방향으로 가기 전에 차를 세우라고 손짓했고, 내가 기린들의 상태를 확인하러 차에서 내렸을 때 빨강 머리가 내 팔을 붙잡았다.

「우디,」 그녀가 속삭였다. 「할 얘기가 있어.」

그녀의 목소리는 왠지 불길하게 들렸다.

「사실 나 아직 전화를 한 번도 하지 않았어.」 그녀가 손을

40 정리장과 옷장이 하나로 된 가구의 일종.

41 Las Cruces. 뉴멕시코주에서 두 번째로 큰 도시.

비비 꼬며 고백했다. 「하려고 했어. 하지만 아직 못 했어……. 그리고 여전히 못 하겠어.」 그녀는 손을 무릎 위로 떨구더니 나를 똑바로 쳐다보았다. 「그래서 이제 존스 씨한테 나를 내일 피닉스역에 내려 달라고 부탁해야 해. 네 생각에 존스 씨가 승낙할 것 같아? 가는 길에 꼭 라이어널에게 전화할 거야. 맹세해. 단지 시간이 좀 더 필요할 뿐이야…….」 그녀의 얼굴은 이번에는 정말 거짓말을 하는 것이 아니라고 말했지만, 내가 무슨 말을 할 자격이 있었겠는가?

영감은 트럭 운전석으로 들어오더니 빨강 머리를 향해 고개를 돌렸다. 「엘패소 기차역으로 가는 길은 저쪽이오. 아마 한 시간이면 도착할 거요.」

그녀는 숨을 들이쉬더니 턱을 들고, 말했다. 「존스 씨, 혹시 가능하시면…….」

「피닉스역에서 기차를 타야 한대요. 그쪽으로 가면 돌아가지 않아도 되죠, 그죠?」 내가 영감에게 눈짓을 하면서 끼어들었다.

영감은 좋은 사람처럼 굴기 위해 애써 왔기 때문에 나는 그가 빨강 머리의 말이 혹시 의심스럽다고 해도 이제 와서 〈거짓말쟁이는 용납 못 한다〉와 같은 잔소리는 늘어놓지 않기를 바랐다.

대신 그가 말했다. 「내가 여기서부터 가는 티켓을 사주겠소. 적어도 그 정도는 해야 할 것 같아서.」

우리 중 누구도 그런 말이 나올 거란 기대는 하지 않았다.

「정말 친절하시네요, 존스 씨…….」 그녀가 재빨리 대답했다. 「하지만 분명 피닉스에 가면 송금된 돈이 기다릴 거예요.」

나는 혹시라도 영감이 거절할까 봐 눈이 튀어나와도 이상하지 않을 정도로 영감에게 힘껏 눈짓을 해 보였다. 하지만 그는 나에게 똑같은 눈짓을 해 보이며 고개를 끄덕였다.

그래서 우리는 갈림길에서 피닉스로 가는 길로 접어들어 사막 깊숙이 들어갔다. 기어를 바꾸면서 빨강 머리의 다리를 스칠 때마다 미안하다고 하는 말 외에는, 우리는 여전히 별말이 없었다. 하지만 그녀는 내 손이 스치는 것도 느끼지 못하는 것 같았다. 내가 전에 그녀에게서 봤던 그 아득한 표정이 그녀의 시야를 가렸다. 그것은 검역소에서 본 것과 같은 눈빛이었다. 이 모든 여정이 시작되기 전, 패커드에 혼자 앉아 정문을 응시하던.

땅거미가 질 때쯤, 영감이 오는 길에 미리 봐두었던 장소로 들어갔다. 그곳은 자동차 숙소가 아니라 모텔이었다. 새로 유행하는 방식으로 각 방 사이에 차를 주차할 공간이 있고 방들이 쭉 붙어 있는 것 외엔 별 특징 없는 곳이었다. 하지만 방 앞에는 진짜 야자나무가 있는 작은 오아시스가 있었고, 온전히 우리만 사용할 수 있는 공간이 주어졌다. 맨 끝쪽 사막 땅에 트럭을 주차시키고 그 바로 옆에 있는 방을 빌린 다음 영감과 나는 빨강 머리를 위해서 바로 옆에 있는 방을 하나 더 얻었다. 그녀는 영감의 친절함에 다시 한번 감사의 인사를 표한 뒤 들어가 문을 닫으면서 녹갈색 눈으로 나를 살짝 바라보았다.

영감은 기린을 돌보러 갔고 나는 그가 도와 달라고 부를 때까지 그 자리에 계속 서 있었다. 빨강 머리가 나를 바라보던 시선을 눈을 깜박여 떨쳐 버리고 영감에게 갔을 때, 그는 이미 걸의 붕대와 부목을 살피고 있었다. 영감의 얼굴을 보니 안도한 표정이어서 걸에게 별문제가 없는 것 같긴 했지만, 그가 트럭의 사다리를 타고 올라가 위 덮개를 열고 만족스럽게 되새김질하는 걸을 어루만질 때까지는 확신할 수가 없었다. 영감은 말 한마디 없이 다시 내려가 평소처럼 내가 먼저 불침번을 서도록 기린과 나를 놔두고는 모텔방으로 가버렸다. 하지만 나는 트럭 위로 올라가는 대신, 표현할 수도 없고 주체하기는 더더욱 어려운 동경심을 느끼며, 쿵쾅거리는 가슴으로 빨강 머리의 숙소 앞에 서 있는 자신을 발견했다. 열여덟 살 소년의 열망에 가득 찬 얼얼한 근육들은 결코 바랄 용기조차 없었던 것을 원하고 있었다.

그렇게 선 채로, 산에서 코요테의 울음소리가 들려올 때까지 꼼짝할 수가 없었다. 그리고 나는 다시 기린에게로 돌아갔다.

나는 두근거리는 마음으로 트럭으로 올라갔다. 마음을 진정시키기 위해서 심호흡을 하고, 기린들이 되새김질을 하는 새 해가 지면서 갑자기 차가워진 공기로 인해 선뜻선뜻 끼쳐 오는 사막의 기운에 몸이 구석구석 서늘해지는 느낌을 받으며 판자 위로 슬며시 올라갔다. 아마 그때의 나에게서는 사막의 일부 같은 냄새가 났을 것이다. 어쩌면 그날 밤은 그랬을 것이다. 아직 달이 나오지 않은 하늘은 볼만했다. 사람들은 달이 없는 밤의 사막은 완전한 어둠뿐이라고 생각할지 모른다. 하지만 그렇지 않다. 사방은 미묘한 음영으로 가득하다. 어쩌면 나와 지평선 사이에 정말 아무것도 없어서, 별들이 모든 걸 더욱더 밝게 비추고 반사했기 때문인지도 모르겠다. 별들은 너무 밝았고, 기린의 별자리가 가장 잘 보인다고 하는 멕시코 하늘과 가까운 곳이었기 때문에 나는 빨강 머리가 말한 기린 별자리를 찾아보기로 마음먹었다. 그냥 하늘을 바라보는 것만으로도 마음이 덜 무거워졌다.

몇 분 정도 지나자 사막 건너편에서 들리는 코요테들의 울음소리가 점점 더 커졌고 그 메아리 때문에 짐승들이 바로 눈앞의 어둠 속을 배회하는 것 같이 들렸다. 그래서 트럭 밑에서 뭔가 움직이는 느낌이 들었을 때, 야생 짐승일지도 모른다고 생각했다.

「우디?」

빨강 머리였다.

코요테의 울음소리가 더 커지자 빨강 머리는 황급히 위로 올라왔다.

걸을 재빨리 어루만진 후 빨강 머리는 보이 쪽으로 다리를 내려뜨리고 내 옆에 앉았다. 보이는 거대한 머리로 그녀 주변을 킁킁거렸다. 그녀는 마치 그 사막의 쿠터로부터 우리 모두를, 그리고 자신을 구해 준 것에 대한 감사 인사를 하듯이 보이의 주둥이에 손을 대고 목을 팔로 완전히 감싸 안았다. 그녀는 보이가 받아들이는 동안, 그러니까 아주 오랫동안 그 상태로 있었다.

그녀가 보이를 놓아주자 나는 아무 말이나 마구 늘어놓기 시작했다. 「여기 나오니까 좋지? 사막 냄새는 정말 다르네. 나한텐 그래. 기린들은 정말 좋은가 봐. 아무래도 이제까지 지나쳐 온 어떤 곳보다 여기가 얘들이 온 곳과 더 비슷하지 않을까, 그런 생각이 들었어. 아니면 어쩌면 얘들도 이제 이 트럭에서 벗어날 때가 다 되었다는 것을 알고 있는지도. 정말 이제 다 왔으니까…….」

빨강 머리가 내 수다를 그치게 하려고 내 팔을 건드렸다. 그리고 나를 마주 보기 위해 판자 양쪽으로 다리를 걸쳐 앉았다. 기린들의 커다란 몸은 우리에게 더 가까이 다가왔고 따뜻한 털이 우리 다리에 닿았다. 그래서 빨강 머리는 기린을 둘 다 만지기 위해 팔을 뻗었다. 그녀가 기린들을 다정하게 어루만지면서 속삭이듯 아주 조용히 말했다. 「넌 내가 사진에서 가장 좋아하는 점이 뭔지 알아?」

「뭔데?」 내가 말했다.

「시간을 멈춰 주는 거.」 그러고는 그녀는 내가 다시는 보고 싶지 않았던 그 슬프고, 입을 꾹 다문 미소를 나에게 지어 보였다.

그녀는 작별 인사를 시작했던 것이다.

무언가가 마지막이라는 것을 알게 되면 그것으로부터 기쁨을 얻을 수 없다. 나는 오랜 인생 동안 아주 많은 것들을 마지막으로 했지만 언제나 그것이 마지막이라는 것을 알지 못했다. 하지만 그때는 알 수 있었다. 이별이 멀지 않았다는 것을……. 이튿날은 빨강 머리와의 이별이, 그리고 그 이튿날은 기린들과의 이별이 기다리고 있었다. 그런 생각을 하니 마음을 주체할 수가 없었다. 나는 모텔 간판의 불빛 속에서 기린에게 두 팔을 벌린, 야성적인 곱슬머리에 구겨지고 때 탄 바지와 셔츠를 입고 있는 그녀를 바라보았다. 만일 입고 있는 옷 한 벌을 제외하고 모든 것을 잃은 한 사람이 한 쌍의 기린과 트럭에 탄 모습을 묘사한다면, 그녀의 모습이 정확히 그런 모습이었다. 하지만 나에게 그녀는 한 폭의 그림 같았다.

우리는 아주 오랜 시간 동안 그리고 동시에 너무나도 짧게 느껴지는 그 순간 동안 함께 그렇게 앉아 있었다. 주변에서 들리는 소리는 기린의 힝힝거리는 소리와 코요테의 울음소리뿐이었다. 공기는 점점 더 차가워졌다. 나는 그녀가 곧 자기 방으로 돌아가야 한다고 말할 것을 알았다. 항상 그랬으니까. 대신 그녀는 내가 거의 인식하지 못할 만큼 조용하고 지친 목소리로 말했다.「우디, 나 여기 있어도 돼? 오늘은 혼자 있고 싶지 않아……. 그리고 너랑 보이랑 걸이랑…….」

그녀가 생각을 다 말하기도 전에 나는 기린들에게 내가 위 덮개를 닫게 해주도록 부탁함으로써 그 말을 대신 마치게 해주었다. 기린들은 동의해 주었다. 그래서 사다리 쪽으로 천천히 다가가 빨강 머리가 아래로 내려가게 도와준 뒤 위 덮개를 닫았다. 그러고는 세상에서 가장 자연스러운 일처럼 바닥으로 뛰어내려 빨강 머리의 손을 잡고 그녀가 다시 운송 상자의 닫은 덮개 위로 올라가도록 도와주었다. 보이와 걸이 그들의 머리를 창문 밖으로 내밀어 우리 주변을 포위했고, 나는 여전히 그녀의 손을 잡은 채로 운송 상자 위에 누웠다. 우리는 하늘을 바라보며 나란히 누웠다. 나는 다시 한번 그녀에 대한 동경심으로 가득 차서, 그녀의 손뿐 아니라 그 이상을 만지고 싶었다는 것을 인정한다. 비록 그런 경험은 전혀 없었지만 말이다. 영감은 그동안 나를 〈얘야〉 하고 불렀고, 그건 맞는 말이었다. 열여덟 살이었음에도 나는 이런 것들을 포함해 다른 모든 중요한 면에서 여전히 어린애에 불과했으니까. 하지만 내 몸 전체가 시키는 그 행동을 할 수 있었다 하더라도 — 그녀 역시 나와 같은 기분이기를 바라는 작은 희망을 품고, 나의 동경심을 표현하기 위해 몸을 기울여 키스를 시도할 수 있었다 하더라도 — 그래서는 안 된다고 생각했다. 그건 그녀가 나에게 원하는 것이 아니었으니까. 그것을 어떻게 알았는지 모르지만, 내가 그때 일말의 그런 이타적인 생각을 했다는 점은 지금도 나를 놀라게 한다. 비록 내 몸 구석구석이 아주 달콤한 불길에 휩싸여 있었지만, 나는 그날 그녀와 떨어져 있는 위험을 감수할 생각이 없었다. 그래서 그녀가 몸을 떨었을 때 나는 가만히 내 손으로 그녀의 몸을 감쌌고 그녀도 그렇게 하도록 놔두었다. 나는 그녀를 가까이 당겨 안았다. 그날 그 모든 일을 겪은 후에는 그것으로 충분했다. 그것은 찬란한 영광을 맛보는 기분이었다. 그렇게 우리가 함께, 안전하게, 반짝거리는 별들로 가득한 하늘 아래 기린들에게 둘러싸여 누워 있는 동안, 사막의 밤은 우리가 깊고 충실한 잠에 들 수 있도록 우리를 충분히 진정시켜 주었다.

내가 눈을 떴을 때는 하늘에 반달이 높이 떠 있었고, 기린들도 머리를 안으로 집어넣은 다음이었으며, 빨강 머리는 더 이상 내 곁에 없었다. 나는 빨강 머리와 기린들을 처음 본 후, 창고에서 그 모습을 다시 떠올렸을 때와 똑같이, 이날 밤의 모든 것 — 우리를 가까이 끌어당겨 주었던 사막 공기의 차가운 느낌, 내 팔에 닿았던 그녀의 탱탱한 곱슬머리, 우리를 감싸던 기린들, 우리 위에 있던 별들의 위치들 — 을 세세하게 음미하고 온전히 기억에 담아 두려고 노력하면서, 잠시 그녀가 사라진 곳을, 그리고 다시 그녀가 있던 옆자리를 바라보았다. 하지만 길을 떠나 이렇게 멀리 온 후에도, 온 세상에서 변하지 않고 남아 있는 유일한 부분은 기린뿐인 것 같았다.

나는 일어나 위 덮개를 다시 열었다. 기린들은 머리를 위로 올려 나와 만났다. 걸은 옥수수밭에서 그랬던 것처럼 한동안 내 무릎 위에 머리를 올려놓았다. 그리고 나는 다시 그들 사이의 판자 위에 누웠다. 그들의 숨결이 차가운 밤공기로부터 나를 따뜻하게 해주었고, 나는 하늘의 빈자리를 채운 기린 모양의 별자리를 찾는 데 다시 집중했다.

이튿날 사막을 통과하는 여정은 영감이 여행 내내 매일 꿈꿔 왔던 대로였을 것이다. 그렇게 광활하게 탁 트인 공간을 지나는 것은 기쁘면서도 놀라운 일이었다. 당시에는 그런 사막 한가운데서 뭔가 잘못되면, 예를 들어 엔진의 막대가 터지거나 라디에이터가 과열되거나, 심지어 타이어가 펑크 나는 일이 발생하면 죽게 될 수도 있을 만큼 아무것도 할 수 있는 일이 없었다. 설령 운 좋게 누가 와서 도움을 준다고 해도, 그들의 차에는 기린을 태울 공간은 없었을 것이다. 그래서 우리는 그런 위험한 지역을 아무 문제 없이 통과할 수 있을지 노심초사하며 지났어야 했다.

하지만 그날은 아무 일도 없었다. 신경 써야 할 사람도, 견뎌야 할 문제도 없었다.

그날은 사자가 없는 날이었다.

우리는 또 동이 트기 한 시간 전에 길을 떠났다. 달이 한쪽으로 지고 해가 다른 쪽에서 뜨는 것을 볼 때쯤, 우리는 움틀거리는 평화 속으로 빠져들었다. 우리가 산을 넘은 다음 느꼈던 평화로움의 한 조각을 맛보는 듯했다. 하지만 이번에는 더 길게, 더 오래 머물며 여운을 주고 영혼을 깊숙이 달래주는 기분이었다. 지금 생각해 보면 그건 내가 했던 일 중 기도와 가장 가까웠던 일 같다. 훗날 사람들이 그런 순간이나 감정을 얘기하며 영적인 것이라고 부를 때 나는 비웃고 싶었지만 그럴 수 없었다. 그 후 몇 년 동안 전쟁과 그 외의 것들을 겪으면서 너무 힘들 때마다, 보이와 걸과 영감과 빨강머리와 함께 그 움직이지 않는 땅 위에서 움직이던 그 조용한 날로 돌아가곤 했다. 우리 위를 날던 새들의 물결과 함께 기린들을 데리고 여행하면서 느꼈던 그 환희의 순간처럼, 그 평화로움은 굳이 이해할 필요도 없고 말로 표현할 수도 없는 것이었다. 그런 순간은 운이 좋은 사람도 평생 몇 번을 겪기는 힘들며, 누구에게는 한 번을 겪기도 어려운 일이다. 그때가 나에겐 바로 그런 순간이었다. 그 여정을 떠올릴 때면, 기억 속의 나는 열여덟 살이 아니다. 그 기억을 떠올리는 순간에 원하는 나이가 된다. 서른세 살이든 103살이든. 그리고 나는 우리를 모두 태우고 간다. 가도 가도 변함없는 붉은 사막을 지나며, 특별히 목적지도 없이 어디든 좋은 곳으로. 다 함께.

우리는 그날 아침 실버시티에 가기 전에 한 번, 그리고 글로브 근처에서 한 번, 모두 두 번을 정차했다. 기린들에게 물을 주고 우리가 스트레칭을 할 수 있을 만큼 충분히 길게. 그러면서도 우리는 말을 두 마디 이상 나누지 않았고 그 침묵은 아주 깊었다. 온종일 멀리서 우리 뒤를 따르는 철로도 그런 잠잠한 상태를 방해하지 않았다. 철로는 내 바지 주머니 안쪽을 더럽히는 20달러짜리 금화는 말할 것도 없고, 살해당한 부랑자, 누더기를 입은 소년, 그리고 볼스의 돈뭉치에 대한 온갖 초조한 생각들을 뒤흔들어 놓았어야 했다. 하지만 그러지 않았다. 며칠 전 그 모든 일을 겪고 있었을 때만 해도 나는 더스트 볼의 소년에 불과했지만, 이제는 더 이상 내가 그 소년이 아니라는 느낌이 들었다.

빨강 머리는 마침내 실버시티에서 그 기자에게 전화를 걸었다. 「라이어널…….」 나는 그녀가 공중전화 부스의 문을 닫을 때 그녀가 하는 말을 들었다. 자세히 엿듣지는 않았다. 그럴 필요가 없었다. 나는 멀리서 그녀의 모습을 보는 것만으로도 무슨 일이 일어나는지 알 수 있었다. 비록 지금은 빨강 머리의 목소리만 들렸지만, 뉴저지에서 두 사람이 얘기할 때와 같은 높은 음조의 목소리였다. 그러다가 그녀가 누구라도 말문이 막힐 만한 뉴스를 전하는 듯했고, 이내 나무로 된 전화 부스에 몸을 기댔다. 두 사람은 오랫동안 아무 말도 하지 않는 것 같았다.

그녀는 트럭으로 돌아와서 남편이 오늘 안으로 기차표를 살 돈을 피닉스로 보내 주기로 약속했다고 말했다. 빨강 머리가 그 순간까지 전화를 안 했던 것을 생각하면 굳이 그 말을 믿지 않을 이유는 없었다. 하지만 나는 그 남자를 믿을 수가 없었다. 피닉스의 크고 멋진 기차역에 차를 세우면서 나는 마음이 편하지 않았다. 영감은 단지 역에 내려 주기만 하고 출발해야 한다고 확실히 못을 박았다. 해가 지기 전까지 여전히 몇 시간이 남아 있어서 영감은 계속 가기를 바랐고, 샌디에이고까지는 하루도 채 걸리지 않는 거리였기 때문이다. 나는 트럭을 기차역 바로 앞에 세우고 그녀에게 길을 비켜 주기 위해 차에서 뛰어내렸다. 영감 역시 예의를 표하기 위해 차에서 내렸다.

빨강 머리가 차에서 내려 마음을 가라앉혔다.

「감사합니다. 존스 씨.」 옷과 머리를 매만지고, 등을 바로 펴며 그녀가 말했다.

「잘 가요, 저…….」 또다시 어떻게 불러야 할지 몰라 더듬거리며 영감이 대답했다. 그 역시 뭔가 다른 말을 하고 싶어 하는 것 같았다. 내 기억에서는 그것이 고맙다는 식의 말이었거나 혹은 심지어 사과의 말이었을 거라고 생각하고 싶지만, 어쩌면 둘 다 아니었을 수도 있다. 그 말이 무엇이었든 그것은 끝내 그의 입 밖으로 나오지 않았다. 그가 그나마 할 수 있었던 것은 인사하듯 페도라를 손으로 살짝 기울이는 것뿐이었다. 그는 내게 눈짓을 해 보이고는, 기린들을 넋 놓고 쳐다보는 사람들과, 역시 행복하게 사람들을 넋 놓고 바라보는 기린들에게 돌아섰다.

나는 기차역 문밖에 있는, 도착과 출발을 표시해 놓은 안내판까지 그녀를 배웅했다. 그날 유일하게 동해안까지 연결되는 유선형 기차는 이미 떠난 후였고, 이튿날 같은 시간까지는 더 이상 기차 편이 없었다. 하지만 이미 돈이 도착했더라도 그 돈을 받을 수 있는 전신 사무실은 기차역 안에 있었고, 영감은 벌써부터 나에게 그만 돌아오라는 손짓을 하고 있었다.

나는 상관하지 않고 그녀와 함께 역 안으로 걸어 들어가려고 했다.

그녀가 그런 나를 멈춰 세웠다. 「아니야, 우디. 너는 같이 들어갈 필요가 없어.」

「하지만 밤새 기다려야 하고 돈도 한 푼도 없잖아.」 내가 말했다. 「사무실이 문 닫기 전까지 돈이 도착하지 않으면 어떡하려고? 존스 씨의 도움을 받아야 할 수도 있잖아.」

「돈은 도착할 거야.」 그녀가 말했다. 「그리고 도움을 받아야 할 필요도 없어. 걱정 마.」

그녀는 배를 어루만졌고, 나는 나와 상관도 없는 질문을 하고 말았다. 「어떻게 할 거야?」

「기다릴 거야.」 그녀가 말했다.

「아니, 내 말은…….」 나는 내가 하려는 말을 어떻게 해야 할지 알 수가 없었다. 「네 심장 말이야.」

뭔가 슬프고 거친 감정이 그녀의 표정을 번쩍하고 스쳐 지나갔다. 「아, 그거 내가 지어낸 거야. 기린을 만나고 싶어서 하는 여자의 말은 절대 믿지 마.」 그녀는 거짓말을 했다. 분명히 알 수 있었다. 그녀가 떠나려고 할 때 나는 확신했다. 「그래도 나는 여전히 제2의 마거릿 버크화이트가 될 생각이야. 두고 봐.」 그녀는 입을 꾹 다물고 희미한 미소를 지어 보이며 말했다.

나는 주머니에 손을 넣어 20달러짜리 금화를 꺼내 내밀었다.

「아니야.」 그녀는 머리카락이 마구 흔들릴 만큼 세게 고개를 저었다.

나는 그녀의 손을 잡아 20달러짜리 동전을 밀어 넣었고, 그것이 확실히 그녀의 손바닥에 놓이고 그녀가 마지못해 아주 천천히 손가락으로 그것을 쥐는 것을 확인한 뒤에야 손을 놓았다.

그녀는 또 입을 다문 미소를 지었다. 「언제 이걸 갚을 수 있을지 모르겠어.」

「다시 받을 생각 없어.」 내가 대답했다. 「그건 내 것이 아니야. 존스 씨 것도 아니고.」

「아.」 그녀는 마치 내가 그것을 훔친 것이라고 생각한 듯 대답했다. 나는 충분히 그런 대우를 받을 만했다.

동전을 손에 꼭 쥐고 그녀는 역 안으로 향하려다가 다시 멈춰 서서 내 뒤쪽의 기린들을 쳐다보았다. 마지막으로 바라보는 느낌보다는 마치 하염없이 넋을 잃고 보는 느낌으로……. 그리고 다음엔 나를 같은 시선으로 응시했다.

「우리 정말 대단한 모험을 했어. 그렇지? 우디 니켈!」 그녀가 말했다.

내가 대답하기도 전에, 그녀는 나를 꽉 끌어안고 내 입술에 키스를 했다. 내가 그녀의 머리 뒤를 손으로 감싸고 그녀의 부드러운 머리칼을 손가락으로 쓸어 넘기며 다 큰 성인 남자처럼, 정확히 내가 줄곧 상상해 왔던 대로 할 만큼 충분히 오래. 그리고 멀찍이 뒤로 물러나 얼굴에 아득한 표정을 띄운 채, 그녀가 말했다. 「있지, 우디. 난 할 수만 있다면 또 할 거야.」

그녀의 말이 우리를 따라오기 위해 패커드를 또 훔치겠다는 뜻인지, 계속 따라오기 위해 거짓말한 것을 가리키는지, 기린들을 구하기 위해 그녀의 『라이프』 매거진에 대한 꿈을 버린 것을 말하는지, 아니면 내가 꿈꿔 왔던 모든 키스들을 다 끝내 버리는 키스를 의미하는지는 상관없었다.

이별은 그렇게 다가왔다.

피닉스를 벗어날 때까지 영감은 얘기를 많이 했다. 아주 많이. 나는 사막에서와 같은 침묵이 다시 필요했다. 절실하게. 하지만 영감은 개의치 않았다. 그는 빌어먹을 까치 같았다. 우리가 샌디에이고에 가까워질수록 그는 점점 더 행복해졌고 나는 점점 더 멍해졌다. 이제는 몇 시간밖에 남지 않은 상태였다. 나는 영감이 계속 가기를 바랄 거라고 생각했지만 곧 산길이 기다렸고 이대로 가면 밤중에 산을 지나가야 할 상황이었다. 지난번 산에서 좋지 않았던 경험 때문에, 나는 영감이 아침까지 기다렸다 가자는 말을 했을 때 아주 기뻤다. 물론 그것은 영감의 수다를 더 들어야 한다는 것을 의미했지만. 우리가 모래사막을 지나고 있었기 때문인지 그는 샌디에이고 동물원의 풀이 얼마나 무성한지, 그리고 그곳에서는 뭐든 얼마나 잘 자라는지, 해리 박사라는 설립자가 지팡이 끝으로 땅을 판 다음 세계 이곳저곳에서 가져온 씨앗을 떨어뜨리며 어떻게 동물원 원내를 걸어다녔는지, 그래서 마술을 부린 것처럼 지금 그곳이 얼마나 예쁜 초록빛으로 물들어 있는지를 말하느라 신이 나 있었다. 그의 말을 듣고 있자니, 샌디에이고에 대한 오키들의 생각은 정말 맞는 것 같았다. 다른 때였다면 그가 말하는 모든 것을 동경하는 마음으로 들었을 것이다. 하지만 그에게서 듣는 모든 말은 또 다른 작별 인사였다. 그래서 나는 영감이 까치같이 수다를 떨어 대는 동안, 도로와 기린들을 응시하면서 그의 이야기 속 낙원을 무시하고 내가 아직 누리는 낙원을 단단히 붙잡았다.

그렇게 가던 중에 우리는 기차의 기적 소리를 들었다. 철로는 멀리서 도로를 따라 달렸다. 기차 소리가 점점 더 커지더니 빈 화물칸에 무임승차자들이 잔뜩 매달린 화물 열차가 지나갔다. 나는 그 긴 기차가 시야에서 완전히 사라진 다음에야 영감이 어느샌가 말을 멈추었음을 깨달았다. 그는 텍사스주에서부터 사라졌다고 생각했던, 사람을 꿰뚫어 보는 듯한 그 눈빛으로 나를 쳐다봤다. 그런 시선으로 나를 보고는 언제나 그랬던 것처럼 뭔가를 말하려고 입을 뗐고 나는 긴장하지 않을 수 없었다. 대신 그는 열린 창문 밖으로 팔꿈치를 내밀고, 그 지저분한 페도라를 뒤로 젖히며 말했다. 「내가 너한테 내 이야기를 해줬던가?」

음, 그 말에 나는 생기가 돌았다. 마침내 그의 망가진 손과, 퍼시벌 T. 볼스가 영감에 대해 한 말뜻에 대해 알게 될지도 모를 일이었다. 그렇다면 그가 본격적으로 얘기를 하기 전에 충분히 뜸을 들일 거라는 것을 이미 알았다.

하지만 우리가 가진 건 시간밖에 없지 않았던가?

그의 〈건달〉 아버지에게는 전처 두 명과 낳은 열셋의 아들이 있었고, 영감의 어머니인 세 번째 부인은 자식 여섯을 더 낳았다. 영감이 어릴 때 아버지가 죽은 뒤, 그의 어머니가 하숙집을 운영해 가족을 부양했다. 영감은 그때부터 상황이 〈흥미로워졌다〉고 했다.

「우리 하숙집은 바넘 앤드 베일리[42]의 동계 숙소 근처에 있었는데,」 영감이 계속 말을 이어 갔다. 「나는 아주 어릴 때부터, 그러니까 내가 혼자 다닐 수 있을 때부터 코끼리와 사자와 호랑이와 원숭이 들을 보러 몰래 숨어들곤 했어.」

「그때가 도살장에서 일하기 시작한 때예요?」 내가 끼어들었다.

「들어 봐.」 그는 다시 이야기를 이어 갔다. 「얼마 안 되어 서커스 배우들과 잡역부들은 날 자꾸만 쫓아내는 데 지치고 말았어. 그래서 결국은 줄타기 곡예사들, 그 있잖아, 팽팽한 줄 위에서 걷는 사람들과도 친해지게 됐어. 함께 줄타기를 하기도 하고.」

「세상에.」 내가 말했다.

그는 차 문을 치면서 낄낄거렸다. 「그러다 아주 잘하게 되었어. 그래서 그 사람들이 서커스가 시작되면 나를 데려가겠다고 했지. 서커스단이 떠나기 전에 우리 큰형이 나를 붙잡아 집으로 끌고 가지만 않았어도 난 따라갔을 거야. 하지만 내가 네 나이쯤 되었을 때, 폐결핵에 걸리고 말았어. 그때 폐병 환자가 낫는 유일한 방법은 서쪽으로 가는 것뿐이었어. 그래서 그렇게 했어. 그 경험 덕분에 지금의 내가 될 수 있었어. 정말이야. 4년 동안 콜로라도주 평원에서 낮에는 가축을 치고, 밤에는 그들을 지키고, 소금에 절인 돼지고기와 사워도빵을 먹으면서 카우보이로 살다가 병이 다 나았어. 하지

42 당시 미국에서 활동하던 유랑 서커스단.

만 나는 결코 코끼리와 사자와 호랑이를 잊어버리지 못했어. 그래서 그다음 처음으로 보게 된 서커스단에 바로 들어갔단다.」
「줄 타는 사람으로요?」
「아니, 그 서커스단에는 그런 건 없었어. 그 서커스단은 바넘 앤드 베일리가 아니었거든. 근처에도 못 갔지. 난 그냥 동물들과 함께 지내고 싶어서 들어간 거야. 하지만 얼마 지나지 않아서 나는 동물을 학대하는 어떤 잡역부하고 매일 주먹다짐을 하게 됐단다. 그래서 내가 죽거나 감옥에 가게 되기 전에, 사람들보다 동물들이 더 대우받는다는 샌디에이고 동물원으로 가게 된 거야. 그곳에서 죽게 되면 좋겠어, 정말로.」 그가 너무 상냥한 미소를 지어서 왠지 낯설었다. 「물론 우리 애들을 그 정문 안으로 데려가기 전에는 죽으면 안 되지만. 안 그러냐, 얘야?」
그것은 얼이 빠져 있는 나를 정신 차리게 하려고, 멍해져 있는 나는 물론 기린들의 안전을 위해서 영감이 연기한 다정함이었다. 그것은 잘 먹혔다. 어쩌면 너무 잘. 산이 바라다보이고 우물과 분수밖에 없는, 작은 오아시스 같은 힐라벤드로 들어서면서, 영감이 정작 내가 궁금해하던 것은 얘기해 주지 않았다는 것을 깨달았다.
「잠깐만요, 그럼 그 손은…….」 나는 그의 비틀린 손을 가리켰다. 「사자를 길들이다가 그런 거예요?」
「아, 그건 또 완전히 다른 이야기지.」
그때 코끼리와 개가 눈앞에 나타났다.
키가 작고 야무져 보이는 한 남자가 밀짚모자를 쓴 채 개와 코끼리와 함께 길을 따라 걷고 있었다.

나는 분명 신기루라고 생각했지만 영감도 그것을 보았다.

그 남자가 개를 코끼리 위에 앉히자 코끼리는 코를 뒤로 돌려 그 개를 어루만졌다. 개를 포함해서 모두가 웃고 있었다. 〈특히〉 개는 더욱 즐겁게. 내가 이 여행을 하면서 말문이 막힐 만한 광경을 본 적이 있었다면 이것도 그중 하나에 들어갈 것이다.

영감이 껄껄대고 웃었다. 「저 얼간이 내가 아는 놈이야. 저 녀석은 마루니야. 그는 여행을 하면서 직접 작은 공연을 열어. 아시아코끼리 등에 어린이들을 태워 주며 돌아다니지. 그가 겨울에 사막 마을으로 나온다는 얘기는 들었는데 말이야.」

「그런데…….」 내가 중얼거렸다. 「저 사람은 대체 어디에서 코끼리를 구한 거예요?」

「남들이 데려오는 곳과 같은 데서.」 이게 영감이 한 대답이었다. 마치 그 말이 모든 것을 설명한다는 듯이. 「걱정 마. 저 동물들은 좋은 시간을 보내고 아주 잘 대접받으니까.」

「어떻게 알아요?」 내가 말했다.

우리가 지켜보는 동안 코끼리는 그의 코를 분수에 넣어 물을 머금고 그 야무져 보이는 남자와 개에게 뿜었고, 영감은 그 모습이 어떤 대답보다 낫다는 듯이 나를 쳐다보며 미소를 지었다. 그는 고개를 저으면서 기린들 쪽을 흘깃 돌아보며 말했다. 「애야, 세상을 설명하는 방법은 없단다. 네가 어떻게 여기에 왔는지도. 네가 너 자신을 어디에서 찾는지도. 또는 누가 너의 친구가 될지도. 네가 인간이 될지 아니면 짐승이 될지도.」 그 말을 끝으로 그는 트럭에서 내리면서 마루니라는 사람에게 손을 흔들고 말을 건네며 다가갔다. 그리고 나는 그가 아직도 그의 비틀린 손에 대해 얘기해 주지 않았다는 사실을 깨달았다.

우리는 또 한 시간을 더 갔다. 해가 질 무렵, 영감이 산기슭 근처에 미리 정해 둔 사막에서의 두 번째 모텔에 차를 세웠다. 이번 모텔은 아주 멋졌다. 말 그대로 정말 멋진 곳이었다. 모텔의 이름은 모호크로, 열 두 개의 회벽으로 마감한 〈카바나〉들이 야자수들로 둘러싸여 있었고 물과 토양을 모두 한꺼번에 옮겨다 놓은 것처럼 모두 푸르고 활기차 보였다. 그곳은 사람들로 가득했고 모든 방 앞에는 비싼 차들, 촌놈인 내가 보았던 어떤 차들보다 좋은 차들이 주차되어 있었는데, 사람들로 가득 찼음에도 그렇게 조용한 곳은 처음이었다. 어떻게 생각해야 할지 모를 만큼 낯선 분위기였다. 우리가 관리 사무실을 지나 차를 세우는 동안, 할리우드 영화에서 막 튀어나온 듯이 보이는 화려한 커플이 하늘색 컨버터블에서 나와, 우리를 완전히 무시하고 곧바로 그들의 분홍색 카바나로 사라졌다. 심지어 관리인조차 마치 매일 기린으로 가득 찬 트럭을 보는 사람처럼 우리를 보고도 전혀 놀라는 기색이 없었다. 어차피 나도 기린들을 누구와 공유할 마음이 없었기 때문에 전혀 신경 쓰지 않았다.

우리는 모텔의 가장 구석으로 가서 기린들을 먹이고 물을 주고 돌보는 통상적인 저녁 잔일들을 시작했다……. 마지막으로. 나는 자꾸만 이런 생각이 드는 것을 피할 수 없었다.

일을 끝마치자마자 영감은 오늘 밤이 끝나고 내일이 오기를 기다리며 일찍이 모텔 객실로 들어갔다. 그래서 나는 평소처럼 위쪽의 판자로 올라갔다. 걸의 입김이 뜨겁고 퀴퀴하게 불어왔다. 그리고 보이는 질질 침을 흘리며 힝힝거리는 것으로 나를 맞이했다. 아주 행복한 마음으로 보이의 침을 얼굴에서 닦아 내며 나는 마지막으로 보이와 걸과 하늘을 함께 만끽하기 위해 자리를 잡았다.

아주 따뜻한 밤이었다. 그래서 자정 무렵 기린들이 서서 잠을 청할 때, 나는 땅으로 내려가 환기가 더 잘 되도록 쪽문을 열었다. 보이의 발굽을 바라보자 나는 어느새 다시 쿠터가 있던 장소로 돌아갔고, 기린들의 객차에서 나오던 빨강 머리가 보였다. 다시 운송 상자 위로 올라간 다음에도 여전히 그녀의 모습이 눈앞에 그려졌다. 하지만 그건 쿠터가 있던 곳이 아니었다. 그것은 곰이 나타났던 밤이었다. 빨강 머리가 기린들에게 더 가까이 가기 위해, 영감의 경고를 알려 주었던 것도 무시하고, 기린들이 자신을 믿어 줄 거라고 믿으면서 보이의 객차 안으로 뛰어내렸던 그 밤 말이다.

내 눈앞에 나타난 빨강 머리의 모습과 함께 나는 천천히 그리고 슬그머니 보이의 상자로 내려가서 객차 사이에 있는 틈 바로 옆에, 두 기린들 사이에 섰다. 잠시 동안 나는 검역소에서 그랬던 것처럼 두 기린들의 웅장한 모습을 넋을 놓고 바라보았다. 그들의 커다란 옆구리에서는 이제 바다가 아니라 땅의 냄새가 났다. 나는 빨강 머리처럼 두 기린을 다 만질 수 있도록 두 팔을 뻗었다……. 내 손길이 닿자 두 축복

받은 기린들은 콧노래를 부르기 시작했다! 기린들은 검역소에서도 서로를 위한 콧노래를 불렀었고, 지금은 나에게 콧노래를 들려주고 있었다. 그 깊게 웅웅대는 소리는 너무 부드러웠으며, 그들의 가죽을 만지며 거기 서 있으니 가슴이 함께 진동하는 것을 느낄 수 있었고 그들의 웅웅거리는 아프리카의 노래는 어두운 밤 깊숙이, 그리고 내 몸 깊은 곳까지 울려 퍼졌다. 그 기억이 너무 선명하고 충만해서 지금도 내 늙은 가슴에 손을 대면 여전히 그때의 떨림을 느낄 수 있다. 기린들이 콧노래를 멈추었을 때, 그 소리가 여전히 내 몸 깊숙이 남아 있었음에도 나는 과연 그것이 정말 방금 일어났던 일인지 믿기지가 않았다. 나는 그 상태 그대로 기린들 사이에서 영원히 함께 있기를 바랐다. 그들의 길고 특별한 캘리포니아 여행에 입양된, 또 한 마리의 앙상하게 마른 기린처럼.

달빛 아래서 영감이 나와 교대해 주려고 나타났을 때, 나는 잠자는 기린들을 계속 지켜보고 싶어서 위로 올라갔다. 영감이 평소처럼 그런 나의 철없는 행동을 나무랄지도 모른다고 여기면서.

대신 그는 말했다. 「조금 전에 웅웅거리는 소리가 들리는 것 같던데.」

나는 기린들을 가리켰다.

「그것참 신기하네.」 그가 중얼거렸다.

그가 평소처럼 담배에 불을 붙이려고 발판에 앉는 동안 나는 땅으로 내려가 그의 앞에 섰다.

「계속 있고 싶어서 그러냐?」 그가 말했다.

나는 고개를 끄덕였다.

「그러면 그러든지. 알았다.」

나는 다시 위로 올라가 판자에 앉았다. 서서 자던 기린들은 내가 다시 자리를 잡고 앉는 것을 보려고 살짝 깨어났다. 기린들은 내가 거기 있는 것을 보더니 그 자리에 누웠다. 두 마리 모두……. 그들을 사자로부터 지켜주는 사람이 오직 나 하나뿐이었음에도.

나는 심장이 터질 것 같았다.

샌디에이고 유니언

1938년 10월 16일

기린들이 오늘 동물원으로 온다!

샌디에이고 — 10월 16일(특보). 샌디에이고 동물원의 어린 기린들이 오늘 정오쯤 샌디에이고로 온다. 어제 주임 사육사이자 기린 국토 횡단 호위를 맡은 라일리 존스 씨가 전보를 보내 이와 같은 좋은 소식과 도착 예정 시간을 알렸다고 벨 벤츨리 원장이 기쁨에 넘친 목소리로 밝혔다.

기린들이 탄 운송 상자의 위 덮개를 벗기게 될 것이다.

기린들의 유연한 목 끝에 달린 거대한 머리가 튀어나올 것이다.

그리고 우리의 멋진 도시 전역에서 환호성이 울려 퍼질 것이다.

도착일 전까지 항구 직원들은 항구의 대형 크레인을 동물원 공원으로 옮겨 놓고, 2주 전 샌디에이고로 향하기 위해 뉴욕시에서 출발한 3톤짜리 트럭으로부터 기린들과 상자들을 들어 올리는 데 이용할 예정이다…….

15
캘리포니아주로

우리는 또 해 뜨기 직전 달빛을 받으며 출발했다.

해가 얼굴을 살짝 내밀 무렵, 우리는 텔레그래프 패스라는 길을 거쳐 산에 도착했다. 동틀 녘에 아주 천천히 부드럽게 이동한 덕분에, 다행히도 기린들은 우리가 산을 넘은 것도 눈치채지 못했다.

산을 벗어나 우리는 곧바로 유마로 향했다. 그곳에는 영감이 캘리포니아주로 가기 위해 건너야 한다고 했던, 콜로라도강을 가로지르는 오션투오션 대교가 있었다. 그 대교가 처음 세워졌을 때는 이름이 명시하는 대로 자동차들이 바다에서 바다로 횡단할 수 있는 유일한 다리였다.

주변의 모습을 보니 최근에 홍수로 강이 범람한 것 같았다. 쓰레기들이 주변의 땅에 흩어져 있는 광경을 보자 등골이 살짝 서늘해졌다. 하지만 그것보다 더 몸서리치게 하는 광경이 있었다. 다리를 건너기 바로 전에 텐트들, 깡통 리지들, 모닥불들과 사람들로 가득한 또 다른 후버빌이 형성되어 있었기 때문이다. 나는 꾀죄죄한 아이들이 벌써부터 우리 트럭 옆으로 모여드는 바람에 기어가듯 천천히 운전해야 했다.

「오키 마을에 온 걸 환영한다.」 영감이 다리를 건너기 위한 대열에 들어섰을 때 말했다. 그는 캘리포니아주 경찰이 차량 진입을 통제하는 다리의 한가운데를 응시했다. 모델 T 트럭 한 대가 경찰에 의해 차를 돌려야 했다. 그 트럭은 제대로 묶지도 않고 쌓아 올린 물건들뿐 아니라, 대여섯 명의 아이들이 올라타고 있는 매트리스까지 잔뜩 싣고 있었다. 그 트럭이 우리를 지나칠 때 돌처럼 굳은 표정의 남편과 훌쩍거리는 부인의 모습이 차 안으로 보였다.

「무슨 일이에요?」 내가 물었다.

영감은 여전히 앞에서 벌어지는 일에 시선을 고정한 채 아무 대답도 하지 않았다. 우리와 순찰대원 사이에는 두 대의 차량밖에 없었기 때문이다. 뉴멕시코주에서 우리를 지나쳤던, 염소를 실은 구형 모델 T 트럭과, 모호크 모텔에서 본 화려한 커플을 태운 하늘색의 컨버터블이었다.

순찰대원 중 한 명이 염소가 있는 가족에게 앞으로 오라고 손짓하더니 그들에게 이런저런 질문을 던졌다.

「저 사람들이 뭘 물어보는지 아니?」 영감이 중얼거렸다. 「돈이 있냐? 직업이 있냐? 없다는 대답이 나오면 못 건너게 하는 거야. 그래서 사람들이 저걸 부랑자 차단망이라고 부른단다.」

나는 조금 전에 차를 돌려 다시 애리조나주 쪽 땅에 차를 세우고 있는 모델 T 트럭을 흘낏 뒤돌아보았다. 「그럼 저 사람들은 이제 갈 곳이 없으면 어떡해요?」

「바로 여기에서 지내겠지.」 그는 판자촌을 고갯짓으로 가리켰다. 「오키들의 약속의 땅이 이렇게 코앞에 있는데도 저 사람들은 여기에서 한 발자국도 더 못 가는 거야.」

모델 T 트럭의 발판 위에 바구니를 탄 염소를 바라보면서 캘리포니아주 순찰대원은 그것을 돈으로 여겼는지 손을 흔들어 통과시켰다.

그리고 멋진 컨버터블은 쳐다보지도 않고 통과시켰다.

우리 차례가 다가왔다. 나는 평소처럼 기린을 보고 인사라도 나누려면 당연히 트럭을 멈춰야 한다고 생각했다. 심지어 브레이크도 밟았다. 하지만 기린들에게 슬쩍 한번 눈길을 돌린 순찰대원은 그들에게서 돈을 보았던 것 같다. 미소도 짓지 않고 그는 우리에게 그냥 지나가라고 손짓했다.

기린들이 높이 목을 세우고 다리를 지나는 동안 염소 오키 가족과 할리우드 커플이 모두 다 기린들에게 손을 흔들었고, 우리는 다 함께 젖과 꿀의 땅으로 들어갔다.

그 이후, 모든 일이 일사천리로 빠르게 진행되었다.

우리는 운하와 초록빛 들판, 오렌지 숲, 일꾼들을 실어 나르는 트럭들을 보았다.

우리는 더 많은 후버빌들이 무질서하게 형성된 것을 보았다.

우리는 지쳐 보이는 농부의 얼굴들을 한 사람들을 보았다.

우리는 〈일 없는 사람들은 계속 가시오〉라고 적힌 간판을 보았다. 〈우리도 먹고살기 힘듭니다〉라는 간판이 〈근로자들이여 단결하자!〉라는 간판 옆에 나란히 있는 것을 보았다.

우리는 계속 나아갔다.

엘센트로라는 작은 마을을 지났다. 그리고 갑자기 마법처럼 사람들과 간판들과 마을들이 사라졌다. 그리고 우리는 사하라 사막만큼이나 높은 모래 언덕을 지나갔다. 모래는 마치 길 위에 뿌려진 설탕처럼 바람에 흩날렸다. 모래 언덕을 지나치는데 영감이 포장도로 옆 철로 침목으로 만든, 썩고 뒤틀린 채 버려진 〈판자 도로〉를 가리켰다. 「저 길로 안 가는 걸 다행으로 생각해라.」 그가 말했다. 「저게 한때는 이 사막을 지나가는 유일한 길이었거든.」

우리는 계속 나아갔다.

얼마간 우리 왼편에는 침을 뱉으면 닿을 거리에 멕시코가 있었다. 정확히 말하면, 영감이 그렇게 설명했다. 하지만 나는 고속 도로 외에는 도통 어디가 어디인지 차이를 구별할 수 없었다. 그러다 갑자기 도로가 북쪽으로 꺾이면서 또 빌어먹을 산으로 다시 향했다. 나는 산에 대한 언급을 전혀 하지 않은 영감이 야속해서 고개를 홱 돌려 쳐다보았다.

「별문제 없어.」 그가 장담하듯 말했다. 「지그재그 커브하고 추월 차선만 몇 번 지나면 끝나.」

그때 표지판이 쓱 하고 앞에 나타났다.

전방 위험. 가파르고 좁은 오르막.

「조금 가파르고,」 영감이 덧붙였다. 「좁기는 하지만.」

도로가 일방향의 1차선 도로로 갈라지자 그는 등을 기대고 차분하게 있었다. 「넌 어떻게 하는지 알고 우리 애들도 마찬가지고. 이것만 지나면 집이다, 얘야.」

그래서 우리는 산을 오르기 시작했다. 트럭을 최선을 다해 몰면서 나는 기린들과 함께 커브를 돌 때마다 〈엔진 과열〉 구역들을 잘 주시하면서 위로, 위로, 위로 올라갔다……. 그리고 아래로, 아래로, 아래로 총알처럼 속력이 붙는 내리막을, 제한 속도를 넘기지 않으려 브레이크를 거의 선 채로 밟으며 내려갔다. 둘로 나뉘었던 도로가 다시 합쳐지는 산기슭 부근의 휴게소를 쏜살같이 지나친 다음에야 뒤틀렸던 위장이 가라앉았고, 기린의 주둥이는 바람과 함께 뒤로 구부러졌다.

순식간에 우리는 샌디에이고에 완전히 들어선 듯했고 예상대로 경찰의 호위가 이어졌다. 열 대도 넘는 오토바이 경찰과 시 순찰차가 시 경계 주변에 흩어져서 기다렸다. 우리를 발견하자 오토바이를 탄 경찰들은 트럭 주위를 한 바퀴 돌더니 사이렌을 켜고 우리에게 따라오라고 손을 흔들었다.

내가 그 모든 광경을 눈에 다 담기도 전에 드디어 바다가 첫 모습이 드러냈고, 길은 곧장 우리를 그 도시의 만(灣)으로 이끌었다.

우리는 마침내 해냈다. 바다에서 바다로.

보이는 곳마다, 해안 경비대 쾌속정들과 유조선들, 해군 함선들이 만의 입구에 있는 크고 아름다운 언덕을 배경으로 그림엽서처럼 왔다 갔다 했다. 나는 그렇게 빛나는 곳을 본 적이 없었다. 항구의 쥐 떼와 허리케인 대신에 펠리컨과 태양과 부두가 있는 그곳은, 커즈가 봤다면 몸이 근질거렸을 정도로 반짝거렸다. 두 기린은 바다를 킁킁거리기 위해 주둥이를 내밀었다.

그리고 우리는 계속 나아갔다.

앞선 오토바이 경찰이 공중에서 손으로 작은 원을 그리더니 우리를 번화한 기차역 옆에서 급선회하도록 유도했다. 스페인 스타일의 동글동글한 소용돌이 문양으로 뒤덮인 높은 역사 앞에는 온갖 종류의 멋진 차량들이 주차되어 있었고, 그중에서도 빛나는 크림색과 파란색의 할리 오토바이가 눈에 띄었다.

역사 밖에 있는 커다란 안내판을 통해 도로에서도 기차의 도착 및 출발 시간표를 읽을 수 있었는데, 다음 출발 예정 기차는 다음과 같았다. 샌디에이고와 애리조나주 철도, 정시에 도착 예정 — 목적지 : 동부의 모든 지역과 연결되는 엘센트로, 유마, 피닉스역.

나는 게시판을 읽기 위해 트럭의 속도를 늦추었다. 그리고 트럭이 지나칠 때 마지막으로 다시 한번 오래 쳐다보고는 시선을 돌렸다. 영감이 그런 나의 행동을 눈치챈 듯했다.

「애야, 그 여자는 괜찮을 거다. 잘은 몰라도 자기 자신이든 남편이든 잘 다룰 줄 아는 것 같으니.」

앞서 가던 경찰이 발보아 공원을 가리키는 표지판을 지나쳤다. 그들을 따라가던 우리는 순식간에 아치형 통로를 통해 곧게 뻗은 높고 가느다란 다리를 건너, 마치 동화 속의 조약돌 광장처럼 보이는 곳으로 인도되었다. 그곳에서는 또 다른 표지판이 샌디에이고 동물원으로 가는 길을 가리키며 기다렸다.

영감은 흥분해서 가만히 앉아 있지 못했다. 그는 내가 본 어떤 때보다 기분이 좋아 보였고 사람들을 맞이하기 위해 페도라를 매만졌다. 「넌 이제 네 일생일대의 장관을 보게 될 거야!」 그는 소리쳤다. 「오늘 아침 출발할 때 원장님에게 전화를 했어. 통화가 끝나자마자 원장님은 신문사에도 연락하고 경찰에도 연락해서 들볶았을 거다. 대단한 광경이 펼쳐질 거야. 정말 볼만할 거다.」 그가 앞쪽을 가리켰다. 「저 앞에 있는 커브를 돌면 기자들과 사진 찍는 사람들이 모두 기다리고 있을 거야. 소문이 퍼졌다면 아마 마을 사람들의 반은 나와 있겠지. 원장님은 이미 부두에서 크레인도 가져다 놓았어. 크레인을 이용해서 애들의 객차를 앞으로 지내게 될 큰 새집으로 옮긴 다음 열어 줄 거란다. 그럼 내일은 나머지 마을 사람들도 다 나타나겠지. 심지어 대대적인 환영식도 준비되어 있어. 모두 우리 애들을 위한 거야. 우리는 이제 집에 온 거다. 정말로! 너도 맘껏 즐겨라.」

커브를 돌자 그 모든 것들이 나를 기다리고 있었다. 한 번도 본 적이 없는 북새통이었다. 우리가 가는 길 양쪽에는 다양한 외모와 몸집의 사람들이 화려한 빨간 밧줄로 된 저지선 밖에 몰려 있었다. 군중이 포효하자 정문이 열렸다. 나는 고급 할머니 구두를 신고, 교사처럼 올림 머리를 하고, 교회에 갈 때 입을 만한 드레스를 입은 통통한 여성이 우리를 맞이하러 팔을 벌리며 나오는 것을 보았다. 사진 기자들이 카메라를 들이대고 플래시 전구가 터지기 시작하는 것도 보였다. 높이 떠 있는 항구의 크레인 아래에는 작업복을 입은 인부들이 기다렸다. 최종 목적지로 미끄러져 가며 마지막으로 한 번 더 기린들에게 시선을 돌리던 나는 깨달았다. 불과 얼마 전까지도 나는, 정반대쪽 해안에서 작업복을 입은 인부들이 두 마리의 기린을 목적지까지 어떻게 데려가야 할지 궁리하는 모습을 바라보던 소년이었다는 사실을. 그리고 어떻게든 그 여정에 따라붙을 수 있게 된 운이 좋은 소년이 되었다는 사실을 말이다.

영감은 벌써부터 차 손잡이를 잡고 있었다. 그 자리에 앉아, 다시는 함께하지 못할 그 마지막 순간에 샌디에이고와 애리조나주 철도 열차가 경적을 울리면서 기차역으로 들어오는 소리를 들으며 나는 한 가지 더 해야 할 일이 남았음을 깨달았다.「아저씨, 전 가야 할 것 같아요.」

도착하는 기차가 경적을 다시 울리자 영감이 고개를 홱 돌리고는 기차를 흘깃대는 나를 쳐다보았다. 내 말을 듣고 그는 콧김을 내뿜으며 말했다.「그래 좋다. 네가 지금 이런 생각을 하는 게 이성적인 건 아니지만 그래도 내가 지금 당장 원장님에게 해야 할 설명을 줄여 줄 수는 있겠지.」그는 지갑에서 돈을 꺼내 내 셔츠 주머니에 쑤셔 넣었다.「그 정도면 어느 목적지든 갔다 오는 왕복 기차표는 살 수 있을 거야. 알겠니?」그리고 그는 손을 내밀었다.「기린들은 네가 다시 돌아올 때까지 감사 인사를 좀 미뤄 둬도 별문제 없겠지. 하지만 네가 남자답게 일을 잘해 냈으니 적어도 나한테서는 남자다운 감사 인사를 받아야 한다고 생각한다. 그것도 지금 당장. 자, 나와 악수 한번 하자, 아들아.」

나는 그의 손을 맞잡았다.

그리고 그는 운전석 문을 확 열고 나를 내보냈다. 그것은 그가 기꺼이 내게 건넬 수 있는 종류의 작별 인사이자 나로서도 유일하게 받아들일 수 있는 인사였다. 어차피 하루 뒤에 다시 돌아올 테니까. 그건 작별 인사가 아니었다. 내가 기린들을 슬쩍 올려다보았을 때 그들이 머리를 내 쪽으로 돌리는 것을 보자 심장이 발밑으로 쿵 떨어지는 것 같았다. 〈내일 돌아오면 또 볼 텐데, 뭐.〉 나는 이렇게 생각하고 전력을 다해 기차역으로 뛰어갔다. 나는 피닉스역으로 가서 빨강 머리가 떠나기 전에 그녀를 만나야겠다는 생각 말고는 무엇도 떠오르지 않았다. 어쩌면 그녀를 만나면, 성인 남자들이 할 말이나 행동이 생각날지도 모를 일이었다. 어쩌면 다만 그녀가 곤경이 빠지지 않았다는 것, 좋은 사람이라는 라이어널 에이브러햄 로가 그녀에게 돈을 부쳤다는 사실만이라도 확인하고 싶었던 건지도 모른다. 아니면, 모든 여정 끝에 기린들의 안전을 확인한 이상, 빨강 머리의 마지막까지 확인하기 전에는 안심할 수 없었던 건지도 모른다. 나는 뭘 해야 할지 알 수가 없었다. 언제나 그랬듯이, 그렇게 뭘 해야 할지 모를 때, 나는 달리는 것 같았다.

하지만 내가 기차역에 가까워지면서 나는 차장이 〈모두 승차!〉 하고 소리치는 것을 들었다. 나는 마지막 승객이 기차에 오르고 기차가 움직이기 시작하는 것을 보았다. 너무 오래 망설였던 것이다. 기차는 이미 역을 빠져나갔고 나는 여전히 기차역에서 한 블록이나 떨어져 있었다. 차들과 동상들과 벤치들과 울타리들을 피하면서 나는 철로로 내려가 기차를 따라 달렸다. 나는 달리면서 걸려 넘어지지 않기 위해 성큼성큼 높이 뛰었고 심장이 너무 뛴 나머지, 기차가 빨라지자 공기를 헉헉 들이켜야 했다. 여전히 입술에 빨강 머리의 키스를 느끼며 나는 이미 달리는 열차의 화물칸에 뛰

어올랐던 경험이 있었음을 계속 상기시켰다. 〈나는 할 수 있다. 나는 따라잡을 수 있다. 나는…….〉

하지만 따라잡지 못했다.

그렇게 작은 일에 인생의 방향이 통째로 바뀐다.

철로에 흩뿌려진 석탄재 위에서 나는 비틀거리면서 멈춰 섰고, 너무 어지러운 나머지 몸을 굽히고 머리를 깊이 숙여 숨을 돌려야 했다. 위를 올려다보았을 때 보이는 것은 떠나는 기차 꽁무니의 승무원실뿐이었다. 어떤 빨간색보다 빨간, 아주 새것의 승무원실……. 그때 갑자기 사라졌다고 여겼던 죽기 아니면 살기의 오기가 다시 포효하며 돌아왔다. 떠돌이 고아 소년의 옛 습성이 되살아나면서 나는 아까 봤던 크림색과 파란색의 할리가 아직도 근처에 주차되어 것을 발견했다. 그리고 어느새 나는 그것을 훔쳐 타고 달리고 있었다.

몇 킬로미터를 달리면서 머리가 점점 맑아졌고 나는 계속 세워야 한다, 돌아가야 한다, 옛날에나 하던 이런 어리석은 짓은 그만두어야 한다고 스스로에게 말했다. 하지만 나는 나 자신의 말을 듣지 않았고 일단 기차를 잡은 다음에 다시는 이런 짓을 하지 말자고 타협했다.

산을 통과하기 전까지 도로와 철로가 함께 이어지는 동안은 계속 기차를 따라 달렸다. 기차가 눈앞에서 사라진 다음에는 엘센트로역에서 기차를 따라잡기를 바라면서 산세를 따라 구불구불한 고속 도로를 계속 전속력으로 달렸다.

하지만 간발의 차이로 또 놓치고 말았다.

그래서 나는 계속 달렸다. 유마까지.

기차역을 찾으려고 유마를 가로지르며 오션투오션 대교

의 반대편에 도착했으나, 이미 도착하는 기차의 기적 소리가 잔인하게 허공에 가득 울려 퍼졌고, 나는 그곳에서 붙잡히고 말았다.

애리조나주의 보안관에게 나는 흔하디흔한 거짓말쟁이, 반짝반짝 빛나는 새 오토바이와는 전혀 무관한, 사람들로부터 온갖 종류의 것을 훔치러 가는 길에 그저 오토바이까지 하나 더 훔친 오키 고아에 불과했다. 몇 주 전만 해도 그게 사실이 아니라고 누가 말할 수 있었겠는가? 나는 그에게 오토바이를 훔친 이유를 털어놓았지만, 그건 심지어 내 귀에도 거짓말같이 들렸다. 그는 기차, 기린, 고속 도로에 관한 어떤 이야기도 믿지 않았다. 심지어 다리 위의 캘리포니아 경찰에게 가서 물어보라고 간청을 했는데도 말이다. 〈넌 날 바보로 아는 거냐?〉라며 보안관은 으르렁거리듯 말했다. 나와 같은 남자애들을 셀 수도 없이 봐왔던 그는 자신의 생각을 확실히 전달하기 위해 그의 매부리코가 내 코에 거의 닿을 만큼 가까이 얼굴을 들이댔다.

바로 그런 순간에, 커즈의 보트 창고에 있을 당시의 나였다면 영감이나 심지어 벨 벤츨리 원장에게까지 전화하라고 고함을 쳤을 것이다. 하지만 대서양과 태평양 사이를 거치며 기린의 친구가 된 나는 그렇게 할 수가 없었다. 아마 그 모든 일을 함께 겪은 후에도 내가 그렇게 철없는 도둑질을 저질렀다는 사실을 영감이 알게 되는 것은 참을 수 없었기 때문일 것이다. 그리고 어쩌면 나는 아무것도 바뀌지 않을 것이라는 것을 이미 알았기 때문인지도 모른다. 그 보안관은 영감이 직접 기린들을 데리고 나타나도 나를 봐주지 않을지도 모른다는 것을 말이다. 보안관은 영감이나 벨 벤츨리 원장을 알지 못했다. 이곳은 캘리포니아주가 아니었으니까. 이곳은 유마, 오키 마을, 정확히 말하면 나 같은 소년들 수백 명의 집이었으니까. 그리고 나는 오토바이를 훔쳤으니까. 결론은 뻔했다.

그때는 1938년, 히틀러가 유럽 전역을 짓밟기 시작한 때였고, 나는 그때 나와 같은 도둑질하는 고아 소년들이 감옥에 가지 않기 위해 한 것과 같은 선택을 했다. 그것은 군대에 가는 것이었다.

「군대가 널 진짜 남자로 만들어 줄 거야.」 경찰이 내 선택을 대신해 주면서 말했다.

빨강 머리가 기차에 무사히 탔는지를 알게 되기까지는 7년이라는 세월과 전쟁 하나를 겪은 후였다. 그리고 샌디에이고로 돌아가게 된 것은 그보다 더 오랜 시간이 흐른 뒤였다.

샌디에이고 선

1938년 10월 17일

새로운 주민, 기린들의 도착

샌디에이고 동물원 — 10월 17일(특보). 동물학 역사상 가장 힘든 도전 중 하나였던 기린들의 위대한 여행은 어제 샌디에이고 동물원의 관리자인 라일리 존스가 남부 캘리포니아주에서 처음으로 맞는 기린들을 뉴욕주로부터 그들의 새 보금자리까지 5,150킬로미터를 여행하여 데려다줌으로써 안전하게, 성공적으로 끝났다.

여행 객차 안에 있던 목이 긴 짐승들은 항만 대형 크레인에 의해 트럭에서 인양되었다. 키가 큰 이웃을 위해 마련된 5.5미터 높이의 문을 단 새 보금자리로 그들을 유인하기 위해 두 시간에 걸친 작업이 진행되었다. 아카시아잎, 알팔파, 그리고 온갖 초식 진수성찬이 다 실패한 후, 결국은 양파로 목적을 달성했다.

「양파에는,」 존스가 말했다. 「특별한 힘이 있죠.」

오늘 기념식에서 벨 벤츨리는 샌디에이고의 아이들이 공모전에 낸 이름 중 〈로프티〉와 〈패치스〉[43]

43 〈Lofty〉는 꺽다리, 〈Patches〉는 점박이라는 뜻이다.

라는 이름을 채택해 선사했고, 주임 사육사인 존스 씨가 그들의 높디높은 이마를 발보아 공원에서 가져온 블랙아카시아 가지로 쓸어 주자 기린들은 그것을 받아먹었다. 남부 캘리포니아주 전역에서 이국적인 생물을 보러 몰려든 시민들은 기린들을 처음 보자마자 그들의 고요한 우아함과 천상의 아름다움에 매료되었다…….

16
집으로

내가 군 복무를 마치고 제대할 준비가 되었을 즈음 일본군이 진주만을 폭격했고, 나는 모든 신체 건강한 미국 남자들과 함께 곧바로 다시 전쟁에 투입되었다.

미국으로 다시 돌아오기 직전 나는 스물다섯이었다.

나는 전쟁터에서 직접 전투에 참가해 영웅이 되어 돌아왔다고, 보안관이 말했던 것처럼 전쟁은 나를 진짜 남자로 만들었다고 말하고 싶다. 하지만 전쟁터란 사람이 성장하기에는 너무 잔인한 곳이다. 나는 유럽에서 병참 장교단의 일원이었다. 그중에서도 사망자들과 관련된 업무를 맡았다. 우리는 전투 후에 시체를 수거하고 무덤을 파는 일을 했다. 군대에서는 그 일이 내 〈적성〉에 맞다고 했는데 그게 무슨 뜻인지는 아직 모르겠다. 다만 내가 아는 것은 어떤 장교에게 내가 이미 죽음을 볼 만큼 봤다고 말했더니, 그가 〈죽음을 볼 만큼 봤다고? 허〉라고 말한 후 갑자기 그게 내 적성이 되어 버렸다는 것이다. 그렇게 갑자기 나는 그쪽에 〈적성〉이 맞는 사람이 되었고 금세 그전에 겪은 것보다 더 많은 죽음을 경험하게 되었다. 그 일에는 보람은 없고 의무만이 있었다. 그리고 그 일은 차라리 내 눈이 팬핸들의 먼지로 다시 뒤덮이기를 바라게 했다. 나는 보지도 않고 느끼지도 않는 법을 배울 때까지, 그 끔찍한 죽음의 하루를 지내고 그 이튿날 죽은 자의 무덤을 파면서도 아무 생각 하지 않을 수 있는 법을 배울 때까지, 계속 그렇게 소망했다.

그런 것들은 무언가에 의지하고, 그것에 매달려 버티지 않는 한 전쟁 이전의 삶에 대한 기억을 박살 내버린다. 군인들은 대부분 연인이나 가족과 함께 버텼고 답장을 보내 주는 이들에게 편지를 썼다. 하지만 고아에게 붙잡고 의지할 것이 뭐가 있었겠는가? 그래서 죽은 자들과 함께하는 날들이 쌓이고 쌓여 몇 년이 될 때까지 나는 나 자신이 사라져 가는 것을 그냥 내버려두었다.

전쟁이 끝나고 나는 바다를 건너 수송선을 타고 미국으로 돌아왔고 여전히 전쟁의 기억을 짊어진 채로 뉴욕항으로 향했다. 그러나 폭풍우를 헤치고 나아가면서 나는 다시 무언가를 느끼기 시작했다. 그것은 기린이었다. 배가 요동치고 흔들리는 가운데 나는 내가 보이와 걸이 건넜던 바다를 똑같이 건너고 있다는 사실을 깨달았다. 나는 눈을 감았다. 나는 더 이상 1945년 군함의 선창에 틀어박혀 있지 않았고 1938년 그레이트 허리케인이 닥쳤을 때 미국으로 향하던 기린 수송선의 갑판 위에 있었다. 다른 병사들은 집과 가족 생각에 잠을 이루지 못했다. 나는 허리케인 기린 생각에 잠을 잘 수가 없었다. 그러면서 내가 그동안 무언가에 의지해 왔음을 비로소 깨달았다. 폭풍 속의 파도를 타면서 나는 다시 한번 〈하느님의 순수한 에덴의 우뚝 솟은 피조물〉 두 마리를 싣고 국토를 횡단했다. 나는 거울에 비친 패커드를 보았고 걸이 영감을 걷어차는 소리를 들었다. 나는 기울어진 트럭에 있었고, 모세 가족을 만났고, 배불뚝이 부자의 속셈을 살피고, 기린들을 훔치려는 놈들을 쏘았다. 나는 돌발 홍수에 맞서고, 사막의 쿠터와 몸싸움을 하고, 우리를 구하는 보이를 보고, 빨강 머리의 입술이 내 입술에 닿는 것을 느꼈다. 영감이 코끼리와 개를 데리고 다니던 남자에 대한 얘기를 하는 소리가, 세상은 설명할 길이 없으며 세상 어디에서 자신을 발견할지 결국 누가 나의 진정한 친구가 될지는 알 수 없다는 말을 하는 소리가 들렸다. 그러면서 나는 내 친구들이 누구였는지 기억나기 시작했다.

나는 파도에 흔들리고 기우는 수송선에 앉아, 부두에 도착하면 무엇을 할지를 결정했다.

그들을 찾기로 했다.

그녀를 찾기로 했다.

그리고 너를 찾기로 했다.

나는 라이어널 에이브러햄 로를 수소문해서 뉴저지에 있는 초록 잔디밭이 있는 그의 작은 집으로 찾아갔다. 그가 문을 열었을 때, 내 군복을 바라보는 그의 눈빛으로 미루어 나는 그가 대단찮은 결격 사유로 인해 군대에 못 갔을 거라는 확신이 들었다.

그래서 나는 재빨리 내가 찾아온 용건을 말했다. 「빨강 머리를 찾는데요.」

그의 표정이 굳어졌다. 「누구요?」

「오거스타요, 선생님…… 부인이요.」

뒤쪽에 있는 문을 살짝 닫고 그는 나를 찬찬히 훑어보았다.「오거스타는 몇 년 전에 죽었어요. 그걸 물어보는 댁은 누구시죠?」

나는 한 대 얻어맞은 것처럼 뒤로 비틀거렸다. 그 순간 모든 세월과 무덤이 내 얼굴에서 벗겨지고, 그에게 나는 다시 옛날의 열일곱 살 소년처럼 보였음에 틀림없다. 그가 나를 알아봤기 때문이다. 그의 눈이 휘둥그레지면서 표정이 험악하게 변했고, 얼굴이 붉어지면서 주먹이 날아왔다.

나는 그가 때리는 대로 맞고만 있었다.

나는 그 타격으로 비틀거리며 또 한 걸음 뒤로 물러났고 코에서 피가 터져 나오는데도 그대로 서 있었다. 그는 내가 그의 집 앞 계단에 피를 흘리다가 주저앉을 때까지 나를 뚫어지게 쳐다보았다. 그러고는 내게 수건을 건네고는 내 옆에 천천히 앉았다.

수건을 대고 피가 멈추기를 기다리며 우리 둘은 잠시 그곳에 등을 구부린 채 앉아 있었다.

「어떻게 죽었나요?」내가 중얼거렸다.

「물론 심장 때문이었지.」그가 대답했다.「자다가 그랬어. 우리 딸이 태어나고 약 1년쯤 후에……. 우리가 만난 것도 그 때문이었지.」

「네?」

「우린 그녀의 심장 때문에 만났어.」그가 먼 곳의 어딘가를 응시하며 말했다.「오거스타가 길가에서 숨을 못 쉬고 가슴을 움켜쥐고 있는 것을 발견했어. 내가 병원에 데려다주겠다고 말했지. 그녀는 돈이 없었지만 내가 대신 병원비를 내주겠다고 해도 싫다고 했어. 그래서 나는 무료 병원에 데려다준 다음 기다렸어. 그 헉헉거림은 병원에서 무슨 주사를 놔주기 전까지 멈추지 않았어.」 그가 잠시 말을 멈추었다. 「오거스타는 사실 돈이 많은 집 딸이었어. 그녀의 아버지는 그녀가 열두 살이었던 1929년 경제 위기 때, 월 스트리트의 빌딩 창문에서 투신한 사람들 중 한 명이었어. 몇 년간 그녀와 그녀의 어머니는 친척 집들을 전전했지만, 주로 둘이서 근근이 먹고살다가 결국 그녀의 어머니가 정신을 놓고 길거리를 배회하게 된 거지. 오거스타는 어머니를 찾으러 돌아다녔고. 나는 그런 월 스트리트 투신자들의 가족을 취재하면 기삿거리가 나올지도 모른다고 생각했고 그녀가 어머니를 찾는 과정을 보려고 며칠간 같이 찾아다녔지. 그때는 그런 일들이 드물지 않았어. 사람들이 사라지고 다시는 소식을 듣지 못하는 일들이 말이야. 하지만 우리는 오거스타의 어머니를 결국 찾았어. 너무 늦은 다음이었지만. 그때쯤 나는 이미 기사 같은 건 다 잊어버린 상태였고 오기는 갈 데가 없었어.」

그때 현관문이 끼익하고 열렸다.

너가 거기 서 있었다. 그의 얼굴과, 오거스타의 빨간 머리를 가진.

「안에 들어가 있으렴, 우리 아가.」 그가 말했다. 「어서.」 그는 분노가 아닌 걱정의 눈빛으로 나를 바라보았다. 「내 딸은 이걸 몰랐으면 좋겠어. 재는 이제 고작 여섯 살이니까.」 그가 조용히 속삭였다. 「재는 엄마의 거침없던 성격에 대해서도 전혀 몰라……. 하고많은 것들 중에서 기린을 따라다녔다는 것도……. 그것도 혼자서. 그리고 너와 그 사육사가 그렇게 하도록 방관했어! 그녀는 여자였다고! 세상에! 그것도 심장병이 있는! 그녀는 길에서 혼자 죽을 수도 있었어. 그녀는 너무 많은 걸 바랐어……. 그녀는 언제나 너무 많은 걸 요구했다고!」

그 말과 함께 그는 씩씩대며 일어섰다. 하지만 나는 알고 싶은 것이 아직 남아 있었다. 매거진에 빨강 머리의 사진이 실렸을까? 그녀는 아프리카를 가보았을까? 그녀는 원하는 대로 날개를 활짝 폈을까?

내가 묻기 전에 문이 다시 열렸다.

「라이어널? 누구예요?」 거기에는 예쁜 갈색 머리에 무늬 있는 원피스를 입은, 라벤더 향을 풍기는 여성이 아기를 안고 서 있었다.

나는 벌떡 일어섰다.

「그냥 예전에 여기 살던 사람을 찾는 군인인가 봐.」 그가 말했다.

「피가 나네요.」 그녀가 말했다.

「그래, 여보.」 그가 나 대신 대답했다. 「갑자기 코피가 나더군. 하지만 해결했어. 그렇죠, 청년? 내가 벌써 수건을 갖다줬거든. 걱정 안 해도 돼. 이제 다시 길을 떠나야 한대.」

「어머 그러시군요. 하느님의 은총이 함께하시기를 빕니다. 오기 앤, 이분이 우리를 위해 전쟁에서 싸워 이겨 주셨단다.」

오기.

너는 가까이 다가왔고 나는 너의 웃는 얼굴을 볼 수 있었다.

라이어널은 가족들을 집 안으로 들여보내면서 내 쪽을 향해 큰 소리로 말했다. 「도움이 못 되어 줘서 미안합니다, 청년.」 그리고 라이어널 에이브러햄 로가 문을 닫을 때 그의 눈은 알려 주었다. 빨강 머리를 사랑했다는 것을. 그 순간까지도 그 사실을 확신하지 못했던 나는 그 사실을 깨닫고 너를 위해 참 다행이라고 생각했다.

나는 도서관을 찾아 『라이프』 매거진의 과월호들을 다 찾아보았다. 우리 없이도 어떻게든 오거스타가 꿈을 이루었기를 바라면서. 물론 오거스타의 흔적은 없었다. 오거스타가 사랑했던 마거릿 버크화이트라는 사진작가는 세상 여러 곳의 전쟁 사진을 찍었고, 잡지의 모든 곳에서 그녀의 사진을 볼 수 있었다. 하지만 오거스타는 없었다.

몸은 안전하지만 마음은 어지러운 상태로 그 도서관에 앉아 있는 동안, 마치 아직도 내 앞에 있는 것처럼, 빨강 머리의 마지막 말이 들려왔다. 〈우린 정말 대단한 모험을 했어. 그렇지, 우디 니켈?〉

「맞아,」 나는 큰 소리로 대답했다. 「맞아, 정말 그랬어.」

나는 다시 달려가 너에게 말하고 싶었다. 너의 엄마는 정말 대단한 모험을 했다고. 비록 그 모험이 네 엄마의 심장을 강하게 만들진 못했지만 얼마 동안은 그녀의 마음을 행복하게 했다고. 그러는 동안 내내, 그녀는 진짜 아프리카를 보았다고 — 트럭의 뒤 칸에서, 기린의 눈 속에서, 서쪽으로 가는 여정에서. 그리고 그녀가 할 수 있는 한에서 최대한 대담하고 용감했다고. 그것을 네게 정말 알려 주고 싶었다. 전쟁은, 다른 건 몰라도 나를 떳떳한 사람으로 만들었다. 너를 가만히 내버려두라고 부탁받았기 때문에 나는 그렇게 했다. 너는 그들의 딸이니까, 내가 빨강 머리를 생각하는 마음이 아무리 깊어도 나는 끼어들 자격이 없으니까. 사실은 아직도 네 엄마가 나에게 어떤 존재였는지 확신할 수가 없다. 아무리 생각해도 그 감정이 뭐였는지 확실하지 않다. 비록 지금 글을 쓰는 이 순간에도 마음속 깊이 오거스타가 내 인생의 사랑이라고 느끼지만, 그렇게 말할 수 있을 만큼 그녀를 오래 안 것은 아니니까. 하지만 오랜 삶을 누리며 여러 다른 인생을 살아 봤던 사람으로서, 나는 그녀가 내 첫 번째 인생의 사랑이었다고 말할 수 있다. 그것만은 확신을 갖고 말할 수 있다.

그날 나는 도서관에서, 부러진 코뼈보다 더 많은 것을 치유한 뒤, 기린을 만나러 국토를 횡단해서 샌디에이고로 갔다. 그리고 오래전 멀리서 바라봤던, 그날 이후 전혀 변하지 않은 동물원 입구에 들어섰다. 잠시 주변을 배회하다가 한쪽 구석을 돌았을 때, 그곳에 기린들이 있었다. 기린들의 이름은 〈로프티〉와 〈패치스〉라고 안내문에 적혀 있었다. 하지만, 분명히 그들은 완전히 자란, 건강하고, 그보다 더 우뚝할 수 없는 보이와 걸이었다. 이제 보이는 걸보다 훨씬 크고 늠름하게 왕자처럼 자라 있었다. 나는 그들의 모습을 눈에 담기 위해 벤치에 앉았다. 그러자 그들의 뒤에서 새끼 기린이 날렵하게 걸어 나왔다. 울타리에 붙어 있는 설명을 보니 그 새끼 기린의 이름은 1944년 6월 6일 연합군이 노르망디에

상륙한 날 태어났다고 해서 〈디데이〉라고 붙여졌다고 적혀 있었다. 정말 놀랍지 않은가? 그리고 그 새끼 기린은 이미 나보다 훨씬 크게 자라 있었다.

나는 일주일간 자주 동물원에 찾아가 그 벤치에서 많은 시간을 보냈다. 기린들이 나를 기억할 거라는 기대는 안 했지만 그래도 기회를 주고 싶었다. 이틀 동안 그들은 군중 속의 나를 알아채지 못했다. 셋째 날 사육사가 주변에 없을 때 나는 기린들이 어떻게 하는지 보려고 양파 몇 개를 슬쩍 울타리 안으로 내밀었다. 걸이 먼저 느긋하게 걸어왔다. 다리에 흉터는 남아 있었지만 문제없이 아주 멋지게 걸었다. 걸은 목을 굽혀 검역소에서 만난 첫날 밤 그랬던 것처럼 나를 머리에서 발끝까지 킁킁거린 후 내 손에서 혀로 양파를 가져가고는 목구멍 아래로 넘겼다. 보이가 침 세례를 퍼부으며 우리 쪽으로 다가왔을 때 분명 기린들은 나를 알아본 것 같았다.

물론 나는 라일리 존스도 만날 계획이었다. 기린과 함께 그를 만나 그가 기린을 달래는 소리를 다시 들어 보고 싶었다. 그에게 가까이 다가가 이렇게 말할 생각이었다. 「드디어 만났네요, 영감님.」 하지만 매일 기린을 돌보러 나오는 것은 영감보다 젊지만 비슷하게 주름진 얼굴의 다른 사육사였다. 우리가 마주칠 때마다, 그가 나에게 목례하면 나도 목례하는 것으로 답하곤 했다. 그러던 어느 날, 그가 내가 양파를 기린들에게 주는 것을 발견했다.

「어이, 거기, 군인 청년!」

어떤 오래 묵은 습성이 나로 하여금 도망치고 싶게 했다.

대신 나는 차려 자세를 취했다. 「네, 선생님.」

나를 위아래로 훑어보던 그의 시선이 내 목에 있는 반점에 머물렀다.

「이름이 뭐요?」

나는 멈칫했다. 「그렇게 물어보시는 분은요?」

「혹시 우디 니켈 씨인가?」

「어떻게 아셨……?」

그는 양쪽 귀에 입꼬리가 걸리도록 활짝 웃었다. 「라일리가 조만간 당신이 찾아올 거라고 했어요. 나와 함께 갑시다.」 그의 이름은 사이러스라고 했다. 사이러스 배저. 우리가 걸어가는 동안 그는 내 어깨에 손을 얹고 슬픈 소식을 전해 주었다. 영감 역시 그해 얼마 전 세상을 떠났다는 소식이었다. 내가 오기 한 달 전에.

「메이블, 이 사람이 라일리가 말한 그 소년이라네.」 사이러스는 급여 담당자의 사무실로 들어가면서 선언하듯 말했다. 「이 사람이 그 유명한 우드로 윌슨 니켈이야.」

나도 모르는 사이 나는 내가 운전했던 것에 대한 체불 임금 수표를 건네받았다.

「아, 맞다.」 그녀가 자신의 책상을 뒤지며 말했다. 「라일리 씨가 당신한테 뭔가를 남겼어요.」 그 여성은 웃으면서 나에게 나무로 된 동전이 가득 들어 있는 자루를 건넸다. 「사실은 당신에게 이 나무 동전 자루를 먼저 주면서 그것이 운전해 준 값이라고 말하기로 했었는데. 난 차마 그렇게는 못 하겠네요.」 그녀는 내가 어색하게 그 자루를 받을 때까지 계속 들고 서 있었다. 「자세히 들여다보세요, 니켈 씨. 라일리 씨가 주는 선물이에요.」 그녀는 나에게 나무 동전 하나를 내밀며 말했다. 동전 하나하나는 동물원의 입장 티켓이었다. 수백 개도 더 되는 것 같았다.

사이러스는 함께 사무실에서 나오며, 영감이 나를 본다면 그랬을 것처럼 즐거워하며 내 표정을 살폈다.

내가 가까스로 입을 열어 말했다.「왜 돌아가셨나요? 폐결핵이 도졌나요?」

「폐결핵?」 사이러스는 표정을 찌푸렸다.「결핵 환자는 아니었는데. 담배가 원인이었어요. 후두암이었지. 왜 폐결핵이라고 생각했어요?」

「그가 내 나이였을 때, 서커스단에 합류하려고 했는데 폐결핵에 걸렸다고 했거든요. 서쪽으로 와서 카우보이로 일하며 소를 몰고 소금에 절인 돼지고기를 먹으면서 나았다고 했고요.」

그 말에 영감의 친구는 무릎을 탁 치며 껄껄 웃었다. 그가 너무 오래, 그리고 심하게 웃어 대는 바람에 나는 기분이 상했다. 너무 웃어서 비어져 나온 눈물을 닦으며 그가 말했다.「우디, 그건 라일리의 이야기가 아니에요. 이 동물원의 설립자 해리 박사의 이야기지. 해리 박사는 어릴 때 서커스단에서 도망치려고 했대요. 그러고는 폐결핵에 걸렸고 서쪽에서 카우보이를 하면서 나았다고 하더군요. 나중에 해리 박사가 의사가 된 후, 이쪽으로 이주해서 재미 삼아 동물원을 시작하기 전의 일이죠. 라일리는 한 번도 소를 몰았던 적이 없었어요!」

영감이 거짓말을 했다고? 나는 내 귀를 믿을 수가 없었다.

「하지만 그는 거짓말쟁이를 제일 싫어하잖아요!」

사이러스가 웃었다. 「그런 얘기를 했다고 해서 라일리를 거짓말쟁이라고 할 수 있나요? 사람들은 다 거짓말쟁이를 싫어하죠. 하지만 좋은 이야기꾼은 다들 좋아하잖아요. 안 그런가요? 때로 재미있는 이야기는 가장 좋은 약이 되기도 하니까요. 당신도 그걸 잘 알고 있을 텐데요.」

나는 팔을 허공으로 내던졌다. 「아니, 그럼 대체 그의 진짜 이야기는 뭐예요?」

그는 어깨를 으쓱했다. 「그가 고아원에서 자랐다는 건 확실할 거예요. 한 번도 고아원에 대한 얘기를 한 적은 없지만 열 살에 혼자가 됐다는 얘기를 한 적은 있거든요. 그 당시에는 생각보다 아주 흔한 일이었죠. 서커스단에 있었다는 건 사실이고요.」

나는 뭐라고 해야 할지 모를 만큼 충격을 받았다. 마침내 할 말을 찾았을 때도 말을 더듬거렸다. 「저…… 그럼 손은요? 서커스단에서 사자에게 물린 거죠, 그렇죠?」

사이러스가 또 소리를 지르더니 미친 듯이 웃어 댔다. 「아이고 맙소사, 라일리는 그 손에 대해서 아마 수천 가지 다른 얘기를 하고 다녔을걸요.」 그는 고개를 저으며 말했다. 「그래도 기분 나쁘게 여기지 말아요, 아들. 우리한테도 다 그랬으니까. 한번은 하루에 두 가지 다른 이야기를 하는 걸 들은 적도 있었다니까. 그건 십중팔구 태어날 때부터 그랬을 거예요. 아니면 커다란 고양잇과 동물한테 물렸을 수도 있고. 그게 아니라면 그가 사실대로 털어놓지 않을 만큼 아주 안 좋은 일이었을 수도 있겠죠. 그건 그 사람 자유지. 너무 그 사람만의 사적인 일이라서 혼자만 마음속에 묻어 둬야 하는 일들이란 게 있으니까. 하지만 내가 장담하는데 라일리는 암에 걸리는 대신 사자의 점심거리가 되어서 죽을 수 있었다면 분명 그쪽을 택했을 거예요.」 그는 그렇게 말하고 성큼성큼 걸어갔다. 어안이 벙벙해서 입을 벌리고 서 있는 나를 놔둔 채로. 몇 걸음 가다가 그는 멈추고 뒤를 돌아보았다. 「뭐해요? 가서 원장님을 만나야죠.」

잠깐 사이에 나는 갑자기 그 유명한 동물원 원장인 벨 벤츨리 씨와 만나게 되었다. 그녀는 여전히 1938년도 10월의 어느 날 기린을 향해 팔을 벌리며 동물원 입구에 서 있던, 교사 같던 그 모습과 변함이 없었고, 그녀를 보는 순간 나는 내 몸을 거의 쓰러뜨릴 것 같은 감정에 휩싸였다. 그녀는 보일러실 뒤쪽의 작은 사무실에서 걸어 나왔다.

「이 사람이 누군지 맞혀 보세요!」 사이러스가 활짝 웃으며 말했다. 「이 친구가 바로 그 라일리가 그렇게 말하던 소년이에요. 우디 니켈 씨 말이에요.」

「어머나!」 그녀는 손을 내밀어 악수를 청했다. 「안녕하세요? 만나서 반가워요!」 원장님과 나는 어느 누구든 한 번쯤 나눠 보고 싶을 만한 아주 멋진 대화를 나누었다. 그러다 사무실 쪽에서 전화벨이 울려서 그녀는 다시 안으로 들어갔다.

사이러스는 다시 동물원 원내를 지나 나를 배웅해 주었다. 나는 용기만 있다면 물어보고 싶었던 것이 한 가지 더 있었다.

「이상하게 듣지 마세요…….」 나는 뭐라고 말을 해야 할지 더듬거리며 말을 꺼냈다. 「혹시 존스 씨가 서커스단에 있을 때 동물 학대 문제로 사람을…… 죽게 한 일에 말려든 적이 있었나요?」 이것이 그 배불뚝이 볼스가 영감을 살인자라고 부른 문제를 너무 직접적이지 않으면서도 가장 근접하게 물어볼 수 있는 질문이었다.

그 말에 사이러스의 표정이 굳어졌다. 그는 지나치게 빨리 다음과 같이 대답했다. 「아니, 그런 말은 들은 적이 없는데. 그런 일이 동물한테 있었다면 그냥 지나칠 사람은 아니지만요. 여기 있는 우리들 중 누구한테 그런 일이 일어났다 해도 라일리와 다르게 행동하지 않았을 거예요.」 그는 나를 향해 고개를 갸웃했다. 「그리고 무슨 일이 있었든 사람은 누구나 두 번째 기회를 얻을 자격이 있지 않나요? 그가 더스트 볼 출신의 소년한테 확실한 기회를 한 번 주었던 것처럼 말이에요, 안 그래요?」 그는 내 어깨를 토닥거렸다. 「라일리가 왜 그랬는지 말해 준 적 있어요?」

나는 고개를 저었다.

「〈기린들이〉 그렇게 하라고 했다고 했어요.」 사이러스는 나보다는 영감에게 보내는 듯한 의미심장한 미소를 지어 보이고는 돌아섰다. 「자주 봅시다. 알았죠?」 그는 나를 돌아보며 말했다. 「라일리는 당신과의 여정을 얘기하는 걸 정말 좋아했어요. 그리고 로프티와 패치스도 언제나 당신이 오는 걸 기뻐할 거고.」

〈로프티와 패치스.〉 나는 이름이 그게 아니라고 정정해 주려다 그건 별문제가 아니라는 것을, 기린들이 살아 있고 또 나도 살아남았다는 것 외에는 더 중요한 것은 없다는 것을 깨닫고 입을 다물었다. 빨강 머리도 떠나고 영감도 갔지만 나에게는 여전히 기린들이 있었다. 그렇기 때문에 나에게는 여전히 빨강 머리가 있고 영감이 있는 것이나 마찬가지였다. 몇 년 동안이나 알고 지낸 사람과도 서로를 잘 모른다는 것은 참 이상한 일이다. 하지만 어떤 사람들과는, 단지 며칠 만으로도 몇 년 동안 알고 지낸 것보다 훨씬 더 많이 알게 되는 경우가 있다. 다시 기린들이 있는 곳으로 다가가면서, 나는 영감의 사랑스러운 기린들을 절대로 내 눈에서 멀리 떼놓지 않을 거라고 다짐했다. 나는 캘리포니아에 있었고 기린들과 함께 있었다. 그것은 내가 평생 갈구했던 약속의 땅, 혹은 집이나 다름이 없었다.

그래서 나는 그곳 시립 묘지에 일자리를 얻었다. 결국 나는 그 분야가 적성에 맞았던 것이다. 서쪽으로 가는 동안 나는 영감을 만나면 사육사가 되게 해달라고, 그것도 보이와 걸의 사육사가 되게 해달라고 부탁할까 생각한 적도 있다. 하지만 벤츨리 여사는 전쟁 중에 군대에 참전한 모든 사육사를 위해 그들이 다시 돌아와서 일할 수 있도록 일자리를 그대로 남겨 둔 상황이었다. 게다가 한 달 후 내 허리 디스크에 문제가 생겼다. 아마도 너무 많은 묘지를 팠기 때문이었던 것 같다. 그래서 내가 결국 맡게 된 일은, 이미 죽은 자들을 굳이 밤에 지켜볼 필요가 있겠느냐고 여기는 사람들에게는 뜻밖의 일일 수도 있는, 묘지의 야경꾼이었다. 하지만 언제나 밤에 쉽게 잠들지 못했고 전쟁을 치르면서 불면증이 더 심해졌던 나에게는 잘 맞는 일이었다. 기나긴 밤을 보내기 위해서 나는 영감이 좋아했던 페니모어 쿠퍼의 책을 읽기 시작했다. 비록 그 책의 구식 표현들이 나를 졸리게 할 때도 있었지만 호크아이 부분은 책의 모서리를 접어 놓고 볼 만큼 정말 재미있었다. 나는 금세 밤에는 일하고 낮에는 동물원에 가는 일상에 익숙해졌다. 매일 아침 나는 동물원 문을 여는 시간에 맞추어 퇴근했다. 살라미소시지, 빵과 함께 많은 양파를 가져가곤 했다. 그러고는 영감이 준 나무 동전을 내고 동물원에 가서 기린들과 함께 그를 생각하면서, 그 멋진 영감탱이가 우리와 함께했으면 얼마나 좋았을까 상상하면서 아침을 먹었다. 때로는 벤츨리 여사가 주변을 돌아다니다가 내 옆에 앉아 함께 기린을 바라보기도 했다. 얼마 지나지 않아 사육사들은 나를 〈기린남〉이라고 불렀다. 나로서는 그 별명이 좋았다. 아주 마음에 들었다.

해가 거듭할수록, 항상 그렇듯 인생은 서서히 평범하게 변해 갔다. 커즈를 찾아갔을 무렵의 내가 들으면 까무러치게 놀랄 일일지 모르지만, 나는 좋은 사람이 되려고 노력했다. 들개나 길고양이를 비롯해 어떤 종류의 떠돌이를 마주쳐도 뭔가를 먹이지 않고는 그냥 지나치지 않았고, 동물을 좋아하지 않는 사람은 절대 믿지 않았다. 나는 존중할 수 있었던 여성들을 몇 명 사랑했고, 또 그렇지 않은 여성들도 몇 명 사랑했다. 세 명의 여성과 결혼했는데, 별로 놀랍지는 않겠지만, 모두 빨강 머리였고 그들 모두 나보다 먼저 세상을 떴다. 내가 자식이나 다름없이 키워 성인이 된 의붓딸도 있었지만 그 아이도 지금은 세상에 없다. 그 아이가 어느 날 〈동물과 함께한 시간만큼 당신의 수명이 연장된다〉라고 적힌 명판을 주면서 나는 아무리 못해도 1백 살까지는 살 거라며 웃었던 — 결국은 정말 그렇게 되어 버렸지만 — 기억도 있다.

하지만 사실을 말하자면 나는 인간들보다 걸이나 보이와의 관계를 더 좋게 유지했던 것 같다. 〈가족〉이란 말은 나에게 경계 없는 말이 되었다. 나는 언제나 기린들에게 양파가 부족하지 않도록 갖다주었고, 군침을 흘리며 나를 맞이하는 보이에게 다가가거나 걸의 옆으로 누운 하트 모양 반점을 쓰다듬곤 했다. 나는 기린들이 아주 많은 사랑을 받으며 자라나는 것을 지켜보았고, 내가 사랑받는 것처럼 충만함을 느꼈다. 나는 영감이 말한 그대로, 기린들이 그들과 만난 사람들의 삶을, 대부분은 결코 알지도 못하고 관심조차 기울이지 않는 자연의 경이를 통해 생생하게 바꾸어 주면서, 우리 인간들 속에서 살아가는 모습을 지켜보았다. 기린들이 세상에서 사라지기 전에 나는 사막에 농장처럼 지은 공원에서 그들이 낳은 새끼들과, 다른 동물원에서 온 기린들과 자유롭게 뛰노는 모습도 볼 수 있었다. 사람들은 그렇게 기린들이 모여 있는 무리를 기린의 〈탑〉이라고 부른다. 그것보다 더 그들을 잘 표현하는 말이 있을지 모르겠다.

동물들이 인생의 비밀에 대해서 안다고 했던 영감의 말은 무엇이었을까? 그들이 나에게 말을 거는 것 같던 순간들도 있었지만, 영감이 사랑한 기린들은 나에게 그 비밀이 뭔지 명확하게 가르쳐 주지 않았다. 하지만 그들이 존재했던 그 모든 시간을 함께 보내면서, 그들과 함께하는 순간을 영감처럼 즐기면서, 빨강 머리처럼 기린들의 고요하고 하늘같이 높은 시선으로 세상으로 바라보며, 빅 파파의 말처럼 두 마리 〈하느님의 순수한 에덴의 우뚝 솟은 피조물〉을 통해 하느님의 창조를 느끼면서 그 뜻을 이해하게 되는 데는 그리 오랜 시간이 걸리지 않았다. 나는 결국 인생의 비밀 하나를 발견하게 되었다. 그리고 그것은 좋은 삶의 비결이었다. 어쩌면 그것이 영감이 계속 말했던 비밀의 의미였는지도 모른다.

하지만 세월이 지나면서 사육사들도 계속 바뀌었다. 동물원 원장인 벨 벤츨리 여사를 포함해 동물원의 모든 사람이 바뀌었다. 나는 영감을 알던 사람들이 다 떠나기 전에 내 이야기를 아마 1천 번도 더 넘게 했을 것이다. 그 후 사람들이 새로 바뀐 후에도 나의 이야기를 해보려고 수천 번은 시도했던 것 같다. 하지만 결국 한 번도 하지 않았다. 이제 나의 이야기는 나에게만 중요할 뿐 남들에겐 한낱 나이 든 노인네의 진부한 옛날이야기처럼 들릴 것이 분명했기 때문이었다. 나는 원래 수다스러운 사람도 아니었고 묘지의 적막은 서서히 내 안팎을 더욱더 조용하게 바꾸어 놓았다. 하지만 시간이 지나고 보니 내가 침묵한 것은 단지 그것 때문이 아니었고, 사이러스 배저가 영감의 망가진 손에 대해 말했던 것과 비슷한 이유였다는 것을 깨달았다. 어떤 것들은 너무나 혼자만의 것이어서 내 안에만 간직해야 할 필요가 있는 것이다. 30여 년 동안, 그것이 내가 한 일이었다. 나는 나의 인생을 기린들과 나누었고 기린들도 그들의 인생을 나와 나누었다. 그리고 우리 셋은 걸과 보이가 떠날 때까지 우리의 이야기를 우리들만의 것으로 간직했다.

그리고 몇 년은 몇십 년이 되었다.

그리고 나는 계속 살아 나갔다.

사람들은 시간이 모든 상처를 낫게 해준다고 한다. 하지만 시간은 그 자체로 우리에게 상처를 줄 수 있다고 말하고 싶다. 긴 인생을 살다 보면 앞으로 만들게 될 어떤 새로운 기억보다 더 많은 기억들을 만들었다고 생각되는 특별한 순간이 올 때가 있다. 그때가 바로 지금의 내가 되게 만들어 준 순간이고, 가장 행복하고 좋았던 나를 회상하려고 할 때마다 언제나 머릿속에 떠오르는, 가장 진실한 이야기가 펼쳐지는 순간이다.

그렇게 내가 사랑했던 모든 생명이 내 영혼의 커다란 부분을 차지하고 떠나간 후, 나는 『라이프』 매거진을 우연히 발견했다. 그 잡지를 훑어보던 나는, 허리케인 기린들을 태우고 가던 소년이었던 아주 옛날로 되돌아가서 빨강 머리, 영감, 기린들을 지난 몇십 년 동안 생각했던 것보다 더 많이 생각한다는 사실을 깨달았다. 그리고 문득 허리케인이 나를 기린들 쪽으로 날려 보내지 않았다면 되었을지도 모를 누더기를 입은 초라한 남자의 모습이 떠올라 온몸이 떨렸다. 그리고 한 사람의 가장 소중한 경험은 인생의 가장 잔인한 것들로부터 그 사람을 보호해 주는 힘을 가졌다는 사실에 경탄했다. 나는 온 인생을 더스트 볼의 불행과 히틀러로 인한 공포의 그늘 속에서 살았을 수도 있다. 대신 나는 한때 알았던 두 마리의 동물 덕에 그런 시간들을 덜 고통스럽게 견뎌낼 수 있었던 것이다.

하지만 세월은 계속 흘렀고 나는 그저 계속 살아 나갔다.

그렇게 나의 90대가 지나갔고 시간의 의미도 나에게서 멀어졌다.

나는 마음으로는 가고 싶었지만 몸이 지쳐 동물원에 가는 것을 그만두었다. 그때는 내 마음도 지쳐 가고 있음을 눈치채지 못했다. 시간은 우리가 모르는 사이에 가장 잔인한 속임수를 쓴다. 심지어 몸이 가장 소중하게 지닌 기억조차, 너무 오래 틀어 긁힌 레코드판처럼 소리도 거의 내지 않게 되고, 분노조차 덜해진다. 그러다가 결국은 재향 군인회의 방 한구석에서, 텔레비전에서 나오는 그림들과 자신이 아닌 타인의 이야기를 멀거니 바라보기만 하는 다른 노인들과 함께 휠체어에 앉은 또 한 명의 노인이 되어 버린다.

나 자신의 이야기는 그렇게 끝날 수도 있었다. 더듬거리는 정신보다 몸이 더 오래 산, 늙을 대로 늙은 제2차 세계 대전 참전 용사의 긴 작별 인사와 함께.

하지만 그렇게 되지 않았다.

내가 1세기보다 더 오래 살았다는, 귀를 의심할 만큼 낯선 그 말을 들은 후에도 한참이 지난 어제의 일이었다. 나는 사람들이 북적거리는 방 안에서 텔레비전을 시청하던 중 화면에 기린이 가득 차게 나오는 것을 보았다. 안개가 자욱한 정신을 흔들어 깨우며 텔레비전 속 남자의 말에 귀를 기울였다. 그는 코끼리, 호랑이, 고릴라, 코뿔소처럼 기린도 세상에서 거의 사라졌다고 말했다. 전쟁, 밀렵, 그리고 침략 등이 정글을 비우고 숲을 적막하게 하며 그 결과 동물원은 노아의 방주처럼 되어 간다고 말했다. 그는 수많은 동물과 새, 심지어 나무까지도, 영감이 말했던 하늘을 뒤덮었던 나그네비둘기들처럼 사라져 다시는 돌아오지 못할 지경에 이르렀다고 했다.

더 사라질 수 없을 만큼 사라져 버렸다고.

텔레비전 속의 남자는 계속 떠들어 댔고 멸종한 새와 동물과 식물이 계속 화면에 나타났다. 누군가가 멈추지 않으면 세상의 모든 야생 동식물을 열거할 것처럼. 그래서 내가 직접 멈추기 위해 휠체어를 탄 상태로 앞으로 돌진해서 텔레비전을 주먹으로 치고 말았다.

하지만 도우미들이 뛰어왔을 때, 나는 세상의 모든 텔레비전을 때려 부순다고 해도 기린들을 살릴 수 없다는 것을 깨닫고 다시 휠체어에 풀썩 늘어졌다. 나 같은 늙은이가 할 수 있는 것은 없었다. 〈어떻게 이렇게까지 된 걸까?〉 즐거움에 몸을 흔드는 기린, 곡선을 그리며 여행하는 새, 하늘 높이 솟은 울창한 숲이 없는 세상은 먼지 폭풍 아니면 바퀴벌레, 그리고 우리 같은 인간들에게나 어울리는 추하고 황량하며 영혼 없는 장소일 뿐이다. 〈만일 그들이 지구상에서 영영 사라지게 된다면, 전능하신 신이시여, 저도 사라지게 해주소서!〉 나는 지금까지처럼 계속 살아 나가게 될까 봐 너무 두려워서 내가 사라지기를, 무덤 속으로 사라지기를 간절히 바랐다.

그리고 지난 80년간 꾸지 않던 꿈을 꾸었다.

악몽은 기린과의 여행이 끝난 후에는 한 번도 날 찾아오지 않았다. 악몽을 부추겼던 것이 무엇이었든, 내가 뒤로하고 떠난 떠돌이 소년과 함께 다 사라졌었다. 나는 다시 아무 꿈도 없던 시절로 되돌아갔다. 하지만 전쟁이 끝난 뒤, 빨강 머리를 찾으러 갔다가 〈너〉를 만났다. 그날 밤, 샌디에이고로 돌아가는 기차 안에서 깜박 졸았을 때 나이 든 빨강 머리 오거스타를 만났다. 그녀는 작고 빨간 집에서 작은 소포를 열었고 그 안에는 기린이 들어 있었다. 꿈에서 본 그 장면은 나를 아주 많이 흔들어 놓았다. 나는 그 위대한 기자가 나에게 주먹을 날린 일로 악몽이 다시 시작될까 봐 두려웠고, 잔인하게도 그 두려움이 현실이 된 듯했다. 소포로 도착한 기린은 차치하고라도, 빨강 머리가 나이 든다는 것은 말이 되지 않았다. 하지만 그 이후에는 더 이상 꿈을 꾸지 않았다. 수십 년이 흐르고 또 흘러 나는 어떤 종류의 꿈도 꾸지 않게 되었고 그래서 별문제 없이 잘 지냈다.

하지만 지난밤, 여러 명의 도우미들이 나를 휠체어에 태워 침대에 눕힌 뒤 내가 눈을 감았을 때 열여덟 살 이후에 한 번도 들어 본 적이 없었던 소리를 들었다……. 그것은 부드럽고, 풍부하고, 응응거리듯 튕기는 기린의 콧노래 소리였다……. 그리고 내가 꿈속에 있다는 것을 깨달았다. 걸이 5층에 있는 내 방 창문 밖에서 긴 목을 쑥 들이밀고 나에게 침대에서 일어나 나오라고 힝힝거렸기 때문이다. 그래서 꿈속의 나는 걸이 하자는 그대로 따른다. 나는 어느새 버지니아주 어딘가에서 빨강 머리가 하늘에, 그림 속에, 그리고 파리에 있는 기린에 대한 이야기를 들려주는 동안 트럭 꼭대기에서 걸의 머리를 붙들고 씨름하면서, 그 옛날이야기가 살아 숨 쉬고, 또 그 속에서 오래오래 영원히 살 수 있을 것처럼 그 속에 흠뻑 빠져 있는 나를 발견한다.

그러다가 트럭이 사라진다. 나는 다시 침대로 돌아와 있고, 나이 든 빨강 머리가 작고 빨간 집에서 소포를 열고 기린을 발견하는 꿈을 다시 한번 꾼다.

그리고 나는 그것이 빨강 머리가 아님을 깨닫는다.

그건 바로 〈너〉다.

그 모습에 침대에서 벌떡 일어나 잠에서 완전히 깨어나고 내 마음속의 눈에서 꿈은 환영처럼 사라져 버린다. 나는 다시 한번 도로 위에서 기린들과, 영감과, 그리고 너희 엄마와 함께 달리고 있다. 하지만 이번에는 너도 함께 있다. 너는 빨강 머리가 사진을 찍는 동안 패커드에 앉아 있다. 홍수가 났을 때, 빨강 머리가 기린들을 구하려고 자신의 꿈을 희생하는 순간 너도 함께 있다. 지금의 네가 될 너와 너희 엄마를 보이가 쿠터의 총에서 구해 내는 순간에도 너는 함께 있다. 빨강 머리가 객차 상자 위에서 기린에 관한 놀랍고도 전설적인 이야기들을 할 때도 너는 함께 있다. 그리고 빨강 머리는 또 다른 이야기를 시작한다. 〈우리의〉 이야기를 들려준다.

너에게.

나는 그 순간, 그동안 내가 너무 어리석고 이기적이었음을 깨닫게 되었다.

이야기가 중요하지 않다고 생각한다면 그는 어리석은 사람이다. 결국에는 이야기야말로 중요하며 영원한 것이다. 우리가 결코 이해하지 못할 만큼. 그러니 네가 이야기를 들어야 하지 않을까? 기린들이 어떻게 나와 너, 그리고 내가 사랑했던 너희 엄마를 살렸는지 알아야 하지 않을까? 그리고 자신의, 자신만의 것이 아닌 이야기를 무덤으로 가져간다면 너무 이기적인 행동이 아닐까? 네가 엄마의 용감한 마음과 대담한 꿈을 알아야 하지 않을까? 그리고 우리가 떠난 후에도 너는 네 친구들에 대해서 알아야 하지 않을까?

그때 나는 노인이 되어서도 할 수 있는 일이 있다는 것을 깨달았다. 나는 연필을 찾아 글을 쓰기 시작했다.

내 평생 몇 안 되는 진정한 친구 중 둘은 기린이었다. 나를 뒈질 만큼 발로 차지 않은 한 친구와, 고아였던 나의 가치 없던 삶과 소중한 너의 삶을 구해 준 또 다른 친구였다.

그들은 이제 모두 가고 없다. 그래서 나도 사라졌다. 텔레비전에서 한 말이 맞는다면, 코끼리와 호랑이, 그리고 하늘을 양탄자처럼 뒤덮는 영감의 비둘기처럼 기린도 이 세상에서 다 사라져 버렸다.

하지만 너는 아직도 존재한다는 것을 느낀다. 내 것인 만큼 네 것이기도 한 이야기도 여전히 남아 있다. 만일 이것마저 〈하느님의 순수한 에덴의 피조물〉과 함께 영원히 사라진다면 그건 정말 눈물을 흘릴 만큼 애석한 일일 것이다. 나에게는 더더욱. 왜냐하면, 내가 만일 신의 얼굴을 보았다고 주장할 수 있다면, 내가 본 신의 얼굴은 그 거대한 기린의 얼굴에 있었기 때문이다. 내가 남겨야 할 이야기가 있다면, 그것은 그들을 위한, 그들 모두를 위한, 그리고 너를 위한 바로 이 이야기일 것이다.

그래서 나는 지금 이곳에서 너무 늦기 전에 그 이야기를 글로 적었다. 기린이 존재하지 않는 이 세상에 아직 어떤 마법 같은 일이 살아 있다면, 하늘 높이 우뚝 솟은 경이로운 생명체를 통해 내가 보았던 신의 일부가 이 세상 어딘가에 성스럽고 진실하게 살아 있다면, 착한 영혼을 가진 누군가가 연필로 끄적거린 나의 글을 발견하고 내가 할 수 없는 마지막 일을 해줄 것이라고 믿는다.

그리고 기린들, 영감, 나, 그리고 너의 엄마는 밝고 평화로운 어느 아침에, 굴곡진 길을 따라 너에게로 영원한 여정을 떠날 것이다.

연필을 놓으려고 하는데 창문에서 무슨 소리가 들린다.

걸이다.

걸의 아름다운 목은 다시 나에게 가까이 다가오고, 나는 아주 오래전에 부두에서 걸과 보이를 처음 봤을 때처럼 심장 한구석이 덜컥하는 느낌이 든다.

「걸, 우리가 해냈어.」 나는 내가 쓴 문장들을 가리키며 말한다. 「너도 기뻐? 나도 기쁘다.」

걸은 킁킁거리면서 만족스러운 듯이 나를 향해 침방울을 튀긴다.

나는 걸에게 왜 다시 돌아왔느냐고 묻는다. 하지만 내 심장 박동이 잠깐 멈추고…… 그러다 다시 한번 멈추고…… 그리고 또 한 번 멈추자…… 나는 깨닫는다. 그리고 진실한 친구가 희미해져 가는 모습을 넋을 놓고 바라본다.

안녕.

떨리는 손을 아주, 아주 오래된 심장에 얹고, 나는 적어 놓은 마지막 문장을 미소를 머금고 내려다본다.

이제는 멈출 때다.

가야 할 때다…….

……나는 손을 뻗어 창문을 닫는다.

에필로그

재향 군인회의 연락 담당자는 우드로 윌슨 니켈의 낡고 오래된 병사 트렁크에 있던 노트 중 제일 마지막 권을 내려놓고 주위를 둘러보았다. 이미 늦은 오후가 되었고 그녀의 일정도 많이 밀린 상태였다. 하지만 그녀는 시계를 보지 않았다. 대신 그녀는 흩어져 있는 노트들을 살며시 한데 모아 작은 기린 기념품과 함께 병사용 트렁크에 단정하게 다시 넣은 뒤 병원의 담당자를 만나러 갔다.

「잠깐 시간 있으세요?」 그녀가 말했다. 「보여 드릴 게 있어요.」

며칠 뒤, 전설적인 동물원 여성 원장 벨 벤츨리의 벽화가 있는 사무실에 현재 샌디에이고 동물원의 관장이 의자에 등을 기대고 앉아 있었다. 그의 책상 위에는 재향 군인회(VA)에서 보내온, 노트 묶음이 놓여 있었다. 그는 거의 1세기 전

동물원에서 첫 번째 기린을 수용했던 울타리가 있었던, 하지만 지금은 새로 세워진 멸종 방지 연구소가 있는 숲처럼 푸른 부지를 창밖으로 바라보았다.

그러다 책상 모니터의 화면을 터치했고, 그때 동물원의 경비실장이 나타났다.

「부르셨습니까, 원장님.」

「누굴 좀 찾으려고 하는데,」 원장이 물었다. 「어디서부터 시작해야 할까요?」

그렇게 해서 밝고 평화로운 어느 아침, 호리호리하고 주근깨가 있는 86세의 뉴저지주 여성이 한때 붉은색이었던 머리가 부스스한 상태로 앉아서 특별 배송된 편지를 읽고 있었다. 편지가 도착한 뒤 열 번도 더 읽었지만 여전히 처음 읽었을 때와 한결같은 마음으로. 그리고 그녀의 작고 빨간 벽돌집의 초인종이 울렸다. 문을 열자 제2차 세계 대전 때 사용하던 병사용 트렁크를 든 배달원 두 명이 서 있었고, 그 여성은 그것을 단단한 나무 바닥에 살며시 내려놓아 달라고 손짓했다.

배달원이 가고 문이 닫힌 후, 그녀는 트렁크를 열고 기린을 발견했다. 그녀는 잠시 그 조그만 샌디에이고 동물원 기념품을 아련한 눈으로 바라보았다. 그런 다음 손가락으로 그것을 감싸 쥔 후 첫 번째 노트를 집어 가장 가까운 의자에 편안하게 앉아 읽기 시작했다.

작가의 말

1999년에 소설을 기획하기 위해 샌디에이고 동물원의 기록 보관소에서 방대한 양의 자료를 살펴보던 중에, 상상력을 부추기고 뇌리를 떠나지 않는 이야기들이 연대별로 정리되어 있었다. 샌디에이고 동물원처럼 다채로운 곳은 많은 일화가 있지만 그중에서도 이 이야기는 놀라운 잠재력과 담대함을 품고 있었다.

1938년 9월, 동물원의 유명한 여성 원장인 벨 벤츨리의 지시에 따라 허리케인이 불어닥친 바다에서 살아남은 두 마리의 어린 기린이, 개조된 화물칸이 탑재된 트럭을 타고 12일간 전국을 횡단하여 남부 캘리포니아의 첫 기린이 되었다. 기린들이 트럭 위 객차 상자의 높은 창문을 통해 미국의 하늘을 보며 여행하던 동안, 5백 종류가 넘는 신문에서는 독자들을 기쁘게 하기 위해 매일같이 기린들에 대한 기사를 실었다.

그 오래된 기사들을 읽는 동안, 상상 속에서 작은 시골 여자아이가 지루해서 창밖을 내다보는데 갑자기 두 마리의 기린이 휙 지나가는 광경이 계속 떠올랐다. 또, 〈폭풍, 불가항력, 토네이도, 먼지 폭풍, 홍수〉 등으로 인한 사고를 런던 로이드 회사에서 보장해 준다고 적힌 전보를 발견하고 더욱 그 이야기에 매료되었던 기억이 난다. 나는 혹시 그 위업을 이룬 찰리 스미스라는 동물원 관리인이 남긴 여행 일기가 있는지 찾아보았다. 하지만 거칠고 험한 바깥 활동에 익숙한 당시의 여느 동물원 남자들처럼, 그 역시 일기를 쓰는 사람이 아니었다.

그것으로 끝이었다.

그러다가 몇 년 전, 나는 그 두 마리의 기린에 대해 다시 생각하기 시작했다. 하지만 안타깝게도 심란한 이유에서 비롯된 것이었다. 지금 21세기 초에는 기린을 비롯한 아주 많은 다른 종의 생물이 〈여섯 번째 대멸종〉이라고 불리는 위험에 처해 있으며, 그것은 당연히 말의 어감만큼 무서운 일이 아닐 수 없다. 세계에서 가장 상징적인 동물들의 미래를 고민하던 중, 나는 1938년 당시 두 마리의 어린 기린과 함께 미국의 험난한 길을 함께 여행하고, 내 마음의 눈으로 사람들이 앞으로 다시는 보지 못하게 될 것들을 보고, 또 그 기린들이 여행하며 만난 사람들을 더욱 인간답게 변모시키는 모습을 상상하는 나를 발견했다. 어쩌면 이 마지막 부분이 내가 그 이야기에 끌렸던 진짜 이유였는지도 모른다. 그들을 잃을 수 있다는 것을 깨달으면서, 우리와 세계를 공유하는 생물들이 우리의 심금을 울리는 이유에 대해 생각하는 시간을 갖고 싶었다. 벨 벤츨리의 회고록 『인간이 만든 정글에서의 나의 인생*My Life in a Man-Made Jungle*』이 20세기 최악의 시대에 세계적인 베스트셀러가 된 것도, 그들이 우리에게 주는 감동과 연관성이 있음을 증명한다. 단순한 〈삶의 순환〉 이상의 일이 벌어지고 있다. 히틀러의 위협과 불황이 계속되는 시기에도, 여행하는 두 마리의 기린이 온 나라의 짐을 조금이나마 가볍게 해주었던 것을 떠올리면 말이다.

이와 같은 실제 사건에서 영감을 받은 역사 소설을 만들겠다는 도전 과제는, 그러한 터무니없는 생각이 실현 가능하다고 여겼던 시절의 사람들의 삶은 어땠는지 충분히 조사하는 데서 출발한다. 동시에 이야기는 항상 현재를 반영한다. 현재가 바로 책이 읽히는 때이기 때문이다. 이 새로운 세기에는 걱정해야 할 크나큰 문제들이 있다. 그중에서도 가장 가슴 아픈 것은 사랑하는 동물들의 멸종 문제이다. 하지만 좋은 소식도 있다. 전 세계적으로 보존 단체, 연구 센터, 수족관, 보호 구역, 여러 재단 및 오늘날의 샌디에이고 동물원 글로벌과 같은 동물학 기관이 멸종 위기에 처한 종들을 위해 선한 싸움을 벌인다는 것이다. 그리고 그것은 우리를 위한 싸움이기도 하다. 꿀벌과 나비처럼 작은 생물조차도 영원히 잃게 된다면 결국은 우리 인간이 그 대가를 치러야 한다는 것을 이제는 알기 때문이다.

지금으로부터 수십 년 후, 누군가가 책장이나 도서관의 책 더미 속에서 이 소설을 발견했을 때는 하느님이 코끼리, 판다, 호랑이, 나비 그리고 기린이 없는 세상이 오는 것을 막아 주셨기를 바란다. 유명한 2014년 테드TED 강연에서 자연 작가 존 무알렘Jon Mooallem은 동물에 대한 사람들의 감정이 동물의 생존에 놀라울 만큼 극적인 영향을 미친다고 주장했다. 그는 이렇게 말했다. 〈이제는 스토리텔링이 중요합니다. 우리가 동물에게 갖는 감정은 그들의 생존에 영향을 미칩니다. 우리의 상상력은 생태계의 힘이 될 수 있습니다.〉

어쩌면 그럴지도 모른다.

지금과 같은 세상에서 우리는 기린 한 쌍과 함께 국토를 횡단할 기회를 갖거나, 인생의 비밀을 배우면서 그들과 사랑에 빠지게 되는 건 힘들지 모르지만, 여전히 기린에 매료되고 그들에게서 영감을 받을 수 있다. 그들은 아직 우리와 함께 있다. 나는 그 사실이 절대, 절대 변하지 않기를 희망한다.

역사적인 기록들

1938년 그레이트 허리케인

1938년의 〈그레이트 뉴잉글랜드 허리케인Great New England Hurricane〉은 〈롱아일랜드 익스프레스Long Island Express〉 혹은 〈양키 클리퍼Yankee Clipper〉라고도 불리며 동부 해안의 북부에 1세기 만에 처음으로 상륙한 허리케인으로, 2012년 허리케인 샌디를 포함해 역사상 뉴잉글랜드 지역에 영향을 미친 허리케인 중 가장 파괴적인 돌풍으로 기록되었다. 이 강력한 허리케인으로 집들과 사람들이 바다로 휩쓸려 갔고 해안 주변 지역이 순식간에 사라졌다. 캐서린 헵번이 당시 해안 근처의 가족 별장에 갇혀 있었던 일화는 유명하다. 전해진 바에 따르면 뉴욕시에서도 이스터강이 범람하면서 생긴 강풍으로 엠파이어 스테이트 빌딩이 흔들렸다고 한다.

증기선 로빈 굿펠로호

기린을 싣고 1938년 허리케인에서 살아남은 것으로 유명한 상선. 하지만 1944년 7월 25일 제2차 세계 대전 당시 남대서양에서 독일 잠수함이 발사한 어뢰를 맞고 침몰했으며 승무원 전원이 사망했다.

루브 골드버그

20세기 초 미국의 만화가, 발명가, 퓰리처상 수상자. 간단한 작업을 아주 복잡한 방식으로 수행하는 기계를 그린 인기 많은 만화로 유명하다. 이 만화 때문에 불필요할 정도로 복잡해 보이는 모든 발명품을 〈루브 골드버그 장치〉라고 부르게 되었고, 오늘날까지도 여기서 영향을 받은, 취미를 목적으로 한 국제 경연 대회가 열린다.

대퍼 댄

20세기 초반에 판매된 오일과 왁스 같은 느낌으로 머릿결을 고정해 주는 유명한 포마드의 상표.

벨 벤츨리

일찍이 유리 천장을 깬 벨 벤츨리는 1925년 공무원 경리부로 신생 샌디에이고 동물원에 왔다. 급성장 중이었지만 언제나 재정난에 시달리던 동물원에서 그녀는 매표구에서부터 우리 청소에 이르기까지 모든 일을 신속하게 처리하기 시작했고, 그러다가 남성 원장들이 연속해서 오래 버티지 못하고 그만두는 상황에 결국 그녀가 원장의 잡무를 도맡았다. 그녀는 이 이야기의 배경이 된 당시에 세계 유일의 여성 동물원장으로 여러 신문과 대중 매체에 이름을 날렸지만 사실 남성으로만 이루어진 이사회에서 1927년 그녀에게 처음 부여했던 공식 명칭은 〈행정실장〉이었고, 1953년 은퇴 직전에야 〈원장〉으로 임명되었다. 오랜 재임 기간 동안 그녀는 〈동물원 레이디〉이라는 친밀한 별명으로 알려지게 되었고, 1949년에는 여성으로서 최초로 미국 동물 공원 수족관 협회 회장으로 선출되었다. 그녀의 첫 번째 책인 『인간이 만든 정글에서의 나의 인생』은 1940년에 출판되어 국제적인 베스트셀러가 되었고, 사기 진작을 위해 해외 파병 군인들에게 보내졌다. 그녀는 그 후로도 책을 세 권 더 출간했다. 그녀의 진취적인 아이디어 중의 하나는 초등학교 2학년 학생들을 대상으로 한 동물원 견학 프로그램이었다. 야생 동물에 대해 관심을 갖게 하는 유일한 방법은 그들을 직접 만나게 하는 것이라는 그녀의 믿음을 기반으로 했었고, 그런 믿음은 이제 자연 보호를 주장하는 모든 동물학 기관들의 사명에 영향을 미치고 있다.

리 고속 도로와 링컨 고속 도로

링컨 고속 도로는 미국 전역의 차량 운전자를 위한, 북부의 주들을 지나는 최초의 대륙 횡단 고속 도로로 1913년에 완공되었다. 뒤이어 1923년에 완공된 리 고속 도로는 남부의 주들을 통과하는 고속 도로로 워싱턴 DC에서 시작해 샌디에이고의 퍼시픽 고속 도로까지 연결되었다.

런던의 로이드 회사

1688년 에드워드 로이드라는 해변의 커피 하우스 주인이 선박들을 위해 설립한 전설적인 보험 회사로, 보험이 불가능해 보이는 일들을 보장해 준 것으로 유명하다(예: 미국 전역에서 기린을 태우고 여행하는 경우). 이것이 가능했던 것은 단지 하나의 보험 회사가 아니라 재정적 후원자, 채권 인수단, 기업 및 개인 회원이 함께 위험을 공유하고 분산시킬 수 있는 〈시장〉이었기 때문이다.

제임스 페니모어 쿠퍼

미국의 진정한 첫 번째 대중 소설가로 인정받는 쿠퍼는 미국 개척자의 생활과 모험에 대한 작품으로 가장 유명하다. 〈호크아이〉로 알려진 내티 범포라는 이름의 야생 정찰병에 관한 이야기들을 통틀어 레더스토킹 이야기로 부른다. 문체가 다소 구식이고 장황함에도 여전히 읽히며, 그중 가장 유명한 이야기는 모히칸족의 마지막 두 사람(모두 남자)을 다룬 이야기인 『모히칸족의 최후』로, 원제인 〈라스트 모히칸〉은 어떤 유형의 마지막을 의미할 때 사용하는 상투적인 문구가 되었고, 그런 의미에서 이 기린들의 이야기를 상기시키기도 한다.

기린의 콧노래

기린이 밤에 매우 낮고 풍부한 주파수를 가진 콧노래를 부르는 것을 한 생물학자가 테이프로 녹음한 기록이 있다. 이런 소리는 기린이 코를 고는 소리라거나, 잠꼬대하는 소리, 만족감에 내는 소리, 혹은 돌고래나 코끼리처럼 서로 의사소통을 하는 소리라는 등 여러 추측들이 있다.

공공사업 진흥국 / 시민 자원 보존단

공공사업 진흥국(WPA)과 시민 자원 보존단(CCC)은 루스벨트 대통령이 1935년 대공황 문제를 타개하기 위해 만든 뉴딜 정책의 일환이었다. 공공사업 진흥국은 새로운 학교 건물, 병원, 교량, 비행장, 동물원 및 도로를 만들고 약 30억 그루의 나무를 심는 등의 사업을 수행하기 위해 주로 비숙련 남성들을 고용했다. 시민 자원 보존단은 18세에서 25세, 나중에는 28세까지의 청년들을 위한 공공 근로 구제 프로그램으로 노동자들에게 거처, 의복, 음식 및 소액의 노임을 제공했다. 소속된 젊은이들은 전국의 국립 공원 등에 마련된 군대 형식의 캠프에서 기거했다. 그들은 1933년에서 1942년 사이에 30억 그루 이상의 나무를 심고 8백 개 이상의 공원에 산책로와 쉼터를 건설했다.

버마셰이브 광고

솔이 없는 면도 크림의 상표명. 광고의 내용을 유머러스한 운율의 시로 만들고 구절을 고르게 나누어 도로를 따라 작은 게시판 여러 개에 배치한 광고 기법으로 유명하다.

맨법

1910년 태프트 대통령이 서명하여 법률로 통과된 맨법은 입안자인 〈제임스 로버트 맨〉의 이름을 따서 명명되었으며, 〈매춘이나 도락을 목적으로, 또는 기타 부도덕한 목적으로〉 주 경계를 넘어 여성을 수송하는 것을 범죄로 규정했는데, 특히 마지막 문구는 종종 인종 차별적으로 해석될 여지가 있었다. 찰리 채플린, 프랭크 로이드 라이트, 척 베리, 잭 존슨을 비롯한 유명 인사들도 이 맨법에 걸린 적이 있다. 최초의 아프리카계 미국인 복싱 헤비급 챔피언이었던 존슨은 백인 여자 친구와 피츠버그에서 시카고로 자동차 여행을 다녀온 후 위법 행위로 처음 기소된 사람 중 한 명이다.

일몰 마을

재건 시대 이후와 민권법 시대 이전, 이 소설에 나온 것과 같은 표지판이 미국 전역 수천 개의 작은 마을 외곽에 세워져 〈유색인〉들에게 그 마을에 머물지 말고 계속 지나가라고 경고했다. 이것은 흑인 여행자들에게 큰 문제가 되었고, 『흑인 여행자를 위한 그린 북』 혹은 그냥 『그린 북』이라고 불리는 흑인 운전자 여행 안내서가 1936년부터 1966년까지 매년 발행되는 바탕이 되었다. 안내서의 이름은 편집자였던 빅터 휴고 그린의 이름을 딴 것이다. 2019년 아카데미 작품상 수상작의 제목도 또한 이에 영감을 받았다.

호보 명함

대중의 인식과는 달리 호보는 그저 즐겁게 철도를 타는 부랑자들이 아니었다. 그들은 이주 노동자들이었고, 미국을 돌아다니며 가능한 곳이라면 어디에서든 일자리를 잡고, 한 곳에서 너무 오래 머물지 않고 여행하는 자유를 누렸다. 경찰들의 단속을 피하기 위해 한 호보 집단이 조합을 결성했고 이들은 호보의 서약을 사람들에게 알리기 위해 명함을 만들었다. 회비는 1년에 5센트였다.

후버빌

대공황 시기 동안 미국의 노숙인들이 형성한 판자촌으로, 대공황이 시작됐을 때의 대통령이었던 허버트 후버의 이름을 따서 후버빌이라는 별명이 붙었다.

깡통 리지

초기 자동차 산업을 대부분 지배했던 포드사의 〈모델 T 트럭〉의 별명. 저렴하고 믿을 만한 차였다. 특히 대공황 시기에는 많은 초기형 차들이 매우 노후한 후였지만 여전히 도로 주행이 가능했다.

감사의 말

모든 책은 기적의 한 조각이다. 그래서 나는 마음속 깊이, 겸허하게 이 책에 감사한다.

나는 기린, 우디, 빨강 머리 그리고 영감과 함께 어울렸던 때를 그리워하게 될 것이다. 참으로 험난한 여정이었다. 어렵지만 고무적인 여정을 독자 여러분과 공유할 수 있게 된 것은 이 문학적인 여정이 가능하도록 도와준, 진심 어린 감사를 받을 만한 모든 분들 덕분이었다.

그중에서도 가장 고마운 분들은 다음과 같다.

나보다 기린을 더 사랑할지도 모르는 제인 디스털, 그녀의 책에 대한 관심과 기량은 대단하다. 그리고 이 이야기의 특별한 가능성을 누구보다 빨리 알아봐 준 미리엄 고드리치에게도 감사한다.

샌디에이고 동물원 글로벌의 사람들에게, 특히 대표 더글러스 마이어스가 여러 위험에 처한 온 세계의 동물을 위해 매일 하는 모든 일에 감사한다. 감사하다는 말로는 부족할 정도다.

책에 대해 비범한 감각을 가진 대니엘 마셜에게도 감사한다.

과거 건축물에 대한 조사를 가능하게 해준 주목할 만한 출처들에는, 샌디에이고 동물원 글로벌 기록 보관소, 샌디에이고 역사 센터와, 1938년 허리케인과 공공사업 진흥국, 시민 자원 보존단, 대공황 및 더스트 볼에 관한 신문 데이터베이스와 구전 역사 기록 등이 있다. 그리고 여러 기관의 출판물과, 책, 영화 자료 들로는 『샌디에이고 동물원: 첫 1세기 1916~2016년』, 존 스타인벡의 1939년 『분노의 포도』, 빅터 휴고 그린의 1936년 흑인 운전자들을 위한 『그린 북』, 티머시 이건의 2006년 『최악의 불황』, 켄 번스의 2012년 다큐멘터리 영화 「더스트 볼」 그리고 세월이 지나도 변함없이 훌륭한 도러시아 랭와 마거릿 버크화이트의 다큐멘터리 사진들이 많은 도움이 되었다.

그리고 함께 사는 작가를 참고 견뎌 준, 나와 가장 가깝고 내가 가장 사랑하는 인간과 동물에게도 당연한 감사의 마음을 보낸다.

옮긴이의 말

카피라이터, 레스토랑 및 영화 비평가, 논픽션 저술가, 여행 에세이 작가, 프리랜서 저널리스트로서 25년간 다양한 분야의 글을 쓰는 작가로 일해 온 린다 러틀리지의 세 번째 소설 『기린과 함께 서쪽으로』는 동물과 인간의 교감에 관한 이야기임과 동시에 어려운 시대를 살았던 사람들의 이야기, 희망을 꿈꾸었던 사람들의 이야기로 1930년대 있었던 실화를 소재로 삼았다. 당시 거의 매일 모든 신문의 한 페이지를 장식할 만큼 유명했던 기린의 이송 실화는 샌디에이고 동물원의 기록 보관소 한편에 빛바랜 기록으로 남아 있다가 70여 년이 지난 후에 러틀리지의 소설로 인해 다시 빛을 보게 되었다.

이야기는 105세의 주인공 우디 니켈이 양로원에서 생활하면서 자신이 17세 때 기린 이송 과정에 동참했던 이야기를 글을 통해 진술하는 방식으로 진행된다. 우디 니켈은 더스트 볼 지역에서 발생했던 먼지 폭풍으로 가족을 잃고 그 과정에서 생긴 비밀을 묻고 살아가는 17살 소년으로, 부모와 여동생을 고향 땅에 묻고 사촌을 찾아가지만 그 사촌 또한 허리케인으로 죽고 만다. 그때 우연히 허리케인에서 살아남은 기린 두 마리를 보게 되고 그 기린들이 뉴욕주에서 캘리포니아주 샌디에이고 동물원까지 육로로 이송돼야 한다는 사실을 알게 된다. 풍요로운 땅인 캘리포니아로 간다는 사실에 우디는 고아가 된 비참한 처지에서 벗어나 캘리포니아로 가겠다는 일념으로 자기도 모르게 근처에 놓여 있던 오토바이를 훔쳐 타고, 기린을 태우고 가는 라일리 존스라는 동물원 사육사의 트럭을 쫓아가기 시작한다. 그리고 『라이프』 매거진에 실을 사진을 찍어 유명한 기자가 되려는 야망을 품은 빨강 머리 역시 그들의 여정을 취재하기 위해 자신의 차를 타고 뒤따른다.

오토바이를 타고 뒤를 따르던 우디는 우여곡절 끝에, 자신의 나이를 부풀리고 운전도 제대로 못 한다는 사실을 속인 채 기린의 트럭을 운전하게 된다. 뉴욕주에서 캘리포니아주까지 기린들을 무사히 샌디에이고 동물원으로 옮기는 과정에서 우디와 기린 두 마리, 영감, 빨강 머리가 겪는 여러 일들이 펼쳐진다.

이 소설은 기린이라는 순하고 아름다운 동물을 매개로 하여 각자 다른 이유와 목표를 가지고 만나게 된 세 주인공들의 인생과 꿈에 대한 이야기를 가슴 벅차고 순수하고 아름답게 그려 낸다. 작가는 긴장감 있고, 때로는 마음이 따뜻해지기도 하고 때로는 화가 나는 에피소드들을 주인공들의 과거와 현재의 문제, 그리고 내면에 침잠된 감정들과 함께 묘사하고 그들의 대화와 생각을 통해 독자들이 등장인물의 처지를 공감하게 한다.

또한 이 소설은 기린 이송 트럭을 운전하면서 여러 사건을 겪고 소년에서 남자로 변모해 가는 주인공 우디 니켈의 성장 이야기라고 할 수 있다. 세상에 대한, 그리고 자신의 운명에 대한, 그리고 심지어 자신의 본능에 대한 불신을 갖고 있던 우디는 겉모습과 행동은 거칠지만 따뜻한 마음을 가진 영감과 꿈을 이루기 위해 목숨도 아까워하지 않는 빨강 머리를 만남으로써, 자신도 미처 알지 못했던 자신의 본능을 알아 가면서 동물과 사랑, 인간애, 그리고 인생에 대한 진실을 배워 나간다.

캘리포니아로 가는 여정에서 일어나는 갖가지 사건은 1930년대에서 1940년대 초 미국에서 있었던 역사적인 사건들 — 더스트 볼의 먼지 폭풍, 그레이트 허리케인, 히틀러의 만행과 제2차 세계 대전, 대공황, 그리고 여전히 팽배해 있던 유색 인종에 대한 차별 성향 — 을 배경으로 하며 그런 역사적인 사건들은 기린과 세 명의 주인공의 여정을 보다 현실적이고 개연성 있게 만드는 적절한 장치로 사용된다. 소설에 등장하는 장소들 역시 주인공들이 묵었던 숙소들을 제외하고는 모두 실제 있었거나 대부분 지금도 존재하는 곳들이다. 시민 자원 보존단이 갈고닦은 블루리지산맥, 당시 동물들의 출입국 검역을 맡았던 미국 검역소, 페어파크 동물원, 여러 지역과 다리 들, 심지어 고속 도로를 따라 놓여 있던 광고판들까지, 당시의 분위기를 실감 나게 재현하기 위해 세세한 자료 조사를 하고 그것을 소설에 이음새 없이 접목하려고 한 작가의 노력이 엿보인다. 군데군데 등장하는

1930년대의 시대 상황과 실제 있었던 일, 지역에 대한 묘사들은 그 여정을 고스란히 겪은 사람의 진술처럼 사실적이며 흥미롭다. 번역을 하면서 1930년대의 철도 및 도로, 자동차, 오토바이 등은 지금과 얼마나 달랐는지, 우디 니켈이 따라간 도로 및 마을은 어떤 분위기였는지, 혹은 그들이 들른 숙소, 주유소, 다리뿐만 아니라 먼지 폭풍이 덮쳤을 때의 하늘과 들판, 사람들의 삶은 어떠했을지(작가가 언급한 켄 번스의 영화 「더스트 볼」에서 그 당시의 상황을 생생하게 엿볼 수 있다) 등을 조사하는 과정은 매우 흥미로웠고, 그렇게 해서 찾은 자료나 빛바랜 사진에 작가가 묘사한 내용이 그대로 나타날 때는 마치 잊고 있던 옛 장소의 사진을 보듯 반가웠으며, 이렇게 역사적인 배경을 토대로 한 한 권의 소설이 나올 때까지 얼마나 철저한 자료 준비와 구상이 필요한지 새삼 깨닫게 되었다.

소설의 구성은, 시간의 흐름에 따라 16장으로 나뉘고 각 장은 각각 다른 지역에서 벌어지는 에피소드를 다룬다. 마지막 16장은 1~15장과는 달리 에필로그라고 할 수 있는데, 이 16장에서는 기린을 무사히 샌디에이고 동물원에 이송한 후의 이야기를 술회하고 우디가 1백 세가 넘은 나이에 오래전 일을 글로 옮기고 싶어 했던 이유가 드러나며 이야기가 끝난다.

작가는 이 이야기를 통해 특별하게 행복하고 완벽한 삶은 없으며, 아주 짧은 순간이었다 하더라도 누구든 열정을 가지고 열심히 살았던 순간이 있다면 그 인생은 충분한 가치가 있고, 그 순간과 그 순간을 함께한 사람들은 오랜 세월이 지나도 매우 소중한 기억으로 남아 인생을 보다 가치 있게 살도록 노력하게 만들어 준다는 메시지를 전해 주고 싶었을 것이다. 또한 인생의 마지막 순간에 가장 행복했고 자랑스러웠던 기억을 글로 남기려는 주인공의 간절한 심정을 빌려 독자들도 행복하고 따뜻했던 순간을 기억해 내거나 지금부터라도 그런 순간을 만들어 갈 용기를 내기를 바라지 않았을까 생각한다. 그리고 무엇보다 주인공 우디의 삶을 구해 주고 더 좋은 인생을 사는 비결을 전해 주었던 기린들의 신비로운 이야기를 통해 이 지구상에서 소중한 자연의 생명체들과 오래오래 더불어 살아가기를 바라는 작가의 마음과 뜻이 독자 여러분에게 전해지기를 기대해 본다.

2024년 9월
김마림

옮긴이 **김마림** 경희대학교 지리학과를 졸업하고, 동 대학교와 뉴욕 주립대학교 대학원에서 석사 학위를 받았다. 약 7년간 케이블 채널 및 공중파에서 영상 번역가로 활동했으며, 대표적인 프로그램으로는 KBS의 「세계는 지금」, 「생로병사의 비밀」, 「KBS 스페셜」 등이 있다. 현재 영국에서 전문 번역가로 일하고 있으며, 『이렇게까지 아름다운, 아이들을 위한 세계의 공간』, 『서점 일기』, 『한순간에』, 『바스키아』, 『조각가』 등을 번역하였다.

기린과 함께 서쪽으로

발행일 **2024년 10월 10일 초판 1쇄**

지은이 **린다 러틀리지**
옮긴이 **김마림**
발행인 **홍예빈**
발행처 **주식회사 열린책들**

경기도 파주시 문발로 253 파주출판도시
전화 **031-955-4000** 팩스 **031-955-4004**
www.openbooks.co.kr

ISBN 978-89-329-2459-5 03840